论大净王侯风云路

—— 群星荟萃中的金少山

苏笑神 著

中国戏剧出版社

图书在版编目（CIP）数据

论大净王侯风云路：群星荟萃中的金少山 / 苏笑神著. -- 北京：中国戏剧出版社，2017.12
ISBN 978-7-104-04602-8

Ⅰ．①论… Ⅱ．①苏… Ⅲ．①传记小说－中国－当代
Ⅳ．①I247.5

中国版本图书馆CIP数据核字(2017)第276624号

论大净王侯风云路：群星荟萃中的金少山

责任编辑：赵宇欣
责任印制：冯志强
校　　对：张爱华

出版发行：	中国戏剧出版社
出 版 人：	樊国宾
社　　址：	北京市西城区天宁寺前街2号国家音乐产业基地L座
邮　　编：	100055
网　　址：	www.theatrebook.cn
电　　话：	010－63381560（发行部）　010－63385980（总编室）
传　　真：	010－63383910（发行部）

读者服务：010－63387810
邮购地址：北京市西城区天宁寺前街2号国家音乐产业基地L座

印　　刷：	三河市灵山红旗印刷厂
开　　本：	787mm×1092mm　1/16
印　　张：	39
字　　数：	650千字
版　　次：	2017年12月　北京第1版第1次印刷
书　　号：	ISBN 978-7-104-04602-8
定　　价：	148.00元

版权专有，违者必究；如有质量问题，请与出版社联系调换。

作者近照

2017年5月苏笑神与孙女苏子贻合影

全著正题藏头诗

论解盗马铁罗汉，
大净王侯金少山，
净坛称雄一霸王，
王者为虎港人言，
侯为台上架子花，
风威震惊上海滩，
云游江湖受尽苦，
路险业红苦转甜。

——苏笑神

全著副题藏头诗

群英会师京沪城,
星光照耀菊圃明,
荟聚人才梨园满,
萃绿国宝个个红,
中华大地传国粹,
的确动人称精英,
金氏三义返故里,
少山回都建奇功,
山崩地裂颂赞声。

——苏笑神

注：题词排名不分前后

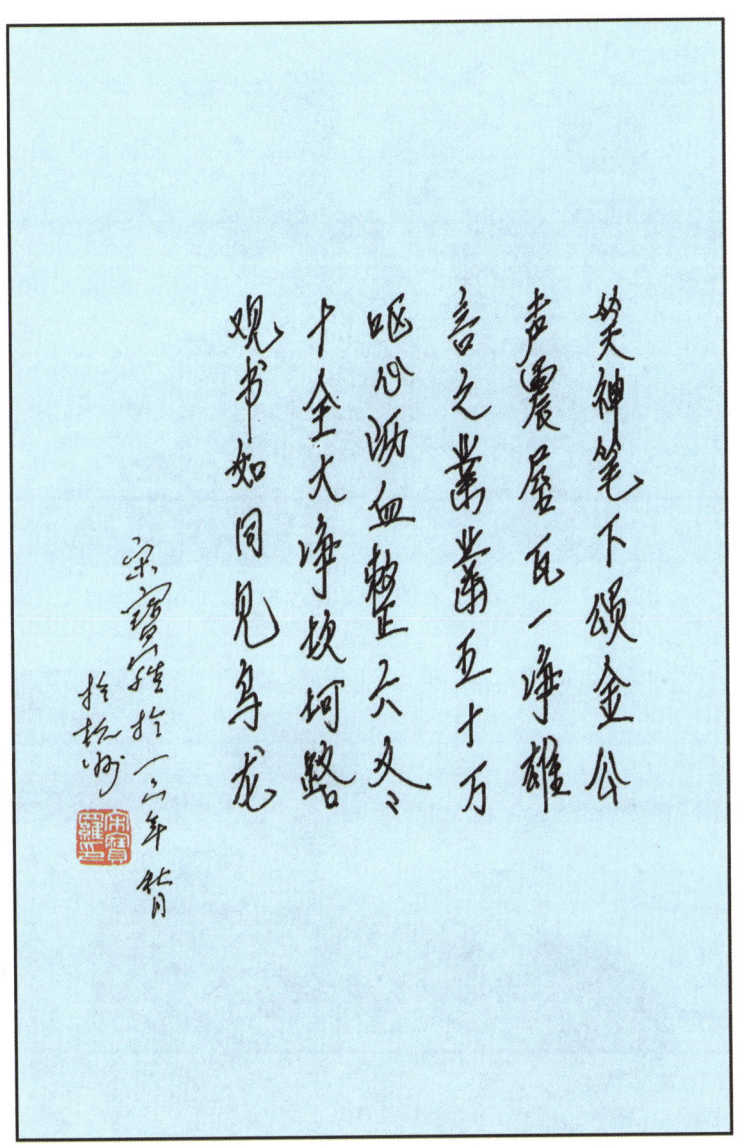

2016年10月宋宝罗先生为作者题词

（由于101岁的宋宝罗老先生年岁太高，该诗由本书作者代笔
宋老签字盖章确认）

2012年10月,97岁的宋宝罗(左)、苏笑神合影

2016年10月,101岁的宋宝罗(左)、苏笑神合影

2017年5月，尚长荣先生为该书题词

2008年9月，尚长荣（左）、苏笑神合影

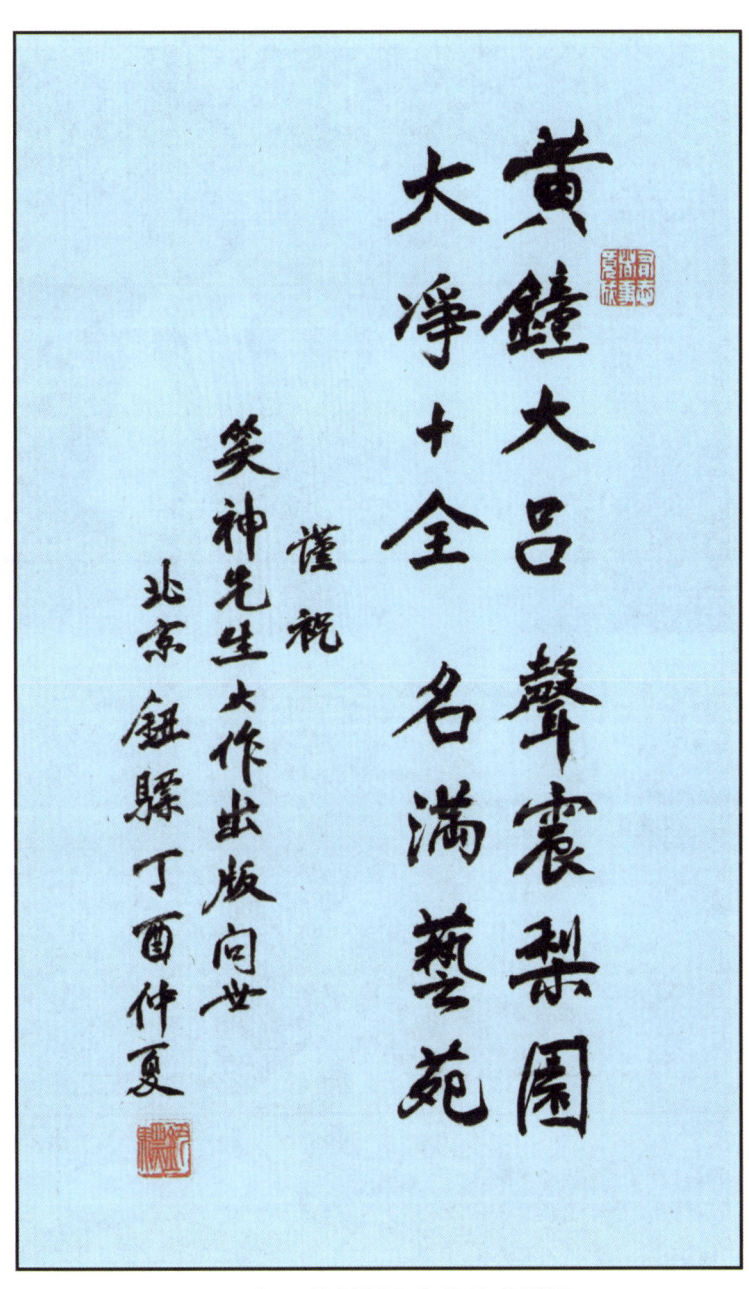

2017年8月钮骠先生为该书题词

2017年5月,85岁的钮骠(左)、苏笑神合影

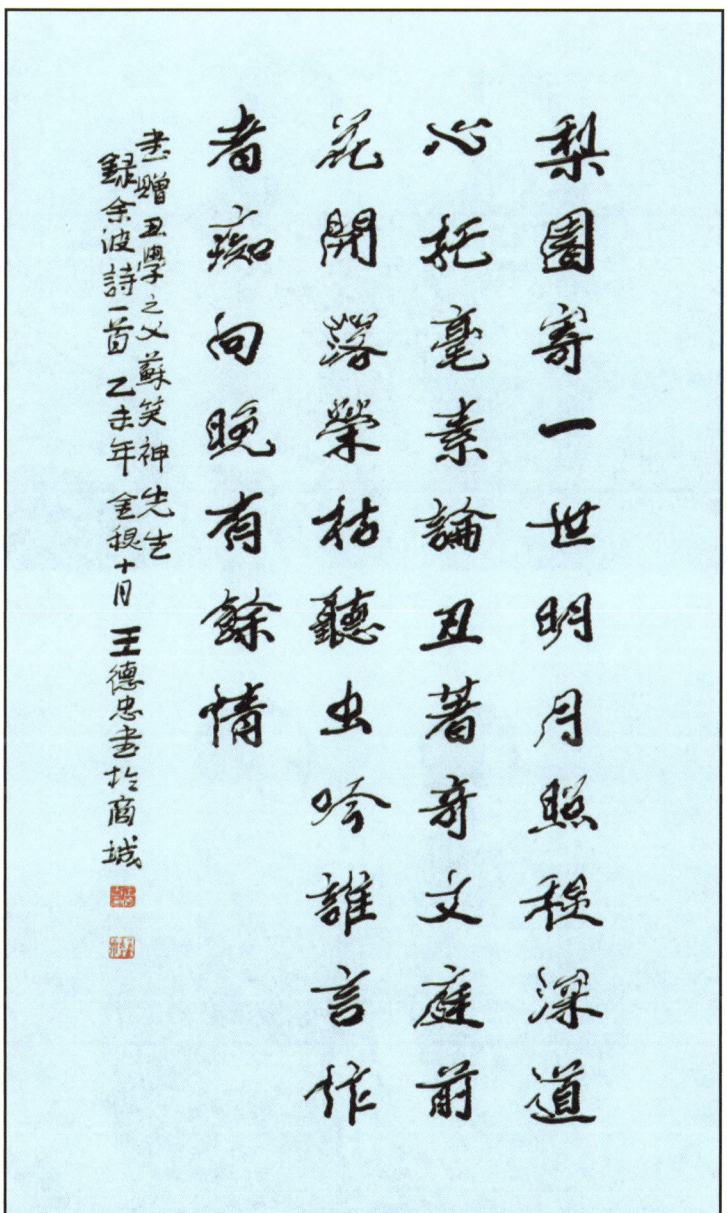

2015年10月王德忠先生录余波先生诗，作书法《书赠丑学之父苏笑神》

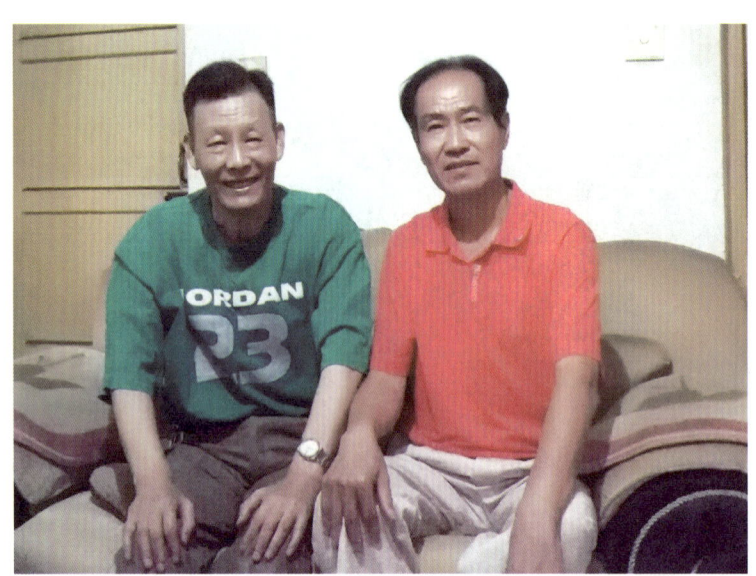

2017年6月苏笑神、王德忠（右）合影

2017年6月苏笑神、余波（右）合影

1995年10月，81岁的袁世海（左）、苏笑神合影

1996年11月，82岁的袁世海（中）、苏笑神（右）合影

1995年10月苏笑神、王金璐（左）合影

2016年10月苏笑神与85岁的身段把子启蒙恩师安莉（右）合影

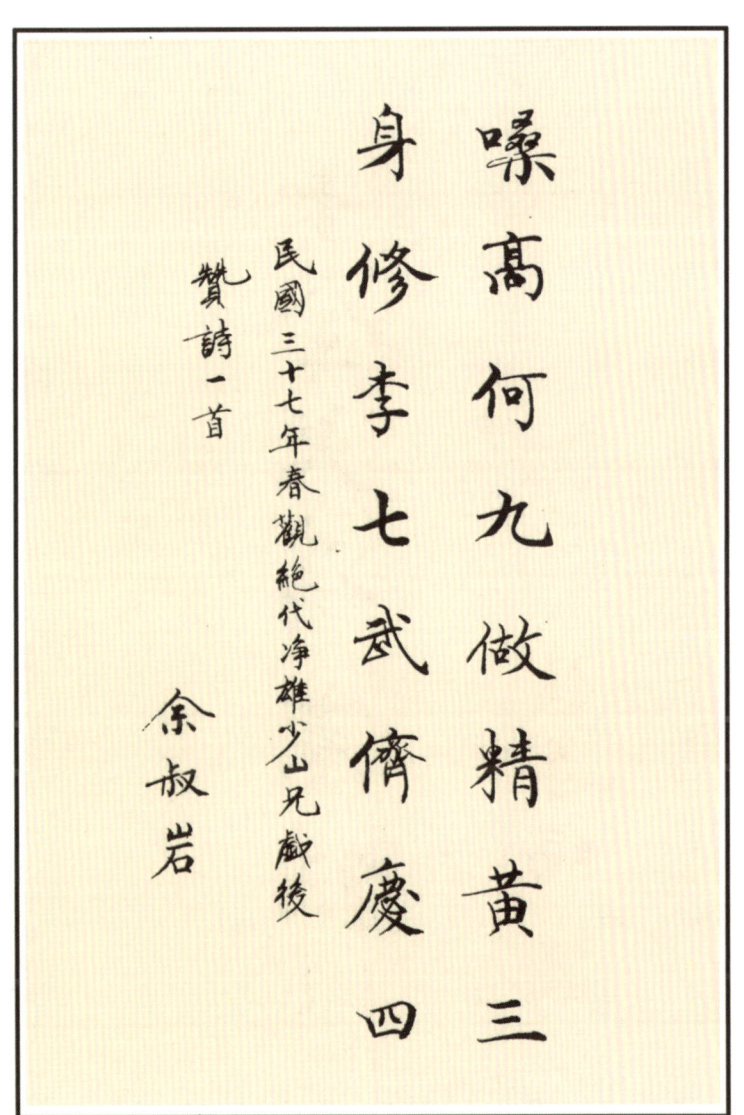

余叔岩为金少山题词

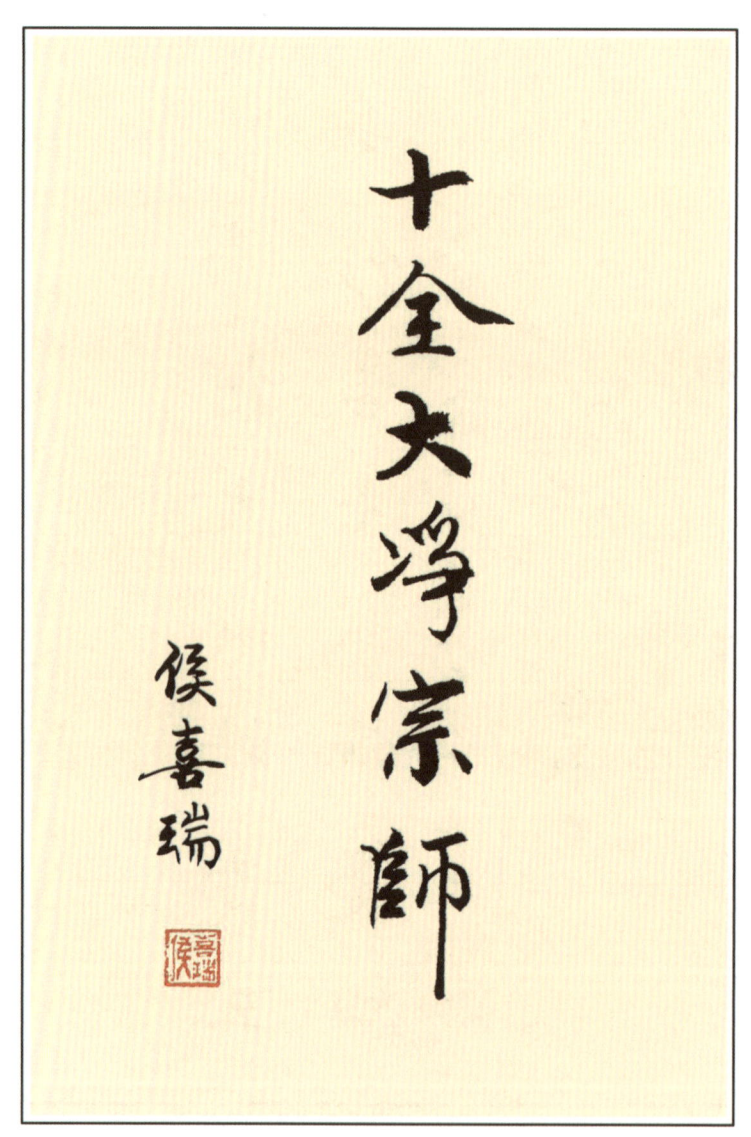

侯喜瑞为金少山题词

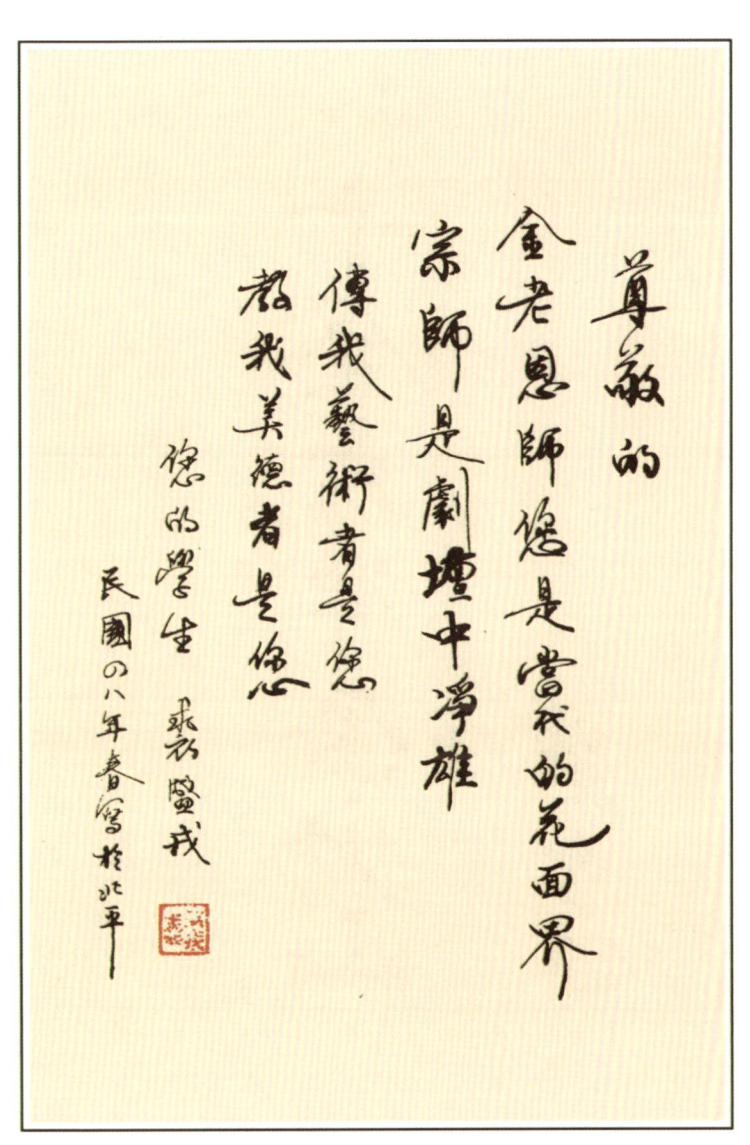

裘盛戎为金少山题词

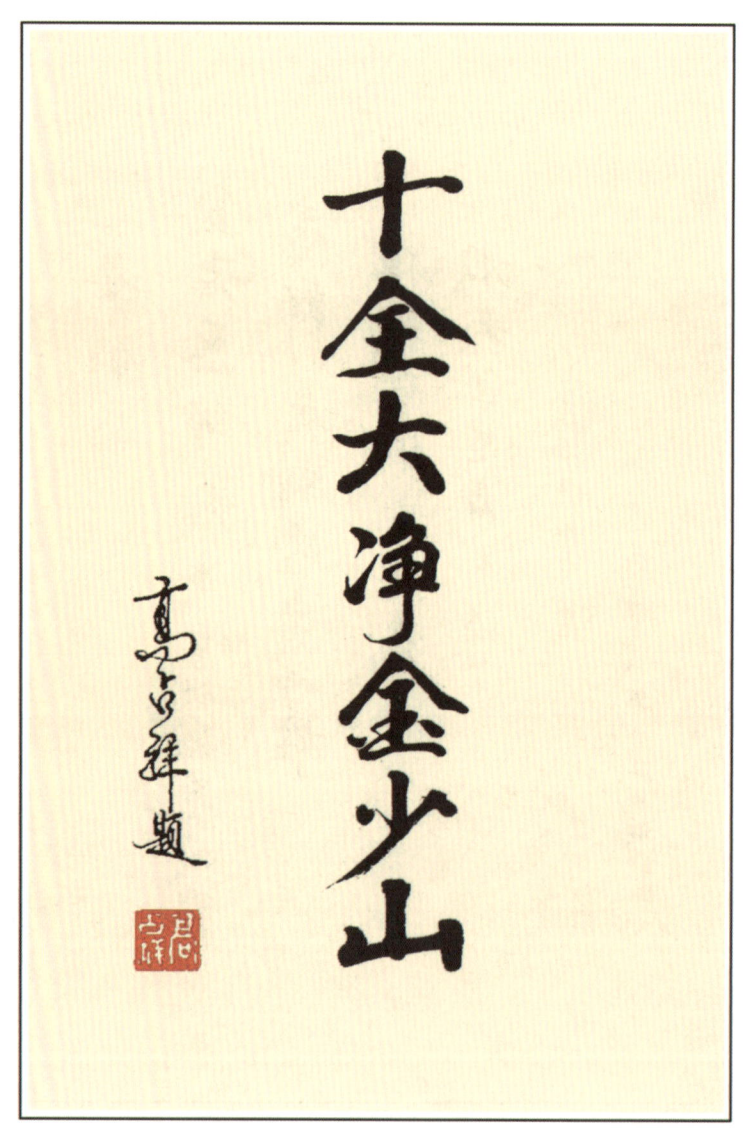

高占祥为金少山题词

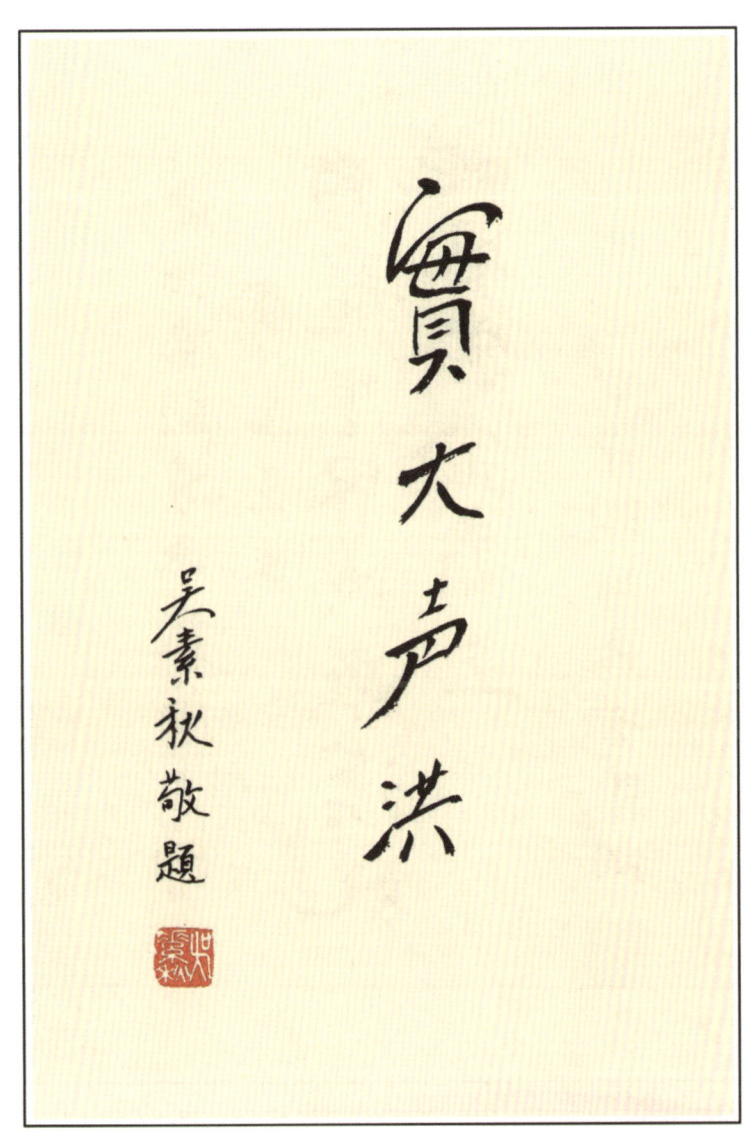

吴素秋为金少山题词

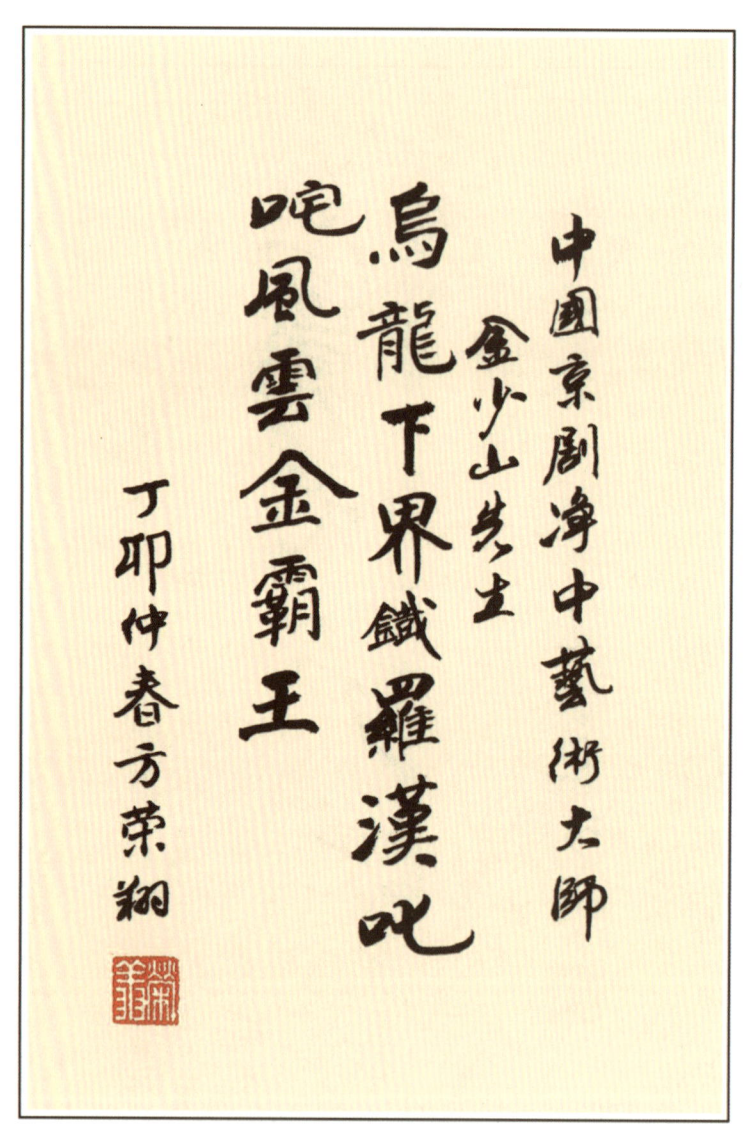

方荣翔为金少山题词

金少山绘净行脸谱

金少山便装

金少山（左）与梅兰芳　　梅兰芳（左）下台总统黎元洪（中）
　　　　　　　　　　　　　　　　金少山（右）

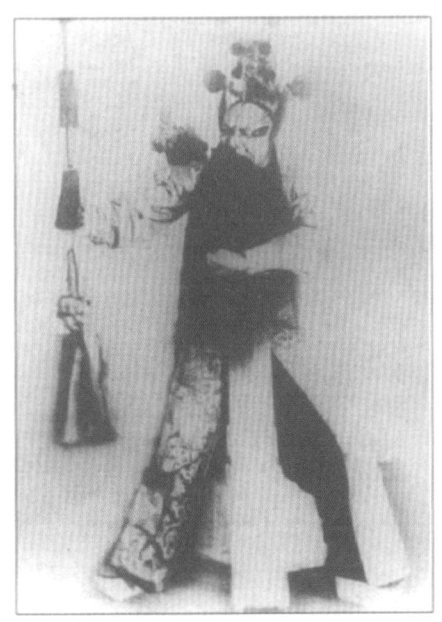
金少山在《连环套》中饰窦尔墩

金少山在《红逼宫》中饰司马师

金少山在《牧虎关》中饰高旺

金少山在《打龙袍》中饰包拯

金少山与梅兰芳合演《霸王别姬》

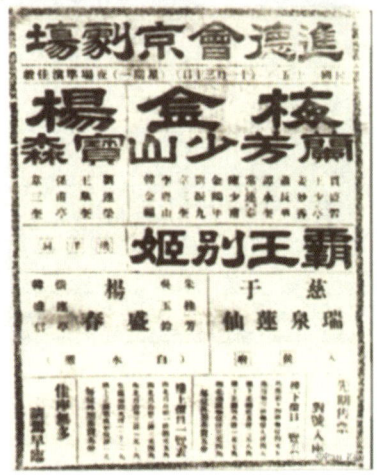

老照片·老报纸·老海报

金少山先生之墓

作者简介

苏笑神（原名苏建新），国家一级著作家、国家二级演员，国家非物质文化艺术传承人，世界人类非物质文化遗产杰出传承人。1949年农历5月16日生，汉族，出身梨园世家，六岁登台唱戏，河南省戏曲学校（现中原艺术学院）毕业，河南豫剧院一团演员，工文丑（2009年退休）。系香港科学院荣誉博士，获99.99纯金博士勋章，在30多所大学、研究院（所、中心）、学部、协会、学会任院士、主席、教授、学部委员、理事、研究员、顾问等职。著《中国戏曲文丑喜剧论》与《苏笑神品戏评戏集》，分别被中国戏曲学院及上海戏剧学院作为教材读本在两院图书馆珍藏。2007年8月24日，新华社发布"《中国戏曲文丑喜剧论》填补我国戏曲文丑理论研究空白"为题专电，《中国文化报》《中国艺术报》《文艺报》《中国新闻出版报》《河南日报》《文化时报》《宝安日报》等多家报刊予以转载报道。2007年10月3日上午，河南省文化艺术研究院、河南省戏剧家协会、河南豫剧院一团在郑州府苑酒家"天地厅"联合举行苏笑神学术专著《中国戏曲文丑喜剧论》专家研讨会，河南文艺界20多位到会专家对《中国戏曲文丑喜剧论》出版给予充分肯定，将其誉为文丑学科开山作，填补了我国戏曲文丑理论研究空白。2007年10月10日至12日，河南电视台九频道在"中原亮点"栏目中对研讨会进行连续三天现场转播，《文化艺术报》《河南工人日报》《大河报》《国际商报》《东方今报》等新闻媒体以"开山人""开山手""开山笔""开山作""开山祖"五个"开山"为题和"第一人""第一本""第一次"三个"第一"和"填补梨园、前无古人、开辟先河"为关键词进行评价。该著作获中共河南省委"2007年度河南省社会科学优秀成果奖（该奖项是河南省权威性、含金量、级别最高奖，与部级奖平级）"。2007年10月16日至17日，河南广播电台在10点05分"粉墨人生"栏目中对其进行每期半小时艺术访谈，10月18日至11月6日10点零5分在该栏目中以"笑神说丑"为题连续播放20天理论演讲（本人亲自讲解《中国戏曲文丑喜剧论》内容摘要）。2009年，中国社会科学院新闻传播研究所颁发"中国戏曲文丑学科开山人"荣誉奖盘。

2009年4月23日，由河南省文联主办，河南省文化厅艺术处、河南省文化艺术研究院、河南省戏剧家协会、河南豫剧院一团承办，在省文联三楼党组会议室联合召开《苏笑神品戏评戏集》出版座谈会。同年4月24日，河南省政府门户网站以"河南名丑苏笑神著书戏剧理论"为题，对《苏笑神品戏评戏集》专著学术价值及实用价值给予特别报道，2000多家官方网站与新闻单位对其成就予以报道。2009年12月，中央电视台大型戏曲文化专题片《中国豫剧》制作组，对其进行著作、资料、拍摄和人物专访播放。其自编（改编）、自导、自演和自己设计唱腔的代表剧有《赃官断》（根据牛得草演出本《三不愿意》改编）、《拾女婿》（根据牛得草同名演出本改编）、《卷席筒》（根据牛得草同名演出本改编）及《七品芝麻官》。并在《杨八姐游春》中饰宋仁宗（老生），《跑汴京》中饰杨世英（老生），《唐知县审诰命》中饰杜士卿（武生）、林友安（老生），《三不愿意》中饰展鸿才（小生），《借妻》中饰胡抓钱（袍带丑）与现代戏《杜鹃山》中饰李石坚、《青砖歌》中饰李长水、《扒瓜园》中饰铁柱等人物和戏曲艺术片电影《麻风女》中饰郎中。

在近20个省区报刊和大学学报发表作品200余篇100多万字，其13篇论文被《新华文摘》与中国人民大学书报资料中心《戏剧·戏曲研究》《舞台艺术》全文转载、转摘和收进索引，并选入《世界学术文库》《国际优秀论文大全》《世界艺术通史》《世界华人重大学术科研成果公报》《世界文艺大百科》《世界名人经典文集》《世界华人文化名人文论大全》《国学辞典》《中国百科成果全书》《中国发展研究文库》《中国当代戏剧通典·论文卷》等500多部学术典籍。获中共中央、国务院批准颁发的国家文化部八项保留奖项之一的评比达标表彰，第二、第三、第四、第五、第七、第八届全国戏剧文化奖（2010年12月23日与2013年1月31日，河南省政府门户网站以"豫剧表演艺术家苏笑神获首届全国戏剧文化奖"和"著名戏剧人苏笑神学术论文获第八届全国戏剧文化奖"为题进行报道）。1995年获全国首届中老年戏曲汇演（专业组）最高表演艺术奖·牡丹奖，国家文化传承贡献奖，国家非物质文化艺术传承奖·金奖，首届国家艺术奖·金奖，世界学术贡献奖·双项论文金奖，世界文化名人成就奖，首届世界华人文艺先锋奖·金奖，世界人类非物质文化遗产杰出成就奖，世界文化奖·金奖，首届世界华人文艺领袖奖·金奖，世界优秀表演艺术家奖及世界杰出喜剧理论家奖双奖（国家文化部〔1998〕160号文批准，多国在上海联办），首届全国文艺创作高级研讨会作品奖，中国作家世纪论坛作品奖，首届建国文艺大师杰出贡献奖，青花杯·中国传统文化最高成就奖，中国艺术大师金爵奖，首届中国红色文化传承杰出功勋奖，首届中国民族文艺领袖奖·终身成就奖，中国红色文艺名家贡献奖·金奖，中国乡土文学奖，1999年获河南省文化科技进步奖，首届黄河戏剧奖·理论奖等80多项海内外学术理论、文化科技、表演艺术、社科成果、非遗传承奖。被授予世界华人文艺领袖人物，世界文化楷模，世界华人文艺先锋人物，建国文艺大师，民族文艺领袖人物，中国十大艺术家，共和国红色传承功勋人物，红色文艺大师，国学家等多种荣誉称号。

其文艺业绩由中国唱片总公司、中国世界语出版社等媒体出版单位制成中英文对照、配音、彩色光盘全球发行。部分获奖作品和传略辞条被世界优秀专家人才网、世界人物国际互联网世华网、全球华人专家名人远程交流协作网、世界华人杰出专家网、中国杰出专家（人才）业绩查询网等海内外国家和地区输入电脑人才信息库网络。其生平载入《世界艺术巨匠》《世界华人艺术领袖》《世界人物辞海》《世界名人录》《世界人类非物质文化遗产传承人目录》《世界艺术家人才纪录大全》《世界华人文学艺术界名人录》《世界优秀专家人才名典》《世界著名华人艺术家大辞典》《国际知名文艺家大辞典》《世界华人英才录》《中国国艺大师》《人民艺术功臣》《中国专家学者名录》《共和国功勋人物志》《当代国学家传略辞典》《中华人民共和国创业功臣大辞典》《中国戏剧家大辞典》等1000多部史学辞书，近9000家新闻报刊、网络与史诗性大型文献对其业绩和贡献赋予评论报道。2009年国家以对中国建设做出突出贡献的杰出人物出版"共和国建设者·苏笑神"专题邮票，核发"共和国六十周年建设者成就邮票人物"荣誉匾牌与获奖证书，以及"共和国建设者"钛金勋章。同年9月30日,河南省政府门户网站发布"著名豫剧艺术家苏笑神荣登国庆专题邮票"消息,多家新闻媒体予以转载报道,该殊荣在网上获得86700多条查询结果。2013年,入列全国100位最著名艺术家宣传工程,中国文联国际出版社首次以中国最具传奇色彩的伟大艺术家、丑学之父的殊荣出版中英文对照《国家艺术人物苏笑神专刊》,河南省政府门户网站与《河南日报》《河南工人日报》《郑州日报》《河南青年报》《河南经济报》等多家媒体、网络做了专题报道宣传。2014年,选入由中国社会文献出版社出版的当代中国艺术界最具代表性十大人物合刊《百年中国·国宝级艺术大师》,同年,由联合国世界文化艺术发展基金会赞助、世界文化出版局出版《世界艺术代表人物·世界文化奖金奖艺术家苏笑神专刊》。2014年,受美国《国际文艺月刊》特别邀请,免费登上该刊第11刊封面人物。2017年,又出版了近60万字的该书《论大净王侯风云路——群星荟萃中的金少山》。

目 录

作者简介 ……………………………………………………………………（001）

序一 《论大净王侯风云路——群星荟萃中的金少山》序 …………尚长荣（001）
序二 珍重、珍惜！为《论大净王侯风云路——群星荟萃中的金少山》
　　　作序 …………………………………………………………………马紫晨（003）
序三 道心托毫素 矢志著奇文——"丑学之父"苏笑神其人其书 ……余　波（005）
自序 说点心里话 ………………………………………………………苏笑神（009）

前言 …………………………………………………………………………………（013）
金少山艺术概况 ……………………………………………………………………（001）
一、巨星出世　步入梨园 …………………………………………………………（009）
二、远离家门　浪迹江湖 …………………………………………………………（018）
三、关东苦难　忍气吞声 …………………………………………………………（024）
四、抱打不平　伤残他乡 …………………………………………………………（033）
五、寻死遇救　初展才艺 …………………………………………………………（042）
六、起嗓回声　立足烟台 …………………………………………………………（057）
七、旧地重游　挽回脸面 …………………………………………………………（065）
八、闯荡上海　成名申城 …………………………………………………………（077）
九、精诚合作　声誉大振 …………………………………………………………（096）
十、金杨搭配　天霸尔墩 …………………………………………………………（123）
十一、梅金联手　霸王别姬 ………………………………………………………（137）

十二、菊坛豪杰　侠义助人 …………………………………………………………（159）

十三、独战日寇　民族气概 …………………………………………………………（174）

十四、孤胆英雄　勇斗黑帮 …………………………………………………………（186）

十五、金何两家　重添光彩 …………………………………………………………（208）

十六、锦衣荣归　骨肉团聚 …………………………………………………………（216）

十七、接风宴上　大智雄心 …………………………………………………………（224）

十八、大净王侯　京城亮相 …………………………………………………………（247）

十九、组班挑梁　养虎观威 …………………………………………………………（266）

二十、课徒传艺　移师天津 …………………………………………………………（284）

二十一、旗开得胜　戏告大捷 ………………………………………………………（302）

二十二、花脸大会　金氏领军 ………………………………………………………（318）

二十三、首赴奉天　义演捐资 ………………………………………………………（326）

二十四、重返江南　再创辉煌 ………………………………………………………（342）

二十五、倾心传带　情厚义深 ………………………………………………………（373）

二十六、智戏恶势　转险为安 ………………………………………………………（394）

二十七、赶下包车　轰出茶楼 ………………………………………………………（421）

二十八、新戏未出　终身遗憾 ………………………………………………………（433）

二十九、摆谱耍派　不祥预兆 ………………………………………………………（463）

三十、病间授艺　传承后人 …………………………………………………………（483）

三十一、弘法布教　赐经送宝 ………………………………………………………（506）

三十二、培育弟子　论解行腔 ………………………………………………………（518）

三十三、旷世奇才　巨星坠落 ………………………………………………………（531）

三十四、尾声 …………………………………………………………………………（540）

主要参考文献 …………………………………………………………………………（549）

场上演丑角大美 · 案头著戏曲宏论
　　——记一代中国戏曲文丑学科开山笔苏笑神先生…………………………刘威利（551）

"丑学之父"苏笑神……………………………………………………余波　李志学（560）

鸣　谢 …………………………………………………………………………………（573）

序一

《论大净王侯风云路 —— 群星荟萃中的金少山》序

尚长荣

收悉笑神先生新书《论大净王侯风云路 —— 群星荟萃中的金少山》即将付梓出版，邀我为其作序，虽心有戚戚，终欣然应允。

说到金少山金三爷，梨园界可谓无人不知无人不晓。您拥有着得天独厚的天赋，表演雄浑豪放、大气磅礴，文武兼备，昆乱不挡，能戏甚多，以花脸挑梁，开创了京剧史上净行挂头牌的先河，被誉颂为"十全大净"！

舞台上，金三爷以其魁硕修伟的身躯、宽额丰颐的扮相、叱咤风云的气势、声若洪钟的唱念将西楚霸王的风采再现于舞台，轰动了当年的上海滩，"金霸王"的美称也传遍了大江南北。

家父小云公与金三爷交往甚厚。我本行虽是架子花，但青年时期也兼学金派的铜锤花脸，1946年、1947年时曾在天津的中国大戏院看过您的几出戏，特别崇拜，每每回味都十分过瘾。您是净行的翘楚、梨园的大师，也是我心中的偶像！

笑神先生的专著对金少山先生的总结可谓全面、难得。章回体的结构将金三爷的一生完整的叙述，既有生活的细节，也有丰富的艺术思考，每个章节结束的藏头诗亦有点睛之妙。苏笑神先生是丑行演员出身，多年来笔耕不辍，在戏曲理论上取得了丰硕的成果，跨行当深入研究净行大师，更是难得！

其实，戏曲艺术除了舞台上的立体传承，舞台下的文字梳理和总结也尤为重要，特别是对老一辈京剧艺术大师们生平轨迹及艺术经验的总结，都是传承与发展中不可或缺的一部分，笑神先生多年的勤奋与钻研为这一块填补了很大的空白！在此，我也期待着有更多的戏曲人、研究者、专家、有志之士在这个领域中进一步开拓，深入研究，为国粹的繁荣与发展添砖加瓦。

尚长荣

2017年4月18日于上海

（尚长荣：中国戏剧家协会名誉主席、上海市戏剧家协会名誉主席、上海京剧院艺术指导、著名杰出京剧〈花脸〉表演艺术家）

序二

珍重、珍惜!
为《论大净王侯风云路——群星荟萃中的金少山》作序

马紫晨

看得很清楚,建新(笑神)从艺的选择,显然与其家学渊源有关;嗜好的凝聚,则属周边环境氛围所熏陶;至于45岁以后为什么又突然转向做学问?颇见功力的两本著述(《文丑喜剧论》《品戏评戏集》)之后,为什么又把笔锋挥向了京剧的"大净王侯"金少山?而形式和体裁的认定又从枯燥的理论研究转向了具有通俗文学性质的记叙作品?虽然前后连续起来看,三部作品又各具特色,乃至风格上彼此又风马牛互不相及,但我却认为他这次发力的履新尝试却是出人意料地又一次成功了!不说别的,单就其所写的这个人物,资料的搜求和集聚以及褒贬兼具的春秋笔法,就绝非三五年所能见功。果然,从他"说点心里话"的自序中,终于使我们多少了解到一些基本信息——原来初看虽属零打碎敲,但却集腋成裘——(笔耕仅六载)竟反复推敲了不下20年!按照一般人的推断,他想做成此事,至少也需面对四大难点,即:第一,他是以一个豫剧(武行改丑行)演员的身份、阅历,去写一位京剧(净行)表演艺术家,剧种不同,行当又有别;第二,金少山生于1889年,卒于1948年,而与新中国同龄的笑神此时还未曾降生,年龄相差了整整一"甲子",二者不仅不是一代人,甚至连面也未见过呢;第三,与之相辅,为了让读者阅读时如身临其境，他还"异想天开地把当年的荟萃星群、票房名流、贫苦艺人、烟花女子、帮会大佬、军政要员乃至剧场旧址、民俗风情、同行倾轧、险恶处境、花脸知识"等——涉及并精研详解；第四，尤其在苏建新的笔下，他最终目的更想把金少山塑造成一位"有血有肉、有骨有魂、有谦有傲、有是有非、有功有过、有善有亏"的活生生的人，当然就更是难上加难了！但是，当我们（情节的精彩而手不释卷地）一口气把它读完之后，你不得不承认，该作品确实还是（至少在基本上）达到了他所期求的目标。虽然我此生也才只看过金少山演出的两场戏，而"笑神"居然能让这位誉满菊坛的"大净王侯"其风采、其形象深深地树在了我的心中，这也许就是作品的魅力所在吧！而由此则至少可以使我们想象到：苏建新曾经访问（并外联取证）过多少伶人？他需要怎样地去熟悉那个时代的社会背景？他喝的那点墨水和排戏、学唱词得到的那点知识，面对一位出类拔萃的名伶，有着如此丰富的素材，该需要克服多少苦难？我真的不敢想，然而他竟把这些问题一一攻克了！一部近60万字并饱含着学术理论及各种流派风格的大作就摆在面前，一位（据我了解）还没人给他（金少山）写过如此深刻、全面传文的人物，建新竟然把其酸甜苦辣、喜怒哀乐的印迹内涵全都用手笔一字一句精辟细论写在了纸上，又怎能不让人敬佩！并道一声"笑神，好样的！"

  然而，兴奋过后，当我端详着坐在面前的建新，他那瘦骨嶙峋的身架，配着一副灰黄、清癯的面容；来去时上下楼梯气喘吁吁、走走停停的病态体质，我真的又非常为他担心……20多年来，他倾全力投入了其所认定的这项事业。说实话，就靠他那点微薄的工资，是绝对难以支撑采风、走访乃至写书、出书这笔巨大开支的。然而他硬是勒紧腰带，趔趄前行，虽"为伊消得人憔悴"也无悔无怨，致笔耕虽已大有收获，但竟然把身体折腾成了这个样子！这怎么能行？所以我要（也必须）认真地劝他：打住！立刻放下笔休整一段，养养身体吧。"留得青山在，不怕没柴烧"。虽然你出的三本书全都有我的序跋，但我真的还盼望有朝一日能给你的第四本书再写点啥呢。珍重！珍惜！

于丙申岁末

（马紫晨：中国戏曲学会理事、中国俗文学学会理事、
《中原戏曲文化》主编，著名戏剧文史学家）

序三

道心托毫素　矢志著奇文
——"丑学之父"苏笑神其人其书

余　波

　　梨园梦回,到如今,古稀暮年。才情怎入俗人眼?斜阳已向苍山远。座中犹叹,寒窗萤火,铁砚磨成文丑篇。

　　斗室居简,忆往昔,世情冷暖。时乖不泯男儿愿,丈夫垂老心弥坚。大笔如椽,生生写就,义薄云天金少山。

　　落日熔金,一抹余晖斜照案头。一位清癯的老人端坐在书案旁,时而蹙眉哲思,时而奋笔疾书。床榻之上,已然整齐地码放着一摞大牛皮纸信封,足有二尺来高——这是他近古稀之年,花费六载寒暑戮力笔耕的心血之作——《论大净王侯风云路——群星荟萃中的金少山》手稿;而这位老者,正是被时人誉为"丑学之父"的苏笑神先生。

　　《论大净王侯风云路——群星荟萃中的金少山》凡六十万言,深情论述了著名杰出京剧表演艺术家、一代雄霸净坛的花脸宗师金少山先生的前尘往事,不少史料系国内首次披露,较之坊间习见到金公逸事,更为详尽可考、动人心魄。这并非姑妄言之，探究苏笑神先生之师承来历，与金少山竟颇多渊源，这也是他不畏艰辛撰写此书的契机之一。

苏笑神，原名苏建新，1949年农历5月16日生于郑州，河南豫剧院一团演员（2009年6月退休）、国家一级著作家。苏笑神的童年是在剧团度过的。孩提时代，他追随父母走南闯北，吃住戏楼，六岁竟登台出演了《雷音寺》中的小和尚及《秦香莲》中的小冬哥。八岁时，他的父亲苏汉卿（豫剧老生演员）调入国家水利部黄河水利委员会豫剧团（现鹤壁市豫剧团）。在这里，苏汉卿结识了豫剧名丑牛得草，二人相互配戏，同事多年。苏笑神自幼就爱看牛先生的戏，久而久之，潜移默化，渐至悟到丑角表演及丑性精髓的诸多精华，为后来转行别路改工文丑打下了坚实的基础。

1963年夏季，苏笑神以优异的成绩考入河南省戏曲学校，修艺武生。他非常珍惜这来之不易的学艺机会，除了在课堂上尽心受教外，还充分利用课余时间，夜以继日地勤学苦练。正是这种求知若渴的治学态度，令他艺业精进，成为高才。在校求学期间，教授苏笑神的先生除唱念课之外，其他老师全是京剧前辈，其中武功教师张荣山当年曾是金少山"松竹社"戏班里的武净演员，对金少山十分熟稔。苏笑神正是从恩师张荣山口中，听到了许多有关"十全大净"金少山的传奇故事，从此对这位梨园界的风云人物金少山产生了浓烈的兴趣；工作以后，苏笑神又从李三星（当年曾是梅兰芳"承华社"戏班的著名武生，尚小云的师兄，河南豫剧院一团艺术指导）、袁世海、宋宝罗（为毛泽东主席演出过四十多场戏）先生等京剧巨擘那里，获得了诸多有关金少山的珍贵奇闻，并被金少山乐善好施、义薄云天的高尚品格所深深折服，崇敬有加。神交既久，苏笑神遂萌发宏愿，要将其心中的偶像金公著述成文、流芳百世。

古今成大事者，无非"立德"、"立功"、"立言"耳。比照这个标准，笑神先生可谓人生圆满，其艺高德劭为圈内所瞩目。与之品茗畅叙，先生的坦率和至诚，令人如坐春风、倍感亲近；而他积数十年舞台生涯，所塑造出的臧必正、姜老哏、曹张苍、唐成、宋仁宗、杨世英、林友安、杜士卿、胡抓钱、展宏才及现代戏中的李石坚、郭建光（戏校毕业演出）、严伟才（戏校演出）、李长水、铁柱、二春等人物形象之鲜活，更是脍炙人口、载誉梨园。人到中年，苏先生一改戏路转工文丑，跃进了边登台边做学问的漫长路程，开始系统地研习文丑学科，立志填补文丑理论方面的空白,有《中国戏曲文丑喜剧论》与《苏笑神品戏评戏集》专著行世。除此之外,二十年间,先生清心寡欲、笔走龙蛇、坚持不懈的著书立说,每天平均写1000字左右,发表各类文章200余篇100多万字,并深得国内外各大媒体、戏曲名家乃至学术界推崇。

古来圣贤皆寂寞,青灯黄卷般的撰著生涯,无疑是对意志的最大考量。这不止于精神层面的考验,更须直面严峻的生存现实。笑神先生尽管获奖累累(一百多项奖),蜚声海内外,但他素来刚正不阿,鄙薄投机取巧,从不向歪风邪气屈服。因之生活十分拮据,其写作条件之艰苦,更是令人扼腕长叹。其实,苏笑神退休后的退休金完全可以过上衣食无忧的生活,来安度晚年。若再加上时常受邀参加一些庆典演出或接些影视剧角色的差事挣点外快,相对达到小康的生活水平也不是问题。然而,他的价值取向却与众不同,一门心思要把丑角艺术及戏曲理论的研究,发扬光大,传承下去。为此,自费外出查找资料、缮印书稿、出版专著,劳碌奔波、殚精竭虑,将省吃俭用积攒下来的银子大把的撒去不说,回过头来还要拼命挣钱予以补贴,才能勉力维持撰文出书的用度。显然,在时下追名逐利的人们看来,苏老干得这些事,真是不折不扣、费力赔钱不讨好的"傻事"。哎哎,老苏啊,我们不明白?放着现成的好日子不过,您老人家到底图个啥?

我曾就这个问题专门向苏老师讨教过,他尽管面对现实有颇多无奈,但态度竟十分坚定,这条道看来要走到黑了,是非功过,自有后人评说!

再回到《论大净王侯风云路——群星荟萃中的金少山》这部书,六十万字,六年心血,中间跑了多少路,问了多少人,熬了多少夜,受了多少累,吃了多少苦,花了多少钱,这些都只能说明一个问题——一位年近七旬的老人是在用生命写作!而这一切竟毫无经济补偿。如此执着于斯的学术精神,令时下很多所谓"作家"汗颜!

好了,说了这么多,还是请诸君读读这本书吧,从字里行间,您或许能体味到人性的光辉与真、善、美的存在;无论是金少山还是苏笑神,具可给读者一个惟有久违的独思。感于此,因作小诗寄赠笑神先生,以示珍重,诗曰:

梨园寄一世,明月照秋深。

道心托毫素,论丑著奇文。

庭前花开落,荣枯听虫吟。

谁言作者痴?向晚有余情。

2015 年 8 月 8 日

(余波:《郑州档案》杂志主编,评论家)

自序

说点心里话

  我父亲苏汉卿是一位豫剧老生演员。在家父的熏陶与艺术环境的影响下，自幼爱上了戏曲，步入了艺坛，也成了一名不合格的豫剧演员。然而，笔者学戏时的老师，除了唱念课之外，教授其他专业课程的先生却全是京剧前辈，再加上吾的叔父苏国华乃是四川省乐山地区京剧团的著名鼓师兼琴师、海笛（即唢呐）软硬场面的多面手。故而，从艺后特别崇拜京剧艺术，无形中使我从一些京剧名家那里学到了许多知识，悟出了戏里的真经。在我的梨园生涯中获益匪浅，受效良多。就此，到了四十五岁以后，怦然心动，走上了边唱戏边著文的探艺之路。

  在二十年的漫长岁月中，就做学问方面虽然略见小成的写了些东西，但在我的舞台实践上，却失去了许多不可弥补的淘金时机。有人问我："老苏，您写一本书，出版社能给你多少稿费呀？"我无言对答。他哪里晓得，写一篇尚好的万字论文根本就没有稿费，能够在公开出版的刊物上免费发表，已经是一件很不容易的事了；写一部对社会或说是对戏剧有价值的学术专著，除了日日夜夜的操劳不说，自己还要拿出几万元的费用，才能将书稿变为著作出版面世。而学术性的专业书籍，出版社审稿通过后，只负责交费的书号不负责印刷、发行。那么，待一部专业性较强的著作问世后，能否收回投进去的成本就可想而知了，这便是学者们目前面对的社会现实。无奈，为了梦想中的追求，也只好硬着头皮省吃俭用的积攒银两，来完成自己今生的心愿和所向往的奋斗目标，自费出书。

自1963年起，笔者曾在河南省戏曲学校坐科修艺的几年里，就经常不断地倾听恩师张荣山先生给我陈述"十全大净"金少山的传奇故事；参加工作后，则又常由李三星先生授教"金"之奇闻；1995年至1996年的两年间，在北京两次偶遇袁世海先生向我大讲而特讲金少山的花脸艺术达八个小时之多；后又从百岁高龄的江南京剧、书画、篆刻界三栖名家宋宝罗先生那里获取了金少山的珍贵资料；即便是和我的一些京剧、昆曲界的好友在一起闲话时，也时常听到"大净王侯"金少山的离奇故事。因此，促使我对这位梨园史上的传奇人物，同时又是重要人物金少山的坎坷经历产生了浓厚的兴趣，激发出了要撰写金少山的强烈欲望。通过几十年的所听、所问、所读、所学、所寻、所探、所集、所悟、所访、所解，以及在一些有关记载金少山的文献中查阅，将笔者游学四方、叩问同好了解到的只言片语编成故事；零零碎碎结章成文，用了长达六年的时间，在已年近九旬高龄的叔父帮助下，终于完成了这部将近六十万言的拙著《论大净王侯风云路——群星荟萃中的金少山》的写作。人生追求，固然辛苦，苦中见乐，心情大好，且感一快也！

　　撰文立论之作品，就好比烧菜炖汤一样，将主料备齐后，还要加配佐料调味，掌握火候，恰到时间，运用自己的厨艺经验烹菜、调汤，锅内之物，方能甘香可口的变为佳肴。写文章同样如此，若想令其脑馥美影的扣人心弦，就必须要突出骨韵合一的文学色彩，尤其是在遇到理论、评论和纪实性之类的内容时，则更要想办法描绘出生动传神、引君入瓮、喜读下回分解的通关余节，并能从中找出戏理，悟出奇妙，探出艺经，究出戏道，不能像叙述大记事中的人物生平，否则必然导致枯燥无味和难以入目的不良后果。金少山的传奇人生既属传奇，那么笔者就不惜重墨，采用其更加历经曲折、传奇、演义的写作手法，挥动笔锋，深耕细作，意予颂扬。同时，作者借金公之口揉进了一些仅供参考的净行理论，斗胆献丑，想班门弄斧为花脸艺术尽一点不足挂齿的绵薄之力，方不愧终身混迹梨园也。

　　金少山的诸多事迹，早已散见于各种报刊书籍，除了以上所谈之外，作者撷取精篇段落，将其连缀润色后，再进行反复修饰、增益、编缮，并利用古典小说的回章体加以对仗回目，欲令其内文情节尽量水盛云起，语言生动，故事感人，使读者如亲临其境的自觉入胜。诚然，就正文之余，书中情节显然涉及了当年的京剧大家、票界名流、戏迷朋友、贫苦艺人、剧场旧址、帮会大佬、时政要员、军界高官、烟花女子、风土人情等等，并借题发挥地拉出来予以逐个的深究细研，翔实阐释，让当今的人们由此了解到当时的社会状况，梨园世境，人间善恶，舞台风采，伶界情义，平添一份感人至深的可读乐趣。唯有更加全面的熟读金少山及那一时代艺人们所处的社会环境、名伶地位、江湖义气、道德品质、艺术竞争、人事关系、职业矛盾、心理变化、经济价值、相互帮衬、苦难生机等，才能更好地读懂他们的辛劳、风光、悲酸、品德、凄惨、团结、辉煌、善良、抗争、友谊、贡献与流派特色形成的艺术根源。

金少山先生既是艺人中的名伶，又是梨园中的旗人，他出生在一个收入颇高尚为富有的满族家庭，其父金秀山乃是清末升平署的花脸名家，擅演"铜锤"，唱功了得，响于九城，名声大噪，朝野震动！每月可拿到五百两白银的俸禄。因此，自幼把他惯养成了争强斗胜的性格，戏班里一些不好的江湖习气和八旗子弟的公子哥做派，等等，错综复杂的体现在了他的身上，形成了金少山灿烂光辉背后的暗淡色彩。这里面有社会的原因，也有致他后来性格失调的因素，决不可一概而论。对金少山的评价，就梨园界内道听途说的传闻，稀奇古怪，五花八门，多之甚多，其说法既属各有所见，又非空穴来风，责备者谓之散漫无度，挥金如土；赞美者誉之仗义疏财，一身豪气。说句心里话：先生的一生坎坷，实难用简单的评语来做结论。尽管，笔者在行文著书时，将金少山的光辉照人之处不惜重墨的大书特书，人间烟火的美好爱情也较为详细的画上了一笔，而晦暗私密的内容与他心态扭曲的变化却没有避讳，具也略为谨慎、均见提示的写了出来。其目的是想把先生写成一个有血有肉、有骨有魂、有强有弱、有谦有傲、有对有错、有缺有善、有胆有狂、有妥有欠、有义有差、有功有过的常人。"人非圣贤，孰能无过"，我们不可忘记，他毕竟是一个具有七情六欲、活生生的人，则不是天宫中的神仙。总之，无论金少山身上有多少缺点和毛病，或说是错误，并不影响先生真正的功德形象，也唯有如此敢于斗胆命笔的来描述金公，才能够真实地体现出他不尽完美的个性价值。若说"完美"二字，只不过是人类一种追求美好的向往，人世间根本就没有完美无缺的人。说句老实话，金少山也不例外，他并不完美，甚至过分，但他却是一位有血性及有正义感的真实艺人。作为文学作品，"人"的真实性才是"人性"的完美读物。俨然，这里笔者讲的是人，而不是其他。至于书中故事情节的传奇和言词语气的夸张气氛，就属另一回事了。就大义大节的主流而评，我们应该看重的是，金少山为京剧花脸艺术所做出的重要贡献和他的爱国主义思想。回顾他辉煌人生的精彩往事，金公依然不愧是我们可歌可颂、可尊可敬的花脸宗师！这才是作者著书立传的本意。

《论大净王侯风云路——群星荟萃中的金少山》中的主人翁，显然讲的是一代净雄金少山的传奇生平，有心的读者，通过本文很可能会有所思考的加以评判。金氏父子两朝两代呕心沥血开宗的"金门本派"花脸艺术之大成，曾一度轰轰烈烈雄霸净坛！成为京剧领军人物中的花脸首席。而其后却继承乏人，传发者仅吴松岩、赵炳啸等寥寥数几而已，再后来则凤毛麟角，更成式微，几近绝迹，被天下所忘。如今的工净演员，其唱念风格、身段工架、表演做派、舞台气质等，大都遵循、追捧细腻沉郁的风貌为上，而缺乏"金派"雄浑大气、猛重火爆一路的一派雄风！当然工净者追求沉郁细腻之技艺，固为尚好，无可非议，但这种潮流的侧重点是否存在有偏失花脸的雄浑本色，值得商榷。当我们用工琢磨，细心研究，认真探讨，重新审视当年风光无双的"金派"表演艺术时，无疑可以从中清楚地看出，或感受到，或领悟出，或觉察到，或寻找出一个真正达到炉火纯青的花脸行性是何等的大派风范，感人肺腑的等待着我们去挖掘探讨，研求传法，扬名立万。

由于本人的文化水平有限，笔唱墨歌纯属外行，著书立说更为牵强。作者深知，这部很不成熟、言差语碎的浅文拙著，其错漏之处和不准确的描述在所难免。我这位年近七旬的梨园一兵、文坛小卒，笨脑拙笔编纂这篇长文的目的，虽然是为了讴歌金少山先生匠心营造的卓越功绩和他重情大义的豪爽气概，在撰文、采访、外联、取证、考察等的许多烦琐过程中，也确实付出了大量的劳动和财力。然而，由于我这名半个文盲佬、半个演艺员的文学底蕴太差，就组文用词方面，其内容的含义却很难完整地表达出来欲想的效果。故而，在下恭请广大读者朋友们给予斧正指导。谢谢梨园界的诸位前辈、老师以及同业们的通读赐教。

—— 藏头诗 ——

说净道戏吐心声，
点点滴滴用心评，
心诚意切肺腑语，
里手行家来验明，
话出拙著颂金公。

苏笑神

2016年12月28日（星期三）于郑州

前　言

　　中华民国年间，在帝都北京、皇城脚下崛起了一位京剧花脸巨星"大净王侯"金少山。他被梨园界的行家里手誉为"乌龙下界铁罗汉""叱咤风云金霸王"，并有"花脸大王""十全大净"及"全国第一大花脸"的美称。然而，这位声名显赫的"大净王侯"金少山的一生，却经历了一连串的坎坷，事业艰辛、受尽苦难、最终走向辉煌。他顶撞黄金荣，抗拒杜月笙，刁难张啸林，戏弄常玉清，以及不顾生死与一些欺压百姓的恶势力、外国佬作殊死斗争的豪言壮举，令人惊叹！他不仅声腔绝顶，艺术精湛，而且心地善良、重情重义、爱抱打不平，让人敬佩！他单枪匹马独战日寇的爱国主义精神和捐资扶贫的高尚美德，被世人赞扬，在梨园传颂！

金少山艺术概况

金少山，又名三义，1889年农历4月20日（光绪十五年）生于北京，满族出身，是清朝末年时期京剧名净金秀山的三公子。幼年跟随父亲从艺，并兼宗师爷何桂山工铜锤花脸。同时，从韩乐卿习练基武身把功，学架子花及摔打花脸戏。后来，正式投拜在了北京的著名小生艺人德珺如门下为徒，从此，德珺如先生成了金少山的带道业师，因其父金秀山与德珺如的交情深厚，便将初步梨园的金少山荐入伶界做了职业演员。为了应付搭班的需要，就此期间，他又向何通海学了《太行山》《庆阳图》等一类的开锣戏；还向屈兆奎学了一些非正工花脸所演出的《双沙河》《秦淮河》等之类的诙谐戏。金少山初登舞台于杨香翠所主持的"宝胜和"戏班，该班的挂牌主演有著名武生黄月山等人。1912年改搭"双庆班"，1913年金少山和家父一起随"伶界大王"谭鑫培南下第一次到上海演出时，在谭鑫培的首场打炮戏《失·空·斩》中，金秀山来司马懿，金少山去马谡。1914年又搭"鸿庆班"与"永庆班"唱戏，并和父亲同台演出。当时，金氏父子在《洪洋洞》中分扮焦赞、孟良均获盛赞！在《白良关》中分别饰演的尉迟父子，具在帝都北京留下了美谈。在这一节段，金少山与梅兰芳、朱素云、谢宝云合演了《岳家庄》，与王瑶卿合演了《金猛关》，与程继先、荣蝶仙合演了《秦淮河》，与韦久峰合演了《审刺客》等戏。当年，北京菊坛名角如林，人才荟萃，像他这样一个初出茅庐的年轻后生，不易得到施展才华的机会，切属土内明珠，难放光彩。

十八岁倒仓后，独自一人离开北京外出闯荡，去过张家口、东北等地。父母谢世后，金少山几乎无法自立，发下誓言重振金门，便二次出京直奔天津卫搭班，后转至山东青岛，为打抱不平受尽苦难，几经周折赶往烟台后，在烟台"福禄寿"戏园子落脚唱戏，成家立业，娶下妻房。此时，金少山通过苦练嗓子，声音好转，所演剧目，无论文武，备受欢迎。1921年冬季，金少山和白玉昆辗转上海，在"齐天舞台"首次以主演的身份挂牌演出，一炮打响，赢得好评！后转入小舞台、丹桂第一台、天蟾舞台演出，并以每月八百元到一千元的洋钿包银在"天蟾舞台"长期坐包，为外来名家傍戏配演做搭档。就此期间，金少山与杨瑞亭、周信芳、马连良、高庆奎、李桂春、王鸿寿、李春来、林树森、盖叫天、李多奎、王虎臣、杨宝森、程砚秋、谭小培、张艳卿、高雪樵、谭富英、姜妙香、何月山、刘奎官、小杨月楼等一大批京剧名伶的多次合作，大大地充实了腹笥，拓宽了戏路，再加之他师爷何桂山老先生的许多亲授嫡传，使金少山艺事大进，与日俱增。1924年冬，由"天蟾舞台"的老板顾竹轩特邀被誉为"武生泰斗"的国剧宗师杨小楼赴沪演出，并举荐金少山加盟，金少山在杨小楼的打炮戏《连环套》中饰绰号铁罗汉的窦尔墩，轰动了上海，震惊了沪人！从此，在上海滩立住了足根。

两年之后，金少山又受上海帮会大佬黄金荣的"黄金大戏院"邀请登台献艺，期间，该院财东黄金荣约梅兰芳旅沪公演《霸王别姬》，因扮演项羽的杨小楼身体欠佳，无法同行，霸王一席难以物色。此时，恰逢王瑶卿由沪返京，他便推荐了金少山。梅兰芳到沪后，黄金荣再次举荐金少山配演霸王最好不过。于是，由金少山和梅兰芳联合挂双头牌出演的《霸王别姬》，再次出现在了申城。临期登台，不负众望的金少山以他魁硕修伟的身躯，宽额丰颐的扮相，叱咤风云的气势，声若洪钟的唱念，精湛绝伦的表演，火爆炽热的开打，博得了阵阵掌声，满堂喝彩，彻底征服了骄傲的大上海。自此，在上海滩的各大戏院门前高悬出了金门本派的花脸旗号——十全大净金少山。后来，财东黄金荣将金少山调往"黄记大舞台"唱戏时，竟把金少山长期的驻班包银涨到了每月高达两千元的光洋。

金少山在上海的十六年中，通过他在齐天舞台、小舞台、丹桂第一台、天蟾舞台、黄金大戏院、黄记大舞台、共舞台与诸多南北京剧名家的合作演出，使他赶排并学到了许多连台和单出的大小剧目，因此不少大角名伶都喜欢与他做搭档配戏，故而，又大大丰富了金少山的舞台经验和其梨园同业的人脉关系。就沪时期，金少山常上演的剧目有《连环套》（饰窦尔墩）、《草桥关》（饰姚期）、《御果园》《白良关》(饰尉迟恭)、《霸王别姬》(饰项羽)、《锁五龙》(饰单雄信)、《古城会》(饰张飞)、《牧虎关》(饰高旺)、《飞虎山》(饰李克用)、《断密涧》(饰李密)、《刺王僚》(饰姬僚)、《忠孝全》(饰王振)、《法门寺》(饰刘瑾)、《闹江州》《清风寨》《丁甲山》(饰李逵)、《取洛阳》(饰马武)、《大保国·探皇陵·二进宫》(饰徐延昭)、《断太后·打龙袍》《探阴山》《铡美案》(饰包拯)、《李七长亭》(饰李七)、《失街亭·斩马谡》(饰马谡)、《双沙河》(饰张天龙)、《八蜡庙》又称《趴蜡庙》(饰金大力)等。除此之外，像《庆阳图》(饰李刚)、《大回朝》(饰闻仲)、《龙虎斗》(饰呼延赞)、《太行山》(饰姚刚)及与马连良合演的《八百八年》(饰姜尚)等之类的垫场戏或开锣戏和一些不起眼的小戏，经他搬演后，竟可变成观众非常喜欢的大轴好戏。除了以上金少山常上演的戏码以外，他演出的剧目还有以张飞为领戏主演的新戏《芒砀山》以及《黄鹤楼》《刺巴杰》《打严嵩》《黄一刀》《下河东》《取荥阳》《金沙滩》《芦花荡》《醉打山门》《虎囊弹》《打潘豹》《黄金台》等等。

金少山的戏路极宽，唱念做打无所不精，身段工架犹为规范，跟斗零碎令人赞叹！就花脸艺术中，他不仅文武兼备，能戏甚多，昆乱不挡，在嗓音的声韵方面，还能够充分表现出对行腔的点染装饰，除净腔嗓音的声韵调理承家父所长必用鼻音之外，还在他常演出的著名喜剧《牧虎关》中的两段[西皮流水]："杀来杀去影无踪"的"影"字托腔内运用了"擞"音；在"呼风"时唱的："一步跳至在正当中"的"至"字，他即用了大"颤"音，金少山这两种音韵的巧妙搭配，使唱腔更为生动活泼的出新效果，大幅度地增强了演唱的行韵魅力。非常值得一提的是，身高一米八三，体形雄伟魁梧的壮汉金少山，却能够扮演小生和旦角，而且保质保量，不露山水，效果极佳。他在《牛郎织女》中(有时来牛郎，有时扮织女)饰演的跨行小生牛郎，神态憨厚，表情朴实，身段优美，气质文雅，小嗓清秀甜亮，演技感人肺腑；他扮演的反串织女，动作行如流水，情感处处动人，其小嗓的嗓音与他演唱的牛郎相比，大起变化，完全不同，给人的感觉柔声细雨，甜甜蜜蜜，清脆悦耳，响堂挂味儿，极为好听。难得的是，在金少山饰演的牛郎和织女身上，无论是唱念与表演，丝毫看不出有花脸行性的痕迹与净行演员的身影。

金少山外出闯荡二十多年后的1937年重返京师，在"华乐戏院"首演他的代表剧《连环套》，引起了巨大的轰动，他自组"松竹社"挑梁奏艺，开花脸独挂头牌的先河是京剧史上的伟大创举，成为了净行艺术的发展将进入到一个新时期的标志！以周瑞安、贯大元、张荣奎、陈少霖、姜妙香、李多奎、萧长华、马连昆、王福山、魏连芳、徐德增、裘盛戎、高盛麟、陶默庵、沈曼华、林秋雯、李慧琴、王泉奎、张荣山、杨春龙、霍仲三、刘玉泰、慈瑞泉、贯盛习、李宝櫆、鲍吉祥、扎金奎、于莲仙、诸如香、任志秋、张蝶芬、李玉太等名伶为佐，其"松竹社"走南闯北，一呼百应，多年不衰。期间，与梅兰芳、孟小冬、麒麟童、马连良、谭富英、林树森、刘宗杨等合作演出，声威大振。1941年2月，"松竹社"受张竞寿先生邀请，金少山率"社"再赴上海"皇后大戏院"演出时，售票口处的客满牌字，竟达六个月之久没能摘下。仅在"皇后"一处，就连续公演了十三个月，剧场仍不掉座。

京剧净行艺术，自清朝同治、光绪年代有较大的提高，其中何桂山、穆凤山在铜锤兼架子花的唱念方面，分别对前人的花脸艺术进行了不同程度的规整革新，其各自形成了黄钟大吕、朴直无华的何（桂山）派艺术及婉转流畅、灵活多变的穆（凤山）派艺术。随后，何桂山的得意弟子金秀山兼优两派之长，其唱功以"何"派的大气磅礴为主，又吸取了"穆"派的鼻音与部分俏腔之韵风，既保留了师傅的雄浑厚朴，又汰去了"穆"的花梢俗庸，使自己的演唱在棱角分明的同时又具有酣畅圆润的特色，更富其遒劲沉雄的味道。金秀山就念白方面保留师傅的风格较多，尤其擅长京白。其工路以铜锤见优，副净为次，在架子花脸戏中以袍带为主，擅演太监和衰派之类的人物，并能以不同的唱法、道白、台步勾画出剧中人的不同身份与个性。金秀山晚年的唱腔更加洗练老辣，表演则庄重沉稳，其艺术风格含蓄端庄，逐渐形成了"金派"花脸艺术的风格，被业界誉为"何（桂山）""穆（凤山）""金（秀山）"净坛三山的美称。金派花脸艺术的创立出现于金秀山年代的清朝末年，成熟于金少山时期的（20世纪30年代）"中华民国"。由于金秀山架子戏较为薄弱的缺陷，到了其三子金少山时代，才算是真正地完善和丰富了"金派"艺术的完美。"金派"的崛起，是经过了两朝两代、金氏父子二人近百年集铜锤、架子、摔打花之大成发展创造出来的，并以唱念的卓越成就和做功著称于世，方才跨进了前"三大"（即何派、穆派、金派），与后"三大"（即金派、郝派、侯派）花脸流派艺术的殿堂，名扬天下。

金少山有绝好的天赋，嗓音较金秀山更加洪亮，不仅声似洪钟，音量颇大，嗓喉极宽，而且音色醇厚饱满，每一放歌，有巨浪出峡，飞瀑悬崖之概。金少山的唱法乃得家父亲传,又直接沿承了何桂山的雄浑壮阔。他充分利用自己的嗓音特长,不仅最大程度地发挥了"何""金"两派的精华,还进一步使之更加丰富完美,声韵超然。例如,他在其代表剧《草桥关》中姚期出场的打"大引子",《连环套》中窦尔墩唱的[点绛唇],往往借助自己那大气量的嗓筒直面观众翻高八度唱出,其声音盖过海笛,并且保持音色的肥满圆润。《大回朝》等剧,依"何"派唱唢呐二黄,移山填谷,力贯全场,声震四座,其尾腔仍能再次翻高。每与唱段中运用何派平直的行腔,旋律至为简单,却仍能以恢宏的气魄传达剧中人的恼恨、怨怼种种之情绪。流水板和快板多依金秀山的唱法,干脆清爽,不拖泥带水。金少山的念白功力深厚,深沉猛重,力大气沉,吐字喷口同样圆浑有味儿,韵白庄而猛,京白甜而脆,就"风搅雪"京白及韵白混用时,转换衔接自然之极,有的剧目如《打严嵩》中兼用的变嗓技巧,更为出色,口白勾人魂魄,字字引人入胜,功法使君赞赏!

金少山的做工较金秀山有大的突破,他以大幅度的体形动作,生动的面部表情和神态灵活的双眼,结合步法或借助于道具(如:书信、马鞭、令旗、宝剑、大枪、短刀、板斧、大刀等)来渲染人物,以刻画豪爽、憨厚、凶狠、勇猛与之风趣的角色最为见长,如张飞、项羽、秦灿、司马师、姚期、李逵、李七、周处、窦尔墩等。金少山的脸谱勾画,深得师爷何桂山亲传,扮相多师法何派,谱式图案简净大方,装饰生动形象突出,加之身材伟岸,颇具雄浑古朴之帅气。在何桂山与金秀山的言传身教下,金少山遵循师承,所演剧目无不精彩。就净行饰演《霸王别姬》中的项羽,始自金少山,在杨小楼塑造的霸王形象之外,别具一格,被颂誉"叱咤风云金霸王"的美名!故而,自杨小楼古后,梅兰芳每演此剧,项羽一角非金少山莫属,方可保盛。

作为一名花脸演员,金少山具有得天独厚的条件。他的生前好友著名戏剧家翁偶虹说:"有人赞金少山的嗓音之高亢胜过何桂山,表做之精细不让黄润甫,身材之魁梧超出李寿山,武功之娴熟甚于庆春圃。这四位都是净坛中造诣深湛的前贤,说金少山能集众家之美,萃于一身,是当之无愧的!"武生前辈尚和玉先生生前也曾赞叹道:"金少山的花脸艺术,文净过鼎,架子超群,武功了得,真是要哪儿有哪儿,实在是难得的全才大家,说得上前无古人,论之为'大净王侯'名得其所!"金少山的确是一位天赋优厚的全面净才,他嗓音的响亮之洪,确有声震屋瓦、震耳欲聋之势,高、中、低、宽、厚、亮、响,面面具备。他的鼻腔运用,特色独具，韵味悠长，头腔、胸腔与鼻腔共鸣的巧搭浑配，精妙绝伦，唱来灵巧，和谐而无僵闷、单调之感，令人追味。他喉腹内的虎音、炸音、膛音、立音等也都一应俱全，用来随心所欲。金少山的唱腔朴实无华，不事雕琢，似乎平淡无奇，实则峥嵘浑厚，于顺畅自然之中彰显气势。他唱"快板"最见功力，吐字、气口、尺寸等都驾驭自如，快而不乱，脆而不毛，流畅清晰，句句入耳，字字动心，放声诱人。例如，《锁五龙》中的单雄信痛斥李世民、徐茂公、罗成的三段；《断密涧》李密与王伯当的对口都具有颇强的代表性。在唱腔中，金少山善于借鉴、吸收其他行当中的一些唱法或技巧，用以丰富自己的行腔，贴切、新颖而不露痕迹。他的唱念，在继承何桂山、金秀山的行腔基础上大胆创新，有所发展与有所突破地自成一体。就他的口白声腔中擅于运用高、矮、宽、细、猛各音，于轻重疾徐、迟急顿挫的变化中，刻画人物性格，揭示角色心理，收到达意传神之效。譬如《连环套》"拜山"中窦尔墩与黄天霸的对白，《李七长亭》中李七在公堂上的大段白口，均属精品。念京韵白的太监戏更为独到，例如《法门寺》的刘瑾、《忠孝全》的王振、《黄金台》的伊立等，都是金少山的拿手口白，得意之作。

金少山自幼虽然跟韩乐卿练功、修艺、学架子，但他的表做工法，后来却实遵黄三（润甫）路数。其武功、腰腿、跟斗、手把功夫都很漂亮，工架严谨稳练，身段规范工整，翁偶虹评："寓矫健于凝重之中，见端庄于玲珑之内"，在《闹江洲》中的使双斧，《霸王别姬》中的操大枪及项羽力拔山兮气盖世的威仪，《五台山》中的罗汉像，《清风寨》中的浪子步，《草桥关》中的姚期戎马半生、烈士暮年的老迈，《连环套》"盗御马"中的马趟子，都给人留下了深刻的印象。当年，金少山初到上海演出《连环套》时，他那威猛的寨主形象和铁罗汉窦尔墩的精湛表演，以及那黄钟大吕、龙吟虎吼的唱念，被上海滩的观众送了一个"乌龙下界铁罗汉"的绰号！流传至今。

金少山突破了铜锤花脸和架子花脸严格分工的行路界限，并且能融铜锤、架子、武二花于一身，确立了京剧史上第一个唱、念、做、打、翻、舞全面发展的、完整的花脸表演艺术流派，开创了净行三路一体的领军先河，形成了金门独到的自家风格，跨古绝今，世称"新金派"！与郝（寿臣）、侯（喜瑞）在净坛鼎足而立，金挂首位。金派风格，雄浑豪放，大气磅礴，典型地体现着戏曲花脸的艺术特征。评界文豪欣然命笔又为金少山戴上了"十全大净"的桂冠！梨园内外、行家里手都夸赞金三爷乃属天才、奇才、鬼才、怪才的"花脸大王",并有全国"第一大花脸"的声誉,这些称谓对金少山而论,名副其实,言之有道。因为,在京剧二百多年的历史进程中,像金少山那样一条声震屋瓦的嗓筒,和他那高大魁伟的身材及宽阔饱满、适合勾画各种脸谱图案的面庞,在净行的演员中,凤毛麟角,难寻第二。但,金少山的造诣除了他的天赋条件外,主要还是仗凭他扎实深厚的艺术功力和舞台上的长期磨炼而获之。就金少山的青年时期而言,他的嗓子并不像中年以后那样惊人,早先以演武二花脸为主,兼工架子花脸戏,却师承何桂山一派,武功基础非常瓷实,身段工架相当讲究,他演《芦花荡》的张飞、《金沙滩》的杨七郎一类的武戏花脸,很早就获得了好评。金秀山过世后,年轻时的金少山倒仓失音生活穷困,在戏班里做过很长时间的底层演员。离京后,在张家口、哈尔滨一带吃过大苦,受过大罪,做过大难,辗转天津后总算是找到了吃戏饭的一席之地,不料天津期满重寻出路时,路经青岛海城,为打抱不平险些丧命。此后,灰心烟台投海了生、自寻短见时,偶遇崂山道士救助,赐予复声良药,嗓音变好!时来运转,在当地著名琴师孙老元(即孙左臣)的帮助下他终于搭上了戏班,重操旧业后,艺震山东,名气大噪。

金少山在上海坐包唱戏时,二次败声后,其名次一下子降到了第十五牌之后,后来在自己的刻苦努力养练下,通过医治嗓音康复,方又在齐天舞台、小舞台、共舞台、丹桂第一台等戏院做基本演员,才逐渐晋升到了三、四牌的位置,出任些重要配角为名家傍戏。就这个较长的时间内,使他又一次受到了很好地洗练,舞台上大大小小的花脸人物,无论文武,他基本上都唱过,从名角到配角,从主演到傍戏,从一路到二路他同台合作过的及见过的,数以千百计之多;金少山与四大名旦、(前、后)四大须生曾经长期配戏,联手演出;使其积累了丰富的实践经验和艺术技巧,就广收博采的艺术征途中,大大提高了金少山的舞台风貌。他那条石破天惊、响堂挂味儿的洪亮嗓筒,就是在这样的实践过程中,逐渐锤炼出来的。金少山之所以能演好并唱响铜锤大面,与其掌握了丰富的花脸技能和他的艺术素养是分不开的,这才是他引起人们重视的根本原因。由于金少山全面艺术成就的高深和其声名显赫的威望不断扩大攀升,在梨园界如同谭鑫培、杨小楼、余叔岩、梅兰芳,与分别位居于老生、武生、旦角的领军人物一样,成为世所公认的京剧花脸首席代表,再由于他为提高进化净行在京剧艺术中的社会地位做出了不朽的贡献,后起之秀的花脸演员无一不受到他的深刻影响，将其作为攀登净行艺术的最高标杆。因"金派"花脸文武兼备的全面功力和其行腔中的嗓音要求极高，能全面继承其艺业的传人不多，以传承"金派"艺术而享誉的弟子、演员仅有吴松岩、赵炳啸与著名的"铜锤三奎"：王泉奎、赵文奎、娄振奎。诚然，众所周知的著名京剧艺术大师、"裘派"花脸艺术创始人裘盛戎的青年时期，特别受到过金少山先生的器重。金的热心提携与弘法布教的解囊相助，甘做人梯，对裘盛戎攀登艺术巅峰起到了巨大的作用。

金少山从小就是一个玩物不丧志的玩家，他爱好尤为广泛：喜听评书大鼓，闲步茶楼庙会，爱看赛马踢球等。对花草鱼虫、驯猴、喂狗、养老虎、观鸟、熬鹰、斗蟋蟀、打拳、摔跤、揣蝈蝈等都有浓厚的兴趣。这些等等之类的爱好，对他陶冶性情与艺术创造起到了潜移默化的作用。金少山性格豪爽，仗义疏财，爱打抱不平，救苦济贫，挥洒金银，无所吝惜。由于他花钱无度，常有亏损，以致晚景凄凉。于1948年8月13日在北京贫病而终，享年五十九岁。金少山的去世，是我国京剧事业的重大损失。下面笔者作藏头诗一首，并略为详细的来讲述金少山的传奇故事：

藏头诗

金门帝都三净首，
少山花脸独风流，
山将兵海霸王戏，
艺高人爽武尊侯，
术可多变千人面，
概气冲天赛小楼，
况今跨古各千秋。

一、巨星出世　步入梨园

　　1889年的农历4月20日（光绪十五年）上午，古老的北京城内，蒙蒙细雨，空气清新，好一派风和爽凉的春末气象。立春以来，使人感到从未有过接近初夏的清凉舒心。这天，在梨园豪门的金宅大院内，隐隐传出了婴儿的哭声，京城帝都有位唱"铜锤"的花脸名伶金秀山的夫人，又为金府生下了一个虎头虎脑、四牌大脸、九斤多重的大胖儿子。这个刚刚来到人世间的男婴，一落地就扯着他那脆铃般响亮的小嗓门，犹如京剧舞台上的大花脸人物打"哇呀呀"那样，一个劲儿地哭闹个不停！他那"黄口"般的哭声，使住在附近百米以外的街坊邻居们，都听得清清楚楚，妇孺皆知。高兴得金家急忙差人跑到戏园子来找金秀山报喜。此时，鼎鼎大名的金（秀山）老板，还正在台上唱戏，等他迎着观众的喝彩声下场听说后，就赶快草草卸装洗脸，穿戴衣帽，向这次组织义演"窝头戏"的管事人说明了情况，便匆匆乘车马不停蹄地赶往家中。待金秀山刚迈进大门，即听见了孩子那清脆悦耳的哭声，这时身为男婴生父的金秀山感到自家院内蓬荜生辉、草木献艳，兴奋地笑着说道："好哇，金府从此又添了一个小大花脸，看来我金秀山的艺术后继有人了……"

　　待孩子满月后，金秀山高兴地忙来忙去，东奔西跑，南北向告，请来了许多亲朋好友，清末官员与社会贤达，梨园名宿和京剧大家，四邻五舍及新旧同业，并亲自下厨在府上大摆宴席，庆贺三日。周围的街坊邻居纷纷前来为金家道喜的成群结队，戏迷票友及登门助兴的宾客人山人海，终日不断，金宅大院好一派、张灯结彩的喜庆景色。有的猜拳行令,有的谈论艺术,有的海阔天空,有的扯东道西,有的话古论今,有的推杯换盏,有的聊起了政局,一连几天送往迎来,欢歌笑语,热闹非凡。

其实,金秀山原本并非是梨园中人,更不是京剧科班出身。1855年,金秀山出生在北京的一个满族家庭,其父金龙吉在清朝天子脚下经营玉器,生活衣食无忧,稍见富裕,只是人刚到中年就因暴病和金秀山的母亲相继离开了人世。无奈,小小年纪的金秀山,只好学了厨艺做了厨师。后来,成为京城内手艺了得的大牌厨师,其宫廷御宴、满汉全席、南北大菜无所不能,无所不精。

因金秀山从小就喜好京剧,爱唱高腔,声似铜钟,痴迷花脸,在京剧界结识了许多艺人朋友。最初他趁空闲时,先在"翠峰庵"票房(票友们聚集在一起练唱、论戏的地方,类似如今的戏迷协会和票友俱乐部)里自学京剧或者出钱请名角到家里教授剧目,指导行腔。由于他天生一副好嗓子,经常被京都里的皮影戏班请去伴唱,大受欢迎。后来,人称"何九"的著名京剧花脸艺人何桂山发现金秀山体型魁梧,嗓音过人,悟性尚好,是一可造的"大面"之才。正巧,那时北京的京剧舞台上缺少唱功花脸,于是何桂山先生便派人去找金秀山入行,待讲明来意后,金秀山听说让他到专业京剧戏班去学唱花脸,又有赫赫大名的何(桂山)老先生负责教戏、搭班,激动至极,万分高兴。连忙穿戴整齐急三火四地来到何家,向何桂山先生表明了自己的心声,并当面提出了要拜在何老门下为徒的愿望。不久,就在北京前门外煤市街里的取灯胡同"同兴堂"饭庄正式举行了拜师仪式,换了门生帖,敬了拜师酒,行了跪师礼,端了尊师茶。从此,金秀山便开始了边学、边练、边搭班演出的艺术生涯。每日清晨五更时分,师傅何桂山带着他喊腔,吊嗓,练五音、压腿、打戏、耗膀子,仅两年多的时间,金秀山就上演了以唱工(功)戏为重的《白良关》《飞虎山》《御果园》《刺王僚》《草桥关》《大保国·探皇陵·二进宫》;以口白为重的《黄金台》《忠孝全》《法门寺》等剧目。

在誉有花脸净圣称谓的何桂山先生的严格训练锻造下,这位曾经做过厨师,出身票友的金秀山,通过自己的刻苦努力和舞台实践,下海唱戏一举成名,不到几年,竟成为了非常走红的京剧名伶,并得到了行家里手地一致赞同。

金秀山的师傅何桂山,字宝庆,是何喜福的第九个儿子,故称何九。属清朝晚年的京剧大家,即本工铜锤架子兼优的实力派抱两门花脸演员,世称"净圣"之尊。他先拜花脸名伶刘大头为师，后拜汪正士门下为徒。在京城唱戏时，搭入"三庆班"后经常与程长庚、杨月楼、谭培鑫、初连奎、卢胜奎、刘桂庆、李秀峰等合作演出。他嗓音浑厚嘹亮，唱腔古朴简洁，工架凝重沉稳，身段雄伟霸气。他所扮演的钟馗，其"二十四式的门神架子"与鲁智深的"十八罗汉式"的舞蹈工架，极富有造型美的强大魅力，被世人誉为"昆净第一花"。何桂山昆乱不挡，文武兼备，能戏甚多，实力雄厚。常上演的代表剧有：铜锤大面戏《大回朝》《御果园》《骂曹》《双包案》《遇皇后》《打龙袍》《捉放曹》《白良关》等；架子花脸戏《龙虎斗》《五鬼闹判》《太行山》《连环套》《黄一刀》等；昆曲戏《钟馗嫁妹》《醉打山门》《功宴》《冥勘》《北炸》等。拜入何氏门下的弟子除爱徒金秀山之外，还有刘永春、唐永常等人。

清朝末年，京剧兴起，场座火爆，官方包戏邀角及看戏、学戏和唱戏、究戏的官员甚多，形成了京剧的鼎盛时期。再加之金秀山的嗓子浑厚，韵味儿浓醇，很快轰动了北京皇城。1904 年（光绪三十年），金秀山被选入宫廷升平署，成为吃清朝"内廷供奉"的官职演员，即每月所发的俸禄为五百两白银，显然金家成为了当时梨园界的菊圃豪门。从此以后，金秀山就经常受邀，相继与程长庚、杨月楼、谭鑫培、许荫棠、孙菊仙、梅巧玲、王瑶卿、刘赶山等京剧名家合作演出，备受好评。

金秀山嗓音厚浑，演唱声洪气足，雄劲朴实，他的行腔既有其师何桂山的势大声洪，又有穆凤山的圆润婉转，还善用鼻音，尤以［二六］和［流水］板式的铿锵流畅见长。就《刺王僚》的［西皮二六］，他改掉较为粗俗的加字，而巧用鼻腔，从圆润中见棱见角，唱起来气贯满台，显得特别苍劲秀雅，他取穆派之灵，去穆派之俗，听来且感不贫不厌，简而韵醇。金秀山的演唱窍门，其软功在一个"巧"字，该用力时才用力，用鼻音也分其轻重恰当，软硬适宜，如《草桥关》"慢转过百花亭"的"亭"字用得软鼻音，听着更觉悠扬细致，余音袅袅。他的唱如"精金璞玉"，"精金"指坚硬，"璞玉"指浑成，并能济以"苍音"。金秀山的念白透声透气，流利上口，具有极强的性格化，尤其京白最为擅长。金秀山本是满族旗人，又常在宫廷唱戏，对于一些有钱有势的太监公公接触繁多，因此能把他们的声情笑貌融入到戏中。例如，他的拿手戏《法门寺》和《忠孝全》，虽然扮演的人物都是太监，但他演来因人而异，各见不同。演《法门寺》中的刘瑾则以表现骄倨为主，而演《忠孝全》的王振最后念到"一朝龙颜怒，谁来搭救咱"，却是语带苍凉、无限感慨，形容太监无子，看人生有佳儿不禁羡慕，念来既符合人物性格又见感情真挚之语气。除此之外，金秀山还擅演老将，如《草桥关》的姚期，《飞虎山》的李克用，《二进宫》的徐延昭，《群英会》的黄盖，《高平关》的高行周等。他饰演此类年岁苍老的武官人物，能于衰老中寓英武，透显出"虎老雄心在"的威风。更值得一赞的是，在金秀山的文戏演唱中，其做工、情感、身段、神态与他那宏大厚深又见苍劲有力的行腔风格统一，颇具老辣，到了他的晚年，金秀山的演唱技艺深化到了一个熟能生巧的含蓄之妙！花脸本来很容易势如长江大河一泻无余，但他却能存留其不尽之韵也。

金秀山的唱腔上掩其师，下超同列！除了他的三子金少山承其父业并发扬光大之外，其弟子还有德之文、讷绍先、裘桂仙（著名杰出京剧表演艺术家裘盛戎之父）等。另外，还有唱铜锤花脸的郭厚斋、增长胜、安乐亭等人，他们虽然不是金秀山的门徒，却也属"金派"花脸的艺术风格。

金秀山有三个儿子，长子四岁夭亡，次子名唤松林，继承祖父金龙吉的玉器行职业，在京城开了一家"金氏玉器"门市商店，第三个儿子乃是刚刚满月的婴儿。金秀山三十四岁又喜得贵子，自然特别高兴，便亲自为他取名"义"字，因其子排行老三，故称"三义"。

金秀山把自幼聪明伶俐，调皮捣蛋的小三义，爱如掌上明珠，视为金门珍宝！从他六岁起，金秀山就在家里开始教其喊腔授唱、学念道白、扳腿下腰、仿走台步、练习身段、课打把子等一些有关京剧方面的基本功法。谁知，三义这孩子的接受能力很快，模仿能力极强，真是块儿学戏的好"胚子"。

待金秀山的爱子金三义七岁那年春季，突然害了一场大病，不吃不喝，昏昏沉沉，卧床不起，父母家人焦急万分，请了许多著名郎中也没能把三义儿的病情治好。此时，小三义的父亲金秀山心急如焚，母亲整天哭哭啼啼不知如何是好，顷刻间二人乱了方寸。

一日春雨连绵的夜晚，金秀山的夫人在昏睡中，梦见娇儿三义变成了一只虎头豹脸雄狮身的怪兽，从床上凶猛的跳下吼叫了起来，其声音震得天崩地裂，房倒屋塌，鸡犬不宁，金夫人吓得从梦中惊醒，急忙搂抱着生病的三义儿大哭了起来。金秀山赶紧追问夫人，深更半夜，一惊一乍，怎么回事？她战战兢兢地把刚才做的那场噩梦告诉了丈夫。

金秀山思来想去，难以圆梦，深感不安，当日大早，就独自一人跑到北京城郊一座百年的尼姑庵内烧香拜佛，求观音菩萨和佛祖显灵，驱走妖魔，保佑他的宝贝儿子三义魂体康复，安然痊愈。

在返回家门的途中，路经天桥时，金秀山无意中看见一算命先生的卦摊儿前写着"拿鬼除妖，妙算天下"八个大字。就怀着有病乱求医的心情，闷闷不乐地为儿子三义代抽了一"签"，算卦先生接过竹签，看过后，摇头晃脑地说道："请问先生是为何人抽签卜卦？"金秀山焦虑不安地回答道："为我生病的三子代抽代算。"并把三义的生辰八字，何时害病，昏迷了几日，可能是孩子前些天中了邪气的想法，以及昨夜夫人做的那场噩梦，都一五一十较为详细地告诉了算卦老者。卜卦人想了一会儿说："您抽得这一签是下下签，本不善也！"金秀山听后一愣，连忙问道："怎么是下下签呢？"算卦老人接着对金秀山说："先生您看，竹签上面写着一个'净'字，'净'乃纯净之意，又与'静'字同意同音，即文雅净心静地之涵，和'闹'意相对、相反，'闹'来'乱'也！你家三公子现患重病数日，'净'心于床，并无大碍。他的身体近期之内定能康复，'净'将消失，请先生放心。但，随之'净'气的散去，相应地跟着就会出现'闹''乱'的到来，看势头，三公子将要有一场乱祸降临。望君多加谨慎为妙！"金秀山听罢大吃一惊，慌忙问话："敢问先生，何日何时，要等多久？"卜卦人回答："也许几月，或者数年，近期只是稍显不详，至于更具体的时间，因老朽道术浅薄，就不得而知了。不过若想免去贵公子的灾难，等他长大了以后在选差（职）业方面，最好从'文'，切莫习'武'为上。我这只不过是按'签'意所解罢了，不一定准确，因'净'乃'文'之，'闹'来狂、喜、傲、乱之隐涵，若避'武'不谈，或许能躲过一灾，避过一难。请先生三思！"金秀山还想往下问时，算卦人却说："天机不可泄露也。"金秀山无奈，只好付了卦钱，带着许多不解的疑问，离开了天桥闹区，急奔家中去了。

果然不假，按卜卦人所言，几天后金三义的病情见轻，慢慢地好了起来，母亲高兴，父亲欣喜。不过，金秀山在欣喜的背后，却暗自为"卦"尾的另一含义担起心来，恐怕小儿子三义在病好的同时，再出现不测，就此，金秀山终日闷闷不乐，茶饭难进，唯恐家里再有什么不好的事情出现，或飞来天降的横祸发生。

一天，金秀山在跟着师傅学戏时，因心事重重，思想总是跑神，本应上口的唱念，忽忘忽停，一错再错，何桂山见他魂不守舍，心神不宁，难以集中精力，就问金秀山为了何事？怎么今天的情绪这样不好？在师傅的再三催问下，金秀山只得把前时的"梦"、"签"两事，告诉了师傅。何桂山略知卦术，小懂天命，思后，对爱徒金秀山非常认真地说："前日之事不必上心，从今往后，让三义跟我学戏好啦，'艺'乃'文'也，'净'乃'雅'之，'文''雅'相配，按我们梨园的行语，'净'又为'花脸'之工路。我保证小三义跟着我，不会出什么事儿的！一来按你所抽的'签'文行事；二来你往后也有了一个唱花脸的继承人，这也是我们师徒二人的共同愿望，一举两得，何乐而不为呢？"

金秀山听罢恩师的这般另有一番圆"梦"解"签"的高论，感觉颇有道理，且十分高兴，深表赞同。此后，何桂山老爷子便慢慢开始了对徒孙三义的艺术濡陶，并在短短的时间内，使小三义爱上了京剧，迷上了花脸。后来，金秀山找了个良辰吉日，邀请了一些京剧名流，举行了一个非常隆重的拜师爷仪式，当众宣布了三义的艺名——金少山，从此，刚满七岁的金少山，便跟随师爷走上了他从艺生涯的艰难大道。自金少山准备预步梨园、开始学戏起，就来了个与众不同的没有师傅先拜师爷的奇特现象。

小小年纪的金少山，在这位具有显赫威望的何桂山师爷的精心调教下，学业进步很快，快得使人难以相信眼前的花脸人物，竟是一个初步梨园的顽童，通过教戏，何桂山发现自己的徒孙金少山天赋齐备，智商力高，悟性不凡，特别喜爱，由此料定将来准能超越其父金秀山的艺术造诣。故而，对小少山的基本功训练抓得更紧，要求更严，打得更凶。

何桂山心想，金秀山目前虽属名家，但毕竟是玩票出身，半路学戏，铜锤见长，架子较差，何桂山决心要通过金少山来弥补其父金秀山的美中不足，把金少山培养打造成文武兼备的花脸名匠，纵横天下，响于梨园。

于是，何桂山便对徒孙金少山展开了文武同工、昆乱不挡的全面攻势。除了何桂山每天对小少山负责铜锤花与架子花的严格传授外，由金家出资，又特地请来了当时在北京的架子、摔打名净韩乐卿（韩刁）给小少山攻练副净和武净的基本功底。

为了培养小少山成才，"何""韩"商定各负其责，"何"文、"韩"武隔天授课。于是，二位名师一替一天地展开了打戏的攻势，带起了徒来。凡与到韩乐卿教戏的日子，除早晨吊嗓子外，上午给小少山练基武身把、耗膀子、台步圆场、髯口功。那么，下午至晚上零点前，就是给金少山传授架子和武二花的各类带绝活儿的剧目了。

　　常来金宅串门的京剧小生名家德珺如，见小少山的幼功扎实，长相帅俊，体骨匀称，便主动提出给他拉了一出文武并重的武小生戏《雅观楼》，待刚满八岁的小少山把这出戏学会后，还不到三个月，等在金家响排时，不料当着众多大人的面，小少山扮演的李存孝，在台上居然毫不惧色，表演的是模是样的非常成功。行家的夸奖，台下的掌声，使何桂山、金秀山师徒二人看在眼里，喜在心中。何桂山老先生曾经口无遮拦地称赞徒孙小少山是"神童才子"聪明过顶。并预言："此子将来非同小可也！"小少山的成功，给父亲和师爷增添了更加坚定的信心，博得了何桂山与金秀山的欢喜和宠爱。特别喜欢小三义，并给他说戏的德珺如先生也主动提出了要收小少山为徒的要求，成为了金少山步入梨园的带道业师。

　　在教授文净方面，除了每天早上雷打不动的溜嗓子功课外，金少山的师爷对他的一招一式，一亮一站，抬手投足，一神一韵，包括水袖功等尚为细小的效仿功法，具要求的特别严格，均做到了招招式式手把手，一工一架做示范的地步。

　　几年工夫下来，何桂山老先生给金少山亲授了《醉打山门》《五台山》《庆阳图》《火判》《醉韦》《钟馗嫁妹》《十面》《太行山》等；金秀山给三子传授了《法门寺》《刺王僚》《断太后·打龙袍》等戏；韩乐卿给金少山教授了《打潘豹》《金沙滩》《虎囊弹》《芦花荡》等剧目。就这些剧中的人物刻画，表演功力，无论是从文净、武净、架子花的唱念做打舞，还是手眼身法步来讲，小小年龄的金少山在其太老师何桂山，家父金秀山、教习韩乐卿的苦心培养下，具展现了行腔童声铜韵，道白翁荡炸响，做派规范工整，嗓音浑厚洪亮，开打套路严谨，手把干净利索及文武昆乱不挡的全面艺术才华。

　　在金少山十四岁时，何桂山、金秀山、韩乐卿三位对已看到希望的小少山的基本功训练，抓得更紧，练得更凶，教得更细，传得更绝，授得更精，学得更猛，要求更严。两代前辈感同亲授，一体同心，三人分工齐课一徒，一天三响轮换传艺，三位教师呕心沥血地教，徒儿金少山踏踏实实地学，铜锤、架子、摔打花三路净行，终日练个不停，凡属三净行路能用得着的把子、跟斗、起霸、走边、零碎和枪刀剑戟的手把套路上下场技巧等，韩乐卿先生具毫无保留的慷慨解囊传授于他。此时的金少山，除了吃饭和夜里睡觉之外，从早到晚就是练功、学戏、究艺术，日复一日，年复一年，天天如此，从未间断。月月见功，岁岁增艺，把金少山练成了一个闭门不出,与世隔绝,全身心地投进了花脸戏的艺术海洋,方使他颇为熟练地掌握了正净、副净、武净在四功五法中多方位的各种技巧。别的不说,单就武戏中,花脸使用的把子功、包括傍打的上下手,具学会了四十八套之多。

随着时空的流逝,又熬过了双冬双夏,十六岁的金少山锤炼成了一个铜铸铁打、艺骨艺身、艺心艺魂、艺态艺神的净雄形体。为了使金少山广采博收,开阔眼界,戏路宽泛,其父金秀山经常带他到园子里看戏,并且又向前辈名净屈兆奎学了不少不同风格的花脸剧目。在何桂山、金秀山、韩乐卿、屈兆奎等前辈们的精心培育下,为金少山筑下了颇为浑厚的花脸根基。诚然,他很快便可以跟随父亲搭班唱戏,由于此时的金少山年龄小,毛骨嫩,资历浅,按江湖戏班里的规矩论资排位,虽然还轮不上演重要角色的机会,但在天长日久的耳濡目染中,使金少山吸取了诸多名家的艺术营养,学到许多的了手绝活儿,实践出了丰富的舞台经验,为他以后的发展、成名,又进一步打下了坚实的基础。

金少山跟随父亲开始搭班唱戏的第一个班社是宝胜和戏班,后来又先后在永庆、双庆、鸿庆等戏班登台,多演配角。金少山与其父合演的剧目有《白良关》《穆柯寨》《洪羊洞》等。在《白良关》剧中,金秀山饰演尉迟恭,金少山扮演尉迟宝林,舞台上下,同是父子,效果极佳。演出时,气氛热烈,情趣盎然,剧场沸腾。尤其是与当时北京的著名旦角演员田际云合演的《穆柯寨》别有一段佳话,流传至今。金秀山演孟良,金少山饰焦赞,就"烧山"一场戏中,焦、孟二将有这样两句对白,孟良道:"贤弟,你可别赚我呀!"焦赞接话说:"二哥,我要是赚您,我是您儿子!"由于金秀山在北京的知名度很高,台下看戏的观众大多都认识他父子二人,故而每次演到这里总会博得观众的热烈掌声和一片很长时间的捧腹。后来,竟成为有些观众看这出戏,非看他们父子二人演焦、孟二将不可,许多戏迷还风趣地说:"这真是剧中演兄弟,台上父子兵啊!"

就这一时期,金少山不仅家传声腔,精通师道,同时也有了踩台板及舞台实践的机会,还可以随许多戏班薰戏、学习。金少山曾经对自己提出过"五多"的要求,即"多问""多学""多看""多练""多演"的警语格言,除了他师爷何桂山与家父金秀山演出时场场必看之外。像前辈名家刘寿峰、刘永春、刘鸿声、郎德山等的铜锤戏,李连仲、黄润甫等人的架子戏,每逢出牌他即在场中。回去后,反复揣摩，认真研究，精心探讨，数遍练习，融会贯通，化为己有的来充实和丰富自身的艺术修养。

第一题藏头诗

巨星三义降人间，
星身献于田梨园，
出生即会打哇呀，
世人言称小花脸，
步入净坛苦中苦，
入门何九打戏严，
梨园韩刁教武净，
园内中人话美谈。

二、远离家门　浪迹江湖

年到十八岁时的金少山，突然倒仓，没有了嗓子，失去了登台实践的本钱，自然也就唱不成戏了，只得闲居在家。此时的金少山，倚仗着其父金秀山有清宫"升平署"腰牌，是京城内的伶人大家，和自己是梨园名门子弟的身份，在金府养尊处优，游手好闲，观花养鸟虚度年华。结交了一帮酒肉朋友，整天泡在哥们义气之中，打架斗殴，赌博耍钱，招惹是非。终日养鸟、斗鸡、练摔跤，驯狗、熬鹰、摆阔气。还经常不断地在社会上召集一些所谓的摔跤高手，作为教练供给吃喝。其父金秀山知道后非常生气，对其百般训斥，严加管教，也没能改变金少山玩物丧志的恶习。后来，无所事事的金少山想出了个歪主意，竟用让父亲丢人败兴的软办法，来反抗对他的严厉，居然大张旗鼓地在家门口处的老槐树下面，摆起了专卖豆汁、还外加奉送辣咸菜丝儿的小吃摊，并不停地大声叫卖。故意用这种方法，来让京城内都熟悉的金秀山老爷子没有面子。金少山这一招，把他父亲金秀山气得浑身打颤，暴跳如雷地大声骂道："你这个不争气的奴才，整天招三惹四，不务正业，我没有你这样的孽子，给我滚出家门，别用这种鬼点子给我金家丢人现眼啦！"并吩咐管家，从今日起，凡是三义用钱，必须经过他的同意方可支付。从此，中断了金少山的经济来源。无奈，金少山只好仗凭着自己过硬的武功底子，到戏园子里演些不张嘴的小配角，用些上、下手翻翻打打的绝玩意儿，挣点儿零花钱来应酬朋友，打点吃喝，倒也快哉。

一次，金少山和几个铁哥们在北京天坛附近，与一帮有钱人家的子弟斗蟋蟀

（赌博），因对方输钱后不想认账，以各种理由耍开了无赖，因而双方争持打起架来，愤怒之下，金少山把其中一位大个子的公子哥打得鼻青脸肿、头破血流住进了医院。谁知，那位被打伤的浪荡公子，竟然是北京警察局副局长的少爷，当天晚上这位副局长大人，就带人闯进了金家大院，抓走了正在受训的金少山，而且扬言要治罪于他。后来，金秀山花了许多钱，托人找门子，又亲自登门向那位副局长大人，赔礼道歉，用重金才算把惹祸的儿子少山搭救了出来。

金秀山怕三子少山再出门闯祸，无奈之下，就采用京剧中的方式，即唐朝时期，唐王李世民之女银屏公主管教其子，将闯祸的小秦英锁在书房的办法，把金少山反锁在了室内，没有其父的许可任何人不准放他出来，并且多次使用家法制裁于他。不料，这些做法对性情暴躁，就像野马一样的金少山，居然毫无效果，不起丝毫作用。反而，激露出了金少山的倔强个性，使他产生了更加抵触的反抗胸火。

一天深夜，金少山趁父母、家人熟睡之际，撬开窗户，携带着身上仅有的几十块钱与简单的行装，偷偷越墙而过逃出了家门，孤身一人眼泪汪汪地离开了生他养他的北京，跑到张家口一带步入江湖，开始了他背井离乡、独闯天下的流浪生涯。

1917年，金少山来到张家口，由于他变声后的嗓音没有恢复过来，托朋友搭班演戏非常困难，即便是找到戏班子，因为不能来大活，挣得包银钱也很难维持生计。

河北重镇张家口，人街万象，集市繁华，是大洋河一水划界之盛地。分为桥东、桥西两个区域，桥西区有一条车水马龙的商业街道，有人将其比作北京前门外的大栅栏，堪称"小大栅栏"。这里是南北物资交流的集散地，口内的货物，特别是北京的中草药、日用百货、各类特产、风味小吃和针织品等，在此处几乎全能见到。张家口附近的怀来、张北、康保等县的商贩们大都前来这里进货，而内蒙古集宁一带的皮货商们，也都把在牧区收来的皮质品运到此处往内地批发。这个人称"小大栅栏"内，还有几家旅馆和戏园子，最出名的戏园子当属"庆丰"，凡是口内来的好戏、名角，具在"庆丰"戏园子打炮演出，登台亮相。到了晚上，充分显示出了一派灯火辉煌的夜色美景。

为了生存，金少山只好晚上到戏园子里演一些不起眼的配角，挣些小钱，白天凭仗着自己人高马大的身板儿，以输赢为赌摆起了摔跤场子，或卖"大力丸"谋生，到了夏季再改换卖西瓜和其他水果度日，有时候还假扮成蒙古人倒卖皮袄筒子挣钱来维持温饱。尝尽了浪迹天涯，酸甜苦涩，流落在外的苦难滋味儿。

由于生活所迫，一天上午，金少山装扮成蒙古人在张家口的繁华市区，用刚刚学会的连到一块的生硬的半蒙古话，贩卖起了皮袄筒子来，他为了以假乱真的与同行竞争，用出了演员的本事，念白的专长，喊得叫卖赢人，声勤音快，押韵合辙，特别好听。把马路对面卖皮货的真蒙古人身旁想买皮子的客户，一个个地吸引了过来。更不应该的是，嘴巧舌能的金少山对摊前的顾客说："那帮蒙古商贩是假的，他们的皮筒子质量不好，全部都是冒牌的口外货，我的皮货才是地地道道的真东西，刚从蒙古运过来的正宗口外的上等一级皮子。无论是从毛绒到皮板，具保质保量，物美价廉，货真价实，亏本也卖。"那三个本来就拙嘴笨腮讲不好汉语的蒙古客商，听后更加气愤，便与金少山争吵了起来。正当双方吵得不可开交，准备动拳时，有一位年龄较大、看样子像是领头的蒙古人说："朋友息怒，听我说几句怎样？"金少山回答："可以"，于是，那位蒙古头人又接着说："你说我们是假的，皮货质量也不好，我说你是假蒙古人，皮子也是冒牌货，这样争来吵去难辨真假。这样吧，真货也好，假货也罢，我们草原上的蒙古族人，历来是以摔跤试论真假，分出上下，咱们摔跤为凭，众人作证，请问您意下如何？如果你赢了，我们没有话说，把皮货全都给你，即刻就走，永不再来。若是我们赢了，那么你就是冒牌的假蒙，把皮袄筒子留下，滚出城外，从今往后不要再败坏我们蒙古族人的名誉，更不能胡说八道，抢别人的生意。"金少山听罢心中暗喜，三爷我本属京城的摔跤高手，打斗行家，岂能怕阵。你们三个蒙古族的乌合之众，算得了什么。于是，傲气十足地冲着眼前的蒙古人说道："大爷我一个人让你们三个，今天叫恁开开眼界，长长见识。"当众夸下了海口，冒下了狼烟。蒙人问："说话？"金少山答："算数。"蒙人又说："三跤决定胜败如何？"金少山回答："可以"，"不过需要说明的是，三跤两胜者为赢方"金少山又进一步地表明，蒙古族人紧接话茬："一言为定。"说话不及，摆下了阵势，拉开了场子，就一对一地交起了手来。果然不假，金少山上来就旗开得胜，一连摔倒了两人，占了上风，神情大快！

讲到摔跤，我们得拐回到金少山十二岁时说起：少年时期的金少山从十二岁起，每天除了练功学戏之外，他平时最喜欢的一项业余活动，即是摔跤。聪明的小少山趁他父亲出外演出或不在家时，找来街坊家里同样爱好练摔跤的小伙伴儿们，用他买好的几件摔跤时用的纳帮领子的"褡裢"和几双刀螂肚靴子，以及骆驼绒做的"乐得绳"，同时在父亲和家里人不常去的后院内，还偷偷藏进了几麻袋的沙土，几个发小在后院里热热闹闹、开开心心地练习摔跤，或者是练习踢木桩与背口袋的打架功夫，真乃痛快！若是比赛，他总是名列前茅，赢得第一。

因此，成竹在胸的金少山，在蒙古人面前敢夸海口，又跤胜二人，暂居上风。待金少山扬扬得意，自感欣喜之时，刹那间，憋足了劲头，用尽了力气，又与那位蒙古头人摔起了第三跤，此时的金少山虽然跤力巨大，来势凶猛。然而，目中无人，盛气冲天的金少山，万没料到这位和他摔跤的对手，乃是来自大草原上有名的摔跤冠军，人称"蒙古跤王"。金少山招数用尽，也难以得手；跤办儿使完，却步步落空。内心急躁的金少山拿出了绝技，想抓住对方的腰领将其重重地摔出去时，谁知，那位骨瘦如柴，貌不惊人，却机敏灵透的蒙古跤王，不动声色地用出了个四两拨千斤的小计量，竟把眼前的勇猛大汉，重重的甩出了场子，趴在地上动弹不得。本来就不占理及从小到大没有遇到过对手的金少山，却成了人家的手下败将。他没有了面子，当然不服，于是金少山从地上爬起，用耍赖的口气，强词夺理地冲着蒙古人说道："这次不算，咱俩再摔一跤，如果你还能把你金三爷摔倒，我方认输。"话音未落，即抢先扑了过去，可惜，这次他又被人家脆脆地摔倒在地。围观的人群拍手称快，鼓掌叫好。

场外看热闹的人们，见这位膀大腰圆的汉子，被人家一个低矮瘦小的蒙古人摔败两次，具乱哄哄地大笑起来。金少山被众人笑得满脸通红，羞愧不及地丢下皮货，拔腿便走。不料，被蒙古人拦住，并且口气非常和善地对金少山说："朋友留步，这场跤赛，你并没有输给我们，讲好的是三跤两胜决定胜负，你以一对三，跤胜两局，本属赢家！至于后面的第四跤，我虽侥幸，不能算数，就是把最后的一跤算上，我们也是平手。只不过好汉您取胜心切，让兄弟我钻了空子，大哥的'跤办儿'用得很好，不比我差，'跤术'也在小弟之上，我非常佩服，承蒙相让。今日之事，多有得罪，蒙汉两族本是朋友，大家出门在外都不容易，请这位大哥把您的皮货带走吧……"蒙古人的这番话刚刚收住，不料围观的人们却为他鼓起掌来，众人七嘴八舌地说："讲得好！说得对！大家在外谋生，背井离乡都是为了找口饭吃，应该相互帮助才对……"说着说着，看热闹的人群渐渐散开，具各奔东西去了。

内心本不服气的金少山，也被这番高风亮节的言语，说得深感惭愧，思虑万千，反而有些不好意思起来，这真是不打不成交。从此，他们之间成了很好的朋友，在贩卖皮货技术上，这三个来自大草原上的蒙古族朋友，还帮了金少山的大忙，教会了他一些常用的简单蒙语，以及如何辨认皮货的质量好坏、上下等级、时间长短、口里口外等等的检验知识，并送给金少山一套蒙古人穿的正宗族装，使金少山再贩皮袄筒子时，更加便利。同时，在"跤术"精到方面，也传授给了金少山许多汉跤及满跤没有的摔跤绝技。

在皮货生意不好做时，金少山就与蒙古族的朋友合伙儿摆摔跤场子，"满"、"蒙"合作赢多输少，倒还可以，只是这种摔跤的营生每天下来，腰酸背痛、摔伤不断。不过，令金少山欣慰的是，自他在张家口结识了三位蒙古朋友后，大家相互来往，互相帮助，吃吃喝喝，有说有笑，交谈甚欢，倒还不错。

有一天的摔跤场上，来了一帮故意踢场子找事儿的地痞，恶声大气地对着金少山说："喂，大个子，听说你小子的跤摔得不错，我们哥几个今天想跟你玩玩，领教一下你的跤术，如果你能把我们七个全部摔倒，我就给你大洋十元，若是你没有这个本事，就别在老子的地盘儿上混事，屎壳郎搬家滚你的臭蛋！"金少山看来头不对，本不想惹是生非，只是见他们口气太大，又出口伤人，在忍无可忍的情况下，就鼓足勇气答应了下来。于是，这七个心狠手辣的狂徒，一拥而上，不讲跤场规矩地与金少山交起手来。这次金少山一对七人的较量，虽然大大显示了他如今的高超跤术，但最终还是被无赖们打翻在了地下难以站起。结果钱没挣上，回去后在床上躺了好几天，才恢复过来。待几个蒙古朋友从外地回来听说此事后，非要替他出气不可时，却被金少山拦住说："算了，我们是讨饭吃的外乡人，他们是当地的一霸，强龙不压地头蛇，再说了，多一事不如少一事，这口气我咽啦。"

把焙焦的馍干与蜂蜜、糖稀拌在一起，做成所谓的"大力丸"，凭借着金少山自幼练就的京剧武功，亮上几招，玩上几手来证明药力，巧骗钱财，也是他常用的生存之道。而且，还振振有词地说道："在下姓金，单名一个山字，北京人氏，满族出身，从北京来时携带了一些用祖传秘方研制而成的'大力丸'，该药是我家祖上传了二十二代的特效仙丹，至今已有近千年的历史，有病治病无病康体，小孩儿吃了长个头，成人吃过滋阴壮阳，力大无比！请各位买上几包回去一试便知，如果无效包管退货。"

诚然，甜中略含苦味儿的"大力丸"即数假药，自然无效。金少山这种以卖假"大力丸"的骗术，虽然不妥，人们吃过后也不会起到任何作用，但他所卖出去的假"大力丸"对人体确无损害，故而倒还安心。然而，药力无效的不良后果，也使得人们常找上门来或堵在街上说三道四，要求退货和赔偿损失，给金少山带来了许多麻烦，使他很是头疼。

眼看着这种整天提心吊胆，捏着一把汗摆摔跤场子和卖假药的江湖骗术，长久不了，不干也罢。可是，转眼到了夏天，卖皮货已属淡季，卖假药不是办法，此时的金少山只好做些贩卖瓜果的小生意度日，卖起了西瓜。

金少山在卖西瓜时，由于职业习惯的缘故，他总是有意无意地带出花脸架势，手里提着一把明晃晃的瓜刀，嘴里喊着京剧舞台上的花脸韵白，扯着他那嘶哑的嗓门，大声沿街叫卖。把一些路人和有些欲想上前买西瓜的顾客，吓得后退三舍，不敢靠近。有的抱小孩儿的妇女干脆绕过瓜摊儿，换道而行，大家认为他是一个有精神病的患者或是脑筋不正常的卖瓜人，直接影响了金少山卖西瓜的经济收入。显然，这些小生意虽然可以暂时维持温饱，但终归不是长久之计，加上金少山出身梨园，自幼学艺，一心想重操旧业，登台唱戏，用他卖皮袄筒子积攒下来的钱做盘缠，告别了朋友，答谢了近邻，离开了张家口一带，直奔东北去了。

第二题藏头诗

远到张家口闯荡，
离京背乡把戏唱，
家人思念小三义，
门内旧业难搭上，
浪迹天涯一人走，
迹足踏遍张家巷，
江湖中人识好友，
湖海结拜蒙跤王。

三、关东苦难　忍气吞声

金少山闯关东的情景，并不理想，更是难上加难，令人心碎。因这时的金少山没有了嗓子，在戏班里根本来不了重要角色，更谈不上领戏及演大角的可能。只能上演一些没有唱腔、念白极少和一些不起眼的小配角，与东山大王西山贼、金兵鞑子番帮将，家院校尉刀斧手、狮子老虎豹狼狗等龙套、把子之类的"破脚"（即低级打武戏的艺人），自然戏份很低，薪水微薄。又因他个头大吃得多，再加上正属发育期间，就一日三餐的粗茶淡饭，具也是饥一顿、饱一餐地饿着肚子。天不怕、地无惧的金少山，此时才感觉到了社会的无情，竞争的残酷，世道的不公。

因为金少山是戏班里的下等演员，在巡回赶场演出时，无论是城镇乡村、条件好坏，也不管是刮风下雨、天气阴晴，好地方根本轮不上他住，只能住进四处漏雨、八面透风的破瓦寒窑或满屋臭气扑鼻的牛棚马圈。有时候还要到阴森森的破庙里安身过夜，与道士、和尚在寺庙内同宿共眠乃是金少山最好的栖身待遇。

再因，他的嗓子没有恢复，不能唱角，只可翻打，就常被戏班里的个别艺人，说成是白吃干饭的"戏混子"（戏班里骂人的话："笨旦"），十三块板儿（舞台）上的"棒槌"（戏班里损人的术语："无能"），就连某些傍角的"上下手"（配名角的武打演员）仗着主演的势力，也不断欺侮于他。金少山就是这样，忍气吞声地遭受着别人冷眼相待的挖苦打击。如此看来，这即是旧戏班里好戏捧，赖戏压，把艺人当作摇钱树的历来传统及很不好的江湖陋习。

其实，金少山倒仓后，并不是不能来活儿。例如，他来到东北时，演出的一些架子、摔打戏《金沙滩》《火判》《嫁妹》《芦花荡》《虎囊弹》《十面》《醉韦》《五台山》《醉打山门》《庆阳图》《太行山》《打潘豹》等剧目，除了嗓音欠佳外，还是挺受欢迎的。若其不然，戏班子也不会收留于他，后来之所以不给他唱角的机会，是因为金少山得罪了戏班里的老板。

任何事情的出现，都事出有因。关于金少山得罪戏班老板的原因，要从头说起：金少山刚进戏班时，班主看他虽然不能担纲重任，但台上卖力，台下勤快，演些戏少的副净、武净垫垫场子、唱出开锣倒还可以，对他不错，并让金少山做了底包演员，给他定得戏份钱虽然不算高，但也基本够用，金少山本人也比较满意。后来，戏班老板之所以对金少山不好，故意压戏的突然翻脸，应该说事情出在住戏后的一天晚上，金少山到后台的茶炉房打水，正巧碰到了老板对一位年龄大约在三十岁的烧茶炉的妇女动手动脚，非礼于她，在关键时刻，被金少山当场拦住，并毫不客气地将戏班老板训斥了一顿，轰出了茶炉房，解救了那位烧茶水的乡下妇女。从此以后，这位戏班老板怀恨在心，故意处处与金少山做对，经常为难于他，并以金少山的嗓子不好，影响戏码质量等为由，把金少山能上演的所有剧目，全部晾了起来。想用这种办法，让金少山主动提出与他解除签约，扫兴而走。故而，凡金少山能演出的出牌戏码具不安排，穿穿把子、跑跑龙套、翻翻打打的二等破脚活儿，成了他的专职工作。

或许是金少山经常住进寺院和不断帮助寺里干些零活儿的原因，他与许多和尚建立了深厚的友情，僧人们时常送些好吃的斋饭给他充饥。十月金秋秋高气爽，方丈见他穿的衣服破烂单薄，不成样子，难以遮体，便吩咐徒儿送去了一件新和服给他挡风遮寒，待金少山穿在身上再配上他那花脸专业所剃的光头，看上去，却有其罗汉下凡之势的威武形象。金少山离开寺院走出山门时，如同梁山好汉花和尚鲁智深在世的身影，竟然被道旁的人们当成是寺院内新来的武僧。于是乎，倒引起了金少山想隐居深山老林，步入仙境伴随青灯黄卷、皈依佛门参禅论道的想法。后来，还是被戏班里的朋友们再三劝说，才勉强打消了金少山堕入空门，出家为僧的念头。

为人直率的金少山，心地善良，性情豪爽，助人为乐，重讲义气。在演出期间，经常会遇到一些地痞无赖欺负戏班里的坤角艺人，金少山总是不顾个人安危，挺身而出保护她们，若是为此打起架来，他是第一个站出来以命相拼的汉子。由于金少山扶正治邪、爱打不平、处事公正的美德，班子里的下层演职员，大都与他关系很好，就此，金少山倒也得到了一丝人间的温情。与此同时，也有一些好心的艺人，看他孤单一人，流落在外，实在可怜，加之其父金秀山本属梨园前辈，京剧大家，在金少山害病时，时常端汤送饭，相互照应。

　　冬季来临，冰天雪地，寒风刺骨，零下四十多度的关东界内，显得更加苍凉。生活贫困的金少山衣被单薄，破烂不堪，再加上零下四十多度的夜晚，大雪纷飞，狂风呼啸，山披素装，草木银裹，冰封大地。睡在乡下露天舞台墙根处的金少山，冻得哆哆嗦嗦，抱成一团，显得格外凄惨。唯一的办法，就是找几片破布景挡风，再与领班的好话多说，求他瞒着戏班子的老板，偷偷地将班子里预防在演出时停电，或在偏僻小镇和山野乡村遇到没有电灯的戏楼时，备用的几盏汽灯借来，挂在自己的地铺被窝四周取暖。白天冻得实在受不了时，他就跑到澡堂子里，泡进热水池中躲避寒冷。用饮酒的办法祛寒以及解除苦闷和烦恼，乃是金少山常用的有效良药。因而，他养成了爱吃酒的习惯，上了酒瘾。金少山酒醉后常说："三杯酒下咽喉，我神鬼不怕！只要美酒喝个饱，就好像穿件大皮袄！"这里他所指的"美酒"，只不过是本地土产土造、当时最廉价的高粱老白干酒罢了。金少山就是这样，在极为寒冷的东北三省少吃没穿的苦熬着天日。

　　金少山所在的戏班子，风尘仆仆地赶到哈尔滨郊外的一个偏僻山村演出。头天的夜场头出打炮戏，就《刺巴杰》（又名《巴骆和》、《酸枣岭》）剧目中武净巴杰的扮演者江连福，因赶场劳累突然病倒，班子里的管事急的不知所措。唱戏心切的金少山想接角救场，冒然自我推荐扮戏登台，待他怀着紧张的心态，在没有丝毫把握的情况下上场后，且不说戏演得怎样，就巴公子（即巴杰）的台词都难以支撑下来，那么金少山这出戏演得如何？就可想而知了。等《刺巴杰》唱到第三场时，他在台上的道白，竟说不出了声音。台下的观众极不满意地鼓起了倒掌，连喊带叫地往后台轰人，并且朝着舞台上乱扔东西，齐声喝道："不要，不要，换人，换人！"随着砖头瓦块飞上舞台的一瞬间，回天乏力的金少山乱了方寸，也只能退回到了后台，再也没有胆量出场了。

　　这次，金少山急于求成的失败演出，不仅丢了脸面，同时也给他带来了非常不好的影响，在思想上造成了极大的压力。而且，直接影响了其他剧目的出台，一连几天观众不让金少山上场，他在其他戏中扮演的人物，无论角色大小，一旦被观众认出，就会用起哄般的倒掌往台下轰人。事隔很久，只要当地的人们看见金少山，还会指手画脚、偷声细语地捣他的杠。戏班里的演职员风言风语，说三道四，舆论纷纷地刺话连篇。这场《刺巴杰》的风波，对刚刚外出闯荡的青年金少山来讲，可真是如雷轰顶，撕心裂肺，压得他喘不过气来。从此以后，使性格刚强的金少山变得少言寡语，矮人三分，难以抬头，无脸见人。他眼泪巴巴地想起了父母，想起了师爷，想起了童年……

　　一日清晨，闷闷不乐的金少山出外喊嗓子。可谁知，人若背运处处倒霉，在下山的路上与几只正在寻食的恶狼碰了个对面，他在慌乱之中顺手抄起了身旁一根木棍似的树枝，边躲边打的朝山下跑去，饥饿的狼群在后面穷追不舍，岂肯放过送到嘴边的猎物。待金少山沿着崎岖的山路，跑得上气不接下气、浑身无力四肢瘫软的时候，不甚又一脚蹬空，险些滑进草高林密、银装素裹的峰下深渊，将粉身碎骨。这时，凶猛的狼群包抄过来，把惊慌失措中的金少山团团围住，准备下嘴。前面有要将他当作美食的狼群，身后是刀砍斧剁的山崖峭壁，眼看着他已无路可走，就要成为几只饿狼的早餐时，突然听到"砰""砰"两声枪响！原来是一老一少祖孙两个猎户，正巧在此时巡山候猎，见此情景，在紧要关头开枪打死了追在前面的头狼，其余的几只恶狼被枪声吓得不敢靠近，东张西望地轰然而逃。魂不附体的金少山才算是脱离了危险，保住了性命。待形单影只、六神无主的金少山缓过劲儿来后，他当地跪下叩谢了恩人，方战战兢兢地往山下走去。这次若不是遇到猎户出手相救，恐怕这位后来的"大净王侯"金少山，已经变成了送进狼群的口中肉、腹内果了。

　　当晚，金少山情绪低落地躺在床上，正蒙头大睡时，忽然听见有人叫他，说道："今天晚上要连夜上演《闹天宫》，大家全都推荐您来这出戏里的天王李靖，包银多加一倍！"正不高兴的金少山听后，赌气地说："这么大的角，老板就不怕我这个没嗓子的赖戏子，把戏唱砸了？回去给他讲，这活儿我金少山来不了，叫他另请高明吧。"来人赶紧接着说："班主说托塔李天王的活儿，非你莫属，就是他让我来喊您的。"于是，金少山懒洋洋地从床上起来，穿好衣服，跟随来者颇为纳闷地走进了老板的住室。不知怎么回事，班主对他的态度突然变得好了起来，乐呵呵地把金少山领到了浓烟滚滚的天宫，玉皇大帝下旨，命太白金星赐予了金少山一丸修炼了八百多年的仙丹，保他吃过后，喉仓的声音，立刻会达到山崩地裂的程度。金少山吞下仙丹，怀着半信半疑的心态，用小声试着唱了几句，好家伙，没想到居然地动山摇,犹如雷劈!他高兴得不知所措,正当天神们发狂般地鸣掌叫好时,只听见一阵"紧急风"锣鼓,把正在床上手舞足蹈着唱戏的金少山惊醒,原来是一场空喜的美梦。金少山连忙下床试了试嗓音,仍然还是原来的样子,"外甥打灯笼照舅(旧)"。他咳了一声,扫兴地又重新躺下,回到了梦乡。年少的金少山哪里知道,这场嗓音突变的惊人梦幻,竟是他后来的嗓子起死回生的神奇预兆。

转眼几年过去,到了1915年,有人给金少山带信说父亲病重,思子心切,让他赶快回京。金少山回到北京后,时隔不久,父亲和母亲先后离开了人世。当时,金少山的二哥金松林不在家中,因生意亏损只好到南方做买卖去了,金少山独自一人为父母办完了丧事之后,决意重离京城,再次到外面创业。

这天深夜,金少山在自家的房中回忆着往事,想起了东北那几年难熬的日子,想起了他在戏班里受到的种种挫折与打击,回忆着张家口之行的酸辣苦甜。望着月光下冷清的院落,暗自说道:"如今父母双亡,家道中落,二哥南迁,佣人离去,金府瞬间失去了昔日的辉煌。自己今后该怎么办呢?是留在京城,还是外出谋生?"不由得含着眼泪,明上蜡烛,点燃香檀,跪在父母的灵位前发誓:"从今以后,要撑门立户,光宗耀祖,重振金门,不混出名堂决不回京!"

几天后,金少山听说,天津卫有不少他认识的演员在那里唱戏,混得不错,他准备到天津去一趟,碰碰运气,看看咋样。不管怎么讲,大家都是同台演过戏的同业,有事儿还可以互相照应。于是,身穿重孝的金少山和一位唱小花脸儿的李一车商定,二人一同奔往天津海城。

金少山与李一车合伙儿做了一口袋山楂丸,外面滚上勾脸谱用的金粉和朱砂,李一车还带了一把京胡,二人从通州出发,一路上边走边唱、边卖野药,历时三天,一路步行赶到了灯火辉煌的天津卫。

金少山和李一车到天津后,通过打听,几番周折,终于找到了"下天仙戏园子"班社里大多艺人居住的"迎宾客栈"。客栈的老板和演员们的关系处得很好,常年连吃带住,十天半月才结账。那年月,艺人们没有固定收入,戏票卖得多包银就分得多,观众上座少钱就得的少。哪位演员若遇到了急事儿,需要用钱,掌柜的还可以借钱给他解决燃眉。

金少山在"下天仙戏园子"搭上班子后,与大家的关系处得甚好,演出之余,一起吃住,谈笑风生。平时,还经常打麻将、押宝、推牌九,不到半年的时间,他身上的几百块钱，就这样连吃带喝加耍钱全部花光。在这一时期，和金少山结为好朋友的有福小田、徐德增、王奎笙（王虎臣的胞兄）等，那时候他们几个人谁有钱，就花谁的，真是有福同享，有罪同受，有难同当！吃喝不论，好不快哉也！就这一段时间里，大伙儿不仅在艺术方面可以相互交流，在生活上还能够互相帮助，如同手足，堪比亲人，使金少山很快忘却了烦恼，甩掉了苦闷。

眨眼到了农历腊月，这月份通常是戏班子的背月、淡季，即使演出，戏园子的上座率也不会太好。到了腊月二十三"送灶"之后，刀枪入库，马放南峰，收山封箱，大家伙儿也就全部休息了。

为了春节期间来个戏园子的开门红，"下天仙戏园子"的老板，在年前就已经约好了几位名角来天津演出，这年正月初一到初三的戏码，定的是刘鸿声的《普天同庆》、杨小楼的《恶虎村》、朱琴心的《红鸾禧》等剧目。海报刚一贴出，三天的戏票全部售完，显然，"下天仙戏园子"的班底演职员，就等着好买卖了。

腊月下旬的一天，迎宾客栈门外来了一位穿着阔气、骑着漂亮毛驴儿的年轻先生，此人相貌俊俏，气质文雅，大伙儿见后一愣，全乐了，原来是北京唱老生的李春林，他曾出科于"小荣椿"班，官称"八爷"，老家在隶属于天津卫的杨柳青地域，今天是特意来天津城内采购年货，准备在迎宾客栈投宿。金少山见到李春林后，心里特别高兴，叫大伙儿赶紧将八爷让进客房，自己连忙接过驴绳，把毛驴牵到了后院。回来后，对大伙儿说："今天咱们谁做东道主？请八爷吃个下马饭。"

精明的李春林心里知道，大家在这儿已经住了些日子了，当下又赶上演戏的淡季，手头肯定很素，忙说："不用，不用！自己哥们，不必客气，今儿个我请大伙儿！"于是，叫客栈的小伙计打酒烧菜、泡茶水，大家聚在一起，热热闹闹，连吃带喝，欢声笑语，格外高兴。一直乱腾到了深夜，才各自带着酒兴回房休息去了。

第二天一大早，金少山从外面买了一大堆鸡鸭鱼肉回来，见大伙儿还在睡觉，边大声喊道："喂，各位大爷该起床了！昨天是李八爷请的客，今儿个瞧我的，也算是给八爷洗尘、接风了！"弟兄们睁眼一看，好家伙，一大堆吃的东西，样样俱全，都齐声叫好："三爷，真够意思，中午又可以大吃二喝一顿了！"李春林听后也很高兴地说道："还是三哥对我亲，总想着小弟呢！"中午又是一顿鲜鱼羊肉的大餐美酒，吃过饭后，接着摆上麻将牌，大伙儿一直玩到天黑。就这样，众家弟兄在一块儿吃吃喝喝，高高兴兴的热闹了两天。

两天后，李春林对金少山说："三哥，明天我该去办年货了，我骑的毛驴在哪儿呀？"金少山笑着回答："八弟，不好意思，三哥我把你的毛驴给卖了。"李春林听了一愣问他："真给卖了？"金少山微笑着哼了一声说："真卖了。"李春林忙问："卖了多少钱？都干什么用了？"金少山不慌不忙地说道："卖了六十块。我看快过年了，就用这钱买了一套新棉袄棉裤和一顶皮帽子。另外，把我欠客栈柜上的账也还请了，还有这两天，咱们吃的喝的全用的是卖毛驴的钱。现在还剩下十几块，再用这钱请大伙儿吃上几顿饭，还是不成问题的。等到正月初十开了支，我再给您买一匹比您那匹更好的毛驴，呵呵，八弟不会怪你三哥我吧？"

金少山把话说到这份上，李林春心领神会地赶快笑着用开玩笑的口气接话道："三哥，真有你的，弄了半天，这两天全是我请的客。您金三爷还是小时候的脾气，一点儿都没变。好了三哥，不开玩笑了，没关系，钱你八弟我带的有，没钱我给你，明天早上赶紧把那匹毛驴赎回来。不然，我回去后没法儿交代，老爷子知道了该不高兴啦。大过年的再把他老人家给气病了，就不好啦！"说着把赎毛驴的钱递给了金少山。顿时，满屋的人们包括金少山自己都忍不住地放声大笑了起来。

笑过之后，金少山非常爽快的接过来钱，第二天把小毛驴赎了回来。李春林置办齐了年货，也该回杨柳青了。因为李春林知道金少山的性格，他腰里存不住钱。临行前，非常亲切地拉着金少山的手说："三哥，你在外面的事情，八弟我多多少少的听说了一些，三哥受苦了！咱们是发小的好兄弟，和徐德增二哥既是同门同科的师兄弟，又是拜过把子的磕头弟兄，没说的，都是自己人！以后有什么难事儿，尽管给小弟说，或者捎信儿给我。这次我给二哥留下了三十块钱，你的钱用完了再给二哥要。"说着，又递给了金少山十块大洋。李春林的一番肺腑，使金少山颇为感动！

到了年三十那天，大家伙儿到澡堂子里洗了个热水澡，回来后有人提议："三爷拿一半，剩余的钱大家出，咱们在一起吃顿年夜饭，大伙儿看咋样？"金少山又是非常爽快地表示赞同。这时候，客栈的刘掌柜给他们送来了猪肉拌大葱馅的洋面饺子和几瓶天津卫产的好酒，还炒了八盘荤素搭配的热菜，及四个凉菜。刘掌柜知道大花脸金少山是出身满族的少数民族，另外给他上了两大碗羊肉水饺及一些金少山喜欢吃的下酒菜，真是个好一派过年的喜庆气氛。来自五湖四海的艺人们入席后，迎宾客栈的刘掌柜抱拳拱手道："今大晚上我做东，陪大家一起吃顿团圆饭，祝各位老板春节愉快，大发财源！"于是，大伙儿共同举杯，齐声说道："感谢刘掌柜这几个月来对我们这些穷艺人的照顾，祝愿您新春开张，财源滚滚，心想事成，大吉大利，日进斗金！"大家的一席话，讲的刘掌柜心花怒放，直言道谢！

这天晚上，弟兄们彼此你推我敬，交杯换盏，把酒言欢，闹了个酒足饭饱，直到四更天敬完了财神爷，才兴高采烈的回房睡觉。因为明天的大年初一有日场戏，所以大伙儿谁也不敢怠慢。

春节期间，天津卫市内，高门大户你来我往相互拜年问好，大街小巷的商店饭庄封门闭铺，冷冷清清，生意关张。唯有几家戏园子的门前，车水马龙，热闹非凡，显示出了过年的景色。"下天仙戏园子"的门前挂出了由杨小楼、朱琴心、刘鸿声等京剧名家的挑牌戏，从大年初一起，日夜两场连演十天，海报贴出，场场爆满，座无虚席。

第二轮请来的是著名老生王又宸，首演的剧目是《失街亭·空城计·斩马谡》，徐德增的司马懿，金少山的马谡，抢购戏票的观众照样是人山人海，票抢已空。由于朱琴心在天津卫唱红了的原因，"下天仙戏园子"的史老板将其挽留了下来，除了与王又宸合作演出了一段时间外，又续约了三个月的演出合同。待演出结束后，住在"迎宾客栈"的艺人们全都纷纷先后离开了天津海城，各奔东西，自谋生路去了。王奎笙和李一车去了东北，福小田去了汉口，徐德增让"三乐社"科班的班主李际良（清朝宫廷太监李莲英的侄子）接回了北京，当了该班的教习。

"迎宾客栈"的热闹气氛，一下子消失地无影无踪。这几个月来，对金少山来讲，虽然挣钱不多，但大家在一块欢欢喜喜，相互体贴，倒还痛快。徐德增临行时，想让三弟少山跟他一同回京，可倔强的金少山却对徐德增说："二哥，谢谢您对小弟的美意和这几个月来对我的关照，您先回去吧，兄弟我不闯出个名堂决不回京。"就此，"金"、"徐"二人难分难解地相互道别，各行其是。

如今，仍然是两手空空、一贫如洗的金少山，躺在自己将要离开的客房内暗想，关东不能去，北京不想回，今后该怎么办呢？正在胡思乱想的犯愁时，客栈的刘掌柜见房门没关，便走进屋里问："大家都走了，金老板打算到哪儿去发财呀？怎么不回家呀？"金少山把自己的心事和为什么不愿意回京的原因，简单地向刘掌柜讲了出来。刘掌柜听后表示非常同情地对金少山说："金老板，我听说青岛和烟台那边挺吃京剧的，那里的京戏演员也少，要不然您去青岛或烟台试试看？说不定可以！"金少山听罢，立刻起身冲着刘掌柜抱拳道："刘掌柜，谢谢您的提醒，反正我也没有地方去,就按您讲的,到青岛去试试看运气如何。"于是,金少山辞别了客栈的刘掌柜,披星戴月去了山东青岛。

第三题藏头诗

关东受尽大磨难,
东北冰雪天冷寒,
苦中含泪闯天下,
难中再难志登贤,
忍着委屈度光阴,
气压腑内集悲山,
吞咽人欺黄连水,
声声句句似刀剜。

四、抱打不平　伤残他乡

金少山拿上路途中备用的干粮,装着二哥徐德增给他留下来的二十块钱,一路步行直奔青岛。他白天赶路,晚上投宿,一口气走了几天,身上所带的盘缠已基本用完。就这样连饥带累地又坚持着走了两天后,金少山心想这样走下去不是办法,只怕到不了青岛,不是饿死,就是累死。于是,他沿着铁路线扒上了一列往山东方向运煤的火车,才终于到了青岛地界。然而,他哪里知道,青岛乃是他吉凶未卜的茫茫险滩。

累得实在受不了的金少山,疲惫地从火车上下来后,被煤灰刮成了宋朝的包公,非洲的黑人。正当如同一尊"黑神"模样的金少山准备到河边洗脸时,突然发现道旁有一位受伤的年轻人躺在水边呼救!金少山赶紧跑过去将他扶起,问明原因,并拿出了自己仅有的两个烧饼给他充饥。这位受伤的小伙子说明了自己的身份后,金少山才知道,原来他是为了活命,扒火车偷货时,被摔成了这样。金少山按他说出的地址,把受伤的小伙子一瘸一拐地送回了家里,便到青岛市区寻找戏班子去了。

当年海光水色的青岛港口,有两个戏班子最为有名,一个是唱京剧的"双豹响"戏班;另一个是专演山东地方戏的"鲁艺苑"戏班。初到青岛的金少山,自然是要找"双豹响"戏班商谈搭班的事情。待他找到该班后,谁知"双豹响"戏班里的班主却冷冰冰地对金少山说:他们班子里最不缺的就是文、武、架子行路的花脸演员,而且态度非常傲慢地一口回绝,把千里迢迢来投奔他们的金少山拒之门外。之后，金少山各方打听，通过了解，才得知，原来"双豹响"戏班是唱花脸的一文一武兄弟二人所办，那天接待金少山的老大豹一响，是本工铜锤架子兼工的两门抱；老二豹二响是本工武生兼演摔打的抱两门武净演员，而且在青岛略有名气。因此，兄弟两个霸气十足，目中无人，口语狂傲。

金少山离开戏班边走边想，现如今做班底演员的希望，已成泡影，被人家毫不客气地拒之千里以外。身上的钱已所剩无几，到其他地方再寻找出路，缺少盘费。怎么办呢？总不能饿死在街头吧，不行，得振作起来，先找地方打短工干活，等挣到钱后再想办法。就在此时，少气无力的金少山听到好像有人在背后喊他："金大叔，金大叔，您的事情办得怎么样啦，戏班子找到了没有？"金少山回头一看，噢，原来是被他在小河边救下的那位小伙子在给他说话。金少山把戏班没能搭上的情况给年轻人说明之后，小伙子非常热情地讲道："要不您到我家去歇歇脚吧，来日方长，以后再说。"就这样，金少山也只好跟随着出外来买东西的小伙子到他家去了。从此，这位扒火车摔伤的年轻人，成了金少山来到山东青岛的第一个朋友。

金少山一头撞进青岛后，他在这座美丽的沿海城市，蹬过"大轮儿"（扒火车偷货），背过尸体，拉过板车，扛过大包，在码头上做过苦力，给死人当过孝子，驾过黄包车，睡过街头，抢过日本人汽车上的军用物资，敲诈过外国商人开办的洋行，等等。总之，凡是能够赚到钱的脏活、苦活、重体力活、别人干不了或不想干的活，以及可以捞到饭吃的歪门邪道，金少山几乎全都干过。

初到青岛的前两个月，金少山在穷苦人家所住的贫民窟内安居了下来，后经那位曾被他搭救过的小伙子介绍，跟随一帮新结交上"蹬大轮儿"的穷哥们，扒上飞快的火车，往下面偷搬货物。因是新手，在跳车时没有经验，不慎一头扎进了铁路旁边的臭泥潭里，弄得浑身上下全是污泥臭水不说，还被摔得昏死了过去。幸好在这帮穷朋友的照顾下，大约昏睡了两天后，才苏醒过来。

曾有一次，金少山跟随大伙儿一块儿在扒火车偷东西时，被押车的日本军警发现，有两位"蹬大轮儿"的难友，当场就被军警用枪打死在了车上，另有三人受伤后，被抓住打得死去活来，受尽酷刑，后来活活地喂了日本人的狼狗。那天晚上，幸亏机灵敏捷的金少山藏得严，跑得快，若其不然，不是做了押车人的枪下鬼魂，也要成为日军警犬的活人大餐。

金少山心想，看来，"蹬大轮儿"的活实在危险，吃这碗饭的人，不是命丧黄泉就是死在枪口之下，或者是被摔成终身残废。若稍不留神，我就会到阎王爷所办的戏班里唱戏去了，这样下去不是办法．于是，他告别了朋友，离开了铁道，带着他"蹬大轮儿"所分到的钱，另谋生路去了。

这年夏季，金少山出钱在青岛市内找到了一个保人做保，在洋车行租了一辆包月车，当起了黄包车夫。这门差事虽然辛苦，挣钱不多，尽可糊口。而且，在洋车行里还有了一处能够暂时安身立命的一席之地。

此时，正赶三伏，天气炎热。一日中午，有位看上去年纪在六十多岁、身形单薄、弓腰驼背的老车友，头顶热浪滚滚的烈日，拉着两个俄罗斯的一男一女乘车人，跑了几公里的路程后，累得满身大汗的老车夫停下了黄包车，长气短声地说："先生到地方了，请二位下车吧。"谁知，待这两个俄罗斯人下车的时候，那位喝得酩酊大醉、酒气熏天的男俄，哇的一声，故意呕吐了老人家一身，拉车的老人擦了擦身上的脏物，不敢作声地忍了下去。等车夫给他们要坐车钱时，满嘴酒气的白俄醉鬼，不但不给车钱，反而气势汹汹地硬说付过，蛮横无理的起身便走。说他们不仅付过车钱，而且给的还多，并理直气壮地反咬一口，硬逼着老人家找他余钱。竟在众目睽睽的光天化日之下，当着诸多围观者的面耍起了无赖，得意扬扬的抖起了外国人的威风。冲着气得浑身颤抖的老人，用生硬的中国话粗声恶语地冷笑着说道："别说我们已经付过，就是不付车钱，你这个中国的驾车老驴又能怎样？"老人家委屈地含着眼泪拦道辩理："不付车钱休想离开！"不料，那位五大三粗、满脸横肉、络腮胡须、胸前长毛的洋人醉汉，照着老人家的心窝就是一脚，骨瘦如柴的老人当场口吐鲜血昏倒在地。这时，当年坐车如今拉车的金少山，正巧驾车路过此地，看到惨景，连忙向周围的人们问明缘由，顿时气得火冒三丈，上前抓住那位耍无赖的白俄，吵了起来。谁知，理屈词穷、凶相十足的俄罗斯醉汉，仗着酒性，二话不说，对准金少山的头部出拳便打。他哪里晓得，眼前的汉子金少山，自幼练功，舞拳弄棒，精通跤术，力大无比。别说是在山东青岛，就是在卧虎藏龙、武林荟萃的古都北京也尚属高手。更何况，如今的金少山就跤术方面，又得"蒙古跤王"的亲传指教，对付三两个洋鬼子本属牛刀小试，如同砍瓜切菜一般，根本不把这条洋狗放在眼里。金少山躲过拳头，找个机会，抄起白俄就是一跤，摔得他哇哇直叫，像疯狗一样的白俄醉汉，岂肯示弱，猛扑过去，抱住金少山的腰部厮打起来。这样一来，本属摔跤行家的金少山，更是得心应手，如虎添翼，大发威力。用铁钳般的大手，抓住狂徒扭脖撂腿又是脆脆的一跤，待那位俄罗斯暴徒被摔得晕头转向刚刚爬起，还没来得及站稳时，金少山猛出一拳，如同劈山裂石，正中鼻梁，只打的那位醉汉满脸是血，头昏脑涨，眼冒金星，摇摇晃晃无力还手，一头栽倒在地上，动弹不得。

此时，围观的人们好像是又看了一场梁山好汉鲁智深痛打镇关西的京剧武打戏，只不过这个挨打的镇关西，是一个国外的洋镇关西罢了。顷刻间，观众就像炸了窝似的乱了起来，大家都为这个路见不平，拔刀相助的驾车壮汉，拍手称快，鸣掌叫绝，并且七嘴八舌地大声呼喊："打得好！摔得棒！狠狠地揍他个狗日的，看他们这些外国佬，还敢不敢再欺负我们中国人啦……"这时的金少山正在兴头，又见众人为他摇旗呐喊，撑腰助阵，更加来了精神，甩掉上衣，袒胸露臂，顺手把足有二百多斤，重的像头死猪一样沉的手下败将举过头顶，朝着路边扔出了一丈多远。只摔得暴徒跪在地下叩头求饶，气头上的金少山将老车夫搀扶过来，而后冲着跪在地上的洋鬼子说："你给我听好了，把你们的乘车钱和给老人治伤的医药费，一分不少的全部付清，再向老人家赔礼道歉，从此以后你再敢欺负我们中国人，我见一次，打你一次。"说着，金少山又照着他的屁股重重地踢了一脚，吓得他就像斗败了的落水鸡一样，赶紧边磕头边付钱，边求饶地说："不敢，不敢，我一定遵照好汉的吩咐向老人家赔礼道歉，请好汉息怒。"待这个白俄无赖给拉黄包车的老人付过钱、道了歉后，金少山对着他说了一声："滚！"这个俄罗斯无赖才一摇三晃地离开了此地。

等金少山把拉车的老人家送走，刚想驾着自己的黄包车离开时，谁知，那位坐车的白俄女人，不知从哪里领来了十几个俄国水员，手持凶器一哄而上，照着金少山猛扑过来。围观的人群见此情景，有的走开，有的离去，就是有少数内心不平的在场者，看他们人多势众，也不敢随便多言和出手相助。

这群俄国"亚太"号轮船上的水员，手拎棍棒，对金少山大打杀手，毫无准备的金少山赤手空拳与这群恶狼般的暴徒对打了起来。这位立天地之正气、树华夏之雄风的金少山，虽然用尽全力，气不示弱地打倒了几人，然而在棒如雨点的厮打中，却势单力薄，寡不敌众，遍体鳞伤地倒在了地下。这帮恶狼般的俄罗斯暴徒，仗着人多取胜后，还仍不罢休，个个面露凶相，再下重手，一窝蜂似地照着躺在地上的金少山，又是一阵拳打脚踢，而后将金少山的黄包车砸得粉碎。不仅如此，临走时，朝着砸坏了的车子又放了一把火，才嘟嘟噜噜、骂骂咧咧地扬长而去。

待奄奄一息的金少山被路边的人们唤醒后，他才知道租来的包月车被大火焚烧，方感到自己丢掉了饭碗，闯下了大祸，坐在路旁犯起愁来。

当天下午，洋车行的老板找来了保人，硬逼着金少山赔偿车钱。此时的金少山衣不遮体，囊中羞涩，哪里有钱赔车。就是给自己治伤看病的钱，都成了难以解决的大事儿。后来，还是经保人再三央求，用财物作抵押，担保他限期还上，请老板开恩。车行老板见此情景，才只好勉强松口答应了下来，很不满意地把金少山从洋车行的住处轰了出去。

从此，金少山流落街头，衣食无着，还欠下了债务。眼下的金少山一要吃饭，二要治伤，哪里一下子能够凑齐几十块现大洋的买车钱呢。事到如今，他只有硬着头皮，强忍着巨疼，顶着夏日的热浪、伏气滚滚、太阳暴晒到码头去做苦工，挺着虚弱的身体去搬运公司背扛大包等。到了晚上，就躺在马路边的商店门楼前，或者在桥墩洞孔下面及一些大户人家的房檐屋下过夜，蚊虫叮得他浑身瘙痒，整夜难眠，早晨冻得他实在是受不了时，金少山就干脆起来到郊外练嗓。幸亏是正赶夏季，若换成冬天，如此这般的人间遭遇，只怕这位后来在京剧史页中，举世瞩目的重要人物金少山，早就一命呜呼了。

可谁知，车钱还没有还上，伤痕累累的金少山，却又因连日辛劳，身体越加虚弱，此时，青岛的天气已渐渐变冷的转入秋季，度日更加艰难的金少山，伤情恶化，害起病来。无奈之下，横下心来，想出一计，也只有逼上梁山了。就按他小时候在北京天桥书场，听说的古人那样，喝碗姜汤大睡一觉，在出了一身热汗后，到街上买了一张铁鏊子，穿了件最破烂的单衣大衫，拾了些能点燃的干柴，再饮下一瓶烈酒壮胆，学着江湖中人的办法，光着双脚，走上了背水一战的险境，玩起命来。

待第二天黎明，天刚蒙蒙亮时，金少山在一家英国商人开设的洋行门前，驾起了干柴，燃起了烈火，泰然自若地坐在烧红的铁鏊子上，耍起了江湖丐帮的玩命绝招，并在这家洋行门前半说半唱、大喊大闹的嚷叫起来："屋里面的人们仔细听着，爷爷今天到此一游，坐这儿歇息歇息，凉快凉快，想给贵行的掌柜借上大洋三十，吃喝所用，快拿三十块大洋出来会会朋友，弟兄们一同吃酒。若其不然，我就是坐死在这里的鬼魂，贵行的冤家，从阴曹地府天天来此搅闹，夜夜到此敲门，让你们生意砸锅，跑掉财运，月月倒霉，年年死人，终无宁日，老少死绝……"嘴里不干不净地扯着他那破喉咙哑嗓一遍接一遍的胡乱骂了起来。

不一会儿，洋行门前围得人山人海，好不热闹，看稀罕的游人越聚越多，把这家英国洋行堵得水泄不通。洋行做不成生意，老板自然着急，就差人把门外的闹事儿者赶紧轰走。待来人看到此景后，吓得急忙又缩了回去，并战战兢兢地向那位斯文的英国老板，汇报了门外出现的怪事儿。老板听后，怀着疑惑的心情走出大门时，人们正在为这位耍"光棍儿"的乞丐汉子担忧，眼看着铁鏊子下面的火焰越烧越大，坐在上面的大汉屁股下面，浓烟滚滚，滋滋作响的烤出油来，然而，他却像没事人一样，若无其事的稳如泰山，坐在烧红的铁鏊子上面纹丝不动，还一个劲儿地破口大骂。

正当看热闹的众人莫名其妙，心惊胆战，金少山感觉自己的屁股火辣辣的剧痛难忍、满头大汗时，看好洋行的老板出来，眼看着就坚持不住的金少山见到老板，不由分说，瞪着双眼骂得更紧，喊得更大，闹得更凶。具有绅士风度的英国佬哪里见过这种阵势，万万没有想到坐在烧红的铁鏊子上的人，满脸通红地玩命来了，吓得毛骨悚然地出了一身冷汗。心想，若再不拿钱给他，只怕要惹下大祸，招来霉运，带来灾难，上帝降罪！想来思去，只好赶紧从柜上拿出了三十块银元，假惺惺地笑着用较为生硬的中国话说："好汉请起，有话好说，这是小行送给你喝酒的三十块银元，敬请收下。烦劳好汉高抬贵手，放过小行，今后若有什么事情，尽管吩咐，在下一定照办，一定照办。"

这位戴着金丝眼镜的英国佬，把从中国古书中学到的江湖术语，颠三倒四地胡乱说了一通，将白花花的大洋小心翼翼地双手放在地上后，便匆忙跑回了室内，紧闭上大门，吃了些镇静药片儿，在房中用手比画着说："这哪里是要饭的乞丐，简直是不要命的亡命之徒！"嘴里还咕咕噜嘟的直念："上帝保佑！上帝保佑！……"金少山见目的达到，急忙站起身来，拿起地上的现大洋，收拾好铁鏊子，拖着他那被烫伤、冒烟流油的屁股，在众人让出的道中，强忍着剧痛，一瘸一拐地离开了洋行。等回去一看，原来绑在屁股两侧的猪肉皮，因在铁鏊子上面坐得时间太久，被鏊子烧透、烫焦，直流猪油，故而，自己的屁股蛋儿，也被烫熟了两大片。金少山暗自说道："好险呀！若再有一会儿，我可就要受大罪了，坚持不住暂时不讲，恐怕就得露底，要是真的受不了，被众人识破，可就要被大家扭去蹲大牢了。"

事过几日，又经保人介绍，金少山到青岛一家私人医院里去抬死人的尸体。炎热的暑夏刚过，青岛地域海风呼啸，连降大雨，金少山头部的伤迹，在风吹雨打下感染化脓。然而，为了活命和还上包月车钱，他咬紧牙关，挺着身板，硬撑着上工，而且干得很好。曾有一次，金少山从医院的太平间往外抬尸体时，因他伤势恶化，头昏目眩栽倒在了地上。护士长见他满脸血脓，面无人色，要辞退于他。后被创办这所医院的年轻院长知道，把金少山挽留了下来。因为这位风度翩翩、刚从美国留学回来的安之文院长，那天亲眼目睹了金少山当街为拉车老汉抱打不平的经过，并被他行侠仗义的正义之举所感动，又见他斑斑伤痕，干活卖力，甚是可怜。料定此人，必有难处，不能雪上加霜。即萌发了同情、敬慕之心，除了照付工钱外，又免费把金少山的伤势全部治好。若不是那位心地善良的院长安之文先生拔刀相助，抢救的及时，伤势严重的金少山纵然有十条命，或钢打铁铸之躯，只怕也要命丧黄泉、暴尸街头了。

经过医院的精心治疗，金少山的身体已基本痊愈后，谢过安之文院长和医生、护士们对他的照顾，带上安先生赠送给他的消炎药物，茫无目的地离开了医院。后来金少山听说，青岛市郊的乡下有一财主，全家八口被仇人杀死，满门遇害，无人守孝。这家的亲戚贴出告示，愿出二十块现洋的大价雇用孝子，守灵七日，直到出殡后完事。待此事双方谈妥后，可先付现金一半。金少山撕下墙上张贴的告示，按照上面所写的地址，赶二连三地来到了此处。就这样，他糊里糊涂、匆匆地当上了人家的守孝子孙，披麻戴孝守起灵来。作为演员，应付这种场面乃是小事一桩，在舞台上哭爹喊娘祭祖宗，磕头跪拜敬先人，本属常见的表演小技，对金少山而言，轻车熟路，不在话下。

出殡送葬那天，身穿重孝的金少山像演戏一样，扯着他那还没有恢复过来的嘶哑嗓门，呼爹喊娘叫祖宗，叩头跪拜摔老盆，如同鬼吟狼嚎地大哭起来，随行送葬的人群和看热闹的村民，瞧着金少山那哭天抹泪、捶胸跺脚、怨苍天的表演，既夸张又真实，既好笑又满意，而且村儿里的乡亲们都说，这位高个子的孝子贤孙没有白雇，那二十块大洋花得值，而对金少山来讲，这样的怪差事，不仅让他吃了七八天的热乎饱饭和睡上了几个晚上的安稳觉，待丧事办完后，又得到了二十块银元的赏钱，内心倒还满意，心想还账有望了。

金少山攒够了钱，终于还清了车行的债务，答谢了保人，看望了朋友，拜会了安院长等人。事后，剩下来的钱连吃带喝没撑多久，等金少山的身体彻底康复后，他基本上又成了一名无家可归、风餐露宿、闲云野鹤的天涯游子。无奈，九死一生的金少山，只好又走上了扛大包、做苦工的途径。

曾有一次有位黑心的监工头，无故扣掉了他辛辛苦苦在码头上扛大包挣到的三块儿铜板。金少山找到监工询问，凭什么要扣他的血汗钱？工头冷眼看了看金少山，然后，毫无道理的回答：“凭你是初来乍到的臭苦力，凭大爷我是你小子的监工，就得先孝敬老子我几天。”金少山听后，内心更加不平的质问工头：“是谁立的这个规矩？青岛的码头上还有没有法律？新来的就得扣工钱，这是哪家的王法？”监工头用手拍着自己的胸脯骄横地说：“是老子立的规矩，在这儿大爷我就是法律！”并又恶狠狠地言道：“你若是不愿意干，现在就可以滚。”金少山气得忍无可忍，两眼冒火，上前一脚踩翻了盛气凌人的黑心监工，握起铁锤般地拳头，重重地打掉了他两颗金牙。不料，在场的工友们见平时欺压他们的恶棍工头被打，仍不出气，大家居然一哄而上，朝着丧尽天良的监工头，你一拳我一脚地乱打了起来，只打得那位监工头哭爹叫娘，直喊饶命。后来，码头上的治安警察赶到，大伙儿掩护金少山逃走，而后具纷纷散去，这场码头风波，才算是灰飞烟消地平息了下来。

金少山就是这样，白天到处东飘西荡的找活儿做工，到了晚上夜宿街头地煎熬着天日，苦苦地挣扎在他人生地狱的牢笼之中。无论他如何努力，总是逃脱不了险恶的困扰。有时，竟因为夜晚在路边安身的一席之地，还要与穷苦的流浪汉们争论高低，经常吵架或大打出手地动起武来。直到金少山取胜，治服了那些结帮拉派的乞丐后，才算是能有一片尚好的存身之处 —— 桥墩洞孔。

说来也怪，自从金少山治服了那群偷鸡摸狗的要饭花子后，他们就把金少山当成了自己的老大，经常不断地给金少山送吃送喝、端茶倒水、献殷勤，并且尊称大哥，好生照应。金少山见大家都是穷人，也时常帮助他们解决难题，叫他们不要偷穷苦人家的东西，苦命之人要相互礼让，才能生存。因大家都是因为生活所迫，流落在外的穷苦百姓，互相关照方属正理。久而久之，大伙儿之间居然很快建立了友谊，加深了情感。从此，金少山总算有了一帮聊天、解闷，相互依靠的难兄难弟。

显然，金少山的青岛之行，并不可观。纵然拼死拼活地干，依然摆脱不了清贫的命运。看来，青岛的确不是金少山的落脚之处，必须到适合他的地方去发挥才能。对，到烟台去，当年在北京听人说过，京剧在山东烟台很受推崇，那里的人们不仅爱听京剧而且十分懂戏，只要戏好，特别买账。更何况，烟台的京戏班里，还有一位早年与其父金秀山合作过的故交贵俊卿先生在当地唱戏。于是，金少山告别了朋友，打起了行装，一纸船票把金少山从水路送往了烟台港口。

第四题藏头诗

抱打不平战凶神，
打出国人威风凛，
不为自己为扶老，
平民百姓拉车人，
伤残暴病还车债，
残伤他乡更苦贫，
他乡自有义士在，
乡村洋行索金银。

五、寻死遇救　初展才艺

山东名城的烟台市有一条烟台街，颇具盛名的"福禄寿戏园子"，就坐落在这条古老而又繁华的烟台街上。因此，有不少京剧名伶来烟台演出，大都在这个戏园子里登台唱戏。

烟台梨园公益会的会长名叫张少甫（注：该会由著名杰出京剧表演艺术家周信芳早年在烟台时所创，并担任会长），他是当地唱文武老生的京剧名家，扮相、个头，好似谭鑫培，流派宗"谭"。其常上演的代表剧有《战太平》《盗宗卷》《定军山》《碰碑》《洪羊洞》等。张少甫在烟台戏曲界和观众心目中，威望颇高，口碑极好。在他任会长期间，继承了工会创始人周信芳的优良传统，特别关心梨园行的同业，救难解危，惜老怜贫。每逢年节，都要给穷苦艺人的家里发放粮米与过冬的棉衣和救济金等，让他们能过个好年，以及度过寒冷的冬季，同时体会到梨园大家庭的温暖。每年张少甫会长还要以梨园公益会的名誉，组织烟台市的所有名伶合作演出三五天义务戏，即便是外来的戏班子和外地邀请来演出的演员也不例外，无论是多大的名角，张少甫具会恳请他们为义务戏加演一场，所有票房收入，全部作为救济穷苦艺人的保证基金，专款专用，深得赞赏！

当地"福禄寿戏园子"自己有一个京剧戏班平时在此演出，挑班的演员也是一位宗谭老生贵俊卿，北京人氏，早年为京城北池子遥唵俯畅票房名票，后下海唱戏一举成名！因北京城内名角太多，流落烟台立足安业，当地人称"烟台谭鑫培"，此人虽然年过半百，但其嗓音洪亮，精力充沛。每逢周五、周六、周日，准时在"福禄寿戏园子"挂牌出演。贵俊卿的领衔剧目有《失·空·斩》《朱痕记》《洪羊洞》《二堂放子》《大·探·二》《碰碑》《桑园寄子》等,海报贴出,客座满堂,他的戏很受当地观众的欢迎。贵俊卿为人忠厚,交友豪爽,讲情重义,无论行里业外,凡遇难找他,有求必应,乐于助人,与金少山左肩担情右肩担义的性格非常近似。

前面既然提到了谭鑫培,那么作者就再将谭鑫培简单地写上几笔:伶界大王谭鑫培,本名金福,字望重。因堂号英秀,人又以英秀称之。他出生于武汉江夏区(原武昌县)大东门外谭左湾九夫村。十岁时随著名老旦兼老生的父亲谭志道来到北京,十一岁入金奎科班习武丑,后改武生和文武老生,1863年出科。几年后初露头角,在杨月楼(杨小楼之父)的引荐下,进入三庆班唱戏,后拜余三胜(余叔岩的祖父)、程长庚等人为师。谭鑫培的武功根底坚实纯熟,身手矫健稳洁,不论演长靠、箭衣和褶子戏,都能做到灵活洒脱,干净洗练,在许多剧中均表现出了他超凡的独特技艺。二十三岁搭三庆班时,以演《三岔口》《神州雷》《白水滩》《八大锤》等武生戏为主。曾傍程长庚演《青石山》的马童,其深厚的武功技巧,博得了大老板程长庚的赏识,即委以武行头。在《同光十三绝》画卷中,谭鑫培是唯一的武生名伶。其武戏高深,可见一斑!

光绪十年以后,大武生谭鑫培又以文武老生的赞誉名享剧坛。其师程长庚曾预言:"吾死后,鑫培必成大气候。"谭鑫培改工老生后,昆乱不挡,文武兼备,无所不能,其代表性的老生戏有《定军山》《战太平》《空城计》《李陵碑》《捉放曹》《汾河湾》《珠帘寨》《琼林宴》《当锏卖马》《击鼓骂曹》《桑园寄子》《四郎探母》《打渔杀家》《南阳关》《连营寨》《胭脂褶》《武家坡》《洪羊洞》《南天门》《坐楼杀惜》《战宛城》《别母乱箭》《文昭关》《鱼肠剑》《五人义》《清风亭》《八大锤》等等。谭鑫培一生创造了为数众多的老生与武生的艺术形象。由于他善于体察人物的身份、性格和角色的内心动态,因而演来无不形神毕肖,处处感人。熟悉谭氏艺术的著名票友陈彦衡说:"谭老板演孔明有儒者气,演黄忠有老将风,《胭脂褶》之白槐居然公门老吏,《五人义》之周文元恰似市井顽民。流品迥殊而各具神似!"他在塑造人物时,不仅注重形象必真,而且讲求艺术之美,无论是文戏武工(功)、唱念做打,都有其自己的独特创造。当时的老生"三杰"中,孙菊仙擅用"膛音",以慷慨激昂为胜;汪桂芬则以雄健刚劲之妙的"脑后音"来赢得好评;谭鑫培不取孙、汪的实大声宏、满宫满调的用声之法,而用"云遮月"的嗓音,以声韵悠扬婉转、行腔长于抒情获取满堂彩头。同一剧目的《鱼肠剑》《文昭关》《捉放曹》等，"谭（鑫培）""孙（菊仙）""汪（桂芬）"三人演来，各具特色。谭之唱腔不仅集程长庚、余三胜、张二奎、王九龄、卢胜奎、冯瑞祥等唱法之大成，还将老旦、花脸、青衣的唱法及（河北）梆子、昆曲和大鼓的音调，巧妙地融会贯通用于老生行腔，而不漏山水，统一于自己的风格之中，自成一家。另外，谭鑫培擅于突破二二三、三三四的句法，运用衬字、虚字的行腔之妙灵活地转变板眼，使他的演唱玲珑活俏，变化多端，于平淡中见绝韵的惟妙惟肖，充分地表现出细腻而鲜明的人物情感，逐渐形成了自己的艺术风格，谭鑫培为早期京剧老生的表演艺术开拓了新的天地，影响深远，在京剧史上起到了继往开来的重大作用，半个多世纪以来，很多京剧老生都宗法于他，世称"谭派"。

1905 年，谭鑫培的拿手戏《定军山》，被北京丰泰照相馆拍摄成了中国第一部黑白片（无声）电影，轰动中华。从此，中国的国产片电影史，由此开山。百代唱片公司为其灌制的宝石唱盘流传至今。光绪十六年五月二十五日，选拔进清朝升平署承差唱戏。被尊为京剧界鼻祖的谭鑫培以毕生的心血和精力，全面投入和继承发展了我中华民族传统文化的戏曲艺术之大宗，从他开创了"谭派"以来，老生艺术进一步规范化、系统化的稳定了京剧的格局。在谭鑫培六十多年的演艺生涯中，上至宫廷王府，下至城镇乡村，占领过当年中国各种各样的戏剧舞台，倾倒了不同层次的广大观众。他开创的"谭"派多方面地代表着中国戏曲的传统典范，使早先的徽派、汉派的皮簧（黄）戏，文武并兼，昆乱不挡，逐渐趋入到了精美的境界。众所周知，"谭"派是流传甚广、影响宏大、枝叶最为繁茂的艺术流派，就京剧史叶中，始终被行家认定为是老生行当的主流象征，后来的余叔岩、高庆奎、马连良、言菊朋、杨宝森、奚啸伯等重要老生派别，都是从"谭"派衍化出来的。自 1863 年，谭鑫培随其父谭志道在京城"广和楼"搭班唱戏算起，这个世所罕见的艺术家族七代人（谭志道、谭鑫培、谭小培、谭富英、谭元寿、谭孝曾、谭正岩）俱从事同一剧种、同一行当，而且整个谭氏家族内多达四十余人都业从京剧，这种奇特的梨园世家，可称得上是一部"浓缩的京剧史册"。好了，有关谭鑫培的故事就讲到这里，下面咱们再谈正文：

到烟台街"福禄寿戏园子"来看戏的观众，大多都精通戏理、剧道，他们不仅懂戏，而且还另有一习：凡是新来的外地演员，到"福禄寿戏园子"的头天打炮，烟台市的票友、戏迷人都会来买票看戏，他们每个人手里提着一盏红纸灯笼，当该戏的主演上场一起"引子"或是一答腔一道白，如果是真的漂亮，领头的就会即刻将红灯笼吹灭，大伙儿方才坐下看戏，并能非常认真的把戏看完，遇到绝活儿的茬口，还会为剧情和台上的人物捧场叫好，鸣掌称快。若是戏演唱得不行或水平一般，或不卖力气，或玩意儿不好，或戏味儿不够，领头的把手中的红灯笼，往高处一举，大家就会一块儿起座，转身全走。那么，这个演员今天的戏，就算演"砸"了，从此以后烟台街的戏你就别再来唱了，即便是唱，也不会有好的效果。

金少山来到烟台后，由于前两次的碰壁，他有了经验，长了见识，没有急于找戏班子商谈搭班坐包的事情，而是稳住阵脚，先到"福禄寿戏园子"看几场戏再做打算。可谁知，几天看戏下来，对撞进烟台的金少山，又是一次醍醐灌顶、重棒猛锤的打击，他待在旅馆里不知道往后的路该如何去走。

出外闯天下的金少山，万万没想到，烟台的观众看戏，是以听唱为主，品戏见长。尤其是票友的评论水平，更不一般，非常挑剔。他们对名角或前来本地打炮的演员，无论是谁，不管你名气大小，身份高低，就艺术的要求极为苛刻，稍不留神，弄不好就会毫不客气地把你轰下舞台。见面后，他们还会评头论足、谈要领的给你指出一二，让你心服口服，无言对答地离开烟台。而贵俊卿、张少甫两位京剧名家，具是唱工（功）非常过硬的"谭"派老生，技艺精深，人品高尚，在当地有很高的威望。

按金少山的话讲：张少甫的表演风格独到，挥洒自如，嗓音浑厚，吐字清新，行腔古朴，韵味隽永，使人听后有一樽佳酿入喉的快感。而同样宗谭的贵俊卿在表演方面，结合自身的优长，另辟蹊径。贵俊卿昆乱不挡，文武兼备，工架规范，做派洒脱，风格独具，其嗓音高宽亮响，腔调质朴，酣畅遒劲，韵色醇正，观众评价"贵""张"二人的老生戏，无论是从唱腔到念白，从表演到做派，神采清癯，各俱千秋。

由于金少山在青岛遇到的重重磨难，使他的身体和底气严重受损，嗓子还不如以前，金少山在天津"下天仙戏园子"做底包演员时，虽然嗓子欠佳，没有高音，但起码演一些剧中的武二花配角，还算可以。自青岛之后，金少山的身体与嗓子，先不说应付唱戏，就是平时讲话也感到吃力，即使搭上班子，如今的嗓子又怎能单挑一出，又如何给贵俊卿、张少甫配戏呢？不用说文净，就是武净戏，总得在台上张嘴念白吧。按目前的嗓音条件，别说是打炮戏的单挑，即便是给人家做傍戏的配角，他自己感觉都不够资格，若是硬着头皮上台，恐怕也会像在东北演出《刺巴杰》那样，被烟台的观众轰下舞台。自己丢人不说，还会给家父的声誉造成无法弥补的影响。想来思去，越发犯起愁来。

金少山想：多少年来，自己生死不顾地干，豁出性命地拼，也难以保证生存，依旧过着多灾多难、牛马不如、终日不曾温饱的苦难生活。在天欺地逼、九死一生、磨难重重的极大压力下，虽然他起早贪黑地苦练嗓子，从未间断，然而其声音仍然是越来越坏，毫无起色。更何况，按金少山如今的身体状况已做不了苦力、干不了重活儿，做生意没有本钱，旅店的老板又催要房租，所带的盘缠已基本用完，若是要再搭不上戏班，就意味着断绝了生路。看来，烟台虽然能养育百家艺人，却没有我金少山一人的容身之处。

这时候的金少山，切感苍天处处与他作对，事事灾难缠身。渐渐觉得前途渺茫，心灰意冷，再加上远在他乡，孤苦伶仃，无依无靠，元气大伤，对自己的未来产生了绝望。或许这座美丽的沿海城市——烟台，就是他人生的最后一站。

一天傍晚，金少山背着沉重的思想包袱，独自一人在烟台的海岸边徘徊时，含泪思念起了教他学戏的师爷何桂山老人，与对他严厉可亲的父母和家人，以及北京终日随行左右，抱拳作揖，吃喝不论，情同手足，称兄道弟的发小朋友。刹时间，早有准备的金少山，将怀中带来的两瓶烈酒和三斤牛肉掏出，大吃二喝一顿后，猛然间将酒瓶摔得粉碎，面对苍天狂笑一阵，望着波涛汹涌的大海，埋怨世道对他不公，两只大眼睛泪汪汪地萌发出了轻生的念头。

相传，正当穷困潦倒，走投无路，天地不留的金少山，准备横下心来一死了之，葬身海底之时，突然，被一位须发如银，仙风神气，年逾七旬的崂山道士拦住。道长问明原因后，方知金少山是因为自己没有了嗓子及受尽了人间的折磨而死。便慢悠悠地手捋白髯大笑起来，并将欲寻短见的金少山痛斥了一顿。而后，老道士颇为慈祥的看过金少山的面相后，非常温和地说道："年轻人，我在这里观察你多时了，世道不公，自古如此。贫富差别，天下有之。你属硬命，剋主压众，切记'忍'行。今后，你要修身养性，大善大德，决不可狂傲放纵也！即天赐宏福，方能成'器'。"话毕，念他年纪轻轻修艺心诚，惠赠给了金少山一袋仙丹妙药，并且确保这位跳海自尽的年轻人服过药后，七日之内嗓音初见痊愈，身体基本康复。

金少山闻听大喜，心想：天降仙道搭救于我，从此少山必有后福！于是，急忙向仙翁道长磕头跪拜，谢接药丹，激动万分地匆匆赶往住处。等他刚跑出几步，突然想起还有话要讲，停住了脚步，再回头望恩公时，只觉耳旁一阵清风飘然而过，不料，这位头戴道士巾、身穿银灰色道袍、足登白粗布长筒大袜和一双老生富子履靴子、留着三缕白髯的仙家道长却消失在了空气之中，无影无踪的看不见了。

金少山回去后，按照老道士的吩咐，连夜服下了药丹，待吃过数日后，他只觉身板儿轻松，精力旺盛，丹田腹部涌动而滚，似有清风凉气直贯喉间，切感咽喉处具有一股压抑不住的强大气流，往上冲击。等他张嘴试音时，不料喜从天降，奇迹出现在了眼前，嘶哑低闷的声音响亮起来，底气横串无力的现象，消失得无影无踪，使金少山难以相信的翻起了跟斗！

这天早上，"福禄寿戏园子"的著名琴师孙佐臣（即孙老元）到金少山住进的"吉祥旅馆"安排客人，忽听房内有人在唱京戏，就问旅馆的郭老板是何人在唱？这位姓郭的老板不耐烦地顺口答道："是一个连房租都付不起的神经病，不用理他，等会儿我忙完了，还得找他要房租呢。"孙佐臣说："或许是他遇到了什么难事儿，一时磨不过来。我能不能见见他呀？"于是，由郭老板带路领着孙佐臣走进了金少山的房间。孙佐臣与金少山见面后，两个人谈得非常投机，在谈话中孙佐臣了解了金少山的心事和目前的处境，并得知他是北京梨园豪门金秀山之子，今日能在这小旅馆里相遇，本是缘分。当场表态，愿意举荐金少山到"福禄寿戏园子"里搭班唱戏。金少山激动地说："若能遂愿，定当重谢！"孙佐臣接着对金少山说："金老板，咱们都是吃开口饭的同业，千万不要客气，出门在外，谁还没有个接不住活儿、赶不上差的时候。当年我在北京坐班时，曾经多次看过你家老爷子金秀山的戏，那叫真好，唱的带劲儿，听着过瘾！这点小忙，还不是应该的。"说完，二人话别，孙佐臣快步离开了吉祥旅馆，急奔"福禄寿戏园子"而去。

这位古道热肠的孙佐臣，乳名老元，初名光通，1862年，同治元年（壬戌）出生于皇城北京。其父孙八，是京城内"三庆班"里的挑班名旦，生有两子：长子双玉是维新堂钱金福的弟子，工旦行青衣，乃同光名旦孙怡云之本师；次子佐臣工京胡，被世人尊称孙老元，有"胡琴圣手"之誉。

孙佐臣从艺时初唱小生，后因倒仓败嗓改习"场面"（即乐队），拜著名琴师贾祥瑞门下为徒，同梅雨田（梅兰芳的伯父）是学琴的师兄弟。早期，孙佐臣曾给王九龄操琴，其琴技手音既往，万复灵妙，包腔圆涌，捺出之声，轻响而逸。从此，除当年李四以胡琴盛名之外，切首推孙老元为佳。光绪十九年（1893年）入清朝"升平署"应差，谭鑫培欣赏其孙（老元）之琴技，酌请宫中总管（太监）为介，聘为私人随手，光绪二十二年（1896年），谭鑫培又约李五为司鼓、老元为琴师在"喜庆班"傍他奏戏。后世名伶自带"场面"，从谭鑫培开始。因孙佐臣在菊苑以胡琴技艺声名显赫，手音了得，被行家誉之"胡琴圣手"！民国六年（1917年）农历三月二十日，谭鑫培作古，孙佐臣暂住申江。在上海的徐慕云君深悔梅雨田去世，其卓越琴技随之而走，入土掩埋；为使后人听得琴声天籁，他力邀孙老元在沪上录音灌片，留下一丝"此曲只应天上有"的琴声来告慰神灵。1923年2月16日（农历癸亥年正月初一），十四岁的孟小冬赴汉口怡园演出，海报上标明了"特邀胡琴圣手孙佐臣操琴"伴奏，轰动了长江两岸！孙老元对生、旦、净、丑之行腔娴熟能详，大见腹果，其操琴技艺手巧圆足，功法奇特，善用逆音，以刚武俏拔，包腔粘严为最。陈德霖、孙菊仙等人特请他伴奏。言菊朋、杨宝森等京剧名家所灌制的多张唱片，凡由孙老元操琴的唱腔段子，均获盛赞！后来，不知什么缘故，受人尊敬的孙佐臣先生流落到烟台献艺。

这年的农历二月初二，正好是"福禄寿戏园子"的头牌当家名伶贵俊卿五十大寿的生日，过去和现在，中国的老百姓有个说法："二月二龙抬头！"是个颇为吉祥的好日子，也是中华民族的传统风俗。所以，烟台市的梨园界及曲艺界的朋友们，大都来给烟台梨园名宿贵俊卿先生祝寿道贺，晚上还演出了一场全本的《御碑亭》。散戏后，寿星老贵俊卿正盘着腿坐在屋里跟张少甫一起品茶聊天。只见，著名琴师孙佐臣陪同一位二十多岁的英俊帅气的大个子青年人，走了进来。进屋后，孙佐臣对贵俊卿说："贵爷，我给你们相互介绍一下，"孙佐臣用手指着金少山接着说："这位就是我上午跟二爷提到的在京城拿内廷供奉的头牌铜锤大面金秀山先生的三公子金少山！"而后又回头对金少山说："这位是著名谭派老生贵俊卿贵二爷；这位也是著名谭派文武老生、烟台梨园公会张少甫会长！"

待孙佐臣介绍完毕，金少山连忙单腿跪下给贵俊卿作揖叩拜，并彬彬有礼地向"贵""张"二人问好。望着贵俊卿说："小侄在京时久闻二叔的大名，早就听先父说过，您老技艺精湛，德高望重！今日，一来拜望二叔大驾，二来，正好赶上您老的五十大寿，祝二叔福如东海，寿比南山，岁与天齐！"金少山讲吧，又叩起头来。贵俊卿听后，高兴地赶紧起身相搀，说道："不敢当，不敢当！快快请起，快快请起。"语音未落双手把金少山搀扶了起来，然后又接着说："贤侄，早年我在北京唱戏时，你还是正在练功的娃娃，没想到如今已长成一棵参天大树了！无论从面相到体形，看上去，简直就是当年的京都名净金秀山老先生。"语音刚完，转过脸来又对张少甫及孙佐臣笑着说道："当年他父亲可是京城内大名鼎鼎、威望显赫的皇家优伶！今日一见，果然不假，三公子给他父亲的长相一模一样。不用说，在艺术上也肯定错不了，将门出虎子吗！"而后贵俊卿接着对金少山说："少山，你知道吗？金老爷子有三个得意弟子，人称'一文二仙（先）'，大徒弟德子文、二徒弟讷绍先、三徒弟裘桂仙（著名杰出京剧表演艺术家裘盛戎之父），在艺术上全是好样的！你今天能来看我，我很高兴，如果贤侄不到别的地方去，就屈身伏就，请在我这儿落脚吧？我马上让张（少甫）会长把财东罗进才请来，就说我给他邀请来了一位京城的花脸好角！"金少山自然是暗自欣喜，满口答应。

张少甫走后，贵俊卿接着问："少山，打炮戏你准备来哪一出呀？"金少山非常谦虚地回答道："二叔，我的嗓子不太好，演些架子、摔打戏还凑合，唱文净恐怕会给您老丢脸。"就两句话，讲的贵俊卿心里特别高兴，从此他对金少山产生了非常亲近的好感。

此时，孙佐臣在一旁插话说："我老孙头儿提个建议吧，贵二爷的《失·空·斩》有一年多没唱了，正好少山来到，打炮戏干脆就演这出怎样？少山来马谡，王海山去司马懿，那第二天的戏……（孙佐臣低头思虑着戏码）"，金少山接茬说："要不第二天，我跟二叔合演一出全本《除三害》咋样？前头'咂窑'，接下来'化装问路'，后面'打虎斩蛟'！"孙佐臣正想说这出戏不错时，贵俊卿却一拍桌子，面带笑容地立刻站起身来，极为满意地说道："好！就唱《除三害》，我来烟台街已经十几年了，就是一直没有遇到合适的花脸配戏，才没有轻易地上演《除三害》这出戏，我和少山来这出戏，好得很，咱们就这么定啦！"

就在他们三个商量第三天的戏码时，"福禄寿戏园子"的财东罗进才笑眯眯地走了进来，待他跟金少山打过招呼后，笑着对贵俊卿说："要叫我说，第三天的戏我想请贵爷与秦雪梅女士和我们这位从京师来的大花脸仁兄，联手合演《坐楼杀惜》《刘唐下书》《乌龙院》如何？"大家一听，拍手称快，连声呼好！颇为赞成。

接下来，孙佐臣老爷子给金少山较为详细地介绍了罗进才和戏班子的情况。罗进才走过来，非常客气地对金少山说："金老板，我早就在北京看过你们家老爷子和您合演的《白良关》，当时老爷子扮演的是尉迟恭，金老板您来的是尉迟恭的儿子尉迟宝林，你们父子一上场就来了个满堂彩！台下笑声一片，观众鸣掌叫好，戏演得确实不错。像您这样的好演员，我们请都请不来！这次您来到烟台，我们'福禄寿戏园子'好比是'锦上添花'，对贵二爷来讲，又好比是'如虎添翼'，就是不知道金老板能不能在我们这儿屈尊住下？我作为'福禄寿戏园子'的财东，是一千个、一万个举双手欢迎！至于包银嘛，由贵爷和孙老你们来定，多少没什么。自古道'千军容易得，一将最难求。'梨园行也常说，'千生万旦，一净难寻'啊！"话到这里，金少山红着脸，不好意思地赶紧接茬道："罗财东您过奖啦，千万可不能这么讲。少山不才，是想在您这儿讨碗戏饭吃。"正在金少山与罗进才相互客道时，贵俊卿发言了，他非常爽快地对大伙儿说："今天是贵某的生日，我在'蓬莱饭庄'备下了十桌酒宴，一来，感谢大家前来给俊卿祝寿，二来，是给贤侄少山接风洗尘！这三来嘛，是想让咱们前后台的兄弟姐妹们，趁此机会欢聚一堂，热闹热闹！"金少山借机拱手冲大伙儿说："诸位，少山此次到烟台献丑，能与各位前辈见面、合作、共谋大业，深感荣幸！今后若有不到之处，还请大家多多担待，不才少山在此拜谢了！"说着朝大家伙儿深深地鞠了一躬。罗进才说："今天咱们'福禄寿戏园子'是双喜临门呐！贵老板五十大寿是一喜，金老板来到烟台街又是一喜，这两喜合在一块就是双喜。自贵二爷来到'福禄寿'后，给我们带来了十几年的福音，赚了不少钱。今天是您老的五十大寿。我罗进才虽不懂事，但作为戏班子的东家，进才我并不糊涂，今儿个的宴席钱理应由我来负责结账。"并告诉总务，先给金老板预支五百块钱零用，马上就办。

金少山打炮的头一天，戏园子的门口上方，悬挂起了两米见方的大红纸幅，上写金字——"由北京特邀著名大净金少山首次来烟台献艺演出"：（一）《失·空·斩》金少山饰马谡，（二）全本《除三害》金少山饰周处，（三）《乌龙院》《刘唐下书》金少山饰刘唐。戏牌子一上烟台街，各路的京剧票房爱好者以及烟台市的广大观众，具纷纷前来排长队抢购戏票，仅仅一个上午三天的门票一售而空。从前，贵俊卿、秦雪梅合演时，票价是一元整，如今加上了金少山，票价提高到了一元五角。

金少山领到了预支金的头一天早晨，就先赶到"吉祥旅馆"去支付房租，可旅馆的郭老板却说:"您所欠的房租费,那天来见您的孙(佐臣)先生全替您付清了,他害怕不够,还多为您付了三天的房租金,原来您不知道呀?孙先生临走时还特意交代我说,让我对您要多多关照呢。"金少山听后,心里特别感激孙佐臣老先生的解囊相助,从此,对孙老爷子有了一种相亲相近的感觉。就这样,金少山请"吉祥旅馆"的郭老板在隔壁的小吃店吃了一顿早餐,说了一些感谢他的客道话,便离开了"吉祥旅馆",怀思而去。

就回去的路上,金少山在烟台街买了两套衣服和一件大褂,与几十盆名贵花草,让花店的伙计送了回来。而后,金少山到烟台街的清华浴池洗了个热水澡,换上他刚买的新衣服,正在院儿里浇花儿时,孙佐臣老爷子来看望金少山。二人打过招呼后,孙佐臣见今儿个金少山打扮的特别精神,就面带喜色地问:"少山,昨晚上睡得怎么样,还成吗?"金少山回答:"挺好!谢谢先生!请您老屋里叙话。"进屋后,金少山给孙佐臣沏了一壶尚好的一级茉莉酽茶,而后双手端上茶水,恭恭敬敬地递给了孙佐臣说:"这次承蒙先生帮忙,少山才有今日,晚辈这厢有礼了!"说着,金少山的鼻子一酸,扑通一声,双腿瘫软在了地上,眼泪夺眶而出地对着孙佐臣说道:"我金少山离开北京这几年,受尽了人间的苦难,没有得到过丝毫的安慰。是您老把我从地狱里拉了出来,不仅帮我搭上了班子,找到了饭碗,还替我交付了旅馆的房租,此大恩大德,少山永生不忘,日后若有了出息,定当重报!从今以后,您老人家就是我金少山在烟台的亲人!"一番肺腑讲得孙佐臣心如刀绞,老泪纵横地搀起了跪在地上的金少山,并非常亲切的劝导金少山说:"少山,你在我面前就像自己的孩子一样,我做长辈的帮你这点儿小忙,还不是应该的吗?都是自己爷们,今后可不许在我面前跟我再讲'报恩'二字了。若是再这么多礼、客气,我可就该不高兴啦。"

"孙""金"二人正在谈话时,戏园子的后台经理王洪寿从外面走了进来,他是著名京剧老生前辈张二奎的弟子,年岁已近半百。王洪寿会得多,见识广,肚子里装得全是好玩意儿,在烟台已经待了十五年了。他进门与金少山、孙佐臣寒暄了几句后,非常礼貌地对金少山说:"金老板,您看是不是您明儿个上午,把全本的《除三害》跟大伙儿说说?然后大家伙儿在一块对对戏,拉拉场,因为这出戏在这儿从来没有唱过,也没有见过,演员与文武场面上的乐队都是生手。到时候,孙老和鼓师都参加。至于台上的配角,从头到足都穿什么,戴什么,拿什么?还有舞台上所用的道具等等，全都得让他们列清、配齐交给管事，而后一一落实，在这方面您就多费心了！"金少山满口答应，说："好，往后还得靠王经理多受累，多照应啊！"孙佐臣接着说："今儿个是少山头天打炮，我们就不打扰了。"于是，"孙""王"二人起身告辞，各自准备去了。

中午，金少山到街上饱饱的用过午饭，匆匆回房午休，直到下午四点钟才起来。待漱口洗脸，沏好了茶水后，坐在屋里边喝茶边抽烟的等待着晚上的演出，就这段空闲的时间里，他便胸有成竹地盘腿大坐，提着精神认认真真地温起戏来。

京城大净金少山在烟台打炮演出的消息，传得满城风雨，妇孺皆知。"福禄寿戏园子"晚上六点准时开锣，前头垫了三出戏，压轴的剧目是山东的著名坤旦秦雪梅唱的《春秋配》，最后的大轴才是《失·空·斩》。金少山衣帽整洁地走进后台，恰好《春秋配》刚上。后台的剧务主任孙柏山，是一个本工小花脸儿的演员，口语风趣儿，谈吐幽默，台上的表演也很好。他见到金少山后，忙用清朝的礼节过来给金少山打招呼说："金爷吉祥！请您老扮戏！"一句"您老"二字把金少山给逗笑了，因为这时金少山刚满二十六岁，论年龄可能还没有他大。金少山边走边笑，并自言自语地冲着孙柏山夸道："真不愧是唱丑的肚，杂货铺哇！"即刻到后台找地方看戏去了。

金少山在后台一直等到"拣柴"一场演完，他才不慌不忙地开始化妆扮戏，连勾脸带穿箱，总共用了一刻钟。等穿戴整齐后，只见他头戴大额子，上缀白绒球，身扎绿色大靠，靠旗上绣着麒麟望日，胸前挂一口二尺六寸长的黑满，再配上他那一米八多的个头，真乃是看着入眼，煞是威风！他开的脸谱别具风采，与众不同，印堂处画一弧线，形似船底，代表马谡为人傲慢及自信心极强的人物特点，博得了大伙儿的赞赏！

《春秋配》演完后，接着就该上《失街亭》了，前面的赵云、马岱、王平三将依次"起霸"（戏曲舞蹈名词）上场，等到乐队吹奏起"双挑子"，在"四击头"声中，马谡出场，第一次在台上亮相。只见金少山高大的身躯，威武的扮相，恰似天神下界一般，雄风火猛之势。顿时间，戏园子的红灯笼熄灭，台下的掌声与喝彩声响成一片，来看戏的票友们忍不住地带头叫起好来。接下来，马谡在锣鼓声中走全套"整霸"（戏曲舞蹈名词），抬腿、提腰、蹬出去、亮靴底等一整套"起霸"中的身段动作，工架规范，套路严谨，潇洒漂亮，看的台下眼花缭乱，静无一人。当他念一句"协力同心保华夷"的台词刚落下，语惊四座的鸣掌声，如同暴雨般的灌满了园子。跟着是四将报名字，金少山最后一个报"马——谡！"，嗓音虽然不大，韵声也不是太好，但他那带有精气神的劲头，却又一次博得了一个预想不到满堂喝彩。

饰演诸葛亮的贵俊卿老爷子，早早扮好戏，提着精气神，端着茶壶，闭住呼吸，站在后台的门帘边出将口处（即上场门），一直盯着台上的金少山，不住嘴地连声赞叹道："好，好！台上的玩意儿确实漂亮！不愧是大家之后，名门之子啊！"

下面是诸葛亮升帐，马谡讨令镇守街亭及山顶扎营、失守街亭等几场戏，金少山把握剧情，适亮技艺，特别注重人物内心的刻画：马谡立下军令状后，诸葛亮再三叮嘱他要靠山近水安营扎寨，他却置若罔闻。马谡来到街亭，观察过地形后，坚持要在山顶扎营，对于王平的劝阻，他便不以为然，不屑一顾，根本不听。说道："丞相有时尚问于我，汝奈何相阻？"甚至还说："成功之后，在丞相面前，你却分不得功劳！"直到街亭失手，王平责怪他时，他仍然不耐烦地说："哪有这些闲言，兵撤街亭！"最后，当他想到，要到丞相台前请罪时，马谡才垂头丧气地回营去了。

金少山运用语言、表演的变化和其身段、做派的功力秋风沉醉，傲气十足，颇见层次地展现出了马谡这一人物性格发展的必然结果，赢得了行家的赞许，观众的好评，同业的首肯。

《斩马谡》是这出戏的最后一折，"斩谡"一场又是全剧的最后一个重头高潮。诸葛亮挥泪斩马谡重在"挥泪"，又在诸葛亮与马谡的情感交流。所以，金少山心想：这场戏一定要抓住观众，演出彩来。特别是跟贵二爷的头一次合作演出，必须铆上，要全力傍他，得用"心"去演，洒"情"而唱，方控"彩"头。

丞相传令：带马谡！马谡头顶站发（又称战发、甩发）、手戴铐链来到丞相帐前时，已经没有了以往的锐气和傲慢。他低头看了看手上的链铐，暗自追悔，却又感无奈。他知道，失手街亭，理应斩首。在帐前有段唱词，正是马谡发自内心深处的一段表白："忽听丞相令传下，马谡心中乱如麻。悔不该营中夸大话，更不该帐军令立画押。低头只把军帐下，且听丞相把令发。"就这一段唱腔，金少山用他那刚刚露头，还不怎么听他使唤的嗓子，低沉而又诚恳地感动了观众，使看戏的人们不知不觉地跟随着马谡走进了剧情之中。

身为丞相的诸葛亮，面对跟随自己多年的部将，他难下决断。然而，军法无情，没有办法，他只能忍痛地唱道："盼咐一声刀斧手，快将马谡正军法。"马谡听到丞相的将令，虽早有思想准备，也觉心头一震瞬间失色，但很快又恢复了平静，接唱："丞相帐中令传下，赏罚公平果不差。马谡一死无牵挂，忽然想起老白发……"这时候，马谡的脑海里突然显现出了自己年迈的老母亲，母子情深，不仅潸然落泪。金少山在唱这一句唱腔时，节奏逐渐放慢，暗淡的眼神内，其目光中流露出了内心的极度悲伤。尤其是"老白发"三个字，金少山用了一句酣苍古朴的老生腔，并且含着嗓音以情带腔的发出声来，使人觉得更加凄然，这几句唱，虽无高腔大绝，却俱佳酿回味的感人至深。接下来，马谡向丞相陈述的一大段韵白，金少山念得起伏跌宕，撕心裂肺，催人泪下，很好地展示了他对人物的理解和自身的艺术功力。"……末将未曾出兵，先立军令状，后失三城，理当问斩……"，金少山念到"斩"字时，其声音轻而短促，充分表现出了马谡此时的矛盾心情。然后，抬头凝视，深吸一口气，额头上的面牌、绒球以及二尺六寸长的黑满胡须，微微颤抖，接下再念："怎奈家有八旬老母，无人侍奉。望丞相等末将死后，将我的军饷粮等，拨与老母时下应用，马谡我纵死九泉，唉！也感丞相您的大恩大德呀！"这段道白口齿伶俐，技巧烂熟，语气恳切，发自肺腑，深深表达了马谡对丞相的敬佩与信赖。全场的观众与同台的演员，包括乐队和后台的杂差，无不为之动容。扮演诸葛亮的贵俊卿，在台上也为金少山的精彩表演，暗自叫好，潸然泪下。

当马谡听到丞相为他做了妥善安排以后，他从心底里迸发出了"该斩哪——该斩"，此时，金少山还在尾音后挂了一个"哇呀呀"，同时揉搓手中的铸链，发出哗哗的响声。跟着，金少山将链子向上一抛、耍甩发、再走一个吃功的跺泥亮相，在观众的热烈掌声中，马谡下场入相（下场门）。

戏打住以后，"福禄寿戏园子"的东家罗进才、后台经理王洪寿以及主演贵俊卿、琴师孙佐臣和鼓师钱五爷等，全都来到金少山的化妆室，鸣掌道贺，演出成功！大家齐声称赞："金老板这头一炮，不仅响，而且炸！真正的轰动了烟台街！也使我们大伙儿开阔了眼界，饱足了耳福！"

金少山的头一炮在烟台街打响后，第二天上演《除三害》，即全本《应天球》。说的是：晋朝时期，宜兴人氏周处，性情粗暴，又经常欺凌乡里。因此，乡邻们把他和当地的猛虎、孽蛟一并称作"三害"。后来，宜兴太守王浚乔装改扮成一位老叟，在路边规劝周处，使他幡然悔悟，立即前往南山打虎，海底斩蛟，自己也立志重新做人的一段故事。

金少山在剧中扮演改恶向善的周处。剧中的周处有"打窑""行路""打虎""斩蛟"等几场戏。前两场，主要是以"唱做、表演"为主，金少山的耍扇子、髯口、大带等技巧和身段动作，风范大派，干净利落，表演精湛，功力洒脱。

到"打虎"一场，周处的扮相改换成短打。脚蹬薄底快靴，头戴紫发髻，胸前挂一口紫满，身穿紫素箭衣，腰系绦子大带。特别是金少山穿上箭衣之后，细腰扎背、扇子面身板，显得刚健边式，一米八三的个头，脚下的功夫依然特溜。这一场，金少山行腔昆曲"斗鹌鹑"，边唱边舞边打虎，飞脚、旋子、扫堂腿全都用上，后台的演职员们一看，全愣了，大家都说："金老板，好腰腿，好身手，好功夫啊！"末场"斩蛟"，金少山更是大显身手。下海时，插手翻了个腱子枪背（戏曲武功中的一种筋斗绝技），又高又轻又漂亮。全场观众的掌声鼓得像山崩地裂一样，在一旁看戏的同仁，不由得也跟着叫起好来！散戏后，贵俊卿老爷子走过来用手拍打着金少山的肩膀，连声说道："好贤侄，好样的！今儿个这戏给你演了！"

金少山自从搭上"福禄寿戏班"后，也不知他从哪里来的劲头，感觉自己的身体比以前大有好转，其嗓音经过服药和练习也逐步地大见起色，虽然不能给倒仓前的嗓子相提并论，但应付唱念不重的演出，不成问题。故而，他精神焕发，情绪高涨，满功满劲，气力十足。

第三天晚上的戏码，是《乌龙院》和金少山的《刘唐下书》，这出戏也是一折文武并重的工架戏。描写的是晁盖在梁山聚义之后，为了感念宋江，特地派刘唐携带金锭和书信，前往郓城，送交给宋江的一段故事情节。

金少山扮演的赤发鬼刘唐，头戴黑鬃帽加罗子圈及焦月的小额子，口挂黑扎插紫色耳毛子，上身穿焦月平金、绣着八团五福捧寿的挑花抱衣，下穿红春绸彩裤照绣平金八团五福捧寿，足蹬青绒薄底快靴，身背鹅黄色的绸子飘带，肩后插着一把电镀的钢质朴刀，外面在斜穿一件青湖绉的绒里素褶子，看上去，既精神又漂亮，既帅气又威风，好一派豪气逼人的好汉扮相。头场是刘唐的下山行路，一上场，有一整套较长的"走边"（戏曲舞蹈名词）身段，金少山就"走边"中的水袖、髯口、大带功夫，耍的大气优美、稳而不乱，规范工整、干净洗练。刘唐念白之后，唱[小导板]，而后起跳双飞燕，落地后扔髯口、转身踢大带、再转身垫步走飞脚，这一连串的技巧动作，金少山运用得犹如行云流水、连贯顺畅，使人感觉刚柔相济，底气充足，功夫了得。然后，紧接着刘唐有十二句唱词的[西皮垛板]唱腔，这段唱腔，按金少山目前的嗓子条件，虽然勉强，但他藏丑露精，巧用声腔，注重表演，以情带声，吐字清新，一气呵成，照样获得了观众的好评，同业的赞誉，行家的首肯。

下一场，刘唐与宋江在街头相遇，宋江为了不让旁人发现刘唐，便领他来到酒楼。在上楼时，宋江用折扇遮挡刘唐，这时，金少山所扮演的赤发鬼刘唐蹲下走矮子（一种小花脸的特技台步，非常吃功）功步上楼，并且是一步矮子一回头的往后张望，直到用矮子功上到楼上后，紧跟着来了一个又轻又飘的旋子（技巧名词）拧到了餐桌旁，而后只见金少山的身影上下一晃，猛然间噌地一声，将自己所扮演的刘唐隐蔽了起来，台下又是哄然大彩，再起好声！

金少山采用三花脸儿矮子功等技巧的精湛表演，把梁山好汉刘唐此时、此刻的警觉心态，表现得淋漓尽致，入木三分。当宋江把刘唐送出酒楼，刘唐兴奋的高声说道："三哥，小弟保你坐那两把金交椅！"宋江冷不防听到此言，自然又惊又怕。他们二人，一个嚷，一个惊，金少山与扮演宋江的贵俊卿的神情、动作，配合得非常默契，尤为传神，特别到位，再次赢得了观众，倾倒了行家，博得了肥彩！

第五题藏头诗

寻求登台遇绝境，
死于海边恋北京，
遇巧崂山一仙道，
救死扶伤烟台城，
初展才艺福禄寿，
展尽花脸净行功，
才华两全随后起，
艺德双馨成了名。

六、起嗓回声　立足烟台

金少山遇唱提心吊胆，见武胸有成竹地完成了三天的演出任务后，铆足了心劲儿的金少山，总算是放松了下来。

金少山在烟台街"福禄寿戏园子"的三场打炮演出，炮炮见响，文武告捷，震惊了烟台，圆满收官。票友们的评论更是翻天覆地，赞不绝口！他终于获得了广大观众的称赞与行家里手的认可。显然，作为这次演出的领衔主演贵俊卿，更为满意。财东罗进才高兴得主动给金少山，定下了每月八百元整的戏份包银。

后来，金少山得知贵俊卿的戏份钱也是八百元，秦雪梅是六百元时，便非常真诚地对罗财东说："我二叔、贵爷是咱们梨园行的老前辈，他技艺高超，威望显赫，在此地多年，是咱们福禄寿戏班里的领衔头牌，就艺术和人品方面更是我学习的榜样！晚辈少山学艺不精，台上毛嫩，又是初来乍到，何德何能，怎敢给二叔看齐。至于这三天的台板之荣，并不是小辈少山的一人之劳，应归功于贵二爷的栽培，罗老板的支持，孙老爷子的帮助，张会长及大家伙儿的抬举和观众捧场的结果。我看，还是六百元最为合适。"金少山的这番话，讲出了人品，道出了艺风，话出了胸怀，说出了情义，论出了做人的准则，吐出了他内心深处的远大理想，体现出了中华民族的文化美德。

贵俊卿听后特别欢喜，从心里更加爱戴这位年轻后生金少山，他暗自称道："这孩子不简单，将来必成大器！"于是，忙在一旁插话说："唉，话不可能这样讲，无论年龄大小，身份如何，艺高价出头嘛！少山，八百元二叔我认为还委屈你哪。"

最后，还是在金少山的坚持下，把他的包银最终定为了每月按七百元支出。就这样，金少山以每个月七百元的包银，给财东罗进才签订了长年的合同。自此，金少山也就在山东烟台安顿了下来，从此，金少山跳出了人间地狱般的苦难生活，告别了桥墩洞孔的冰冷住处。终于搭上了戏班，重新踏上自己盼望已久的艺术征途，开始了他大展宏图的远大志向。

无论金少山再忙，他每天必须按时服用恩公道长送给他的那袋仙丹妙药，以及隔三岔五地喊嗓、练功。一月后的一天清晨，金少山在练嗓子时，突然明显地感觉到，喉咙处居然有一股用不尽的力量，嗓子的声音也如同钢打铁铸般的洪亮起来。金少山试了又试，喊了又喊，却依然是越喊越大，越唱越响，声音瓷实，浑厚高昂。金少山又惊又喜地跑回了住处，搬出了香案，摆上了供果，面对苍天双膝下跪地念道起来："苍天有眼，降仙道助我！日后若有出息，修成大器，定赴崂山向恩公仙道回于重报！"后来，这段带着传奇色彩的趣闻，传之梨园，被艺人们称其为"仙道神医起嗓回声"的美谈。

据说，金少山成名后，曾不惜重金，从上海千里迢迢的专程赶到崂山，查找过此时已是八十多岁高龄的老道长，然而却杳无音信，不见踪影。待金少山的足迹几乎踏遍了崂山的所有大小庙院及道观、已快要失去寻找恩公的信心时，有幸在一座较为险峻的山峰古庙内，问出了道长的消息，庙中有一位清秀的小道士说："师傅外出云游四海，至今未归，至于何时回山，小道就不得而知了。"金少山听后，大失所望。无奈之下，他只好在深山古刹摆上供品，大起香火，面对山庙双膝下跪敬拜道长，衷心祝愿他老人家超凡脱俗、天荒地老、永在人间。拜毕，金少山将他所带来的礼品全部放在了庙内，留给道人们所用。而后，又送于了小道士们一些钱财，洒泪而别，离开了崂山境地。

待金少山回到住处后，在换衣服时，突然发现，在他穿的上衣口袋里装着有一个手帕大小的软缎黄绫，上面用毛笔字写着几行颇见功力的雅正墨宝。

大净金少山先生台鉴：
　　安好！
贫道早料您会大驾光临静地，因远游天涯海角，生死难测，相见不得望君莫怪。登山之劳苦，深表歉意！喉音康复之喜，纯属天地赐福于您，决非贫道之功。

若有意谢之，望君莫负苍天生灵之助也！

《别姬》一剧，老朽拜睹，"霸王"精到之绝，无与伦比！为表缘情之诚真，提笔捉刀，著诗献丑：

得天独厚嗓音，

不老大净为金，

傲占艺海境地，

狂风吹来天意。

山野贫道敬上

金少山读过后，如获珍宝。惊喜过旺地跳了起来，惊得是这位古稀老人的妙算通天，喜得是见字如同见到了恩公。金少山心想：道长虽未回山，却能料事如神，竟然可以猜到某家一定会来寻他。并且，不知何时神不知鬼不觉地把这封诗书放进了自己的口袋。看来，我与这位神仙般的救命恩人，前世有缘，今世情深，妙俱天成也！

到底是老道士隐居深山，不愿相见？还是像那位道童所讲，他的师傅确实没有回山呢？金少山百思不得其解，这次登山的黄绫之谜，且成为他终身遗憾的谜团。就此，金少山把黄绫诗书小心的包好带在身上，回到上海后，珍藏了起来。

对于这段笼罩着神秘色彩的传奇故事，是否出自金少山本人之口，还是来自民间艺人们的传说，以及它的真实性如何？我们不去管它。至于治好了金少山嗓子的那袋丹药，也可能是那位崂山道士，自制而成的咽喉消炎特效中药吧。

金少山在烟台街"福禄寿戏园子"的戏班立足之后，他的嗓子一天天的见好起来，而且好得惊人，大得出奇，响亮的连金少山自己都难以置信。头脑发热的金少山，当年的少爷脾气又流露了出来，生活上无拘无束、放荡不羁，他抽烟喝酒、观花养草，结交朋友的开销，从不计算，每个月七百块钱的高收入，总是分文不剩地花干用净，还经常是入不敷出。孙佐臣老先生见此情景，便语重心长地对金少山说："少山哪，你是咱们梨园行里名人的后代，就生活方面不要跟别人攀比，在人品和艺术上不能给你父亲金老爷子丢脸，更不能对不起祖上。外面只是你创业的地方，而不是你长久的落叶之处！听我一句劝，卖我个面子，在花钱上要收敛一些，不能这样放荡下去，应该戒骄戒躁，苦练技艺，尤其在唱腔方面深下功夫，方有前途。"金少山在一旁听得耳赤目红，连连点头。孙佐臣又接着说："少山哪，如果你有决心，我老孙头愿意尽义务为你操琴吊嗓儿，保你将来准成气候！"

孙佐臣的言语不多，却口含温暖，语重千斤，唤醒了金少山革故鼎新的上进胸怀。他赶紧站起双手抱拳，向苦口婆心的孙老先生，深深地鞠了一躬，而后，颇为感激地对老人家说："先生之言，晚辈铭记在心，永生难忘，承蒙您老看得起我！从明天起，我就再坐上他五年科班，无论寒冬暑夏，刮风下雨，也不管身体怎样，有病与否，每天清早上烟台山喊嗓子、练功，回来后，请您老费心受累，上午九点左右来给我吊嗓儿、正腔如何？"孙佐臣高兴地说："那太好了，咱爷儿俩一言为定！"金少山接着又说："往后，我只要有做得不对的地方，您老要多多指教，只管敲打！另外，我还要向贵二爷及王洪寿先生请教，晚辈少山如果有朝一日，能够成才，决不会忘了两位前辈对我的培养和爱护。"孙佐臣兴奋地插话道："孩子，只要你胸有大志，绝对不会止步于此的。"就这样，爷俩交心换命的谈到了深夜。

从此，金少山就像换了个人，五更天，他打着纸灯笼出去，抹黑上山喊嗓儿、练功。上午九点，被誉为"胡琴圣手"的孙佐臣准时提着胡琴来给金少山吊嗓儿、抠唱、正行腔，终日如此，从未间断。使金少山的嗓子变得大中见瓷，宽中见厚，亮中见响，实中见嗡的越练越好，越唱越棒。不到一年的时间，"高""宽""圆""亮""响""墩""厚""猛""炸""嗡"的十字音嗓门全部打开，皆都出来。而且，行腔自如，韵色够味儿，猛重炸响。

一天，贵俊卿正在家里品茶、默戏、溜行腔，孙佐臣兴冲冲地闯了进来，开口便说："贵二爷，功夫不负有心人哪，少山这孩子的苦没有白吃，他的嗓子越吊越好，越唱越棒，目前已经是一条非常过硬的金嗓子了！"贵俊卿虽然早有耳闻，可最近一直没有亲自听过金少山吊嗓儿，不知道他的实际情况如何，也想听听少山的嗓子到底好到了什么程度？是否像孙佐臣讲的那样离奇？于是，贵二爷放下茶杯，怀着疑问，跟随孙爷一起去往金少山那里探个究竟。并当场验证了金少山唱戏的嗓音，果然响得出奇，亮的让人纳闷？发出的声音有震耳欲聋的感觉！使贵俊卿莫名其妙地难以相信摆在眼前的现实。连声夸道："好小子，没白练！刚才你一张嘴，嗓门大得把二叔我吓了一跳！"并且，立即约金少山与他合演了《二进宫》，这出戏上演后，剧场火爆，收入良好，掌声如雷，效果极佳。

此后，金少山又陆续演出了《草桥关》《御果园》《断密涧》《铡美案》《飞虎山》等以唱功为主的大净戏。之前，烟台的观众对金少山的架子花及武二花的剧目比较熟悉，如今听了他唱的铜锤戏，响堂挂味儿，做派大气，更觉过瘾。故而，凡有金少山挂牌出场，逢贴必满，越来越红。后来，金少山三个字不胫而走，迅速传遍了整个山东半岛。

在孙佐臣及贵俊卿二位前辈的开导帮助下，金少山奋发图强的上进心，仿佛又回到了童年，他扭曲的心态逐渐地向正道靠近。越来越猛地开始了呕心沥血、勤学苦练的钻研业务，探讨戏理，修炼艺术，学戏、究戏、不会就问，虚心求教地大干了起来。凡是有花脸戏的剧目，无论角色大小，分量轻重，不管人物对路与否，再没有人上演时，他一概接过来全唱。缺文补文，少武来武，即便是生、丑行路，他也照样登台上场。不用说，他会的戏很快的多了起来，且成为班子里有名的"能戏多"。后来，竟达到了可包本说戏二百多出的程度，被大家送美名"花脸状元"。

这年，"福禄寿戏班"受泰安特邀赴当地演出，住戏后，金少山和戏班里的几个武打演员，连夜登上泰山的西麓最高峰"玉皇顶"观看日出。稍息片刻，天已大亮，只见泰山风光宏伟，空气新凉，松柏茂绿，景色迷人。配上白云朵朵的蓝天之下坐落着一所金光灿烂的千年宝刹，显示出了好一派中华锦绣，江山多娇，人间仙境的气势。顿时，金少山心血来潮，上了戏瘾，忘记了登山的疲劳，放开嗓门，对着巍然耸立的山峰，大声唱起了京剧。不料，几句唱腔出口，居然惊动了沉睡在地宫山府的"土地""山神"，只震得群山呼应，众鸟出林，万物抖动，百兽失魂。四周的五峰六谷，具回响起了如同合唱大军的齐声呐喊！把隐居在古刹深渊、正盘腿打坐在大雄宝殿内静心念经的和尚们，吓得连忙手拎棍棒跑出了寺院，询问山上的信徒香客："漫山遍野嗡声嗡气，怎么回事？是谁在这里捣乱？从哪里来了一群大胆的暴徒，竟敢在五岳之首的佛门圣地，大喊大叫，绕闹'玉皇仙界！'？"僧人们边问边向山门四处张望起来。待受惊的和尚们搞清了原因后，才恍然大悟，原来是一位游山玩水的大个子艺人，在练唱京剧。众僧人略说了金少山几句，一个个便含笑而归地返回了寺院内的大雄宝殿拜神敬佛后，继续听老方丈讲禅说法去了。

诚然，金少山这种能使群山回响呼应的嗓门，虽然不可能震动的山崩地裂，青石滚滚，但给人的感觉，却达到了猛禽慌忙入巢、野兽横蹿乱跳、深谷陡壁荡然声扬的高度,令人惊叹。

回去后,有几位戏班里的同事问金少山:"金老板,您今天一大早在泰山上喊嗓子啦?"金少山回答:"是啊,你们听见啦?"问者又说:"我们听到了你唱戏的声音后,就在南天门附近到处找您,然而,光听见您在旁边唱,就是看不见人,我们把周围都找遍了,还是找不到您,来回喊了三哥半天,也不见回音。后来,我们几个累的实在走不动就返回来了。"有一位和金少山一起登上"玉皇顶"的武戏演员听后,大笑起来,用手比画着,带劲儿的对他们说道:"老兄,金老板喊嗓子的地方,离你们在的南天门还远着呢,他是在玉皇顶附近唱的戏,两峰之隔,路途遥远,你们怎么能找到他呢!"众人听罢大吃一惊:"好家伙!玉皇顶离南天门足有十几公里的山路,两座山峰相隔甚远,金爷的声音居然能够传到对面的山顶。而且,就好像在我们身旁练唱、耳边喊腔一样,真是天下奇迹的雷神锤声呀!"

这桩金少山在泰山声震五峰的奇迹,或许是受到了大自然赐予泰山峭壁的回声影响,也许是崇拜金少山艺术的朋友们,对他的嗓子震动力大的一种想象传说,总之,在金少山嗓子初愈的基础上,又经过他多方面的苦练,才具备了更加结实敦厚的嗓音。后来,这段金少山在泰山玉皇顶"声震五峰"的奇闻,被梨园界的艺人们当作故事,传来传去,流传世间,又在金少山的传奇人生中,涂上了浓墨重彩的一笔。

大家都为金少山的嗓子变好与在短短的时间内,所取得的成就感到高兴,就连早先对金少山看不惯的名角,也主动地和他近乎起来。当时,像金少山这样好使唤的挑梁花脸,不仅本班的东家罗进才老板喜欢用他,就是外地的戏班管主也看着眼红。都想把这位唱戏卖力,艺术精湛,人缘儿甚好,不讲价钱,影响力大,叫座力强,声望颇高,同时又深受山东广大观众特别欢迎的实力派演员金少山,挖过来邀为己有,为他所用。几年的光景,金少山在山东成为了各大小戏班的抢手名角,和人们所喜闻乐见的新闻人物。不用说,这时的金少山,工钱也紧跟着他的名气多了起来,从此他衣食无忧,月月节余,年年斗满。

一天,金少山突然想起了他年迈的师爷何桂山。自从他离开京城这些年,一直没有师爷的消息,也不知道他老人家的身体如何,生活怎样?金少山心想,如今该是他对师爷何桂山尽孝心的时候了。于是乎,金少山拿着他积攒下来的五百元钱,兴冲冲地往邮局跑去,这是他离开家门后,第一次靠唱戏给师爷汇款。不料,金少山在邮局附近一家卖包子的小吃店用餐时，放在饭桌上的钱袋儿却不见了，金少山急得把自己身上和桌子周围找了几遍，也没有找到钱袋儿。无奈，只好两手空空地返回住处。

可谁知，正当他扫兴地往回走时，竟然发现在烟台街的一个小胡同口处有一个十几岁的要饭男孩儿，手里拿着金少山刚丢失的钱袋儿，正在数钱。怒火中烧的金少山心里明白，一定是此人所盗，小小年纪竟如此可恨的做起了贼人。于是，他赶紧跑过去，上前抓住了偷钱袋的小男孩儿，抬手就打，这个身穿破衣烂鞋的小男孩儿见挣脱不掉，便跪在地上哇地一声哭了起来，嘴里还不住劲儿地喊大叔饶命。

待金少山问明他为何要偷盗别人的东西时，方才明白了要饭小孩儿的苦衷。原来，孩子的祖父这几日染病在身，无钱医治，而且自他爷爷害病以来，昏迷不醒，滴水未进。男孩儿见爷爷的病情越来越重，甚是厉害，没有办法，只好以偷来碰碰运气。故而，才下手偷了金少山的钱袋，想用他盗来的钱为祖父治病。谁知，小男孩儿在胡同口的没人处，正准备把钱从囊袋里掏出，到街上给他病重的爷爷买几个烧饼带回破庙时，却被丢钱的金少山抓住。

心地善良的金少山听了小男孩儿把他为何偷钱的理由讲了一遍后，心中的怒火一下子降了下来，不仅如此，他还赶快到街上买了十几个最有名的肉包子，立刻跟随孩子迅速地来到了破庙。连忙将躺卧在草窝里，已经奄奄一息的老人唤醒，又把带来的热包子放在了他嘴边，等老者吃了几口包子后，方少气无力的向恩人道谢。金少山扶起老人，询问他们是哪里人士，家住何方？为什么一老一小落到如此地步？老人家看了看他那皮包骨头的小孙子，颤抖着双唇对金少山说："小老儿姓李，名来福，俺是从河南商丘逃荒要饭来到此地，"而后用手指着小男孩儿接着又说："这是我唯一的独苗孙子，小名天佑，天佑他娘早已过世，孩子他爹为了养家，前两年也死在了煤矿井下，做了冤魂。家乡今年天荒地旱，寸草不生，饿死的村民尸骨如山，遍布荒野。无奈之下，才带着我可怜的小孙子出外逃荒，一路要饭来到烟台。终日以这座破庙为家，沿街乞讨。可谁知，前几日天降大雨，中了风寒，我这把老骨头，偌大年纪死不足惜，只是放心不下我这没有爹娘的小孙子……"说着，老人家泣不成声地痛哭了起来。金少山见此惨景，把他身上所有的钱全部留给了老人，而后安慰了他们祖孙二人之后，怀着沉重的心情回戏班去了。就这样，金少山将他准备给太老师何桂山往北京兑的五百块钱，分文没留的送给了他从不相识的可怜路人。诚然，金少山慷慨解囊资助他人的事情，不仅给我们留下了一桩扬善扶贫的美闻，同时也得益于骚人墨客的讴歌。

一天上午，金少山在跟罗进才、贵俊卿、孙佐臣、王洪寿一起商榷这几天的演出戏码时，金少山把自己前些年在张家口、哈尔滨以及青岛等地，所遭受的磨难较为详细地讲了出来，并把自己想请长假到这些地方，通过演出来挽回面子的心里话，告诉了他们。恳请贵二爷、罗老板、孙老爷子三思，看是否可以？罗进才当场就说："我还不晓得金老板前些年在外面受了这么大的委屈，早就该去露露脸，出口气了！只要贵爷和孙老同意，我现在就拍板，没问题！"贵俊卿与孙佐臣也应声表示赞同。罗进才接着问："金老板这次外出，大约需要多长时间方可返回？"金少山回答："三个月足矣。"罗进才说："好，三个月就三个月，说话可要算数啊？请金老板早去早回，我们大家可还盼着您回来唱好戏呢！"

第六题藏头诗

起嗓铜锤震山东，
嗓亮泰山响五峰，
回声荡扬扰古刹，
声似金钟十里洪，
立足烟台唱好戏，
足迹踏遍鲁海城，
烟台金氏大花面，
台下观众掌声鸣。

七、旧地重游　挽回脸面

等金少山把这几天的戏演完之后,第二天早上,打理好行装,辞别了来送他的贵二爷、孙老和罗财东与戏班里的同事们,从烟台出发,开始了他旧地重游、还情、还债的露脸演出。就这期间,金少山演遍了北方三省,走遍了关东的山野名城,黑土冰河,唱响了无数的大小城镇及屯落乡村。每到一地,凡是认识金少山的人们,无不为他找回了嗓子,演上了大角,唱成了好戏,挑起了大梁而感到高兴。

有趣儿的是,谁也不会料到,在他重返旧地的演出期间,金少山所在的戏班又回到了离哈尔滨有五十多里地的那座山乡小镇——洪门镇。当年他因补演《刺巴杰》剧中归属于武净行路的巴杰一角时,就是在这里被观众轰下台后,离开了东北。

待戏班到达了洪门镇后,金少山已与班主谈妥,这次的头天头炮的大轴戏,仍然是管事人特意安排的《刺巴杰》。该镇本属当地懂戏的老窝儿,人们听说今晚在《刺巴杰》剧中巴杰的扮演者,还是前些年被他们用倒掌轰下舞台的那个姓金的大个子花脸演员,都非常扫兴。当晚,大家且抱着看笑话的态度来到了戏楼,然而,等前面的两出戏和压轴戏打住后,演出大轴《刺巴杰》时,金少山所扮演的巴杰在台上一起腔(金少山在本没有唱腔的表演中临时加了几句唱),乱哄哄的台下,立刻安静了下来,全场的观众都惊呆了。结果,金少山在这出《刺巴杰》中的唱念、身段、做工等的精彩表演,使场内的观众掌声迭起,刮目相看,此类赞惊四座的局面,引起了以前看过金少山演出的人们的怀疑,住戏后,等他们亲眼见到卸过妆的金少山时,才深感疑惑地离开了戏楼,一个个不好意思地跑回了家中,谈论起了当晚看到的花脸人物金少山。

第二天,有几位爱挑剔戏的老年人带着几个年轻小伙儿,提着鸡蛋,拿着白糖,拎着腊肉,掂着水果等礼物,找到了金少山的住处。一个个点头躬腰,向他们曾经谩骂过的这位金大个子表示道歉,而且,硬叫金少山把礼物收下不可,如果不收就是不给面子。金少山心里明白他们几个送东西的来意,就非常爽快地收下了礼品,同时,又返送给了他们每人一条从山东带来的哈德门牌高级香烟,而后金少山对他们说:"今儿个中午我请客,找个最好的满族酒店下馆子吃饭去!"酒桌上,几个年轻人围住金少山,边吃边喝边聊天儿,非常亲热地谈论起了过去的事儿来。当聊到当年把金少山毫不客气的轰下舞台的事情时,大伙儿都不好意思地大笑了起来。

在洪门镇期间,金少山又陆续上演了《铡美案》《飞虎山》《御果园》《草桥关》《断密涧》等以唱工为主的文净戏。来看戏的乡民成千上万,赞不绝口,好评如潮,声誉倍增。

因这次由金少山挑梁的戏班在此地一连数天的演出,一炮打响,妇孺皆知,不但为金少山挽回了面子,也使戏班提高了声誉。方圆几十里的乡绅大户们抬着猪肉,牵着肥羊,推着白面,拉着土豆、粉条等,敲锣打鼓地送到了戏班,要求戏班子到他们那里去多演几天。同时,也使戏班子像过年似地,一连数日伙食大变,吃的饭菜一下子好了起来。大伙儿都齐口同声地说:"我们这可都是托金老板的福啊!"

戏班声誉的提高,带来了很好的经济效益,写戏、订台的人们,纷纷找上门来主动签约合同,使金少山所在的戏班子,一连接下了十几处台口的包场演出,而且,戏价也高出了许多,艺人们的薪水自然也跟着价码的抬高涨了不少。

这天,金少山正在房中默戏,忽听门外好像是有人在吵架,嘴里还不干净的骂娘,吵的金少山心烦意乱,无法温戏,只好走出屋外看个究竟。待金少山出门后才知道,原来是前几年跟他同在一个戏班里混饭吃的老赵头儿,在惩罚写给他的卖身徒弟冯双喜(人称小喜),只见双喜头顶着一碗清水,手搬着一条左腿,站在雪地里正在受罚。金少山忍不住地问:"赵师傅,双喜这孩子做错什么事儿了?使您老生这么大的气,又打又骂给予重罚?"唱小花脸儿的老赵头儿气呼呼地冲金少山说:"我让他出去给我买烟,可谁知道,这个小兔崽子烟没买到,竟把钱给丢了,我不罚他罚谁。"金少山知道此人工钱很少,抽大烟、喝茶、饮酒、打麻将的毛病较多,平时的人缘关系也不是太好,还经常向同业借钱,欠下了不少赌债,在戏班里是个出了名的一毛不拔的"铁公鸡"。金少山听后,就劝阻老赵头儿说:"赵师傅,算了吧,不就是一盒烟钱吗,值不当的,念起双喜儿整天伺候您的份上,又这么冷的天,让他回来吧。"老赵头儿不耐烦地说:"回来,今儿个非冻死他不可,谁讲情也没用。"金少山看劝说不住,想想,他们是立过生死门生帖的师徒关系,外人不便干涉,就不好再多嘴了。

大约有将近一个钟头,到中午开饭时,金少山出来准备到伙房打饭,见双喜儿冻得哆哆嗦嗦,竟然还在院子里受罚。老赵头儿不但不心疼,反而仍不罢休地不准双喜儿吃饭。本属性情中人的金少山,实在是看不过去,忍不住用较重的语气冲老赵头说道:"不就是给你弄丢了几毛钱吗,你就这样狠心的罚他,还不准孩子吃饭,如果双喜儿是你老赵的亲生儿子,你会这样对待他吗?也有点儿太过分了吧!"金少山几句话,刺激了以前曾经跟他同班同台唱过戏,同时又在气头上的赵顺义(人称老赵头儿)。本来就不高兴的赵顺义听到这些话,顿时来了火气,他一蹦三大尺冲着金少山发火儿道:"我教训我的徒弟,不准他吃饭与你姓金的有什么关系?怎么,仗凭你现在是班子里的大角、好戏吗?我赵顺义不吃你这一套!如今不是你姓金的当年抱着汽灯睡觉,让人家用砖头瓦块把你轰下舞台的时候了,是吧?我管教徒弟,你看着不忿儿?我不但不叫他吃饭,我还要打他呢。"说着顺手抄起了一把舞台上用得刀坯儿,不分轻重、劈头盖脸地上去对着双喜儿就是一顿毒打,金少山忍无可忍,夺过来他手中的单刀,把已冻得浑身打战的冯双喜拉进了自己的房间。谁知,赵顺义冲着金少山破口大骂了起来:"你金少山算什么东西,狗咬耗子多管闲事!"本来就憋了一肚子火儿的金少山,又听他不讲道理的出口伤人,竟然揭起短来,上前一脚把赵顺义踢出了一丈多远,躺在地下再也无力骂人了。

后来,金少山见人称老赵头儿的赵顺义,穷苦出身,孤身一人在外飘零,一辈子也没有娶妻生子,本应是无依无靠的可怜艺人。虽然,他平时做事有些不妥,为人苛刻,但由于他挣得戏份钱太少,毛病又多,可以理解。不管怎么讲,他偌大年纪,我也不能抬脚就踩,动手打人。再者,为了双喜儿与他师傅的关系和睦相处,金少山买了两瓶好酒和两条好烟,让厨房的大师傅炒了几盘儿好菜,由班主陪同主动找老赵头儿缓解关系。酒桌前，金少山当着班主与其他同业的面，对他那天的鲁莽行为，向赵顺义先生赔礼道歉！并把带来的烟酒，诚心诚意的送给了他，而且，再三地向老赵头儿表示对不起。从此，赵顺义改变了对待双喜儿的态度，同时，也向班主承认他那天责罚徒弟双喜儿的方法的确有些过分，做得实在不对，不应该如此那般对待和自己相依为命的双喜儿。之后老赵头儿与金少山交上了朋友。

一月后，赵顺义因抽大烟过量去世，他的手把徒弟冯双喜也没了着落。金少山看双喜儿这样下去不是办法，得给他重新再找个教戏的师傅。于是，在金少山离开戏班时，就把双喜儿带走了。

金少山带着冯双喜在东三省串班时，正巧遇到了能拉会唱的三花脸儿演员李一车，二人相见格外亲切，可谓是他乡遇故知，心语吐不尽，相互叙说了打天津分手后，各自目前的情况，待得知双方都混得不错时，哥俩特别高兴的下馆子吃起酒来。等酒足饭饱后，金少山提出了想让李一车收冯双喜为徒的要求。这位聪明能干的多面手李一车，见金少山身边的冯双喜小伙儿，长相漂亮，身板结实，模样不错，是块学小花脸的好材料，就满口答应了下来。李一车的爽快，使金少山十分感激地说："一车，谢谢您能收下双喜儿，改日由我做东，请来宾朋好友，举行一个正式的拜师仪式风光风光！"为了减轻李一车的负担，金少山跟随李一车来到了他所在的"关东京昆戏班"班主的住处，通过李一车介绍，双方寒暄过后，金少山非常客气地向戏班老板说明了，他想在贵班搭班唱戏的要求。金少山说："我在这里为您的班子唱戏半月，分文不取，只管吃喝就行，空口无凭，立字为证，金某可以给您订下半个月的合同。不过，得把我带来的这个孩子留下跟着贵班学戏，教戏的师傅已经谈妥，就是这位李（一车）先生，如果贵班主同意，我当场便可与您订下签约！"班主对金少山的大名及艺术水平，早有耳闻，只不过是没有亲眼看过他的戏，今天见面果然爽快！谈吐风雅，为人仗义！心想：他所带来的这个小孩子，能留在戏班里倒也不错。一来有李一车负责打戏、练功、学技艺；二来又有了一个免费穿龙套上把子的学员，还拥有一位能叫座的名净金少山，白唱上半个月的戏做保，何乐而不为呢！自然一口答应了金少山所提出来的条件。

三日后，由金少山做东，在哈尔滨一家旗下人开办的大酒店里，举行了李一车收徒的拜师仪式。从此，这个可怜的孤儿冯双喜，不仅有了自己的存身之处和吃饭的地方，还有了一个技艺高超的多面手师傅传艺。等举行过拜师礼后，由仪式主持人金少山当众宣读了，早已给冯双喜取好的艺名——李金猫。金少山为了金猫的艺术前途，他一天不少地完成了半个月的义务戏后，才离开了李一车师徒二人所在的"关东京昆戏班"，又继续开始了他跳班演出的宏伟计划。

显然，金少山此次跳班、换主的旧地演出，不仅为自己挽回了面子，增加了收入，同时博得了行家的赞誉，观众的欢迎，同业的敬佩，班主的挽留。然而，久闯码头的金少山天生性格豪爽，重情有义，心地善良。在这期间，他省吃俭用还清了旧账，答谢了人情，了却了心愿，又扬帆启航踏上了返回山东烟台的路程。

这天，烟台市的烟台街上，"福禄寿戏园子"的门楼上披红挂彩，锣鼓喧天，戏班里的全体演职员工和罗进才、贵俊卿、孙佐臣、王洪寿、秦雪梅等人，在轰轰烈烈的欢呼声中，迎接金少山的到来。大家和走了将近三个月的金少山见面后，有说有笑，问长问短，握手拥抱，好一派喜气洋洋的感人气氛，顷刻间，使金少山感受到了一种大家庭般的温暖涌上了心头。他热泪盈眶的向大伙儿一一打过招呼后，大声地说道："谢谢大家来迎接金某，我金少山到家了！"一句话，实实在在地道出了金少山的心声！

金少山回到烟台后，每天仍然是练功、吊嗓、温戏词、压腿、耗膀、究戏理、问艺、学戏、正行腔。到了三十岁那年，由贵俊卿贵二爷出面做月下老人，为他说了一门亲事，介绍了当地一家鲜果行杨经理的女儿，名唤杨淑英，金少山听说后，欣然应允。成亲那天，自然是宾客盈门，相当热闹！梨园界的同仁好友前来贺喜！从此，金少山有了一个知热知冷的妻子。

金少山成婚一年后，"福禄寿戏园子"从东北邀请来了一位青年文武老生又兼演武生的抱两门演员白玉昆。白玉昆一年前在哈尔滨唱戏时，就听说过金少山的大名，凡看过金少山演出的同业都说，他是一个文武兼备，一人千面，无所不能的花脸演员，"关东京昆戏班"里的老板提起金少山，更是夸夸其谈，赞不绝口地说个没完，只可惜没有在一起合作过。这次听说金少山在烟台"福禄寿戏园子"坐班，心中大喜，便非常高兴地接受了该方的邀请，特地率小组前来献艺。

白玉昆，艺名粉蝶仙，1894年生于北京，幼时在河北省安次县"葛渔城"科班从艺，初跟庞昌、郝尔明工学花旦、武旦，对踩跷及出手踢枪下过苦功。九岁转入天津卫"德胜奎"科班坐科，向王喜虎、赵春瑞等工学武生戏，在"德胜魁"坐科九年，幼功基础非常扎实。后来，他的变声期过去，嗓音逐渐恢复，又兼学起了红生和文武老生。十八岁出科时，已驰名于京、津等地，是一个不可多得地全才武生。出科后，曾搭杨韵普、刘喜奎的河北梆子戏班"斌庆社"演出多年，后以唱京剧为主，登台于天津"下天仙戏园"时，曾和艺名"小小余三胜"的余叔岩同台演出，这次受烟台所邀，方正式更名为白玉昆。

白玉昆曾与孟小冬、高庆奎、盖叫天、杨瑞亭、宋宝罗等合作演出于北京、天津、上海、武汉、南京、东北各地。二十岁到上海汉口路文明大舞台首演《葭萌关》时，他所饰演的马超不挂髯口，将原属老生扮相的马超改为了英俊的武生行路，赢得了好评。其清亮的唱工，娴熟的武技，出新的扮相，上海的观众都是前所未见。接着是演《恶虎村》《凤凰山》双出，几天的打炮戏下来，即在申城奠定了基础。自此之后，就自己组"普庆社"戏班挑梁演出，他天分高，悟性强，无论什么戏，一见就会，令人称奇。1927年7月初，白玉昆的"普庆社"，偕武生赵鸿林，旦角陈桐云、赵君玉、芙蓉草，老生张介仁，到北京第一舞台演唱《杨家将》《铁公鸡》等戏。然而，由于北京的名角太多和剧场不够用的种种原因，为了收入，白玉昆的"普庆社"只好离京辗转于天津、济南、青岛、南京等地之后，又转向了东北三省。在此期间，白玉昆开始了演他的关公戏。

白玉昆的关公戏得自于三麻子王鸿寿亲传，又采集各家之长，塑造出了一副具有大将风度，而又英勇谋深的关公。他的嗓子本来就亮，再加上道白清楚有力，所演出的《关公月下赞貂蝉》《千里走单骑》《水淹七军》《走麦城》等戏，在东北三省驰誉一时，被人们赞为："南有林树森，北有李洪春，关外又见白玉昆。"的美誉。除了白玉昆所常上演的关公戏外，还演出了《潘洪挂帅》《精忠传》《四进士》等戏。白玉昆早期以演武戏著名，他的武打戏干净利落，勇猛火爆，有时加插武旦"打出手"的投刀掷枪，满台飞舞，特别精彩。他在《战马超》中，夜战张飞一场的翻高扑跌，世称一绝，难能可贵！傍他打下手的李永利，便吸取了白玉昆的开打套路，并传于了他唱武生的儿子李万春和他的徒弟蓝月春，后来将《战马超》改名《两将军》后，成为了李万春的成名杰作。

白玉昆除了演武生及红生之外，还能唱文武老生和其他角色，例如他在其《连环套》中，饰应工黄天霸的同时，就中间"盗钩"一场内可代演朱光祖；在《打面缸》中饰周腊梅；与荀慧生、高庆奎合演《金水桥》时，他来程咬金；他演《贩马记》中的李奇，不唱吹腔，而唱高拨子。由于白玉昆的演唱朴拙大方，嗓音宽亮坚实，念白铿锵透力，当年在京剧界用"白玉昆的嘴，杨瑞亭的腿"来称赞他唱念功力的深厚。他唱文戏，表演细腻，节奏强烈，文中见武；演武戏动作稳健，讲究风度，英气十足，开打激烈。他自编自演的连台本戏《天雨花》有八台之多，更有《彭公案》《地藏王》《大禹治水》《风波亭》等剧，其行腔中的演唱具是自成一格的南派[五音联弹]的曲调。演《甘露寺》时，前去乔玄后来张飞，迥异北方的马连良，世称"南派《甘露寺》"。

白玉昆与金少山重返上海时，他在申城待了二十年，红了二十年。期间，由上海百代唱片公司为他灌制了《反五关》（饰黄滚）、《路遥知马力》（饰地藏王）、《战蒲关》（饰王霸）等戏的唱片。这些弥足珍贵的老唱片，充分反映了白玉昆先生早年的演唱风格。

白玉昆常上演的剧目有《殷家堡》《郑州庙》《溪皇庄》《八蜡庙》《呼延赞表功》《连环套》《反五关》《水淹七军》《贩马记》《白马坡》《古城会》《枪挑小梁王（枪挑小霸王）》《反西凉》《贤孝子》《战马超》《战渭南》《冀州城》《诈历城》《千里走单骑》《走麦城》《关公月下赞貂蝉》《精忠传》《四进士》《潘洪挂帅》《岳雷祭坟》《路遥知马力》《葭萌关》《风波亭》《大禹治水》《彭公案》《天雨花》《甘露寺》《铁公鸡》《杨家将》《恶虎村》《凤凰山》等。

白玉昆酷爱杨小楼的武生艺术，这次来烟台的头天打炮戏，乃是他特邀金少山与其联手合演的杨（小楼）派名剧《连环套》。这场演出非同小可，两位名家都很卖力，合作的非常圆满。台下观众眼花缭乱，梨园同业赞不绝口，这下可乐坏了白玉昆，他当着罗进才、贵俊卿、孙佐臣和大伙儿的面，激动地说："这是我登台以来，第一次遇到这么棒的窦尔墩，可称得上是净坛之龙，花脸之尊！"并真诚地提出，希望能与金少山继续合作下去。

后来，他们二人在烟台又鼎力合演了《贤孝子》（即《收姜维》）一剧，剧中姜维的扮演者是白玉昆，魏延的扮演者是金少山，其中有一套"大刀枪"的开打场面，两个人一刀一枪的对打，其把子功夫手上干净、足下漂亮，快而不乱、套路严谨、风雨不透、火爆精当。每演到此，好声不断，喝彩满堂，大呼过瘾！金少山与白玉昆的联手演出，再次轰动了烟台海城。金少山的突飞猛进，贵俊卿看在眼里，喜在心中。他觉得金少山来到烟台这几年，台上的经验，做戏的火候，特别是近期的嗓子和行腔中的音韵，具有了长足的提高，在净行中是一个罕见的人才，不能总窝在这里，应该到外面闯闯，见见世面。但，由于目前金少山在烟台的影响很大，名气颇高，叫座力强，再加上怕一向对金少山器重的罗进才老板知道后，产生不愉快的后果。所以，贵俊卿的想法一直闷在肚子里，没有对金少山说出口来。

平心而论，金少山能在烟台成名，与东家罗进才的"福禄寿戏园子"是分不开的，其中也饱含着孙佐臣、贵俊卿、张少甫、罗进才等人的汗水与培养。金少山初到烟台"福禄寿戏园子"时，与烟台梨园公益会会长张少甫一见如故，脾气相投，谈话投机，知无不言，张少甫会长对金少山在各方面多有照顾，尤其在艺术上献计献策，出力不小。金少山的头三天打炮和这几年的演出，张少甫跑前跑后，摇旗呐喊，忙来忙去，散出红票邀人捧场，并请来新闻媒体、报刊记者、剧评文客等大力宣传，用心良苦。罗进才为金少山的到来，更是高兴，逢人便夸，名净之后，艺术了得，并在生活上给予多方面的特殊关照，把金少山视为明珠奇珍，多次加薪，像迎候贵宾似的给予优待。胡琴圣手孙佐臣可以说，在培养金少山方面，做出了呕心沥血、不辞劳苦的贡献。若遇到有人夸金少山的嗓子好时，孙佐臣就会感到非常自豪地说："这里面有我孙老元的一半功劳。"的确不假，在金少山吊嗓儿、正腔、练戏、演出等方面，孙佐臣出了大力，帮了大忙，付出了无法用言语来表达的无私，同时也是金少山重操旧业，大展宏图的引路人。整个山东半岛的名角贵俊卿，就栽培金少山方面，应该说做出了高风亮节的姿态，按理说，他本是"福禄寿戏园子"的头牌，论资历和威望当属首位。可他，自看上金少山后，就把金少山捧在了前头，凡演出的戏里有花脸活儿时，大多都由金少山承担，特别是《洪羊洞》剧中的孟良非金少山莫属。除此之外，这位颇有观众缘的贵二爷，还会像爱护晚辈那样，帮他所喜欢的金少山美言，凡遇到机会，见缝插针，逢人便讲："金少山的先父金秀山是有'升平署'腰牌的京城名净，时常进宫为慈禧太后老佛爷和皇族演出。当年，伶界大王谭鑫培唱《洪羊洞》时，孟良就是少山的父亲金秀山老先生所演，如今我贵俊卿唱这出戏，孟良一角由金少山来配，可谓是有根有源（缘）呀！"贵俊卿借助于自己的力量和威望，最大程度地提高扩大了金少山的身份和影响。至于戏班里的广大演职员，就更不用说了，凡有金少山登台，他们具是个个铆上，拧成一体，鼎力相助，倒茶送水，伴奏卖力，精心伺候，使金少山在花脸表演艺术上，得到了充分的舞台实践和长足的表现及众星捧月的发展。俨然,艺人们这些相互捧场、互相帮助的高风亮节,是当今梨园界学习的榜样。

  这几年,由于金少山一直是埋头忙于艺术事业,很少到大街上去游街逛景。趁这天空闲,金少山叫上夫人杨淑英,到烟台的繁华市区给她购买衣服,待杨淑英把丈夫领到烟台最热闹的地方时,金少山却傻乎乎的看愣了。原来烟台是一座这么美丽的海滨城市,海滨烟台的商埠、水路交通特别发达,大马路、二马路两旁的店铺林立,商家云集。渔业行、洋果行、小商小贩应有尽有,船业行是这座城市的经济支柱。杨淑英边走边给金少山介绍:那边是享誉海内外的张裕酒业,这边是和我们"福禄寿戏园子"齐名的"丹桂舞台",也是专演京剧的戏院。金少山随着爱妻淑英的手指,东张西望,连连点头,眼花缭乱。杨淑英又接着给丈夫介绍说:"在烟台像这样的戏园子,还有好几座,不过都没有我们'福禄寿戏园'和'丹桂舞台'大,全不在这里,地方也比较偏僻。繁荣的经济给烟台民众带来了文化活动的普及,烟台人喜欢京剧,所以京剧在这里演出最多,票房最好,也最受欢迎,当地的老百姓称京剧为'二黄大戏'。"他们二人一个讲,一个听,不知不觉地来到了服装店门前。等金少山还想听时,杨淑英却指着服装店的门面说:"别听了,也别看了,我们到地方了。"金少山一愣,说道:"我正听得有劲儿呢,可到了。"待金少山给妻子买了几套她喜欢的衣服后,二人在回家的路上,金少山非常惊奇地对杨淑英说:"真没想到烟台这么漂亮,跟北京的风格完全不一样,让我看,比北京的皇城还好呢!"杨淑英不相信地反问道:"真的吗?为什么比北京的皇城还好呀?"金少山咧着嘴,笑着回答:"因为烟台有我亲爱的新娘子,所以北京没有烟台好!"一句话把成亲刚一年的杨淑英给逗笑了。

  在贵俊卿、孙佐臣、张少甫、王洪寿等前辈及同仁们的关怀、帮助、爱护、劝导、支持、拥戴、提拔下,使金少山明白了许多做人、从艺的道理,从他们身上看到了育人为乐的高尚美德。是人杰地灵的烟台让金少山获得了新生,使金少山的身心得到了修养和生息,让他在舞台上得到了很好的洗练,更使他的嗓子能够起死回声的响亮起来,尤其是成亲后让他享受到了家庭的温暖,人间的快乐,事业欣慰。

  金少山就像是刚懂事儿的小孩子一样,学会了处事谦和,与人为善,不骄不躁,德艺双馨的做人之本。由于金少山豪爽的个性所在,他买东西从不还价,送礼物总嫌货少,交朋友重情重义,对恩人肋插钢刀,对家庭感情专一。逢年过节,出资损物帮助艺人和穷苦百姓解决危难,在金少山身上不足为奇,乃属常见的"家常便饭"。再由于,金少山谦恭和蔼、平易敬人、扶贫救急、助人为乐的高尚人品,处处可见。因此,五邻四舍,梨园同业,票友戏迷等,都与他友好相处,以礼相待的非常亲近。在戏班里,不管是平时见面,还是在后台化妆,金少山碰着或看到同事,总是会先笑容可掬的开口回答或点头问好。无论什么场合,他从没有高人一等的表现。金少山若是走在街上,凡是认识他的各大小门市的商店老板,都会用打招呼的方式,向金少山问声:"金爷上街呀?金老板好?金先生吃了吗?金大爷到哪儿去呀?金老板昨天晚上的大花脸唱得好啊,我最喜欢看您的戏啦!"来表示尊敬和崇拜。

金少山喜欢烟台,更酷爱艺术,这就是苍天赐予他生命的价值。金少山和白玉昆在将近一年的合作演出中,就探讨艺术方面建立了深厚的友谊,成为无话不谈的莫逆之交,并结成了情同手足的八拜兄弟。这天,二人登上泰山"玉皇顶"峰,头顶苍天,面对大海,燃上香烛,摆上供品,对着天空叩首八拜,振振有词的正式结为了异姓兄弟。金少山比白玉昆年长四秋,应称兄长,白玉昆小于金少山四春,自然为弟。胸有大志的"金""白"二人兄长贤弟手背相挽、互相依扶着走下了五岳之首的泰山。

一天住戏,白玉昆对金少山说:"三哥,凭您现在的份儿,不能老窝在这儿,得有大志向,应该到南边儿的大码头开开眼界,闯一闯了!"金少山说:"贤弟,三哥我不是没想过,一来是这里的人对我不薄;二来我担心自己目前的玩意儿,还不够火候。"白玉昆接着说:"我看以三哥现在的艺术功力,火候烫手,绰绰有余。""真的?"金少山反问,"真的!"白玉昆坚定的回答。一番话,虽然正中下怀,但也让金少山左右为难起来。

第二天上午,孙佐臣按时来给金少山吊嗓子时,金少山把自己想到南方去闯一闯的想法,告诉了孙老,问他看是否可行?孙佐臣立刻表示支持。金少山说:"就怕罗财东知道了不会放人,罗财东这些年一直对我很好,一旦听说我要离开'福禄寿戏园',弄不好他会很伤心的,我要走的话,实在是张不开嘴。"孙佐臣见金少山为难,就说:"要不下午等贵二爷午休过后,咱爷俩去找他商量商量,看贵二爷怎么讲?"金少山思考了片刻,有所顾忌地表示同意。于是当日下午,金少山跟随孙老去了贵俊卿的住处。

金少山万万没有料到，见到贵二爷后，贵俊卿特别支持他到南方去闯一闯的想法，并且表示，罗进才老板的思想工作由他来做，叫金少山不要有什么顾虑。稍停，贵俊卿非常真诚的对金少山说："少山哪，自我看了你和玉昆合作演出的几出戏后，我就有了想让你到上海闯码头的想法。凭你现在的艺术水平和年龄正是时候，应该到江南去走一走，看一看，闯出自己的天地来，只有这样才是大丈夫所为，方能为你家的金门金派开疆扩土，增光添彩！不能跟我一样，老窝在这儿不行。我现在已经老了，就在烟台混口戏饭吃算了。可你就不一样了，说不定将来会唱出名堂，成为大才、大器！至于，罗进才老板那儿，你不用担心，由我来向他说明情况，解释清楚，罗财东人不错，也很讲义气，我深信他会理解的。说实话，这几年咱爷儿俩包括孙老爷子和你的感情很深，你小子要是真的离开烟台，二叔我和孙老心里都不好受，但我们不能耽误了你的前途啊……"话还没说完，贵俊卿的眼泪就夺眶而出……

从贵二爷家回来，金少山心里特别难受，思想上顿时产生了不想走的念头，迅速地动摇了离开"福禄寿戏班子"的想法。不为别的，实在是舍不得离开朝日相处了六年之久，建立了浓厚感情的贵俊卿、孙佐臣、张少甫、罗进才、王洪寿等人，以及他非常熟悉的"福禄寿戏园子"的每一块台板和山东半岛的广大观众。

说来也巧，金少山刚刚放下去南方的想法，没停多久，上海"齐天舞台"的经理来烟台约角请戏，相邀金少山、白玉昆二人赴沪演出。在烟台"福禄寿戏园子"演出合同即将期满的白玉昆听说后，立刻找到了金少山说："三哥，上海'齐天舞台'的经理专程从上海赶来，邀请你我弟兄赴沪演出呢！咱哥俩一同去上海露露脸如何？"

就这样，金少山控制着自己的情感，请客送礼，大摆宴席，回报感谢了曾经栽培、照顾、开导、帮助、爱护、关心、支持过自己的贵俊卿、罗进才、孙佐臣、张少甫、王洪寿以及秦雪梅、孙柏山等人后，强忍着满腹的恋情，谢绝了罗老板的挽留，辞别了合作多年的"福禄寿戏班"里的同业与烟台梨园界的艺友们，偕从夫人杨淑英恋恋不舍地和白玉昆一起，带着山东的豪爽，亲人的泪水，大家的欢送，离开了养育了他六年之久的第二故乡烟台，随同"齐天舞台"的经理，踏上了南下大上海的征程。

第七题 藏头诗

旧地城镇会老友，
地欢人笑赞金优，
重新再唱刺巴杰，
游云关东季一秋，
挽回声誉哈尔滨，
回报乡邻一念愁，
脸谱放出金家辉，
面谢福禄功为首。

八、闯荡上海　成名申城

金少山的嗓子自烟台恢复后,仅是他艺术生涯中峰回路转的第一步。想要真正迈进成名的行列,蜚声于中华大地,还必须得到一个更大的艺术天地去经受磨炼和考验自己。当年,在京剧界流传着一句俗语:"京剧艺人在北京学戏,上海成名,自然也就能够挣上大钱!"于是,金少山忍受着极大的别友之痛,离开了烟台的亲朋故交,南下来到了当时代表中国经济文化中心的大都市——上海滩,重新跃上了他再度艺术年华的苦战拼搏。灯红酒绿的大上海,人才荟萃,名角林立,岂是一般演员能够站住足跟的地方。金少山望着大剧院门前用霓虹灯组成的大演员的名字,心中暗暗发下誓言:"等着吧,总有一天我'金少山'三个大字,一定也会高高地悬挂在这里。"从此,金少山在上海开始了他人生中魂牵梦绕的追梦之旅。

1921年的冬季,金少山和白玉昆来到了上海,与"齐天舞台"的经理签订了三个月的演出合同,首场的打炮戏是杨(小楼)派名剧《连环套》。海报贴出后,沪上的著名京剧演员周信芳(麒麟童)、盖叫天(张英杰)、何月珊、赵如泉、高雪樵、林树森、杨瑞亭、王虎臣、王鸿寿、郑法祥、李桂春(著名杰出京剧表演艺术家李少春之父)等人,听说从北方请来了一"净"一"生"两位好角儿,不约而同地全来看戏。

金少山虽然是初次登上大上海的戏曲舞台,但他非常自信,相信自己的实力一定会轰动骄傲的上海人,自信的是,与他贤弟白玉昆在烟台多次合作演这出戏时,反应良好,效果极佳。加之京剧本身就是以北京与北方为代表的北方人喜欢的剧种，而后才从北方流传到了上海等地，这些南方人的欣赏水平，不一定能胜过烟台的观众，即便是上海的京剧名家，大多也是从北京移居到沪，他们照样承认北京才是正宗的京剧老巢。

故而，心中有底的金少山在台上，无论是表演和做派，还是唱腔与念白，他具能压住阵脚，放开表演，稳住观众，展尽其才。大轴戏的开锣是他的《坐寨》带（"盗御马"），金少山扮演的窦尔墩刚一出场亮相，他的个头、扮相以及台风气质，就先获了个碰头彩！当金少山起唱[点绛唇]时，他那宽厚响亮的嗓音，压住了舞台，贯满了园子，观众听着实感过瘾，行家感到惊讶兴奋！他那铿锵有力的道白，气大声洪的唱腔，激情奔放的表演，刻画出了窦尔墩这位绿林英雄、山寨寨主的身份气派。就"盗马"几场戏里的"走边"及"趟马"（"走边""趟马"为戏曲舞蹈名词）等的身段舞蹈，干净利索，准确到位，赢得了上海行家里手与广大观众的阵阵掌声！最后的"天霸拜山"，金少山、白玉昆兄弟二人格外铆上，配合得更加默契，特别是当铁罗汉窦尔墩与黄天霸见面之后的那一大段对白，念得是环环相扣，无懈可击！其道白喷口嘎嘣酥脆，朗朗上口，犹如玉盘落珠的令人振奋！演出结束后，上海梨园界的同仁，对金少山、白玉昆的精彩演出交口赞誉：一"生"一"净"出手不凡，好戏好角好做派！尤其对金少山的舞台风范和他的花脸艺术称道："唱""念""做""舞"样样出色，处处见彩，阿拉上海还没有一个这样好的花脸演员呢！

金少山和白玉昆二人在上海"齐天舞台"又联手演出了几场戏，观众反应热烈，场场好声不断，很是赢人叫座。直到出演的合同期满，前台经理仍要挽留，怎奈金少山及白玉昆早已被上海"小舞台"的经理约去，这次商定的打炮剧目则是金少山的文净戏《普天同庆》（即《铡判官》）。并且，还特意为金少山邀请了一堂整齐的乐队，琴师是石荣芳，此人的头发有点发黄，人送外号"黄毛"，当年曾拜在著名琴师徐兰沅（给梅兰芳操琴的首席琴师）门下为徒，乃属上海当时的操琴高手。黄毛的琴声手音特好，后来他为金少山操琴多年，在三十年代，金少山所灌制的唱片，全是由石荣芳操琴伴奏。另外，鼓师杨遇楼，自幼在北京"小荣椿"社科班坐科，工学文武老生，是前辈杨隆寿的学生，他唱老生时戏路较宽，昆乱不挡，只是后来因为身患颤头病，不再登台，方改敲司鼓。杨遇楼打鼓与别人不同，他是右手持板，左手敲鼓，人称"白虎板"鼓师！他的鼓风特别出眼，见到后无不为其赞叹一绝！杨遇楼在上海曾先后相继为盖叫天、杨瑞亭、周信芳、林树森、李桂春、郑法祥等名角击鼓。金少山和杨遇楼在北京是要好的发小兄弟，这次哥俩又在上海相遇并有幸合作，当然是一件非常开心、愉快的事情，兄弟二人具有说不出的高兴，道不完的心声！

京剧《普天同庆》是一出以唱工文净为主的传统剧目。讲的是宋朝的包拯为民申冤，亲下阴曹地府断案的一段故事。这出戏虽然带有封建迷信的色彩，但它的总题立意却是伸张正义，剧中有不少的精彩唱段，很受世人的欢迎和观众的喜爱，故而代代相传，经久不衰。

金少山在该剧中扮演包拯的脸谱，颇见特色，与众不同，黝黑的脑门上方，勾画出一个硕大的白色月牙图，两侧是一对斜立着的白眉，突出显示了黑脸包公执法如山的刚正威严。

包拯头场与观众见面，是在下阴曹的行进途中。为了渲染庄重严肃的舞台气氛，出场时，金少山在锣鼓音乐的烘托方面，做了精心安排，就"十三棒打筛锣"声中，首先是四剑子手分别肩扛三口铜铡，四校尉各挎腰刀先后陆续上场，分班站立。然后，全场肃静片刻，包拯才在幕后高声吩咐："开道！"金少山这一声二字的洪亮嗓音，犹如晴空霹雳，嗡荡炸耳，顿时场内掌声四起，好声不断。接着，打击乐起"串锤"，包公上场，身后随上王朝、马汉、张龙、赵虎护卫着。包拯达至台口后，唱一段有十句台词的[西皮]行腔："食王禄理朝刚扶保宋道……"

为了查明案情真相，包拯率领王朝等人亲下阴曹，探视地府，再为了充分表明阴阳有别及体魂区分的明显差异，包公身穿白蟒，相貌上罩着黑纱，"王""马""张""赵"四校尉的背后，还各插着一面带"阴"字的黑旗。

最后的"探阴山"是展现金少山演唱功力的一场重头，剧中大段成套的[二黄]唱腔，是考验文净演员的过硬标志，不料他唱得神完气足，游刃有余，苍劲挺拔，声腔见力，流云溢彩！观众听后，无不称赞，连呼过瘾，潮高浪猛喜掀大波。

《普天同庆》这出戏在上海"小舞台"连演了三十场，场场爆满，反应极佳。与此同时，麒麟童、李桂春、冯子和等人，正在上海"丹桂第一台"演出连台本戏《狸猫换太子》第五部，而且还准备接着再赶排出第六本的"夜审郭槐"。该剧中的领衔主演麒麟童自看过金少山和白玉昆的戏后，对这位北方来的花脸演员金老板的表演非常欣赏，认为目前在上海的净行演员中，郭槐这个人物非金少山莫属方可见彩！于是，麒麟童亲自三番五次到"小舞台"相邀金少山出演郭槐，金少山看麒麟童心诚意恳，欣然应允，答应了下来。

麒麟童本名周信芳，是上海滩首屈一指的老生名家，开宗了"麒派"艺术，在梨园界有南"麒"（麒麟童）北"马"（马连良）关外"唐"（唐韵笙）的说法。他昆乱不挡，七岁登台。周信芳1895年1月14日出生，原名士楚，祖籍浙江慈溪，先辈出身仕宦。周信芳的父亲周慰堂酷爱京剧，入了戏班，其母俞桂仙也是伶人。周信芳自幼跟着父母随戏班子在江湖上四处漂泊，接触的全是舞台、戏装、琴声、锣鼓，终日耳濡目染，京剧成为了他最亲近的伙伴。周信芳七岁时，第一次跟父亲登台配戏，周慰堂给儿子起了个艺名"七龄童"。可谁知，小"七龄童"在台上的表演，一炮打响，受到了观众的好评！从此，"七龄童"的艺名在江南一代不胫而走，深受欢迎，十岁即响遍了水乡重镇的江南菊坛。1904年，周信芳第一回随戏班在上海"丹桂第一台"唱娃娃生戏。头炮戏的前夜，剧场照例要贴出演出戏码的海报。写海报的老先生是上海人，讲一口地道的上海土话。由于北京腔的"七龄童"与上海话"麒麟童"的发音十分相似，他听到前台经理报了周信芳的艺名后，把"七龄童"误认为是"麒麟童"，就依此写上了海报贴了出去。当时，后台忙着明晚的演出，大家都在准备头天的开锣，前台经理也在忙于业务，应酬着来要好票的贵宾，谁也没有注意到这件事情的误差。第二天早上，《申报》和《时报》据报道出了年仅十岁的"麒麟童"当晚在"丹桂第一台"亮相的消息。这时，班主才知道错写了海报，于是赶紧请前台重新补写了一张"七龄童"的海报贴了出去。不料，就在这天晚上开戏之前，剧场门口突然吵吵嚷嚷，许多观众在售票口处闹着要求退票，说他们要看的是"麒麟童"，而不是"七龄童"。无奈，就又把海报换了过来。这场小小的退票风波才算过去。事后，有人把这次写错艺名的消息传了出去，也有人将亲眼目睹"麒麟童"的演唱盛况说了出来，使当时的人们对这位南国童星周士楚的艺名争论不休，有称"七龄童"是对的，海报上的"麒麟童"准是写错了。还有人讲，戏报上写的"麒麟童"没错，你讲的"七龄童"不对，肯定是您记错啦。一时间，把周信芳的艺名搞乱了真假，传的满城风雨，沸沸扬扬，说什么的都有，后来，有些文化人士感到海报上错写的"麒麟童"虽属笔误，但从艺名的含义和文学的角度上来讲，却显得更有深度。待阐明了含义后，周慰堂和其家人也感觉"麒麟童"的内涵的确比"七龄童"更加深刻、更有意义的说法颇有道理。致此，将错就错，把周信芳的艺名"七龄童"顺其意改称为"麒麟童"了。

　　周信芳的基本功尤为过硬，其嗓音宽厚，沙而不嘶，中年转具苍醇之色，拔高示反觉圆润，低音更见其浑然风格。他的唱功以苍凉遒劲为善，朴而不直，顿挫有力，往往含极富曲折跌宕之处，尤其注重抒发人物情感，高拨子、汉调等唱腔含带独特的味道。周信芳的念白有较重的浙江方音，苍津、爆满，讲究喷口，富于力度，口风犀利老辣而且音韵强盛，擅用语气词，有时接近于随口语，生活气息较浓。无论表达哀伤、风趣还是愤恨、庄重的情绪，其道白中的语气都极为自然生动。表演中的身段、工架、步法、水袖等动作具能结合眼神和面部表情，来吻合剧情及人物的特定处境于思想，显出了他提炼生活、超越生活、再现生活的艺术功力。舞台上的一些特殊技巧中的帽翅、甩发、靠把、髯口种种功夫，同样纯熟自然地彰显剧情和人物神态。就表演方面他吸取了谭鑫培、孙菊仙、汪笑侬、潘月樵、王鸿寿、汪桂芬、沈韵秋、冯子和、苏廷奎、李春来、夏氏兄弟、刘永春等梨园前辈们的艺术特点，又经常与同代名伶不断合作，在借鉴和相互交流中融会贯通，独创一格，逐渐形成了"麒派"，被业内公认为是江南海派的代表人物之一。其行腔嗓音带沙但中气实足，酣畅朴直；其念白虽带方言但饱满见力，富有浓韵；其表演注重做工，从人物内心出发，来充分调动唱念做舞的舞台展现，使戏曲程式为剧情所用、为人物服务，内外和谐而真实生动。以"化短为长"形成了自己驾轻就熟的演唱风格。

　　周信芳不但精通表演，擅文能武，而且还是一位能编擅导的全面人才。1925年首开京剧导演先河，借鉴话剧导演手法运用到京剧中来，成为首个将"导演制"用于中国戏曲的艺术家。从《汉刘邦》一剧开始，他主演的剧目基本上都是由自己导演，自编和与他人合编的剧目不下一百二十多本。周信芳强调表演的统一性及艺术的综合整体，他提出戏剧是"现时代的宣传利器"，要求演员通过加强自身的审美修养，塑造出真善美的艺术形象。他常上演的"麒派"戏有《扫松下书》《义责王魁》《坐楼杀惜》《清风亭》《斩经堂》《乌龙院》《徐策跑城》《四进士》《打严嵩》《萧何月下追韩信》《铁莲花》《文天祥》《徽钦二帝》《史可法》《亡蜀恨》《董小宛》《汉刘邦》《封神榜》《天雨花》《香妃》《鸿门宴》《鹿台恨》《海瑞上疏》《十五贯》《宋士杰》等。

　　众所周知，京剧是以规范的程式化作为舞台表演的主要手段，其最大的优越是观众即使没有听清，也能通过演员的程式动作大体明白其中的含义或场景，台上是哪些人物，在干什么，而且能通过演员的程式化舞蹈，彰显出节奏感的审美。其缺点则是容易"千人一面"，只有一般化的类型而缺少个性化的独特、而力求在运用一般程式的基础上，或则突破、改造、丰富程式，或则进行细致的润饰加工，或则创造某一角色的特有行性，其目的都是为了不把同一行路中的宋士杰、徐策、张元秀、王中等挂白髯的角色演成一道汤，而要塑造出他们不同的身份不同的性格，必须把人物演活、唱真，在一些好演员身上无论南北，都是同样。这才是程式的独尊。周信芳正是好演员或说是大演员中的一位，它不仅能将一两个角色演活唱响，几乎在他所有演出的代表作中的人物都是活的。由于周信芳把角色创造的重点放在了人物的性格化上，而在性格化的人物塑造中他所最着力的又是人物的感情表达和宣泄。通过动作和唱念，萧恩的悲愤和复仇的决断，张元秀的悲愤与无处讨取公平的悲痛，宋士杰的义愤和狡狯、热情及冷静，海瑞的刚毅、执着与勇敢……他无不给予淋漓尽致的显示，真正做到了以情动人，通过动情而将剧中的意志来鼓动观客，以求体现出戏的价值。周信芳的戏，看后使人总有一种心弦震动不已的感觉。他似乎有一种力量迫使你进入艺术情景，去关心同情局中人的命运，使人物的塑造性在表达情感上达到舞台艺术的尚高境界。

　　京剧自有史以来，老戏演出以前是从不排戏、台上见的习惯，最多是几个同场的角色简单的一说便罢，但周信芳则要排戏，而且自任导演。其目的当然是为了演员之间能够更好地合作，更为完整的把戏演好。周信芳从年轻时就有了主角的地位，但他依然为其他伶人配戏捧场，这在当年的名演员中极为难得。除了唱戏的道德之外，自然会是一出戏更为完整，更有"一棵菜"的分量。在他中年时已导演过大量的新编连台本和大本头的单出戏，若是新戏，对周信芳而言，更需要通过严谨的排练使演员们通力合作达到娴熟，保证戏的质量及剧目的完整性。诚然，通过导戏的尝试效果极佳，因此不能不引起周信芳对京剧导演艺术的重视。在当时，就京剧界还没有导演制度和极少导演人的情况下，作为同中国早期话剧导演人才接触较多、深受新兴话剧影响的周信芳，不能不自己担负起导演的职责。这里笔者不可能对周信芳的导演艺术做出过多的评断，但从他这次几番邀请金少山介入《狸猫换太子》第六本的"夜审郭槐"来看，足可说明周信芳在选用演员及对该戏排练的高度重视。

　　待《狸猫换太子》第六本"夜审郭槐"的协议签订后，金少山在心中暗暗地说道:"这次的郭槐,算你周信芳选对角了。"因为金少山平日里爱听评书,早在山东烟台时,他就常听山东的著名评书艺人刘鸿茂先生说的《狸猫换太子》,对于该剧的故事情节和人物关系等的内容,都非常熟悉,了如指掌,而且能说会讲,语惊四座,津津有味,词震八方。别的不说,单就烟台"福禄寿戏班"里的演职员,在听金少山说书时,就常听得入迷。他演郭槐这一人物,自然是胸有成竹,再好不过。

郭槐在剧中是一个狡诈阴险的反面人物,为了讨好主子刘妃,郭槐设下了用剥去皮尾的狸猫替换太子的毒计,来陷害无辜的李妃。当阴谋败露后,他依然妄想倚仗权势,死保刘妃。这出戏的编导尤金圭为了发挥金少山文武兼优的艺术特长,特地安排了"献计""擒槐""公堂""监牢""夜审"等郭槐的几场重头。金少山根据剧情发展的需要,在"唱""念""做""表"方面,做出了大量的精心研究和其充分的设计探讨。金少山扮演的郭槐勾白色太监脸谱,念京白。向刘妃献计时,金少山借鉴清宫太监李莲英溜须、献媚慈禧太后的神态和动作,来表现郭槐卑劣的奴才奸相。"擒槐"一场,更是突出了郭槐的狂妄自大、桀骜不驯,当四校尉"紧急风"上场,前来捉拿他时,郭槐依然怒气冲冲地吼道:"杂家乃刘娘娘宫中总管,你们谁敢擒拿!"校尉军向前扯掉他穿的褶子和戴的太监帽,并用力一推,金少山此时翻了一个又高又飘的大"吊毛",机敏利索,颇符情理。就在校尉顺势锁住郭槐,用马鞭抽打着、牵拉着他出门的时候,金少山又运用了单腿"跪蹉步"的技巧,直至下场,其场面既火爆炽热,又符合人物个性,引起了振振肥彩,狂掀大波。

下接连场"公堂",包拯(麒麟童饰)审案。郭槐受审时,为给自己辩解开脱,安排了一组[二黄]唱段,导板、回龙转原板,共有五段唱,金少山唱得酣畅淋漓,韵色厚醇,又一次得到了观众雷鸣般的掌声。

接下来,就是"监牢"一场。郭槐独坐牢房,回忆往事,自语道:"杂家自进宫以来,蒙主恩赐,让杂家侍奉刘娘娘。刘娘娘哪,万岁爷是十分宠爱,好不逍遥自在……前日寇承御被娘娘拿去,逼使陈琳,用杖击毙,去了一害。如今,不知何故,又将杂家拿来,百般地审问谋害正宫国母李娘娘一事。这事要是招了,就连刘娘娘也得受那一刀之苦!我又怎么对得起刘娘娘哪!我要是不招,看我的性命难保哇!"然后,唱一支昆曲曲牌[醉花阴],再转唱一支[折桂令],金少山边唱边舞边搓手中的铁链子,通过蹉步、跨腿、骗腿、甩站发、转身垫步、踢大带等一整套的连贯动作,深刻揭示了此时此刻郭槐焦急不安又盲存侥幸心理的内心独白,无不精彩！

最后"夜审"是全剧的高潮，假设"阴曹"，夜审郭槐。在灯光昏暗的舞台上，左侧是火柱，右边是刀山，就阎君、判官两旁站立着牛头、马面、众鬼卒。在黄、白、蓝等交织追光的照射下，给人一种满台阴风鬼气的感觉，显得格外阴森恐怖，使人胆寒。趁郭槐身披枷锁进"殿"，惊魂未定之际，先遭受四十大板重责，疼得他头昏脑涨。金少山这时连续打"哇呀呀"，接着走了个"乌龙绞柱"（戏曲毯子功技巧）起身，甩站发亮相。在审问郭槐中，金少山边唱边舞，最后摔抢背（戏曲毯子功技巧），紧接着又来了个硬屁股坐。当郭槐画押认罪、撤去"阴曹"之后，金少山深吸一口气，表现出了郭槐不该招认的悔恨之情。观众狂呼大叫，实在解恨，连喊过瘾，此乃一绝！

麒麟童看了金少山演的郭槐后，对他的表演赞叹不已，特别欣赏，他对金少山说道："金爷够意思，文武俱佳，昆乱不挡，这本戏给您演了！"就这样，《夜审郭槐》这出戏连唱了六个多月，比前一本戏多演出了四个月，卖座率也极值上升，越唱越火，越演越红。

转年，上海"天蟾舞台"的老板顾竹轩，宴请金少山，约他与上海滩的著名武生杨瑞亭联手演出传统戏，并答应他每月的洋钿由原来在本戏班时的八百元增加到一千元，（杨瑞亭的洋钿是一千二百元）就这样谈妥后，双方签订了一年的合同。从此，金少山又成了顾竹轩"天蟾舞台"里的坐班演员。其影响力直升而上。

金少山对杨瑞亭早有耳闻，只是未曾谋面。杨瑞亭的祖父杨香翠曾在北京掌管"宝盛和"戏班多年，父亲杨德顺专工武旦，杨瑞亭家学渊博，精通戏道，自幼在"宝盛和"戏班学艺，其父还特地为他聘请了当时和俞菊笙齐名同辈的著名武生张其林到家里给杨瑞亭教授武生戏，为他打下了坚实的武生功底。杨瑞亭学成后，离开北京，曾先后到江苏、河南、皖南一带搭班唱戏。1931年，他来到上海，曾与周信芳、冯子和、李永利等人合作演出。由于，杨瑞亭的腰腿功尚好，有"杨一腿"的美称，再加上他的戏路宽广，嗓音嘹亮，所以文武戏全唱。杨瑞亭常上演的武戏有《铁笼山》《长坂坡》《挑滑车》《艳阳楼》及全本《八大锤》（前扮陆文龙，后饰王佐）；他常上演的文戏有"三斩一碰"即《斩黄袍》《辕门斩子》《斩马谡》和《碰碑》等。除此之外，杨瑞亭还能反串老旦，例如全本《刘清提》，从"游六殿""滑油山"一直演到"五鬼捉刘氏"。另外，他的毯子功（即跟斗）非常漂亮，除了用小翻儿挂的四大门及串小翻儿很好以外，有一串出眼的"虎跳前扑"翻得又高又僄，特别赢人。杨瑞亭还有一招，值得一提，在全本《刘清提》的"五鬼捉刘氏"一场中，有一个摔"壳子抱叉"的动作，被业界誉为一绝！所以，他每到一地演出，头三天的打炮戏唱完之后，一定要上演能够放出他的杀手锏，摔"壳子抱叉"的绝活。因此，杨瑞亭走到哪儿红到哪儿！就是在人才荟萃的大上海也属大红大紫的一流名角。黄金荣、顾竹轩等剧院的财东，都和杨瑞亭签订了长年的合同，并关照有加，给予优待。

这次金少山跟杨瑞亭合作，头天的打炮戏仍然是《连环套》，只是这一回金少山所扮演的窦尔墩与往日不同，他的扮相、表演等做戏具有了见新的变化。首先论他的脸谱，窦尔墩的脸谱，按以往的画法，一般都画"蓝三块瓦"，金少山觉得蓝色在灯光下发暗，不鲜亮，故而，他这次改为勾瓦灰色，也就是浅蓝色。窦尔墩的脸谱，按传统的画法比较简单，两根粗黄眉子中，加上一对画出的护手钩即可。而金少山却其不然，他结合人物性格和其寨主的身份所需，将窦尔墩的脸谱勾开得非常精细，层次分明，美观大气。由远到近，都能让人看得一清二楚。其身上穿的服装也有所改变，一般都是穿绿蟒或蓝蟒，但，金少山认为窦尔墩是草莽英雄，又是万人之首的山寨寨主，应是以王为尊的土皇上。所以，他自创了穿鹅黄色为重的蟒袍。鲜蓝色的脸谱再配挂上红扎髯口，一身鹅黄色的盘龙黄蟒，看上去，显得格外威风大派，内涵傲骨，人中之龙，唯我独尊。

就演唱方面，金少山不是单纯的注重行腔，因为窦尔墩这个花脸人物，在净行中属偏重于架子花行路的角色，必须在唱工（功）过硬的表演中，突出其念白及工架的身段表演，非常重要。反之，唱得再好，行腔再棒，在行家里手的眼里，也属于败笔之作。因此，金少山就"唱""念""做""舞"方面，具特别讲究。例如，在窦尔墩的道白中："如何是好！"的"何"字，就京剧的韵白而言，应该念 huo 音，而金少山认为"何"就是"何"，他仍然念 he 音。该不上俏头韵的念白，应尽量不上韵，该通俗易懂的就得通俗，尽量能使观众听明白，弄清楚，做到"简而淡""淡而明""深而清"的最佳效果。

头场"坐寨"，窦尔墩上场后唱的四句唢呐包腔[点绛唇]："英雄胆壮，武艺高强，占山冈，谁不尊仰，绿（啊）林俺为上！"金少山每一句都压住唢呐、稳住观众的唱之，到"绿林"两个字念完，紧接一锣！他突然用高八度唱"俺为上"，这时候，场内的观众发狂似地站起来叫好！当贺天龙等四兄弟听说窦寨主要前往御营盗马，为他摆设酒宴送行，窦尔墩高声念道："有劳了！"之后接唱[西皮]唱段的"正宫调"调门。笔者需要说明的是，当年可容纳包括连花厅、包厢席共计三千八百多人的"天蟾舞台"戏院，并没有装制音响之类的麦克风扩音器材，演唱时要全凭演员的嗓子来达到应有的效果。金少山的唱腔能使观众发狂般地叫好，他嗓音的洪亮程度不用多讲，就可想而知了。当金少山唱到[原板]的最后一句"饮罢了杯中酒换衣前往"时，场内又是一个大呼好唱的满堂。窦尔墩下场换服装，改穿箭衣。传统的演法，大都是穿蓝色或绿色的龙箭衣，而金少山改过装的窦尔墩穿的却是焦叶缎子箭衣，上面绣着平金团花，下身穿湖绉的绣有"五福捧寿"的红绸彩裤，身后背一把电镀的钢质补刀，刀把头上系着一朵鹅黄色的彩球。窦尔墩上场接唱三句[散板]，唱完末一句"闯龙潭入虎穴奔走一场"后，一般的表演动作是弹髯口或是不弹髯口，回头一拱手，说句："请"！然后转身下场。而金少山却是脑后梗脖，丹田用力，收腹提臀，向上纵身，只见二尺六寸长的红扎髯口，蹭地一下，向上散开，接着准确地落在了右胳膊上，再转身脸冲里说声："请"！其圆场携带余风地迅速快步入相（即下场）。

接下来，《盗御马》头场"下山探营"的"走边"，金少山更是大显身手，他把自己所具备的腰腿功、髯口功、大带功等，根据剧情戏理的发展全部用上，可以说，浑身见锣经，做派规中矩，满脸全是戏。

金少山初学《盗御马》时，他的师爷何桂山老先生曾经特意向他讲述了头一场四句[二黄散板]有两种不同的唱法与出处。原来，《盗御马》这出戏，最早是由钱宝丰和黄润甫两位花脸前辈演唱的戏。钱宝丰先生由于嗓子好，喉门大，音量足，人们都称他是大嗓门的窦尔墩，所以，钱宝丰唱十言句："大英雄为复仇独下山岗，山洼洼路岖岖两顾苍茫。我趁着这月光大胆前往，背钢锋施本领独入营房。"而黄润甫先生的嗓音稍差，他扮的铁罗汉是以念白为主架子兼工的演法，故而，黄润甫唱七言句："乔装改扮下山岗，山洼一带扎营房。蹑足潜踪朝前往，施展本领入营房。"因此，观众称其为工架戏的窦尔墩。何（桂山）老还对金少山语重心长地说："戏是人演唱出来的，每个演员的嗓音、个头、体形、身材、脸盘、扮相、身上、做戏、功力、悟性等各不相同，都不一样，但是，凡是有成就的好角、名角都会根据自身的天资条件，扬其长，避其短，露精藏拙地去塑造人物。今后，你若想成才,切记,我讲的这一条是非常重要的一项!"

金少山牢记师爷的教导,他对自己所演出的每一出戏,都要翻来覆去的认真研究,循环往复的精心揣摩,颇为细致的反复探讨。而且,还不断创新,经常改进,无论是从剧本到音乐,从脸谱到扮相,从唱腔到念白,从档口到开打,还是从舞美到服装等,均力求必须符合剧情与人物的统一审美为目的。则不是笃守师承,亦步亦趋,墨守成规的来唱、去演。例如,在《盗御马》的末一场中,绰号铁罗汉的窦尔墩有一套"趟马"身段的表演,表现他盗得御马,回转山冈的狂喜心情。一般的传统演法,皆是走完"趟马"之后,榷加三鞭追打御马(起锣鼓)"吧嗒仓!吧嗒仓!吧嗒仓!",而后紧接着再起"四击头"锣鼓,演员在"四击头"中亮相。念道:"呔,马来呀!"之后下场。金少山认为:这是一匹非同一般的御马,也可以将其称为宝马,它有日行千里、夜奔八百天还没明的神奇速度,你不抽它,还跑得快如行风,若再加上三鞭,它不就腾云驾雾了不成!因此,金少山本着大胆突破,敢于革新的精神,在这场戏中的表演,不加三鞭,更没有"四击头"锣鼓。而是边走边"趟马"、边赞马的心怀,看着这匹身高八尺、头尾丈二,配有金鞍玉辔、黄绒丝缰的御马宝驹,心中扬扬自得,非常高兴。念一句:"呔!好马呀!好马!"之后,快速下场(入相),合情合理。

后面"拜山"一场是全剧的重点场次,叙述的是:黄三太之子黄天霸为寻找御马,乔扮镖客来到口外的连环套,拜访连环套山寨寨主窦尔墩的一段情节。杨瑞亭在剧中扮演黄天霸,他与金少山虽属初次联手,但两个人在台上的表演却珠联璧合,心旷神怡,真可谓是二雄相配,棋逢对手,将遇良才,充分展示了各自的艺术风采。

这场戏开始,窦尔墩先上场,唱一段[西皮散板转垛板]:"忆昔当年论刚强,比武的仇恨挂心肠。梁九公行围场,那时节某下山岗、入营房,杀死了二更夫他一命见阎王。御马到手某的精神爽,要害三太一命亡!"这段唱的唱腔旋律简洁明快,金少山唱的更是豪情满怀。接下来,喽啰送上镖客的拜帖,窦尔墩一看,来人从未见过,也不曾听说,具不相识,便随手扔掉了拜帖,态度傲慢的草草了事,云淡风轻,不屑一顾。大头目贺天龙忙在一旁插话道:"应该赏他个全脸!"窦尔墩这才吩咐摆队相迎。行到寨门,见是一位相貌堂堂、英俊威武的年轻壮士,切感,此人绝非是等闲之辈!经大头目介绍,二人相见,待相互谦让过之后,窦尔墩为试黄天霸的臂力，他边说："你我挽手而行，"边上前攥住青年镖客的手腕，顺势用力向后一带，此时的窦尔墩倒显得尴尬，内心惊叹："嚄，有两下子！"，感到镖客的臂力不小，有些分量。这段戏的情节虽不复杂，对白也不算太多，但是，通过演员的神态、动作和舞台气质的表演，很好地展现出了二雄见面后，第一次较量的气度。

独闯山寨的黄天霸跟随窦尔墩来到聚义厅，二人再次谦让后，窦寨主将镖客让予座位，落座叙谈。黄天霸是为寻马而来，自然将话题转到了马的身上，他告诉窦尔墩，马兰关口有一匹好马！毫无戒备的窦尔墩却未解其意，只是觉得："你说的这匹马算不了什么，我这儿才有好马哪！"窦尔墩为了炫耀自己盗来的御马宝驹，还指派大头目贺天龙去到后山，将御马牵来。黄天霸见了不觉一愣：哎唷，这就是御马呀！原来他也不曾见过，今日一见，果然是金鞍玉辔、赤金坠镫，项下提胸、对对成双，非同一般呀！见马如同见主，黄天霸口称："愿太尉千岁，千千岁！"并施以君臣大礼。身为草莽英雄的窦尔墩不知内中情由，看着镖客给马作揖，只说是个："乡下人！"待再次落座后，黄天霸为了探明盗马的缘由，有意地说道："这马虽然盗来了，可是不能出去乘骑，岂不成了废物了？"窦尔墩听了此话，勾起了自己的心事，便和盘托出："盗马是为了一家仇人，要害他的满门大小！"接下来，窦尔墩、黄天霸两个人一问一答，直到镖客自称姓"黄"时，性情傲慢的窦尔墩才有所警惕，他怀着疑惑的口气问道："你与三太同姓同宗？"黄天霸一听，狂笑道："非但同姓同宗，而且同桌用饭，同榻安眠！"窦尔墩深感突然，心头不觉一惊，追问："三太是你什么人？"黄天霸答道："先父？"窦尔墩接问："你呢？"，黄天霸接答："他子黄天霸！"此时，震怒的窦尔墩从口中迸发出了一个声似雷劈的"啊"字，而黄天霸呢，自知单身一人，又在人家的地盘，就语调和缓地说："拜望寨主！"窦尔墩猛地站起身来，抓住黄天霸的右手，二人同时向前几步，奔到台口，金少山为了突出窦尔墩暴跳如雷的情绪，连续打了三次三起三落的"哇呀呀"腔，其声音震耳欲聋，把剧情再次的推向了高潮，获得了口彩！

"拜山"末尾，"窦""黄"二人商定明日山下比武较量，窦尔墩吩咐："摆队送天霸！"待窦尔墩与众弟兄将黄天霸送至寨门口，黄天霸唱："……明日山下再论刚强！"唱毕，窦尔墩等人目送黄天霸下场，而后感叹道："好汉子！"接唱[西皮]唱段，传统的唱法，这里一般只有两句唱词："人来与爷寨门掩，黄家之后非

等闲",而金少山为了显示自己的洪大嗓门及窦尔墩对黄天霸的敬佩,特意在这里安排了十二句的大段唱腔:

父是英雄儿好汉,
侠义的英雄出少年。
黄天霸好大胆,
他竟敢独自一人来探山。
明日里山下来交战,
也不知谁胜谁败谁占先。
倘若是他不胜某护手双钩铁罗汉,
他情愿替父认罪在人间。
某若是不胜此一战,
某情愿献出御马、随他们去见官。
喽啰们与爷忙把山寨门掩,
黄家之后非等闲。

这段较长的［跺板］唱腔,金少山唱得是刚健峭拔,韵味厚醇,铿锵透力,急缓有致,又一次博得了场内连呼带叫的热烈掌声。唱完之后,窦尔墩回忆着刚才发生的一切,然后吩咐:"谨防寨门,"众弟兄随寨主在锣鼓经中有序下场,入相而去。

最后两场戏,金少山演得风度大气,优雅自如。"盗钩"一场,在窦尔墩酒醒之后,见到插在桌子上的钢刀,并且发现自己的兵器护手双钩被盗,心情自然不能平静。金少山此时的表演神情,将窦尔墩的内心活动表现得淋漓尽致,炉火纯青,充分突出了窦尔墩焦虑不安的思索过程:"深夜,有人盗走了我的兵刃,是为了明日山下的比武之事。可是,当我熟睡之际,他为何不一刀杀死于我?再把御马牵走,不就完事了吗!然而,他却没有这样行事,而是'插刀留记',窦尔墩很是钦佩绿林中这少有的英雄。"窦尔墩在这场戏里,虽没有硬件中的大绝大唱,却彰显了演员威压台板、戏见魅力的艺术修养和风威大派的舞台气质。金少山通过对人物的内心刻画,在后面下山比武较量的一场中,为窦尔墩的四句念白埋下了铺垫的伏笔。

由于故事情节发展的需要,"山下比武"其实并没有真正比武,而是"窦"、

"黄"双方经过一番唇枪舌剑之后，在黄天霸、朱光祖等人的真情话语感照下，窦尔墩主动认罪献马的一段情节。

当窦尔墩思想有所触动的时候，剧中安排他有四句坦露心声的念白，扮演窦尔墩的金少山用感情充沛、真挚恳切的韵白，洒脱地念道："我与你父结冤仇，至今怀恨数十秋。插刀盗钩的恩情厚！"当念到这第三句时，朱光祖、何路通、关泰、计全等人同时问窦尔墩："你怎么着？"窦尔墩只说了一个："罢"字，表示痛下决心，接念："血海的冤仇一笔勾！"金少山在这个"罢"字上使用了大气量的高八度强音，把窦尔墩此时此刻的心情，宣泄的淋漓尽致，感人肺腑。接着又说道："御马牵了过来，你们拿刑具来！"朱光祖在一旁称赞道："好样的！朝廷的王法不带也罢！"情绪激动的窦尔墩再次高声喊道："焉有不带之理，你们只管拿刑具来！"跟着盖住唢呐唱两句："窦某认罪到公堂，留得美名万古扬！"金少山在这场戏里的唱念及表演，把剧场内的热烈气氛再次推向了高潮，同时，也为这出打炮戏的演出成功，画上了一个圆满的句号。

戏演完了，场内的观众仍然不肯离去。那时候，剧院还不兴谢幕，可是掌声、叫好声，还有尖鸣的口哨声、赞扬声、誉论声连续不断的持续了十几分钟之久，具没有平息下来。

第二天，上海滩的各大小报刊在头版头条非常醒目的地方，刊登出了标题为"乌龙下界铁罗汉金少山"等的评论性文章。

上海滩的帮会大亨，同时又是上海"黄金大戏院"的财东黄金荣看过戏后，兴奋得不得了！专程差人送上请束，邀请金少山吃饭，酒席宴上，黄金荣对金少山的窦尔墩大加赞赏，并用非常亲切的口气说道："少山哪，将来我要是约你到我的戏院唱戏，你可不能驳我的面子，一定要来给黄某帮忙啊？"金少山只好随声应承地答应了下来，回答道："只要我金少山有时间，一定照办，请黄老板放心便是。"

历史长河中的风云人物往往会有其世人关注的细节凸显，检视他们的细节好坏，在旧上海的大地上有一个现成的"大亨标本"摆在了我们面前，他就是笔者以上所提到的在上海滩上声名显赫的"三大亨"之一黄金荣。黄金荣，又名锦镛，上海人，1868年（清同治七年）生于江苏省苏州市。其父黄炳泉祖籍浙江省余姚市，后偕全家从苏州城移居到上海淘金。黄金荣小时候读过私塾，十七岁时在上海城隍庙其姐夫黄全浦开的"瑞嘉堂"裱褙店里当学徒，二十岁出师后，在申城南门内一家新开不久的"笺扇庄"做司务。因他害怕吃苦，不满现实，1890年到上海县衙门里干起了捕快，1892年（清光绪十八年）黄金荣靠着他父亲的关系，报考了法租界的总巡捕房包打听。录取后，被派到了大鸣钟巡捕房做了三等巡捕，后来由于他破了几桩盗窃案件，引起了重视提拔为探长。自坐上探长的位置后，黄金荣就跟着法国巡捕的屁股后面转，整天挨家挨户地去强征地皮捐、房屋税，还到越界筑路区给新建的房屋订租界的门号牌子。就这些工作中，他表现得格外卖力，而且积极参与镇压有些不愿意迁移的农户、坟主和抗捐的小业主活动等。黄金荣的另一项任务则是身着便衣，泡进茶馆里吃茶吹牛侃大山，用这种方法联络眼线，广收情报。莫看黄金荣长得五大三粗，肥头大耳，但脑子灵活，办事机敏。他被派到上海十六铺一带应差时，用"黑吃黑""一码克一码"的流氓手段，网罗了一批"三光码子"，即惯偷、惯骗、惯抢之徒给他提供了许多各种各样的大小情报，破获了不少案子，深得上级赏识。

一天，法国巡捕房的街对面有一家咸货行的金字招牌突然不翼而飞，该行的老板急得不知如何是好。就在此时，旁边有人对丢失招牌的老板说："听说对面的探长黄金荣破案子'交关灵光'，很有一套，您不妨找他试试看。"丢失店铺招牌的老板来到巡捕房二话不说，就直接提名道姓的要求黄探长负责破案为好。谁知，黄金荣在自己的办公室内只拨了一个电话，还没等他走出房门，一帮小瘪三就敲锣打鼓地将那块金字招牌送了回去。从此，诡计多端的黄金荣名气大噪，风声云起。殊不知，这桩招牌丢失案，全是由黄金荣在幕后策划、导演、设计出来的一场让众人信服的丑剧。不过，黄金荣在任期间，也确实破过几件大案令法国驻沪总领事白早脱与公董局的总董官白尔特别欣赏！有一次，法国总领事的书记官凡尔蒂偕同夫人去太湖游览，不料，竟然遭到了土匪的绑架。法租界闻讯后，速派黄（金荣）探长前去营救，黄金荣立刻调来了手下喽啰找到了太湖的土匪首领"太保阿四""猪头阿美"，便轻而易举地将这一对法国"洋肉票"保释了出来。还有一次，福建省督理官周荫人的参谋长杨知候带了六箱古玩字画、珠宝玉器来到上海，不料刚走出码头就被贼人盗去。为此，淞沪护军使何丰林特请黄金荣协助追查宝物，结果还不到半天的时间，黄金荣就将原物一件不少的如数追回。在当三等巡捕员、包打听、领班、探长、督察员的巡捕生涯中，最令他得意的是另一桩侦破法国天主教父被绑架一案，为此法国东正全权大臣特授予了黄金荣一枚头等金质宝星勋章！法国总巡捕房晋升他为总巡捕房警务处唯一一个华探督察长，还委派了八名安南巡捕员给黄金荣做随从保镖。从此，坐上华探督察长位置的黄金荣，更是飞扬跋扈，胆大妄为，成了申城一霸，好不威风。

就青帮的名分而言，尽管黄金荣从未拜过老头子，在开香堂上是个"空子"，但他却仗凭着权大位高的势力，自称他是"天"字辈的老大。在黑白颠倒的年代里，黄金荣利用他手中的权势，开设赌馆、贩卖鸦片、办跑狗场等的罪恶勾当和高盈利生意，横财肥发，日进斗银，不到几年的工夫便成了上海滩的豪富、早期的头号青帮大亨。黄金荣担任法租界巡捕房华探督察长长达二十多年，直到他六十岁生日后，才辞去了巡捕房的所有职务，到苏州创建了"老天宫戏院"，并接二连三的开办了许多门市，之后又返回上海。即便如此，法国总巡捕房警务处仍继续聘请黄金荣兼任着该处的高等顾问。

在旧上海的租界时期，巡捕房是外国人设立管辖的专政机构。租界内的老百姓全部得受巡捕房的管治。因而，百姓们认为华人中的包打听有机会与外国人接触，而且帮得上腔，搭得上话，身为华探督察长的黄金荣更是如此，就是租界内的洋人也要礼让其三分。所以有些卖烟土的、开妓院的、贩人口的、办赌场的不法人员都来求黄金荣帮忙，托他疏通法租界首脑费沃利的关系，图个太平，少找麻烦；即便是在法租界做正当生意的大小商贩、门市业主，因为怕被强者敲诈欺侮，也会按月出钱求他保护；黄金荣由三等华捕提拔为包打听、刑事领班、巡捕探目、华捕探长、督察员到晋升为华探督察长后，许多人投拜到了他的门下，屈尊于"黄"。此后，黄金荣在法租界开办了大型赌场"公兴俱乐部"，后来又和门徒杜月笙、义弟张啸林共同创立了贩卖鸦片提运的"三鑫公司"，另外独资建造了"黄记大舞台"与"黄金大戏院"，并吃进了上海滩最大的娱乐场所"大世界"游乐场（后更名为"荣记大世界"）。从此，家大业大、腰缠万贯的黄金荣在上海滩这座誉有"东方巴黎"的国际大都市里，确立了自己的称霸地位。为了发展势力，扩大影响，广收门徒，混世魔王黄金荣还出巨资创建了一所名曰帮助贫穷人家的苦孩子读书的"金荣义务学校"。办校之举，果然灵验，上至老板，下至庶民，具纷纷入门进帮拜"黄"为大，立"黄"为尊，其弟子门生多达上千余人，成了上海青帮的最大头目，世称包括张啸林、杜月笙在内的青帮"三大亨"（后来杜月笙跃在了黄、张的前面）。

据黄金荣的《自白书》中说：在他四十岁时，孙中山在上海搞革命工作期间，黄金荣曾经保护过孙先生的安全，孙中山到北京去时，是他送先生上的火车，临行前中山先生对黄金荣说：上海的革命同志需要他的保护。所以后来，黄金荣在革命军打制造局时认识了汪精卫、胡汉民等许多反清进步人士。当年，由于活动经费短缺，蒋介石和其他人等在上海办了个名为"恒泰号"的证券物品交易所。恒泰证券物品交易所的初期业务，基本上还算可以，殊不知1921年时上海突然爆发了一场"信交风暴"，在这场较大的风暴浪潮中，大多的交易场所具纷纷关张停业，垮台倒闭，股票如同废纸，分文不值。勉强维持到1922年的"恒泰号"，此时也彻底垮台休业，众多股东拿着废纸般的股票要求兑现，无奈之下，交易所的监察人周俊彦被逼得两次要跳黄浦江自杀。债主们没有办法，只好雇用打手威逼蒋介石等人还钱，如若不然，乱棍打死，扔进粪坑，尸化血脓。走投无路的蒋介石，通过在商界有着较高地位的虞洽卿介绍，来到法租界投靠鼎鼎大名的黄（金荣）爷门下哀求保护，并当场表示愿叩拜在黄金荣膝下为徒。在虞洽卿的倾力说和下，选了个黄道吉日，就在上海龙门路钧培里一号的豪宅"黄家公馆"二楼上，举行了隆重的拜师仪式。只见此时名唤蒋志清的蒋介石，为端坐在紫红檀木太师椅上的黄金荣双手呈递上大红拜师门生帖子，上书："黄老夫子台鉴，受业门生蒋志清（即蒋介石）拜上，"然后磕头拜祖，为师傅敬茶行礼等。拜师后的半个月内，蒋介石一直躲藏在黄公馆没敢露面。黄金荣的这座公馆，是他发迹后出大价新建的一幢西式三层的花园洋房，装修豪华，院落宽畅，楼内的几十间房屋陈设考究，古朴典雅，雕缀名贵，富丽堂皇！黄金荣的卧室在二楼东端，蒋介石和其十几个黄氏贴身弟子，大都居住在附近的房间内，这样既可相互通气，又能预防不策，有所照应。黄氏全家上下人等男女老少二十多口全部住在这里，除了夏季避暑时到漕河泾"黄家花园"休闲一段时间外，黄金荣大都宿居此处，终日醉于花丛，享尽人间秀色也！

拜师过后不久，权高位重、势力强大的黄金荣，在上海滩上最风光的酒店招待债主，酒席宴间，经验老辣的黄金荣指着蒋介石言道："志清是我的徒弟，他欠大家的股债，你们可以来找我要，黄某会连本带利分文不少的还给诸位。从今往后，请大家不要再为难于他，我这个老头子代表志清多谢诸位了。"，债主们这才明白，原来黄金荣摆的是场鸿门宴。大家明知道钱要不回来，何不顺水推舟，落个人情，于是便齐口同声地言道："蒋兄既然是黄爷的门徒，那么大家都是自己弟兄，理当友情为重才对，从今以后欠债之事永不再提便是，请黄爷放心好啦。"就这样，黄金荣几句话解决了问题，销毁了蒋介石欠下的数百万巨款。待蒋介石的股债告吹之后，黄金荣又听虞洽卿说，还有人欠蒋志清的钱至今赖着不还。黄金荣问明了欠债人的住址后，淡然一笑，差人出马，没过两天，毫不费力地把别人欠蒋介石的债务，解决得干干净净，连本带利分文不少地追要了回来，使蒋介石内心非常感激。

　　蒋介石当政后，为了报答其师黄金荣对他的再造之恩，1930年时特为黄金荣题词，书写了一幅"文行忠信"墨宝敬上，后被放在上海桂林公园四教厅；民国二十六年，在黄金荣过七十大寿时，身为民国国家领袖人物的蒋介石，曾亲自到黄家花园为黄师祝寿，扬名提威。不过后来，这位左右逢源、处事老到的黄金荣，担心如今已是委员长的蒋介石，会因为当年曾经拜倒在自己门下为徒的事情有损于委座之尊的威信，使"蒋"内心产生不快对己不利，万一给他来个"拉屎咬牙暗里用劲"，秘害于他，可就麻烦了。于是，智谋圆深的黄金荣为了让蒋介石消除疑虑，去掉心忧，居然又将他手中的门生拜师帖子，非常体面的退还给了蒋中正。并当场表明："请委员长放心，从今往后，拜师之旧，黄某保证藏在肚里，烂在腑中，永不再提。"

　　黄金荣虽然爱看京剧，是一个戏瘾特大的高级戏迷，但他不会行腔，唱得不好，更不能票戏，然而却深知戏理，尚懂剧道，精通梨园，能评擅论。演员的艺术水平如何，凡登台表演或张嘴唱戏者，若经他过目，一眼便可以看出高低，听出好坏，分出俗雅，并能与当年的戏剧评论家们论经谈道明辨真假，口若悬河地讲上一套。黄金荣一生喜欢四样东西，即抽大烟、听京剧、泡澡堂、搓麻将，他常在朋友面前夸耀："这'抽听泡搓'四件套，是阿拉一生享受中的最大享受，而颇感兴趣的还是听京戏。至于玩漂亮女人的爱好，应该说是男人的本性，或者说是雄性的'通病'，我想这种'通病'，大家和黄某一样，都有其自己的亲身体验吧？"在黄金荣的晚年时期，他曾经这样对人说过："不管是清王朝当家，还是国民党执政，或是共产党领导的天下，我这'四件套'的抽听泡搓的最爱是改不了啦，只怕要陪伴黄某老死在上海滩了。"好啦，有关黄金荣的故事暂时就讲到这里，后面文中仍有续言。下面我们再谈金少山：

　　自大戏迷黄金荣看过金少山的戏后，就迷上了他的花脸艺术。凡有金少山登台演出，黄金荣是出出在座，场场见影，而且是大加赞美，实为好"净"！就金少山这出《连环套》，他与杨瑞亭在上海城内，据不完全统计，就演出了五十二场之多。

一个多月的时间,"天蟾舞台"每天是人山人海,座无虚席,掌声火爆,剧场沸腾!在一片赞扬声中,"金""杨"二人的双头牌联手演出,合作得非常愉快,不但相互了解了对方,增进了友谊,交流了艺术及大放心声的畅谈舞台经验,还结为了金兰之好,成了肝胆相照的异姓兄弟。从此以后,不仅申城的各大剧场、戏院,要求金少山与杨瑞亭到他们那里再上演《连环套》和其他剧目的电话、函件及差人接连不断,就上海周边的苏、杭二州等地的戏院老板和剧场经理,也争先恐后地亲自登门邀请他们两个到该地演出。

待一年的签约期满后,在老板顾竹轩先生的再三恳求下,又续签了一年的合同。就这期间,金少山与杨瑞亭合作演出的其他传统戏中,他们两个互相学习,取长补短,获益良多,并结下了深厚的情感。将近三年的时间内,金少山在上海滩的京剧舞台上,洒下了汗水,付出了劳动,获得了荣誉,博得了赞美,站稳了足根。

第八题藏头诗

闯荡大都上海滩,
荡气回响半边天,
上海打出连环套,
海人齐赞金少山,
成功名就沪上走,
名字誉满大江南,
申城艺人争配戏,
城里沪外道美言。

九、精诚合作　声誉大振

金少山初到上海的前期，通过与结拜兄弟白玉昆的联手演出，虽然受到了观众的好评，业界的首肯，里手的称道。但毕竟是初来乍到，人地两生，没有后台，人事关系一片空白，也只能在"齐天舞台"当坐包演员。就这期间，除了他和白玉昆刚到上海时的打炮戏《连环套》之外，金少山常上演的花脸戏还有《李七长亭》《黄一刀》《草桥关》《刺王僚》《御果园》《断太后》《白良关》《打龙袍》《清风寨》等。后来，经过了一番磨炼，尤其是他与周信芳、杨瑞亭合作演出之后，才算是真正打开了局面，赢得了实实在在的赞誉。金少山、杨瑞亭和"天蟾舞台"后续的签约合同结束后，金少山又先后与上海"黄金大戏院""丹桂舞台"、上海"黄记大舞台"等签订了演出合同，就这段时间内，他曾与林树森、李春来、王鸿寿（三麻子）、李桂春（小达子）等几位大角同台演出。如在王鸿寿主演的《古城会》剧中饰张飞，在《战长沙》剧中扮魏延，在《华容道》《白马坡》中演曹操。然而，正当金少山前途有望，振翅欲飞之时，由于他唱戏太多，卖力太大，用嗓过猛，过于疲劳，使声带长时间的超出了负荷，还仍得不到休息，再加上唱罢戏后的热嗓子饮食吃酒不禁生冷的种种原因，导致他嗓子回笼发生了病变。此时的金少山扛不起大活，更唱不了主演，挂牌领戏又成了别人的事情，其名次从海报上降为了第十五牌之下，薪水也从一千元的坐包一下子落到了百十元的铜钿底包，最后，竟到了不能上台张嘴唱戏的地步。日不进分文的处境，给金少山夫妇的日常生活，带来了极大的困难。这便是当年，艺人们吃戏饭的悲惨与心酸。

金少山毕竟是经受过风雨的汉子，他没有被眼前的困难所吓倒。古人云："工欲善其事，必先利其器。"古人还说："凡事预则立。"这两句古语，对再次失去嗓子的金少山而言，"器"就是他的嗓子，"预"便是修炼，只有不怕吃苦地继续修炼和苦练，方是他重新辉煌的唯一出路。因此，金少山对白玉昆和杨瑞亭两位八拜之交的资助，表示感谢，但具不接受，望其理解，并非常真诚地对两位好兄弟说："如今我还没有到靠弟兄们资助吃饭的时候，如果真的到了揭不开锅的程度，我会毫不客气地向你们张嘴的，不过弟兄们的情义，我金少山心领了！"从此，金少山每天清晨到外滩或老城隍庙处去喊腔、拔嗓儿之外，又经过喉科医生的精心治疗，"宝剑锋自磨砺出，梅花香自苦寒来"，金少山用自己辛勤的汗水及科学的练声方法，感动了上帝，终于妙俱天成，大增锐气，重新找回了比原先还好的嗓子。戏院的老板们知道后，便又争相邀请这位曾经红极一时的花脸人物金少山重登舞台，再露锋芒，声名鹊起。真是吃尽千般苦，方消万重灾。

周信芳得知金少山的嗓子康复后，特别高兴，首先邀请他合演《华容道》《打严嵩》等戏，上海各大剧院的经理们从北京邀请来名角与金少山合作演出。彼时，清末名丑高四保（又名士杰）的儿子高庆奎已是红得发紫的大角儿，他1890年6月15日（光绪十六年庚寅四月二十八日）生于北京。曾坐科"祥庆和"科班，十一岁从贾丽川学文武老生，十二岁登台为谭鑫培傍演娃娃生，十八岁变声后从李鑫甫攻练武功、学把子，并向贾丽川、贾洪林叔侄学习唱、念、做、表的各种技艺，还受到沈三元、刘喜春、陈福胜、朱天祥、李春福等人的教益。1913年，高庆奎跟梅兰芳在"玉成班"合作演出，后来又先后搭翊文社、双庆社、桐馨社、福寿社、裕群社、鸿庆社唱戏。就这一时期，他从配角演到主角，从傍戏唱成领衔，艺术积累逐渐丰富，地位收入大见提高，成为了步入名伶的头路老生。

1919年4月21日至5月27日，高庆奎、贯大元随梅兰芳赴日本演出，5月1日在日本东京帝国剧场其《天女散花》连演两场，梅兰芳去天女、姚玉芙饰花奴、高庆奎来维摩诘。就梅兰芳演出的六个剧目中，高庆奎与梅合演了《游龙戏凤》《御碑亭》两出生旦戏。由高庆奎为主演的单挑戏中，傍戏的配角有芙蓉草、姜妙香、贯大元等人。当时，日本《读卖新闻》曾有大和友人评论：我觉得扮演王有道的高庆奎先生的技艺巧妙仅次于梅。

高庆奎的老生演唱初宗谭派，嗓子复原后，更加甜脆宽亮，高亢激越，音色丰富。后以他神完气足的洪大嗓门改仿效法刘鸿升之艺，专心工研刘（鸿升）派剧目，并兼探花脸之声。对汪桂芬、孙菊仙、龚云甫、裘桂仙等名家们的唱法和表演，均有所借鉴。后来，技艺精湛的高庆奎从诸多的门派中脱颖而出，逐步形成了自己的演唱风格，被世人称之"高派"。高庆奎表演独到，唱念刚烈，腔调质朴，韵味醇正，戏路极宽。他不仅能演以唱工为主的《哭秦庭》《赠绨袍》《脂粉计》《辕门斩子》《逍遥津》《乌盆记》《失·空·斩》《斩黄袍》《铁莲花》《碰碑》《四郎探母》《除三害》《信陵君》等，又能来武生本工的《翠屏山》《连环套》等，还能演以念、做为主的《琼林宴》《战蒲关》《史可法》等，并且唱过文净应工的《铡判官》和老旦戏《拙地见母》《游六殿》《钓金龟》等，红生戏能演《华容道》《七擒孟获》《青梅煮酒论英雄》《三门街》《战长沙》等，他唱过的戏还有《浔阳楼》《重耳走国》《九更天》《独木关》《戏迷传》《鱼肠剑》《珠帘寨》《海瑞参严嵩》《信陵君窃符救赵》《苏秦张仪》《武家坡》《提放公堂》《状元谱》《黄鹤楼》《汾河湾》等。高庆奎成名后创建了自己领班的"庆兴社"戏班，给他傍戏的二牌旦角是年轻时的程砚秋，还重排、改编、整理了一批历史剧，并将《鼎盛春秋》（包括《战樊城》）《文昭关》《刺王僚》的有关内容排成本戏，还排出了《豫让桥》《马陵道》《醉遣重耳》《应天球》《击鼓骂曹》《三击掌》《打侄上坟》《玉堂春》《三国志》（前扮鲁肃，中饰孔明，后演关羽）、《乱楚宫》《平陆浑》《割麦装神》《大甘露寺》（前来乔玄，后去鲁肃）等戏。高庆奎曾多次应邀赴上海演出，每次都引起轰动！是大上海的常邀演员。

金少山与高庆奎合作过《大甘露寺》剧中的张飞，全部《煤山恨》中的李自成，《除三害》中的周处，《失·空·斩》中的司马懿，《华容道》中的曹操，《二进宫》中的徐延昭，后来又联手演出了《三十六友》等戏。金、高二人不仅台上配合非常默契，台下的关系更加密切，并且结为了香火之交的异姓兄弟。

李桂春是当年上海滩红极一时的京剧名家，他文武兼备，昆乱不挡，擅长排演大型的连台本戏。继《狸猫换太子》的连台戏获得了极大的声誉之后，事隔不久，又赶排了《孙庞斗智》，并特邀金少山加盟，来饰演剧中主角之一的庞涓。彼时，有些情节相关联的剧目，如《大保国》《探皇陵》《二进宫》《遇皇后》《打龙袍》等之类的传统戏，只是单折演出，无人把其连起来出演。著名老旦演员李多奎在北京大红之后，消息传到上海，票友、戏迷们想一饱眼福，大过耳瘾。具有商业头脑的

"黄记大舞台"经理,想抓住时机趁热打铁地捞上一把。于是,迅速北上接来了李多奎,并且,出大价约金少山和他将《遇皇后》及《打龙袍》连起来演唱,把其变为中间不隔开的重头大戏,贴出了引人注目的海报。

  李多奎原名万选,字子清,原籍河北省河间县,伯父业从(文)场面(即乐队)人称"胡胡李"。李多奎幼年坐科习老生,变嗓后曾随龚云甫的琴师陆砚亭学拉胡琴。嗓音转好后,经龚云甫建议改工老旦,李多奎拜在以做工见长的老旦名伶罗福山门下为徒后,便正式改唱了老旦,并经常向龚云甫请艺。值得庆幸的是此时的李多奎有一把"胡琴师傅",即龚云甫的琴师陆砚亭。龚云甫去世后,李多奎将陆砚亭请到家中,名曰吊嗓、正腔,实为向"陆"问艺。由于李多奎恭敬好学,"陆"便把"龚(甫云)派"发声的唱腔精道,倾囊相赠。当时"陆"对"李"的行腔技巧要求很严,不论是平时的吊嗓子、练唱,还是台上演出,都是一丝不苟地给予指导。李多奎对陆砚亭的苦心指教,颇为感激,十分尊重,并能下苦功钻研,亦使李多奎能够全面系统地继承、掌握"龚(云甫)派"的唱腔艺术功法。除了他多次与金少山联手演出之外,还曾与梅兰芳、余叔岩、尚小云、程砚秋、萧长华、王又宸、高庆奎、马连良、谭富英、裘盛戎等诸多名家同台合作。在近四十年的演出生涯中,他根据自己的嗓音条件,对"龚派"发声做了深刻的研究,较大的革新,就不断发展的基础上,终于形成了自己的演唱风格,首创出了大红特红的李多奎派别的"李派"老旦艺术之天地。

  李多奎的嗓子不仅具有非常适合老旦的"雌音"与"衰音",而且还有特别庄重洪亮的宽厚音。他行腔中的音质饱满,响堂明净,爽朗敦实,高低俱佳。其高腔唱来苍劲挺拔,而唱腔中低音低调,则盘旋下行委婉沉着。"李派"艺术,最突出的创造就是能根据剧本中人物的情感需要,程度不同地将"衰音"与"雌音"匹配结合,以调剂性的唱法用"润"音冲淡"涩音",再以"娇""脆""柔"等的不同音色、音韵来表达人物的情感内涵。例如,用《钓金龟》[原板]第一句唱腔"叫张义我的儿听娘教训"来说明"李派"如何运用各种声色来表达人物的音容之精神面貌。"叫张义"用的雌音,一听,给人的感觉就含带女性的声音;"我"和"的"字经涩音发声时,用润音调剂声腔,使其发展成苍音;"儿"字出口清脆,然后再回到苍音上来,单这个"儿"字就可听出有柔有脆、有娇有颤的声韵,将"雌音"和"衰音"搭配得精到妙绝。一般而言,按习惯"儿"字的运用应按湖广之韵的发声方法，唱成第三声的"上"声字。但李多奎却其不然，他直接用北京音唱出"儿"字，这样一改，在感情上有一股更加强烈的亲切感，同时也显出了他"娇、润、柔、脆"相互配合的行腔特色。后面"听娘教训"的"娘"字，又唱的清脆悦耳，尤为好听，而"训"字又用柔腔向下低落回旋，特别呈现出"衰音"来……新中国成立后，李多奎与裘盛戎合演了一出新排的传统戏《赤桑镇》，剧中[西皮][二黄]腔调俱全，而且还有老旦和花脸的接口对唱，非常精彩。

由于李多奎在声腔艺术方面丰富的表现力和其巨大的感染力，使他继龚云甫之后享名为京剧老旦的杰出代表。自20世纪30年代之后，不仅他主演的单折戏具有极大的感染力，就是在以其他行当为主演的群戏中扮演配角，也被推崇为主要角色。

这天，上海"黄记大舞台"剧场内的观众人山人海，挤拥不动，站、座无席，戏迷、票友们迫不及待的争相一饱这两位（即金少山、李多奎）金嗓子的耳福、眼幸。大戏开锣，场内肃静。李多奎饰演的李后在幕后一句神完气足的叫板："苦哇"，人未出场就先赢得了一片好声！紧接着唱六句[二黄慢板]，有滋有味儿，古拙大方，观众入迷，醉倒一片。掌声未落，又见一段报家门式地念白之后，接唱[原板]："我离别了那皇宫院（这）二十余年，哪知道宫中事可还安然？倘若是遇清官判明此案，仇报仇来冤报冤。"这四句唱腔李多奎唱得刚柔相济，响堂挂味儿，尤其是末一句中的"报"字喷口，弹入弹出，苍劲挺拔，声腔见力！四句唱完，台下哄然又掀大波。李多奎力拔头筹，金少山岂能拱手相让，他本实大声洪，腔响过鼎，此时更是铆足了气力，攒足了劲头，一句[导板]："宋王爷坐江山人称有道"，这个"道"字的尾音还没落下，观众就像疯了似地喊了一个炸窝的喝堂好彩。后面唱[原板]："汉萧何造法律笔尖如刀。我岂肯袖手观佯装不晓，枉受了宋王爷爵禄官高。"末句[散板]："回朝把本奏当朝"后开始转场。这时，观众席中纷纷议论："今天的戏太好了，两个名角都肯卖力，阿拉好运气，阿拉今晚来值了。"一个个兴奋地夸个不停，说个没完。

在观众的一片赞扬声中，《打龙袍》开演了。赵祯坐场，灯官报完灯名后进入高潮。金少山扮演的包拯唱完第一段[快板]："忽听万岁宣一声，午门来了闯祸的臣。大摇大摆我把龙廷来进。"剧场内再掀波澜，掌声、叫好声交织在一起，大呼好唱！李多奎的李后一改乞丐扮相为官装后，气势大度，庄重沉稳，一口气的[西皮导板][慢板]唱段唱得是华丽多姿,风雅清新,"花花美景"一个大腔又是肥彩。唱完[原板]:"待等大事安排定,我把你的官职就往上升"之后,开始捉拿郭槐,并将其斩首。李后大仇虽报,但积压在胸中二十年的怒气一股脑地撒在了赵祯的头上,李多奎一口气唱出了二十八句[西皮流水],由气到恨,由恨到责,再由责到骂,最后还要包拯:"与哀家拷打无道君。"聪明的包拯以"打龙袍"替代打皇上,得到了太后的赞赏和封赏,并赋予掌管三宫六院的权力。面对太后的如此信任,忠贞的包拯立下誓言:"三宫六院某管定,压定了那满朝文武大小官员,哪一个不遵,某照剑施行。"至此剧情结束,金少山与李多奎两个人美轮美奂、出神入化的表演和其云霄见腔的歌喉凝魂气之声韵,使观众得到了极大的艺术享受。

金少山势如移山填谷、空降响雷、气吞河月的花脸演唱,令人惊叹! 在上海日益声隆、名威昭著的烜赫,被冠以"十全大净"。"高亭""胜利""开明""国乐""长城""蓓开""丽歌""百代"等当时著名的唱片公司相约为他灌制了唱片,唱片的出版发行既扩大了"十全大净"金少山的影响,又抬高了他的身份地位和社会价值,同时又赚足了钞票。从此,金少山又恢复了往日的富裕生活,打出了"金门本派"的花脸旗号,"主演'十全大净'金少山"的名字,高悬在了上海的各大戏院门前。

1925年,黄金荣相邀北京马连良的"扶风社"戏班赴沪演出。商定了三天的戏码:头天的打炮戏是《失街亭·空城计·斩马谡》,第二天是《三星归位》,也就是全本的《洪羊洞》,第三天的戏是全本《白蟒台》。海报贴出后,观众相继购票,戏院热闹非凡。

马连良1901年2月28日出生于北京西城阜成门外檀家道,伊斯兰教名尤素福,字温如,其父马西园,原籍陕西省扶风。由于家父与著名京剧演员谭小培熟识,结交了许多伶人,三叔马昆山又在上海唱戏,自幼受家庭熏陶,使马连良从小热爱上了京剧。他八岁进入由东北商界富翁牛子厚出资组办、叶春善任社长的"喜连成"(后更名"富连成")科班第二科"连"字班学艺,先从启蒙老师茹莱卿学武小生,后跟叶春善、蔡荣桂、萧长华等人学老生,一年之后便登台演出。十一岁时兼学老旦、文丑及小生戏,十四岁开始主演老生,十五岁倒仓后,修炼重念的做派剧目《胭脂褶》《十道本》《审潘洪》《盗宗卷》。就此期间,时常观看谭鑫培所唱的《天雷报》《南阳关》《捉放曹》《连营寨》等戏。入社后潜心揣摩,效法研习,获益颇深。十六岁学艺期满，出科应邀去福州担纲主演挂牌唱戏。南赴福建之后，虽挑梁头牌，但继续深造之心迫切，故十七岁时既而北返再次进"喜连成"社又坐科三年以上。除随社练功习艺之外，他每天清晨去西便门外喊嗓子、练道白，而后回来正腔、温戏，坚持不辍，烟酒皆无，严格律己。已改名"富连成"的科班每天要出演日场，他为了学习前辈们的演唱艺术，不顾白天唱日场戏的疲劳，则于晚间赶往剧场观摩记戏。二十一岁时标于谭派须生出演上海，当时变声尚未过去，其行腔的嗓音较低，但已赞誉四射，声名鹊起。所灌唱片数张，风行各地。为追慕谭派艺术，辞出富连成社的搭班演出期间，经常登门求教于王瑶卿等人。

马连良对待艺术学而不厌，唱而不俗，虚怀若谷。出科再入科，可见他对艺事渴求不已。他曾私淑前辈贾洪林；时常观摩名伶演戏；就跳班前后，还不断求教于钱金福、王长林、王瑶卿；三十岁时的马连良专程赴天津拜名家孙菊仙为师；三十九岁时向山西梆子名艺人张宝玺，高文瀚学习《春秋笔》中的《灯棚换子》和《换官杀驿》，足见他对京剧艺术事业精益求精的渴望和不骄不满的胸襟。

马连良二十四岁唱《白蟒台》《打登州》等戏，发出创新光彩被观众誉为独树一帜。二十五岁就开始整理改编、演出传统剧目，二十六岁即跳班名挂头牌。马连良的演唱，以谭鑫培的行腔风格为基础，结合自身的嗓音条件，博采余叔岩、贾洪林等各家之所长，融会贯通，大胆突破陈规，另辟蹊径，创造了行腔清新柔润，表演俊逸洒脱，身段规范优美的"马派"艺术风格。并在全国的老生阵营中素有南"麒"（麒麟童）、北"马"（马连良）、关外"唐"（唐韵笙）的美誉，另有京剧前（老）"四大须生"（即余叔岩、高庆奎、马连良、言菊朋）及后（新）"四大须生"（即马连良、谭富英、杨宝森、奚啸伯）之称谓，响于华夏。马连良二十七岁后，灌制唱片剧目之多，发行量之大，为当时所少见。他演唱中的行腔，雄浑中见俏丽，深沉中显舒畅，流利中闻潇洒，粗豪又不乏细腻，奔放而不失精巧，他以独特的演唱风格，为京剧老生开创了一代新声，成为了广大观众喜闻乐唱的马腔。《借东风》《甘露寺》《春秋笔》《十道本》《四进士》及其他马连良的剧目唱段，几乎到处流传，可见马派唱腔的动人魅力，歌满天下。

自马连良十五岁倒仓后，侧重于工练念白为多的做派戏开始，便打下了口白功夫的深厚基础。故而，马派代表性的名剧即是唱念并重的剧目最为多见，他的《三字经》一剧，几乎自始至终全是道白。因此，马戏的另一特点是念白如唱，韵味悠然。在他经常演唱的剧目中，根据不同人物及不同性格的情感所需，道白有时苍劲，有时老辣，有时是风趣幽默的语气，有时是忠告谏劝的声调，总之，无论是哪种念白，其唇齿功夫如玉盘落珠，嘎嘣酥脆；其道白口风如行云流水，信步游亭。马连良善于将念白处理的像唱一样具有强烈的艺术感染力，环环相扣，悦耳动听，他的唱、念互为表里，彼此依托地统一在马派艺术的表演之中。

马连良组建了自己的"扶风社"后，开始广揽贤才，为了能够让戏班有自己的演出场所，他和富商萧振川及华乐戏园子的当家经理万子和一起创办了北京"新新大戏院"。1932年11月，周信芳的"移风社"在天津卫"北洋戏院"公演，1933年3月，马连良的"扶风社"到天津卫的"春和大戏院"演出，盛况空前。故而，此次相会津城，便商定再度联手。于是，4月"马""周"二人在"春和大戏院"举行了一次联合公演，四天六场，场场爆满，"南麒北马"由此叫响，名满全国。

马连良的流派形成，不仅是扮相善秀，做派洒脱，唱念独到。他还是一位敢于出新的改革家，在马连良所上演的老生剧目中，从剧本到音乐，从舞美到服装，均力求必须符合剧情与人物的统一审美。就演出剧目的完整性方面，做出了积极的贡献。在"扶风社"的日常演出中，马连良要求全体演员台上必须做到护领白、水袖白、靴底白的"三白"标准。除此之外，就服饰扮相方面的革新要求也极为严格，例如蒯彻的黑色改良蟒，乔玄戴的香色素相纱，永乐皇帝的箭衣蟒，诸葛亮登坛借风的鹤氅，黑绒罩面的纱帽，突出双龙的王帽，打破赭蓝二色、增添多种颜色的鸭尾巾，鲁肃的青绒官衣，轻薄适度的髯口，达至灰色的小腰包等，均依塑造人物的需要而设计装戴，20世纪30年代初，他将舞台上的旧式门帘、台账革新的天幕和边幕，以收简洁新颖一果。创建的北京"新新大戏院"落成后，他亲自设计做成米黄色绸质后幕附侧幕四片，绣棕色汉代武梁祠石刻车马人图案，上桂帘幕，垂黄色丝穗，横悬小红灯五盏。另以同样图案的绸围，将乐队围起。戏院开幕时，观众反应强烈，行家赞不绝口。马连良这一较前者更进一步地打破传统的舞美设计，起到了庄重、典雅、宁静、美观的艺术效果。从此，这一舞台美术装饰，在各地的演出中成为了马氏"扶风社"的艺术标志。与此同时，"扶风社"台上的饮场、打扇、扔垫、换装等一些老艺人传下来的陈规陋习陆续予以剔除。

在马连良的艺术征途中，经他手整理、改编、移植并上演的剧目有《串龙珠》《火牛阵》《苏武牧羊》《春秋笔》《十老安刘》《胭脂宝褶》《空城计》《广泰庄》《流言计》《磐河战》《秦琼发配》《白蟒台》《一捧雪》《天启传》《雪拥蓝天》《大红袍》《应天球》《楚宫恨》《借东风》等。

马连良的戏班到达上海后，在打炮戏的《失·空·斩》中，扮演马谡的是跟随马连良一同来的北京名净侯喜瑞，扮演司马懿的是马戏班的坐包花脸董俊峰。等第二天演出《三星归位》时，邀戏方黄金荣为了加强演出的阵容，特邀金少山前来助阵，出演剧中的焦赞，侯喜瑞扮演孟良。二人同台，侯喜瑞在个头儿、扮相、嗓音等方面与金少山相比，稍显逊色，所以台下观众的反应，自然有所反差。散戏后，黄金荣对马连良流露出了不太满意的情绪。马连良连忙解释说："黄爷，侯喜瑞先生是我的师哥，是喜连成'喜'字科出科的科生，何况又是我请他来的。"黄金荣不太高兴地接话道："剧场演戏是要有观众捧场的，否则，我们大家还怎么赚钱做生意呀？戏院没有了观众，或反应不好，马老板，那么我的剧场就完了！"

第三天，原本《白蟒台》前面的《取洛阳》一折中的马武由侯喜瑞扮演，黄金荣却提议改换成金少山来演马武。金少山听说后，确实有些为难，其一，侯喜瑞是马连良戏班里的主要演员；其二，他与侯喜瑞又同跟韩乐卿先生学过戏，应该论为师兄弟，金少山想："我怎么能接喜瑞的活儿呢，如果接了不就等于拆喜瑞师弟的台吗！我若是不接，黄金荣肯定不高兴，得罪了他，今后还怎样在上海滩待下去呢？"于是，金少山前思后想，发起愁来。然而，就在金少山左右为难之际，马连良和侯喜瑞一起来看望金少山，言谈中，提起了关于出演马武一事，侯喜瑞的言语非常真诚地对金少山说："三哥，您就别推辞了，全当是帮师弟个忙，也是帮连良的忙，咱哥俩是师兄弟，没说的，您就演吧。要是不演的话，咱们唱戏的得罪了帮会大佬黄金荣，不知道会出什么事情呢，往后三哥您和嫂子还怎么在上海滩混下去呀？"马连良也在一旁说道："是啊，黄金荣是什么样的人物？我们大家都知道，可是得罪不起呀。就这样吧，都是自己人，不要再有顾虑了！"金少山听后无奈地说："既然您二位都这么说了，那我也只好从命了。"马连良、侯喜瑞见金少山出口答应，非常高兴，三个人手扯手走出了住处，特意请金少山一起迈进了上海一家有名的"洪长兴"清真饭庄，品尝那里的涮羊肉去了。

金少山傍马连良演完《白蟒台》前面的《取洛阳》之后，虽然效果很好，令人称奇，掌声如潮，观众满意，黄金荣自然也拍手称快。但金少山心里却很不舒服，总感觉对不住侯喜瑞，况且这种做法也不是自己的为人之道。于是，心生一计，到前台找到财东黄金荣,以岳母大人患恙,急需回烟台探望为由离开了上海,出去躲了一段时间。就这样,金少山走后,马连良的戏班在演出其他戏时,剧中的花脸人物由侯喜瑞出任,黄金荣老板无论满意与否也就不说什么了。其实,金少山离开上海的真实用意,老谋深算的黄金荣心里非常明白,他不仅没有责怪金少山,反而对金少山的深情大义,暗自赞赏,一笑了之!爽快地答应了金少山向他请假的要求。从此,黄金荣对金少山更加爱戴地重视起来。

金少山和夫人杨淑英到达烟台那天,"福禄寿戏园子"门前,人山人海,鞭炮齐鸣,那喜庆的气氛就像是迎接"天神"一样的热闹。戏班里的演职员工队列两旁,贵俊卿、孙佐臣、张少甫、罗进才、秦雪梅、王洪寿等人在前排站候,戏园子的大门门头上扯着一条"热烈欢迎金少山老板回家"的大红横幅,特别醒目。在烟台起家的金少山怀着十分激动的心情,热泪盈眶的与贵俊卿、孙佐臣、张少甫、罗进才等人相互问好,与戏班里的旧业同仁一一握手,互道心声,好一派亲人相见的感人场面出现在了烟台街上。围观的民众见此场景,具用热烈的掌声表示欢迎。金少山和大伙儿非常亲热的见过面后,与杨淑英一起回家拜望了岳父岳母二位高堂。

金少山到达烟台的第二天中午,"福禄寿戏园子"在烟台街一家最好的回族饭店,设宴为金少山接风洗尘。酒席宴上,大家你推我让,特别高兴,深深地表达了"友人从远方来,不亦乐乎"的深情大义!尤其是贵俊卿、孙佐臣及张少甫、罗进才的言谈话语,使金少山感到更为亲切!为此,原本就吃酒海量的金少山,毫无掩饰的开怀畅饮,口无遮拦地讲起了他在上海滩的经历,大家伙儿就像听评书似的一会儿紧张;一会儿兴奋;一会儿担心;一会儿高兴地为之鼓掌,听得津津有味。待酒过三巡、菜到五味之后,金少山一转话题,站起身来冲大伙儿说:"诸位,我金少山是从烟台走出去的演员,永远不会忘记烟台的山山水水、一草一木及烟台的父老乡亲,永远不会忘记咱们'福禄寿戏班'对我的栽培,没有'福禄寿'就没有少山的今天,是大家伙儿给了我温暖,使我得到了人间之快乐!永远不会忘记二叔(指贵俊卿)对我的培养,孙爷(指孙佐臣)对我的指教,罗财东对我的抬爱,少甫兄对我的关怀及大伙儿对我的支持和帮助,为此少山借花献佛,敬二叔、孙爷、罗老板、张会长和'福禄寿戏班'里的全体同仁一杯,以表诚谢!"话毕,朝着大伙儿深深地鞠了一躬。金少山这几句掏心窝子的肺腑之言,讲出了人间的真情,品格的高尚,使年近六旬的贵俊卿、孙佐臣与罗进才、张少甫、王洪寿等人深受感动,大家鸣掌欢呼,交口赞誉,连声叫好。宴会散席后,就贵俊卿与金少山同步并行之时,金少山小声对贵俊卿说:"二叔,等晚上住戏后,烦请您老转告孙老爷子和张会长、罗财东到您房里去一趟,我有话要说,还另外有东西送给你们。"贵俊卿看了看金少山,笑着点头答应了下来。

当晚打住戏后,金少山早早来到后台,祝贵二爷和大家演出成功!随后,跟着刚刚卸过妆的贵俊卿一起回到了二叔的住处。不久,张少甫、罗进才进来,金少山忙问:"罗财东,孙爷怎么没来呀?"罗进才答道:"孙师傅前时害了一场大病,如今身体还没有完全恢复过来,散戏后他就回家休息去了,临走时说,他有点支撑不住,金老板有什么事情,明天由我转告他就是了。"接着金少山转过身对贵俊卿与张少甫、罗进才说:"二叔和孙爷还有二位仁兄都是我金少山的恩人,在我最艰难的时候,是你们给了我吃戏饭的'饭碗',大恩大德少山铭记在心,永生不忘!这次从上海回来,也没有别的东西报答诸位,有几件实在是拿不出手的小礼物奉上,请各位恩公笑纳。"说完,金少山从手提袋里取出来了三块包装特别精致的瑞士进口的"梅花"牌世界名表。张少甫和罗进才见这么重的礼物,连忙说:"不敢当,不敢当,咱们都是自己人,少山兄送我们这么贵重的手表太破费了,实在是不敢当呀!"金少山看二位不肯收下,就用非常诚恳的语气说道:"这是少山的一点儿心意,你们如果不收,我就长跪不起,"说着就要下跪,罗进才跟张少甫见此情景,急忙上前搀扶,就在此时,贵俊卿在一旁插话说:"罗财东、张会长,这是少山的为人之道,也是他表达谢意的心声。咱们就不要再推辞了,留下来做个念想吧。"话毕,三个人爽快地接过了手表。接下来,金少山说:"二叔,小侄有个想法,想跟你们商量一下,看是否可行?"贵俊卿问:"啥事?你讲。"金少山说:"我这次和淑英回烟台是以她母亲有病为理由,向黄金荣请假回来的,其原因是为了躲避演出,详细情况回头给你们细谈。下面咱们言归正题,谈另外一件事情,这次我可以在烟台待上十几天的时间,在这十几天内我想在咱们'福禄寿戏园子'演上几场戏,所获收入除了大伙儿应拿到的包银之外,我自己分文不取,把钱全部捐给烟台梨园公益会及'福禄寿戏班'自行分配,也算是报答大家多年来对少山的关照做一点绵薄的贡献。"还没等金少山把话讲完,罗进才就激动地说:"金老板真是重情大义之人,我代表'福禄寿戏班'子的全体演职员工,先谢谢仁兄的大义之举,"张少甫插话道:"金先生此举感地动天,气魄之大令少甫感激万分!我代表梨园公益会谢谢金兄的仁爱善举！"贵俊卿拍着金少山的肩膀说："好小子，不愧为名家之后，上海没有白去，有气魄，重情义，我们大家不会忘记你的，望你在上海滩上开疆扩土、闯出更大的天地，为你父亲争气，为咱们'福禄寿'增光，二叔相信你一定能成为艺贯南北的花脸之尊！"这天晚上大家聊得非常开心，直到深夜才各自散去。

第二天早上，金少山从岳父大人的洋果行里挑选了一些尚好的水果，来到了孙佐臣家中。二人见面后，金少山问寒问暖，特别关心老人家的病情，并即刻拿出了500块钱送给了孙佐臣先生，接着就像对待自己的亲人那样，安慰了病中的孙佐臣老爷子后，顺手从兜里掏出了他特地从上海带来的那块瑞士产的"梅花"牌名表送给了他。并用亲切的口气对老人家说："孙爷，少山是个有良心的晚辈，您老对我的恩情少山永生难忘，这块表戴在手上做个念想吧"，话毕，含着眼泪匆匆离开了孙家。

金少山在烟台演出的海报一贴出，头三天的戏票全部售完。烟台城本就不大，罗进才在此地经营多年，朋友甚多，熟人成群，来找他求票的亲朋好友，成队结群，水泄不通，一天到晚在罗进才的办公室内，为戏票的事情吵吵嚷嚷，争论不休，把他吵闹的头昏脑涨，无言对答。没有办法，罗进才只好避而不见的躲藏了起来。三天的演出盛况更不用说，场内气氛热烈，观众情绪高昂，行家交口称赞，戏迷无不捧场，剧院掌声炸窝！三天演出下来，园子盈利空前，收入丰厚，把"福禄寿戏班"子的财东罗进才和全体演职员工高兴得心花怒放，笑不拢口。

头天的戏圆满结束后，兴头上的金少山正在贵俊卿的房间里谈论当晚的演出盛况时，突然有两个年轻人嘴里喊着师叔走了进来，贵俊卿见是两位师侄，立马起身对金少山说："少山，来，我给你们介绍一下，"而后又冲着刚进门的两位年轻人说："这位是京城威望显赫的铜锤名净金秀山老先生的三公子金少山，他刚从上海回来，是一位了不得的抱两门花脸名伶！你们来得正好，这几天少山正在演出他的拿手好戏，你们都是净行，好好地向金老板学学，他的戏可不一般呀！"紧接着又对金少山说："这是我的两个师侄，老大叫豹一响，老二叫豹二响，弟兄二人一文一武，在青岛领班，是我师兄的徒弟。"金少山不动声色地定神看了看他们两个，态度不冷不热地回答道："噢，是他们呀！"，贵俊卿接话道："怎么，你们相识？"金少山回答："在青岛见过一面，也算是认识吧。二叔，您有客人到来，少山就不打扰了。"随后，向贵俊卿鞠躬告辞，转身起座走出了房门。

金少山走后，豹一响问贵俊卿："师叔，这个姓金的怎么会在您这儿呀？他当真是当年进宫为慈禧太后和皇上唱戏的金秀山之子吗？"贵俊卿说："那还会有假，怎么你们不信？"豹一响弟儿俩赶紧回答："不，不，我是说八年前，金少山曾经到青岛找我们谈过搭班的事情，"贵俊卿问："你是怎么说的？"豹二响回答："当时我们想，这个姓金的大个子的艺术肯定不成，您想啊师叔，他要是技艺精湛，玩意儿漂亮，怎么会离开京城，跑这么远来青岛搭班唱戏呢？十有八九是个棒槌，就没有留他，两句话就把这个姓金的打发走啦。总之，无论他唱的怎么样，都不能要姓金的。"贵俊卿强忍住火气问："为什么？"豹一响狂傲地答道："金少山的戏如果不行，岂不是在班子里白吃干饭，若是果真不错，比我们两个强，那我们兄弟吃什么呀。所以，好与不好，都不能收留于他。"豹一响弟儿俩的拗论歪理，把贵俊卿气得浑身发抖，两腿打颤，冲着豹一响上去就是一个耳光，并大发雷霆地骂道："没有德行的东西，把你们师傅的脸都给丢尽了，人家金老板比你们强得多呢！只怕你们两个不争气的东西给人家跟包、傍戏，都不够资格。平时我是怎么跟你们讲的？艺人之间要相互帮助，谦恭礼让，德艺兼优方成大才，人在难处时要帮上一把，以善为先才是正道。可你们是怎么做的啊？总认为别人都不成，全是棒槌，天底下就你们两个的戏唱得最好，傲得招惹不得。告诉恁吧，就你们那两下子，跟人家金少山比，无论从人品到艺术都差得远着呢！"豹一响见贵俊卿越骂气越大，赶快和豹二响跪下向师叔承认错误："师叔别生气了，我们知道错啦，明天我们就去找金先生赔个不是、认错去。您老教训的对，咱吃开口饭的艺人要互相帮助，谦恭礼让，相互捧场才对。"贵俊卿见两位师侄跪在地上一个劲儿地叩头认错，气消了一半，说道："好啦，起来吧，知道错就好，记住，往后一定要虚心从艺，以德服人，千万不可再高傲自大了。只有这样才有人缘，遇到难事别人才能帮你，才能学到真东西、好玩意儿，艺术才能不断提高。明儿个晚上金老板演出《御果园》，你们两个都去台下认认真真看戏去，住戏后，我把少山叫来向人家赔个不是，道个歉，这事儿就算过去了。切记，态度一定要诚恳。记住了没有？"豹氏兄弟回答："小侄记下了。"贵俊卿又说："你们在青岛的为人，我多多少少的也早有耳闻，不怎么样。不说了，今儿个太晚了，抓紧时间休息吧，有什么事儿咱们明儿个再谈。"

第二天上午，贵俊卿才知道，由于豹一响兄弟二人在青岛依仗着自己是当地的名角，"双豹响"戏班又是他们所办，口语狂傲，目中无人，唯我独尊。对戏班的艺人想打便打，想骂就骂，给大家发的戏份钱少之甚少，演职员们几次要求增加工资，他们两个却以近期演出收入不好全然拒绝，不仅如此，还经常欠发大伙儿养家糊口的包银，使戏班里的艺人们走了一半，再无法演出下去。无奈，兄弟二人只好解散了"双豹响"戏班，卖掉了唱戏所有的全部行头和道具，这才来烟台投奔师叔。

待豹一响兄弟二人看过金少山当晚演出的《御果园》后，心服口服，赞不绝口，懊悔当初。在贵俊卿的陪同下，主动向金少山赔了不是。金少山听后，却放声大笑地言道："二位老板，不要把此事放在心上。当初我病嗓塌中，文武难当，即便是二位收留了金某，只怕也难以担当重角，岂不是给二位班主丢脸吗。你们兄弟既然是二叔的师侄，从今往后咱们弟兄相称，无论从艺术到为人，见少山有不妥之处，不要客气，尽管指出。"贵俊卿领着豹一响兄弟二人回房后，对他们两个说："看看人家少山的几句话讲得多好，不骄不躁，不谦不傲，言词温和，恰如其分。你们往后不管从做人到艺术，都得放下架子很好的向人家学习，知道了吗？"豹一响与豹二响齐声回答："师叔，我们铭记在心。"贵俊卿说："铭记在心，你们要早这样铭记在心，青岛的'双豹响'戏班也不会解散，您弟儿俩也不会落得如此下场。"后来，在贵俊卿的说和下，豹一响和豹二响还傍金少山演出了一场由金少山饰窦尔墩、豹二响来黄天霸、豹一响去贺天龙的《连环套》。

就金少山演出第三轮戏的最后一天上午，贵俊卿差王洪寿来到杨淑英娘家，说贵二爷和罗财东请金老板到二爷那儿去，有要事相商。金少山听后，立马跟随王洪寿到了贵俊卿的住处，见罗财东、孙老爷子、张会长还有管财务的管账先生全在，就抱拳拱手向大家问好！而后非常爽快地说道："呵，大家都在呀，二叔，有什么事情？请诸位吩咐。"罗进才说："金老板，是这样的，你这次义演捐资的举动，烟台梨园界及咱们'福禄寿'的全体同仁甚是感动！不过，你分文不要，大家伙儿心里过意不去。再说，您刚到上海落脚不久，各方面都需要用钱，通过大伙儿商议，大家一致认为公会及'福禄寿'只愧领一半，其余款项依然归您，诚请金兄不要推辞。"金少山急忙起座言道："不不不，万万不可，话已讲出焉有改口之理。"就这样，三番五次地推来让去的陷入了高风亮节的僵局。就在此时，贵二爷插话说："好贤侄，你这次义演报答烟台梨园同业的善举，我们大家都看在眼里，记在心中，感激不尽！但你把所得款项分文不拿的全部捐出，大伙儿心里实在不忍。这样吧，我提个建议，少山的岳父岳母年岁已高，你留下三分之一孝敬泰山大人所用，其余的款项一半作为梨园公会的活动基金，另一半由'福禄寿戏园子'自行分配，大家看是否可以？"贵俊卿的话音刚落，众人立刻鼓起掌来，金少山正要开口辩解，却被张少甫用话拦了回去："少山兄，您就别再推辞了，贵二爷讲得对，留下三分之一的钱孝敬孝敬两位老人是件好事儿，同时也是大义之举嘛！"孙老爷子在一旁帮腔道："是啊少山，你的心意我们大伙儿都知道，但如今你是有家室的人啦，就同意了吧。"就这样，在大伙儿一再坚持、劝说的情况下，金少山随了大家的心愿，总算是勉强答应了下来。接着金少山对孙佐臣说："孙爷，我前时去汉口拜友，听说您老随孟小冬到武汉演出时，报上刊出了'孟小冬特邀胡琴圣手孙老元为首席琴师'的文章，特别高兴！还特意找到了一张登有评论您老操琴技艺的报纸，带了回来。"说着，把报纸掏出来递给了孙佐臣。孙爷刚接过报纸，就被大伙儿抢过去争先恐后地看了起来。

就金少山回烟台的十三天中，他在"福禄寿戏园子"共演出了十场大戏，所获收入除在大家的再三劝说下，自己留下了三分之一外，剩余部分全部捐献给了当地的"梨园公益会"和"福禄寿戏班"。他这种身为梨园人、大义助苦贫的奉献精神，受到了烟台达至山东戏曲界的大力颂扬！就金少山与夫人杨淑英临行前一天的欢送会上，张少甫会长祝欢送词时赞道："……我代表烟台梨园公益会非常感谢金少山先生对公会的鼎力支持，他这种慷慨解囊资助穷苦艺人和救急扶贫的大义善举，是少甫和梨园同业学习的榜样！……"罗进才怀着激动的心情，在会上当众宣布："金少山老板这次回来，不仅给烟台的广大民众带来了他演出的十场好戏，还给我们'福禄寿'带来了荣誉和丰厚的经济收入，我以'福禄寿戏园'子财东的身份宣布：这个月，'福禄寿'全体演职员工的薪水增加一倍，人人都有。另外，凡参加这十场戏的演出人员，每人再发一个五十元的红包，今天就发……"话没讲完，场内立刻就连呼带叫地鼓掌鸣谢："谢谢金老板！谢谢罗财东！"

金少山辞别了岳父岳母二位老人，拜望了贵俊卿、孙佐臣、张少甫、罗进才等人，临行前还悄悄地塞给了孙佐臣三百块钱，并非常诚恳地对孙老爷子说："孙爷，您老人家以后有什么困难或遇到什么急事儿需要用钱，千万不要客气，就按我留给您的地址和电话号码给我联系，少山会帮您解决的。"话毕，爷俩难分难舍地洒泪而别。金少山携夫人杨淑英从烟台出发，顺路经苏州至杭州游玩了几天后回到了上海。

　　马连良与黄金荣签订的二十天演出合同刚刚圆满结束，金少山从外地正好赶回，并且专程来到马连良戏班下榻的住处去看望了侯喜瑞先生。二人见面后，金少山面带笑容地冲着侯喜瑞说："兄弟，我听说你们的演出合同结束了，怎么，你和马老板这就要走哇？不在上海玩几天？""是啊，要回去了，给别的地方签的还有演出合同呢，回北京也停不了几天，就又该到别处演出去了，再说，上海来过几次了，能转的地方都去过了，除了高楼大厦以外也没有多少好玩的地方可去"侯喜瑞回答。金少山接着说："喜瑞，三哥我也没有别的东西送给你，这次你到上海来，我做师兄的本应该把你和马老板请到寒舍吃顿便饭，好好的叙谈叙谈，可谁知偏偏杭州有朋友请我帮忙演出，没能遂愿，实在是对不住，怠待了师弟！还请你多加海涵。这次，我在杭州定做了一对儿咱们净行演员专用的化妆彩匣子，是福建大漆的，质量很好，特别顺手，里面镶嵌的是非常讲究的彩色笔架和装有各种颜色的配套银碗儿。两旁是一对白色蜡烛样式的带架灯管，上面配装着几个乌光灯泡，看着气派，用着方便。彩匣子外面还包装了一层尚好的牛皮，精致美观，结实受用，而且十分考究，我留一个，送你一个，咱哥俩作个纪念吧！"侯喜瑞捧着金少山送给他的化妆彩匣子，心情非常激动地连声说道："师哥，您这次外出的目的，我心里非常明白，谢谢您对小弟的深情大义，彩匣子我收下，往后我只要看见它就会想起来你我弟兄在上海相遇的情景！"这天兄弟二人推心置腹地谈了很久，最后互道珍重，依依惜别。据说：侯喜瑞随同马连良回京后，把金少山这次在上海送于他的那个精美的化妆彩匣子，视为珍品，一直珍藏在家中，没舍得使用。

　　侯喜瑞，字霭如，河北衡水人，生于北京，回族，父名金贵，有两个儿子，侯喜瑞为长子，次子殿奎。侯喜瑞五岁时，母亲病故，父子三人相依为命，生活贫困凄凉。九岁时，经勾顺亮介绍进入"喜连成"科班学戏。当时科班正在筹建阶段，仅有二十几名科生在科，社址设在宣南的西南园叶春善社长的自家院内。侯喜瑞的"喜瑞"二字即是按该班第一科的"喜"字排名而取之。在科时，初向勾顺亮学秦腔老生，并从萧长华习小净文丑。就半年多的时间内除了苦练基本功外，他学会了秦腔的《三疑计》《杀庙》《打御街》等十几出戏和《打灶王》《紫荆树》《打砂锅》等三十多出丑角戏。后工架子花脸，师从韩乐卿、罗春友等人，打下了扎实的净工基础。当年"喜连成"更名"富连成"后演于北京广和楼戏院，侯喜瑞很快便崭露头角，就当时的戏单上，早已印有侯喜瑞三字，在"富连成"的净行科生中，首推侯喜瑞是内外行众所公认的好花脸。正当学成出科时，十七岁的侯喜瑞恰逢变声倒仓，即留在科班内执教，一直教了七年才离开"富"社。

遇倒仓的回功期功回后，他仍然勤奋好学，刻苦修艺，经萧长华的提携、举荐，又拜在了名净黄润甫门下为徒。一日，萧长华特意带他到中和园观看黄润甫与德珺如合演的《取洛阳》，侯喜瑞不解其意，心想，此戏是自己经常上演的剧目，并深受观众称赞，也曾多次看过别人演出，怎么今天萧先生还要带我去看该戏呢？其中必有缘故。等到了之后，从黄润甫扮演的马武出场开始，其精湛的表演，紧紧地吸引了他，全神贯注地叫起好来！萧长华在一旁偷眼观察侯喜瑞的神情，面带笑容地暗自点头。看罢戏后，侯喜瑞激动地冲萧长华说："先生，今天使我大开了眼界，从未见过如此高超的技艺，我这两下子绝对无法相比。"这才明白了萧长华的良苦用心，散戏后，萧先生又带他到后台看望黄三（即黄润甫），相见后，使侯喜瑞目瞪口呆，没想到，刚才在台上那位雄风八面的马武，竟然是一位比自己年长四十多岁、体形矮胖的老者，内心深处佩服得五体投地。此次观摩为侯喜瑞后来享名剧坛，起到了决定性的作用，可以说是他最为关键的里程碑。打这之后，他深深地迷上了"黄"派艺术，促使他更加谦虚的奋发图强，勤学苦练，暗自私淑黄先生的花脸技艺。每遇黄润甫演出，他总是想方设法地观看偷学，默记在心。回来后，反复模仿黄老的一招一式，力求相似。后来，竟有机会得以侍奉黄老演出，因黄润甫晚年老眼昏花，视力减弱，勾脸时常让侯喜瑞代笔化妆，使他在脸谱开法上获益良多。他是多么渴望能拜入这位享有"活曹操"美誉的门下为徒，但黄老先生是从不收徒弟的。萧长华猜出了侯喜瑞的心事，便设法从中周旋。一次，萧长华特意请黄润甫来看侯喜瑞唱《东昌府》的郝世洪，黄三边看边点头，而且越看越喜形于色，特别高兴，认定这孩子是个唱花脸的可造之才！坐在一旁的萧长华看透了黄的心思，连忙问道："黄爷，您看喜瑞的表演和唱念学得像不像您？"黄润甫笑道："像，太像啦！"萧长华一听有门儿，便趁热打铁地说："是吗？我看您挺喜欢他的，就敞开山门收下喜瑞这个徒弟吧！"黄润甫虽有此意，却没有马上答复，为的是再进一步看看侯喜瑞的人品如何，后来萧先生一连六次带着侯喜瑞到嵩祝寺黄府拜访，黄润甫深受感动，终于破例收下了侯喜瑞这个开门徒。侯喜瑞如鱼得水，自此整日不离师傅左右，在先生的严格亲授下，他不仅学会了"黄"派的唱念做打，身段工架，脸谱服饰等，还学得了用聚神、提气、长腰、缩肚等技巧来弥补天赋不足的缺陷。而且，掌握了相当数量的"黄"派剧目及戏中的绝妙精髓，使之达到了酷似其师的艺术境地，就连私底下的生活习性、言谈话语、处事谦恭等，都仿效得像模像样，可见他对恩师的艺术、人品崇拜到了何等地步。由于侯喜瑞为人诚实稳重和对"黄"派花脸的执着精神，得到了师傅黄润甫的喜爱，他确认这个弟子收的对、收的好，在艺术方面不仅倾囊相授，就连自己珍藏的杰作《连环套》秘本总讲，也连说带比地赠予了爱徒。师傅的真诚相待，感动的侯喜瑞热泪横流，身不由己地趴在地上给师傅磕起了响头。通过逐年的舞台磨炼和艰苦的艺术探讨，在保留"黄"派风格的前提下，结合自身的基本条件，不断的发挥优势，终于征服了行家，倾倒了观众，形成了世所公认的"侯"派。与身材魁梧声震屋瓦的金少山及架子花脸铜锤唱的郝寿臣三足鼎立，有"南金北郝老侯爷"的称谓。就回族的京剧演员中，又有和马连良、雪艳琴并列为"回族三杰"的美誉。

  侯喜瑞一生塑造了众多栩栩如生的、被观众喜闻乐见的舞台艺术形象，但他的创作原则只有两句格言：一是"装龙像龙"；二是"发于内而行于外"，他曾经用一句很通俗的辩证语言讲到，"扮戏不是我，上台我是谁"。头一句话的意思，是说当演员应该管得住自己台下的情绪，不能高兴时演戏就卖力，不高兴或心情不好时，唱戏就松懈乌涂、稀汤寡水；至于"台上我是谁"，讲起来更为简单，由于演员表演的是角色，所有的内心活动都要通过外化的表现出来，故而演员在台上的功力，必须是"发于内而行于外"的道理。侯喜瑞的天赋虽然较差，嗓子条件也不算太好，但他凭借扎实的武功基础及尚好的艺术灵气，无论主演或配角，不管大活和小活，具能认认真真地演出生动鲜明的艺术形象。他扮演《取金陵》中的赤福寿、《伐子都》的颍考叔、《取洛阳》的马武，都能够藏丑露精的应付自如。其唱功纯依"黄（润甫）"的平直规矩的架子花唱法行腔挂板，因嗓子沙哑，故用口劲重、咬字准的炸音而立，不见花腔之声，但强调音节的顿挫，显出铿锵遒健的特殊味道及磅礴中见美声的细致墩厚之色。"侯"派的唱功深沉力厚，别具一格。其行腔特色偏重于"沙、沉、宽、低、厚"，每句唱腔都有其准确的表现目的，抒发人物情怀，完美地展现出自己喉部深处的独具风韵及别具一格的唱功特点。其口白功中的念，吐字清楚，入耳耐听，嘎嘣酥脆，爽朗上口，念白中常以爆发式的高音强调语句来彰显气氛。无论是韵白还是京白，具能张弛结合，舒疾自如，运用恰到，得心应手。所演人物不论大小,他对待台词,都能充分利用自己过硬的口白功,逐字逐句的分析研究,表演中的舞蹈身段注重矫健灵活,刚柔相济,沉力感强。就花脸行性的基本功而论,侯喜瑞对手、眼、身、步大有研究,要求"膀如弓,腰似松,胸要股,腕要撑,起腿沉,落地轻"。总而言之,"侯"派的花脸戏无论文武,反对松懈,强调力度中的大气火爆之劲,注意"力"的美感,更重视"眼"的运用,他认为"眼"是浓化情感的心灵之窗,以此言来说明眼神在表演中的重要。侯喜瑞常上演的剧目有《取洛阳》《清风寨》《东昌府》《连环套》《古城会》《风流棒》《朱痕记》《弓砚缘》《战宛城》《法门寺》《下河东》《长坂坡》《阳平关》《双李逵》《丁甲山》《失街亭》《斩马谡》《马踏青苗》《芦花荡》《李逵探母》等一百多出戏。出出娴熟,个个见彩!

"侯"派艺术虽然属于架子本工,但就唱、念、做、打方面,仍然是一个和谐的整体流派,在"十全大净"金少山后来的挑班时期,侯喜瑞依然活跃于京师舞台,毫不逊色,与郝寿臣并驾齐驱不分先后。诚然,此时已形成了"金""郝""侯"三派鼎立的局面,又一次开创了京剧净行的崭新时代。侯喜瑞虽然是一位架子花脸的流派创始人,但他从无名利之攀而甘当配角,不争地位,谨守职业,德高望重,传为美谈。

侯喜瑞毫无"角儿"的旧习,就他的舞台生涯中,始终是忠于艺术,对观众负责,不论角色大小从不懈怠。奸雄奸臣戏刻画得极为深刻,英雄豪杰戏演得是更有气派。张飞、马武、刘瑾、窦尔墩等驰名剧坛。去世后,人们赞誉他"艺高、德高、寿高"的高风亮节。侯喜瑞老先生寿至九十二岁高龄,无疾而终,喜云作古。下面再说金少山。

半年之后,"南京大戏院"的经理赵万和亲到上海来请金少山赴宁演出,因为是第一次受南京所邀,金少山非常爽快地答应了来人的邀请。带着琴师石荣芳,司鼓杨遇楼,和两个跟包的,一个负责扮戏;另一个负责管理服装。到了南京之后才晓得"南京大戏院"的后台经理陈野禅,同时又约来了著名武生王虎臣带领的演出小组在此。金少山正琢磨着这戏该怎么演呢?赵万和敲门进屋,手持《戏报》来看望金少山,他拿着《戏报》对金少山说明,这次的《戏报》不分反正面,没有前后名,一面是"十全大净"金少山;另一面是勇猛武生王虎臣,一人一天,轮流上演,当晚登台。并与金少山商定了头天的打炮戏是"金""王"二人联手演出全本

《连环套》，以及后几天的挂牌戏码之后，方才离开了金少山下榻的宾馆，忙剧场的事务去了。

《海报》贴出之后，南京的观众极为热情，特别捧场。三五成群的人们手里拿着《海报》转告相传：早就听说，上海有位花脸大王金少山，嗓门洪大，唱腔了得，戏工非凡，演得不错。大家为了一睹风采，纷纷前来购票观看。

这是金少山第一次在"中华民国"的首都——南京露脸亮相，又是第一次与王虎臣合作，双方的演职员都早早来到后台，做着各自的准备工作。王虎臣小组的几位成员在服装室及化妆间，一边忙活着一边扯着闲篇。其中有一位当差人（王虎臣的亲戚）用藐视对方的口气说："依我看金少山没什么了不起，'戏报'上把他吹得那么大，这个姓金的玩意儿不一定成，恐怕他唱不过咱们王（虎臣）老板！"这些话正巧被金少山的那位管服装的箱倌听见，很快就传给了正在勾脸的金少山。金少山听到此话，并未作声，而心里却冒出了"（鬼）点子"。

开场后的《盗御马》，金少山在台上是特别卖力，观众的情绪也特别高涨。从"坐寨"到"盗马回山"共五场戏，台下观众的鼓掌声、叫好声如同倾盆大雨接连不断。据当时南京的《金陵日报》次日刊登的文章报道：金少山演唱的《盗御马》，获得了不下四十次的热烈掌声。"盗马"演完后，金少山到后台连忙卸妆、洗脸，然后换上咖啡色的皮夹克上衣、戴上眼镜，向他的那位管服装的箱倌说了声："我出去溜达溜达，一会儿就回来！"便匆匆地离开了剧场，直奔一家外国人开的咖啡店去了。

舞台上接着演下面的几场戏，一直演到黄天霸准备乔装改扮成镖客、拜山探马时，后台经理陈野禅方才发现化妆室里不见了窦尔墩，一再询问，却连去向都不得而知。情急之下，陈野禅经理赶快派人到外面四处寻找，并请前台经理赵万和向观众做一解释，假称：金少山老板有点发烧，难受得无法坚持演出，眼下到医院去了，打过退烧针就回来，继续带病坚持为大家演唱，大约需要半个钟头的时间，希望观众朋友们能谅解一二！台下的观众刚才看了金少山老板的《盗御马》，对他的精彩演唱都十分钦佩和赞赏，大家听了赵经理的这番话后，都表示关心他的安慰，并冲着舞台上的赵万和大声嚷道："没有关系，我们等一会儿就是啦！"有的观众甚至还说："别说是半个钟头，就是一个小时也没有问题！"撒出去了十几个人，找遍了离剧场比较近的中山路、夫子庙等几条街的各大酒家、饭店、洋果行，还有歌舞厅、茶馆、咖啡厅、珠宝行，仍不见金老板的踪影。三十分钟过去了，四十分钟又过去了，赵万和与陈野禅二位经理焦急万分，满头大汗地在后台踱来踱去，这可怎么办哪！又如何向观众交代呢？就在大家不知所措的紧要关头，突然有人骑着单车急冲冲地回来了，他气喘吁吁地对二位经理说："金老板给请回来了，他在一家外国人开的咖啡店里喝咖啡哪！"赵经理赶快问："人哪？"话音刚落，金少山那高大的身躯迈进了后台，前台经理赵万和连忙迎上前去，说道："哎呀，我的金大老爷！要喝咖啡那还不容易，打个电话就送来了，再说我办公室放的就有，你叫跟包的给我打个招呼，我给您冲好端到化妆室来，何必要跑那么远呢！台下的观众都等不及啦，金老板，您看是不是您亲自上台说几句？跟大家解释解释？不然的话，就不好收场了！"金少山慢条斯理地回答："嘻！干嘛非得等我呀，我这活儿谁都能来得了，在后台随便找个唱花脸的演员，扮上窦尔墩不就上场了吗，今儿个唱的又不是我金少山！"赵万和经理听金少山讲的话音不对，好像是话里有话的不太满意，就着急地问："谁说的？我们出这么大的高价把您请到南京来，唱得就是您金少山，观众看的不是您是谁呀？真是胡说八道，岂有此理！""后台就有人说我金少山的玩意儿不成，没有什么了不起嘛！"金少山口气稍重地回答。

这时候，王虎臣演出小组里的几位演职员都低下了头，其中有一位王虎臣的亲戚站出来向带队的王虎臣承认：是自己讲话不当，冒犯了金老板，并当众向金少山道了歉……王虎臣知道后，非常生气地说道："这次我和金爷合作演出，其目的就是要搞友好、交朋友、寻知音、找搭档，你怎么能出口伤人呢？别说是金爷这样的大角，就是一般的艺人，也不能背地里说人家不成的坏话呀？明天你给我滚回老家去，我们小组里不要你这种不知天高地厚的东西。"王虎臣几句话，讲的金少山云开雾散，把肚子里的气一下子放了出来，这位骨架硬、心肠软、一向怕听软话的金少山，反而倒过来劝慰王虎臣说："虎臣兄，人家已经向我道歉了，知错便改就算啦！一句错话值不当发这么大的火儿。不要再为难他了，您这南北皆知的大武生还缺他这一口饭，别因为我砸了人家的饭碗，他还得拉家带口呢。算啦，算啦，虎臣兄。"

金少山讲完，转身快步走向前台，诚恳地对观众说："我金少山刚才出去了一趟，回来晚了，让大家久等了，非常抱歉。请再给我二十分钟的时间，我马上勾脸扮戏、换服装，大家能等吗？"说着抱拳拱手鞠了个躬。这时候台下的观众异口同声地答道:"能等!"同时,鼓起了一片热烈的掌声。这如同潮水般的掌声代表着观众的胸怀,大家的爱戴,南京的热情,不仅让金少山非常感动,而且有一种热乎乎的情感涌上了心头!只见金少山二话不说,直奔后台迅速扮戏。后面的几场戏,演的是更加精彩,满台生辉,表做了得,声腔见力。这天夜里散戏虽晚,但,还是让观众特别高兴,赞声不断,非常满意地离开了剧场。

第二天晚上,金少山演出的剧目是全本《铡判官》;第三天晚上轮到王虎臣露面,他演的是拿手好戏《周瑜归天》……就这样,演来演去,消息传出,轰动国都,震惊朝野!金少山初次来到南京一个多月,他与王虎臣各演出了二十场戏,场场爆满,成功结束。显然,"南京大戏院"的经理赵万和更是从中大捞了一笔,自然是特别高兴,于是专门在南京中山路一家最有名的豪华回族酒店,宴请了金少山、王虎臣与他们二位所带来的全体演职员。从此,金少山和王虎臣成为了很好的朋友,台上的搭档,艺术的知音。

南京的演出圆满结束后,金少山又应邀,准备开跋武汉,王虎臣也要奔往嘉兴。就在他们相互道别,将要启程的时候,可谁知,二位名家在南京的演出盛况,惊动了本地的青帮头目常玉清。常玉清为了拍蒋介石的马屁,特别组织了一场高水平的京剧专场演出,请委员长和国民党的军政大员看戏。其中有金少山在《连环套》中的一折《盗御马》,安排在了大轴末出。因此,这天常玉清突然来见金少山,并用非常强硬的口气令金少山在南京多留几天,所有费用由他常玉清承担,但必须得保质保量的把戏唱好、演火。金少山见常玉清那盛气凌人的样子,越听越有气,心想:"我金少山又不是你雇来的演员,凭什么要听你常玉清的摆布,你姓常的一句话,我就得乖乖地听你使唤,叫我留我就得留,让我唱我就得唱。而且,还必须得把戏演好、唱火。再说啦,武汉方面有约在先,我若推迟武汉的演出时间,不就成了不守信用之徒了吗,我不能失约!"可金少山反过来又一想,不行,对付这号不讲道理的恶霸头目,不能硬顶,只可暗斗。沉思片刻后,莞尔一笑,他不但没有拒绝,反而非常爽快地答应了下来。常玉清走后,金少山在房内暗自说道:"等着吧,这一回我让你姓常的吃不了兜着走!非给你把戏唱'扒'演'砸'不可!"

第二天晚上,剧场内外早已是军警林立,戒备森严。当蒋中正、宋美龄、何应钦等人来到剧场,在前五六排的高档席位就座后,演出随即开始,演员们全部化好妆在后台候场,当晚的所有工作人员,包括伴奏的全体乐师,都提前做好准备等候开锣，后台的气氛非常紧张。这时候，唯独金少山还没有走进后台，常玉清看不到金少山，心里发慌，就赶快差人去请。可是，等到二出的压轴戏《打渔杀家》快要演完时，仍不见金少山露面，这下可急坏了常玉清，他几次打电话催问情况，去请的人回电说，金老板刚刚洗完澡，马上就过去！然而，一直等到《盗御马》开锣，头场的"行围射猎"的演员上场后，故意在常玉清面前耍大牌的金少山老板，才款款而到。掐着钟点来到后台的金少山，不慌不忙地走进化妆室开始勾脸，等他扮好戏，穿好箱，勒上头，一切准备就绪后，正好该"坐寨"一场的窦尔墩上场，临出将前，金少山还对住专程伺候他的跟包人手里拿着的小泥沙壶，摆出一副大演员的派头喝了两口酽茶，才随着锣鼓经登上了舞台。金少山在常玉清面前故意"摆谱"这一招，果然见效，把常玉清气得浑身发抖，不知所措，直想骂娘。

金少山出场后，他故作姿态，"唱""念""做""表"特别卖力。当窦尔墩唱完第一句[导板]："将酒宴摆至在分金厅上"后，台下的观众齐声喝彩，就连一脸严肃气质的委员长蒋介石和其夫人宋美龄等国民政府的党政要员及高级将领们，也兴高采烈，抚掌称快，连声叫好！接下来的几句[原板]，金少山唱得是气足声洪，韵味浓烈，好似一樽佳酿美酒窨人于醉。然而，再往后面的几句唱，就大不一样了，而是逐渐地音微声弱的小了起来，到"饮罢了杯中酒……"时，行腔的声音小的使观众几乎很难听清。此时，只见台上的窦尔墩手举酒杯，身板儿一软，往下一滑，溜到了堂桌下面。坐在台下看戏的蒋（中正）委员长，以为是演员突然犯病，回头对身后的侍卫官说："赶快上去看看是怎么回事儿，立刻派车帮他们把病人送到医院抢救！无论如何，也要把这个金少山的病给我治好。"说完，起身离座非常扫兴地走出了戏院。

何应钦铁青着脸来到后台休息室，怒斥着常玉清说道："难道你不知道这是什么场合吗？金少山身体不好，为什么还要请他来演戏？啊！马上把金少山送往最好的医院，请最好的医生把他的病给我治好，安全地送回上海，若是再出了什么差错，我拿你常玉清的脑袋去向委员长交代！"好家伙，何应钦要拿他的脑袋去向蒋委员长交代！这几句话的分量可不轻啊。平日里狐假虎威、盛气凌人的青帮老大常玉清被吓得头皮发麻，两腿打颤，毛骨悚然。他岂敢怠慢，赶快派专车把装病的金少山送到了最好的医院，待得知金少山经过医生诊治已无大碍时，便迅速买好头等包厢的火车票，非常客气地派专人把金少山等人一同护送回了上海。等差人从上海返回南京后，提心吊胆的常玉清才算是放下心来，从此以后，呼风唤雨的常玉清，对金少山是又气又恨又无奈，还不敢招惹。

相传，金少山离开宁城后，南京的《金陵日报》刊登了一篇标题为"蒋委员长关心京剧花脸大王金少山病情安慰"的文章。宁城的市民读过后，相互转告，议论纷纷，猜疑四起。有的说：因为金少山的戏唱得太好了，感动了委员长；有的讲：是委员长喜欢京剧，所以才对金少山在台上犯病的事情特别关心；还有人说：可能是金少山早就认识蒋介石吧？总之，说什么的都有。后来，蒋中正看过报纸后，笑着对何应钦说："报纸上把那天演窦尔墩的金少山晕倒在台上的消息，当作新闻报道出来了，你见到了吗？上面还提到我和你的大名呢！"何应钦一愣连忙回答："回委座，见到了，我这就打电话把报馆的主编叫来，问清楚是谁写的这篇文章，胆子也太大了！"蒋介石摆了摆手，冲何应钦说道："不用了，领袖关心民众的身体健康不是什么坏事，何况文章写得很好！不过这个金少山的窦尔墩演得确实不错，唱得也好，演出了寨主的霸气，唱出了人物的个性，那天若不是他病倒在台上，我还真想一直听下去，只可惜没能看完。等将来有时间，再请他来南京唱一场。"蒋中正这几句话讲完，何应钦吊着的心才算是放松了下来。

民国时期的大人物蒋介石一生嗜好极少，他不吸烟、不饮酒，不穿洋装、不喝茶，就是在盛大的国宴及重要的军政会议或接待外宾的招待会上，则也是一杯白开水即可了事，把毕生的精力大都用在了如何牢牢地掌控住自己手中的军权和政权为最，就连他的婚姻大事也即是如此，但他却特别喜欢京剧。在国民政府的重大活动中，凡有文艺晚会，蒋中正都要亲令部下安排京剧节目或邀请京剧名角登台演唱，以此来消除他心中的烦劳。蒋介石痴迷京戏的故事，其范例桩桩件件流传甚多，并有所记载、有据可查。1930年11月，中原大战获胜，蒋中正在欢迎助他作战的张学良与庆贺大捷会议时，特地邀请各国公使一同观看由程砚秋担纲主演的代表剧《青霜剑》。不料，这位国民党陆海空军事委员会的最高领导者蒋介石看过戏后，却对剧中知县将秀才屈打成招的故事情节大为不满，并用非常严肃的口气指责该剧：把这种审讯方式写进戏中，搬上舞台，到处公演，大肆宣传，有辱国体。唯恐外国人看了之后会借此为由，妨碍他收回领事裁判权，因此曾一度下令禁演了《青霜剑》。女作家韩素音还记录了这样一件历史片段：1941年12月8日4时许，蒋中正从睡梦中惊醒，接到了"日本海军飞机偷袭珍珠港，停在港内的美国太平洋舰队遭受到了严重损害"的紧急电话报告后，一向不苟言笑的蒋介石委员长，竟然颇为兴奋，难抑喜悦，兴奋之余，用他那浓重的浙江奉化土语，扬扬自得地哼唱起了一段京戏。仅此二闻足可证实，京剧艺术在蒋中正心目中的分量，不必多言而晓知轻重。显然，也表明了他看戏听戏，就助兴中偶有扫兴，而欣赏中又略含政治，皆属人在戏中，戏在人中也。

　　南京的头号青帮人物大恶霸常玉清与国民党内的一些上层官员有所往来，因此他深知蒋介石对京剧的偏爱和喜好。老谋深算的常玉清为了讨好蒋中正，他巧趁这次"十全大净"金少山在南京演出之际，想在蒋委员长面前献献殷勤，卖个乖翘，表表忠心，能加官晋爵，受到重用。然而，却万万没有料到这场花大价钱组织的大型京剧晚会，竟让他强行特邀的金少山金三爷给搞砸了。此次晚会，使称霸一方的常玉清丢尽了脸面不说，还让何应钦长官在众目睽睽之下狠狠的臭骂了一顿，不仅没有博得蒋介石的欢心、表彰、封官许愿，反而差一点儿丢了脑袋，落了个偷鸡不成蚀把米的下场。后来，这件趣闻成为笑柄流之社会，被南京城内的老百姓当作新闻笑谈，添油加醋地到处传播。弄的青帮头目常玉清又气又恨，恼羞成怒，哭笑不得，还不敢发作。平日里，也只好冲着随从和帮会中的门徒们出气撒火，若稍有不顺，他便会踢桌子摔板凳，大发雷霆地打骂妻妾或下人。

　　其实，自从金少山和王虎臣二位红伶在宁城"南京大戏院"联手上演的第一出打炮戏全本《连环套》起，本属戏迷人称戏霸的常玉清就携带家人走进了戏院，而且，几乎是场场必到、一出不铆，看得发呆、听得入迷。看过戏后，他对金少山扮演的铁罗汉窦尔墩，大加评论，十分赞赏！故而，方硬行强迫加威胁金少山在全本《连环套》中的《盗御马》一折参与了由他出资承办的京剧专场，导致金少山心里产生了极其不快的反感，才使本不情愿的金少山演出了那场装病于台上的"闹剧"，搞的威风八面的常玉清颜面扫地，难以下台。

　　金少山离开南京不久，常玉清就不断往返于上海、南京两地打理生意或办事待客，并时常伴随同门大佬黄金荣一起去他的"黄记大舞台"与"黄金大戏院"观看金少山演出。在黄氏金荣的影响下，原本就爱听京剧的大戏霸常玉清和黄金荣一样，渐渐成为了金少山"热"的花脸戏迷。不过，这位一向在以势压人的黑帮头目面前，人称三爷的金少山心高气傲，并不买账，更不领情。由此可见，金少山疾恶如仇的豪杰风骨，辟天胆气，可树可写，值得点赞，当应讴歌！

宁、沪两地各霸一方的常玉清1888年出生，湖北荆州人氏，他人高马大，满脸横肉，一身匪气，长相奇丑。凶神恶煞的常玉清，早年毕业于湖北"武备学堂"，在湖北期间，市井之徒常玉清，欺行霸市，无恶不作。辛亥革命后，他来到十里洋场的上海滩闯荡，混迹于三教九流之中，吃尽了苦头。最初在澡堂子里给人家搓背、捏脚、拔火罐谋生，后拜青帮"大"字辈的曹幼珊为师，步入了帮会组织，先后在上海日商坂川洋行、内外棉等纱厂当差。1922年，常玉清改换门庭，通过拼搏，渐渐发迹，立足申城，就此开办了"大观园浴室"与"大新舞台"等。后来，又出任设在上海五马路的商界联合会评议长一职，并借其职位偷奸耍滑，巧取豪夺，掠索钱财。贼诡阴毒的常玉清有钱后，利用各种关系买通政府高层，扩充自己的势力，提高常门的地位，仰仗傅筱庵的权势坐上了"黄道会"会长的头把交椅。1927年间，常玉清在蒋介石发动的"四·一二"反革命事变中，靠抓捕、屠杀共产党人和进步名士，又当上了上海工会组织统一委员会调查部副部长、部长之职。从此，大权在握的常玉清不仅能在中国经济中心的上海滩呼风，就是在国民政府最高政治中心"总统府"所在地的首都南京也可唤雨。此时的常玉清虽然不能跟黄金荣、杜月笙相提并论，但在沪、宁两地的黑帮霸头中也算上一号。由于他欺男霸女，敲诈民财，残害善良，1927年和1929年间因两次刑事犯罪，被上海公共租界工部局巡捕房逮捕关押。1932年"一·二八"淞沪会战爆发后，大恶霸常玉清就任上海市失业工人救济会指导员，具体负责码头失业工人的救助事务，但他上任没过多久，竟伙同汉奸胡立夫等人投靠了日军，在日本人控制的闸北组建了"上海市地方维持会"，并自任维持会巡警组主任，和大汉奸张啸林一样，专门帮助日军杀害爱国反日志士。抗日战争胜利后的1947年，这位作恶多端、害人无数的铁杆汉奸常玉清，被国民政府逮捕法办，执行枪决。于是，同年3月12日上午，就上海提篮桥监狱的刑场上，响起了"啪啪"两声枪响，顿时只见一个体态臃肿、肥头大耳、面露凶相与中华民族为敌的死刑犯倒在了地上，这个满脸污血、瞪着双眼、狰狞可怕的死者，正是罪恶累累、臭名昭著的大汉奸常玉清。

　　金少山将武汉的演出往后推迟了五天，随后由上海赶到了武汉，和武汉"人民大舞台"签约了二十天的演出合同。金少山在武汉的演出，观众反响极好，剧场效果火爆，收入尤为丰厚。前台经理一再挽留，金少山无法推辞，只好又续演了半个月的时间，前后共计演出了将近四十天，五十多场戏，方圆满结束返回了申城。

回到上海后，金少山歇了大约半年没有演出。就这六个月的时间中，他经常不断地到各大小剧场、戏院去看戏，无论是沪剧、淮剧、扬剧、越剧，也不管是从外地来的河北梆子、河南梆子、川剧、晋剧、秦腔，还是京剧、昆曲、滑稽戏全看，其目的是通过观摩，开阔眼界，增长见识，掌握戏理，从中吸取兄弟剧种的艺术营养，丰富自己的表演素质，使他的花脸艺术更加流云溢彩。

后来，上海"共舞台"请来了北京的著名老生演员高庆奎，演出了一个多月的传统戏，很受沪上观众的欢迎。最后，由高庆奎牵头在上海组织安排了一个大型的"南北合"流派艺术演出活动，即南北方各流派的名演员合作，排演了一出《施公案》，金少山、盖叫天、何月山、王虎臣、刘奎官、林树森、小杨月楼等名伶应邀加盟。金少山在剧中扮演凤凰张七，他和林树森扮演的李玉有一场"走边"（戏曲舞蹈名词）身段，当时金少山与林树森都是三十多岁的年龄，又有深厚的基本功底，所以在演唱曲牌[折桂令]的同时，"金""林"二人把飞脚、旋子、扫堂腿等的武功技巧，加以编排运用进了舞蹈之中，表演期间边歌边舞，火爆优美，喜掀波澜。其他名家的演唱水平也光彩夺目，精妙绝伦。这出"南北合"的《施公案》出台后，足足演出了两个多月，七十多场，方才圆满地画上了可喜的句号。

第九题藏头诗

精诚合作众家捧，
诚心实意傍名伶，
合唱同曲连台本，
作为轰动上海城，
声震江南金少山，
誉满南北一净雄，
大气磅礴铁罗汉，
振臂高呼戏湛精。

十、金杨搭配　天霸尔墩

没过多久,"天蟾舞台"的大老板、上海滩的江北大亨顾竹轩派人来请金少山赴宴,说有要事相商。席间,顾竹轩向金少山说:"金老板,近期人称梨园'三大贤'之一的京师武生泰斗杨小楼先生将率他的'永胜社'戏班来上海演出,就在我的'天蟾舞台'打炮。头三天的戏码定的是全本《连环套》,我约您出演窦尔墩,杨(小楼)老板听了非常高兴,并表示赞同。我给您每场五百元的酬金,另外,您金老板舞台上穿戴的全部行头重新量身定做,费用我出,您看如何?"金少山听了自然是特别开心,心想:"自己若能与声名昭著的杨大贤合演这出戏,那可真是机会难得!"但他转念又一想:"杨小楼戏班里的当家花脸郝寿臣与杨老板合演《连环套》这出戏已有多年,台上配合得非常默契。更何况他在北京很红,颇有成就,比自己成名还早,是净行中不可多得的大角,这次郝寿臣若是随杨小楼先生来沪演出,我怎好意思接他的活儿呢?"金少山左思右想,不知如何是好,犯起愁来……

威望显赫的杨小楼先生到达上海后的第二天中午,他特意邀请金少山吃饭,郝寿臣作陪。酒过三巡,菜到五味,杨小楼当面向两位花脸名家说明情况:"来沪之前,由于上海方面提出了头三天的打炮戏《连环套》,窦尔墩一角已约好由金老板担当。这出戏,金老板只演三场,后面的演出全由我们班社的演员承担,双方已签订了合同,还望您二位不要有所误会!"郝寿臣久闻金少山在上海观众中的影响力,很想趁这次来沪的机会,亲眼目睹一下这位上海名净的舞台风采,于是便顺水推舟,故作姿态地谦让了一番。然而,一向心高气傲的金少山却真诚实意地说:

"您二位久演这出戏，堪称珠联璧合，无与伦比！我在二位老板面前好比是小巫见大巫，少山若有不到之处，还请二位给予指点、雅正。"杨小楼笑道："金老板过谦了！当年我与令尊金秀山老爷子曾经常合作，一同进宫为慈禧老佛爷和皇上献艺。你我这次虽是初次联手，却都出自于京城梨园名门，我深信台上一定不会有问题的！请金老板不要有什么顾虑。"杨小楼的一番话，使金少山十分感动！

京剧界的领袖人物杨小楼1878年出生，乳名三元，幼年随父学艺，八岁入杨隆寿的"小荣椿"科班修习武生，排名椿圃，经诸多名师传授，根底扎实，扮相英帅，工架规范，台风大气。除了江南的海派外，全国的武生流派（包括副净、武净）无不宗杨。在科期间，从师杨隆寿、姚增禄、杨万青学戏，十七岁出科后，在京、津两地搭班，得义父谭鑫培和王楞仙、张淇林、牛松山、王福寿等人的指点，又拜俞菊笙为师。二十四岁搭入宝胜和戏班，以"小杨猴子"之名露演，后又与谭鑫培、陈德霖、王瑶卿、余叔岩、金秀山、何桂山、穆凤山、梅兰芳、尚小云、高庆奎、黄润甫、马连良、雪艳琴、谭小培、荀慧生、郝寿臣等人合作，先后组建相馨、永胜、中兴、陶咏、双胜、崇林（与梅兰芳合创）等戏班演出，声誉鹊起，轰动王城。

杨小楼二十二岁拜俞菊笙门下，得"俞"真传，后以"小杨猴子"艺名享于津门。就天津卫唱戏期间，上演的《长坂坡》为之家传，《艳阳楼》为俞亲授，再加上他演出的猴戏《水帘洞》等一炮而红，海河轰动。当时，就连天津饭馆里的跑堂者端着菜，也学着杨小楼在舞台上演唱《艳阳楼》时的腔调，高登的道白，边跑边喊："闪开了！"可见他在津门的影响之大，声誉之高。

杨小楼就天津卫载誉返京后，又和义父谭鑫培同在"同庆班"同台唱戏，其艺术成就，深得义父的奖掖和提携，不仅合作演出，还让他唱上了大轴，并传授给了杨小楼《战宛城》等戏，使他终于成为了该班挑大梁的武生演员。自此，"杨小楼"三字名扬京师，声震九门！并享有大武生"活赵云"的美誉。二十九岁时被选进清廷"升平署"，备受慈禧太后优宠，宫中许多翰林学士、王公贝勒看过杨小楼的戏后，都喜欢与他结识交友，以此为荣！

杨小楼在艺术上继承家学，精通祖道，师法俞菊笙、杨隆寿等，他天赋极佳，悟性尚高，肯于吃苦，敢于拼搏。他不仅功夫深厚，能戏甚多，所演剧目无所不精，无所不绝。嗓音清脆洪亮，咬字真切上口；唱念均遵"（张二）奎"派风范，环环相扣，间有京音之学；快白行云流水，唱腔质朴无华；表演注重准确表达角色情感，人物讲究内在读白，尤其是见到大段的"连中白"（又称"贯口"）时，更是杨小楼的拿手绝活。在博采众长的艺术奋斗中，经他呕心沥血的艰苦努力，逐渐形成了派风通天，艺经盖地的"杨"派大军，挥洒天下，华夏绝响。从当年录制的《霸王别姬》《野猪林·结拜》《林冲夜奔》等剧目的唱片中，可以清楚地领略到杨小楼唱念的神韵。另外，杨小楼的武戏非常讲究，身段步法准确稳健，工架亮相霸气风雅，开打场面更能恰当贴切地彰显人物的性格气度，着力体现武打意境中的肢体语言，所用的武功技巧无空招废式追求神似，即是杨小楼所创下的"武戏文唱"的"杨"派特点。常上演的代表剧有：《挑滑车》《铁笼山》《艳阳楼》《长坂坡》《八大锤》《野猪林》《战宛城》《状元印》《连环套》《安天会》《落马湖》《水帘洞》《闹天宫》《麒麟阁》《楚汉争》《林冲夜奔》《宁武关》《战太平》《四郎探母》《贾家楼》《古城会》《走麦城》《华容道》《过五关·斩六将》《挂印封金》《霸王别姬》《法门寺》《雪拥蓝关》《截江夺斗》《一箭仇》《千里走单骑》《战长沙》等。

杨小楼被选入清朝的"升平署"后，经常进宫为慈禧老佛爷和皇上演出，除了他每月应获取几百两白银的俸禄外，只要戏唱得好，就会得到赏赐，若遇圣上和太后高兴时，所赏赐给他的金银珠宝、奇珍玉器比谭鑫培等人的还要多之。在宫外为皇亲国戚、京师王府、达官贵人演出的大小堂会不计其数，使日进斗金的杨家成为了世所公认的、最大的梨园豪门！由于杨小楼和其父杨月楼的精湛表演，深受慈禧的赞赏，再加之杨小楼多年来的舞台磨炼，使他艺事日进，声望俱增，其艺术地位已达到"国剧宗师"及"武斗泰斗"的盛誉！而且，和梅兰芳、余叔岩并列为京剧"三大贤"，名满中华大地。

杨小楼的祖父杨二喜，江湖人称"大刀杨二喜"，家父杨月楼，人称"天官杨月楼"，当年常被慈禧点名进宫为她和皇帝唱戏。杨家祖籍安徽省怀宁县石碑镇杨安墩，杨氏家族本系王莽后裔。王莽篡位失败，刘秀欲灭王氏家族，王氏满门在逃亡途中被路卡盘查，族人头领急中生智，见路旁杨树林立，便顺口道出"杨"姓，遂被放行至安徽落户。相传，在杨家户上"杨""王"姓氏不分，内外有别，本族以王为姓，对外则称姓杨。

早年，杨小楼的爷爷杨二喜咸丰初年手推着独轮车进京闯荡，车上一边装的是刀枪把子，一边是童年的杨月楼。父子二人在龙都天桥靠打把式卖艺为生，由于杨二喜的武功功夫尚好，颇受老生艺人"三鼎甲"之一的张二奎青睐，因此将其聘为了"忠恕堂"教师。为了感谢张二奎先生的知遇之恩，杨二喜遂令子月楼拜"张"为师。杨二喜本为武旦演员，在把子功中他又以耍大刀闻名，故而人送绰号"大刀杨二喜"也！如今京剧舞台上的耍流星，即是杨氏所创。

杨小楼的父亲杨月楼，拜张二奎后，工习老生、武生，排名玉楼，和俞玉笙（即俞菊笙）是师兄弟。杨月楼面阔耳大，仪表堂堂，有"天官"之誉。"同光十三绝"的画像中有他所扮的《四郎探母》杨延辉；《长坂坡》是他的杰作；《安天会》中他扮演的齐天大圣孙悟空颇享盛誉，被誉为"杨猴子"的美名！故而，杨小楼随其父之美，世称"小杨猴子"。

这年，杨月楼赴沪献艺，一炮打响，轰动上海。正当杨在申城走红之际，有一道台的家眷追恋于他。杨深知后果，尽量躲避，但终因风流案被控，官府欲抓月楼，他无奈逃回北京，避难于恭王府内终日不出。京、沪两地不见其人，故传杨月楼进了监狱，以致编造的流言越传越玄。后因宫内慈禧太后点名要月楼唱戏，杨才大胆露面。的确，杨月楼备受慈禧优宠，皆属真情，就在杨月楼病故这年，慈禧寿诞日时，还给他白银二百两、名贵药材四匣子的赏赐。杨月楼在弥留之际，托付其盟弟谭鑫培和杨隆寿，望培育其子三元（小楼）成才，并让年方十二岁的三元儿拜在谭氏膝下认为义父，做义子的三元，按谭氏宗谱排名嘉训，杨月楼病故于百顺胡同寓所，年仅四十七岁。

杨小楼到沪后，《申报》于1931年1月28日在11版发表了一篇文章称："武生泰斗杨小楼，挟其十载暌别之锐气，已于二十三日晚以《连环套》全本与沪人相见……此剧为其生平得意杰作，久已南北同钦，适值金少山之窦尔墩，亦夙为观众所叹服，故世人皆认为得二伶合演，斯真美具难并之佳剧也。"

头场演出的那天晚上，杨小楼早早地来到后台，提前化好了妆，穿上箭衣，扮好戏，便在舞台上场门的二道幕旁认认真真地看起了金少山的《盗御马》，边看边对金少山的演唱、口白、身段、工架及做派兴奋地连声称赞，并向身后的鲍吉祥先生说："咱们北方还没有一位能达到金老板这样高水平的好花脸呢！"

"拜山"时，杨小楼饰演的黄天霸与金少山的窦尔墩同场，一个北方黄天霸，一个南方窦尔墩，两个人在台上各展其艺，又相得益彰。特别是那一段一问一答的邀功对白，从节奏到劲头，吐字刚烈，准确适宜，念得是风雨不露，处处见彩，环环相扣。总之，杨小楼与金少山在整出《连环套》中的表演，互不示弱，各见其绝，均达到了出神入化、炉火纯青的地步。配合的天衣无缝，相当完美。根本感觉不到这是他们两个人第一次合作演出，台下的叫好声如同洪水猛兽、暴风骤雨响个不停，使场内的观众大饱了耳福，开阔了眼界。用当时上海报界一些大文豪的评论性文章中的语言来讲："金少山与杨小楼合演的这出《连环套》中的表演，无论是从舞台气质和人物刻画，还是演员本身的'唱''念''做''舞'及'手''眼''身''步'等，均达到了博大精深，无可挑剔的高度！"

戏演完后，杨小楼卸了头盔、脱下服装，顾不上休息，带脸蹬靴、身上还穿着水衣彩裤，便来到了金少山的化妆室，金少山来不及卸脸，急忙向前迎候，"金""杨"二人互道：辛苦！接着，杨小楼非常亲切地拉住金少山的手，深情地说："'铁罗汉'好样的！不愧是名门之后，梨园世家。少山，赶快回家吧，京城需要你这样的'十全大净'啊！"

金少山与杨小楼这场不曾拉戏走台的第一次联手演出的《连环套》，能够在上海滩达到惊天地、震鬼神的最高境界，笔者不用多言，可想而知，演员要具备何等高深的表演功力及内在的艺术修养，才可使观众发狂般地投入到剧情之中。几十年后，还历历在目，让人赞不绝口。

上海的广播电台对杨小楼、金少山这次的联演盛况，做了从始至终的现场实况转播，上海《大公报》《申报》等各大报刊，把该剧《连环套》多姿多彩、气盖日月的演出内幕，按特大新闻作了头版头条的连续报道。各类大手笔的评论性文章、诗词层出不尽，铺天盖地，犹如天降雪花般散布在上海滩的每一个角落。且不说对外界所产生的极大影响，就京、沪两地的演艺圈内，已成为了大家夸夸其谈的重大"号外"。无疑，也给"天蟾舞台"带来了颇为可观的经济效益，为人们增添了谈论京剧的话题，给净行戴上了金光灿烂的桂冠，同时也为金少山本人创下了更加绣人的艺术魅力。从此，金少山的各种传闻，真真假假，虚虚实实，不知从何而起，迎天而降，就像一颗重型炸弹一样四面开花，八方震动，好似蛟龙翻江，搅浑了艺谭（坛），搞乱了真假，金少山又一次不分青红皂白地成为了人们的崇拜偶像。使业内的一些人们，不由自主的产生了对其怀有善意的妒忌心理，也确实从内心深处送（颂）予了金少山一个"大净王侯"的称谓。此后，由于演出成功的影响力之大，促使顾竹轩与金少山成为了非常要好的朋友。

1980年，笔者在上海遇到了一位八十多岁高龄的京剧票友范老先生说，当年"花脸大王"金少山在上海唱戏时，市民中流传着一段非常具有代表性的"顺口溜"：若碰到金少山，老板拱手，众人拥上；若提起"金霸王"，洋人OK，国人赞扬；若想到金老板，可敬可佩，声韵绕梁；若打开收音机，天天"金"戏，时时播放；若谈到"铁罗汉"，家喻户晓，酒楼弄堂；若论起金三爷，妇孺皆知，大街小巷；若评断大花面，金挂首席，堪称净王。

向杨小楼举荐金少山配演窦尔墩的顾竹轩，可是上海滩声名显赫的大人物。故而，笔者有必要将他的事迹，较为详细地介绍一番。若提起旧上海的帮会大亨，人们最熟悉的莫过于黄金荣、杜月笙、张啸林三位大佬。但在苏北人眼中，其势力最大、声望最高、实力最强的方属"江北大亨"顾竹轩，因此世人送予他一个"江北皇帝"的称号！

"天蟾舞台"的财东顾竹轩，字如茂，1885年4月17日（光绪十二年农历三月十四日）出生，他的先祖是江苏省盐城县西北乡（今建湖县）人，与国民党高级将领顾祝同将军是同族同宗。清朝咸、同年间，顾祖举家乘破船流落到盐城梁垛团（今建湖县钟庄乡唐湾村），为人佣耕。因顾竹轩在家中排行第四，乡人惯称他为"顾四"。由于顾家人多地少，顾四的童年是在贫困中度过的。少年时期，他食量多力气大，十四五岁时便能够背起犁耧拉田耕地。当时苏北大地饥荒频繁，光绪二十八年（1902年）初，16岁的顾竹轩跟着母亲和兄长顾松茂等人，随逃难大军赴上海谋生。年轻时的顾竹轩先以拉黄包车（又称人力车）为业，后加入青帮，逐渐在闸北收徒纳众，扩充势力，很快便成为了著名的帮会首领。

二十世纪初，当顾竹轩背着铺盖卷踏上了上海滩的十六铺码头时，他望着车水马龙的繁华街市，不抱任何奢望，且以能丰衣足食为他人生的最高理想。在申城他没有任何靠山，只有一身力气，全家人等遂在闸北新疆路租了间破窝棚住了进去，与其兄顾松茂靠拉公共租界协记公司的人力（黄包）车苦熬着天日。拉人力车绝非是件好差事，三九寒冬西北风直刺体骨，耳根及手足生满了冻疮，大伏天马路上的柏油被晒得滚烫，脚底板磨烫起了一排排的水泡。十六七岁的顾竹轩不怕吃苦，硬是咬着牙关挺了过来。刚到上海时，顾竹轩兄弟俩先落脚在闸北天宝里附近号称"一百间"的地方，靠做马路工维持生计，后转到公共租界以拉协记公司的黄包车养家糊口。不久，兄弟二人被一家位于闸北国庆路上的德商"飞星黄包车公司"雇用，并且让他专拉德国老板的私用人力车，由于顾竹轩干活认真，肯卖力气，得到了洋老板的赏识，不久便提拔他代管了该公司的出租业务。此后，顾家时来运转，衣食无忧。

顾竹轩就苏北帮的黄包车夫中崭露头角后，为人慷慨仗义，打抱不平，经同乡介绍，拜在了宁籍青帮头目刘登阶老头子的门下。这位江苏泗阳人刘登阶是青帮嘉兴卫帮"大"字辈的龙头大佬，移居上海后，曾一度从政，同时广收门徒，逐渐在虹口、闸北、曹家渡一带形成了盘根错节的势力，在沪上威望颇高。按照青帮"大通悟学"的辈分排名，顾竹轩自然成了"通"字辈分。此时，顾竹轩在经济上已打下了一定的基础，再加上又有青帮第二十二代的"通"字辈香炉名头，于是他就此大开香堂，招贤纳士，扬名立威，很快便成为了青帮在闸北的"大头香"。就在此时，正遇公共租界巡捕房招收华探，条件是身强力壮，人高马大为优，文化程度高低不限。顾竹轩有了帮会靠山，便顺利进入公共租界巡捕房当了华探。租界时代的华探，在外国人眼里虽是走卒，但在民众面前却是索财的阎王，薪水虽然不高，但油水大得惊人，可算是一桩肥差。顾竹轩做了华探后，不仅大大扩展了他的社会关系，奠定了他盘高锅满的财路来源，还学会了不少尔虞我诈的本领，又积累了一笔可观的财富。第一次世界大战爆发后，飞星黄包车公司的德国老板回国，此时已和这位德国人成为朋友的顾竹轩乘此机会，利用手中的积蓄，廉价盘下了该公司。从此，开始了他大展宏图的发迹之路。

顾竹轩发达后，辞去了巡捕房的职务，就飞星公司的基础上，又新添置了一些人力车（即黄包车），自己当起了车行老板。顾竹轩成为帮会老大及人力车行的财东后，为人豁达爽朗，很重江湖义气，经常帮助一些一起拉过黄包车的穷乡亲，无论远近与否，总能尽力解囊。他曾说："大伙儿只要瞧得起我顾四，当裤子助人我也干。"当时的上海滩，租界的巡捕华探及华界的警察盛行撬照会，即借口违反交通规则，将其黄包车的牌照没收，再迫使业主拿钞票把车牌赎回，用这种办法来敲诈钱财。因顾竹轩曾是巡捕房华探，所以昔日的同行总要给他些面子，这样，凡他车行里的人力车工总能畅通无阻，安然经营。当然，对于华界的地头蛇们，顾竹轩往往也会礼数周全，给予打点。每当闸北的第四区警察署新上任的署长到位时，他都会备一辆崭新的三枪牌洋车（即自行车）和一些名贵的礼品送到府上。因而，顾竹轩洋车行的生意越做越好，越开越大，成为众家公认的人力车行的行业"大王"！此时的顾竹轩，显然，成为了苏北籍苦力们敬仰的偶像，大批的黄包车夫与许多小商小贩和穷苦码头工人等，成群结队地投入到了他的门下，自顾竹轩开香堂以来，据不完全统计，其门徒后来竟达到了一万多人。当然，在这一万余人的门徒大军中，也包括一些下层的文职政客、低级军官、普通警察、地痞流氓、市井无赖、扒手乞丐，等等。因顾竹轩轻财重义，恋念友情，并常为盐阜同乡撑腰做主挣得脸面，在闸北下层盐阜籍的地痞流氓中颇有威信，就这些人群里曾经有人说道："顾四瘪子真够朋友，阿拉佩服。"在法租界巡捕房供职二十多年并熟悉帮派内幕的薛耕萃就《近代上海的流氓》一文中，称顾竹轩为"旧上海最大的人力车霸主"。由此看来，在顾竹轩的帮会中，虽然容纳了不少的四行八作，三教九流，但从大体而言，其主力军还是以车行行主及众多的黄包车夫为最！

顾竹轩有钱后，凭借自己的经济实力及广大门徒的社会影响，其身份地位日益增高。由于他喜欢戏曲，痴迷京剧，即在蒙古路修建了一座"同庆舞台"，不久又开办了"三星舞台"，而且还招来了流落到申城的盐阜淮剧艺人在他建造的"德胜茶楼"里唱草台班子的堂会戏。从此，顾竹轩在新疆路开办的"德胜茶楼"成为协调手下与其他帮会发生矛盾的胜地，同时也是顾老板品茶听戏的休闲场所。20年代初，顾竹轩在南京路及浙江路口与他人合资，又创建了一座"天蟾舞台"，1923年后该舞台转为顾竹轩个人所有，独资经营。后来，上海永安公司的老板串通公共租界工部局，勒令顾竹轩将"天蟾舞台"移址到永安公司东部，此时已有一定社会地位的大老板顾竹轩岂肯失弱，在海上闻人杜月笙的帮助下，他出重金聘请外国律师据理相争，同工部局打起了官司，将这场纠纷，一直闹到了英伦最高法院，结果顾竹轩打赢了官司，最终裁定，判决工部局败诉，并赔偿"天蟾舞台"十万元的损失费。此次中国人在英国法庭上击败外国人的范例，轰动了上海，震惊了沪人！顾竹轩状告工部局获得成功的创举，令很多把租界洋人视为太上皇的大人物，不得不对这位刚刚出道的顾四刮目相看，称他"真牛"！从此，顾竹轩声名大振，传遍申城。到了1930年，顾竹轩将"天蟾舞台"迁址到了福州路上，使这座出巨资改建后可达到三千四百多个座位的新型剧场，成为了上海滩著名的四大戏院之一，引来许多京剧名角在此处唱戏。

顾竹轩有了底层社会势力的基础，则开始向更大的目标挺进，通过奋力拼搏，又开办了大生轮船公司、泰祥南货店、天蟾玻璃厂、大江饭店等，另外，还担任中国红十字会理事、上海评剧院联谊会主席、武陵中学董事长、正民中学董事长、江淮旅沪同乡会主席、上海人力车同业会工会主席、闸北商团会董事长、盐阜同乡会主席、苏北旅沪同乡会副主任、苏北难民救济委员会副主任和一些社会慈善机构的公职。有了这些名头之后，给他创造了接触上层人士的大好良机，在繁多的社会活动中，使顾竹轩结识了民国国会议员兼司法部主事的清末进士季龙图；与蒋中正有师徒名分的胡敬安；江苏省保安司令李长江；中国佛教会主席静波法师；《前线日报》馆馆长马树礼等人。就在此时，闸北著名豪绅王彦彬组织成立沪北保卫团，由于顾竹轩在闸北的势力日益壮大，人脉旺盛，财力雄厚，口碑尚好，威信颇高，自然坐上了名为团副，实为团长的一把交椅，从此这位江湖人士顾竹轩成为了堂堂正正的地方武官。这支组建起来的沪北区保卫团里的官兵，大都是无业游民和市井无赖拼凑而成，名曰保卫一方平安，实为敲诈百姓。这些半兵半匪的乌合之众，吃喝嫖赌抽，坑蒙拐骗偷，一样不少五毒俱全，他们打着保卫团的旗号和顾竹轩的威名，混吃骗喝，为非作歹。有了政府委任的官职，顾竹轩又先后当上了江苏省绥靖督办公署参议和陆军第二师参议等职，一时间，使得这位平步青云的青帮头目顾竹轩，变成了亦官亦匪的风云人物而名扬沪上，煞是威风！

随着顾竹轩名气的崛起，职务的攀升，身份的提高，势力的扩大，财富的增多，在闸北的黑社会中确立了地位，树立了威望，即便是上海滩各大帮会中的官绅贤达也要礼让他三分。此时，踌躇满志的顾竹轩将全家从大统路搬到了湖北路203号弄迎春坊13号居住，并把这座既豪华又宽敞的宅院门楼上，悬挂出了"顾公馆"的金字匾牌。成名后的顾竹轩经常资助穷人，颇重江湖道义。1930年时，苏北遭受水灾，大名鼎鼎的顾四爷将沪太路上的"天蟾玻璃厂"卖掉，集资光洋六万多元送往家乡救济灾民。并把收山后的师傅、年老多病的青帮大佬刘登阶像父亲一样供养了起来，1932年1月22日，刘登阶老人病死于大连湾路鼎康里寓所，顾竹轩亲自在"天蟾舞台"披麻戴孝为刘治丧，安排葬礼。从而，赢得上海滩帮会三头六臂弟兄们的一片好声。其声名远播，横空而起！

其实，早在1911年时，苏北大旱，一些灾民逃荒到上海以行乞为生。顾竹轩见此惨景，就与之"同庆舞台"的合伙人左士臣等人出面，在盐阜旅沪同乡与自己的徒子徒孙中筹集善款，救济逃难而来的乡亲。此外，他又将盐阜两县的救灾问题向华洋义赈会告急。就申城刚立住足跟的顾竹轩，从事有关救灾济难的善举，从来都是躬亲其事，尽力解决，不挂虚衔。在闸北创办江淮小学时，他不仅献出了自己在大统路的宅地，还捐赠了很大一笔钱财作为创校基金。民国十八年（1929年）冬季，顾竹轩返里葬母。闻知家乡是年大旱失收，特地筹措了一大笔光洋乘专轮还故。丧事完毕，则宣布放饭。不仅如此，凡登门求济者，孩童可发给购买五十斤稻米的银元一枚，青壮年男女两枚，年老体弱的老人五枚，鳏寡孤独者七至八枚不等，银元发放最多的达到了十枚。事情传出后，外地的饥民闻讯而集，其船只塞满了唐湾河，直到将顾竹轩带回来的现大洋放完为止。邻村有孕妇登门乞助，被难民挤的把孩子生在了裤裆里，顾竹轩听说后，派专人把银元、大米、猪肉、鸭蛋等物品送往产妇家中。民国二十年（1931年）秋，运河决堤数十丈，内下河地区西水横流，一片汪洋，经冬未退。灾民流离失所，啼饥号寒。顾竹轩竭力奔走呼号于华洋义赈会与红十字会之间。在他和盐城的美籍华人传教士白秀生的努力下，终于为盐、阜、东（东台）三县求得了大批的粮食、药品和衣被等物。

顾竹轩这几次的赈灾，就盐阜的父老乡亲中有口皆碑，当时乡亲们非常亲切地称他为"顾四爹爹"。1935年编写的《续修盐城县志》中，也特地为其救灾放银"奔走甚力"书上了重重的一笔。1932年"一·二八"淞沪战役爆发，顾竹轩将他的"天蟾舞台"停业，作为涌入租界避难的盐阜同乡栖身之所。戏院的楼上楼下人满为患，而且还要筹集供应避难者的衣食所需。有要求回苏北老家避难的，顾竹轩就与三北轮船公司董事长虞洽卿协商，租得长江客轮分批将难民运送至泰县口岸，再乘顾氏大生轮船公司的内河客轮运达盐阜各地。此次的运客量，前后长达两个多月，共计收容、运送了上万余人之多。1937年"八·一三"中日开战，民众们具纷纷涌入租界避难，顾竹轩再次将"天蟾舞台"停业息演，又把剧场改作了难民安身的收容所，直到三个月后战线西移，难民们才陆续离去。

一次，国民党高级将领顾祝同将军回故里祭祖时，在家乡听说了顾竹轩救济灾民的善举，大加赞赏，并对家里人说道："顾四热心于盐阜乡亲的事情，我早有耳闻。他发银放饭的救灾之举，乃大情大义，暖人心怀！遇机会我想见见这位'一家子'（指顾竹轩）。"后来，顾祝同到上海公干，在一次高规格的招待会上，他以到会最高军事长官的身份接见了顾竹轩，交谈中除了将军对顾四所做的善事予以点赞之外，还得知两家祖上不仅是同乡同地，而且还是同宗同族、同源同根的近亲。就顾祝同任江苏省主席时，顾竹轩则以与其祝寿为名，在扬州买了一所房院，待把这所房院重新装修整理并取名"祝同花园"后,送给了顾祝同的族弟转交,顾祝同对此投桃报李自然高兴。而后,趁顾竹轩四十岁生日之际,顾祝同以江苏省主席的名誉亲派代表登门贺寿。抗战胜利不久,出任当时国民党陆军司令长官的顾祝同,利用到上海公务的机会顺道拜见了顾竹轩。消息上之报刊,引起了政界当权者的重视,继而顾竹轩又被上海市政当局任命为市议会议员之职。在与高层官员日益增多的频繁接触中,顾竹轩见到了蒋介石,并把他和当时国民政府党政军最高领导人蒋介石的合影照片,放大加彩挂在了"天蟾舞台"二楼的总经理办公室,以此来显耀自己的身价。从此以后,大大提了顾竹轩的社会地位。

因顾竹轩幼年家境贫寒,无力念书。待有了社会地位后,目不识丁的顾竹轩则请来先生教他认字,逐渐达到了能够读报写信的水平。在与许多文人雅士的交往中,使他渐渐养成了庄重典雅的风度。随着身份地位及文化素质的不断提高,作为身兼数职的青帮头目和被誉为"江北大亨"的顾竹轩先生,开始洁身自爱,重新有了自己的思考,对帮派之间的尔虞我诈;官场上的钩心斗角;大员们的贪污腐败;日本人的烧杀抢掠;中华民族的生死存亡;平民百姓的流离失所,他都看得清清楚楚。于是,除参加慈善活动外,所有的社会事物统统谢绝参与,或以身体不佳为由敷衍推脱。不可否认,顾竹轩在上海官场及青帮的数十年沉浮经历中与杜月笙相仿,曾指使门徒从事过不法勾当,欺行霸市,敲诈勒索,时有发生;还帮助过国民党发动的"四·一二"反革命事变。但在救济灾民、支援抗战、掩护中共地下党人方面,却立下了不可忽视的赫赫大功!

顾竹轩热心资助盐阜乡亲的事情,无论是旅居上海的同乡还是江苏的当地父老乡亲均感恩德,都对其评价颇高。如果说,顾竹轩舍饭、放粮、捐款的善举,是因其本人怀念同乡情感、擅动江湖义气的性格所在,那么不可否认的是,他支持身为共产党员的侄子从事革命活动,多次掩护和营救中共地下工作者,并让自己最小的儿子参加新四军的案例,多多少少也与青帮行事中向来的"狡兔三窟"之风格有所关联。

早在大革命时期,顾竹轩就曾营救过上海工人纠察队大队长姜维新。当时,时任工运大队长的姜维新在送发罢工工人安置费时,不幸被租界巡捕房逮捕,巡捕房后将其递解至龙华的淞沪警备司令部。当时在"天蟾舞台"工作的姜维山(姜维新的兄长)请顾竹轩出面营救弟弟。财东顾竹轩首先假认姜维新是"天蟾舞台"的员工,并利用招待前来查核情况的警官吃饭为由,避开英籍巡捕,疏通华籍警员,将查办的时间延后,获得了营救时间,后由顾竹轩出钱,"天蟾舞台"作保,将这位革命同志姜维新从狱中解救了出来。并且受到了中共中央领导人周恩来的赞扬。

"一•二八"淞沪会战爆发,顾竹轩亲率闸北沪北区保卫团配合国民革命军第十九路军抵抗来犯的日本军队。"八•一三"抗战时期,顾竹轩又将自己的"天蟾舞台"改作了难民收容所。上海沦陷后,日伪警察局局长卢英诱劝他投靠日本升官发财,呼风唤雨。不料,具有民族气概的顾竹轩却坚定地回拒道:"顾某宁死不做汉奸"的豪言壮语!而且,顾竹轩还冒着生命危险和家人的安危经常帮助他身为共产党员的侄儿顾叔平护送和营救共产党人多次进出申城。

顾叔平毕业于圣约翰大学,是顾竹轩的嫡亲侄儿,他早年投身革命并加入中国共产党。曾多次依靠顾竹轩的关系,在最危险的环境下出色地完成任务。1943年春,时任中国共产党盐阜区委组织部部长喻屏(新中国成立后曾任最高人民检察院副总检察长)与时任中国共产党淮安县委书记的妻子李枫奉命去延安整风。组织上将掩护喻、李二人从根据地路经上海去延安的任务交给了顾叔平。在抵达上海的路途中遇到了几次危险,都是抬出了顾竹轩威名远播的名头才化险为夷。到沪之后,顾叔平并没有隐瞒二人的身份,把他此次的护送任务向顾竹轩全盘托出,请叔父帮忙。顾竹轩出于安全考虑,将喻、李夫妇安排在了"地藏寺"中,花了大约有二十石白米的洋钿打通了关系,才拿到了去太原的通行证。为了更加保险,处于谨慎起见的顾竹轩,吩咐义子李少春(后成为了著名的杰出京剧表演艺术家)写了封致其父李桂春(京剧名伶、艺名小达子,与顾竹轩私交甚笃)的书信交给了喻、李二人随身携带,以便有困难时备用。负责护送至上海的顾叔平得知了喻、李夫妻安全抵达延安的消息后,满怀着喜悦与谢别叔父的情感回到了根据地。临行前,顾竹轩对顾叔平说:"孩子,叔父我虽然干过不少对不起民众的蠢事,但在大义大节上我并不糊涂,往后你们有什么事情需要我做,尽管对叔叔直讲,我决不含糊。凭我在上海的身份、帮会的地位、手中的财力和社会上的人脉关系,还是能帮上忙的。"事后,喻屏曾赞扬顾竹轩说:"顾先生为人很好!不仅热心,而且有政治头脑,有正义感。他是一位肯于助人的爱国资本家。"然而,这件事情却使顾竹轩差一点身陷囹圄,但他对侄儿顾叔平的革命工作仍然是毫不动摇,坚定不毅地热心相助,鼎力相帮。

1945年3月,中共射阳县委书记马宾的妻子林立患上了甲状腺肿大症,必须开刀切除。党组织要求顾叔平利用其叔父顾竹轩的关系与林立假扮夫妻赴上海治疗。顾竹轩得知后,通过青帮的关系使林立住进了红十字会医院(现华山医院),并做了切除手术。待林立痊愈出院后,又在顾宅休养了十多天,林立非常感谢地拜别了顾老板,离开了上海滩。他们临走时,顾竹轩毫不忧虑地将自己的小儿子顾乃锦交给了顾叔平,参加了新四军。顾竹轩还利用自己所控制的租界码头,将大批的日禁药品运往苏北的新四军根据地。有时,苏北的新四军首长因病到沪就医,也住在顾竹轩府上。为此,设在上海贝当路(今衡山路)的日军宪兵队曾到"顾公馆"和"天蟾舞台"进行过多次查搜。

1946年,中共上海局决定让顾叔平出面,凭借他与顾竹轩的叔侄亲情,公开竞选国民政府上海榆林区副区长的职务。顾竹轩仰仗自己的威望、手中的大权、亲自出马,要求苏北旅沪同乡会和门徒好友同心协力,为侄儿叔平摇旗呐喊竞拉选票,最后结果竞选成功。顾叔平当上了国民政府上海市榆林区的副区长后,从中搜集、打探、侦察、了解到了许多重要情报。解放战争时期,中共上海局为了借助帮派势力与国民党展开斗争,成立了帮会工作委员会,顾叔平是委员会负责青帮工作的委员之一,顾竹轩自然也不例外。在共产党人的影响下,顾竹轩的立场更加坚定,对地下党的工作全力支持,他建议让帮会工作委员会设立在了他的"天蟾舞台"的二楼经理室,从此这里成为了中共地下党组织最安全的办公场所之一。因为警察中有不少人是顾竹轩的徒弟或徒孙,祖师爷的总经理办公室不仅无人敢去打扰,反而起到了暗中保护的作用。解放初期,顾竹轩忙东跑西,宣传游说进步思想,并督促青帮弟子和友人不与共产党为敌。他依仗自己的特殊身份,帮助共产党解放军做了很多解放上海的接收工作,有效地维持了大上海的社会治安。1949年8月,上海市召开第一次各界人民代表大会时,顾竹轩作为特邀嘉宾参加了会议,时任新中国上海市市长的陈毅同志亲自接见了他,并给予了很大的鼓舞与肯定。事隔不久,陈毅市长又再次莅临"天蟾舞台",看望了顾竹轩,邀请他代表上海商界赴香港访问。

无论顾竹轩出于何种目的协助中共党组织工作,客观上都对共产党的革命事业做出了不可磨灭的贡献。顾竹轩出身贫苦,从社会底层起家,最终跻身于上层社会,成为了上海名流,商界大亨,称其为上海滩的苏北精英是毋庸置疑的。顾竹轩的同乡观念极强,重视江湖义气,从不把钱财放在心上,故而在申城的苏北籍人士中颇显地位，拥有深厚的群众基础，其势力范围以上海闸北为大本营的门徒达上万之众，就公共租界内尚见影响。由于顾竹轩以人力车（黄包车）起家，又做过租界巡捕，所谓"物以类聚、人以群分"，顾竹轩与底层民众有着"鱼水交融"的关系，是谁也离不开谁的往来。在顾竹轩的身上，看来似乎十分矛盾的人生追求，也正是在旧上海的大浪淘沙中，显示出来的多种重复合的利益争夺、思想转变和人际价值观的鲜活对比与体现。

第十题藏头诗

金傍大贤杨公君，
杨赞十全大净人，
搭配默契天蟾台，
配演珠联见艺魂，
天霸本是小楼饰，
霸气十足沪人云，
尔墩寨主少山扮，
敦实勇猛赛天神。

十一、梅金联手　霸王别姬

这年，金少山有一位唱武生的结拜兄弟袁小楼去广西演出，他非常欣赏金少山的花脸戏，而且经常在一起探讨艺术，论解戏道，弟兄二人相互了解，亲如手足。袁小楼晓得金少山的爱好，因此回来时，特意从广西给金少山带回来了一只可爱的小黑猴，金少山见了特别喜欢，为它取名"猴三儿"。从此，金少山就像给弟子传授艺术那样，每天对小猴三儿进行两个小时的基本功训练，由于原本就和人类有着近亲关系的猴类天生就喜欢上蹿下跳、倒栽葱的本性，不到半年的工夫，聪明伶俐、玩性调皮的小猴三儿，就好像《西游记》中的孙悟空，竟然学会了踢腿下腰拿大顶，抓耳挠腮扎架子，还学会了给客人鞠躬敬礼、拿苹果、端鼻烟碟、倒茶、送水、递东西，甚至还学会了烧大烟及京剧演员的毯子功、翻跟斗等技巧。猴三儿每次吃饭，总是按照西餐的用餐方法，在它的专用小圆桌上的盘子里放着土豆、西红柿、牛排骨、面包和一杯鲜牛奶、水果等。这时，可爱的小猴三儿会先在它的胸前围上一块白餐巾，然后学着人的样子，左手使叉右手用刀，把饭吃得干干净净，从不浪费。它跟随金少山出门时，还要穿上专门为它定做的毛料子花格西装，在系上领带，戴上礼帽，夹着公文包，手里拿着一根精致的小文明棍儿，左顾右看，扬扬自得，人模人样，不离主人左右。走在街上夸它的人群，挤挤扛扛，有说有笑，好不潇洒，其回头率比看靓女的次数还多，派头大得不得了。

有一次，金少山忽患感冒，不能演出。在家里写了一张请戏院老板临时改换戏码的纸条儿，交给猴三儿，并给它讲明乘车到戏院找经理或剧务请假的事情，猴三儿点头表示明白后，照例穿戴整齐，夹着放有纸条儿的公文包出门，坐上金少山自己的小轿车，司机把车开到"黄金大戏院"门前，猴三儿绕过剧场前厅迅速走进后台，把纸条儿从公文包内取出，放在了后台经理的办公桌上。小猴三儿坐在沙发上等了一会儿，见无人过来，竟用拐杖敲打了几下房门，后台剧务韩金奎听到响声连忙走进房间，见是金老板的传令兵猴三儿在此，问它啥事儿？小猴三儿稍停片刻，而后用手指了指桌上的纸条儿，示意请他详阅，待韩金奎看过之后，对它说："我知道了，你可以回去啦。"可小猴三儿看着韩金奎就是不走，顿时韩金奎突然明白了猴三儿的意思，赶紧写了一张请金爷安心养病、多加保重，换戏之事由他安排的回条儿，交给了猴三儿，它接过来回条儿放进了公文包后，这才出门上车，然后一敲手杖，意思是让司机开车，回府复命。回到家里，精明的小猴三儿，先把回条从公文包里取出来交到了金少山手中，再脱衣去帽，金少山看过回条儿，面带笑容，非常满意，并亲吻了猴三儿几下。猴三儿见主人高兴，便兴奋地上蹿下跳了一番后，接着就是坐下来，美美地饱餐一顿早已为它准备好的新鲜水果了。

还有一次，金少山的一位好友做寿，金少山夫妻带着全家人前去祝寿，只把小猴三儿留在了家里。猴三儿一看家里的人全都走了，就是没有带它，心里很不高兴。为了解除烦闷，它跑进卫生间，模仿着主人洗澡时转动水龙头的动作，拧开了水龙头，水便哗哗地流了出来，猴三儿看到有水，特别高兴的洗起澡来。等它淋了个浑身湿透之后，感到清凉时即想关上水龙头，因为它不知道应该把水龙头往相反的方向拧回，淋浴头才能关住。而是仍然向开的方向拧去，结果越拧水越大，转眼间，越来越猛、越流越多的水，漫过了浴缸，流到了房间里的地板上。这时候，小猴三儿着实有些惊慌、着急，但它心想：用被子往地板上一盖，水就会干了。于是乎，它把床上的棉被、毛毯、枕头等全部都捂在了地上。结果，水仍然还是流个不停，并从门缝处流到了楼下，又从楼下流到了弄堂里，邻居们发现后，上楼敲门却没人吱声，只有猴三儿在屋里蹦来跳去，抓耳挠腮哇哇乱叫。

到了傍晚掌灯的时候，金少山与夫人以及保姆等人方才回来，金少山刚一迈进弄堂口，就有人冲着他喊："金老板，你们可回来了，不得了啦！你们家里发大水啦！赶快回去看看吧。"金少山二话不说，赶紧跑步跨进院内，迅速上楼打开了房门，进到屋里一看，这下可坏啦，满屋全都是水，快成了"水晶宫"给"水帘洞"了！他先到洗澡间把水龙头关上，又让保姆赶紧把泡在水里的毛毯、被子、枕头等东西拿到阳台上去晾晒，而后再把仍在地板上的果品捡起来冲洗，等到将地板拖干擦净之后，忙昏了头的金少山才突然想起了猴三儿不见了！他正在琢磨着：三儿到哪儿去了呢？屋顶好像有声音在响。原来，小猴三儿知道自己做错了事情，害怕主人责罚于它，躲在屋顶的房梁上，两只小眼睛直直地盯着金少山，吓得浑身打哆嗦。金少山抬头一看，吞儿的一下，忍不住笑了，知道它是因为害怕挨打才躲了起来！于是就语气温和地笑着冲猴三儿说道："三儿，赶快下来吧，我不打你，只要你知道错了就好，以后可不能这样做啦，如果再不听话，胡乱摆弄东西，那我可真的要打你了，记住了没有？"小猴三儿低头望着主人，一动不动地直眨巴眼睛，意思好像是说：我知道了！下次再也不敢这样做啦。等金少山又示意叫它赶快下来时，小猴三儿这才噌地一下跳了下来，乖乖地卧在了金少山的身旁撒起娇来。于是，金少山顺手剥了一只大香蕉给它吃，小猴三儿特别感激主人对它的款待，扑到金少山的怀里对着主人的脸蛋儿亲了几下，吃完了香蕉，便老老实实地坐在为它特别制作的茶几座上，休息去了。此后，猴三儿再也没敢动过卫生间的水龙头。

　　1928年的农历4月20日这天，是金少山三十九岁的生日。于是，上海文艺界的二百多位朋友，前来为金少山庆寿。如今已是半个上海人的金少山自然高兴，在家里摆了三十桌尚好的宴席与宾客们共同饮酒作乐、吃长寿面。当晚九点左右，国民党内有一位姓刘的少将师长，突然登门造访。他本人爱好京剧，痴迷花脸，对金少山的演唱艺术特别崇拜，趁着给金老板拜寿为由，也来凑个热闹。金少山非常客气地把他让进里屋，乖巧的小猴三儿恭恭敬敬地为客人献茶、上烟，招呼坐下。闲聊之间，这位国军师长看到了玻璃茶几上放着几个做工颇为考究的鼻烟碟，有花梨的，犀角的，还有紫檀木的及象牙的，形状花样雕刻的格外耀眼，具不相同。于是，他毫不掩饰地向金少山开口道："金老板，我听说您有一对稀有的鼻烟碟，特别珍贵，能不能拿出来，让我开开眼界，观赏一下呀？"金少山不好意思地指着手里拿着的烟碟说："这不，就是这个，它是一种非常贵重树木的树根，精雕细刻而成，名字叫'蛇踪馆'。说它贵重，主要是因为骨料木的稀有少见，这种树木生长在原始森林背阴凉的深山后面，终日不见阳光，还不能缺水无潮，山里的大型蟒蛇又长年累月地缠绕着它，人根本无法接近，所以想得到这种树木极不容易。后来，有位朋友送给我了两块该树的树根，我又出高价请高手雕做成了一对精致的烟碟，一个收藏，一个我自己专用。这个鼻烟碟确实非同寻常，你把鼻烟倒在碟上五分钟之后，再用手沾点儿鼻烟往鼻孔里一抹立刻就会闻到一股类似薄荷香的清凉味道，也更像是北京的特产'避瘟散'，又凉又香，烟味儿特别，能够起到提神的作用。"师长听得入迷，连忙接话："金老板，您讲得这么邪乎，能否也让我试一试，亲身感受一下它的奇妙，看它到底有多好？"金少山听说他要亲自体验，不觉一愣，心想："我这个鼻烟碟还从来没有让别人用过呢。"可在这根节上又不好意思不让他用，出于面子，无奈，也只能顺口说道："那好吧，您就试试看到底怎样！"此时，坐在金少山身后的猴三儿，猜透了主人的心事，两只小眼睛直挺挺的紧盯住金少山手中的烟碟，生怕被别人拿去。因为它知道，这是主人的心爱之物，别人不能动它！就在这位国军师长刚把鼻烟碟拿起来的一瞬间，猴三儿噌地一下蹿上去照着他的手背就是一爪子，师长的手被猴三儿抓破，露出了血印儿，鼻烟碟也掉在了茶几上。金少山一看，小猴三儿惹下大祸，一着急，顺势掏出了他防身用的袖珍手枪，本准备吓唬一下对他忠心耿耿的猴三儿，可谁知，在这生死攸关的紧要时刻，金少山偏偏忘了枪膛里上满了子弹，只听"叭"的一声枪响，小猴三儿应声从茶几上倒了下来，可怜它扬扬脖子，看了看主人，好像在说：这次我并没有做错，为什么要用枪打我呀？而后扑通一声摔倒在地上，鲜血直流，停止了呼吸。见此惨景，吓傻了的金少山一动不动，直挺挺地望着断气的小猴三儿，眼眶里含着泪水，狠狠地抽起了自己的耳光，突然间，放声大哭了起来！神智崩溃的金少山就像失去了亲人似的，打脸摔头，两腿发软地蹲在了地下，嘴里喃喃自语道："我可怜的三儿，是我错怪你啦，不应该呀，太不应该了，没想到我心爱的小猴三儿竟然会死在我手里……"，站在一旁的那个姓刘的师长见到这一惨景，自感无趣，安慰了金少山几句，便非常尴尬地告辞离去。自聪明的小猴三儿死后，金少山的精神非常不好，茶饭不进，昼夜失眠，他就像呆了似的一连半个多月，少言寡语，没有出门。一个人在家里闷闷不乐地回想着，小猴三儿给他捶腿揉背挠痒痒，倒茶送水装鼻烟，拿鞋去帽脱衣服，和它到门口商店里帮家里买东西等讨人喜爱、逗人开心的身影……

从此，金少山的情绪非常沉闷，身体状况也急转日下，消瘦了许多。为此，夫人杨淑英也发起愁来，不知该如何来安慰少山，才能使他解脱思念猴三儿的苦闷。

上海有一位京剧名票亚永禄，擅演架子花脸，经常在一家上海"建设票房"的高档票房里和包氏三蝶、程君谋等人搭帮唱戏，水平较高，很有人缘，属票友中的能手强将。他跟金少山相识多年，关系很好，尤其是对金少山的表演艺术特别崇拜，两个人是过得着的老朋友。一天，亚永禄提着一个带拉锁的手提皮包，叩开了金少山的家门。人还没有走进屋里，就先高声大气地打起了招呼："三哥，小弟看您来了！"正闷闷不乐的金少山，听到喊声连忙答道："噢，原来是永禄弟呀，快进来。兄弟，最近又跟哪位名角在一起票戏呀？你可是大忙人那！今儿个怎么有空到我这儿来啦？"亚永禄接着说："我听说三哥这些日子心情不好，身体欠佳，特意来看看三哥您和嫂子。除此之外，再送您一样礼物，也不知道三哥您是否喜欢？"金少山少气无力地问："啥礼物呀？"亚永禄回答："是一只哈巴狗，蒙古种，它只有六寸长，小短腿儿，大眼睛，一色黑，浑身上下一根杂毛都没有！"亚永禄边说边拉开拉锁，从皮包里拿出了一只小哈巴狗，交到了金少山的手里。金少山一见到它，立马来了精神，内心甚是喜欢。小狗呢，也会来事儿，抬头看了看眼前的大高个子，就一个劲儿地往金少山的怀里钻，小尾巴还来回地摆个不停，伸出它的小舌头直舔金少山的手。金少山一边逗着这个小家伙儿，一边高兴地说："它叫什么名字？还长个儿不长了？"亚永禄回答："外号叫'黑炭儿'，个头儿长到最大也不会超过一尺。""好，就叫小'黑炭儿'吧，这个名字起得不错，正与它长得一身黑毛相匹配。那我就先谢谢兄弟你了！改天我请你吃饭。"金少山客气地向亚永禄表达谢意。亚永禄不好意思地赶快接话："三哥，哪儿的话，咱哥儿们是多年的交情了，今天您怎么还给小弟我客气起来了！只要三哥高兴，比什么都强，我送给您个玩意儿还不是应该的嘛。"金少山回答："那是自然，咱哥们没说的。"

金少山自从有了小"黑炭儿"，他思念猴三儿的心情，总算是稍微缓解了下来。他每天教"黑炭儿"站、坐、滚、卧、拜和握手、作揖等动作，小"黑炭儿"还真有灵气，学得特别快。它好像能听懂主人讲话的意思，没过多久，叫它做什么动作，小"黑炭儿"就会一点儿不差地完成，而且还学的准确到位，非常好看，逗得家里人哄堂大笑，都夸小"黑炭儿"是全家人的开心果儿。金少山更是把它当作掌上明珠，爱不释手，到哪儿去都带着"黑炭儿"。从此，金少山精神焕发，情绪好转，身体康复，重见新貌。

这年初冬，上海"黄记大舞台"又邀请北京的梅兰芳赴沪演出，同来的演员实力雄厚，阵容齐整，傍戏的艺人全是技艺精湛的名角，其中有老生王凤卿，武生李三星、茹富兰，小生姜妙香，旦角姚玉芙，花脸刘连荣，总导演李春林与一帮翻打很棒的武戏演员等人。头三天的打炮戏唱过之后，"黄记大舞台"的财东黄金荣和上海商会会长张啸林共同宴请梅（兰芳）老板一行。

梅兰芳，原名畹华，字澜，又名鹤鸣，乳名裙姊，科名喜群，艺名兰芳，1894年10月22日（光绪二十年），出生于北京前门外李铁拐斜街一座京剧世家旧居。祖籍江苏省泰州市。他的祖父梅巧玲是咸丰年间"醇和堂"歌郎，同治年脱籍，自营"景和堂"，甚有名望，名列"同光十三绝"，在北京掌"四喜班"（戏班）多年，是清末时期的著名旦角艺人。梅巧玲的长子梅雨田（小名大锁），次子梅竹芬（梅兰芳的父亲，小名二锁），皆承祖业为名歌郎。梅竹芬后为"景和堂"二主人，也是京城的青衣名伶。二锁体弱，昼歌夜饮，因致肺疾支离床次，骨瘦如柴，未几病死。梅畹华遂孤，恃伯父大锁抚育。八岁时，送"云和堂"朱小霞处从艺，跟随时小福的高徒吴菱仙学戏。其始，畹华不甚入艺，吴师感巧玲之恩，特加赐教，使澜业进。在此期间，亦曾有过侑酒生意，赖仕商以巧玲孙特垂青之，京僚文博彦，嬖畹华甚，出巨金脱籍，十四岁的梅澜进入当时颇具盛名的"喜连成"科班第一科"喜"字班坐科修艺，科名喜群。在科的梅喜群边学边演不断实践，除练出了扎实的基本功外，学业又进一步求助了更加规范的深造。从此，十几岁的梅喜群在表演艺术方面，获得了突飞猛进地升华。1908年（光绪三十四年）秋季，"喜连成"的班主叶春善率领该社到吉林省巡回演出时的一日清晨，陪同出资组建"喜连成"的开明绅士牛子厚去吉林北山的风景区散步游览时，在一边爬山，一边闲谈，一边观赏山景期间，忽然发现有一身影在树林中舞剑。只见其人体形俊美，身段轻盈，动作敏捷，舞姿不凡，手中的宝剑被他耍得寒光闪闪，风卷落叶，将自己包围在了水泼进的光圈之中。"喜连成"的东家牛子厚平生酷爱京剧，喜欢武术，见过不少武林高手刀枪剑影的表演，但像今天所看到的绝伦剑技，确实不多。于是，看呆了的牛先生情不自禁地叫起好来，那位舞剑者闻听有人声不绝口的拍手喝彩，连忙把剑身收住，两颊绯红地走了过去，用手帕揩拭着额头沁处的细密汗珠，非常恭敬地向牛子厚和叶春善躬身施礼："牛老板、叶社长好，喜群献丑了。"牛子厚近前定睛细看，才发现面前这位年轻后生，仪表堂堂，举止端庄，气度潇洒，像是一个戏挑大梁的好材料，便和亲地问道："年轻人，何时来的'喜'社，家里有人唱戏吗？"梅喜群不好意思的回答："有，家父梅竹芬是唱正旦的艺人，伯父梅雨田乃是专给谭（鑫培）老板操琴的头把琴帅，祖父梅巧玲……"话没能讲完，牛先生就笑着插话道："你爷爷梅巧玲也是龙城帝都内大名鼎鼎的旦角演员，你们家的情况我知道一些,可是个较大的梨园家族啊!那么,小伙子,你叫什么名字,有艺名吗?"梅畹华正想回答,站在一旁的叶春善却答道:"我给他取的艺名(科名)叫'喜群'",牛子厚沉吟了片刻,笑着对叶春善说:"叶社长,我看这孩子相貌不俗,举止稳重,谈吐文雅,和善谦恭,日后必成大器,我给他更名'兰芳'您看怎样?"叶春善立刻表示赞同。从此,十六岁的梅喜群,便改用了"梅兰芳"的艺名。

当时,一般情况下大多的梨园子弟都是先练功,后学戏,再登台,等较为熟练地掌握了足够的戏码和具备了较好的演唱基础后,才敢搭班唱戏。但由于梅兰芳出生时,爷爷梅巧玲作古,四岁时父亲梅竹芬去世,此时的梅家家道中落,勉强维持。无奈,小小年龄的梅兰芳为了担负起家庭的经济重担,才一反常规地离开了"喜连成"科班,步入了江湖班社,跨进了靠唱戏来养家糊口的艰难途径。便开始了他随搭班,苦修艺,再投师,即学戏,且在依演出锤炼的熔炉中,再度追求提高自己艺术水平的舞台生涯。从此,在博大精深的戏曲海洋中,扬帆启航逆水而进!由于家庭压力生活艰难,梅兰芳为了全家人的生计,他练功刻苦,求艺心诚,学戏扎实,在他的少年时期就担纲了主演,挑起了大梁,挂上了头牌。

梅兰芳搭班唱戏后,为了使自己的表演技能精益求精之大起大进,即开始了向更多的老前辈问艺,除了不断向梨园名宿王瑶卿请教之外,1914年1月,在庆丰堂与王惠芳同拜陈德霖为师学青衣戏;又先后投到乔蕙兰、陈嘉梁、李寿山门下习昆曲戏;向路三宝等学花旦戏;另外,还跟茹莱卿练身段、把子功。1913年10月,年轻的梅兰芳与早年上海滩的头号老生王凤卿互相配戏时,就以主要演员的名誉挂上了二牌。同年7月至10月,梅兰芳在翊文社戏班最初尝试创编上演了时装戏《孽海波澜》,并对化妆、头饰方面进行了突破性的改革。十九岁时,就和享有"伶界大王"的老生宗师谭鑫培、"武生泰斗"杨小楼同台演出。1915年4月10日,在北京吉祥园上演创编的时装戏《宦海潮》;该年4月16日,在北京吉祥园又上演了他创编的又一时装戏《邓霞姑》;同年10月31日,在北京吉祥园首演创编的古装新戏《嫦娥奔月》;1916年1月14日及4月19日至21日,在北京吉祥园上演创编的新戏《黛玉葬花》和《一缕麻》;1917年,梅兰芳推出了创编的神话歌舞剧《天女散花》;1918年后移居上海,其艺术风格形成了世所公认的"梅"派,"梅"派代表剧之一的《游园惊梦》被誉为中国戏剧艺苑中的奇葩。同年,又创编演出了《红线盗盒》《麻姑献寿》;1919年4月21日至5月27日,应日本帝国剧场邀请，携同以他早先在喜连成社最初的科名命名、首次组建的"喜群社"赴日本东京、大阪、神户等地访问演出；1920年第一次受邀拍摄无声电影《春香闹学》；1921年初与杨小楼合作创建"崇林社"戏班；1922年2月15日，在北京第一舞台与杨小楼联合首演改编的新戏《霸王别姬》，同年10月15日至11月22日，应香港太平戏院邀请，率他后来组建的"承华社"一百四十余人赴港演出；1923年11月，在北京开明戏院上演创编新戏《洛神》，在北京真光剧场上演创编新戏《廉锦枫》；1924年5月，在北京寓所接待印度著名学者、诗人、作家泰戈尔先生；1924年10月9日至11月22日，应日本帝国剧场社长邀请，第二次访问日本，先后在东京、大阪等地演出；1925年至1926年，创编新戏头、二、三、四本《太真外传》在北京上演；1926年冬，在北京东城无量大人胡同梅宅接待来访问的瑞士王储夫妇；1927年，被评选为京剧"四大名旦"之首，并且上演创编的新戏《俊袭人》；1928年4月6日，在北京中和戏院首演创编新戏《凤还巢》，夏季在北京上演了改编剧目《宇宙锋》；同年10月在上海与金少山联手出演《霸王别姬》并携该剧第二次赴香港演出；1930年1月18日至7月，率"承华社"部分演职员经日本横滨、加拿大维多利亚赴美国访问，先后在西雅图、芝加哥、华盛顿、纽约、旧金山、洛杉矶、圣地亚哥、檀香山等地演出七十二天，美国波摩拿学院、南加利福尼亚大学分别授予梅兰芳文学荣誉博士学位；1931年5月与余叔岩、齐如山、张伯驹等人共同创办"国剧学会"，第三次率社赴香港演出；1933年，为影射日本侵华，在上海"天蟾舞台"上演了创编新戏《抗金兵》（金少山、林树森等人参演）；1935年2月21日至4月21日，率承华社赴苏联访问演出，在苏联与戏剧大师斯坦尼斯拉夫斯基、布莱希特会面；同年4月至8月赴波兰、德国、法国、比利时、意大利、英国等国家进行戏剧考察，后经埃及、印度回国；1936年2月26日，在上海"天蟾舞台"上演了创编新戏《生死恨》。

早在1913年10月，梅兰芳接受上海徐少卿邀请首次赴沪演出时，10月28日《申报》13版"剧谈"这样评论："梅兰芳之青衫亦为都中第一流人物，色艺之佳，早已名满都下，两难兼并，必有特异之技艺以动人，观听者有梨园洁癖者自必联翩往观，第一台又将座物隙地矣。"1918年，梅兰芳移居上海时，是他戏剧艺术炉火纯青的顶峰年代，综合了正旦、花旦、刀马旦的表演程式，创造了醇熟流畅的旦腔，势而形成了独具一格、技高日月、易学难精的"梅"派艺术。《申报》当时编出了一个类似专栏的《梅讯》，共刊登了数百篇文章专栏报道梅兰芳的演出盛况、活动踪迹等内容，由此可见梅老板这时的影响之大，声望之高。1920年4月20日，《申报》14版的《梅讯（六）》消息报道："二十九夜，演《嫦娥奔月》友人戏调浣溪沙一曰：'咫尺天涯望玉宫，五云佳气压仙蓬，松亭神箭太匆匆，酿酒情怀人独倦，折花心绪易偏慵，青天碧海露华浓。'《嫦娥奔月》自畹华演后，上海男女剧场莫不效颦。其唱词纵不多而精绝，可与《散花》并传，特录之，此后再演，可按图而索骥也。"1922年7月4日，《申报》18版的《梅讯（二十九）》消息报道："畹华定于本夕出演《瑶台》，《瑶台》为《南柯梦》中的一折辞藻，音节之美久已脍炙人口，畹华得名师指授，更有其精妙身段，梁州第七之载舞载歌，真如一朵红云。"

戏曲中包括京剧在内的女性人物统称为"旦"，并有"生""旦""净""丑"之划分，其中按照人物的年龄、性格等又分有略为细目的行路。梅兰芳则属专工"旦"行的演员，就多年的舞台磨炼中，把他修炼成了一位扮相雍容华贵，形体玉洁冰清，气质端庄典雅，嗓音甜润脆亮，行腔精妙绝伦，道白清新爽口，做派惟妙惟肖，台步行云流水，表演平静安详的艺术风格。没过多久，即达到了文武昆乱不挡，技艺博大精深的高度！通过向老一代艺术家学习和与诸多名伶们的相互配戏，同台合作，就自己的演唱方面，他虚心求教，获艺良多，博采众长，受效匪浅。二十多岁时，竟可以领戏、单挑、唱大轴，成为了北京城内的著名演员。三十岁时，已是统领京剧艺坛的领袖人物！奠定了梅派艺术的百年江山，赢得了梨园"三大贤"的美称。1927年的梅兰芳在戏剧界的名气如日中天，但他却仍在为中国戏剧的发展艰苦跋涉。两年后，在中国戏剧史上具有里程碑意义的《梅兰芳戏曲集》正式出版问世。1920年，梅兰芳将北京无量大人胡同24号买下，居住之时已是享誉中外的著名杰出京剧表演艺术家了，他在这座宅院内接待过诸如印度大诗人泰戈尔，美国好莱坞影帝范朋克，意大利女歌唱家嘉丽-古契，日本著名歌舞伎表演艺术家守田勘弥，美国总统威尔逊的夫人，以及当时瑞典王储古斯塔夫六世夫妇等众多国际上的名流人士。梅兰芳的儿媳屠珍在《京城艺术沙龙——无量大人24号》一文中写道："无量大人胡同内，梅先生的客厅缀玉轩成为人文荟萃的地方，真可说是京城一处'艺术沙龙'。梅先生的文学修养和历史知识，就是在众友人谈文论艺，臧否人物，上下古今，无所不及的氛围中，得到了熏陶和提高。"

梅兰芳通过不断的艰辛拼搏，终于集京剧旦角艺术之大成，融正旦（即青衣）、花旦、刀马旦行路为一炉，创造出了独特的表演形式和唱腔，世称"梅"派，影响之大，与程砚秋、尚小云、荀慧生被评选为京剧"四大名旦"并被推为首席，誉响中外。在梅兰芳的舞台生活中，塑造了连他自己都说不清楚到底有多少艺术人物，这些性格鲜明的艺术人物，充分体现了中国妇女传统美德中的不同个性，有的机智聪慧，有的秀雅柔婉，有的雍容华贵……这些颇为鲜活的性格特征，又融会贯通在艺术美的形象之身，使人赞叹。梅兰芳运用自己所掌握的演唱、念白、身段、舞蹈等技艺，把其人物的内心活动、情感状态刻画入微，精妙绝伦。他的表演手法自然和谐、圆活洒脱、出神入化，富有极强的节奏感与形体美。其质朴中见华贵，端庄中含俏丽，淑静中闻妩媚，温柔中显秀雅乃是"梅"派风格的重要特征。

1931年冬季，"九一八"事变爆发后，梅兰芳偕全家告别了北平故居，在上海马斯南路121号定居下来。就马斯南路居住期间，为了抗日，他排出了抵抗外侵的《抗金兵》与《生死恨》等戏。抗日战争爆发后，梅兰芳罢歌罢演，息影舞台。太平洋战争爆发后，他从此杜门谢客深居简出。当时已蓄须八载的梅兰芳逢人便说自己老了，嗓子已经退化，今后不再登台，只可靠卖画典当为生。在清苦隐居的环境中，多次拒绝别人的高薪聘请他出山唱戏，期间曾有一位戏馆老板对着留须挂髯的梅兰芳说："梅先生，只要您出来到我处唱戏，百根金条立刻送到府上。"被梅兰芳婉言谢绝。1942年深秋的一天，汪伪政府的一个头目突然来到马斯南路梅家寓所，闯进书房，强迫梅兰芳赴南京等地，以庆祝所谓的大东亚圣战进行助兴演出，不料却被梅兰芳当场拒绝。事隔不久，日军头目山家少佐勒令梅兰芳必须参加这次重要演出，再有违抗便以抗日分子论处，并说："既然梅先生年纪大了，若实在不能演唱，那么出来讲几句话总还是可以的吧？"无奈之下，梅老板横下心来，冒着生命危险以注射预防针即可发高烧的办法为对策，来表示反日的决心。待请私人医生为他打了三针后，果然起了作用，梅兰芳身患重病，昏迷在床，高烧不退。日本军医奉命前来梅家查看真假，结果证明病情属实，扫兴而回。直到抗战胜利后，梅兰芳才剃掉胡须，重新焕发了自己的艺术青春，登上了他所向往的京剧舞台，梅兰芳这种不顾生死的爱国主义精神，值得我们大扬特颂的铭记在心！梅兰芳演出的旦角戏究竟有多少？笔者无法说清，但除了他所上演的旦角本工戏以外，他在其他行当中的反串角色戏中，所演出的剧目有《艳阳楼》中的呼延豹（武生）、《镇潭州》中的杨再兴（武生），《辕门射戟》中的吕布（小生），《三江口》中的周瑜（小生），

《八蜡庙》中的黄天霸（武生）等人物。

　　前面已经谈到，梅兰芳1919年、1924年及1956年三次访问日本，1930年访问美国，1935年和1952年两次访问苏联，获得盛誉，并结识了众多国际上著名的艺术家、理论家、戏剧家、歌唱家、舞蹈家、评论家、作家、画家、学者和教育家等，同他们建立了诚挚的友谊。梅兰芳的这些活动不仅增进了各国人民对中国文化的了解，也使我国的京剧艺术跻进了世界的戏剧之林。梅兰芳与斯坦尼斯拉夫斯基、布莱希特被全球公认为并称世界三大艺术表演体系——"梅兰芳表演艺术体系"。他是我国向海外传播京剧艺术的先驱，是中国戏曲表演艺术的象征，并在促进中国与国际间的文化交流方面，做出了卓越的巨大贡献，好啦，有关梅兰芳的事迹就谈到这里，下面我们接着再讲金少山的故事。

　　这次邀请梅兰芳赴沪演出的帮界大亨，同时又是上海"黄记大舞台"戏院财东的黄金荣何许人也？笔者在前面已有简介，乃是当年在上海滩地界一跺脚，高楼大厦晃三晃，地皮俱会抖三抖的人物，他的淫威流传至今仍在传说。在旧中国殖民地、半殖民地的上海滩上有一股势力强大的特殊产物，那些出身低微或家道贫寒、但又不学无术的流氓头目，利用帮会势力网罗门徒，掠夺钱财，成为地方一霸。这些人无孔不入，敲诈百姓，心狠手辣，在旧上海的三百六十行中左右逢源，权势相加为大上海的一路闻人，其影响力达至海外。然而，对于这些人中的霸头，老百姓送给了他们一个响亮的绰号："流氓大亨"。而在旧上海的流氓大亨里，排名第一位的当推黄金荣。由于这位吃人肉不吐骨头，喝人血不见喘气，欺诈人合法在理的青帮大佬黄金荣脸上长得全是麻子，世人称他"麻皮金荣"。麻皮金荣的父亲黄炳泉曾在苏州城衙门里出任过捕快头一职，迁居上海后，在申城南市三牌楼开了一家名曰"黄氏茶馆"的小买卖维持生计。黄金荣自幼顽皮不驯，不服管教，他虽读过私塾，但他又最烦读书，终日吃喝玩乐，游手好闲。年到十七岁时，在其家父的逼迫下，勉强学了一段裱画手艺和干了年把的笺扇差事后，就又不务正业地闲逛起来，而且整天泡进自家开办的茶馆里与"白相人"（到茶馆吃茶的闲人）厮混，后来凭着他老爸的关系进入了上海滩法租界的巡捕房当上了一名华人巡捕。因麻皮金荣有他父亲的关系网暗中帮助，以及他长期混迹在"白相人"中，对黑社会的内幕十分了解，再由于诡计多端的黄金荣在巡捕房工作积极、办差卖力和其破案劳苦功高的原因，一度平步青云，节节升高，蒸蒸日上，竟在几年之内，接二连三地晋升为了便衣（即包打听）、探目、领班、探长、督察员及达至登上了华探督察长的宝座。黄金荣有了头衔，不仅吃香的穿光的，门口站着扛枪的不说，还在上海滩网罗了一大批地痞无赖，借其青帮的旗号形成了一股势力，到处敲诈勒索，横行霸道。麻皮脸黄金荣身为法租界巡捕房警务处的华探督察长，理应以维护租界的治安为己任，但他的黄家公馆内却是藏污纳垢之地，他暗地里开设有赌场、烟馆、高利贷的非法生意。除了这些残害民众的非法勾当外，还另外经营着几家戏院、舞厅、酒吧和咖啡馆，等等。此时的黄金荣，可谓是财源滚滚、日见斗金的官绅富豪。凡他看上的坤伶、舞女、交际花等，若不委身于他，便会遭来大难。吃开口饭的艺人们没有人敢得罪黄金荣，只好敬而远之，处处哄着、敬着、骗着或防备着这位有钱有势、财大腰粗的"麻皮脸"。梨园"三大贤"中的梅兰芳，自然也不例外。

在酒席宴上，黄金荣对梅兰芳说："当年，梅先生与杨（小楼）老板合演的《霸王别姬》在上海大红，可惜的是我没有看上，这次来上海是否能重演该剧，让阿拉也开开眼界？"梅兰芳忙说："我也想把这出戏在上海再演上几场，可不巧的是，临来时杨（小楼）先生的身体偶染微恙，恐怕一时很难痊愈，看来这次不能遂愿了。"张啸林听后，少顷便说："如果上海有名净能演霸王，梅老板是否愿意屈身与其合作？""不知张会长说的是哪一位名净大家？"梅兰芳问，"'十全大净'金少山，梅老板意下如何？"张啸林答。一向为人忠厚的梅兰芳听说是金少山，赶快谦恭地说道："太好了！欢迎欢迎，特别欢迎！我怎么把鼎鼎大名的金老板给忘了呢，都是老熟人啦，我们年轻的时候，在一起唱过《岳家庄》。这次离京之前，王（瑶卿）大爷还特意嘱咐我要和少山合作呢，但不知金老板是否同意？"张啸林见梅兰芳非常高兴与金少山联手演出，便跟着回答道："请梅先生尽管放心，只要您同意，金老板出台的问题包在我身上，三天后给您回信。"黄金荣还特别叮咛张啸林："少山提的所有条件全部答应，只要他肯演霸王，让我能看上《霸王别姬》这出戏，黄某不惜一切代价。"

那么，黄金荣、张啸林以及上海滩的寡头们为何如此垂青梅兰芳演的《霸王别姬》这出戏呢？这要从1918年谈起，原来《霸王别姬》这出戏的剧名叫《楚汉争》。早在1918年3月9日，由杨小楼与尚小云首演于北京的"第一舞台"。剧本是由著名戏曲剧作家清逸居士爱新觉罗·溥绪，根据《西汉演义》第七十九回至第八十四回里的故事情节编写而成。剧情讲述的是：战国末年，群雄纷起，逐鹿中原，最后形成了楚汉相争的局面。后来，刘邦和项羽约好以鸿沟为界，各自罢兵。汉元帅韩信却暗地里设计布阵，并派出谋士李左车前往西楚诈降，诱使项羽出兵决战。刚强成性的项羽不顾众议以及他钟爱的妃子虞姬的劝阻，决意率军向沛郡进发。汉军假意败退，项羽追赶到九里山，陷入韩信布下的"十面埋伏阵"。楚军被困垓下，就在这紧要关口，项羽又突然听到营中四面楚歌，自知大势已去。虞姬为解项羽忧闷，强颜欢笑，饮酒舞剑后自刎。项羽也在突围中因寡不敌众，被汉军追到乌江岸边，含恨自刎身亡，汉终灭楚，夺取天下的一段故事。全剧共计四本，要两个晚上才能演完。

至1921年，杨小楼与梅兰芳在"崇林社"同班唱戏时，剧作家齐如山、吴震修对这出戏做了重新整理改编，并更名为《霸王别姬》，该剧由"杨""梅"二人合作排演，对原来的情节筛选凝练，场次也进行了压缩集中，杨小楼还把过多的武打场面加以删减。1922年2月15日杨小楼和梅兰芳将该剧正式搬上舞台，首演于北京"第一舞台"。同年6月中旬应上海"天蟾舞台"徐少卿之邀，将《霸王别姬》献演给了申城的广大观众。《申报》曾发表赞美文章，至今人们仍记忆犹新。

《霸王别姬》问世后便引起了很大的轰动，后又经过不断的实践、修改，使这出戏渐臻完美，成为"杨""梅"之杰作。杨小楼之项羽，勾白花三块瓦脸谱，钢叉眉、鱼窝眼、黑通天纹、黑嘴岔露白鼻头。头戴夫子巾后兜八面威，胸前挂黑满，身穿杏黄蟒杏黄靠，绣花彩裤，足蹬二寸半的厚底靴，活脱一副霸王像。梅兰芳之虞姬，梳古装头，顶插如意冠，穿黄帔，戴金顶圈，白色绣花马面裙子，圆领半肥袖明黄上身，外套鱼鳞甲，系腰箍缥带，上披串珠改良云肩，黄色绣花斗篷，足穿彩袜、彩鞋，天生一个美人坯。

杨小楼体态魁伟，声如裂帛，虎啸龙吟；梅兰芳雍容华贵，仪表万方，歌喉甜润，行腔清越。二人台上相配，真是英雄美女千姿百娇一时之秀也！

第二天一早，张啸林、李春林与上海"黄记大舞台"的后台总管王洪山一起来到金少山府上，"张""王"二人见到金少山首先问候，李春林看到金少山自然是更为亲切，拱手话道："三哥，多年不见，八弟我想死您了，您好哇！"金少山抱拳相迎道："八弟，你我弟兄天津一别，已有十几年了，今日相见，万分荣幸！""梅大爷、姜六爷、徐兰沅先生等人全都让我向您问好呢！"李春林兴奋地接着说。金少山接话道："不敢当，不敢当，金某谢谢他们。请八弟带话回去，说我金少山非常高兴，并代问各位好，改日我做东请他们吃酒。"下面，张啸林把话转到了正题："金老板，我们今天来，一是看望大驾，同时也代表黄（金荣）爷向您问候。二是想邀请您与梅先生合演一出《霸王别姬》，不知您意下如何？"

金少山听后没有马上回答，其实《霸王别姬》这出戏在北京唱红，他早有耳闻，而且金少山对该剧也特别喜欢。因为项羽这一人物，原为花脸应工，本属净行角色。他在少年时期就曾学过与霸王有关的《十面》《取荥阳》《鸿门宴》等剧目，何况这出戏又是亦文亦武，连打带唱，做派大气，工架吃功，很能展示自己全面的艺术才华。所以，金少山经常琢磨这出戏的剧情及霸王的形象塑造，他对剧中人物的刻画和其表演中的身段气质等都有着自己的看法与理解，他早有心排演《霸王别姬》这出戏，只是一直没有遇着合适的机会。这次，梅兰芳来沪演出，邀他出山联手正是火候。再者，梅兰芳如今已经成为了社会所公认的京剧领军人物，他与杨小楼、余叔岩并称梨园"三大贤"。此前，梅兰芳多次到申城演出，都引起了很大的轰动。这次莅临上海重演《霸王别姬》，又有帮会龙头大佬黄金荣捧场，若能与他合作饰演项羽，可谓是天赐良机的大好时机，想到这里，金少山不由得暗自高兴。于是，他沉思片刻后，很婉转地对张啸林说："张会长，我早就听说这出戏'梅'、'杨'二位先生演出非常成功，可惜我没有看过。又没见到剧本，怎敢贸然答应，尤其是配梅老板演出更要谨慎行事！这样吧，请您回去向黄爷说明一下，容我看过剧本再定，您看是否可以？"这时，坐在一旁的李春林马上把剧本拿出来交给金少山，起身说道："三哥，剧本我早就给您准备好了！"金少山非常高兴地接过本子说："这太好了，给我两天时间，带我把剧本看过之后，咱们再做进一步的打算如何？"张啸林面带喜色地说道："金老板痛快，就这样，我们等候佳音。"张啸林等人走后，金少山抓紧时间，连夜阅读了两遍剧本，对全剧有了更加深刻的认识和理解。两天过后，成竹在胸的金少山给王洪山打电话，请张啸林和李林春一起来寒舍商谈《霸》剧一事。张啸林等得知后，一同三人再次来到金宅，落座后，金少山开门见山，直截了当地说道："张会长，霸王这个角色我接了，不过我有三个条件，现在就提出来请张会长考虑。"张啸林忙说："无论什么条件都不是问题，请金老板尽管放开提好啦。"金少山一边请三位品茶、抽烟、吃水果，一边毫不客气地讲："第一是包银，我听说梅老板的包银每个月是一千二百元洋钿，我每演一场要六百元，演一场结一场，不按月计算。其二，我穿戴的霸王行头需要重新添置，像鹅黄蟒、鹅黄软靠及黑色平金大靠各一件，八面威的夫子盔后兜、特大号黑色大纛旗一面，霸王使用的金杆大枪一杆，还有夫子盔上插的两枝黑色的双眼大花翎子一对。除此之外，'九里山大战'一场，马童需要配制一套新的马夫衣裤。以上我说的这些东西，一定要'蒋顺兴苏绣戏庄'来做，烦请王（洪山）总管抓紧时间让他们快点儿赶绣，尽早制作出来。这第三个条件是，我所带的鼓师、琴师、月琴、大锣，还有三个箱倌共计七人，每场的酬金翻加一倍，全由黄老板承担。"

金少山为什么要对黄金荣、张啸林如此开价呢？就是他平时常讲的那句话：我们唱戏的也是人，也有做人的尊严。不是被人看不起的"下九流"，更不是他们这些有钱有势人的玩物！要抓住时机，能敲则敲，能诈便诈。

而后，金少山又转身接着对李春林说："如果我提出的这些条件，黄（金荣）老板都答应了。那么，下一步我考虑，就得请春林老弟和王总管通知武行头，安排八个汉将及四个火牌，说武场面的档子和开打戏啦，等所有的武戏全部安排完后，再请梅大爷说文场子，最后还得请二位订日期，安排两至三天的时间，试服装道具、挂乐走场、响连排如何？"还没等李春林和王洪山搭腔，张啸林就抢先拍手称快地说道："太好了，金老板所提的条件，我现在就代表黄爷表示完全同意。关于业务问题及后面的具体安排，我是外行，又不太懂，就请你们三位在一起商定，金老板如果没有其他要求，我就赶快回去跟黄爷汇报去啦。另外，还得给梅先生打个招呼，提前把梅先生与金老板联手演出《霸王别姬》的预告牌子挂出来，等戏排好后，再通知报馆登报宣传。"说完，张啸林怀着激动的心情，兴冲冲地赶往黄公馆报喜讯去了。

公事谈妥，海报贴出，十天的戏票一售而罄。梅社的大管事兼总导演的李春林开始和金少山一起安排排戏。隔天，金少山单独将他的把兄弟李春林请到家里，除了叙谈往事及兄弟友情之外，他又谈起了自己对《霸王别姬》的构想，金少山滔滔不绝地对李春林说道："你三哥我是唱花脸的，霸王这个人物应属净行演员的本工，杨小楼先生演的霸王属于武生客串，在霸王的扮相及表演方面，有些地方我的演法与他不同，无论是文戏武场都要按架子花脸的艺术手法，来展现人物，处理场次。譬如项羽头场上场时，杨小楼老板的霸王是武扮，穿的是杏黄色大靠，外面斜罩杏黄蟒。而我准备文扮，不扎靠，只穿鹅黄蟒即可，我认为这样扮比较合理。第一场汉八将走过'起霸'后，韩信打上，派完陈平、李左车后，起 [泣颜回] 曲牌下。接第二场'金殿'，项羽上场时，我用 [大发点] 曲牌音乐与打南堂鼓，而后接唱 [点绛唇]：'战英勇，盖世无敌，灭嬴秦，立楚地，征战华夷。'在这一点上不同于杨小楼先生的 [朝天子] 音乐上项羽，然后接唱 [粉蝶]：'盖世无敌，怎当俺，盖世无敌，灭嬴秦，立楚地，征战华夷'的表演与唱法。另外，'九里山'进山后的档子和开打，我安排了打八将、破火牌，这样能突出表现出来项羽的勇猛气势……"

李春林一边用笔记录，一边听得津津有味，一边连声叫好，并兴奋地对金少山说："我回去就把三哥的想法与构思告诉梅大爷，他肯定会赞成的！"李春林走后，不大工夫便打来电话说："三哥，我把您的构想跟梅大爷讲了，他听了非常高兴，让我转告您，说金老板的思路不仅合理，而且出新，特别奇妙！就按您说的路子排演，并预祝和您首次合作愉快，联手圆满，演出成功！"

以后的几天，拉场排戏说武打大家都很认真，无论是文戏武场进行得非常顺利。黄金荣、张啸林又特意在上海"老正兴"酒店宴请"梅""金"二人吃饭，预祝他们演出成功。正式公演的当晚，上海滩的各界名流人士，竞相前来观看梅兰芳与金少山合作的《霸王别姬》首场演出。"黄记大舞台"场内满坑满谷，戏院外面还有不少没有买上戏票的观众，争着购买高价黑票。

戏开锣之后，场内热情的观众无不为"梅""金"二人的精彩表演，报以热烈的掌声喝彩。待戏演到"九里山大战"时，气氛推向了高潮，金少山扮演的霸王项羽换上了黑靠，手提金杆大枪，轮番大战汉营中的樊哙、英布及六元汉将，接着又战手持火牌（即盾牌）的众汉兵，项羽左攻右杀，越战越勇，枪枪见红，招招断骨，给人的感觉刀光剑影，腥风血雨，满台尸魂！此时，只见金少山将手中的金杆大枪抛向上空，而后来一个五百四十度的转身，背朝观众，用左手接住从空中落下来的"后背枪"（即后背接枪），紧接着蹉步、勒马、大吼"哇呀呀"，挥舞大枪杀退汉兵。台下的观众狂呼大叫，肥彩不断！内行名家更是鸣掌叫绝，风云同起！面对再次如潮而来的众汉将，项羽是不顾一切地奋力厮杀，当众汉将压住项羽手中的大枪、对阵较量之时，霸王怒气冲天，金少山这时又用了一个三起三落的"哇呀腔"，然后用力枪挑众汉将，狠打了樊哙一个"肘棒子"（戏曲武功技巧，又称毯子功，摔打花脸常用），并亲自指挥楚军紧紧追赶，最后，金少山在台上又武了一套"枪下场"的手把动作，矫健而又迅猛，干净而又洗练，充分表现出了霸王勇猛善战、纵横驰骋的英雄气概。场内看愣了的人们，跟随着剧情的变化和金少山的精湛表演，时而掌声四起，时而鸦雀无声，时而好评如潮，时而又掀大波。

项羽率军杀进九里山，闯入韩信布下的"十面埋伏阵"。项羽独自观察阵形，四处瞭望，金少山就表演上借鉴了《铁笼山》剧中"望兵"的处理手法，在[九锤半]锣鼓音乐声中，推髯、趋步、横枪亮相。当项羽走到台口时，众汉将从两侧包抄过来，兵海将山拉开架势，齐声喊道："项羽归降！"这时，项羽和众人起唱昆曲曲牌[寄生草]，唱词："将霸王困在那垓心处，九里山一字儿摆下阵图。今有那张司徒吹起伤心曲，众儿郎流泪思乡故，吹散了八千子弟归何处。将军有何面目向东吴，这里是乌江不是无船渡。"金少山在这段曲牌中，刷旧造新扬猛重一霸，边唱边打，载歌载舞，武打场面炽热火爆；一招一式节奏准确，尸骨遍野，血流成河，杀声一片；完美地刻画出了霸王项羽勇猛刚强的人物性格。梅兰芳在上场门的幕条后面看得出神，不由得称赞道："真是盖世无双、气压山河的活霸王啊！"一句话，引起了后台的连声喝彩。

浑身大汗的金少山下场后，上气不接下气地向正在台口把场的李春林说："八弟，让梅大爷'马后'（戏曲术语：慢点演唱，往后拖时间）点，慢上慢唱，越慢越好，我得喘口气，抽两口。"梅兰芳听说后，一口答应下来，并叫李春林转告乐队的琴师徐兰沅先生与鼓师和全体文武场面的伴奏人员，虞姬上场改为[慢长锤]，唱[慢板]，好让金老板缓缓劲儿。最后一场"别姬"，是描写项羽和虞姬诀别的一场戏，需要演员刻画出丰富细腻的人物情感，也是考验演员内在功力的最佳见证。金少山在这场戏中，特别注重霸王此时此刻的内心活动和虞姬的情感交流。项羽"回营"上场时，金少山穿黑色软靠，心中忧闷，面带惆怅，走到台口后唱三句[西皮散板]："枪挑了汉营中数员上将，虽英勇怎提防十面埋藏。传将令休出兵各归营帐……"项羽进帐见到自己的爱妃虞姬，流露出了愧疚之意，再接唱一句："此一番连累你多受惊慌，"二人对唱[原板]之后，虞姬看到项羽的身体累乏，便劝他在帐中休息。就这非常时刻，项羽自然是倍加警惕，他嘱咐爱妃："好，待孤歇息片刻时，妃子你要惊醒了！"讲完之后下场。当虞姬在帐外听到汉营之中传来楚国歌声时，不知何故，进帐唤醒项羽。项羽再次上场，金少山穿鹅黄软靠，头戴鹅黄色夫子盔后兜，佩戴的宝剑改换成了鹅黄色的丝绒剑穗儿，霸王改装后的扮相，和虞姬穿的鹅黄色斗篷、鹅黄袄相衬映，显得格外靓丽威武，大大增添了舞台上的艺术美感。

项羽看到自己的八千子弟兵俱已散尽，听到他乘骑多年的乌骓马也在帐外声嘶，自知大势已去，无力回天。心情万分沉痛，他边歌边舞地唱道："力拔山兮气盖世，时不利兮骓不逝，骓不逝兮可奈何，虞兮虞兮奈若何！"项羽的慷慨悲歌，使虞姬不禁潸然泪下，为了安慰项羽，她要亲自舞剑一回为霸王宽心，项羽心内深受感动，无奈地说道："妃子，有劳你了！"当虞姬下场去脱斗篷时，项羽起身离开座位，望着妃子的背影，再看看自己，心潮澎湃，思绪万千，是自己不纳忠言，不听爱妃的劝告，一意孤行，致使今日兵败九里山，殃成大祸，不但愧对跟随自己多年、倍受艰辛的虞姬，更无脸再见江东父老，悔恨之情难以言表，项羽口中只迸发出一个"嘿"字，重如千金，伴随着一记大锣声，虞姬同时快步上场抱剑亮相，虞姬舞剑之后，神情懊丧的霸王项羽，只是发出"嘿嘿嘿……"的内疚苦笑。

最后，虞姬闻讯汉兵将至，为使项羽免除挂念，杀出重围，她乘机拔出项羽的宝剑自刎而死。项羽转身、推髯、蹉步急速向前，这时，金少山从心底里喊出了一句，使人撕心裂肺的"哎呀——"，声似霹雳，剧场震惊。接着，乐队吹奏尾声，大幕徐徐落下，场内的观众爆发出了长时间的热烈掌声。黄金荣、张啸林等人连忙来到后台，向"梅""金"二位老板首次合作成功的精彩表演表示祝贺！黄金荣压抑不住内心的喜悦情绪，仰天大笑的冲梅兰芳、金少山说道："明天中午，阿拉为二位老板设宴庆贺，以表心意，所有人员全部到场！"

第二天，上海滩的各大报纸载文盛赞"梅""金"二位的精湛表演，并称金少山为"中国京剧花脸大王——金霸王"。首次十场演完之后，应观众的强烈要求及财东黄金荣的再三恳求下，这出由"梅""金"联手双头牌的《霸王别姬》又续演了十场，后十场的续演，依然是人山人海，场场爆满。香港戏院的尹经理来到上海，连看了两场演出，对梅兰芳、金少山合演的《霸王别姬》赞不绝口，当即找到了"黄记大舞台"的经理和梅戏班的总管李春林先生，邀请《霸》剧的全班人马赴港演出，后经"梅""金"商议确定时间后，双方立即在沪签订了赴香港献艺的合同，待梅兰芳在申城三十天的演出结束后，大军准备按时前往香港时，梅兰芳找到金少山说："金老板，我有件事情想跟您商榷一下，不知您是否同意？"金少山非常礼貌地问道："梅先生不必客气，都是自家人，何谈商榷二字，有什么事情您尽管吩咐好了！"金少山的态度虽然爽快，可梅兰芳却还是带着商量的口气，非常温和地说道："我想在咱们赴港之前，再为上海的民众加演一场《霸王别姬》，所得收入，除了'大舞台'和其他人员的戏份钱照付以外，咱们两个把这一场的演出包银，全部捐给上海梨园公会用来救助老弱艺人怎样？"话没讲完，金少山就一拍大腿，兴奋地站起身来说道："好！梅先生这个想法太好了，我举双手赞成！看来梅老板还是高我一筹，以后少山得很好的向您学习呀！话不必多讲，就这么定了，明晚就开锣加演。"通过这次谈话，梅兰芳对金少山有了初步的了解，心想：没有想到这个"金霸王"不仅戏唱得好！而且性格耿直，为人重义，是一个洵数可敬的好演员哪！从此，金少山声誉大振，妇孺皆知，颇有一日千里之势，大红大紫，威震申城，声名远播。

最后一场的义务戏加演圆满结束，准备开跋香港的那天上午，梅戏班的全体演职员工及金少山所聘用的所有人员，早早来到码头，登上了他们乘坐的"皇后号"英轮。眼看开船的时间快要到了，大名鼎鼎的金少山却还没有露面，管事的赶快拨通了金宅的电话，原来金少山正在家里洗澡，还没有出门，这可急坏了来接他们的戏院经理，他连忙找到了轮船上的大副，请求推迟开船的时间。大副一脸严肃地说："根据规定，延误起锚，须按时间罚款。"没有办法，戏院经理宁可答应被罚，也不能把金老板落下。半个小时之后，金少山可算是坐着小汽车来了，怀里还抱着他那只名唤黑炭儿的小狗，英轮船员不准他携狗登船进仓，金少山听了，二话不说转身便走，嘴里还不住地说道："不让它上船，我也回去。"戏院经理一看不对，慌了手脚，急忙上前拦住金少山，赶快找船上的大副交涉，答应给小狗买一张船票，事情才算解决。

抵达香港之后，梅社的舞美装制人员开始抓紧时间装台布景，其他人等休息两天，观光香港，第三天正式公演。戏院门口的海报上，并排写着两行斗大的红字："中国戏剧大王梅兰芳、中国花脸大王金少山联手出演《霸王别姬》"。虽然威望显赫的梅兰芳1922年曾经率社来香港演出过，香港的观众对梅先生的精湛表演，并不陌生，而且非常熟悉和喜爱，有些香港的京剧票友、戏迷朋友们，对"梅"派的艺术风格，还可以论出道理，讲解一二，但金少山这回却是初次来港，虽然有很少一部分香港人听说上海梨园界出了个"金霸王",戏唱得不错,也只是闻其名而未见其人。这次能够亲眼目睹"梅""金"二人同台演出,当然是一件难得的快事,所以排队购买戏票的人群挤挤扛扛特别踊跃。尽管这次演出的票价不菲,相当于两石大米一张戏票的昂贵代价,可是前十场的站、座戏票带上包厢,几天前就被热情的香港观众抢购一空。公演之后的每天晚上,戏院门口还是簇拥着许多人群,急等着购买抬高了两倍之多的黑票。

首场演出的当天晚上,剧场内外一片议论纷纷的热闹景象,香港政界的大小人物和一些国外人士也都驰车前来观看。开锣前,场内已是人山人海、客座满堂、热气腾腾。

钟声响过,演出开始,观众盼望已久的舞台大幕徐徐拉开,台上灯火通明,布景绚丽。头场韩信派将之后,第二场霸王上场,金少山果然不负港人众望,扮上霸王的金少山就如同半截铁塔一般,一张嘴山鸣谷应,声震屋瓦,台风伟岸,大气磅礴。他饰演的项羽之霸气,犹如天神下界,高大而又雄伟,走到台口,随两只唢呐吹起唱 [点绛唇] 曲牌,金少山不用水袖遮脸,而是直面观众,唱到最后一句"征战华夷"时,也不知他从哪里来的劲头,用足了底气八度高翻,这一嗓子,好家伙,不但黄钟大吕、喉声洪亮,韵存三日、余音绕梁,更有一股震人心肺、穿人头鼓的冲刺强力,使人惊叹。坐在包厢里看戏的香港总督发呆地望着台上的霸王项羽,用生硬的南方中国话自言道:"这个演霸王的演艺员的嗓子太好了,了不得,真正的钢嗓铁喉啊!就震力而论,可称得上全球第一,世界之最了!""九里山大战"一场,金少山更是金戈铁马得心应手,威风八面,具有万夫不当之勇的霸王项羽披挂上阵,连战众兵汉将,可谓是所向无敌,开打不断。头次上场用 [大发点],"九里山一战"用大开打:就武戏档子中的打八将,破火牌等,有许多场面的处理与杨小楼先生的武生霸王具不相同。舞台上使人惊心动魄的开打场面及霸王的横枪立马之勇猛,令台下的观众瞠目结舌,直到该场演完,才响起了暴雨般地掌声。末场"别姬"是全剧的关键一场,"梅""金"二人表演得非常投入,配合得也更加默契,一个展示了英雄末路的悲愤与无奈,一个表现了中国古代女性的善良与忠贞,"英雄与美人"在这出戏里,深深感动着全场的观众。梅兰芳在这场戏里的扮相端庄典雅,雍容华贵,嗓音柔润甜美,雅致清新,剧中的几段唱腔华丽委婉,精妙绝伦,尤其是舞剑时演唱的[二六]唱段，梅兰芳边舞边歌，行腔优美，舞姿刚柔，音韵勾魂，光彩辉映。剧终时，场内的观众起身叫好，鼓掌热烈，情绪高昂，大彩不断，呼叫不停！

赴港的首场演出，一炮打响，余下的九场戏，场场爆满，座无空席。香港的各大报刊具纷纷载文刊登评论和剧照，盛赞"梅""金"横跨港口，誉满九龙。有一位名叫哈林的英国巨商，在上海时就曾经看了这出戏，回到香港后，正赶上梅兰芳与金少山又在香港演出《霸王别姬》，他又腾出时间专程看了两场。随后，这位哈林先生为香港的《大公报》写了一篇题为"英雄与美人"的观后感，在他这篇较长的文章中写道："……楚汉相争以及霸王项羽和妃子虞姬生死离别的故事可歌可泣，金少山先生扮演的项羽，如同猛虎下山，龙狮舞动，势不可当，令人望而生畏骨酥肉颤。特别是他那条无与伦比的金嗓歌喉，使我震惊。梅兰芳先生更以他那无穷的艺术魅力和其出神入化的表演，成功地塑造出了一个情愫高尚而又美丽动人的美女形象，令人陶醉，这一对'英雄美女'可称得上是精妙绝伦、举世无双，鬼斧神工、天造地设之美也……"

"梅""金"二人在香港联手演出的十场《霸王别姬》，获得了极大的轰动，金少山"金霸王"的声名传遍了香港圣地。临别前，身为英国商界大亨的洋先生哈林，特地跑到香港动物园，出高价买了一只出生还不到半个月的小老虎，送给了他非常敬佩的金少山老板。这只小老虎是母虎刚刚生下三只虎崽中最小的一只，特别讨人喜爱，送虎的寓意是金少山扮演的霸王项羽，好似猛虎一般。巧的是，金少山正好属虎，今日又得虎子，自然是喜出望外，一派天然，兴奋若狂！真乃是虎相虎形，虎气虎生，虎态虎魂，虎人虎娃，虎身虎影，虎风虎威之兴也！

回到上海后，金少山给小老虎取名"虎娃"，还在它的脖子上佩戴了一条加重的赤金项链，每天喂它几磅牛奶。不过百天，小老虎渐渐长大，比一般的狼狗个头还要猛出许多，欢蹦活跳，最爱吃肉，体形又肥又胖。自杨小楼辍演舞台、收山封箱之后，梅兰芳与金少山经常合作《霸王别姬》这出戏，而且是越演越红，越唱越响，声望了得！从此，"梅""金"二人成为了《霸王别姬》这出戏的最佳搭档。梅兰芳每演《霸》剧，必邀金少山加盟。"金霸王"的美誉传遍了中国的大江南北，长城内外。

第十一题藏头诗

梅爷赴沪唱别姬，
金爷登台配项羽，
联手霸王别姬美，
手挽手腕梨园弟，
霸王风威似猛虎，
王侯斐声香港区，
别离京都移沪上，
姬虞美人畹华曲。

十二、菊坛豪杰　侠义助人

几年来,经过金少山的拼搏苦战,所演剧目炮炮见响,所扮角色个个见彩,其声望和威信也越发的大了起来。由于他扮相魁伟,台风大气,能戏甚多,净路尚宽,加上他康复后的嗓子过人,超群出众,一声一韵,虎音龙气,满髓见腔。因此,周信芳、高庆奎、盖叫天、白玉昆、杨瑞亭、李桂春、林树森、王虎臣、赵如泉、何月珊、高雪樵、王鸿寿、李春来等在上海的一流名伶,都喜欢与金少山合作、配戏、做搭档,凡有这位金少山金三爷参与的大小剧目或连台本戏,无论角色大小,均可得到各层观众的一致好评与欢迎。使金少山在上海这个极具高温的艺术熔炉中,打开了缺口,闯出了天地,逐渐锤炼成了一员不可多得的大器之才。从军政要员、帮会头目、富豪巨商、文化明士、社会贤达、贵妇淑女及老爷太太、少爷公子、车夫小贩到舞女和交际花等,都迷上了这位京剧舞台上的花脸人物"大净王侯"金少山。与诸多名角们的合作演出,又开阔了金少山的眼界,并丰富了他的知识素养和艺术水平的升华。受上海帮会巨头黄金荣、张啸林与其"天蟾舞台"经理顾竹轩的邀请,配梅兰芳演《霸王别姬》,同杨小楼演《连环套》,赢得了"花脸大王金霸王""乌龙下界铁罗汉"的称谓之后,大大提高了金少山在江南的知名度。特别值得一提的是,《霸王别姬》这出戏,梅兰芳原本与杨小楼合作多年,被世人公认为一时绝响,珠联璧合。而且从1918年起,在杨小楼与尚小云合演的《楚汉争》中,项羽一角就是杨小楼的拿手好戏。自金少山在上海接下了该戏后,被众人声称与杨小楼的武生项羽,各具千秋,毫不逊色,并博得了梅兰芳本人对金少山功骨之才的赞誉。

金少山在与诸多名演员的长期合作中，获得了充足的舞台实践，他的嗓子又进一步得到很大的起色，越发好了起来，气宇豪迈的精湛表演"炫"到令观众痴狂的地步。在演出时，金少山只要肯卖力气，故意把嗓门放大，准能让观众叫好，戏院炸窝。有时金少山还半开玩笑地与同行打赌，今日上场能获得掌声几次，来好多少，居然话无空言。于是，"金霸王""铁罗汉"的声誉，不胫而走，威震四方，使上海滩的大街小巷，无人不知，无人不晓，金少山终于成为了一流京剧名伶中一员不可缺少的战将，在申城落地生根，花开南北，艺事大成。

金少山有钱后，除了往北京给师爷何桂山家里与他二哥金松林寄钱和一些东西外，他并没有忘记烟台的岳父岳母以及贵俊卿、孙佐臣、张少甫、罗进才等人对他的关怀和照顾，逢年过节时，金少山总会提前买一些上海或江南的特产，寄往烟台来表示情义，在所邮寄的礼物中还夹带着问候的书信。诚然，金少山对待自己身边的同业和上海梨园界的穷苦艺人更是如此，经常帮助戏班里一些演职员工解决困难，乃是金少山以善为本的处事美德。凡本戏班里的人们，无论男女老少，身份高低，名气大小，资历如何，在婚丧嫁娶，生老病死，或家里有急事儿时，他总是非常爽快地解囊相助。尤其是对待跟包人员和身边的随从下手，或者是曾经傍过自己的大小配戏演员，金少山平时总是问寒问暖，送钱送物，倍加关照。若是有人向他求助或张嘴借钱时，金少山不管是谁，只要是正经事儿，有求必应，从不打哏儿，而且不用偿还。若是有人觉得不还不妥，硬是要还他借款时，金少山会很不高兴地向对方大发脾气地说："你太外气了，艺人们相互帮助，梨园美德，天经地义，理所应当。"

非常值得赞誉的是，当年上海"黄记大舞台"戏班里有一位在武场面（打击乐）上敲小锣的老艺人宋玉宝，因患肺病离开了人世，相依为命的女儿宋小春，刚从老家来上海跟随父亲学戏不久，挣钱很少，而且每个月还要往乡下给母亲兑钱养活弟弟妹妹一家四口，日子过得非常艰苦。况且，在她父亲害病期间，因为治疗负债累累，眼下又要安葬先父的后事，没有办法，宋小春只好狠下心来，含着眼泪走上了自卖自身的绝路，将她刚满十六岁的少女妙龄之身，送进胭花院内换些钱来操办父亲的亡灵。金少山听说之后，心如刀绞，跺着脚问大伙儿："小春她现在哪里？"人们都说："我们劝阻不住，她已向南京路旁的妓院弄堂走去……"金少山二话不说，拔腿就朝着姑娘去的方向追赶。

待金少山把这位卖身葬父的孝女宋小春领回来后，他湿润着眼眶，非常生气地冲小春说："你父亲宋师傅去世，你无力安葬，还有我们大家，班子里的同业们不会看着不管的，梨园艺人向来齐心，有目共睹。需要用钱，你为什么不来找我？小女孩子家家竟然要走上卖身做妓的绝路呢？难道我们大伙儿能看着你和朝日相处、同台唱戏的宋师傅不管吗？傻孩子，你的孝心大家可以理解，但你的这种做法不是往火坑里跳吗？实在是太不应该了！"姑娘听罢这番感人肺腑的训斥，双腿跪在金少山面前，撕心裂肺地放声大哭了起来："金大叔，不是俺不愿求你，而是我阿爹在世时，曾对我讲过，您已多次帮助过我们父女，送钱送物抓药看病，逢年过节更是如此，大恩大德至今无法报答，万不能再向金大叔张嘴了……"

金少山听后，越发生气，语气非常严肃地冲宋小春说："小春，你好糊涂啊！你金大叔我能花能挣，从不把身外之物的钱财放在眼里，几百块大洋在我眼中粪土一般，别说是办理你父亲的丧事所用的几十块钱了，你不用发愁，安葬宋师傅的事情我金少山一个人全包了。今天，如果你把自己卖进青楼，沦为胭花，岂不是跳进了火海。我和你父亲的交情又放在哪里？人们该耻笑金某见死不救，你大叔我也会为此事遗憾终身的，我们'大舞台'戏班同业们的脸面又放在何处？"话毕，金少山连忙把苦命的姑娘扶起，差人到家里取出了一百块银元送给了小春，宋小春双手接过大洋，眼泪巴巴地连忙向金少山磕头，并泣不成声的说："大叔的救命恩德，小女子终生难忘，有朝一日必报大恩！"后来，这位已故艺人宋玉宝的女儿宋小春，在金少山的多方照顾下，成为了一位上海较有名气的京剧坤伶。

平心而论，金少山一身热气融化冰川的美德，且与他那耿直的个性，善良的心地，淳朴的情感，坎坷的经历，有着紧密相连的关系。故而，大家对艺贯江南，名声显赫的金三爷都特别敬佩。诚然，金少山一桩桩助人为乐的故事，散发着他与人为善的人生光辉，且对他今后的创业与梨园界对他的支持和抬举，均打下了颇为坚固的根基。

除此之外，金少山还是一位有血性的爱国主义者。1931年9月18日（星期五），日本军国主义武装侵略中国，在东北三省残酷烧杀，野蛮抢掠，占我国土，侮我同胞，使东三省数千万民众陷于水深火热、无家可归之中，激起了中华民族的同仇共愤。此时的金少山心如刀割，热血沸腾，为了表达对日寇的愤恨，金少山放弃了"黄记大舞台"的优厚待遇，和当年上海的著名演员林树森，本着国家兴亡匹夫有责的爱国情怀，几次主动找到当时已迁居上海的梅兰芳，要求投入到梅先生组办的"承华社"戏班，共同携手精诚合作，排出由梅兰芳倡导、并联合爱国明士着手编写的一出具有抗敌意义的新戏《抗金兵》。这出极具抵抗外侵的新编历史剧《抗金兵》，从金兀术兴兵犯境，张邦昌卖国求荣起，直到梁红玉擂鼓战金山，金兀术丧师黄天荡终。借其该剧的爱国思想和抗击金兵的故事情节，古为今用，来影射、抨击日本侵略军占华必败的下场。由梅兰芳领衔主演梁红玉、金少山饰演牛皋、林树森扮演韩世忠针砭现实的《抗金兵》一剧排出后，在上海"天蟾舞台"首演时，海报贴出，场场爆满，激奋人心，起到了鼓舞广大民众团结抗战的积极作用。

自金少山和梅兰芳到香港演出以后，声望愈加提高急剧上升，江南各省市的剧场经理纷纷前来上海相约，三年多的时间里，金少山率戏班先后到杭州、无锡、苏州、武汉、广州、长沙等地演出多次，每到一处，都引起了很大的轰动，无所不受戏迷朋友的款待和崇拜，以及当地广大观众的热烈欢迎。

1930年初，麒麟童邀请金少山到上海"黄金大戏院"第二次联手演出，金少山爽快地应允下来，签订了一年的合同。这次主要是演出传统戏，其实金少山与麒麟童合作的剧目并不多，只有《华容道》《打严嵩》《刘唐下书》《狸猫换太子》等几出戏，像《明末遗恨》《温如玉》和《逍遥津》中的曹操等人物，金少山基本是不演的。所以，大多都是和名旦王芸芳两个人轮换着演压轴倒二或倒三。王芸芳擅演的剧目有《坐楼杀惜》、《游西湖》（即《李慧娘》）《活捉》等。金少山则演《草桥关》《审李七》《白良关》《锁五龙》《遇皇后·打龙袍》等一批净行本工戏。他边演边改、边加工添艺，使其表演更加完美好看，同时也为他后来回京以花脸行跳班的想法打下了坚实的基础。例如，京剧《白良关》这出戏，是金少山从小时候起，就经常上演的一场以唱、念、做、表并重的传统戏，剧情描写的是，唐太宗李世民征北兵至白良关时，先锋尉迟恭在阵前与守关小将尉迟宝林父子相认的一段故事。金少山每演此剧，都是从"园兆"开始，这场戏讲述的是李世民派将之后，军师徐勣为尉迟恭解梦的一段情节。头场"金殿"，李世民传旨："宣三家国公上殿！"传统的演法是：秦琼、尉迟恭、程咬金三人依次上场，走到台口横排立站，秦归当中，尉迟和程一左一右。金少山则另有别路，他认为尉迟恭是这出戏里的主要人物，应该突出,即把三人出场的顺序改成了尉迟恭、秦琼、程咬金,尉迟恭先上至九龙口,整冠抖袖亮相后,再稳步走到下场门台口,接着秦琼、程咬金上场,一个居中,一个在上场门台口处,三人照列一排,既和原来一样,又突出了尉迟恭第一次出场时的艺术形象。后来,裘盛戎沿用了这一演法。1949年10月以后,不知是因"解梦"的迷信之嫌,还是别的原因?裘盛戎再唱《白良关》时,就不再演这场戏了。

金少山不管是演倒数第二还是倒数第三,他有一个不太好的习惯,每次演出,总是掐着钟点进后台,经常需要赶场,甚至有时候前一出戏已经演完,马上都该他上场了,他的人还没有来到,无奈台上只好加演《瞎子逛灯》《戏迷传》等一些逗笑的喜闹剧临时垫场拖延时间。有时观众等的时间太长,就不愿意了,连吹口哨带呼喊:"金老板来了没有?赶快扮戏上场!我们是来听金老板唱戏的,不是来等戏的!"当乐队的武场面一换锣鼓,观众知道他们等的金老板要出场了,大家马上就会安静下来,聚精会神地观看演出。

提到赶场,金少山曾向他的徒弟徐世光说过,这辈子恐怕是改不了啦。金少山说:他不愿意早早地扮好戏,跟照相似的在后台傻等着。他喜欢一走进后台,便喊哩喀喳扮好戏就上场,这样演起戏来才特别上精神头、有精气神,自我感觉也特别良好。当然,作为演员的化妆习惯,无可非议,也不无道理。然而,有时候故意误场,就另当别论或者说就是一种不太好的毛病了。

对一般人来讲,大伙儿都感觉金少山为人谦和,没有一点儿大演员的架子,他与后台的工作人员,大衣箱、二衣箱、靴帽箱等箱倌们,包括烧茶炉的佣人关系处得相当融洽,年轻人都管他叫三叔或金三爷,平辈分的称他三哥,年龄比他大几岁的称他三弟。平时,金少山经常关照他们,逢遇年节,金少山送米送面主动上门,并在经济上给予帮助。他常说:"人家拉家带口的过日子,挣两个戏份钱不容易,我们这些挣大钱的演员离不开他们的帮衬,给人家一点儿帮助是应该做的事情。"这些人对金少山的秉性和习惯非常熟悉,每次演出之前,凡属金三爷演出用的东西,勾脸的彩匣子,穿戴的服饰、头盔、靴子、髯口等全部都会给他准备整齐,预备齐当。等金少山一跨进后台勾脸扮戏,这时候几个人便会各尽其责的为他勒头、扎靠、穿箭衣,或是其他戏上的服装、头盔等伺候得有条不紊,又快又好又漂亮,既干净又利落,前后不会超过二十分钟,即可穿戴齐整让金老板登台上场。金少山满意地上场后,他们便会非常自豪地说:"傍角儿,就得傍得严实、利亮才好!这不仅是我们的本职,也是吃戏饭的绝活手艺。"

金少山再一次出人头地后,多少同行对他羡慕不已。但他始终不忘自己是梨园一兵,不忘底包演员及后台的勤杂人等,经常不断救济贫困。他除了赠送东西外,心情好时还隔三差四的请大伙儿下馆子吃饭,往往是大轴戏打住后,金少山高兴戏唱得漂亮,就会带着所有参加演出的人员去吃宵夜,其侠义之心令同业钦佩。

金少山之所以受人尊敬,除了他侠肝义胆的高风亮节之外,他还是一位颇见实力的叫座演员。自梅兰芳移居上海再与金少山多次合演《霸王别姬》后,笔者在前文讲过金少山又在梅先生排出的新戏《抗金兵》剧中饰演牛皋,待《抗金兵》这出戏二次在"天蟾舞台"重演时,金少山所扮演的配角牛皋为《抗》剧多次建功的表现,得到了梅兰芳先生的赏识。有一天,在上海"天蟾舞台"再演《抗金兵》时,戏演至"黄天荡大战"后,已过午夜十二点半,观众因为坐得时间太长,两眼乏困难忍,具纷纷离座起堂"抽签"而去,这时方到了金少山的"牛皋解粮",他的一句闷帘儿[导板]:"一路上好威风旌旗飘荡",这一句好似山谷中的一声响雷,把离开座位即将要走出剧场的观众又叫了回来,归到了原位,他们不仅不走,反而上了精神,又为金少山所饰演的牛皋鼓起掌来。梅(兰芳)老板在后台,微笑着伸出了梅指。那么,金少山的叫座力到底有多高,笔者不用多言,就可想而知了。

金少山与麒麟童的二次合作,很快就要到期了。这一年,金少山收获不小,大家也都非常愉快,虽然金少山与麒麟童合演的剧目不多,却仍然为后人留下了如《打严嵩》等剧的珍贵绝版唱片,成为了我国非物质文化遗产的宝贵资料。

在上海滩这座美丽的大都市里,把持着剧场和艺人命运的那些大财东、大老板、大头目、大经理对演职员的盘剥与压榨,金少山不但亲眼目睹,而且有的还是自己的亲身经历。那时候,他们这些有钱有势、财大气粗的阔佬们,当面虽然称呼你为老板、先生,私下里却仍然称你是卖唱的臭戏子,你的戏能叫座,他们就捧你、吹你、假惺惺地待你好,尽量哄着你唱,捧着你演,好为这些人赚取更多的钱财;一旦你在台上失去了光彩,他们觉得在你身上已无利可图的时候,就会毫不留情地一脚把你踢开,即便是暴死街头也不会出来过问。金少山从心底里痛恨他们,咒骂他们是喝艺人血、吃演员肉的恶魔,然而在暗无天日的旧社会,在鱼龙盘杂、人吃人的大上海,身为梨园出身的金少山,又能怎么样呢?唯一的抗争手段就是故意误场、泡戏，演出时，越是有什么了不起的高官要员，他就越误场，戏院越是满堂，他就越泡汤。排戏时也是如此，金少山几乎是没有按时到过戏院或排练场所，他就是存心捉弄这些人，让他们这些看不起艺人的老爷们着急上火、心里别扭。

已故的著名戏剧家翁偶虹先生，曾在他的一篇题为"知音喜遇知音在"的文章中写道："……我认识到他是一个愤世嫉俗、不甘示弱，然而又无能反抗的弱者。他恨透了戏蠹的剥削，黑心资本家的压榨，官僚大员的奴役，土豪恶霸的侮慢，恨天无靶，怨地无环，翻不了那黑暗乾坤，只得耍了些小聪明，出以偏师，与他们进行斗争。他有苦难言，反招致了'玩世不恭''放荡不羁''误场怠工''玩忽职守''人性不好'等微词，哪知他是个不满于黑暗社会现实的低能反抗者。因此，我在钦佩金少山的艺术之处，更钦佩金少山的为人。"

金少山在"黄金大戏院"的合同刚刚结束，财东黄金荣又把他调到了上海"黄记大舞台"，与李桂春合作排演连台本戏《孙庞斗智》末一本，金少山来庞涓，李桂春去孙膑，说戏的导演是擅排连台本剧的老手尤金圭。这本戏总共有四十八场，场次较多长而零碎，演出的时间很长。那会儿，每个戏园子都是晚上六点开锣，一直要演唱到凌晨一点多钟才能住戏。在这出戏里扮演孙膑的李桂春，艺名小达子，1885年出生，河北省霸县辛章村人，是一位颇有名气的京剧老生、武生演员。李桂春幼年时家境贫寒，生活艰苦，十一岁进"永胜和"河北梆子科班坐科学戏，工练武生，其武生戏宗李吉瑞先生，打戏三年出科后到天津、北京等地搭班演出。就此期间，以唱河北梆子戏为主兼学京剧，从二十三岁起，正式改唱京剧文武老生兼工武生行路。到1920年以后，长期在上海演出。李桂春的嗓音圆亮，行腔醇熟，文武兼备，昆乱不挡，特别喜欢排演大型的连台本戏，他上演的连本戏《二十八宿上天台》《宏碧缘》《泥马渡康王》《镇国高廷赞》《狸猫换太子》等影响很大，轰动江南！李桂春与周信芳在三十二集连台本戏《狸猫换太子》中，所塑造的南派包拯的艺术形象，令人耳目一新，行家称赞！他（即李桂春）将包公的脸谱，创造性的勾开成了双颊揉为黑里透红的颜色及把包拯的纱帽改为头戴相貂的扮相，沿袭至今，和周信芳一同被世人颂为"海派包公"的美誉，业界称其是江南京剧舞台上卓有成就的中坚人物。李桂春偕全家移居天津后，回乡探亲时应乡人之邀，在本村成立了"子弟戏班"，义务教戏。1954年，他将此时已迁到天津李家的"子弟戏班"全班人马，介绍加入了北京"燕声京剧团"。李桂春的儿子李少春乃是杰出的京剧表演艺术家，京剧艺术片电影《野猪林》中林冲的扮演者。

为了加强这次上演《孙庞斗智》的艺术实力，由李桂春提议，黄金荣将金少山从"黄金大戏院"调到"黄记大舞台"饰演庞涓，借此来展示他戏班里的演员阵容，同时也能够大大的捞上一笔。这出《孙庞斗智》的故事情节，出自《列国演义》书中的第八十八、第八十九回，剧情描写的是：孙膑、庞涓二人早年同向鬼谷先生王栩学道，后来，庞涓辞师下山，在魏国任丞相。再后来，墨子也把孙膑推荐给了魏国国王。庞涓因生妒心，诬害孙膑私通齐国，因而孙膑蒙冤，被魏王处以砍去双膝的酷刑。庞涓又诳他撰写兵书，等孙膑把兵书写成后，再设计将他杀死。小侍童暗告孙膑，孙膑为使庞涓不防，便装疯癫，寻机会逃出了魏国，到齐国后，拜为军师，故意伐魏，庞涓只得回兵。孙膑又用"添兵减灶"之计，使庞涓轻敌。庞涓被诱入马陵道后，齐兵用乱箭将其射死。

因为这本戏里，庞涓的活不多，只有最后两场戏有他，一场是庞涓出师发兵；另一场是与孙膑对阵，大开打，乱档子，直到庞涓马陵道中计身亡，全剧结束。所以，排前面的戏时，金少山自然不会参加。可是，该排四十七场时，金少山还没露面。后台总管曹甫臣，也是一位较好的花脸演员，见此情况，只得暂时顶替金少山排戏，一直到末一场快要排完时，金少山才抱着他的小"黑炭儿"款步而来。曹甫臣看到金少山来了，见面的第一句话便是："来了兄弟，因为您没到，这两场戏尤导演让我代您排了，路子是这样的，咱们先比比……"，金少山客气地说道："那甫臣哥就辛苦您啦！"曹甫臣一边让金少山看本子，一边向金少山讲述这两场戏的情节，以及导演对演员的要求和表演方面的路子，等等。

过去排连台本戏和如今排戏不同，连本戏的剧本，其实就是一个分场次的内容梗概和提纲，导演也只是启发式地向演员介绍一下每场戏的情节与人物性格，要求演员在每一场的规定时间及表演细节范围内，根据剧情需要自编唱词道白，设计表演，哼出唱腔。应该说，这是对演员自身的文化素质、表演功力、艺术修养、领悟能力的检验。金少山排演本戏，不仅能够充分理解导演的意图，达到预期的艺术效果，而且还能锦上添花的把剧情推向高潮，大见光彩。

这本戏一共排了十天，便正式对外演出了。由于金少山的加盟，前来看戏的观众相当踊跃，前半月的戏票早已售完，演职员们见此情景，都非常兴奋。金少山自首场演出起，每天仍是掐着钟点进后台化妆，有时还是照样误场，这可急坏了后台的王经理，他特意安排平时常替金少山排练庞涓的曹甫臣做"替补"，让他每天早早的勾脸扮戏，扎上靠、挎上剑在后台候着场，金老板来了，那么曹甫臣再卸妆洗脸、脱服装，要是金三爷没到，误场啦，曹甫臣就先上台顶着往下演。曹甫臣嘴上不说，心里却想："我算是摊上好差事了，万一我在台上一张嘴，台下的观众认可还好，如果不认，把我老曹从舞台上给轰下来，那我可就丢人丢大发啦！没辙，谁叫咱的名气和艺术不如人家'金霸王'呢，算啦，尽到责任就行了。"没有办法，曹甫臣也只好怀着无奈的心态，在后台候场。

《孙庞斗智》演了将近两个月，黄金荣听说这出戏的演出效果不错，便邀请了几个朋友一同来剧场看戏，后台的王经理知道后，赶快前去打招呼应酬老板及客人，并趁机向黄金荣诉说道："黄爷，您这次请来的这位金少山，可把我们后台的人给折腾苦了！"黄金荣吃惊地问："哦！咋回事儿？"王经理回答："从第一天演出起，他就没有一次按时到过后台，甚至有时候还误场，排戏的时候也一样，经常迟到，我们没有办法，只好让曹（甫臣）先生扮好戏在后台等着，黄爷您说，向金少山这样难伺候的大爷，谁受得了啊！不行的话，干脆您把我这个经理给换掉吧，这个后台经理实在是不好干！""他娘的，又是这个不识抬举的金少山，他就爱给我找别扭、添堵，嗳，你说没有他行不行？"黄金荣恼怒地问，王经理发愁地回答："那谁知道啊！买票看戏的观众有一大半儿都是冲着他来的，曹甫臣上去万一要给轰下台，那可就麻烦啦。"这时，只见黄金荣低下头沉思了片刻，而后铁青着他那麻皮脸发狠地说："先不要理他，今天我陪着朋友先看戏，等打住戏后，送走了客人老子再拾掇这个姓金的，他娘的，不行老子崩了他！"话音未落，黄金荣就从腰间掏出手枪，"啪"的一声扔在了桌面上，接着又气急败坏地高声嚷道："敢在我的眼皮子底下摆谱，不行！"

那天晚上金少山照旧还是很晚才进后台，大伙儿都为他捏着一把冷汗，但金少山却神态自若，依然如故。大胆心细的金三爷大概是猜透了黄金荣的心事，这天晚上只见金少山勾脸扮戏，快捷麻利，就第四十六场刚好演完，乐队大换锣鼓之际，他已穿戴齐整，打扮完毕。此时，打击乐齐奏，开出的一个[冲头]一连长了三次调门，乐队的武场伴奏人员个个来了精神，台上的气氛霎时间起了变化，观众一听便晓得准是他们盼望已久的金少山老板就要出场了，台下立刻响起了一片热烈的掌声。随后，上下场同时吹响"挑子"（号角），在[四击头]的锣鼓声中，庞涓登台亮相，剧场内再一次鸣掌叫好，誉声四起。但见庞涓勾开紫三块瓦脸谱、戴黑满、身穿黑色大靠，头戴八面威大缨盔、翎子、狐尾，腰间挎着宝剑，看着甚是威风。金少山在走"起霸"时，表演的一整套舞蹈动作，身段规范、做派大气，步法稳健，抬腿亮靴底，转身扔髯口，一招一式，准确到位，干净漂亮。台下鸣掌狂爆，不断好声。黄金荣在包厢里看的是目瞪口呆，朋友与他搭话，他只当没有听见，还不耐烦地摇着手说："勿要讲话，关键时刻集中看戏，等会儿再说。"

接着，庞涓的四句[定场诗]，金少山念得是铿锵刚烈，起伏跌宕，响堂挂味儿。这场戏的末尾，当庞涓传令："众将官，带马！"之后，起唱一段[西皮垛板]，共有二十句唱词，金少山唱得是痛快淋漓，一气呵成。特别是最后一句的拖腔，更是神完气足，荡气回肠，使人过瘾，博得了全场观众的一个炸窝似的满堂喝彩。黄金荣激动的也跟着大家鼓起掌来，并高兴得跺着脚喊道："还是金少山，唱得真是呱呱叫！我的戏班里少了他不行！"此时，黄金荣突然转身问前台经理："金少山每月挣多少铜钿？"前台经理赶紧回答："光洋一千块，""这么少，小达子（李桂春）呢？"黄金荣又问，前台经理答："也是光洋一千元，"黄金荣把手一挥说道："马上给金少山涨二百块洋钿，这个月就加上，发到他手里，就说是我叫涨的！"

第四十八场是全剧的最后一场，武打场面炽热火爆。庞涓手使两刃大刀，刀背上系有两个大红穗子，金少山舞起"三截面"，犹如旋风一般，勇猛异常。当庞涓误入马陵道，准备将人马撤回时，四面已燃起了火把，孙膑命齐军将士弓箭伺候，齐发庞涓，此时的庞涓已被兵海将山团团包围，无路逃生。金少山就[急三枪]曲牌中，推扔髯口、打高八度的长"哇呀呀……"后猛然转身，在舞台中间走了一个武二花用的跌扑功夫——肘棒子（即戏曲毯子功技巧），充分表现出了庞涓最后中箭身亡的艺术形象。这时，提着劲儿的乐队文武场面吹奏起了剧终的尾声，伴随着台下可筒的鸣掌声，大幕缓缓拉上。

凌晨一点多钟戏才演完，场内的观众仍不愿离去，一个个站起身来一个劲儿地还在鼓掌，看得发愣的黄金荣也跟着高一声低一句地连声叫好。和他一起来看戏的朋友凑过去对黄金荣说："黄老板，住戏了，别喊了，咱们该走了，你看人家都离席出场呢。"这时，黄金荣才迷瞪过来，赶紧冲着身边的客人说："好好，我们这就走！"他一边抽身离座，一边说："好戏，好功夫，金少山这家伙就是行，我最爱看他的戏啦！"《孙庞斗智》前面的几本戏，公演后只唱了三个多月，而这一本

（末本）戏因为有金少山出台，连演了五个月才圆满结束。

从此，黄金荣看到了金少山的经济价值，把金少山当作能为他赚取大批钞票的摇钱树。他为了让金少山唱日夜两场，竟把金少山在"黄记大舞台"的长期驻班包银，涨到了每个月两千元的洋钿，这种待遇除了组班领戏的名伶之外，乃是当时在大上海达至全国的京剧演员中最高的薪水。但，金少山是个有血性的男儿，早就猜透了黄金荣的用心，他不仅不领情，心中反而对黄金荣命他加演日场戏十分窝火，不过金少山心里清楚，对待他们这些心狠手辣的帮会大佬，不能生碰硬顶，搞不好会引火烧身，招来大祸，得动脑筋想办法与他们斗，于是便采取误场、泡汤的软办法来恶心东家。

1930年的一天，上海"黄记大舞台"的管事硬派金少山唱日场头、二本《连环套》，戏票早已售完，可谁知金少山却故意一大早跑到上海市郊的马场看赛马去了，提调怕他误场，一次又一次接二连三地差人去催，就像那令调岳飞的十二道夺命金牌，搅绕了金少山的雅兴，引起了他内心的极大反感，最后金少山干脆冲来人说道："白天戏金某不唱，你回去转告经理退票好了！"经理无奈，只得改换戏码，在剧场门口临时贴出了"金少山因病不能演出"的告示。知情人说东道西，观众猜来猜去，弄得戏院经理毫无面子。后台经理很不满意的把此事汇报给了黄金荣，把黄金荣气得咬牙切齿，大发雷霆地骂道："娘的，不要他，不要他，我给他那么高的洋钿，他竟敢不唱日场戏，这一回坚决得让这个姓金的滚蛋，不知天高地厚的东西，明天就把金少山给我轰走……"这一次，把黄金荣气得浑身颤抖，脸色发青，大骂这个臭唱戏的金少山不识相，不晓得他端的是谁家的饭碗，非要辞退金少山不可。事后，有人出面打圆场，劝黄金荣勿要一时气愤丢掉了财源，过几天还令他唱这出《连环套》，给剧场挽回面子不就可以了吗，按您老人家的身份、地位，没有必要跟一个唱京剧的艺人一般见识。

几天后的9月14日，在黄金荣组织的一场堂会戏上，他故意叫戏院的前台经理派金少山唱日夜双出，看看这个臭唱戏的下九流是什么态度，表现如何，日场：高雪樵、林树森的《铁公鸡》，白玉昆、刘筱衡、筱菊红的《坐楼杀惜·活捉三郎》，筱月红、筱香红的《大登殿》，压轴戏是刘筱衡的《纺棉花》，金少山和白玉昆的大轴《连环套》。这天的日夜两场，金少山唱得格外卖力，剧场内出现了他在台上的一举一动、一唱一念好声不绝，哄堂大彩的现象。就连坐在豪华包厢里品戏的黄金荣，都高兴地哭笑不得，拍手称快，大呼过瘾！他把要轰走金少山的话，早已抛之脑后，忘得干干净净，并得意忘形地连声夸道："还得是他，还得是这个专爱给我调皮捣蛋的'金霸王'，真像个'乌龙下界的铁罗汉'呀！"晚场，金少山又在黄金荣的堂会戏中，演了一出大轴戏《御果园》，照样是铆足了唱，提神地演。在场的许多同业都很不理解：依金老板的脾气不会这样唱呀？是啊，今天他怎么一点也不泡汤了！真够新鲜的。大概是太阳要从西边出来了吧？大家伙儿你一言我一语、怀着疑惑的心态舆论起金三爷来。

显然，金少山是懂得把握分寸火候的有心人，他说："在上海这个地方靠唱戏混饭吃，不容易，总得识相，得懂的人情世故，无论做什么事情不能过分，见好就收方是正理。人家'老麻皮'上回给了我面子，我金少山不能不识抬举，总得回敬财东一个面子吧！"此场堂会戏后，黄金荣摸透了金少山的性格，又奖给了金少山三百元的红包奖金，并交代"黄记大舞台"的戏院经理，从今以后对金老板要特别关照，不要为难于他，有什么事情商量着办。

这天的堂会戏，除以京剧为主之外，财大气粗的龙头老大黄金荣还调集来了申城的越剧、沪剧、淮剧、弹词及滑稽戏等诸多名伶为堂会献艺，可谓是阵容庞大，名家荟萃之势。这种场合，艺人们哪个不使出浑身的解数和自己的绝活儿，又有谁愿意落后于他人之后呢？金少山当晚的《御果园》唱得是气大声洪，满谷满坑，获得了在场观众及黄金荣等人的好评后，接下来是由上海首席滑稽戏艺人易方朔临时加演的一出《花子教歌》。

易方朔在上海滩是声名显赫的文明戏趣剧大家，1891 年出生，原名易祥云，浙江省绍兴人士。童年时期在杭州某布庄学徒，因经常看戏的缘故，渐渐地对戏剧产生了兴趣，先拜当地文明戏的滑稽演员张利声为师，后又投入到在江南小有名气的趣剧艺人郑正秋门下学戏。后来，易祥云因组建自己的"小京班"，又向沪、杭两地的京剧名伶赵如泉学唱京戏，常扮演一些书童、奴仆、店家、小贩等之类的小人物。擅以独角戏的招笑手法、表演技巧博得剧场效果，赢得观众好评，给人以情节风趣，性格幽默，台词诙谐的快感。他的趣剧代表作有《山东马永贞》《天下第一桥》《花子教歌》等。这些原属文明戏的剧目，经过他搞笑逗哏的滑稽化处理，为滑稽戏的形成与发展提供了进化的条件。因易祥云有京剧演唱的基础，故而，在跑码头时，根据观众的需要，也时常上演些京剧中的小喜剧。由于易祥云慕汉代名士东方朔,因此改名易方朔。显然,他这"方朔"二字的由来,是借助于汉武帝身旁以滑稽幽默、风趣诙谐闻名于世的弄臣东方朔的名字而取。有趣儿的是,易先生率他的家族式"方朔精神社"戏班跑码头演出时,常让班子里的男伶们反穿皮袄坐在黄包车上,列队绕街招来观众。因易方朔广收门徒,弟子众多,被同业颂(送)予了一个"老夫子"的绰号。

易方朔先生的嗓音特殊,出口幽默,表情多变,腹笥渊博,人气旺盛,门徒众多。他的这出看家戏《花子教歌》,是古老昆曲和川剧《绣襦记》戏里的《教歌》一折。故事内容讲的是:常州刺史郑儋之子元和入京赴试,游曲江池,遇名妓李亚仙,遂同欢洽;年余金尽,被鸨赶出,沦为乞丐后,跟花子阿大、阿二学唱"莲花落"的情节。该戏以阿大、阿二为主,郑元和为配。易方朔唱北曲用嘶哑之音,与金少山的铜钟大吕相比,反差极大。观者中议论纷纷,不于理解,有人说是"天壤之别",有人赞属"有滋有味儿"。

打住戏后,黄金荣高兴,且心血来潮,请大家宵夜,宾客们盛赞金少山之嗓旷世无双,黄金荣见大伙儿夸奖金少山,听着顺耳,也为他的戏班里能有金少山这样的名净,而感到自豪,于是便半开玩笑地冲易方朔说:"阿朔呀,你听人家金老板的嗓子多宽多亮,可谓是虎啸龙吟,你的嗓子太沙哑了,今天你若能亮出少山的嗓门,我送你大洋五百,你看怎样?"听完此话,易方朔正色回答:"我虽然没有金三爷的本钱,学不了他,可金老板若能学得我的哑音,阿朔情愿倾家荡产,输您黄爷大洋一千如何?"易方朔的豪言壮语,顿时引起了全场哄然,大家的目光齐刷刷地转向了金少山,有人希望他能学上几句易方朔的哑音,挫挫他的傲气,杀杀他的口风。

金少山心想:好你的老麻皮,拿我们艺人当猴儿耍,我不会让你得逞。于是,金少山便非常严肃地说:"诸位不要开玩笑了,千万不要以为'高就低容易,低攀高就难'。易爷的哑音是苦练出来的,他的这种沙哑声音是一门长期修炼成的喉功,可不是任何人都能随随便便学得来的。大家仔细想想,花子乞讨时是一种什么样的声音?不会是粗喉咙亮嗓门的高呼大叫吧?所以易爷的这种能使嗓子变沙的内力控制,行腔定力,是一门很好的艺术。他不知用了多少时间观察生活,反复琢磨,苦心练习,才从花子身上学到的绝活儿,我金少山怎么能学得成呢?何况,我从来没有下过这样的苦功,不用学,肯定学不来。"话音未落,易方朔双手抱拳向金少山说道:"金老板高明,讲到我们吃开口饭的艺理上了。大家想一想,就上海滩泛泛之辈的叫花子中,有哪一个用金三爷那样的大嗓门讨饭呀?别说他们根本没有像三爷那样洪亮的嗓音,就是有也不敢在街上大喊大叫的挨门要饭,若真是那样,人家不仅不可怜他们,反而会把他们哄走。再者说,丐帮有丐帮的规矩,花子中也有支派,也要拜师学艺,方可进入帮门,没有师傅的野乞丐,丐帮一律不于接纳。艺术中的嘶哑声音来历久远,"讲到这里,易方朔故意卖了个关子,他品了一口茶,而后微微地瞟了一眼黄金荣和在场的名角,继而接着问道:"诸位晓得花子们的祖师爷是谁吗?(大家一愣,无人搭腔)今天阿拉告诉你们,就是战国时期的豫让!"金少山听得津津有味,连连点头,大伙儿从心里颇为佩服,黄金荣在一旁却默默无语。易方朔接着又说:"我原本的嗓子很亮,虽然不能跟金老板相提并论,但也不是现在的沙音。为了这出《花子大教歌》的戏,我煞费苦心,特地把城隍庙里的要饭花子请到家中,好酒好烟好饭菜的招待他们,一连数日天天如此,就像报馆里的记者采访新闻人物那样,天南海北,东拉西扯的向花子求教,方才学来了这嗓音变沙的嘶哑方法。"话说到此处,金少山一拍大腿,蹭地站了起来,抱拳拱手冲大家兴奋地说道:"诸位,看咋样,金某讲的没错吧,我就知道易老板的嗓音是练出来的,不然不会这么特别。"金少山走近易方朔身边,拉着他的手既诚恳又亲切地说:"易先生咱们是隔行不隔理的同业人,都是吃开口饭的,练嗓子学唱各有门路。行业虽然不同,但各自具有诀窍。今儿个真要叫我学您的绝活儿,这一千块大洋,准拿不到不说,恐怕我金少山还要在众人面前丢脸了。"话毕,金少山和在座的所有宾客都哈哈大笑起来。此次,金少山与沪上"滑稽大王"易方朔论嗓道声的趣闻,不胫而走,传遍江南。从此,这位"大净王侯"金少山的高尚艺德,令大上海的同业们有口皆碑,刮目相看。

  关于金少山的这些做法,他曾经向自己非常敬重的戏剧家翁偶虹先生,流露过心声。金少山说:"我自幼学艺,从小在戏班里泡大,恨透了那些有钱有势中的恶人,和把我们唱戏的不当人看的流氓霸主,还有那些手握重权的高官大员及丧尽天良的经励科(约角组班的戏蠹),他们仗着势力欺负我们,吃演员的肉,喝艺人的血,拿我们唱戏的当玩物任意摆布,从艺人身上获取一本万利,随便敲诈,在他们眼里吃张嘴饭的艺人,只不过是供人取乐的尤物而已。我斗不过这些高官阔佬中的黑心人,但我有个傻主意,就是误场磨工和装病不到,用针锋相对的软办法,给他们兜圈子周旋。"

金少山这种面对旧社会欺压盘剥艺人的恶势力，他不肯俯首帖耳，愤世嫉俗，却又无力扭转现实的存在与之力量对比悬殊的卑微处境而无奈，只能凭借（鬼）点子出以偏于消极对抗的做法，虽不太妥当，平心而论，虽然里面存在着演员的艺德问题，难免伤害了观众，但从主流上看，他并没有错。而且，应该说金少山做出了一般演员不敢做的事，讲出了艺人们的心里话，为他（她）们出了气。同时，也被上海滩的人们传成为"金霸王智斗老麻皮"的美闻。

其实，黄金荣是个特别痴迷京剧的南方人，而且非常懂戏，所以他才看好了金少山。金少山在黄金荣心目中的分量，又有一种连他自己都很难说清道明的微妙。总之，他是又恨、又恼、又喜欢，又气、又爱、又无奈，恼恨的是金少山不听管教，尤其是在演戏方面经常刁难于他；喜欢的是黄金荣对金少山的花脸艺术，的确到了特别入迷的程度；气的是越是有重要人物点他的戏，他不是误场怠工，就是以各种理由推脱不演，气得剧场经理老是找黄金荣告状；爱的是这个金少山虽然不听使唤，却能让戏院满场，给他赚来了许多钞票；无奈的是由于金少山的社会地位和他目前的经济价值，只好在一些小事上得过且过，听而认之，忍而用之罢了。

第十二题藏头诗

菊坛豪杰一硬汉，
坛中净雄敢捅天，
豪气孤胆斗恶势，
杰人助弱帮危难，
侠义之心解贫苦，
义字当先扶梨园，
助人为乐见亮节，
人人都夸金少山。

十三、独战日寇　民族气概

黄金荣的堂会戏过后不久，金少山突然感到身体不适，便到医院检查，果然是病患伤寒，在上海医治，休息了三个月后，金少山的病情才慢慢见好。待金少山的身体完全康复后，上海"黄记大舞台"又推出了金少山与白玉昆合演《连环套》的大字招牌。海报贴出，憋了三个多月的"铁罗汉"迷的人们听说后，具争先恐后地抢购戏票，使戏院的生意与人气一下子又红火了起来。黄金荣在一旁抿着嘴儿，笑眯眯地说："这个金少山的叫座力就是不错，我那两千元的大洋没有白发，到目前为止，我看他的观众缘儿谁都比不了！"

在这期间，西安有一位时任东北军中将的司令长官石伟鹏将军，听一位刚从上海回来的部下说明了近期金少山在沪演出《连环套》的消息，他万分激动。居然带着夫人和正在休假的女儿、副官等人，专程坐飞机赶往上海看戏。

原来，金少山的嗓子刚刚恢复后，从山东烟台到哈尔滨演出时，这位在哈尔滨身居要职的东北军将领石伟鹏将军，曾经看过金少山的戏，而且非常欣赏，自那以后，他便喜欢上了金少山的舞台风采。等第二天石伟鹏准备再去剧场看金少山演出时，不巧他的顶头上司张学良，把石伟鹏调回北京召开紧急军事会议，戏没能看成。待他从北京回来后，再想到剧院看戏时，金少山所在的戏班，已经离开了这座誉有"东方莫斯科"冰城的哈尔滨，直到如今石将军还感到遗憾。

石伟鹏将军全家从唐都西安赶到上海后，一切官场上的外事活动全部谢绝，概不参与，一头扎进戏园子里场场不铆的连看了几天。并且非常兴奋地对夫人说：

"哎呀，《连环套》这出戏太好了，太棒了，金少山的窦尔墩演唱得实在过瘾，比他当年在哈尔滨时演的戏，还要精彩，夫人，这次我们全家没有白来……"。然而，这位"铁罗汉"迷的中将大人石伟鹏将军，万万没有料到他的爱女，一个青春年华的妙龄千金、还正在大学里读书的石曼丽小姐，看的比她父亲还要痴迷。居然在父母面前俏皮地提出了她将来找对象时，所嫁的郎君一定是要和金少山长得形体一样，个头一样，声音一样，气质一样才行，而且，还必须是一个会唱京戏的男子汉。弄得这位统领千军万马的将军父亲哭笑不得，无言对答，一个劲儿地偷看坐在他身边直笑的夫人。

这天晚上，石伟鹏一家三口看完了戏，竟不顾自己高级将领的身份，放下他将军的架子，特意走进后台，找到了还没有来得及卸妆的金少山，有礼和亲的赞扬演技，并言发内心地说："金老板，演得好！唱得棒！我们全家是特地从西安赶到上海来看您的戏的，在台下为您鼓掌把手都拍疼了。"话后，这位石伟鹏将军又真诚地提出了与金少山合影留念的要求，作为艺人身份的金少山，见这位军官与其他军人的作风不太一样，不仅没有官架子，反而非常和气谦恭，彬彬有礼，谈吐风雅，自然表示同意，于是就非常爽快地答应了下来。将军颇为高兴地让带着相机的随身副官拍了一张由金少山与将军在中、夫人和小女各站一边的照片，而后又照了一张他与金少山的单独合影。临走时，石伟鹏将军双手递给了金少山一张名片，非常高兴地说道："我们明天就要赶回西安了，因有军务在身，不敢在沪上久留，金先生以后若有时间到西安去，请您按名片上的地址给我写信或打电话联系，我将亲自派车到车站迎接大驾！"

回到西安后，身居军政要职的堂堂中将司令长官石伟鹏，把他们全家在上海与金少山穿箱带脸（穿着演戏的服装、盔头，画着戏曲花脸人物窦尔墩的脸谱）的合影，以及他与金少山的单独合影照，放大加彩挂上了客厅。而且，还在装着这两幅大照片的高档镜框下面，亲手用毛笔题上了金少山的绰号和大名。若是有人问到这两幅挂在墙上的合影中那个大花脸人物是谁时？我们这位司令大人，便会眉飞色舞地把他在上海亲眼见到金少山那无与伦比的台上风采，非常自豪地夸个不停。1988年，据一位当年时任国军军官从台湾回来探亲的老者讲：那两张照片，在20世纪的60年代末，他曾在祖国的宝岛台北见到过。

从此，这位中将司令官石伟鹏，凡是有人约他打牌、狩猎、下象棋、摸麻将、打篮球、看电影、跳舞等娱乐活动，一概谢绝，不与参加。除了军务以外，整天一个人在房间里打开留声机，把他从上海带回来金少山的唱片，轮换着放个不停。有时还跟着留声机唱上几句，学上两腔。久而久之，他便成了军营中艺术水平最高的京剧票友及最好的花脸名票。有些和他私交很好的平级军官，在开玩笑时，竟然称他为"花脸将军"。后来，这位"花脸将军"为了学练花脸技艺和进一步提高自己的演唱水平，居然出大价，以军方的名誉特邀金少山的全班人马到西安演了二十天的戏。西安之行圆满结束后，金少山临走时，石伟鹏将军竟然调动了一个营的兵力，加之军乐队吹奏着军乐，浩浩荡荡地亲自到火车站护送。至于金少山此次在唐都西安的演出盛况和军方对他的热情款待，笔者不用多言，大家就可想而知了。

金少山率戏班从西安风光地回到上海后，接到了汉口"民众乐园"老板打来的电话，约他近期赴武汉演出十场《铡美案》。由于上次金少山在武汉的首演非常成功，他爽快地答应了邀请。待十场《铡美案》在汉口"民众乐园"的演出，圆满完成后，有一国民党武汉军统站的京剧票友梁继森处长，硬逼住金少山配他演唱一场《连环套》再走。金少山一听，火冒三丈，他对这种利用权势、强行硬派的做法非常反感，本想拒绝一走了之，后听"民众乐园"的老板说：这个姓梁的处长，心狠手辣，杀人如麻，若是不答应他的要求，只怕金少山一行出不了武汉，说不定还会招来杀身之祸，灭顶之灾。于是，金少山衡量过轻重后，心中虽不情愿，却又奈何不得，只好从表面上先答应了下来，随后再做打算。

当晚演出《连环套》时，金少山在台上郑重其事地演完了窦尔墩独挑头场的"坐寨"一折，等到把观众最喜欢听的"饮罢了杯中酒换衣前往"大段戏的最后一句唱完后，金少山突然装病栽倒在台上，前后台的人们都慌乱了手脚，急忙将昏死过去的金少山穿"箱"戴"脸"（没有卸妆）送进了医院，当晚的戏自然停演。可怜那位在后台装扮齐整，神气十足，准备登台亮相、大展风采的梁继森处长，虽花费了不少请银，送出了许多红票，约来了诸多捧场的宾客，然而他所扮好的黄天霸，却连个出场露脸的机会都没有捞到，剧院就拉上了大幕。场内高朋满座的人们，只好扫兴地离开了剧院。

散戏后的当天晚上，梁继森一夜没有睡好，心想：这个金少山的（鬼）点子可真多，他到底是真病还是假病都值得怀疑？说不定他是存心跟我过不去，故意装病昏倒在台上，用这种办法与我做对。不行，我不能放过他，非让这个姓金的死在武汉不可。于是，第二天梁继森就召集手下的弟兄准备动手除掉金少山，出出这口恶气。可就在这时，军统局武汉站有位姓麦的副处长对梁继森说："梁处长，依我看您还是别动这个唱花脸的金少山为好！"梁继森问他："为什么？"麦副处长说："常言说艺人能通天呀！前两年我在南京侍卫队当差时，南京的青帮头子常玉清请金少山也是给委员长演唱《连环套》这出戏中的《盗御马》一折，他就是因为犯病昏倒在了台上，委员长令何应钦到后台看看到底是怎么回事？赶快派车把金少山送往南京最好的医院，请最好的医生给他治病，何应钦派车把金少山送往医院后，到后台把常玉清狠狠地臭骂了一顿。并冲常玉清说：'等金少山病好了，你赶快差人把他安全的护送回上海，若是出一点问题，我拿你的脑袋去向委员长交代！'，后来，南京的《金陵日报》登出了一篇标题为'蒋委员长关心京剧花脸大王金少山病情安慰'的文章。宁城的大小官员无人不知无人不晓。梁处长，金少山跟委员长的关系非常微妙，您若是办了他，万一闯下大祸……"，话刚讲到这里，梁继森就吓出了一身冷汗，他向那位姓麦的副处长摆了摆手，示意别说啦，我知道了。而后，走进办公室吩咐手下解散、待命，听候通知。大家走后，梁继森一个人在办公室心里说："好险啊！幸亏今天没有去找金少山的麻烦，如果真的把他弄死了，别说他和委员长有什么牵连，就是跟何（应钦）长官有一点儿沾亲带故的瓜葛，他知道后，恐怕我的脑袋也得搬家！"想到这里，这位杀人如麻的梁继森处长也只好罢手，不了了之啦。

相传，有一回金少山在上海会友的途中，走近一座"天主教堂"旁边时，突然看见一辆黑色的小轿车撞倒了一位穿戴考究、面相和善的老太太，但汽车却没有停下，反而加大了油门匆匆逃走。金少山见此情景，紧跑过去，赶快上前抱起老人送往了附近的教会医院。待那位老太婆经过抢救苏醒过来后，向金少山说明了她的身份，并问站在病床前救她来医院的大汉叫什么名字，家住哪里？何处高就？等金少山用安慰的口气，笑着讲出自己叫金少山，是"黄记大舞台"戏院的一名京剧演员时，老人家激动地握住他的手用上海话说道："哎呀，阿拉认识您，我老太婆还在'黄记大舞台'看过您的戏呢！您不就是人们常谈论的'金霸王'吗！"金少山不好意思地冲老人家微微点了点头，而后，老太太又笑眯眯地接着说："阿拉今天是和我的小孙女儿一起来'天主教堂'做礼拜的，从教堂出来后，因孙女儿亭亭要去附近的商店买东西，让我在路边等她一会儿，阿拉本想到马路那边的洗手间方便一下，没想到意外地出了车祸，挨千刀的开车司机也开着汽车溜跑了。今个儿多亏有您相救，把我送到了医院，不然的话，只怕我这把老骨头就完啦。年轻人，您不仅戏唱得好，人心眼儿也好哇！回头我得叫儿子和月笙好好谢谢您的救命之恩哪！"说着，拉着金少山的手聊起了她喜欢看京戏的爱好。

金少山哪里知道，原来这位老太太的儿子，竟是上海滩又一个大名鼎鼎杜月笙的结拜兄弟卢阿大，杜月笙又是她的义子。那么，这个当年在大上海鼎鼎大名的杜月笙是何许人也呢？笔者需要借该文较为简略地做以介绍：彼时，杜月笙是沪上的青帮头目，其势力比黄金荣有过之而无不及。这个杜月笙比黄金荣年轻许多，原本是个无爹没娘的孤儿，也是个苦命的孩子，他当过乞丐，也做过徒工，孤单一人甚是可怜，但其终究不是安分之人，专喜好赌钱及打架斗狠，还时常蹲在马路边掷骰子，后来结交上了青帮门徒，成了青帮中人。

据载，当年青帮的势力仅次于洪门，相沿有三百余年。其青帮之祖师爷姓罗名祖，罗祖收徒三人："翁""潘""钱"氏。清朝乾隆年间，此三人为清廷运粮，奉准钦命，准各招徒一千三百二十六名，带粮船一千九百九十只。运粮之后，"翁""潘""钱"氏照军功例，得受武职。于是，公开奉恭罗祖为其祖师也，即立下了三堂六部二十四辈，并制定了十大帮规。其"三堂"是：翁佑堂、潘安堂、钱保堂；"六部"为：引见部、传道部、掌布部、用印部、司礼部、监察部；"二十四辈"按："清静道德、文成佛法、仁伦智慧、本来自信、元明兴礼、大通悟学"之排列，一字一辈。其"十大帮规"为：一、不准欺师灭祖，二、不准扰乱帮规，三、不准藐视前人，四、不准江湖乱道，五、不准扒灰放笼，六、不准引水带跳，七、不准奸盗邪淫，八、不准以卑为尊，九、不准开闸放水，十、不准欺软凌弱。

杜月笙拜的老头子叫陈世昌，是"通"字辈的，杜月笙即属"悟"字辈的青帮门徒，他虽然辈分很低，倒排第二，但他心灵擅钻，颇具勇谋，不久便攀搭上了黄金荣，并很快成为了黄金荣的名誉弟子与"黄公馆"的红人，杜月笙在黑社会中渐露头角后，便仿效着前辈们的做法，大开香堂猛收弟子。不久，黄金荣看他是一人才，就将当时法租界的三大赌场之一的"公兴俱乐部"，交于杜月笙掌管经营。后来，擅用心计的杜月笙又结识了青帮"大"字辈的张啸林后，声名大振，威望猛生。再后来，因黄金荣"跌霸"而心灰意冷，于是杜月笙趁机另立山头，独当一面。他经过自己的厮杀拼搏，终于达到了能和黄金荣、张啸林等人并驾齐驱、平起平坐的地位，很快成为上海滩的新闻人物。

看来，那位把老太太撞倒的司机，若不跑掉，这件事情让她儿子和义子杜月笙知道了，不是被扔进江里喂鱼，也得打成终身残疾，落得个半死不活的下场。

等老太太的孙女儿亭亭买完东西，从百货公司返回后找不到奶奶时，急得赶紧回家把她奶奶丢失的消息，告诉了父母。她父亲一边差人四处查找，一边着急地在家里盼望着母亲能早点回来。正当全家人等得焦急不安的时候，教会医院突然打来电话说，你们家老太太被汽车撞啦，有位姓金的路人把她送到了医院，伤势不重，现已脱险，请家里人速来探望。全家人的心情才算是放松了下来，急忙开车赶往了医院。

老太太的儿子和义子杜月笙，为了表示对恩公金少山的报答，二位竟在曾经宴请过蒋中正，当年上海滩档次最高的酒店设宴款待金少山。至此，引来了许多新闻报刊的记者到场采访拍照，大肆宣传。席间，老人家让义子杜月笙和儿子卢阿大，双双高举酒杯为恩人敬酒。金少山吃酒本属海量，又久闯码头，经过风雨，见过世面，二话不说以饮代敬，他就像《连环套》剧中的铁罗汉那样，一口气连喝下了几大杯。使在场的各路来宾目瞪口呆，无不敬佩，对眼前的金少山高看三分，本属江湖中人的杜月笙、卢阿大也连声称快。这种杜（月笙）老板亲自为一个唱京剧的艺人端杯敬酒的场面，开天辟地，罕之麟角，人们看在眼里，记在心中，一个个暗自佩服这位梨园豪杰的英雄气概，艺人本色。

第二天，上海滩所有的大小报刊就头版头条用大标头的方式，在最醒目的位置上刊登出了杜月笙为"金霸王"敬酒的大幅照片和其酒席宴间谈笑风生的文章。后来，在上海街头，被人们夸大其词的传成了金少山与杜月笙结为生死兄弟的八拜之交。不可理解的是，大老板杜月笙听说后却淡然一笑，笑而了之，他对这次轰动大上海的传言并无反感。这样一来，大大抬高了金少山的社会地位，从此，金少山一步登上了上流社会的天梯，坐上了申城艺坛的"金銮宝殿"，呼风唤雨，身价倍增，没人敢惹，无人敢碰。

在日寇侵华时期，祖国的大好河山均遭到了日本军队的践踏。东北沦陷后，日本官兵到处奸淫烧杀，无恶不作。金少山听到此闻，恼怒万分，经常一个人在家里大发脾气，怀着对日寇深仇大恨的敌忾胸火，大骂政府无能，军队软弱，竟将东三省拱手让于日军。为此，凡是一些为了讨好日本人的演出活动，不管是谁来邀请，无论报酬再高，一律拒绝，统统不唱。任凭倾其所有，中断粮米，家无炊烟，也决不做亡国奴，以此种方式来抗击日本对华的侵略。

1931年上旬的一天晚上，金少山唱完夜戏后，乘黄包车在回家的路上经过一丁字路口时，遇到了一位日本浪人在一条偏僻的弄堂小巷里，要强暴一位年龄大约有二十岁出头的上海姑娘，顿时，这位血气方刚的汉子金少山，气得两眼冒火，忍无可忍，此时只见壮如天神、头脑发热的金少山噌的一声跳下黄包车，快步如飞地跑进了弄堂，上前一把揪住日本浪人的上衣后领，将他的头部狠狠地甩到了小巷的墙壁上，疼得日本浪人哇哇直叫，拔出腰刀向金少山猛砍过来，眼明手快的金少山躲过刀光，瞅准时机三拳两脚，一阵乱摇，打得浪人头青脸肿，昏昏沉沉无力还手，趴在地上动弹不得，解救了姑娘。不料，正当金少山和车夫将受惊的女孩儿搀扶进自己乘坐的黄包车内，刚想离开弄堂时，小巷口处突然间又出现了三个酗酒的日本武士挡住了去路。顷刻间，只见这三个日本武士手握钢刀、气势汹汹，嘴里呜呜啦啦地喊着"巴个亚路"向金少山包抄过来，金少山看他和姑娘难以脱身，便跳下车子，顺手从兜里掏出一把钞票递给了车夫，让他拉着吓昏的女孩儿赶快离开此地，自己奋不顾身地与日本武士拼杀了起来。只见身强力壮的金少山，孤身一人力敌六手，拳打足踢，毫不惧色，打得那三个手握钢刀的日本武士，只有招架之势，无有还手之能。就在此时，那位醒过来的日本浪人恼羞成怒，从腰里拔出手枪准备将勇猛大汉金少山击毙的一瞬间，金少山找个空子用他防身的袖珍手枪，砰砰两枪将其击倒，而后飞身几步闯出弄堂，无影无踪地消失在了夜色之中，安然脱险回到了家里。他这种奋不顾身、勇战日寇、救我同胞的爱国主义精神和大张我中华民族志气的英雄气概，令人敬佩，深得颂扬。

黄包车夫提心吊胆地拉着姑娘七拐八转的串了几条巷子后，将其唤醒问明了姑娘的地址，把她送回了住处，就匆忙回家去了。然而，车夫怎会料到，在他拉着被救的女子离开金少山与日本人搏斗的现场时，却被一位日本武士记下了他背后的车夫编号。

这天夜晚，待三个日本武士把受伤的日本浪人送往医院抢救时，因他伤势过重流血太多一命呜呼。日本驻上海的特务机关黑隆会社通过上海日本领事馆，将此事告到了上海市国民政府，上海国民政府严令上海警察署限期破案抓到凶手。警察署按照日本人提供的黄包车号编码，在洋车行里查找出了当晚送姑娘回家的车夫，在严刑拷打下，那位黄包车夫只好供出了被救女子的住处。于是，上海警察署硬逼着车夫带路直奔姑娘家的住地。

那天晚上，姑娘被五大三粗的日本浪人强暴时，连惊带吓，回去后一直是昏睡不醒的发起烧来，无奈之下，父亲赶紧把她送进了医院。经过医生的精心治疗后，姑娘的身体尚有好转，神智也渐渐地恢复过来，但医生建议还是叫姑娘留下来再观察几天，若无大碍，再回家修养。于是，父亲就安咐女儿可多住几日，再出院不迟。

一天上午，姑娘的父亲把女儿留在病房休息，自己回家拿些零用的物品准备带到医院使换，不料他刚刚迈进家门，就被埋伏在屋内的便衣警察抓住。这时，有一位身穿中式服装的日本人手指着墙上挂的他女儿的照片、用生硬的中国话说："你的女儿她现在哪里？快把她交出来！不说就'撕拉撕拉地'！"姑娘的父亲战战兢兢地反问道："你们为什么要抓我的女儿？她犯了什么罪？"那位日本人言道："你女儿和她的同伙儿枪杀了我们日本黑隆会社的武士侨民。"老人家理直气壮地与他们争辩说："家里就我们父女两个相依为命，哪里来得同伙儿。一个手无寸铁的弱女子和我一个老头子，能杀死你们黑隆会的武士吗？那么，你们大日本帝国黑隆会社的武士也显得太草包了吧？简直是毫无道理，无稽之谈。"死活不肯讲出女儿的下落。这些警察和那位日本人被问得理屈词穷、无言答对，一怒之下把老人家与在场的黄包车夫押回了警察署，走时砸毁了财物，查封了房门。

等姑娘从医院回来找父亲时，被好心的邻居拦住，告诉了她父亲已被警察抓走，她家的缝纫店铺也被警察署查封的消息，姑娘听后如雷轰顶，天塌地陷，昏死了过去。此时，变成了疯疯癫癫、无家可归的流浪女，整日提心吊胆，东躲西藏，沿街乞讨，靠街坊邻居救济施舍苦煞着天日。

一日清晨，金少山到上海市郊的一块空地喊嗓、练功，待路经一片小树林时，隐隐约约的瞧见在一棵大树下面好像有人在晃动，他走近一看，哎呀不好！原来有人在这里上吊寻死，他急忙跑上前去连抱带拖地将其救下。待把上吊的女子从树上卸下来后，金少山看着眼熟，仿佛在哪里见过此人，即刻将姑娘唤醒问明了她寻死的原因，才恍然大悟，晓得了这位寻短见的女子，原来竟是他前时从日本人手里救出来的那位险些遭到强暴的姑娘。于是，金少山便向她讲明了前日之事，姑娘这时突然清醒，认出了恩公，双膝下跪在金少山面前，撕心裂肺、痛哭流涕地把她父亲和黄包车夫被警察抓走，至今死活不知，以及她家被抄封的情况告诉了恩人。而后，姑娘擦了擦眼泪，又泣不成声地继续哭着说道：目前上海警察署与日本黑隆会仍在抓她，连日来提心吊胆，东躲西藏，无家可归，终日过着风餐露宿、挨饥受冻的日子。无奈之下，只有随父而去，一死了之，这才来到此处的小树林里悬吊而终，自寻短见，以此来结束她年轻的生命。金少山听后心如刀绞，大骂日本人和当局的警察狼心狗肺、禽兽不如，又见姑娘家破人亡，甚是可怜，更何况，惨无人道的日本黑隆会社及上海警察署如今仍在找她，就将姑娘收留下来，领了回去。

原来被金少山两次救下、并收留下来的这位姑娘名唤程艳芳，母亲早逝，父亲程义公乃江苏扬州人氏，是一位手艺很好的裁缝师傅，在申城颇有名气，就上海"黄记大舞台"戏院不远的地方开了一家缝纫小铺为生，虽然发不了大财，但日子过得还算可以，父女二人每天忙忙碌碌相依为命。那天傍晚，程艳芳见父亲程义公给客户赶做服装忙得不可开交，她心疼年迈的老人，自己便拿着刚给一家姓徐人家的太太做好的几件旗袍去送，可谁知，旗袍送到徐家后，这位热情好客的徐太太试过旗袍特别满意！为了表示感谢，非要留程艳芳在她家里吃宵夜不可，程艳芳推辞不掉，再说人家是一片热心，也只好答应了下来，随了徐太太的心愿。待吃过夜宵后，程艳芳辞别了徐家，刚走出大门不远，正要叫车时，竟被那个日本凶汉拦住堵在了弄堂口处，嘴里喊着"花姑娘地赛咕赛咕"的脏话，上前抱住了程艳芳竟要非礼于她。当晚，金少山为了救她与日本人搏斗时，程艳芳被吓得魂不附体，就知道猛然间闪过来一个大个子跟日本人对打了起来，那位救她的恩公姓甚名谁，究竟是何方好汉，面目模样，家住哪里她全然不知。

这天上午，宋小春正巧来看望金少山和杨淑英，等到中午他们在一起用餐时，金少山向小春介绍了程艳芳的不幸遭遇，以及她目前的艰难处境，引起了宋小春的强烈同情。话间，金少山把程艳芳长期住在他家，多有不便，并想让艳芳姑娘暂时跟小春住在一起，相互关照，等风头过去后再做打算的想法对小春讲了出来。宋小春本是知恩图报的烈女，对她金大叔的话说一不二，百依百顺，自然听从，而且非常愉快地接纳了无家可归的程艳芳。午饭后，高高兴兴地把程艳芳带回了自己的住处。

程艳芳从金家来到了宋小春的住处后，她干活勤快，手脚麻利，料理家务头头是道，是一把持家的能手！程艳芳大小春几岁，二人姐妹相称。从此，小春在戏班里唱戏，艳芳在家里做饭、洗衣、料理家事，她们两个人就像是亲姐妹一样，关系处得很好。金少山夫妇也隔三岔五的给小春和艳芳买些衣服、食品及一些零用的东西来看望她们，而她们两个也时常帮金家浆浆洗洗、缝缝补补的干些零活什么的。就像一家人那样，热热闹闹，亲亲热热，互相照应着。

两个花季妙龄的年轻姑娘住在一起，经常谈起金少山行侠仗义、助人为乐的事情，同时，相互之间也晓得了，她们两个都是由金少山从火坑里解救出来的苦命人。通过交谈宋小春和程艳芳彼此有了更加深刻的了解，慢慢建立了情同手足的姐妹情感。尤其是在程艳芳的内心深处对金少山产生了一种特殊的感觉，燃起了她无法控制的爱情之花，就平时的闲聊中，若是谈到金少山时，宋小春总是开口一个金大叔如何对她好，闭口一个金大叔的花脸戏唱得如何棒，他的嗓子如何洪亮、工架如何规范、身段如何漂亮、做派如何大气、为人如何豪爽、心肠如何善良等，讲的是有声有色，有滋有味儿，句句在谱，头头是道。然而，比她年长几岁的艳芳姐对"金大叔"三个字，却叫不出口，老是金先生长，金老板短的称呼着，不知怎么啦，在谈到金少山时，她还有点显得不太自然、不好意思或略带点儿羞涩的样子。时间长了，宋小春从程艳芳的言谈话语中，或多或少的听出了名堂，看出了门道，猜出了她的心事。在开玩笑时，宋小春用试探的口气，故意讲出让程艳芳嫁给她金大叔的想法来探个究竟。果然不假，程艳芳听后，不仅没有生气，反而不好意思地红起了脸蛋儿。

其实，精明的宋小春对金少山早就有了以身相许的念头，有意将自己的青春交给金少山相伴，终身跟随于他，白头到老，用此种方式来报答金少山对她们父女的救命恩德。前些年是因为自己的年龄太小，没敢出口，心想再等两年有了出息后，好托人向金少山提出自己要嫁给他的心事，可谁知，程艳芳居然也爱上了她选中的意中人，待宋小春看出了程艳芳对她金大叔有意后，无奈之下，也就忍痛割爱，强逼着自己打消了起初的念头，仍把金少山当作是她最亲近的长辈对待，主动退出了情场。常言说："美人心海底针！"看来并不无道理。从此，隐藏在这位妙龄烈女心灵中的微妙情感，成为了永久的秘密。

一天，报纸上登出了程义公和黄包车夫章怀堂含冤而死在狱中的消息，金少山见报后出钱雇人多方查找，在扬州安葬了程艳芳的父亲程义公的遗体。之后，金少山又通过洋车行的其他工友，打听到了含冤而死在狱中的那位和他一起打救程艳芳的黄包车夫章怀堂的住址,便特意带着礼物到他家里看望了车夫年老多病的母亲与他的妻儿,并送给老人家两根金条和三百块现大洋,方使这位失去儿子后,已无法再生活下去的老人全家,才有了生存下去的指望。于是,在金少山的安排下,老太太携带着儿媳妇和她刚满三周岁的小孙子,掩埋了儿子的遗体后,离开了使老人家痛心的上海滩,含着思念儿子的泪水回乡下去了。

此次,金少山出钱出力雇车差人,帮助程艳芳将其父程义公的遗体悄悄运往江苏扬州老家及立碑造坟风光厚葬的善举,再一次感动了程艳芳。使她更加坚定了情愿以二房的身份嫁给比自己年长十六岁的恩公金少山的决心。

不知不觉又是一个多月过去了,由宋小春上演的荀(慧生)派名剧《美人一丈青》的夜场戏,刚刚结束,有一位帮日本领事馆做事的汉奸,笑眯眯地找到了后台卸妆室,双手递给了正在卸妆的宋小春一封红纸金字的请束说:"宋老板的戏唱的实在是悠扬圆润,佳酿入喉,令人陶醉,太好了!真是玉洁冰清,容艳动人,声情并茂,柔润清新。日本领事馆的领事大山英刺先生,在台下看得入迷,拍案叫绝!听的是秋风沉醉,拊掌称快!颇为欣赏宋小姐清秀素雅的扮相、脆亮韵甜的歌喉,以及您那飘弱柔美的身段,特命在下邀请宋老板明晚到大山英刺先生的官邸做客,还望宋老板赏脸,能屈驾光临!"宋小春接过请束不知所措,当晚就和程艳芳一起找到金少山商议对策。金少山料定准是那个叫什么大山英刺的日本人,看上了小春的姿色,想打小春的坏主意,无论如何也不能去。但,金少山深知小春如果不去,肯定要招来横祸,去了也是羊入虎口,跳进狼窝,被日本人糟蹋。于是,就毫不犹豫地对宋小春说:"依我看你必须马上离开上海,连夜就走。这样吧,我给你写封信,再带些盘缠,到北京唱戏好了。"就这样,金少山给他京城的结拜兄弟徐德增二哥写了一封让他照顾小春的书信,匆匆收拾好行装,带上信件,在金少山夫妇和程艳芳的帮助下,宋小春连夜乘船离开了上海。金少山和程艳芳送小春离开上海的那天深夜,金少山本想让艳芳姑娘随小春一同进京,话刚要讲出,却被有心的宋小春用话堵了回去,因聪明的宋小春猜出了她艳芳姐有想留在金大叔身边的意思,便抢先对站在自己身旁的金少山说:"金大叔,我这次逃离上海,到北京谋生,还不知道是否能立住足根,再说您和我淑英婶儿身边也需要有个帮手,让我艳芳姐先暂时留在上海,等日后我在京城搭上了唱戏的班子,站住脚后,找到了讨饭吃的地方再跟你们联系,到那时我艳芳姐再去北京,您老看是否可以?"金少山听小春讲得有理,也就没说什么,点头表示赞同,并从家里取出几十块银元和几百块钱递给宋小春说:"路上要格外小心,千万注意安全,到了北京后有了着落,别忘了给我们来封信,有什么困难去找你德增叔,他会帮你解决的,如果需要用钱一定写信或打电话给我讲,千万不要客气,我这儿就是你的家,你金大叔和你婶子就是你的亲人。这点钱你先带上用,若是不够或有什么难事儿,来信说一声我再给你兑,记住了吗?"宋小春接过金少山递给她的钱后,就像女儿要离开父母远走他乡那样,含着眼泪,强忍悲声,紧紧地握着她金大叔的双手,难分难舍地踏上了辞别亲人的小舟,渐渐地消失在了江南的夜色之中。

第十三题藏头诗

独战日本武士人,
战刀险伤三义金,
日本浪人强暴女,
寇徒欺辱善良民,
民族气节涌心头,
族人一家具为亲,
气炸心肺似刀割,
概气英雄少山君。

十四、孤胆英雄　勇斗黑帮

1936年初的一天，金少山在家里喂虎、浇花、驯黑炭儿，夫人杨淑英悄悄地将金少山拉进了卧室，关上了房门，正儿八经地对丈夫说："少山呐，为妻有一桩心事憋在心里许久了，今儿个想跟你商量商量。"金少山不知所措地问道："啥事儿呀淑英？还指乎指令的这么严肃。"杨淑英思考了一会儿，而后面带笑容地接着说道："你看，咱们成亲这么多年啦，我也没能给你生个一男半女的，我这心里总感觉对不起咱们老金家的祖宗和咱家老爷子。到现在家里连个小孩儿的影子都瞅不见，看到邻居家热热闹闹、儿女成群，我这心里空落落的不是滋味儿。你整天除了练戏、唱戏、琢磨戏，就是喂虎、逗狗、观看花草，我做妻子的心里很不好受，总觉得对不住金家的祖宗和咱爹娘的在天之灵。常言说，不孝有三无后为大！你看咱们两个都这把年纪啦，家里连个叫爹娘的儿女都没有，我的身体又不好，吃了那么多中药还是不能生育，到如今已经不能再拖了。要不你再娶个二房，趁现在你的身体还行，让她给你生几个孩子，也给咱们金家留下后代，续上烟火。"金少山一听赶快解释说："夫人，你多虑了，我养虎、喂狗、喜欢花草，在烟台时就是这样，你又不是不知道，这是我从小在北京养成的习惯和爱好。绝不是因为夫人不能生孩子，才拿这些宠物、花草解闷的。淑英，你千万不要误会呀！"金少山着急地还想往下讲时，却被杨淑英用话给堵了回去，她字正词严的问金少山："少山，我问你，难道说你就不想让家里能有几个孩子吗？这件事情在我心里已经憋了好多年了，前几年我总想着找医生看看，吃上几服药，通过治疗可能会治好，所以一直没有给你商量这件事儿，现在看来是希望不大了。服了那么多的草药也不见效果，咱们金家没有后人已成了我的心病，家里必须得有孩子才像个家的样子。因此，今天我才跟你商量续弦的事情，这个问题如果不解决，只怕我这后半辈子都过不安生，少山你说我讲的对吗？"这时，金少山好像是想好了对策，赶紧抢着回答夫人："淑英，要不然咱托人在外面抱养一个孩子你看咋样？两个也成啊！"杨淑英马上斩钉截铁地说道："不行，半个也不行！亏你想得出来，抱养的孩子是你金少山的骨肉吗？这个主意绝对不行！在这件事情上你必须听我的，这两天我就托媒人张罗去，你答应也得答应，不答应也得答应，就这样定了，我说了算！"

  金少山被夫人质问得哑口无言，正想着如何对答时，突然听见门外有人问道："金少山老板在家吗？"金少山从二楼的卧室走下来，让保姆把大门打开，方知是湖南长沙的一家大戏院的冯经理约他带组赴长沙演出，条件优惠，酬金颇高。金少山当即拍板，给他签订了三十场的演出合同。待这位长沙的冯经理带着签好的合同，兴高采烈地走出金家的大门，金少山把来客送走后，刚刚转身拐回到家中，就听见夫人说：她娘家人从烟台打来电话，说父亲最近身患重病，住进了医院，母亲也非常想念他们，如今烟台的水果生意无人管理，看她和少山近期是否能回来一趟？金少山听罢，随声对夫人说："这样吧，我赶快把长沙的冯经理追回，暂时取消了演出合同，或往后推迟去长沙的演出时间，等我们从烟台回来再订。我这就去把冯经理追回来修改合同，再找财东请假，咱们马上就走。"杨淑英拦住金少山说："少山，我看这样做不妥，签订一个这么好的演出合同不太好遇，对咱和大伙儿都是好事儿，不能把到长沙的演出取消。在上海大家挣得戏份钱不多，尤其是底包演员及场面上的师傅们挣得钱更少，你说了又不算，分多分少的权利全都在人家大经理手里，只有出外演出时，你才能给大伙儿多发几个。要不然，我先让家里的保姆跟我回烟台，你只管放心的带小组赴长沙演出，你就是回去也不会打理生意，父亲在医院住院期间有我母亲照顾就可以了。我先管理着家里的鲜果行，保姆可以给我们做饭，如果确实需要你回去时，我再打电话给你联系，你看行吗？"金少山见夫人的话句句在理，字字见义，就点头同意了淑英的决定。而后，对夫人说道："要不，让艳芳姑娘也陪你一块去吧？到烟台还能帮你料理一些家务。"杨淑英用批评的口气对丈夫说："你这话讲得就更不对了，艳芳虽然是你所救，但人家姑娘毕竟是咱们的客人，又不是你出钱雇来的佣人，在咱家吃了几口饭，就拿人家姑娘当丫头使唤，这合适吗？亏你也想得出来。"金少山低头冲夫人笑了笑，杨淑英又说："好了，我的金三爷，别瞎扯了，赶快帮我收拾回烟台的东西吧。"

杨淑英临走那天，对丈夫金少山千嘱咐万叮咛，让他遇着不顺心的事儿，一定要忍，可千万不要惹祸，要压住脾气过日子、唱戏，咱们家再也经不起折腾了。并回过头来对来送她的程艳芳说："艳芳姑娘，我不在家的这些日子里，你金大叔和这个家就全交给你了，等我从烟台回来后一定好好谢谢程姑娘。"程艳芳握住夫人的手说："放心吧夫人，您走后我会很好的照顾大叔的，家里的大情小事我全包了，保证让金大叔吃好、喝好、把戏唱好，您就把心放在肚子里吧。"话毕，杨淑英仍是放心不下地登上了开往山东烟台的客轮，离开了这座让她牵肠挂肚的上海滩。

杨淑英走后，金少山把家交给艳芳管理，经过上海"黄记大舞台"财东黄金荣的同意，带着剧组的全体演职员直奔长沙演出去了。长沙之行收入丰厚，成就斐然，大伙儿个个满载而归，自然特别高兴！金少山更是金银满仓，腰缠万贯！高兴之极，金少山从长沙给夫人淑英和艳芳姑娘，带回来了许多女人喜欢的东西及一些家里常食用的土特产等物品。

自从宋小春离开上海后，金少山夫妇就将程艳芳从小春的住处，接回了自己的家中。前些日子，为了不使那些狗警察认出艳芳，凡需外出买东西或办理什么事情，都是由保姆或其他人去办。然而，艳芳姑娘却特有眼色，主动承担起了金宅的家务劳动和一些生活琐碎的料理。转眼两个月过去，上海警察署与日本特务机关黑隆会社，扬言要抓程艳芳和其同伙儿治罪的风波已云淡风轻，由阴转晴，慢慢松了下来。杨淑英见程艳芳整天忙忙碌碌，干个不停，她不仅干净利落，手头勤快，而且针线尚好、缝缝补补、有条有理。头脑聪明的程艳芳还会炒一手非常地道的上海大菜，在她父亲程义公的亲授下，缝纫机上的活儿更是一绝！夫人杨淑英对她特别喜欢。尤其是这次金少山从长沙回来，见程艳芳把家里的事情安排的头头是道，楼上楼下、厨房客厅、屋里屋外等每个房间打扫得干干净净，一尘不染。金少山的宠物老虎、傻黄、黑炭儿等都喂养得胖乎乎的毛光色亮，院内的花草树木茂绿旺盛，整个金家看上去处处整洁，心情舒畅，焕然一新，让金少山甚是感动。

相传，上海商会会长、又一青帮头目张啸林，在杭州西湖为家母做寿。此时，沪、杭两地有许多有头有脸的上层人物和一些军政大员，纷纷前来西湖为其母拜寿。自然要请有包括金少山在内的戏班子里的名伶来唱戏助兴！当晚，所邀请来的演员全部到场，有的化妆，有的比戏，有的对唱，有的走场，各自做着开台前的准备工作，然而，唯有"花脸大王"金少山受邀未到。这时，出牌的头场戏已经开锣多时，下面紧接着就是高雪樵和林树森的《铁公鸡》，压轴戏是言菊朋的《白帝城》，却仍然不见金少山的身影，大家都为迟迟不到的金三爷暗自着急！把张啸林气得坐立不安，来回打转，他大发雷霆地骂道："姓金的这小子，今天胆敢驳我的面子不来，耽误了我老娘点他的大轴戏《铡美案》，老子非枪崩了他不可！"待言菊朋的《白帝城》快要结束时，大家盼望已久的金少山才匆匆乘车赶到了现场。按理说，金少山到场后应该立刻给后台的管事打个招呼，而后立马到化妆室赶快勾脸扮戏才对。然而，他不但没有如此，反而又向张啸林提出了增加演出包银的要求，若其不然，他将罢戏停演立即返沪，驱车回府。可见胆略！

那么，金少山为什么要这样做、为什么他迟到后又提出了听起来似乎毫无道理的条件呢？其一，自日本军队武装侵占中国领土之后，张啸林整天就像哈巴狗似的跟日本人混在一起，关系诡秘，他为了自己在上海的称霸地位和自己的经济利益，不顾廉耻卖国求荣，后来竟做了与中华民族为敌的大汉奸。由于张啸林长期与日本领事馆的便衣特务来往频繁，金少山对他的所作所为，恨之入骨，非常反感。其二，金少山一迈进寿堂场地又看到了张啸林跟日本人打得火热，顿时两眼冒火，气上心头！因此，气不打一处来的金少山才故意找碴儿，借今日到此助兴之际，制造麻烦为其添堵，撒撒火气，故而才向张啸林提出了增加酬金的要求，让大汉奸张啸林在为其母祝寿的喜庆日子里，不得安生，心里难受又不好发作。张啸林闻听此言，气得耳红脸青，气上加气地大声骂道："这个姓金的今天哪里是来演戏的，他分明是来故意找碴儿闹事儿的，一个臭唱戏的下九流艺人，竟敢在本会长面前无理放肆，用增加酬金的办法在我老娘寿堂上搅闹，老子让他活不到明天！"说着就要拔枪下手。眼看着金少山就要大祸临头，迎枪倒下，做了张啸林的枪下之鬼，死在这个大汉奸手里的紧要关头，站在张啸林身旁的管家却急忙拦住他说："张会长，且慢，听小的说两句，再动手不迟。今天是咱家老太太的寿诞之日，又有那么多的贵宾在场，大开杀戒，搅闹了寿堂，惊吓了老母，恐怕对您和老夫人都不太好吧？听老辈人讲，凡是祝寿和男婚、女嫁、办喜事儿的日子里，千万可不能见血，否则对家门不利不说，还会惹恼神灵降下横祸！再说啦，想让金少山死那还不容易，打死他一个贱命的臭戏子还不给捏死个蚂蚁一样。要是现在真的把他弄死啦，那么老寿星点他的《铡美案》谁来唱啊？是你唱、我唱？"而后用手指着旁边的手下说："还是他唱？谁都代替不了金少山唱！所以说，再气再急，再恼再恨，也得等他演完了《铡美案》这出戏后，再说。"张啸林感到管家的话，讲的有些道理，就强压住胸中的怒火，假意答应了金少山的无理要求，应允了他所提出的所有条件。心想，等你小子把戏演完了，老子再跟你算这笔账，让你金少山从此在上海滩消失。

  待金少山就《铡美案》剧中扮演的包拯，在台上一亮腔，便紧紧地抓住了刚才还凶相大露、暴跳如雷的青帮老大张啸林会长，他不由自主地把已拉开扳机放在桌上的手枪慢慢收起，消失了杀气腾腾的凶相。等《铡美案》这场戏演到一半时，张啸林面带喜色，乐呵呵地问他老娘对今儿晚上的戏满不满意时？话音未落，寿星老就拍手称快的冲她的儿子张啸林说："哎呀，太好了！尤其是这出《铡美案》中的包拯唱得真棒，我活了这么大年纪，看了一辈子的戏，还是第一次听到这么好的花脸唱腔呢！那个姓金的艺人嗓子又宽又大，又高又亮，又厚又响，听着实在是太过瘾了！再唱上一个钟点，我老太婆也不嫌时间长。"老太太刚说完夸奖金少山的话，突然又叫住她的儿子张啸林说："啸林啊，等一会儿戏演完了，给大家发赏钱时，千万可要多赏一些呀！特别是那个演包拯的金少山更要多给，另外再代表我老太婆谢谢他的好戏，跟他讲，到明年的今天，我过生日时还得请他来给我唱戏，让娘我好好地过过他的戏瘾！"打住戏后，张府的管家走到张啸林面前，拉着会长打个背场小声说道："张爷，三天之后，我带上几个手下把金少山灭了，替您老出出这口恶气！"张啸林听后没有出声，管家一看，张爷的情绪有些不对，就急忙接着说："张爷，要不明天我就派人把姓金的这小子给做了，大卸八块投进江里喂鱼养鳖如何？"张啸林看了看他的大管家，一摆手说道："千万不可鲁莽行事，金少山不但不能动，他若是遇到麻烦，你们还要拔刀相助的关照于他！"几句话把管家说得晕头转向，纳闷地问张啸林："为什么呀？"张啸林答："为什么，老太太说金少山的戏唱得好，她老人家特别喜欢听，等明年给她做寿时，让我还必须再请金少山来给她唱戏。若是我们把金少山弄死了，明年我请谁来给我老娘唱戏呀？就是因为这，我们不能动他，听明白了吗？"显然，老寿星的几句话，方使金少山转险为安，躲过了一劫，免去了一场大难。这位大汉奸张啸林不但没有加害金少山，反而非常爽快地增加了金少山和全部前来参加演出艺人们的酬金，而且金少山的包银最多。

笔者用句梨园行的术语而论：金少山这次的杭州之行，之所以敢"扎靠"而来，"提枪"而战，"趟蟒"而归，大获全胜的收兵回营，以及敢冒着生命危险敲诈、威胁身为上海商会会长的大汉奸张啸林，自然有他的道理。其一，胆大心细的金少山，早就对大汉奸张啸林的亲日行为心怀不满，想借着杭州之行，趁京、沪、杭三地梨园群英荟萃之际，杀杀他的汉奸气焰，灭灭他的恶霸威风；其二，是让所有在场的黑社会大佬和其所谓的官方政客们看看，唱戏艺人们的血汗也不是好榨的；而最重要的一点是让天下的人们知道，下九流的戏子中也有不能任人宰割的硬汉敢与大汉奸明争暗斗的抗日精神。金少山此次风骨盖世的举动，名扬"京"、"沪"、"杭"三地，又一次大大提高了他在梨园界的威信。

张啸林，1877年（清光绪三年）出生，浙江省慈溪县人，1897年（清光绪二十三年）移居杭州。少年时期进武备学堂读书，结识了张载阳。早年游手好闲，斗殴滋事，与地痞为伍，属当地流氓。民国初期，认识了上海滩英租界的流氓李云卿，后拜上海青帮"大"字辈的樊瑾丞为"老头子"，并与黄金荣结为异姓兄弟。1902年，张啸林与黄金荣、杜月笙三人合股创办了贩卖鸦片的"三鑫公司"，并开设赌场、妓院等，欺压善良，横行沪上。1927年"四·一二"反革命政变时，组织"中华共进会"，因率敢死队冒充工人袭击上海工人纠察队有功，被蒋介石委任为陆海空总司令部顾问及军委会少将参议。此后，声名大起，与黄金荣、杜月笙并称上海"三大亨"，有"三色大亨"的绰号。1932年，经杜月笙推荐，充任上海华商纱布交易所监事，后又任上海商会会长等职。抗战爆发后，张啸林依仗他的社会地位和手中的权力，招兵买马，广收门徒，其势力不断扩张，用大发国难财的手段，收购、倒卖军需物品资敌。1937年，日军发动"八·一三"事变，10月下旬战局恶化，蒋介石准备放弃上海。为了防止"三大亨"被日伪利用，蒋中正邀请杜月笙、黄金荣、张啸林一起去香港与驻港官员共同商谈要事。原本，上海帮会"三大亨"的排列，是以"黄（金荣）""张（啸林）""杜（月笙）"为序，赴港之后的30年代中叶，却变成了"杜""黄""张"的名次称谓。由于张啸林出道的时间比杜月笙高出一辈，论资历更比杜强，因此对杜月笙充当三亨老大心中不服，脏中有气。蒋介石部署从上海撤兵时，张啸林暗想："如今的上海滩华洋杂处，战火纷飞，江河日下，一派乱向。各种势力盘根交错，浑水一潭，日本人占领上海势不可当，然而也看出了日军攻沪容易统治难的结局，必然要拉拢、依靠利用帮会中的头面人物来协助日方治理申城。而就上海的三大亨中,杜月笙去了香港,黄金荣已表明他决不会出头为日本人做事,正好给他创造了依靠日方的势力越俎代庖独霸上海滩的大好时机。"

1937年11月上旬,上海沦陷。日本上海派遣军司令官松井石根很快与张啸林达成了协议。之后,张啸林布置门徒、弟子,胁迫沪上的各行各业、大小门市等,为日本人提出的"共存共荣"效力,并大肆镇压抗日救亡活动,捕杀爱国志士。又以所谓的"新亚和平促进会"会长的名义,派出大批人员到外地为日军收购煤炭、粮食、药品、棉花、布匹等物资,强行压价达至武装劫夺。

张啸林的投敌亲日行为,引起了国民党的极大愤怒,除掉这个卖国求荣的大汉奸张啸林,已是当务之急。1940年5月,蒋中正命令军统局局长戴笠对张啸林予以制裁,限期处死。戴笠即刻向潜伏在申城的军统上海区区长陈恭澍发出了针对张啸林的锄奸令。陈恭澍随即建立刺杀行动组,并制订了锄奸计划。行动组组长陈默接到任务后,策划了两次暗杀张啸林的行动,均未成功。张啸林遭到几次暗杀后,便急于找到一个枪法极好的武师跟随左右来保护自己。执行刺杀任务的军统特工林怀部,通过给张啸林开车的司机阿四介绍进了张府,当了门卫。后来在阿四的引荐下,林怀部找机会向张啸林展示了精准的枪法和身手,终于获得了张啸林的赞赏与信任,被聘为他的贴身保镖,行随左右。

这年8月14日,有客人来访如今已是独霸一方的张啸林,林怀部想借此机会,等张啸林送来客下楼时,决定动手刺杀于他。谁知,就在此时,张府的管家下来去"翠芳楼"找妓女前来陪酒伴赌侍候客人,林怀部晓得,他们的赌局饭局交替玩闹,肯定要玩到深夜才能结束,如果这样将无法下手。林怀部见阿四在院内擦车,便凑过去说:"兄弟我有点儿私事,请阿四哥到楼上帮我向张会长请两天假如何?"阿四看了一眼林怀部,摇摇头回答:"不行,会长有规矩,会客时不准下人打扰,你又不是不知道。"林怀部故意用刺激他的口气说道:"你平时常说张先生如何看得起你,看来和我也没什么两样,净吹牛。"阿四一听,顿时来了火气,跟林怀部吵起架来。正在楼上饮酒作乐的张啸林听到吵声,忍不住跨到窗前厉声喝问:"混蛋,吵什么?不晓得老子在陪贵客吃酒吗?"而后他又转脸冲林怀部骂道:"你小子在我这混吃骗喝、净拿薪水不干正事,还惹是生非与人吵架,回头我多叫几个日军中的东洋武士来负责我的安全,老子不用你了。"林怀部也毫不示弱地与他顶起嘴来,张啸林一看，这还了得，于是便探身窗外冲阿四怒吼道："阿四，把这龟孙子的枪给我卸了，即刻让他滚蛋。"林怀部跟着话音，随即说道："用不着赶我，老子自己会走。"说着，伸手去腰间拔枪。此时，所有在场者都认为林怀部的这一动作，真的是要自己交枪走人。不料，他对准张啸林的脑袋抬手一枪，子弹正中面门眉心，这个与中华民族为敌的大汉奸张啸林当场毙命，终于得到了他应有的下场。

杭州的风波刚刚过去，黄金荣为了给他一个从南洋来的日本朋友接风洗尘，在上海的"国际饭店"设下大宴，并特地邀请来了杜月笙、张啸林、顾竹轩等在内的各路头目到场陪客，这种场合，自然也少不了金少山。那天，黄金荣为了在众人面前抖抖威风，耍耍气派，在他的南洋日本朋友面前炫耀一下他在上海滩的黄门势力。宴会席间，便让门徒的手下们，各自当场献出自己的拿手绝技为宴会助兴。顿时，只见有人打拳，有人耍棒，有人飞镖，有人甩鞭，有人舞剑，有人对打，总之，枪刀剑戟三节棍，飞钩铜锤玉棒叉，金斧银鞭月牙铲，拐子流星飞天铜等十八般兵刃轮换表演，使三百多位在场的来宾眼花缭乱，拍手叫绝，最后是舞女们的三点式歌舞在交响乐的伴奏下，为酒会增光添彩。

待一整套的大型节目结束后，黄金荣心血来潮，他用东家的口气令在位的金少山亮亮嗓门，唱上两段《连环套》中铁罗汉窦尔墩"坐寨"的唱腔，也让他的日本朋友开开眼界，饱饱耳福，听听中国的京剧，看看这位日本人有何感想。本来，金少山进场后得知黄金荣是为日本人设宴接风，就想瞅个机会找个理由退席走人，一听说黄金荣又让他给日本人唱戏，就气火攻心，头脑膨胀，待他正想发脾气的一瞬间，转念一想，立刻又冷静了下来，心想再不满意也不能硬顶，麻皮脸毕竟是他的老板，要用计行事。于是乎，金少山端起酒杯装着吃醉的样子，摇摇晃晃、头重脚轻地走到黄金荣面前，用商榷的语气对黄金荣说："黄爷，少山我今儿个多喝了几杯，上面头晕，下身腿软，两眼发黑，舌根僵硬，嗓子和底气都不在家，就是唱也不会唱好，少山丢人是小，黄爷您要是因为我没能把戏唱好丢了面子，少山可吃罪不起呀！等明天酒醒后，再请您老人家的高朋贵友到'大舞台'听我唱《连环套》如何？"黄金荣是什么人物，久闯江湖的心计高手。他一眼就看出了金少山的雕虫小技，这些把戏是他年轻时，早就玩剩下的手段。顷刻间，把脸一沉，恶狠狠地说："不行，今天是今天，明晚是明晚，现在就得唱！"金少山一惊！抓起还未开封的一瓶烈酒，咬开瓶盖儿一饮而尽，借着醉意把桌子一拍，大声说道："我金少山,今天是您黄老板请来的客人,不是供你们取乐和来卖唱的戏子!如果吃酒我金少山奉陪到底,若是让金某为日本人唱戏,老子不干!"说罢,将他握在手中的酒瓶"啪"的一声摔得粉碎,震惊了全场,吓傻了众人。黄金荣一看,这还了得!青着麻皮脸把手中的烟袋锅扔在了桌上,气得他吹胡子瞪眼的差点儿栽倒。霎时间,场内的气氛紧张起来,人们料定这个被誉为"大净王侯"的金少山,今天要大祸临头了。

因为黄金荣在重大场合,讲出来的话从来是说一不二,板上钉钉,还没有人敢不听,更不用说像今天这样如此这般的顶撞于他,就是上海的市政官员,对他也要礼让三分,别说是跟他顶嘴,即便是商量只怕也得瞅准火候,见机行事。黄金荣万万没有料到胆大妄为的金少山,竟敢在众目睽睽的酒席宴前,装疯卖傻地跟他理论。气得老麻皮浑身发抖,眼冒凶光,嘴唇打颤,血压增高,双手冰凉,讲不出话来。手下的喽啰们见此情景,个个摩拳擦掌,拉开了架势,就等着黄爷一声令下,看如何处置金少山时,然而,谁都不会料到,黄金荣却来了个一百八十度的急转弯儿,由阴变晴地换了脸色,改了口气,使这场倾天而降的暴风骤雨立刻又停了下来。黄金荣面笑肉不笑地对大家说:"诸位,看来少山是真的喝高了,耍起了'霸王'脾气。好啦,好啦!不唱就不唱吧,大家如果想看他的戏,给我打个招呼,以后有的是机会。诸位,黄某不好意思,大家继续饮酒,交杯换盏,尽情玩乐!既然我们的'铁罗汉'今天的嗓子欠佳,那就等明晚在我的'大舞台'看他的窦尔墩'坐寨',让咱们这位从南洋过来的朋友好好过过戏瘾!"这场盛大宴会上的风波,才算是化险为安的平息了下来。

金少山如此顶撞黄金荣,使他在众人场合下丢足了脸面,他能咽下这口气吗?难道说这个在上海呼风唤雨,跺跺脚都四面漏土的大恶霸黄金荣就这样善罢甘休了吗?非也!这里面一定是另有缘故。原来,黄金荣受到金少山的冲撞后,正准备发作时,他突然发现坐在金少山身旁的杜月笙、卢阿大和他的兄弟们,已将右手伸进了怀中,老谋深算的黄金荣深知此时他若是发出制裁金少山的号令,杜月笙的手下肯定会借此机会,站在金少山一边拼死相助,来达到除掉自己的目的。黄金荣心里明白,杜月笙从表面上看,虽是他培养出来的帮派弟子,平时对他也非常尊敬,实际上却与黄金荣有着明争暗斗、面合心不合的微妙关系。况且,杜月笙目前手卜有一帮势力,非常厉害,个个心狠手辣,身怀绝技,武功高强,枪法过人,身手了得，早就有替代黄金荣的野心。不错，今天黄金荣若动杀机，杜月笙正好让卢阿大借此良机战暴扶弱，抱打不平，除掉黄某，取而代之以解后快。而且，从社会舆论及江湖道义而言，对杜月笙也大大有利。

老奸巨猾的黄金荣，早就发现杜月笙与他貌合神离的野心，断定杜月笙那天一准是有备而来，若是硬要处置金少山，必然会引起一场你死我活的打斗厮杀，而不妙得是自己那天务必能胜于杜方，搞不好还会死在杜月笙的刀枪之下。故而，黄金荣这才一转杀戮，改变了主意，没敢轻易动手。若其不然，金少山那天恐怕是凶多吉少，成了黄金荣手下的乱枪之鬼了。即便是死不了，也会被麻皮脸的手下扒掉一层皮，或者是打成终身残疾，抛进江河。

当年，上海的人们都知道，凡是胆敢冒犯或不听老麻皮话的人，无论是谁，没有一个能够逃得掉的，重者要命，轻者拔舌挖眼，砍腿剁手，终身致残成为废人。若是麻皮脸不动声色地向对方说软话时，那就更糟了，肯定是满门杀绝，大人小孩儿一个不留的斩草除根，神不知鬼不觉地将其全家灭门后，投进江海尸骨难寻。然而，作为黄金荣戏班子里的艺人，不仅不听老板吩咐地大煞风景，反而当着众人故意搅局，竟敢在这种场合下与他大闹一场的京剧演员，在上海滩除了金少山一人之外，只怕再也找不到第二个人了，这便是金少山骨子里区别于常人的个性。

金少山带着醉意回到家后，连惊带吓，连气带怕，再加上醉酒的原因，这位顶天立地的七尺男儿终于支撑不住，病倒在了家中。躺在床上一连几天不吃不喝，高烧不退，昏迷不醒。这下可把艳芳姑娘给吓坏了，没有办法，她赶快打电话叫来了白玉昆和亚永禄，他们两个来了之后，用手一摸三哥的头吓了一跳，这么烫啊，不好，他正在发高烧，必须得赶快把三哥的高烧止住，才能脱离危险。于是，亚永禄和程艳芳在家里守护，白玉昆乘车跑到医院请来了出诊的大夫，医生给金少山检查过病，打了退烧针，而后，又开了治病的药方对他们三位说："金老板是因为连惊带吓、气火攻心，再加上他连日来劳累过度与心事太重而致，才引起发病的。你们赶紧按我开的方子到医院的药房交费取药，明天上午我再来给金先生打针、复查，这几天一定要让他按时吃药，用心护理，即便是他醒过来也要卧床休息，因为病人有好几天没有进食，身体特别虚弱，需要补充营养，但千万不能饮酒，才能恢复体力。"大夫交代过后，程艳芳给医生付了出诊费及打退烧针的钱，把那位穿白大褂儿的大夫送出了家门。

亚永禄和白玉昆走后的第二天，医生又按时来给金少山打了两次退烧针，他才算渐渐地苏醒过来。在金少山生病的日子里，除了郑法祥、盖叫天、白玉昆、亚永禄、林树森、李桂春、周信芳、杨瑞亭、易方朔等上海名流人士不断到家里来看望之外，程艳芳冒着被值勤的警察认出她的风险，不顾一切地跑到街上为金少山买来调养身体的中药，而且，每天想尽办法，绞尽脑汁，给金少山做些适合病人口味的饭菜，让他补养身体。就像伺候自己的先生那样，煎药倒水，端汤送饭，喂吃喂喝，洗脚擦背，样样俱干。终日问长问短，无微不至地守护在金少山的身边，使病中的金少山深受感动。

一日深夜，累了一天的程艳芳，拖着她那疲倦的身体，煎好汤药，小心地端到了金少山的床前，把病中的金少山唤醒，而后再轻轻扶起，就像医院的专业护士护理病人与慈母哄孩子那样，温情地喂他吃药时，金少山再也控制不住自己那如同干柴烈火般的冲动情感，紧紧地抓住了艳芳的双手，燃起了程艳芳内心深处的爱情火花。由于年龄的差距，她无法说出口并隐藏很久的心愿，今晚终于成为了现实，将自己水嫩白细的玉体，瘫软地倒卧在了救命恩公金少山那宽大而又温暖的怀中，投入了爱河。

在程艳芳的精心护理下，金少山的身体一天天的见好起来。这天，白玉昆、亚永禄、周信芳、杨瑞亭、李桂春、盖叫天、郑法祥、龚兆熊和"黄记大舞台"的许多演职员工来看望金少山，有些跟金少山无话不说的好友，出于对金三爷的关心，劝慰金少山说："三爷，看来上海您不能再待了，若是再待下去，恐怕会吃大亏！您想，黄金荣、张啸林、杜月笙是什么人物？他们之间互不服气，明争暗斗，相互拆台，大打出手，如今又与日本人来往密切。按您的脾气肯定看不惯他们的所作所为。若再遇到一次跟他们三个人中任何一个人冲撞的事情发生，肯定没有您的好果子吃，说不定哪一天他们不顺心时，非要了三爷的命不可。要不，您先离开上海回北京或烟台唱戏，等以后遇机会再返回上海。三爷，我们大家讲的话，都是怕您在上海出事儿，句句是发自内心的肺腑之言，请金老板三思！"

事隔不久，在杜月笙组办的堂会戏上，又是因为金少山不愿意给日本人唱戏，得罪了此时已和黄金荣、张啸林平起平坐的杜月笙。甚至，在世人的心目中把他（即杜月笙）列为了"三亨"之首。民国时期的上海闻人、青帮大亨杜月笙，在申城有两处招牌性的场所，一处是他长期居住的"杜公馆"，这座气势豪华的洋楼院落，既是他发号施令的指挥部，又是显耀他身份和地位的象征；另一处是他出重金建造的"杜家祠堂"，这座金碧辉煌的"杜家祠堂"，是杜月笙光宗耀祖、彰显门庭、宣扬财力的圣地。1931年6月9日至11日，杜月笙就新落成的杜家祠堂办堂会时，几乎请齐了全国所有的京剧名伶前来献艺助兴。前后三天的时间，所邀请来的嘉宾贵客和亲朋乡友多达上万余人，别的招待费用暂且不讲，光高档次的酒席就摆了一千二百多桌，其阵势，被沪人堪称为"古今天下第一堂会"！

据何时希先生载：杜月笙经过"奋斗"与黄金荣、张啸林并列为上海滩的三大帮会巨头后，他靠着自己的实力又在英租界收拢了一大批地痞流氓和社会无赖，大张旗鼓地做起了烟土生意，其钱财、势力、职务、身份、威望、地位一天比一天壮大了起来。仅他杜家祠堂落成唱堂会戏庆贺一事，便可从中看出杜月笙当时的经济实力和势力。由杜月笙出巨资举办的杜家祠堂落成，请来了京、沪两地的一流名角唱堂会戏演出三天，剧务主任则委派了张啸林担任，头天的戏码是梅兰芳、杨小楼、高庆奎、金少山、谭小培、龚云甫、萧长华的《龙凤呈祥》；程砚秋、王少楼的《汾河湾》；尚小云、张藻宸（名票）的《桑园会》；荀慧生、姜妙香、马富禄的《红鸾禧》；金少山、白玉昆的《连环套》；徐碧云、言菊朋、芙蓉草的《金榜题名》；华慧麟、萧长华、马富禄的《打花鼓》；李吉瑞、小桂元的《骆马湖》；雪艳琴的《百花亭》。

第二天的戏码是马连良、梅兰芳、龚云甫、荀慧生的《大登殿》；谭小培、姜妙香、荀慧生的《银空山》；梅兰芳、谭富英、言菊朋的《武家坡》；尚小云的《三击掌》；郭仲衡、芙蓉草的《赶三关》；谭小培、雪艳琴的《算军粮》；金少山、王少楼、张春彦的《捉放曹》；周信芳、王芸芳的《投军别窑》；徐碧云的《彩楼配》；杨小楼、高庆奎、雪艳琴的《长坂坡》；上海商界京剧名票王晓籁、袁履登的《八百八年》；刘宗杨的《安天会》；程砚秋、贯大元的《贺后骂殿》。

第三天的戏码是金少山、梅兰芳的《霸王别姬》；小杨月楼的《岳家庄》；周信芳、赵如泉、王芸芳、刘汉臣的《庆贺黄马褂》；杨小楼、马连良、刘砚亭的《八大锤》；李万春、蓝月春的《夜奔》；程砚秋、谭富英、王少楼的《忠义节》；梅兰芳、金少山、荀慧生、雪艳琴、程砚秋、尚小云、高庆奎的《五花洞》；尚小云、龚云甫、贯大元的《马蹄金》；金少山、马连良的《取荥阳》；高庆奎的《取帅印》；徐碧云的《花木兰》；梅兰芳、金少山、谭小培的《二进宫》；言菊朋的《琼林宴》；荀慧生、周信芳、刘奎官的《战宛城》；雪艳琴、姜妙香的《弓砚缘》；李吉瑞的《卧虎沟》。

自日本人入侵中国后，杜月笙认识了不少的日本朋友，一天，他为了结交一位日本国的文职大臣，就迎接那位日本人的欢迎会上，杜月笙在公馆设宴招待此人，则又以办堂会的形式邀请来了包括金少山在内的沪上名角轮流清唱，为那位日本高官助兴。作为靠唱戏吃开口饭的艺人们，有哪个不惧怕像杜月笙此类的淫威？但偏偏这位金三爷不怕，而且更看不惯他们这些杀人不分善恶，并在东洋鬼子面前的奴才相。当杜月笙点金少山出场给酒席宴上的日本政界大员唱戏时，他却推说因前两天演戏时用力太大唱哑了嗓子而拒绝登台，后又以身体不佳为由，当场告辞拂袖而去。我们这位金三爷的举动，让杜老板丢了面子，使杜月笙气急败坏，面色黑青。待把日本人送走后，他咬牙切齿，拍案大骂金少山："好你个臭唱戏的金少山，竟敢驳我面子不唱，那好，今天你不唱，给脸不要脸，那今后你就别想在上海滩再唱戏了！"

杜月笙是什么人物，就连黄金荣、张啸林、顾竹轩等人他都没有放在眼里，他讲得出做得到，强令上海滩所有的戏院摘下了金少山的广告牌子，砸毁了剧场给金少山特制的大型霓虹灯。并与黄金荣商量，二人共同联手停止了金少山在大上海的所有演出活动。而且，放出话去，哪家戏院若是胆敢接待金少山登台演出，抄家灭门，格杀勿论。要知道，停止演员的演出就等于砸了演员的饭碗，此时义胆侠肠的梨园豪杰金少山气得火冒三丈，他愤怒地说道："你三爷我宁愿重新去做苦力、扛大包、拉黄包车，也不给你们这些人做尤物取乐了。"

就这样，金少山有六个多月的时间不能在上海演出，只好跟随一些小京班的草堂班子，到江南的偏僻乡镇唱戏来维持生计，后来，在法租界工部局中谋事的一位好友范大公先生对金少山说：杜月笙心狠手辣，长此下去您难保安全，劝金少山最好早点离开上海这个是非之地，到外地或北京谋生，过几年看情况再说，光这样长期挺下去，不是办法。数日后，金少山经过反复的深思熟虑，感觉大伙儿劝他迅速离开上海滩的忠告，确实颇有道理，况且如今返回京城的条件已基本成熟。于是，通过跟艳芳商量，很快往烟台给夫人淑英打去了电话，问明了烟台的情况，得知岳父大人的病情好转，老人家的身体已基本康复，让淑英近期返沪，有要事相商。

禁止金少山在上海演出的杜月笙，原名杜月生，后由资深学者章太炎建议，改名杜镛，号月笙，1888年出生于江苏省川沙厅（今上海浦东新区）高桥南杜家宅内。不到四岁，父母二人相继去世，先后由其继母与舅父商庆国养育。十四岁时，拜青帮的陈世昌为老头子。杜月笙有了陈世昌等人的青帮关系，很快便进入到了时为上海青帮龙头大佬的黄（金荣）公馆当差，成为了黄门的挂名弟子，并得到黄金荣的信任，让他负责经营法租界的赌场"公兴俱乐部"。聪明的杜月笙借用手中的大权，纠合同伙，勾结军阀，贩卖烟土，大发横财，其帮会地位日益升高。几年后，与黄金荣、张啸林合伙又成立了"三鑫公司"，垄断了法租界的鸦片提运。雷夫在《宋家王朝》中描述了杜月笙就鸦片销售的"全球网络"。同年，杜月笙出任法租界商会总联合会主席，兼纳税华人会监察。由于他在上海善待下台总统黎元洪，黎元洪的秘书长特意为其书写了一副"春申门下三千客，小杜城南五尺天"的对联，因此被其党羽吹捧为"当代春君"的称谓，大学者章太炎、名士杨度、大律师秦联奎成了他府上的座上客。由此，杜月笙的社会地位再度大抬。

　　1925年5月15日，日本人开设的上海内外棉纱厂由于虐待童工而引发了一场罢工事件，日本人用手枪射击手无寸铁的工人，当地毙命，血溅纱厂。事发后，日方利用各种手段将此事强压下来。马超俊（后来曾任国民党农工部部长）与上海的国民党人商议决定，联络绅商学工的各界名流人士，做一场声势浩大的正义声援。组织者初步决定5月30日在上海九亩地举行民众大会，时称"五·一五"惨案，向日本人提出抗议，但需要有一位最具影响的实力派人物参加为好。民众大会筹备当局认为，就目前来说，杜月笙方属最佳人选。杜月笙闻讯后，当即取消停止了所有的应酬和手头上的要务，即刻调兵遣将，召集门徒，分配给手下四项必须执行的任务：一、派人出席九亩地的声援大会；二、带上家伙保护好马超俊先生及其他国民党人的安全；三、维护会场秩序时刻预防日本人捣乱；四、赞成大会向日本内外棉纱厂提出的所有赔偿条件，准备着与日方武装力量的殊死拼杀。长时间的各业罢工，灯红酒绿的上海滩已经成为了一座死城。为了给死难者及惨遭日本人剥削的中国童工讨回公道，使上海几十万贫苦的罢工工人，面临着严重的生活问题亟待解决。为此，杜月笙解囊相助，捐出了大笔款项，并发动工商界的亲朋好友踊跃捐赠，大力支持。上海市民为"五·一五"惨案所提出的主张，在民众极大的声势压力下，则由中国政府和外国领事多次交涉数月后，虽然几经波折，但在1926年6月终于得到了解决。

　　到了1927年4月，杜月笙与黄金荣、张啸林组织成立了中华共进会。为了在蒋介石面前显示自己的势力，同年 4 月 11 日晚，杜月笙设计活埋了上海工人运动领袖汪寿华，随后又指使流氓袭击了工人纠察队，大肆屠杀共产党人和进步群众。由于杜月笙在蒋介石发动的"四·一二"反革命政变中起到的关键作用，受到了蒋介石的重视，南京政府成立后，委任杜月笙为陆海空军总司令部顾问兼军事委员会少将参议和行政院参议，这些名头虽是虚衔，但对提高杜月笙的身价却起到了很大的作用。到了同年 9 月，可又当上了法租界公董局临时华董顾问，杜月笙出任的这个华董顾问，是华人在法租界的最高职务。1929 年，杜月笙仗凭他身兼数职的威望，开始向金融业迈进，在上海创办了中汇银行和中国通商银行等的金融机构，就唐寿民、徐新六、陈光甫等金融界著名人士的鼎力帮助下，他的银行业务特别兴旺。

1930 年起，杜月笙在高南乡陆家堰购买农田 10.5 亩，委托高桥创建"新营造厂"，随后又建造了"杜氏家祠"（即杜家祠堂）。1931 年 6 月 8 日至 10 日，举行家祀落成典礼和奉主入祠典礼，蒋介石亲送匾额"孝思不匮"祝贺，淞沪警备司令官熊式辉、上海市市长张群等在内的党国要员都给杜月笙送去了金字牌匾。之后，杜月笙建造的这个杜家祠堂，竟成为了他的地下吗啡与海洛因的毒品加工厂。1932 年，杜月笙开始组建"恒社"，1933 年 2 月 25 日，举行开幕典礼，杜月笙自任名誉理事长。社名中的"恒"字，取自于"如月之恒"的典故（《毛诗·小雅·天保》序云：天保，下报上也，君能下下，以成其政；君能归美，以报其上焉），"恒社"名义上是民间社团，以"进德修业，崇道尚义，互信互助，服务社会，效忠国家"为宗旨，实际上是帮会组织。杜月笙借恒社之名，向社会各个层面大肆伸展，广收门徒，扩张势力，提高威望。恒社成立初期成员只有一百三十多人，五年后的 1937 年入社人员竟达到了五百二十余名，国民党上海市党部、上海社会局、新闻界、演艺界、工商界等方面的许多人士都参加了进来。此时，杜月笙的社会地位已达到了与黄金荣、张啸林并驾齐驱的高度，在官方及民众的心目中形成了青帮"三大亨"之首！

就日本帝国主义在 1937 年 8 月发动进攻上海的"八·一三"事变中，杜月笙参加了"上海各界抗敌后援会"，并任主席团成员兼筹募委员会主任。他积极参与劳军活动，筹集了大量的拥军物资，送到抗敌后援会运往前线。而且，把一些军中急需的通信器材、装甲保险车送给中共将领。杜月笙应八路军驻沪代表潘汉年的要求，将他从国外进口的一千副防毒面具，捐赠给了八路军使用。上海沦陷后，杜月笙拒绝日本人拉拢，于 1937 年 11 月迁居香港。在香港，他利用帮会的关系，继续开展抗日救亡活动。杜月笙主持的上海敌后工作统一委员会采取各种办法，迫使上海资产阶级的头面人物虞洽卿等人离沪赴渝，并成功策反了轰动中外的高宗武、陶希圣脱离汪精卫汉奸集团。1938年，国民党政府设立了中央赈济委员会，"八·一三"抗战后，杜月笙委任为该会常委，负责粤、桂、闽三省第九救济区的工作，另和军统头目戴笠共同布置特工人员在沦陷区搜集日伪情报，并对外公布了"汪伪投日密约"。国民革命军撤出上海前，上海市"各界抗敌后援会"召开国民对日经济绝交委员会成立大会，通电全国组织对日经济绝交执行机关，杜月笙等二十七人被推选为绝交委员会执行委员会的决议，通知各行银庄停止对日汇总证券交易，杜月笙主持的中汇银行、中国通商银行等单位一体照办。除此之外，杜月笙直接参与了部分对日作战的军事行动。"八·一三"抗战爆发后不久，戴笠奉蒋中正之命与杜月笙合谋，利用帮会组织苏浙行动委员会中的别动队，第一、第二、第三支队的司令长官（这三个支队的司令均是杜月笙的门徒），开始执行蒋介石为了阻止日本海军大规模溯江西侵所提出封锁长江的计划。富可敌国的杜月笙率先指令自己的"大达轮船公司"，开出几艘大型轮船行驶江面凿沉江底。而后，其他轮船公司纷起响应，具凿船沉江，阻塞了长江航道，迟滞了日军的进攻。就惨苦的抗日斗争中，杜月笙曾多年担任"中国红十字会"副会长，做过一些有益于中华民族的慈善事业，设立了很多救死扶伤的医疗机构。特别是他在任"红十字会"副会长的抗战前后，救助伤兵，输送物资，拿出巨额款项组建部队抗日。1938年春，中国红十字会理事室迁移香港，杜月笙亲自主持工作，并在港设立总办事处，以接受海外捐助的物资、款项，同时兼任筹措救护事业的急用经费高达一百五十多万元，有力地支援了中国的抗日战争。1940年，又仗其功威组织了人民行动委员会，从此成为了中国帮会大佬中的总龙头。1942年12月，太平洋战争爆发之后，杜月笙迁居重庆，在重庆扩建恒社总社，向大后方发展势力。开创了"中华贸易信托公司"与"通济公司"等，和沦陷区交换物资，借此机会中饱私囊。与此同时，杜月笙在重庆又筹建了一所"重庆医院"，这所"重庆医院"是当时最为先进的后方医疗机构，受到舆论的称赞。1945年9月，抗日战争胜利后，杜月笙返回上海收割旧部，重整旗鼓。督促申城的各项复员事宜，并协助恢复加强了中国红十字会上海分会的组织建设。

抗日战争前后，杜月笙还热心于教育事业，创建了今江苏科技大学前身的"上海大公职业学校"等校园,并向校方多次捐款资助。杜月笙在上海法租界善钟路创办了一所正始中学,亲任董事长,聘陈群出任校长;并在浦东老家耗资十万,建造起了一座"浦东杜氏藏书楼",附设学塾。上海沦陷后,他以上海各界抗敌委员会负责人的身份仍在租界内坚持了一段时间,花巨资买了一大批共产党出版的《鲁迅全集》《西行漫记》等进步书籍,烫上"杜月笙赠"的金字,送给租界内的各大图书馆收藏。1945年的抗战后期,自认为劳苦功高的杜月笙,想趁蒋介石论功行赏的机会,坐上上海市市长的位置、起码当个副市长,正儿八经地过过官瘾。可谁知,等杜月笙回到上海,蒋中正已任命钱大钧为上海市市长、吴绍澍为副市长,并全权负责接收上海的所有事项。令杜月笙更想象不到是,火车快到上海时,其门徒上车报告,市政府已通知取消了原定欢迎杜月笙的返沪仪式,将本来已搭起的牌楼、标语也无一漏掉地全部拆除撕下,并在上海北站换上了"打倒杜月笙"、"杜月笙是黑势力的代表"等的大幅标语。杜月笙听后气得差一点昏倒在车上,然而为了避免难堪,处事老到的杜月笙改为在上海西站下车,列车靠站时,竟然没有一个要员在站台迎接杜某。1946年夏,蒋介石为了体现"民主政治",下令"民选"上海市参议会议长一职。杜月笙信以为真,有意竞选议长席位。哪知就在他的票数最多、胜券在望之时,传来蒋中正的口信:"议长一席,希望由潘公展担任",潘公展是 cc 系骨干,蒋介石的亲信。杜月笙自知胳膊拧不过大腿,就杜月笙以最高的票数当选为议长后,他马上辞去了议长的职务,开始向工商、金融、交通、文化、戏剧、新闻、教育界发展实力,与当局政界脱离了关系。

到了1949年3月下旬,蒋中正把杜月笙请到南京希望他能和自己一同前往台湾;中共方面委托黄炎培等人,劝杜月笙留在上海为妙。对于去台留沪的选择,杜月笙均有盘算早有权衡。心想:抗战时期,他虽然为共产党、八路军做过一些事情,但自己在蒋介石发动的"四·一二"反革命政变中,帮国民党杀害了包括上海总工会委员长汪寿华在内的许多共产党人及不少的亲共人士,可谓是血债累累,罪责难逃,如若追问,凶多吉少,因此他不敢不走。由于这些年,蒋介石对杜月笙反复无常的态度使他寒心痛肚,失去了信任,对即将失败的国民政府已不抱任何希望,若随蒋迁台,再想从台湾返回故里只怕是比登天还难,故而台湾决不能去。无奈,杜月笙只好选择了去往号称自由世界的香港。杜月笙的全家在香港租住在坚尼地台十八号底层,新中国成立后,国共双方开始争取杜月笙。中共领导安排乔冠华、潘汉年一直与杜月笙保持联系，并派金山、章士钊等人赴香港游说他返回沪上。杜月笙的一个儿子，也留在上海作为往返港沪两地的联络员，传递信息。对于共产党领导人的邀请，杜月笙表示非常感谢！因身体欠佳暂无法回沪，但当遵照潘（汉年）兄之吩咐"尽自己的力量，多为国家、为人民服务"的指示精神办事，予以回复。台湾的国民党政府也不断派人到香港拉拢杜月笙赴台，均被他婉言拒绝，让杜月笙在港为台湾当局做事的要求，同样遭到了杜月笙的回绝。

青帮大佬杜月笙是中国近代史上一位传奇的新闻人物。他从一个小瘪三混进了花花世界的十里洋场，成为上海滩最大的黑帮巨头，应该说杜月笙有过人的投机钻营并且具备了玩弄权术的本领，他既有狡诈的手段，又具备聪慧的天资，称之为现代实业家、野心家与社会名流中的帮会领袖实至名归，当之无愧。这位对国家功过具备、对人民善恶两全的政治风云人物杜月笙，对前清遗老、军阀政客、党国要员、社会贤达、金融巨子、工商富豪无不执礼甚恭，倾力相交。国民党中的蒋系高层孔祥熙、宋子文、何应钦、戴笠等，无不为之杜氏豪门的贵宾密友。然而，就杜月笙心里却一直对文化艺术向往敬畏，他发达后与文化界、梨园界交往甚密，并在知识界、文艺界周旋的游刃有余，而且获得了"天下第一京剧名票"的美称！诚然，颇有经济头脑和怀有生意经的杜月笙，未必有多少金融大才，但他却具备了超出常人的雄略广志。一生皆为半个文盲的杜老大常说："单在刀口上讨生存并非长久之计。金钱可以用完，人情交往不尽！"杜月笙做生意从来不算进进出出的数字账，而是调剂好"人面""场面""脸面""情面"这四碗面的大算盘。能从一个摆水果地摊儿的"水果月生"，鱼跃龙门，变成了达至身兼数职的安清帮头目，逐渐成为了上海滩工商、金融、文化艺术界的巨子大亨及呼风唤雨的历史人物。可想而知，他的青帮威吓力和广大的海量人脉以及对时局的精准掌握，且达到了何等的高度，笔者就不用再说了。

1950年的清明过后，北京中国银行在首都召开董事会议。原本属"中行"商股董事的金融巨子杜月笙、张公权、陈光甫、宋汉章、李铭等接到了邀请。此番中国银行改组，银行家们对赴京参会拿不定主意。于是，大伙儿让杜先生定夺，杜月笙说："大家都是老朋友了，对银行改组，和国家要采取立场一致的态度。即便是不去北京，我们可以出具委托书，派代表到场参加会议，表达一下大家支持的态度才对嘛。"杜月笙这一两全其美、高人一筹的办法，为大家今后的回国奠定了基础，留下了余地，被众人欣然赞赏并一致通过。事隔一年，这位被国共两党极力争取的人物杜月笙，曾经做过不少残害民众、贩卖鸦片、欺行霸市和屠杀过共产党人以及革命进步名士等；同时又做过许多救助灾民、热衷慈善、积极抗日与支援八路军等好事的杜月笙，于1951年8月16日在香港病逝，终年六十三岁。

自杜月笙、黄金荣断绝了金少山的经济来源后，金少山在家中闷闷不乐，心情烦躁，且感现在是离开上海的时候了。于是，他便给北京的义兄徐德增写了一封长信，信中讲述了他在申城的近况，同时也表明了他要返回故土展示自己演艺才华的愿望和信心。烦请二哥德增予万子和经理联系，尽快商定组班演出的各项事宜为盼。待一切事项基本上有眉目后，速回信或回电话告知。

徐德增收到信后显得格外高兴，正在一旁压腿练功的儿子徐世光忙问："爸，是谁给您来的信呀？您老这么高兴！"徐德增拿着信，喜形于色的对儿子说："是你三叔金少山从上海来的信，他近期要回京城大显身手了！"徐世光此时还正在"富连成"科班学艺，专工净行，再有一年多就该出科了。一听说这次真的能够见到他仰慕已久的"花脸大王"金少山三叔，乐得他手舞足蹈、欢欣雀跃的在院子里翻起了跟斗。

徐德增受兄弟金少山之托，岂敢怠慢，当即就给北京"华乐戏院"的总经理办公室通了电话，第二天下午，"华乐戏院"的当家经理万子和先生连忙来到徐家，详细的商谈了前期的各项准备工作，又把梅兰芳戏班里的剧务李春林、韩乐卿老先生的儿子韩金福以及给余叔岩当管事的李玉安请来，一起商榷邀角组班的人员安排事项。三人来了之后，徐德增直截了当地讲明了他三弟金少山要回京露脸演出的事情，请各位费心尽其所能，鼎力相助。李春林急忙接话说："三哥不是外人，都是发小的兄弟，他这次能返回故土进京演出，是我们大伙儿盼望已久的好事儿，我们举双手欢迎……"韩金福说："金少山是家父手把手教出来的徒弟，按辈分我和他应是兄弟，有手足之情，没说的，理应鼎力相助于他！"李玉安站起身来说道："我和少山不外，都是自家弟兄，有什么事情德增尽管吩咐，大家一定会全力以赴，协助少山圆满完成这次回京演出的心愿。"接着，大伙儿你一言我一语地谈论起来，待捋出头绪后，按头三天的戏码，反复议论，拟出了一份儿傍戏的配角名单，"底包"是杨（小楼）大爷戏班的全班人马。

事情基本上定下来后，万子和经理笑呵呵地冲大家说："子和感谢各位的大力支持，现在我心里有底多了。我回去后，马上就给金老板联系，如果他同意，回京的日期初步定在 11 月下旬，到时候我尽量抽时间去上海接他。今儿个已经定下来的角儿，烦请各位分头去请，把每个参加演出的人员都落实到位，捧'十全大净'金少山老板，可不能有半点马虎呀！"

杨淑英从娘家回到上海后，见艳芳把家里收拾得有条有理，干干净净，心里非常感激，尤其是听丈夫少山给她讲述了自她走后，家里所发生的一切和金少山害病时的情况后，杨淑英感动得不知道说什么才好。这十几天来，细心的杨淑英渐渐感觉到艳芳姑娘对少山特别关心，讲话的语气和以前也大不一样，若是她在场时，艳芳想对少山说话或想讲什么事情时，总会用她那两只水灵灵的大眼睛偷偷地看看淑英，有时候话讲出一半就不好意思再讲下去，由于大家都是女人，程艳芳的心事和她对金少山的情感，被杨淑英猜出了一半，料定了八九，于是心中有数的杨淑英做出了打算。

数月后，经过杨淑英的几番交谈，给金少山讲明了他确实需要再娶一房的道理，又征求了艳芳的同意，在这位心地善良的杨淑英撮合下，终于促成了这桩美好的婚事，办喜事那天，金少山的府上特别热闹，除了上海梨园界的名流人士前来道喜之外，杨淑英又特意让金少山请来了黄金荣和杜月笙、顾竹轩等人，并在上海南京路的一家回族大酒店备下宴席来款待宾客。酒席宴间，聪明憨厚的金少山借着酒力，趁着向大家敬酒道谢之际，特意走到了黄金荣、杜月笙面前，向二位说道："黄爷、杜爷，少山今日大喜！您二位不计前嫌，能大驾光临，少山打心里特别感激，万分高兴！并深表感谢！"说着双手端起酒杯，非常恭敬地对着黄金荣、杜月笙二人，向他们二位每个人深深的鞠上一躬，而后接着又说："少山今天当着众人的面，向前时及这些年冒犯黄爷、杜爷之事，表示道歉！千错万错都是少山一人之错。少山年轻无知，还请二位老板原谅，不要和我一般见识。为了能使黄爷、杜爷消气，在我大喜的日子里，当着诸位来宾的面，少山再给二位老大唱上两段你们最爱听的《连环套》中窦尔墩'坐寨'的唱腔如何？"黄金荣被金少山这一大段感人肺腑的口白，讲得心里热乎乎的，特别兴奋，本有"天下第一票"称谓的杜月笙和卢阿大也面带喜色，于是黄金荣就满口答应，站起身来，带头让大伙儿鼓掌欢迎！就此，由金少山提前安排好的鼓师杨遇楼、琴师石荣芳和"大舞台"的全体乐队伴奏人员拿着乐器，拉开场子，吹吹打打，伴奏起来。只见金少山连表带唱特别卖力,精神抖擞,声腔见功,底气充足,敦厚夯实,顿时,引起了包括黄金荣、杜月笙、顾竹轩等人在内及在座行家里手们的一片喝彩!黄金荣还特意代表杜月笙举着酒杯冲金少山喝道:"好好!少山今天表现得不错,应该奖励!无论从精气神到行腔,还是从声音到火候,唱得比在台上还好,实在是让人过瘾,听得入神!"就这样,在这次的婚庆宴上,金少山按杨淑英的安排,非常巧妙地与黄金荣,杜月笙缓和了关系,使尘埃落定在了祥和的气氛之中。

实际上,黄金荣、杜月笙从本意上并不想加害金少山,他们之所以停止了金少山的演出,摘掉了他的招牌,砸毁了他的虹灯,主要是想杀杀他的傲气,灭灭他的威风,压压他的禀性,让不听话的金少山知道他们的厉害,晓德他们的势力,懂得顺从的道理。否则,这二位杀人如麻的青帮头目,是不会到场祝贺的,不等金少山离开上海,就会让他莫名其妙的死在申城。再者,黄金荣与杜月笙都十分痴迷京剧,并懂的艺理技道、行腔如何,尤其是杜月笙本身就是票友,还经常不断地请京剧名家为他教戏,而且学得非常认真,还能够票上几出,唱上几段,行上几腔,即在上海滩有"天下第一京剧名票"的美称。他们二位对金少山的花脸艺术大加赞扬,颇为欣赏!因此,对大上海的风云人物"十全大净"金少山虽有不随他们心意的所作所为,也实在是不忍心下手的难动杀机。若其不然,这两位身兼国民党军事委员会少将参议、并和张啸林一起在蒋介石发动的"四·一二"反革命政变中屠杀过共产党人及革命群众与亲共明士的黄金荣、杜月笙,要想残害一个唱京剧的艺人金少山,不就如同踩死一只小鸡娃儿那样简单吗。

其实,在1930年的腊月间,金少山就收到过北京"华乐戏院"的当家经理万子和的来信,希望他能回北京献艺,只是因为当时的演出太忙,特邀的合同订的甚多,没能去成。如今看来时机已经成熟,返回故里的愿望事属必然。

金少山与黄金荣、杜月笙缓和了关系,黄金荣自然解除了对金少山的制裁,杜月笙也不再找他的麻烦,金少山又恢复了往日的辉煌。但心中有数的金少山强忍着胸中的不快,认认真真地完成了与黄金荣后面的签约后,谢绝了财东黄金荣的再三挽留,便开始了做回京的准备事项。新年快要到来之际,上海的各大小报馆相继报道出了"花脸大王——金少山即将返故、北上演出"的消息,轰动了整个上海滩。大上海的各界人士,特别是京剧界与金少山合作过的名角儿梅兰芳、麒麟童、林树森、高雪樵、杨瑞亭、郑法祥、赵如泉、盖叫天、李桂春、王虎臣、白玉昆等以及各大小剧院的财东、经理纷纷设宴,为在上海唱了十六年戏的风云人物金少山饯行。临回北京的前一个月,金少山整日忙于应酬和接待各方的来客与朋友,而两位夫人在家里主理家务及整理回京的东西。

金少山全家动身那天,许多人赶到车站为他们送行,除了黄金荣、顾竹轩等以及文艺界的知名人士外,另有金少山在上海的一些好友,和戏班里长期合作的演职员工兄弟姐妹们,金少山含着热泪与他们一一握手拥抱话别后,登上了开往古都北京的特别快车,当他走到车门口时,高声喊道:"各位朋友再见了!我金少山生活了十六年的大上海再见了!咱们后会有期!"话音刚落,黄金荣上前拦住金少山说:"少山,你搞错了,我和月笙不是汉奸!你只知其一,不晓其二,真正的汉奸另有其人,以后你会明白的。少山哪,你离开上海我不怪你,但你记住,我黄金荣的上海'黄记大舞台'及'黄金大戏院'的大门,永远为你开着,无论何时回来,都欢迎你的加盟!"说完,摆摆手示意金少山赶快上车。

火车开动了,车轮滚滚由慢而快的向北飞奔而去,携带着两位夫人的金少山乘坐在软卧车厢里,望着窗外渐渐远离的大上海—自己创造奇迹的成名圣地,心潮澎湃,思绪万千。明天,他将要乔迁北京,回到他阔别了二十五年、生他养他的故土!明天,他就能叩拜父母的亡灵!明天,他就要见到教他唱戏的师爷和亲人!明天,他就要踏上人生旅途中又一个新的征程。

第十四题藏头诗

孤胆三爷顶麻脸,
胆量过人气冲天,
英雄台上变台下,
雄心惊动上海滩,
勇气传遍梨园界,
斗志气坏大汉奸,
黑帮定下害金计,
帮派无奈金少山。

十五、金何两家　重添光彩

这天，北京的天气风和日暖，金松林正在静悄悄的院内犯愁。心想：如今京城的珠宝生意一天不如一天，别说赚钱，就是保本都成了问题，往后的日子总不能光靠三弟接济过日子吧。就在金松林焦急不安的胡思乱想时，冷落的金宅门前突然有人叫门："家里有人吗？"金松林来到门口刚要问谁时，门外的邮递员却开腔道："金松林先生的汇款单和挂号信。"金松林一愣，紧跑几步来到门外，冲着送信的邮差问："是从哪里寄来的信呀？"邮递员看了看汇票上面的地址回答："是金少山从上海寄来的钱和挂号信，赶快拿印章来领取单据罢。"邮差口中的金少山三个字刚刚说出，金松林就兴奋的憋不住了，激动地跑回院内大声喊了起来："孩子他娘，快拿印章来！快拿印章来！三义来信了，又给我们兑钱来了！"金松林的夫人魏小凤连忙找到松林的图章送了过去，金松林盖章签字后，从邮递员那里把汇款单和挂号信取到，三步两步地跑进了屋内，激动地给老婆魏小凤念起信来。

当魏小凤听丈夫金松林念到汇款是一千块大洋时，高兴地在一旁插话说："松林，这下咱家可有救了！这些年兵荒马乱的，要不是三义兄弟常寄钱帮助咱们，这日子可真的是过不下去了。"金松林接话说："是啊，自从日本人占领北京后，珠宝生意一天比一天难做，物价一天比一天暴长，老百姓的日子苦不堪言，谁还有闲心花钱买珠宝玉器玩，若不是三弟不断接济咱们，恐怕咱的生意早就关张了。""他爹，你看三弟这几张照片看看多威风啊！"魏小凤从桌上拿起这次金少山在挂号信封里一块寄来的他在上海外滩照的几张风光照及两套与梅兰芳、杨小楼合演的几幅剧照和几张其他戏中的单身照片高兴地说，金松林接过照片仔细地看了看，而后用手指着其中的一张剧照说道："这张剧照的扮相、气质，跟咱父亲当年的艺术形象一模一样，可谓是老子英雄儿好汉！三弟的苦没有白吃，如今总算熬出头了！"

金松林按照三弟的信中所讲，连忙到邮局把钱取出，赶到了少山的太老师何桂山家中，将金少山给何老爷子写的信与一套剧照和带来的五百块钱现大洋，交给了何桂山。并含着激动地口气对何桂山说："何爷，三义来信了，给您老人家也写了一封，还兑来了一千块钱，都是白花花的现大洋，让我给您老送来五百块好贴补家用，您赶快看看信吧。"此时已是八十多岁高龄的何桂山老人，用颤抖的双手戴上老花镜，非常仔细地看起信来，何桂山读过信后，对金松林说："松林那，自三义到烟台和上海之后，就经常不断地给我写信、汇款，这些年多亏了三义的接济，如若不然，我们老两口子早就没命了！"而后，用手指着金松林拿来的剧照说："你来看，这一张是三义与杨（小楼）老板合演的《连环套》，三义扮演窦尔墩；这一张是他与梅（兰芳）先生合演的《霸王别姬》，你三弟饰霸王项羽；这张包公的单身剧照，是他在《打龙袍》中扮演的包拯，看上去给你父亲当年的舞台形象一模一样，外人很难分清是谁的剧照。听说内行评价颇高，每出戏码，场场演出具博得观众的赞誉，行家的好评！只可惜我这个做师爷的教戏者没有亲眼看过。按三义的信中所讲，春节前后，他很可能要回来唱戏，如果真的能回来那就太好了！不仅能看看他的戏究竟出息到了何等程度，我这把老骨头还能与我这个孝顺的孙儿，再见上一面！"讲到这里老人家控制不住他思念金少山的情感，又眼泪巴巴地接着说道："哎，三义这孩子是个性情率直，心地善良，无拘无束，重情重义的好孩子！当年，你父母双亡，你们夫妻又不在北京，战乱年代无法打听出你的下落，只听说到南方谋生去了。三义一人安葬了你们的父母后，来到家中向我辞别说，他要离开北京到外面闯荡。当时，我正在病中，卧床不起，三义见此惨景，非要给我留下来五百块钱表示心意，我知道孩子外出创业不容易，肯定很难，就坚决不要，结果等三义走后，我家老婆子在晒被褥时，才发现他还是把钱偷偷地放在我的床铺下面了。我这个做师爷的可以想象到，三义初走的前几年，在外面一定吃了不少苦，受了许多罪，无论啥时候想起三义，都让我牵肠挂肚的放心不下……"，说着，老人家的泪珠夺眶而出。站在老人身旁的金松林一见老爷子撕心裂肺地动了感情，就连忙安慰何桂山说："何爷，别再为三义难过了，他现在不是很好吗？三义没有辜负您老人家对他的希望和栽培，如今已经功成名就，光宗耀祖！况且他年前就要回来了，我们应该为他感到高兴才是啊！"何桂山这才缓过劲儿来，有了笑容，忙擦了擦眼泪说："对对，我们应当高兴才是！"而后，爷俩在房间里夸起了三义。

谁知，这时候，何桂山的老伴儿早就把信和照片拿到院子里，让她正在上中学的外孙女给大家读起了书信，这个刚刚进入中学一年级的小女孩儿，一边啃啃巴巴地念信，院儿里的邻居们一边互相传递着观看金少山的剧照，嘴里还不住劲儿地夸道："她二嫂，您看这张剧照照的多精神！看着威风凛凛的，真好！她九婶儿，跟恁家老爷子当年演的大花脸的扮相一模一样。"何老太婆笑着回答："那是自然，照片上的大花脸就是我们家老爷子教出来的，不仅是他，就连他父亲金秀山也是我们家老头子教出来的大角，当年在京城唱得可响了！"邻居们忙问："她九婶，你说的是早年进宫常给慈禧老佛爷唱戏的那个金秀山吗？他可是咱们北京城赫赫有名的大角呀！听说金秀山当时每个月能拿五百两白银的俸禄，这事儿是真的吗？"何老太非常自豪地冲邻居们说："那还能有假！绝对错不了，我们家老爷子带出来的徒弟，不但每个月可以拿到五百两官银的皇粮钱，他还是前清'升平署'里的名角，有'升平署'发给的腰牌，凭他的腰牌经常进宫为皇上和老佛爷演出，多少王爷大臣遇到金秀山，都搭话问好，相互招呼，那派头大着哪！若是戏唱得好，皇上和慈禧老佛爷一高兴，银子赏得更多，京城里的人们全都知道，比我们家老爷子还吃香呢！如今他的儿子金少山在上海也是名声显赫的'花脸大王'！这白花花的现大洋就是少山从上海兑过来孝敬我们老两口子的！"邻居们听她这么一说，用羡慕的口气问："她九婶，听说何爷的这个徒孙子经常给你们寄钱过来也是真的吗？""那当然是真的呀，自从我们老头子不能上台后，这些年，全凭他的徒孙金少山给我们汇钱养家呢！"何老太婆爽快地回答。这时，有位平时爱开玩笑的老娘们，半开玩笑的冲何老太婆说道："她九姐，恁老两口好福气呀，教出来的这父子二人，一个比一个强，都是名角，挣了大钱！告诉何老爷子以后赇在家里挽住胡子喝蜜吧！往后我们家要是没了嚼头或有什么急事儿，如果找您老大姐借个十块八块的，到时候可别舍不得呀？"何老太太笑着回答："大妹子，看您讲的这是啥话，都是几十年的老街坊了，甭说是借个十块八块的，就是三十、五十的，只要是贵邻高舍的街坊们张开嘴，我老婆子决不会让话掉到地下，常言说得好，远亲不如近邻嘛，谁还没有个用着谁的时候？请放心吧！"一群娘们正七嘴八舌、叽叽喳喳地说得来劲儿时，何桂山从屋里出来冲着老伴儿说："好了，好了，别瞎扯啦，我不就是给人家金氏父子练了几天功、说了几出戏吗，你这个死老太婆再也表不完的功啦，若不是这些年三义这孩子有了出息，不断接济咱们，只怕你我早就喝西北风啦，快中午了赶紧上厨房去做饭吧。"何老太太不服气地反驳道："哎，老头子，我这可不是王婆卖瓜自卖自夸呀？你问问大伙儿，我刚才讲得可全是大实话，这不，一直在夸奖少山他爷俩儿呢……"。此时，五邻四舍的邻居们，一边走一边相互舆论着：何老爷子有眼力，会收徒，还夸他带出来的徒弟好！徒孙儿棒！一个赛一个，个个有本事！便各自回家做饭去了。

金松林回到家中，见他正在读高中的儿子，拿着留下来的另外一套金少山的照片，用手指着照片上的字，对他的几位同学说："看，这张照片，是我三叔刚从上海寄过来的他与杨小楼先生合演的《连环套》剧照，中间的这个大花脸人物，就是我三叔扮演的铁罗汉窦尔墩；这一张剧照，是我三叔跟梅兰芳老板合演的《霸王别姬》，我三叔扮演西楚霸王项羽，他怀中抱着的这个旦角就是梅兰芳先生！"同学们看过照片后忙说："你三叔真棒！能和大名鼎鼎的梅老板在一起唱戏，太了不起啦！肯定也是一个挺有名气的大演员！"而后，又指着金少山在上海外滩照的那几张生活照说道："看你三叔在上海照的这几张照片多精神，他身后的洋楼有二十多层高，等我们长大了也能到上海去看看。那该多好哇！"

金松林进屋后，把他到何桂山家里的情况向夫人魏小凤学了一遍，魏小凤把一杯刚沏好的茉莉香茶端到丈夫身边，而后对着金松林，用商量的口气唠叨起来："松林，如今咱有了这五百块现大洋，你看是不是先拿出来一部分，把家里的那两间西屋给修修，老天爷再下雨就不怕漏了。然后，在咱家的院里再盖上两间新瓦房，再停个十年八年的，等儿子长大了到了该娶媳妇成亲的时候，就不愁没有新房了，他爹，你说是不是呀？"金松林听过夫人的话后，想了想说："他娘，修房子我同意，反正也用不了几个钱，房子修好后屋里还能够放货。但盖新房的事儿，我看还是往后放放再说吧，你想啊小凤，自从日本人来了之后，我中华大地被他们这些猪狗不如的小日本糟蹋的不像样子，整日炮火连天，战争不断，时局不稳，物价猛涨，生意难做，老百姓的日子水深火热难顾温饱，一派乱向，我们还是把钱留着先顾嘴吧。等将来把小日本赶出中国，时局稳定后，咱们的生意能够慢慢地好起来，再考虑盖房子不迟，反正孩子离成婚的年龄还早着呢。"

可也是的，金松林的父亲金秀山在世时，金家是何等的风光，即使清朝的皇宫贵族见了面，也要给声名显著的金秀山打个招呼，互相问好的聊上几句！金家虽然是靠唱戏养家糊口，但收入颇高，丰衣足食，月月结余，年年满仓！日子过得红红火火，和和睦睦，受人尊敬。然而，自从金松林的父母去世，尤其是打北京被日本侵占以后，金松林的珠宝生意无论南北，赔得是一塌糊涂，欠下了外债，金家的生活一落千丈，衣食难顾，贫寒起来。

谁知，天无绝人之路，眼看着连粗茶淡饭都成问题的金松林全家，在燃眉之极的紧要关头，他万万没有料到，早年整天在家里折腾的闯祸精，因被父亲管教而离家出走、有十多年杳无音信的三弟少山，就像一头睡醒的雄狮，出现在了江南"菊坛"，突然有了消息，从上海邮来了书信，并经常兑钱接济家境。而且，在上海干出了一番惊天动地的事业，成为了京剧界的大角儿，为金门的祖宗增添了光彩，挣得了荣耀。这突起不遇的喜讯，使金家多年来已死气沉沉的院落，又重新恢复了往日的辉煌，冷落的院内又喜气洋洋的沸腾起来，怎不让地下有知的金秀山夫妇和金松林全家人高兴呢！

其实，金少山的二哥金松林早就听北京梨园行的人们传说：三弟少山在上海滩配梅兰芳先生合演《霸王别姬》的消息，而且在上海一炮打响，艺贯南北！被业界誉为和杨（小楼）老板的武生项羽，各具千秋，不分雌雄。金松林早就想去上海探望三弟，只是因为前时自己的身体一直不好，害怕路上出事儿，万一有个好歹？老婆孩子将无法生存，再加上北京的生意本来就难做，他走后一旦有事无人料理，因此也就暂时打消了去上海的念头。故而，只好强忍着思念三弟的手足情感，不断通信问候少山在沪的情况。自从金少山跟他二哥联系上后，金松林家里基本上每个月都能收到金少山的汇票，还经常有人从上海给他们捎来东西。从此，金松林除了还清了所欠的债务之外，家里吃的、喝的、穿的、用的等焕然一新，今非昔比，好了起来。后来，金松林思念三弟心切，下决心准备赴申城看望金少山时，1937年8月13日日军在上海开战，百姓四处逃难，沪上血流成河，金松林到上海去看望三弟的急愿化为了泡影，又没能去成。

金松林的家境好转之后，很快又看到了以前的生机。由于，金少山在上海的演出盛况和他那些稀奇古怪的传闻，桩桩件件越来越多地流之北京，使古都城内的人们，对金少山逐渐产生了一种神秘的心理，大大增加了"金霸王"在北京的声望。人还未到，波澜先起！早已被人们忘记的金家，一下子又重新恢复了往日的至尊。京剧场上的名流大角和基本上已很少来往的社会贤达，以及金秀山在世时的同业，具纷纷前来为金家道喜！街坊邻居们也不断到家中打听、落实一些有关金少山在外地的传奇故事。平和宁静的金宅院内，突然又成了北京名流人士常来常往的高门大户，同时也为金松林的生意门面增添了许多人气旺盛的光彩。

金松林收到这次三弟少山从上海兑来的钱和书信后，得知自己日夜思念的亲弟弟三义很快就要回来了，心里有一种说不出的滋味儿，离别了二十多年没有见过面的手足亲情，一股脑地涌上了心头，他控制不住自己的冲动，在房内踱来踱去，颇为兴奋地对夫人说："去徐家把德增叫来，就说我今天高兴，要请他来家里吃饭，让他务必赏脸，一定要来。顺便买上两瓶好酒几盒好烟及下酒的好菜，再买一些孩子们喜欢吃的食品，我们要为三弟回家好好地庆贺一番！也给孩子们改善改善伙食，让他们记住上海滩还有一个为金家光宗耀祖、最有出息的三叔——金少山！"

由于，这些年来，金少山在上海的地位和影响，使京剧界的艺人们对他非常钦佩，特别是北京的梨园公益会几次收到了金少山的捐款后，对金少山的师爷何桂山先生特别关照，因为大家都晓得金少山父子与何桂山老爷子的特殊关系，自得知大家盼望已久的金少山年前要回京的消息，梨园公益会会长尚小云就常差人到"金"、"何"两家问寒问暖、了解情况，接近冬季，还特地派人给何老爷子送去冬货物品，表示慰问。

在清朝末年，何桂山先生本属北京名噪一时的花脸大角，其收入丰厚，威望颇高。只因年逾七旬那年，突然暴病一场，待何桂山的病好之后，可能是因为年岁太大的缘故，他的身体及嗓子急转日下，不如以前，有些分量颇重的大净角色无力再演，后来一年不如一年，衰弱见老，底气越加不足，其戏份包银也紧跟着角色的转变、分量的减轻降了下来。再加上这几年体弱多病不能经常登台出场，也就不到戏园子里去了。老两口子全靠着以往的积蓄和早已嫁出去的女儿帮衬及北京梨园公益会的照顾度日。可是在那国弱民贫的年月，物价一天比一天猛涨，人心惶惶度日如年，眼看着无法再生存下去的何家，突然收到了金少山从山东烟台兑来的汇票，高兴的何桂山不知说什么才好，这真是苍天有眼，喜从天降！使何桂山老人不停地唠叨着他的徒孙子金少山的小名："三义有出息！三义有良心！三义重情分！我老何没有白教他，这才是我何桂山的好孙子呀！"

从此以后，何桂山就经常不断地收到金少山从上海寄来的汇票和书信，家里的日子不用说，也就慢慢地好了起来，虽然过得紧紧巴巴的并不富裕，但一日三餐顿顿不少。尤其是这二年的春节前后，梨园公益会差来代表送这送那，年货丰富，样样齐全，百般照顾！一些名角还揣着礼物登门问候，给何老爷子道喜、请安，磕头认师，跪拜高攀。凡是有重要的大型演出活动，何桂山老先生是梨园公益会必请的上宾之一，有时还以梨园名宿老前辈的身份，偶尔登台唱上一出，来上两段，使梨园界的同业们对此时已年老体弱、如今已不再登台的何桂山具另眼高看了起来。还有一些戏园子的老板也不知是真是假，主动上门邀请何爷重返舞台，出山唱戏，让他再卖卖老、抖抖宝刀不老的威风。有些戏班子的管主对何桂山说："何爷，您老若不嫌弃，就屈尊到我们这小戏班里来吧，就是您老不唱，能给我们班子说说戏，带带徒弟，拉拉场子，指点指点，或是在后台坐坐也是我们戏班子的荣耀！照样少不了您老爷子的包银。"都想以如此对待何桂山的办法，来感化于他，等他的徒孙儿金少山回京后，好通过他师爷的关系，来达到把如今已南北皆知的"十全大净"金少山拉过来为己所用的目的。

何桂山虽然年事已高，但他并不糊涂。自郝寿臣、侯喜瑞等几位后生崛起之后，他在北京这些戏园子老板们眼中的分量，已大打折扣，在戏班里的包银也大大降低的少了许多，使他深深地感觉了艺人们相互竞争的残酷及戏班子里难养老小的无奈，只不过出于面子的缘故，才勉强留用于他。然而，挑戏的大活却很少再让他出牌上演，自然登台的戏份工钱也就紧跟着角色的变化落了下来。再加上那年大病之后，身体和嗓子都有所不佳，一气之下，干脆息影舞台，封箱收山不再唱了。

如今何桂山已是年近九旬的古稀老人，组戏邀角的经励科管爷们又来请他出山领戏，何老爷子心里明白，他们的目的并不在自己的身上，其原因还是看重了少山的价值，想利用打动何桂山的办法来达到拉拢金少山的目的。北京是京剧的发源地，同时又是金少山的故乡，他现已成名，誉有京剧"花脸大王"等的美称。不久就要返回老家威风一番。那时，谁能把他请到，不用说，将是一笔非常巨大的挣钱机会！因此，他们这帮文化商客们为了讨好金少山，拉拢金三义，一边差人去上海找金老板交谈，一边紧紧地抓住他二哥金松林和他的师爷何桂山不放，想为今后能跟这位声望显赫的"大净王侯"金少山很好的长期合作，打下颇为有利的基础。故而，精通财路的经励科管爷们，才又重新看中了何桂山目前的利用价值。

在江湖京戏班里混了一辈子的何桂山老先生，深知这些戏园子的经理及那些戏班子老板大爷们的良苦用心。于是便将计就计，顺手牵羊，察言观色，借其北京掀起的这股"金少山热"的东风，为徒孙儿三义开始欲铺他回京演出的道路。试探观察，详细摸底，八方打听，看哪家戏班子的艺术实力最适合少山立足，便留心把他早先传授给小三义的拿手戏码，提前给该班社拉出路子，走好场次，预先排妥。等金少山回京演出时，即能够达到以最快的速度，最棒的底包，最高的水平，最佳的效果，蜚声四九门，轰动帝都城！好好地风光一番。

第十五题藏头诗

金何两家得喜讯，
何爷身心又复春，
两门人等同庆贺，
家家又见旧业人，
重新回到往日节，
添花挂彩如敬神，
光环闪耀何宅内，
彩球滚落金府门。

十六、锦衣荣归　骨肉团聚

此时的金少山应该说已经走红！但他本人并不满意，在金少山的心目中，离真正成为全国的一流名伶，还需要有一段艰苦奋斗的路程。金少山认为，一来他目前还只是与"生"、"旦"合演的硬实配角，没有形成挂头牌单挑的领戏局面；二来作为一名京剧演员，应必须得到京剧大本营北京内外行家的认可，才能够确立他在京剧界的精英地位，这方是他毅然北上的真正原因。

1937年11月中旬的一天下午，北京前门城楼东侧的老火车站门前，呈现出了一派少见的热闹景象，一辆辆各种颜色的豪华轿车、汽马车和黄包车，从四面八方迎站而来，很快就挤满了火车站的广场。从各种不同的车型内款步走下来的人们，有的身穿西装革履；有的衣着长袍马褂；有的穿戴看上去风韵洒脱，文雅大方；有的身上穿着纯中式的绸缎国装，十分考究，尤为别致；诚然，来接车的人们无论男女，大都裹着各色各样的裘皮大衣，或高级呢子外套，再配上一个个扮相千姿百态的漂亮夫人，使人们看得眼花缭乱，猜疑重重，舆论纷纷，众人好像是发现了新大陆似的喧哗不住，指点不已，并吸引着许多过往的游人和候车旅客的驻足围观，有的还念叨出了一串串在北京城内声望颇高的名字：杨小楼、余叔岩、谭小培、高庆奎、尚小云、李多奎、翁偶虹、马连良、程砚秋、荀慧生、杨宝森、李寿民、金仲荪、周瑞安、陈墨香、萧长华、谭富英、侯喜瑞、于连泉、尚和玉、姜妙香、马连昆、刘连荣、贯大元、孙毓堃、茹富兰、奚啸伯、范宝亭、韩金福、李玉安、陶默庵、陶默厂、李春林——喂，你看，那位穿长袍戴礼帽的是尚小云先生的管事"梨园公益会"副会长赵砚奎……此时，有位旁观者问："今儿个来的是哪位政府要员，他是什么样的大人物，官高几品，何处就职？竟然惊动了这么多梨园界的名角赶来接车？看来此人身份不低，大有来头……"。

列车由南向北徐徐驶进车站，待车身停稳后，翘首以待的梨园名宿和各大小报馆的记者们，争先拥向了一节软卧车厢。此时，有位体形高大魁梧的中年汉子出现在了车厢门前，把本来狭窄的车门口处，堵挡得严严实实。此人头戴一顶高级烟色呢子礼帽，穿着一件宝蓝色的丝织团花软缎灰袍，外披一件黑色礼服呢面的狐皮大衣，广额丰颐，鼻高颧隆，眉骨下一双闪闪发光的大眼，虎虎聚神，身后边跟着两位非常漂亮的阔夫人，一个文秀端庄，一个摩登亮丽，好一派高雅的江南风度。忽见此人的目光越过人头簇拥的站台，向四周张望，停留在近出那座古旧而仍旧巍然耸立的前门城楼上，将聚精会神的双眼微微地眯缝起来，仿佛在说："前门古城，我的故乡，金某当年条条落魄而去，大丈夫'三十年河东，三十年河西'，如今我又回来了……"，但这凝视中的沉吟，只有一瞬间的工夫，却旋即转向了迎候他的人群，顷刻间，露出了满面春风的笑容，他一边款步走下车梯，一边向众人抱拳致意，记者们手中的闪光相机，顿时"啪啪"地照个不停，随着人群的缓缓移动，整个站台回响起了中年汉子那亚赛洪钟般的笑声。他就是在上海滩誉有"金霸王"、"铁罗汉"美称的大净王侯 —— 金少山。

金少山就前门车站正在兴高采烈地与梨园界的朋友们昂首阔谈之时，忽听有人在远处叫他："三弟！"好熟悉的声音贯进了双耳。转眼看去，金少山愣了，高兴得不知道如何应声，原来二哥松林和德增二哥两位兄长迎面向他飞奔过来。金松林、徐德增、金少山三兄弟紧紧地抱在了一起，二十多年来没有见过面的手足情义，一下子倾泻了出来。金少山忙问："二哥，我家二嫂和侄儿们可好？"金松林和徐德增齐口同声地回答道："好好，全家都好！"这声发自肺腑的回答，使他们弟兄三人都忍不住地爽笑了起来。一个是金少山一母同奶的二哥松林，一个是金少山结拜的二哥德增，故而一问两家安好，"金""徐"二人同口应答，真乃妙哉之极也！紧接着金少山又急切地问金松林："二哥，咱何爷爷的身体现在咋样？他老人家如今还能上台吗？当年我离开北京时何爷正在害病，这二十多年来也不知道他们家的日子是怎么过的！"金松林赶快回答："何爷的身体倒还可以，就是不常登台唱戏了，自打收到三弟给他写的信后，他老人家是天天等，夜夜盼，整天盼着你能早点回来,这会儿老爷子在家肯定等急啦,咱们赶快回去吧。"金少山说道:"好,咱们这就走。"而后转身对他的两位夫人和两位兄长说:"这是我的两位夫人杨淑英与程艳芳。这是我二哥金松林,这位是我的结拜兄长徐德增二哥。"此时,杨淑英与程艳芳二人红着脸蛋儿,彬彬有礼、温声柔气地开腔叫道:"两位二哥好,弟妹这厢有礼了!"且随着话音行了一躬。"好好,二位弟妹好!"金松林与徐德增见淑英和艳芳给他们施礼,慌了手脚,赶快应声还礼。接着金少山又向二位兄长简单地介绍了两位夫人的情况,转身抱拳恭手向来接车的众人,用告别的口气说道:"各位前辈,各位同仁,各位故交、好朋,多谢诸位抬举少山,改日金某一定设宴拜谢!再表我金少山的回乡之情。今日,只因在下拜见师爷归心似箭,不能在此处久停,还望大家能体谅少山。"话毕,金少山等人坐进梨园公益会会长尚小云早就给他们准备好的轿车,浩浩荡荡,一路飞奔地离开了前门车站,冲金家大院飞奔而去。

回到家后,金少山把从上海给徐德增带来的礼物交给了徐二哥,并安排司机把他二哥徐德增送回府上,然后,让淑英把给家里带回来的东西拿出来交予二嫂,自己向嫂子问过安后,就急匆匆乘黄包车赶往他师爷何桂山家中去了。

刚迈进何家,金少山就满院子地喊了起来:"爷爷奶奶,爷爷奶奶,三义回来了!三义回来了!"叫个不停。此时,已年迈体弱的何桂山夫妇听到那熟悉的叫声,半信半疑地从房里迎了出来,看着他们眼前这位身材魁梧,穿着考究,气度非凡的汉子,半天没有出声,泪如泉涌似地潸潸而下。金少山亲眼见到了如今已是白发苍苍、老泪纵横的师爷、师奶,便咕咚一声跪在了地上,叫了声:"爷爷、奶奶!你们的孙儿回来了!"这句声似雷劈、撕心裂肺的喊声,喊出了他内心深处的情感,叫出了他思念亲人的心声,道出了他孤身闯荡的辛酸经历。金少山这一感人肺腑的举动,使大杂院内的邻居们都忍不住地落下了眼泪……

片刻,已是满头银发的何桂山的双眼,含着喜悦的泪水,将三义扶起,手拄着拐杖微微颤抖地擦着眼泪说:"小三义,师爷我可把你给盼回来了,我们老两口子想你呀",并用手拍着金少山那宽大而又雄厚的肩膀笑眯眯地接着又说:"臭小子出息啦!赶快进屋,赶快进屋。"金少山搀扶着师爷进屋后,把他拿来的一大堆礼物放在桌上,对二位老人家说道:"爷爷,这是孙儿给您老带的好烟、名酒和几斤南方产的好茶,这是一双礼服呢面牛皮底的小圆口布鞋,又软又轻又结实,最适合老年人穿了，再配上我在苏州演出时，特意给师爷您定做的这件跟我身上穿的一模一样的宝蓝色丝织团花软绸高级长袍，那真叫一个派头有'份儿'！"讲到这里，金少山就跟小时候那样，冲着他师爷出了个怪相，接着又说："爷爷，您猜这件宝蓝色的高级长袍和这双黑礼服呢的牛皮底布鞋，最适合谁穿？"何桂山纳闷地问："谁呀？""最适合大名鼎鼎、威望显赫的京都名净何桂山老爷子穿了！"金少山调皮地讲了起来："唯有穿在他身上才最为合适，方大见风采！"这时何桂山才反应过来，他笑着拍了金少山一巴掌说道："你个小三义，都四十多岁的人了，还这么顽皮，再不正经我用拐棍敲你个小龟孙儿！"说着，爷俩都笑了起来。接下来，金少山又继续把东西拿出来说："这是给我奶奶在上海买的几件绸缎衣服，也不知是否合身？等会儿您老穿上试试，这些都是些吃的洋点心和糖果，还有些东西明天我再给二老送过来。"这下可把何老太太给高兴坏了，她拿起一包糕点和一包糖果，跑到院里一边喊着："她二婶、三嫂、李大娘，快来尝尝我三义孙子从上海带回来的洋点心和特别好吃的水果糖，"一边给邻居的小孩儿们分发糖果和糕点。这天晚上，何桂山老爷子高兴地说个没完，金少山看着两位年届古稀的老人，内心翻起了自责的浪花，从师爷和师奶的谈话中，深刻地感受到了这些年来师爷的艰难与心酸，靠年老多病的微薄收入支撑着家境，他们是多么的不容易呀。当晚，祖孙二人一直聊到了深夜，金少山才怀着愧疚的心情离开了何家。临别时，何桂山唯恐自己的三义孙子再跑了似的，再三嘱咐他说："三义，明天可一定要来呀！"话音未落，就又恋恋不舍地掉下了眼泪。这眼泪包含着老人的亲情，包含着老人的思念，包含着老人的喜悦，包含着老人的疼爱，包含着老人的心酸，也包含着世道的艰难……

第二天的金宅院内，金松林向三弟少山和两个弟妹介绍着家里这二十多年来的情况，用手指着站在夫人身边的两个孩子说："这是你们的侄子宝明，今年十五岁了，正在读高中，这个小女孩儿是你们的侄女芳名宝珠，刚满六岁，明年秋天也该上小学了，"话没讲完，两个孩子就围过来叫起了三叔，而后金松林又对他的两个孩子说："宝明、宝珠，过来听爸爸给你们讲，这是你们的两个婶娘，那个是恁大婶娘，这个是恁二婶娘，记住了吗？可不敢叫错了，啊！"两个小孩儿连点头带回答："爸，我们记住了。""记住了还不赶快叫，"金松林催。两个懂事的孩子连鞠躬带叫的齐声喊道："大婶娘、二婶娘好，二位婶娘吉祥！""好好，好孩子，真乖！"杨淑英和程艳芳回过话后，淑英赶快让艳芳妹妹回到房间从皮箱里取出她们从上海给孩子们带来的东西和一些好吃的食品分给了他们。拐回头来对魏小凤说："二嫂，我们两个也不知道二嫂喜欢什么，再加上回来的太急没能给嫂子捎什么东西，给二嫂一百块钱（银元支票），您自己看需要啥就买啥，钱虽然不多，是我们姐妹的一片敬嫂之情，如果不够，请嫂子打个招呼。我们再给二嫂拿。"说着把支票递给了魏小凤。同时，又取出了三百多块钱的银票交给了金松林好贴补家用。全家人你一言我一语地相互聊起了家常，两个好奇的孩子也跟着大人们，不住嘴地打听着三叔在外面唱戏的传闻，金家好一派朝气蓬勃、欢潮笑海的热闹气氛。

兴头上，金少山扯着他那大嗓门，向二哥二嫂诉说着自己出外闯天下的故事。从张家口讲到了东三省，从东三省又讲回到了北京城，从北京城又讲到了天津卫，从天津卫讲到了山东省，待讲到他在青岛的一段艰难经历时，全家人都眼泪汪汪地哭啼了起来。尤其是金少山讲到他因倒仓失去了唱戏的本钱后，流落到烟台欲想投海自尽的惨景时，金松林再也控制不住自己的感情，心疼地猛扑过去，抱住三弟少山声泪俱下，悲声大放地痛哭了起来。顷刻间，院内的气氛急转弯儿的消沉了下来，金少山一看势头不对，立刻将话题转向了怎样遇到崂山道士救他不死，并赐予仙丹妙药使他的嗓音由坏变好，由哑变亮，后来又与淑英喜结良缘的故事。等大家的情绪由伤转喜之后，金少山抖抖精神，开始讲起了他在上海和南京的事情，如何顶撞黄金荣，怎样刁难张啸林，如何拒绝杜月笙，怎样戏弄常玉清，又怎样结识程艳芳等等……

在兴头上的金少山还想接着往下说时，金松林抢先问起了金少山："三弟，那天晚上你偷偷跑出家门后，可把咱爹娘给急坏了，咱娘整天哭着闹着给父亲要人，父亲逼着我到处打听你外出的下落，后来母亲因为想你，怕你在外面受罪，还大病了一场。咱娘因为思念三弟你害的这场大病，把父亲吓得戏都不唱了，你跑到张家口后咋不给家里来封信呢？"金少山咳了一声回答道："前些年是因为小弟我在外面没有闯出名堂，净是些不甚出口的受罪事儿，不好意思给家里写信，也没有什么可说的，说好说坏都不合适，所以一直没敢给你们联系。自从到了烟台又辗转上海挣上了大钱，方才有脸给你们写信，想想我这些年来真是愧对爹娘的养育之恩，骨肉之情啊！"

的确，自金少山回京为父母亲办过丧事离家出走后，直到烟台、上海成名之前，十几年来一直没有和北京联系过。后来在山东烟台有了较为可观的收入后，才第一次给他的师爷何桂山通信兑款有了书信来往。待他移居上海混出了模样，有了名气，方从他太老师的来信中得知二哥松林，已从南方回到了北京，这才赶紧兑钱稍物、寄去了信件，使金松林家里的日子略为好过了一些。

这天中午，由三位夫人从厨房端上来丰盛的饭菜，斟上了美酒，全家七口坐在一起，推杯换盏共庆团圆，金家仿佛又恢复了三义出生时，那欢乐热闹的气氛。家宴间，金少山就像在舞台上演戏那样，端起酒杯高兴地念着上韵的京剧口白说道："小弟为感谢二位兄嫂的热情款待，也为淑英和艳芳第一次回门，再为咱们全家团聚共同干杯，饮下此酒！"话毕，海量的金少山将杯中的烈酒一饮而尽。酒罢，大家连吃带喝又说又笑地相互交谈，待酒过三旬，菜到五味，同喜共乐一阵后，淑英和艳芳手端酒杯，慢步走到公爹、婆母的灵位前，双双跪下，对着二位老人的遗像说："爹、娘，你们的三儿媳妇回来了，这是我们两个第一次给二老磕头、敬酒，上香、跪拜，祝爹娘的在天之灵，保佑金家人丁旺盛，烟火通明！并愿金门洪福和日月同在，与山河共存！再祝愿二哥的生意兴隆，财源滚滚，日进斗金！"说完，二人双手举杯将酒洒在了地上，回到了原位。金少山看着两位懂事的夫人，甚是感动，内心深处不由得翻起了自责的浪花，敬慕的情怀。

当晚睡觉前，金少山脱掉上衣光着背在屋里洗澡时，金松林看到了他头部和身上的伤疤，心疼地用手抚摸着三弟的肩膀问："三义你在外面一定吃了不少苦吧？"说着又心酸地流出了眼泪。金少山怕二哥难受，赶快穿好衣服，就跟他年少时一样，出着怪样，拍着胸脯安慰二哥："没有，没有，没有吃苦，我壮的像一头野牛，哪能吃什么苦哇！这伤是兄弟我吃醉酒后不小心摔的。"说着比着，出着洋相、逗着鬼脸，一副小时候的调皮模样回房休息去了。

第二天一大早，金少山就急匆匆地跑到何桂山家里侍礼、请安，老爷子见到少山甚是高兴，连忙亲自泡上一壶上好的茉莉花茶，爷俩在客厅海阔天空地聊起了花脸艺术。两个小时过后，被金少山所邀的徐德增面带笑容地跨进了何爷的房门，于是，三个人开始商谈起来如何安排金少山在京打炮演出的事项。

其实，金少山在回京前就考虑过用哪家戏班做底包的事情。金少山说："师爷，二哥，你们看打炮戏用高庆奎的班子怎样？我听说如今庆奎兄败嗓后已不能再挑班了，若真是如此，我可以托李永利（著名京剧表演艺术家李万春的父亲，也是金少山的结义兄弟）与庆奎兄商洽？"何桂山接茬说："三义，回到北京无论搭哪家的戏班都不是问题，别忘了京城是你的老家，不管有什么事情大伙都会帮忙的。再说啦，哪个戏班子的管主不想多挣几个子儿，你如今的戏这么红，谁不想沾沾你的光，趁趁你的车呀？另外，师爷我早就为我的孙子铺垫好了，咱们北京城有的是京剧班子，只要我们定下来用哪家，你师爷我卖卖老，说句话，谁敢不给面子，京城里的戏班子你可以随便挑……"并用手拍着胸脯唠叨了起来。金少山一看师爷他激动地说个没完，就赶紧接过来老爷子的话，故意打岔说："就是的！我师爷爷现在是什么份儿，讲出来的话谁敢不听！哪个浑小子敢犟犟鼻儿用拐杖敲他。二哥，您说是不是？"何桂山听三义的话音不对，好像是话里藏话又在逗他，就举起拐棍儿说："我先敲敲你这个浑小子再说，"说着就用拐杖敲起了三义。徐德增敢忙在一旁起横地回答："对对！哪个小王八蛋胆敢不听何爷的吩咐，咱就用拐棍儿敲他！"话毕，逗得爷仨都忍不住地笑了起来。这天，三个人又说又笑，言语投机，认认真真、尽心尽力地为金少山在京演出的事宜讨论了一个上午。最后徐德增对何桂山和金少山说："何爷，三弟，你们看这样成不成？我们商定的方案先不对外讲，三日后梨园公益会要给少山接风洗尘，宴会上听听万子和及公会的意见再定，看看他们有什么打算，因为前时我跟何爷、松林找万经理商议过此事，有个初步设想，他也有打算和安排，只不过当时三弟你还没有回来，暂未落实。具体事宜，等三天后再定怎样？"金少山与何桂山二人具表示赞成。就这样，金、徐哥俩在何老爷子府上，混了个酒足饭饱茶满肚，摇摇摆摆走醉步，蹦蹦跳跳想爬树，高高兴兴地离开了何家。停了半天，逗得何老爷子还忍不住地抿着嘴儿直笑，他望着两个孩子远去的身影，面带喜悦地说道："这个小三义，和他小时候一样顽皮！"是啊，自金少山离京后，老人家还是第一次笑得这么开心，这样高兴。

第十六题藏头诗

锦衣荣归北京城，

衣冠考究气魄升，

荣耀金门一生笑,
归根落叶大净雄,
骨肉分离弟兄泪,
肉香酒美院堂明,
团圆本是全何愿,
聚义厅上拜祖宗。

十七、接风宴上　大智雄心

三日后，由尚小云会长代表北京梨园公益会，在北京的"丰泽园"满族饭庄为金少山设宴接风。酒席宴上，金少山与各路名流及梨园前辈、同业故友应酬一番后，便开口要求尚会长为他引荐当时北京最著名的经励科管事兼"华乐戏院"经理的万子和先生相见，尚小云笑着说："万老板今天早上刚从外地赶回北京，不过我已差人告知今日之事，他马上就到，请金兄稍等片刻。"谈话间，万子和来到，"金"、"万"二人见面后，还未等万子和反应过来，金少山竟抢先抱拳作揖，恭敬而又透出一声亲热地称呼："呦，仁兄！久仰您的大名，愚弟早该到府上拜望大驾，请安问好！我这次回乡献丑，还得烦请万老板多加提携关照才是！"万子和一愣，连忙还礼、谦让。心想，这位金少山不比当年，他在上海滩艺高气盛，性情狂傲，桀骜不驯，敢和鼎鼎帮会龙头黄金荣、杜月笙、张啸林顶撞，不料今日刚一见面对他却称兄道弟地暖如春风，谈吐文雅，执礼甚恭。心中不禁暗暗赞道：不愧是久闯码头的老手，艺坛中的豪杰，江湖上的好汉！

所谓"江湖好汉"，他指的是颇为熟谙江湖中人在道义上的礼数规矩；而"久闯码头"表明的则是知书达理精明老辣；"艺坛豪杰"自然是指艺人的胆势和他的风范气度了。心高气傲的金少山这次回京肯屈尊与同一家戏院经理称兄道弟，搞好关系，对他在北京扎根及打开局面大有益处，同时也显示出了他通晓事理的老到和其风度不凡的过人气节。而万子和混迹戏班多年，以办事圆熟练达与左右逢源著称，人颂（送）绰号"万事亨通"，自然也不示弱，着实与金少山客套了起来。

十七、接风宴上　大智雄心

接风宴上,"金"、"万"二人言来语去,送词迎礼。智深柔滑的万子和,看出了金少山有要急登舞台、露脸亮相的意思,却反而言辞恳切地说道:"金兄离开北京多年,这次可算是衣锦荣归故土,您就该多歇息几日,各处走走,看看京城的变化,散散心怀才是!"金少山圆睁着大眼听完话意,灵机一动,把本想讲:干我们这一行的,一无田产,二无家业,三无生意,四无巨款积蓄,不唱戏吃什么呀?让家里人喝西北风的话又咽了回去。心想,你金三爷给你来一个顺坡滑的将计就计,我看你"万事亨通"怎么办。片刻,精明老练的金少山朗声大笑着回答:"对,仁兄言之有理,小弟要想在群英荟萃的北京城内一炮打响,总得先搭上班子,约好配角,抽时间拉戏走场才是,不忙登台,闷闷龙都的热度,吊吊观众的胃口再说。"万子和一看,紧接着话茬说道:"对对!先不忙着登台,这次金老板回京的露脸打炮戏,一定要红,先做好准备,约好傍角,定妥班子,等把戏排好之后再演出不迟!"此时,尚小云会长已看出了名堂,他冲着金少山和万子和说道:"二位有所不知,眼下,这北京九城的内外行家以及票友戏迷和广大观众,都憋足了劲头等着瞧金老板的拿手好戏呢?即使准备,也不可拖得时间太长,否则有负众望啊?"尚小云讲完话,金少山仍然聚精会神地盯住万子和看,意思是我看你"万事亨通"如何回答,没想到万子和下面的话题,却来了个一百八十度的大转弯儿,金少山忙把目光送向了尚小云,尚小云心领神会,赶紧接腔道:"子和,金老板是想让您捧场呢?""哎哟,可别这么讲,不敢当,不敢当,万某何能何德,实在是担当不起。'金霸王'的大名在北京城内如雷贯耳,只要金老板有用得着子和的地方,尽管吩咐,定当照办……"万子和接连拱手,表示谦逊。这时,深谙戏道的尚小云干脆把话挑明:"子和,地方是现成的,打算用你的'华乐戏院',万大经理这可是一桩好买卖呀?"一句话把万子和讲出了笑声,掏出了真言。

老辣果敢的金少山见时机已到,必须接腔的单刀直入:"打炮戏,我哪儿都不去,就在万兄的'华乐',您万大经理可得托着小弟,不能推辞喽?"万子和紧接道:"说话?"金少山答:"算数!"万子和听罢,顿时面部露出了欣喜的样子,而后笑着冲金少山及在座的诸位说道:"'铁罗汉'在'华乐'亮相是我华乐的福分,万某求之不得,万分荣幸,我怎能推辞呢!"尚小云一看话到正题,就快人快语地讲道:"得,既然这样,你们二位也别互相谦让了,事情就这么定下,由公会担保,抓紧时间谈正题吧。"

久经商场，奇谋佳策的万子和，见目的达到，自然是满腹欢喜，特别高兴。因为这是一笔谁都看着眼红的肥生意，炙手可热的大买卖，有哪家戏园子不想抢在前面，他心里一直跟镜子一样清楚，金少山如果不想在华乐戏院"打炮"，尚会长就不会催他从厦门赶回参加今天的宴会。但人贵在脸面，又基于经验之术，万子和对当今金少山之类呼声正高的大角，必须稳步行事，不能操之过急，先探探究竟，猜猜心计，等对方把话挑明后，那么价码就会好商量的多了，不仅让对方满意，自己也可大功告成，岂不两全其美也！反之，丢了生意不说，脸上就挂不住了。若是从周旋的招数上论，"金"、"万"二人的兜圈子，同样存在着"闷"一下的欲擒故纵的味道。真可谓是棋逢对手，将遇良才也。

果然，金少山、万子和二人的公事谈得很好，特别顺利。待双方的经济分成比例敲定后，很快转向了演出的具体安排。"金老板，您准备用哪家的戏班子做底包？配戏的名角是谁？傍你的演员用什么人等问题，"非常内行的万子和详细地问。"我就用长包郝寿臣先生的戏班做底，包银多加一倍，至于配角自然一流，傍戏的演员请仁兄放心，不成问题。"金少山不假思索，一改计划，语气不仅干脆而且非常口满的回答。万子和听后心里一动，不由得看了金少山一眼，而金少山却又摆出了一副表情平静，语气强硬，不露山水，成竹在胸的样子。他也就不好再说什么了，并点头表示赞同。然而，内心则对眼前这位祖居北京艺冠江南的大花脸人物金三爷，又进一步有了更加深刻的了解。

北京人都晓得，郝寿臣本属京城首屈一指的花脸魁斗，常在"华乐戏院"挂牌演出，效果极佳，威信颇高，又刚刚停演不久。金少山则偏偏点名要用给他配戏的原班人马，并且报酬从优，多加一倍，这分明是要取而代之。看来这位从申城来的"大净王侯"金少山的胃口，不只是在北京打响，还有在声势和影响上改贤更张压倒前雄，进而独占鳌头，雄霸净坛。察言观色的万子和，从金少山的神情中，看得出他是经过深思熟虑的。并暗自惊叹，这真是处处逼人的"霸王"本色，"尔墩"之勇，"王侯"之气，"大净"之威，文武兼备的金门之后啊！

万子和虽然感到金少山的这招棋下得太狠，但对艺坛中人的竞争手段来讲，他见得多了，桩桩件件，不足为奇，越是大角越竞争的厉害，有时竟达到了不择手段，用失去理智的做法来击垮对方，同行是冤家的弊端成为了梨园界的不治之症，乃众所周知。台上比艺术，台下比手段方称得上是梨园经营之道的说法，在旧社会的年代里，成为了不可否认的从艺之经，并不无道理。二雄相辅相成方可分出上下输赢，高低之快，谁让天地所造大自然中的赢家只能有一个呢。然而，这种艺人之间相互争奇斗艳的现象，对戏院的老板们来讲，却又是一件能挣大钱的好事。名伶们争来比去，斗去争来，才有连台好戏的涌出，人才不断的崛起。这样一来，戏院自然就会随之生意的兴隆，财源滚滚，金银如山，以及相互依赖和互相利用的生态平衡。

接风宴席未散，"金""万"二人又敲定了打炮戏的戏码与半月后上演的具体日期，其余的细节，均由金少山的结义二哥徐德增先生改天再到"华乐"商榷。这时，酒性未尽的金少山心中大喜，高举酒杯连饮几盏，对众人说道："金某多谢诸位捧场，在下借花献佛，先饮为敬！来日少山做东请各位吃酒！"说完，又连饮几杯。桌前的来宾杨小楼、余叔岩、高庆奎、李春林、杨宝森、萧长华、侯喜瑞、谭富英、周瑞安、李多奎等人和东道主尚小云看着这位吃酒海量，言谈圆熟，句句如剑，字字含珠，戏不让人的"金霸王"，不由自主地敬慕三分。散席后，各自奔走相告，梨园中人相传，"花脸大王"金少山近期在"华乐"登台。京城九门内外，早就"憋"得不耐烦的人们，个个等待着金少山的大戏开台，猛虎出山，乌龙下界的亮相时机。

既然前面多次提到了尚小云先生，这次他又代表北京梨园公益会为金少山设宴接风。那么，笔者就借着该文将尚小云先生的情况，较为简略的写上一笔：尚小云，字绮霞，别名德泉，1900年1月7日（清朝光绪二十五年已亥年腊月初七），出生于北京市安定门内法通寺草厂大院。其父尚元照，河北省南宫县人，汉军镶蓝旗平南王尚可喜之后，曾任清蒙古王爷那彦图府中执役，母张文通，亦望族之后。故尚小云出身于没落的封建贵胄家庭，排行老二，其大姐尚金环，大哥尚德海，三弟尚德福，四弟尚德来，五弟尚德禄（即尚富霞）。尚德泉（小云）五岁开始读私塾，不久，其父尚元照病故，家道中落，七岁时因家境贫寒，母亲张文通靠缝补衣服来养活五儿一女。此后，大姐金环，长兄德海，四弟德来相继夭亡。期间，因生活所迫小德泉只得辍学，母亲张氏带着他和三弟德福投"富连成"科班学戏，遭社长叶春善拒绝。后来，经好心人的介绍，拜到了著名老生艺人李春福（京剧名家李洪春、李洪福之父）门下为手把徒弟，初习老生。两年后的1909年（宣统元年），清朝宫廷太监李莲英的侄子李际良和孙佩亭、薛固久三人，在皇城龙都创办了一所梆子（河北梆子）、二黄两下锅的"三乐社"科班。尚小云的师傅李春福征得了尚母的同意后，便将九岁的尚德泉送进了"三乐社"学艺，按科班的"三"字排行，尚德泉在班的科名被取为尚三锡，他与科班里的沈三玉（武生）、李三星（武生）、韦三奎（老生）等是同班坐科的师兄弟。尚三锡在科期间，先跟赵春瑞工学武生，数月后初演《郑州庙》中的主角黄天霸时，因演武生戏显得身体软弱，在教师陈四的建议下，班主李际良方让三锡跟随孙怡云、唐竹亭改行习学青衣和刀马旦工路。尚三锡改工旦角后，唐竹亭看他的脸型长得酷似孙怡云先生，遂改艺名小云，从此尚小云三字便行于世间。1911年，十一岁的尚小云随"三乐社"科班里的科生，在北京前门外广和楼戏园子做对外实习性演出《朱砂痣》《桑园会》《别宫祭江》《芦花河》时，他虽是第一次登上公演舞台，却赢得了观众的赞誉！事隔才一年，刚满十二岁的尚小云就跟赵凤鸣在京合唱《芦花河》。同年10月，尚小云主演《别宫祭江》时，再次获得了行家的口彩！转过年后的1913年元月，薛固久、孙佩亭退出"三乐社"，李际良将其独掌的"三乐社"更名为"正乐社"后的10月份，十三岁的尚小云与王三黑、沈三玉在北京前门外民乐园合演《长坂坡》时，其演技备受赞赏！他与荀慧生（艺名白牡丹）、赵桐珊（艺名芙蓉草）被称为"正乐三杰"。到了1914年4月，除了他与同科的王三黑和高月霞、刘凤奎在北京民乐园唱《千里驹》《嘉兴府》及6月和荀慧生等人在京城吉祥园演出《佛门点元》之外，8月12日至13日，十四岁的尚小云便与京剧宗师孙菊仙合演了《朱砂志》《三娘教子》，并深得孙菊仙的称赞。由于多次的舞台实践，使童年时期的尚小云，艺事日进，名噪京师，这年8月下旬，在北京《国华日报》举行的童伶竞选活动中，他脱颖而出，被荣幸地戴上了"第一童伶"的桂冠，1915年，十五岁的尚小云所演出的剧目大增，先后与孙菊仙同台演出了《宇宙锋》《战蒲关》《取金陵》《祭塔》等剧。1916年元月，十六岁的尚小云又与孙菊仙在北京丹桂茶园合演了《审头刺汤》，同年8月17日，"正乐社"停办，尚小云出科。此后，多搭班唱戏，再得名旦孙怡云等人指教，并与高庆奎、路三宝等合作演出了《四郎探母》《虹霓关》，并拜在陆金桂门下学习昆曲，又拜张芷荃为师攻学青衣。该年12月，尚小云入"同馨社"与王又宸、沈华轩、荀慧生、许德义、郝寿臣等名伶合演《落花园》《彩楼配》《桑园寄子》《四郎探母》等戏，大获成功。

尚小云十六岁出科后，在江湖戏班里边学边演，边唱边练，极为成功，颇见成效。最初问艺于前辈艺人，戴韵芳，后来拜陈德霖为师，同时还向王瑶卿、路三宝等一些威望显赫的大演员求教，其表演突见起色，硕果丰厚。尚小云在与孙菊仙合作其间，二人同台演出《三娘教子》一剧后，即崭露头角，一炮打响。搭上杨小楼、余叔岩等人的戏班后，已大红大紫，声名大振，引起头名武生杨小楼的重视，并得到杨大爷的指点。从此，"杨"、"尚"合作，同台献艺，长期不断。到了尚小云十七岁时的 1917 年 11 月，杨小楼、谭小培、尚小云、白牡丹（荀慧生）"三小一白"的四君子赴沪演出七十多场，轰动了上海，倾倒了申城！以杨小楼、尚小云合演的《湘江会》、《长坂坡》更为叫好，口彩不断！其艺术魅力神州震荡，誉满中华。1918 年 3 月，十八岁的尚小云与杨小楼、高庆奎、荀慧生、李顺亭等合演《楚汉争》前后本，以及《女起解》《武家坡》《别宫祭江》等戏，5 月，在北京《顺天时报》发起的京剧新秀评选活动中，梅兰芳以得票 232865 张被评为"男伶大王"；刘喜奎以得票 228606 张被评为"坤伶大王"；尚小云以得票 152525 张被评为"童伶大王"。1919 年春，十九岁的尚小云应上海"天蟾舞台"所邀赴沪，与王瑶卿、马连良、杨瑞亭、朱素云等联合演出全本《乾坤福寿镜》又掀大波。这年 4 月，搭入福庆社，与谭小培、慈瑞泉等人合演《庆顶珠》《孝义节》等，转入玉华社后，与王瑶卿、梅兰芳等人合演《游园惊梦》《宝莲灯》等戏。1920 年 2 月，二十岁的尚小云搭入又庆社，与姜妙香、俞振庭合演《十三妹》《玉龙祚》《汾河湾》等。1921 年 3 月至 7 月，日本著名作家、《罗门生》的作者芥川龙之介访华，就京期间，与二十一岁的尚小云在北京瑞吉饭店同席畅谈，彼此喜结风雅之缘。同年冬季，北京梨园界为救济同行业中的贫困艺友，开展义务演出活动，年轻的尚小云积极参加，并在《八蜡庙》中反串黄天霸一角。1922 年 12 月 1 日，溥仪在皇城淑芳斋举行大婚典礼，京剧名流杨小楼、余叔岩、梅兰芳、马连良等人受邀唱戏祝贺。二十二岁的尚小云也在其中，并与王蕙芳合演了《五花洞》。1925 年 2 月，二十五岁的尚小云创建"协庆社"戏班，聘请马连良、尚富霞、言菊朋、侯喜瑞、朱素云、茹富兰等名角入社，尚小云的岳父李寿山任本社执教，尚小云为社长。同年 3 月 12 日，国父孙中山病故于北京协和医院，后移灵于中山公园"中山堂"，梅兰芳、尚小云、高庆奎等人作为京剧界代表前往吊唁。1926 年 1 月，二十六岁的尚小云当选为北京梨园公益会会长。1927 年，北京《顺天时报》发起"五大名伶新剧夺魁"评选活动，二十七岁的尚小云以新编剧目《摩登伽女》夺得第一！为他步入京剧"四大名旦"奠定了基础。1930年10月,三十岁的尚小云与梅兰芳在天津为辽宁水灾义演《降龙木》《南天门》等剧。1931年2月5日,梅兰芳在北京无量大人胡同家中设宴款待来华的美国著名影星范朋克,三十岁的尚小云应梅府所邀作陪。1932年3月,三十二岁的尚小云率"协庆社"在天津卫为淞沪抗战的将士义演捐资。1933年4月,三十三岁的尚小云率"协庆社",在天津春和剧院为救济黄河水灾义演前后本《玉堂春》,所得款项全部捐出。1946年12月,四十六岁的尚小云为赈济山东灾胞,在北京长安戏院演出《白蛇传》《摩登伽女》等戏。此次义演收入之多,震动之大,为救济山东灾区捐款捐资属各京剧社班之首。1947年9月18日至21日,四十七岁的尚小云和荀慧生为天津劝业小学义演资助的壮举,轰动了津门,赢得了口彩。

就旦角的演唱艺术而论,尚小云天赋极佳,身材适宜,扮相俊美,嗓音甜亮。尤以中气充沛、调门高亢、久唱不衰为难能可贵。由于其声高劲圆亮,以刚为主,很适宜传统青衣的唱法,便以早年初搭各班,以"二祭"之《祭塔》《祭江》和《探母》《玉堂春》等的青衣唱工戏享名于世。因而,尚小云早年虽属文武昆乱不挡的出色名旦,却尤以其青衣戏最为突出,被观众认可,故而被颂之"青衣正宗"。就青衣行路,在传统上大都是"贞洁烈女"的人物为多,其行腔中的唱法不仅要求清亮娇脆,还须有阳刚喷薄之音。自胡喜禄开创阴柔一路唱法之后,阳刚一路渐有不敌之势。而孙怡云、陈德霖等均准老派,以阳刚之音取胜。尤其是陈德霖继承了阳刚一派的长优,同时善讲刚柔兼济,开创了青衣行路见新的唱法格局。尚小云就演唱上,直接沿承了阳刚一派的传统,早期恪守传统青衣行腔"口紧字松"的唱法,其后受陈德霖影响,于刚健中辅以婀娜,形成了自己的演唱风格。他的发音上抗下坠,对比鲜明,注重气势,给人一种纵横捭阖、拔险攻坚的刚劲之美,传统青衣"节节高"的唱法,就尚小云的行腔中,能明显听出举重若轻、刚柔相济、硬气透声之妙魅,故有钢浇铁罐"金嗓子"的美称!说到尚小云那条钢浇铁罐的"金嗓子",背后却有一段促使他埋头苦练嗓音的故事,值得我们后人学习和颂扬!从中也可以看出尚先生柔中含刚的个性,以及他高风亮节的从艺精神:

尚小云组班唱戏时,他为了增强戏班的实力,让管事的到当年北京著名老旦艺人龚云甫家里去请他合作同演《六月雪》一剧,不料,龚云甫先生大驾难请,他不仅不愿意与尚小云配戏，反而毫不客气地板着脸冷笑着冲来人说："想让我傍他演戏，龚爷唱的调门尚小云知道有多高吗？"管事的碰了"钉子"，回去如实地向尚老板汇报了此事，谁知尚小云先生听后，并没有搭腔，也没有生气。从此，他每天黎明喊腔吊嗓，私下苦功，终日不断。无论春夏寒暑，风雨阴晴，不管是身体好坏，演戏与否，事务再忙，一天几遍功的坚持吊弦，终于练出了一条人所公认的"金嗓子"。尚小云的唱法受前辈艺人陈德霖影响较大，嗓音洪亮高亢，唱腔节奏鲜明，声调铿锵有力，韵味柔中含刚，刚柔相济，尤其是见大段唱腔时，更能显示出他满腔满调、一气呵成的演唱功力。他的这些特长，除了自己的刻苦努力之外，主要来源，跟尚小云先生肯于虚心请教和善于吸取别人的优长有关。在他艺术成长的道路上，尚小云深刻地体会到："继承传统的同时是为了更好的发展，吸收营养的背后是为了大胆的创新。"

尚小云早年扎的是武生底子，还学过老生，就生行内应该说是文武兼备，后来又与武生泰斗杨小楼合作多年，自然受"杨"熏陶、取"杨"所长的丰富了自己的表演技艺，尤其是在武（舞）戏方面见解独到。尚小云在他的《汉明妃》剧中，饰王昭君持马鞭走云手的优美动作，就是把杨小楼先生在武生表演中的技巧，化进了戏中为己所用。尚小云在旦角戏功的表演上文武兼备，昆乱不挡，极受欢迎！就他数十年的舞台实践中，不断积累，不断创新，勇于拓展，大胆拼搏，继而异军突起，形成了刚健挺拔、洒脱大方、歌舞并重的"尚"派表演艺术风格。1927年，由《顺天时报》在北京发起的评选"中国首届京剧旦角最佳名伶"的参赛活动中，尚小云的一出《摩登伽女》剧目，获得了前三名的殊荣！被当选为了京剧"四大名旦"的美称誉满全国，打下了"尚"派艺术久演不衰的百年江山。

尚小云组办"协庆社"戏班以后，不断地排演新戏，成功地塑造了许多观众颇为喜爱的巾帼英雄、女中豪杰和忧国爱民、善良贤淑的妇女形象。他每演一出戏，都非常注重艺术上的再新创造，充分调动其"唱""念""做""打""舞"等的一切艺术手法来刻画剧中人物，渲染舞台气氛。尚小云说："唱文戏不能演成'温'戏，要文戏武演，才有看头。文戏演员的表、做，不能让观众看不下去，或坐在哪儿打瞌睡！一定得把戏唱'活'、演'火爆'才有意思，否则观众是不买账的。"故而，尚小云每逢演出时都能够把剧情、戏理鲜明地表现出来。《双阳公主》《秦良玉》《摩登伽女》《花蕊夫人》《龙女牧羊》《卓文君》《婕妤当熊》《林四娘》《五龙祚》、《相思寨》等戏，都是尚小云首创的"尚"派名剧。全本《福寿镜》剧目，更是尚小云的拿手杰作。这出戏原本是梨园名宿王瑶卿先生创演的代表，王瑶卿唱这出戏时，尚小云曾经给他配演过丫鬟寿春，而且对该剧中的胡氏这个人物具有很深的感性认知。后来，王瑶卿就把这出戏亲授给了尚小云。那年，王瑶卿在说戏的时候，单独就"失子惊疯"一场戏，对尚小云做了特别详细的人物分析。王瑶卿说："在'青衣'戏里《宇宙锋》和《福寿镜》都有'疯'的表演。然而，《宇宙锋》那出戏里赵艳蓉的'疯'是装疯，一般从'疯'的表演而论较为容易，因为'装疯'本来就是'假疯'，演员在表演时就要稍微流露出一点不太像'疯'的样子。这种表演和神态的掌握，即便是有不像'疯'的地方，观众是能够理解的，如果是把其表演成了'真疯'的神态或样子，也符合人物的要求。总之，无论是表演成'装疯'还是'真疯'都不为错，都是符合情理的。但，《福寿镜》这出戏里面胡氏的'疯'，在表演方面要求就大不一样了，因为剧中的疯人胡氏是'真疯'的情节，她这种疯态、疯相、疯韵、疯形、疯做、疯呆、疯姿、疯眼、疯步、疯势、疯人、疯动、疯样、疯语、疯影、疯劲、疯癫、疯骨、疯魂、疯戏、疯舞等，在表演上不仅'形'似，而且在做戏方面还得'神'似，要求演员的表演必须呈现出胡氏由'急'而'惊'，由'惊'变'疯'和颇为错综复杂的心理状态方为上策。"尚小云对王瑶卿先生的教导，颇有体会，他上演这出戏之前，大动了脑筋，深下了功夫。在《福寿镜》这出戏中的表演及人物的肢体语言表现上，充分运用了各种难度较高的水袖舞蹈，以及眼神气色的变化和其大幅度的外形动作来混杂、丰富其内心的情感。把剧中的胡氏精神失常的疯态，表演得恰如其分，处处见"疯"，达到了出神入化的疯人境界。

其实，《福寿镜》全名《乾坤福寿镜》，原是清末时期梅巧玲"四喜班"的珍藏秘本，早年该剧是四大连台本戏。尚小云自学至于王瑶卿，王瑶卿唱时将其压缩为两本上演，分两次唱完。该戏是尚小云十分喜欢的拿手剧目，并将其删繁就简改为一本一出演完。至20世纪30年代开始，尚小云在前半出扮演胡氏，后半出饰演寿春。《失子惊疯》是该剧中最精彩的一折，尚小云经过数十年的磨炼，将疯态、疯步、疯呆、疯眼、疯姿、疯势、疯舞及水袖功中的技巧等，融为一体，对人物心理变化的刻画，更可谓细致入微，活灵活现。大闹桑园一场，胡氏疯态毕现，一番胡闹之后，被寿春阻止。寿春向林鹤说明了主母成疯的经过，此时场上虽是寿春与林鹤站在台中表演，胡氏仅在一旁发呆，但尚小云身形纹丝不动，面目呆滞，眼神却于空茫之际显出了一缕思念之中的想望。寿春与林鹤一大段对白之间，胡氏一直保持着一个姿态，全身如铁铸铜浇，唯以木然之双眼神情表示其内心似海浪波涛；口中虽无一语，而满台却神情俱在。

尚小云初学老生，后练武生，最后才改工旦行。他既有武生基础，又有和杨小楼长期同班同台的合作经历，对武戏的体会把握极为深切。故而，就尚小云的舞台生涯中，使他的艺术风格以文武兼擅而驰名于世。尚小云的武功，在"四大名旦"中独树一帜，最被人们称道。其做工中的每一个身段动作，舞蹈工架，举手投足，矫健非常，规范工整。就《战金山》《湘江会》《秦良玉》等戏的开打，在美观中又别具一种威猛的气概让人呼好！他的扎靠戏与杨小楼、钱金福等人赋予同样的优点：靠不掀，翎子不倒，旗不乱。在尚小云的壮年时期，演出《双阳公主》时，就这些方面的功夫更显老辣，属京剧旦行武戏表演中的典范。《秦良玉》一剧，范宝亭饰演的闯榻天被挑下马后，就地两滚的动作飞快；而尚小云所扮演的秦良玉，要在锣鼓声中立即将其刺死，这一动作不仅要快，而且还必须分清一个在马上，一个已坠马的表演，其间的分寸颇难把握。而尚、范二人此时如惊蛇入坠，环环相扣，火炽惊险，令人称赞。尚小云与杨小楼数度合作演出的《湘江会》这出戏，其开打场面相得益彰，更见功力。旦角的马上武打、工架、身段以及舞蹈中的动作形体，不像花脸和武生的站"大蹲裆式"等，只是两腿略拱的"女骑马式"，蹲不露裆，幅度较小，容易摇晃或站立不稳，这是一门专练的定力。而尚小云在《湘江会》中的对枪打完"大扫琉璃灯"（戏曲的一种舞技名词）之后，掏翎挫腰的骑马式亮相，却如同脚踏花墩，纹丝不动地钉在了台上，特别出眼的极为光彩。他在舞蹈运作中的圆场功夫非常过硬，其步伐如行云流水之稳，风卷秋叶之快，起落准确，越跑越圆，跬步不失，大有前激后荡之势。例如，尚小云就《御碑亭》中表现孟月华回家途中遇雨时的泥泞难行，他在圆场中用了三个滑步：先用前栽来表现其泥泞快行难以站稳；接着是脚下一滑，几乎摔倒坐地的往后仰身；最后终于失去平衡的两腿前伸，从舞台一角滑向另一角。这种三步紧紧相连的运用技巧，被行家称为"尚氏三步滑"，至今脍炙人口，大赞好功。舞蹈是京剧旦行在 20 世纪 30 年代初，发展起来的艺术手段，尚小云在其新编剧中也作了可贵的探索。例如《林四娘》《红绡》中的舞剑，《婕妤当熊》中的舞扇等，尤其是在《摩登伽女》中首创其化用的"苏格兰舞"及夏威夷"呼啦舞"蹈，为拓展京剧的表演手法做出了前所未有的尝试与贡献。

除"武"之外，尚小云打破了以往京剧旦行青衣专门讲究"贞洁烈女"的道德评判标准，从"烈"之一端引发出了"侠""义""刚""健"的女性内涵，从更广阔的层面来关注妇女的生存价值，实际上已隐含了对传统妇女观念的批判。尚小云这一颇具划时代意义的尝试，大大增强了青衣行路的表现彰力，丰富了戏曲旦角的表演空间。他遵循艺术的发展规律，大胆地展开了对传统戏的加工整理与新编剧目的创作探讨。对于不健全的传统戏，尚小云就增头加尾的丰富内容，对于内容过于拖拉的传统戏，在不影响剧情完整并能使主题突出及人物性格对比鲜明的情况下，尚小云就删繁剔冗的尽量压缩，使之变为舞台效果尚好的精品。他改编上演的剧目有《涤耻血》《十三妹》《詹淑娟》《玉堂春》《天河配》《雷峰塔》《梅玉配》《乾坤福寿镜》《春秋配》等数十出传统剧目。《梁红玉》是"尚"派的名剧之一，30 年代末尚小云根据传统折子戏《战金山》等整理改编，从《玉玲珑》起，到《战金山》结束，前期取名《梁夫人》。后来，又予以修改提高后，方定名为《梁红玉》。其中"许婚从军"的唱段和"擂鼓助阵"的表演尤为精湛。期间，尚小云根据意大利籍的清宫画家郎世宁先生所绘的香妃半身戎装像，改进了传统京戏中的女靠，使梁红玉的艺术形象更加英姿挺拔，飒爽威武。为了强化戏曲载歌载舞的特点，就"尚"派的保留剧目中，常常采用其昆曲的演法来表现剧情，有些场次整个按照昆曲的折子戏来唱。一些不起眼的昆曲开锣戏，经尚小云大幅度的修改提炼后，即成为了"尚"派常上演的代表名剧，譬如《汉明妃》的后半出《昭君出塞》，《梁红玉》后半出的《战金山》等，具是享誉盛名的艺术精品。

与"四大名旦"中的其他三位一样，尚小云就京剧旦角行路的各个领域中，都有所实践性的舞台涉足，无论是青衣、花旦、武旦、刀马旦，具能胜任愉快，表演精到。唯一的不同之处是除了武戏应名列榜首之外，他并不致力于打破这些旦角行当中的表演界限，而是在每一个特殊环境下，都以不同的行路来适应表演的需要而行之。就《探母》中，尚小云早年来公主，后来又去太后，公主以旗装花旦应工，而太后则完全是青衣典型，两种旦角行路的表演均恪守工路规范。再如，全部《红鬃烈马》，尚小云在《武家坡》中演王宝钏，在《大登殿》里则饰扮代战，亦是青衣、花衫分明，而决不含混。"尚"派演唱中的行腔特点，讲究攻坚碰硬，皆以真力实声转折音域，决不稍懈；同时又以板头的变化运用，打破行腔的固定节奏，展示其演唱的丰富内涵；又以斩钉截铁地断和错综有力之顿挫，使唱腔错落有致，往往在平易简约、坚实整齐中呈现峭险之处，显得力透纸背。而其快板、流水以及散板等处，则表现为酣畅淋漓，满纸云烟，和专尚纤巧者不同也。尚小云的"尚"派风格是以阳刚见长，表现在两个方面，一方面是他在做功表现上强调一种力度，台上应大开大阖，大起大落，强调一种顿挫、棱角分明的表演；另一方面是他的唱腔善讲高亢刚健，气力充沛，一气呵成，在行腔上善于运用立音、颤音、顿字、俏韵和"节节高"的唱法，形成了"尚"派艺术的独魅。他的表演充满激情，强调气势，特色鲜明，颇见功夫。单就行腔而言，尚小云在"刚"的同时又讲究"刚柔相济"，刚中含柔，柔中带媚。刚则至刚，柔者至柔。

1935年，由李寿民改编的全部《汉明妃》在北京首演。该剧由昆曲《出塞》发展而成。就《出塞》中，尚小云大胆地采用了刚则至刚、柔则至柔、文戏武唱的方法，他将京剧旦角中几乎所有的步法大都组织了进去，而且还吸取了武生的身段，使剧情载歌载舞，声情并茂。全剧充分反映了"尚"派艺术清健强烈、文武兼优、满功满技的独特风格。就这出戏中，大见其艺术手法层出不穷，通过程式化的种种舞姿创造了一系列的动态画面，感人至深。运用了大跨腿、大弓腿、大扬鞭、急搓步及上马的单足垛泥、趟马圆场等身段舞蹈中的肢体语言，精妙绝伦，炉火纯青，充分刻画出了王昭君离愁别恨与边塞的荒凉景象。他塑造的口衔曲子、手握马鞭、盔插翎子、身披斗篷的王昭君，其人物造型大大渲染了"人俏马欢"的艺术效果，令人赞叹！这"马上昭君"的载歌载舞，被行家里手誉之为是一幅活灵活现的"佳人烈马图"。尚小云的这出戏，着意于区别"马下昭君"和"马上昭君"的不同点，注意昭君上马时与"马上昭君"的形体和神情的变化。"马上昭君"既要有人又要见马，人是丽人，马属烈马；一身二用，形神兼顾，真正体现了我国写意戏剧的精髓实质。昆曲、京剧舞台上的《昭君出塞》，基本上都是按照尚小云创下的这一戏路演出到至今。其贡献之大，不用多说。

到了尚小云的中年时期，他的艺术修养达到了更高的境界，随之将《汉明妃》《福寿镜》《梁红玉》《银屏公主》《墨黛》等剧目作了精益求精的提高修整。同时，对其经常上演的《武家坡》《虹霓关》《打渔杀家》《御碑亭》等剧目进行了锲而不舍地用心琢磨，去淡添精，使这些出出剧剧再见新彩，获得好评。这批被尚小云重新修改提高过的剧目，不仅代表着"尚"派艺术的风格特色，而且和"梅""程""荀"的传世名作一样，至今仍然代表着京剧旦角艺术的最高水平。尚小云出科前后，受教于张芷荃、王瑶卿、戴韵芳、陈德霖、路三宝、孙怡云等艺精老到的名师，使他艺事猛进，声名鹊起，再由于李寿山、陆金桂等名家在昆曲戏方面的鼎力亲授，使尚小云的昆曲演唱尤其正果，颇见功力。尚小云童年习武生，对杨小楼的武生艺术十分仰慕，后来他把"杨"派武生的精湛技艺，吸收融化，用进了自己的旦角戏里，使其表演刚劲挺拔，英姿飒爽，于旦角的妩媚柔丽中又见到了一派含带英气的阳刚之美。这种在女性中极为少见的阳刚之美，特别适合表现巾帼英雄。故而，尚小云成为了同辈旦角中，以演女中豪侠为特色的代表人物。1925 年尚小云自组"协庆社"，不断排演新剧目，以巾帼英雄或女中豪杰即为最多。譬如《青城十九侠》《峨眉剑》《林四娘》《卓文君》《绿衣女侠》《秦良玉》《双阳公主》《墨黛》《摩登伽女》《相思寨》《虎乳飞仙传》《红绡》等等，都是他首演创作，同时也成为了"尚"派独具的代表剧目，登之大雅。诚然，尚小云的代表剧以巾帼英雄、绿林侠女为最，因此演员必须具备文武并兼的过硬功夫，方可胜任，可见尚先生的武功了得。即便是在一些纯文戏的剧目中，尚小云也要根据剧情的展示，采取"文戏武唱"的办法，以求火爆，来加强视觉上的美感，使剧场活跃，观众精神。早在 1923 年 7 月至 8 月，尚小云二十三岁时，在清逸居士溥绪的帮助下，就编写出了《秦良玉》和《红绡》两剧，并成功的搬上了舞台。此后，在溥绪、庄蕴宽、李寿民等文人墨客的相助下，又陆续编写及改编上演了不少剧目。在对新编或改编剧目的排演上，尚小云根据自己文武并立，各行兼工的特长，精心创造，就扮相、唱念、做派、武（舞）功、表演等各个方面，具进行了一系列的探索尝试均获得了成功，为丰富京剧舞台上的旦角剧目做出了重大贡献。在编剧方面，尚小云曾经说过："观众是演员的'上帝'，我们艺人是为观众唱戏的。因而，心中要有观众，所写出来的剧本或拿出来的玩意儿，都要对得起观众，才问心无愧。不论是唱念做打舞还是故事情节，首先得让观众明白、听清、易懂和提着劲儿来看，才是编剧与演员的本事。如果所演出来的戏让观众听过或看完之后，不知所云或没有兴趣，打不起精神，那么这出戏就算白唱啦。"

除了尚小云本工的旦角以外，就反串戏的其他行当中，也展现了他文武不挡的艺术才华。例如，尚小云在《八蜡庙》中的黄天霸，按武生演法一丝不苟，其中的武功一样不少；演《翠屏山》中的石秀在"酒楼耍刀"和"杀僧"两场，酒气熏蒸，满面煞气；在"花梆子"中耍的六合刀，敏锐绝伦，纵身几个"蹦子"，抢刀下劈，其气势之迅捷，工架之帅美，英气之逼人，即使一般本工小生者也要为之退避三舍，甘拜下风。

1936年，尚小云创办了培养京剧人才的"荣春社"科班，并对入社科生许下了以下三点承诺：一、凡入社科生均有人身自由，不立卖身契约；二、科生学艺期间从学习文化入手，革除目不识丁的口传心授之弊端；三、保证科生温饱，做到学有所获，出科后职业有保证。为了达到目的解决科班的经费开支，尚小云先后卖掉了自家的十七间房产和一辆"道吉"牌汽车，并聘请了当年的京剧名家尚和玉、程继仙、孙怡云、王凤青、罗文奎、郭春山、刘蕙芬等人任"荣春社"的教师为科生们授戏。他在办校期间，对培育科生学业力求既专又博，治艺严谨，无论对己对人要求十分严格，但在生活中对待教师和科生们却极为谦恭热情，不论谁有什么困难他总会慷慨仗义，倾囊相赠。就办社的十二年间，除了培养出他的三个儿子尚长春、尚长麟、尚长荣（尚长荣现为上海京剧院艺术指导，中国戏剧梅花大奖等奖项获得者，原中国戏剧家协会主席，为该书题词、作序）之外，尚小云的"荣春社"共计培养出"荣""春""长""喜"二百多名科生则遍布全国各地，就京剧舞台和戏曲教育岗位上发挥着自己的作用。

尚小云成名后，轻财重义，济困扶危，落落大方，为人豪爽，众目共睹。任北京梨园公益会会长多年，受同业尊重。艺高德劭，更是口碑载道！由于他为人豪爽的高尚美德，在名角之间具有着正确相争的观念，值得赞扬。前面笔者已经谈过，当年在梅兰芳排演《霸王别姬》之前，尚小云就和杨小楼曾经合演过头二本《楚汉争》。1922年春，梅兰芳与杨小楼在北京前门珠市口"第一舞台"合作首演《霸王别姬》那天，尚小云入场观摩。看完戏后，他热情地找到梅兰芳，真诚地赞颂了他出色的演技。非常谦虚地说道："英雄、烈士都好描摹，唯有美人的心境，最难传出，畹华（指梅兰芳）扮演的虞姬在我之上。人物刻画入微，无可挑剔！无论是从神情到气魄，等等都比我强！"从此，《楚汉争》一剧束之高阁，压进箱底，永不再演。好啦。有关尚小云先生的情况，就大致的谈到这里。下面，我们接着讲金少山的故事：

一连几天，金宅院内客人不断，梨园界的不少同仁和昔日的发小具登门拜访，金松林的家中人来人往相当热闹。金少山望着这些既熟悉又陌生的面孔兴奋不已，是啊，当年的小伙伴儿，如今都已是四十出头的中年人了，故友重逢格外亲切！大家见面后，问长问短，有说有笑，相互交谈，闹个不停。这天，徐德增、李春林、韩金福、李玉安等众家弟兄刚刚进门，余叔岩、筱翠花（于连泉）、尚和玉、萧长华、侯喜瑞、李多奎、高庆奎、程砚秋、刘连荣、奚啸伯、周瑞安、荀慧生、马连昆、孙毓堃、范宝亭等京城里的许多名角，具不约而同地来到了金家拜望少山。院里屋内坐满了来宾，大家一起叙旧畅聊、回忆往事、高谈阔论、好不热闹！

金少山刚回到北京，就见到了这么多的老朋友，心里感到热乎乎的。金松林、魏小凤、杨淑英、程艳芳高兴得忙里忙外、端茶递水的招待客人，金少山颇为诚恳地冲大伙儿言道："我金少山何德何能，劳驾各位梨园同仁和亲朋好友来看望少山，我心里非常感动！金某代表全家谢谢诸位对少山的抬爱！返回故乡是我多年来的心愿，如今总算是得以实现，圆了我二十多年的回乡梦。今后，少山登台献丑的演出，拜托大家多多关照！"在座的众人一致表示：少山回来，是众望所归！都不是外人，自己弟兄不必客气，有事尽管吩咐，我等定会鼎力相助。

尤其是余叔岩的到来，让金少山又喜又惊。在金少山离京出走的早年，余叔岩已经成名，如今他更是京城内了不得的人物，不仅是京剧"四大须生"之首，还是同梅兰芳、杨小楼并列为梨园公认的"三大贤"之尊！余叔岩（巖）1890年11月28日（光绪十六年〈庚寅〉十月十七日）生于北京，谱名第祺，字小云，官名叔巖，由于巖与岩通，再者"巖"字的笔画太多，故而就常用"岩"来代替。余叔岩出身梨园，原籍湖北省罗田县，祖父余三胜乃是清朝鼎鼎大名的老生伶人，谭鑫培的恩师，其父余紫云是京师皇城内的著名旦角，工青衣、花旦。余叔岩排行老三，幼年从吴联奎学唱老生，有"小小余三胜"之称，他聪慧敏捷，求艺刻苦，悟性过人，深懂"谭"（鑫培）派，少年时期即开始认真钻研京剧的老生技艺，并多方虚心请教，田桐秋、陈德霖、王长林、鲍吉祥、姚增禄、钱金福、李顺亭等人具是他求艺的良师；贯大元、王荣山等人即是他交流艺术的好友；谭鑫培的琴师陈彦衡和"谭"派老生研究家王君直在唱念方面对余叔岩帮助颇大。辛亥革命后余叔岩正式拜在谭鑫培门下为徒，就此期间，谭授其《失街亭》中的王平，《太平桥》中的史敬思等戏。余叔岩虽然尊谭，但他刻画角色却各独到，对人物性格的表演及工架做派的把握，都有其自己的见解。余叔岩小时候在天津卫

"下天仙戏园子"唱戏时，即红极津门，一时绝响，深得好评！后因倒仓变声回到北京，在其岳父陈德霖的帮助下，向钱金福、王长林等学把子武功习练翻打，同时向爱新觉罗·溥侗（红豆馆主）、陈彦衡、王君直等人学谭氏行腔，另有姚增禄亲授其昆曲《石秀探庄》等戏。每逢谭鑫培演出，他都场场不铆的用心观摩，凡与谭氏合作过的鼓佬、琴师乃至检场人或龙套、把子，他具一一虚心请教，并参加春阳友会票社多方钻研，用功不懈，艺事大进。

1918年后，余叔岩的嗓音恢复重返舞台。此时，他充分发挥其学谭研谭的自身特长，上演了他潜心学到的、大量娴熟的老生剧目，继而以绝妙的演唱技巧对"谭"派艺术进行了突破性地发展与创造，其行腔功法苍劲挺拔，韵味醇正，力大气沉，余音绕梁！在丰富老生表演方面，工架优美，情感细腻，做派风雅，念白独到，表演精新。所演剧目炮炮见响，出出见誉，轰动九城，一个"新谭派"的艺术风格横空而出，响于龙都！余叔岩的大名不胫而走，成为了"新谭派"的代表人物，就丰富老生流派方面，做出了可喜的巨大贡献。曾有一度，老生群体竞相学"余"，余氏艺术成为了京剧老生戏顶级拔尖的巅峰。余叔岩昆乱不挡，文武兼备，一举成名。他与杨小楼、梅兰芳就当时的京剧艺坛鼎立而三，并称有"三贤"的声望，代表着20世纪20年代至30年代老生、武生、旦角划时代的最高水平。1928年8月22日，在京都紫金城内的"淑芳斋"，京剧名流大角汇聚一堂，就登台献艺的十六个剧目中，标有余叔岩的《定军山》，其技艺精深可见了得！

就余叔岩的变声期刚刚过去，其嗓子的声音露头之时，他通过苦练克服了音量小，中气弱的缺陷，使嗓音醇甜峭劲，爽脆清冽而无丝毫凝滞，再结合自己摸索出来的气息运用技巧，特别是出色的提气方法，做到了低音苍劲，高音清越，立音峭拔，脑音雄浑，擞音圆润，颤音摇曳多姿，最大程度地获得了行腔用嗓的自由。就行腔的演唱方面，巧妙地融进了自己的优长，对谭鑫培的唱法加以选择和调整，化谭的浑厚古朴为清刚细腻，寓儒雅于悲素，且英武中蕴含深沉俊秀的书卷之气，对其所扮演的所有人物，在刻画角色的真实感与艺术感上有极好的表现能力，尤其擅长演唱苍凉悲壮的老生剧目。醇圆的韵味及文庄典雅的风格，是余戏艺术的主要特色，这种特色对30年代出现的各个老生流派有着巨大的影响和领导，并被世人称作"余"派。新闻界的文豪墨客与京剧界的行家里手，常用"云遮月"的说法来赞扬余叔岩的声腔美！其含义是说，他的嗓音主要不靠亮度取胜，而是用厚度挂"味儿"嬴之世间。其行腔走韵曲折自如，顿挫有致，抑扬动听，让人回味；还擅于运用"擞音"等的装饰因素来点染唱腔色彩；在整体的艺术手法处理上，字斟句酌，审慎老到，于精练简洁中蕴藏着精妙绝伦的深厚功力。由于余叔岩精通祖道，重整山河，再树乾坤的辉煌成就，全面继承并发展了第一代"老生三杰"之一的祖父余三胜和第二代"老生三杰"之一的师傅谭鑫培的艺术风格，于是乎，被公认为与马连良、高庆奎并称第三代"老生三杰"美誉之首席。他不仅精心钻研了集前辈的艺术精华之大成，还向许多文人学者求教书画，并且较为系统地探索研习了四声音律方面的知识。凭着他的文化素养，在全方位掌握了"谭"派特点和规律的基础上，又从其博雅精深处寻求突破，再创造的发展自身，使之达到了"出蓝胜蓝"的再新境界，方确立了自己的艺术流派。虽然他自己谦恭闭口，从不炫耀，但报界文评"余派崛起"浪大潮高，势不可当，梨园公认，观众广肯。

余叔岩的代表剧《搜孤救孤》中"白虎大堂领了命"的［二黄导板接回龙腔］，完全提起来唱，且行腔斩截简净，则毫无刻意装点之处，而程婴紧张焦虑的心态和愤恨痛惜的复杂情感自然流露。《王佐断臂》中的［回龙腔］也用提着唱的方法，却没有急迫的成分而显得含蓄从容。《战太平》的"头戴着紫金盔齐眉盖顶"等唱段则英气勃勃，表达了广大将者义无反顾的决心。他对其大、小嗓的行腔尾音大都做了上扬的处理，唱腔中多用软擞，声清越而空灵，所运用的闪、垛均极为自然，不显之雕琢痕迹，这些润腔的行韵技巧都是余之特有。余叔岩精研音律，发声讲究，对于"三级韵"的规律运用，纯熟在胸，使他的唱腔增添了抑扬顿挫。念白的五音四声准确得当，朗朗上口，语气节奏环环相扣，善用虚词，传神而有个性，与端重大方中显出洒脱文雅的书卷之气。《清官册》《审头刺汤》《王佐断臂》等剧中的道白都是他的代表杰作。余叔岩表演中的做工、身段洗练精美，气势大派，庄重沉稳，并注重于表现人物内心活动的外化感，《问樵闹府·打棍出箱》《盗宗卷》等剧中的表演均不逊谭。他的武功根底打得非常厚实，早期曾大量上演武生戏，因此像《宁武关》《战宛城》《南阳关》《战太平》《镇潭州》《定军山》等之类的武戏演得都很精彩，剧中的开打场面技艺高超、功夫过硬而绝不卖弄。余叔岩虽然是自幼学戏的伶人，但他的文化修养较深，对其所演剧目的词句辙韵多有润色，使之畅顺合理。更值得赞扬的是，他在继承流派或说是发展流派方面，并不靠另起炉灶而行之，所演剧目中的唱念做打舞达至扮相完全走谭，但处处又都见新意，大有特色，给人的感觉台上的东西虽属"谭"派艺术，但又有道不清楚的变化，这种似像非像、道不清楚的微妙变化之难度，正是"余"派在30年代以后，几乎取代"谭"派老生领袖地位的主要原因。

余叔岩唱戏之所以能够成功，除了本人的努力和具备很高的艺术修养外，另一个原因是他为人谦恭及以诚待人的高风亮节，从不与阴险之徒来往，并有许多出色的合作者为其辅弼。程继仙、钱金福、李顺亭、裘桂仙、陈德霖、鲍吉祥、王长林等许多同业中的名流大家，对他的成才都起着很大的支持作用。余叔岩曾和王长林、钱金福、鲍吉祥一起拍过许多同台演出过的剧照，其中有余、王的《琼林宴》《翠屏山》；余、钱的《定军山》《宁武关》；余、程的《镇潭州》；还有余叔岩单人的《洗浮山》《定军山》《守武关》等，这些不同人物的剧照神态生动、气度典雅、感情饱满、做派优美，它不仅记载了京剧当年的进展状况，更是先辈们留下来的历史珍品。不但从中可以研究余叔岩的身段动作，还能够了解程、钱、王三位前辈名伶的工架、神韵、扮戏、化妆及他们之间的密切关系。除此之外，余叔岩还留下了数百张非常珍贵的练功照片，而且从这套弥足珍贵的照片中可以领会出其身段、把子的要领及练习手眼身步、蹲坐站立的工架劲头，等等。

由于他苦心钻艺，过于疲劳，1928年后因为多病，身体渐渐虚弱，除义务、窝头、堂会戏外，不再参加营业性演出。余叔岩的舞台生涯虽然不长，但他在京剧界留下了久远的影响，十年所演的剧目之中大多具成为后学者的典范。《捉放宿店》《八大锤》《盗宗卷》《定军山》等"谭"派的标准剧目，经他演来，出神入化，才调秀出，属最能鉴赏知音。他对一出戏的上演无不精益求精，普通一剧经其润色便可离世异俗，《搜孤救孤》等戏经他演出，石破天惊，成为传世佳作。《法场换子》虽未演出，只是平时吊嗓子唱过，但其中的［反二黄］唱腔，因极富创造，已成为标杆。在余叔岩的十年公演期间，虽与杨小楼、梅兰芳各树一帜，身为一席，但三人合作从未间断。他们的联手合作对京剧艺术的进化发展起着重要的标榜作用。1920年，余叔岩与杨小楼联手组建"中兴社"时，他们合作的剧目有《连营寨》《八大锤》《定军山·阳平关》等，皆属功力悉敌，珠联璧合之佳作。余叔岩与梅兰芳合演的《打渔杀家》《游龙戏凤》等，一时绝响，九城轰动。余、杨、梅之《摘缨会》被誉为"三贤"联唱，遍地开花，后世法程。"余"派剧目基本上同于"谭"派，其代表剧有《失·空·斩》《托兆碰碑》《琼林宴》《翠屏山》《打严嵩》《乌龙院》《二进宫》《天雷报》《打渔杀家》《乌盆记》《失印救火》《打侄上坟》《御碑亭》《四郎探母》《桑园寄子》《洪羊洞》《珠帘寨》《卖马当锏》《汾河湾》《武家坡》《连营寨》《阳平关》《击鼓骂曹》《捉放宿店》《上天台》《太平桥》《黄金台》《审头刺汤》《摘缨会》《战宛城》《长亭会》《定军山》《战樊城》《镇潭州》《宁武关》《南阳关》《盗宗卷》《问樵闹府·打棍出箱》《清官册》《战太平》《王佐断臂》《搜孤救孤》《状元谱》等。

由于余叔岩体弱多病的缘故,他自成一家后,活跃在舞台上的时间并不算长,只有从1918年到1928年十年的光景,但他的艺术成就和影响力却惊天动地,让人赞叹!他分别和杨小楼、梅兰芳、程砚秋、尚小云、荀慧生等,加工演出的大批优秀传统剧目把京剧推向了一个新的高峰。而他那唱念做打舞全面发展、开宗立派的老生艺术辉煌博大,脍炙人口。余叔岩先后受百代(1920年)、高亭(1924年)、长城(1932年)、国乐(1940年)等唱片公司邀请灌制了三十七面唱片,片中由杭子和、白登云司鼓,李佩卿、朱家夔、王瑞芝操琴。这些唱片包括除了〔反二黄〕之外的各种板式的唱段与之《断臂说书》和《一捧雪》中的念白,此类唱、念均为格调清雅、韵味醇厚,并可以用来研究余叔岩在四声、尖团、合辙、上口、用嗓、发声、运气、擞音、三级韵等方面的掌握和应用的参考资料。另外,唱片中杭、白二位的鼓技和李、朱、王三位的琴技也不同凡响,在几位鼓琴高手的伴奏下,使余叔岩的演唱效果在唱片中显得越加完美动听。诚然,基于余叔岩老生艺术的精辟超卓,众所公认他是谭鑫培之后又一位在老生群体内的首席,赞他为老生"余"派。但余叔岩从不自炫,非常谦虚,一贯自称学谭,直到晚年从未改口。在他的一生中,余叔岩的老生艺术是不断向前进境的,从他历次所灌制的唱片中可以清楚地反映出来。概括地说,百代唱片公司的唱片是余叔岩变声后刻苦钻研、力求达到"谭"派老生艺术最高水准时期的作品,他的努力使他获得了"谭"派最佳传人的社会公认。高亭唱片公司的唱片被公认为是余叔岩的巅峰之作,也是社会上诵言"余"派艺术的重要考证,证实了他从1918年重返舞台后对谭氏艺术再发展的伟大创举。长城唱片公司的唱片是1932年余叔岩因身体欠佳在府上休养期间的大作,其嗓音虽不如以前,但行腔的功夫老辣见道,已达到了炉火纯青的神圣境界。国乐唱片公司的唱片是1938年时,孟小冬、李少春拜师后,余叔岩晚年在家专心课徒时期的一些随心所欲、超乎流俗的逸品,其目的是特意给弟子们多留下一点可供他

（她）们效法、仿照、学习的资料。

从余叔岩重返舞台开始直到他的晚年，潜心钻研探讨"余"派艺术者足踵相接，络绎不绝，其中包括孟小冬、谭富英、杨宝森、祝荫亭、杨宝忠、吴铁庵、王少楼、李适可、陈少霖、李少春、陈大濩、赵贯一、范石人、张伯驹、邹功甫和许多名角及理论家。亲传弟子有孟小冬、谭富英、杨宝忠、吴彦衡、王少楼、李少春、陈少霖，票友中则以张伯驹实得亲授。其中所获得最多者，在演员中当属他的得意爱徒孟小冬，理论家中应以余叔岩的好友张伯驹为最。私淑"余"派艺术并亲眼观摩余叔岩演出最多又能在表演上运作自然者，以孟小冬、李适可（止庵）最为著名。特别应该大书而特书的应属誉为"冬皇"称谓的孟小冬，她对继承、发扬、光大和传授"余"派艺术，起到了极其重要的作用，孟小冬流海后，曾正式收赵培鑫、吴必璋、张文涓、钱培荣等人为徒，而且保存了许多"余"派老生的艺术资料。另外，孟小冬还为孙养侬著的《谈余叔岩》一书作了序，该书对了解余叔岩的家世、演出、传艺、师友、弟子、学戏、钻研、成才、剧目、合作、灌片经过等方面的情况大有帮助，并提供了一部研究"余"派艺术的参阅专著。

余叔岩1928年后虽不再作营业演出，但并没有中断他酷爱的京剧事业。息影舞台后，他一直在忙于京剧的理论研究，社会公益，课徒传艺工作。1931年余叔岩和梅兰芳等作为发起人，在北京（当年称北平）成立了"国剧学会"。他以他与张伯驹合著的《乱弹音韵辑要》，作为学会附设传习所的"音韵学"课程教材。并写出了京剧胡琴《老八板》的学术论文，发表在1932年的《国剧画报》第13期上。同年，余叔岩拖着他那虚弱的身体，带病在国剧学会中公开做了几个小时"关于京剧老生演唱法则"的学术演讲，其演讲的部分内容，分别发表在1932年第28期与第29期的《国剧画报》上，而且刊出了大篇幅的评论性文章，文内多方面概括地赞扬了余叔岩先生所主张的京剧老生演唱法则的重要。

至今，谭鑫培的后人为了传承、发扬、光大余叔岩的老生艺术，著名京剧表演艺术家谭元寿给他的孙子、谭氏第七代传人谭正岩取的名字则用了"正岩"二字，其含义是除了继承本门谭派以外，皆要很好地继承、传发正宗的"余"派与正调的"岩腔"。可见余叔岩对"谭"派所做出的重大贡献和分量，以及谭氏家族对"余"派、"岩腔"艺术的重视程度及尊崇的心怀！

金少山见到余叔岩后，非常客气地把余先生让进了里屋的沙发上，连忙亲自敬茶、让烟、上果品，而后两个人推心置腹地交谈了起来。通过这次的亲切谈话，使金少山对眼前这位艺高八斗、才满五车的余叔岩先生更加敬佩。

时间很快过去了三个多小时，徐德增起身对大伙儿说："少山刚刚回来几天，还要给配角拉戏走场，时间很紧，是否让他休息休息？我建议今儿个咱们就先聊到这里，以后大家伙儿在一起聊天、叙旧、交谈艺术的日子还长着呢……"。就这样，金少山、金松林兄弟两个和三位夫人一起把大伙儿送出了家门。回到房间后，徐德增突然笑着问金少山："三弟，当年咱哥俩在天津卫分手时，你还记得曾经对我说过什么话吗？"金少山沉思了片刻，摇摇头，佯装不解地反问道："想不起来了，我说过什么来着？"徐德增说："你想不起来了，二哥我可记着呢，当时我回北京'三乐社'科班教戏，你呢，却说：'二哥你先回去吧，三弟我在外面不混出个模样来，决不回京城！'一晃这么多年过去了，如今功成名就，模样辉煌！终于兑现了你发的誓言回来了，给咱们金（秀山）老先生争了光，露了脸！"话讲到这里，李春林抢着插腔道："不仅如此，还带回来了两房太太！"一句话，逗得哥儿几个都开怀大笑了起来。

笑过之后，金少山冲徐德增问道："二哥，三场戏的演员都约好了吗？特别是头天的打炮戏《连环套》。""没有问题，你就赇好吧！黄天霸邀的是"杨（小楼）派"武生周瑞安，个头、扮相、嗓子、功夫、气质都很棒，长靠短打全能来，翻得也好！刚才不是到家里来了，你和他还聊了一会儿呢，他是杨小楼以次的大武生，身上漂亮，功底过硬，除戏味儿之外，比杨（小楼）大爷还冲呢……"徐德增边说边从牛皮纸的公文袋中取出了写有首场戏演员名单的纸页，递给了金少山。只见上面写着：头天的戏码《连环套》，窦尔墩——金少山，黄天霸——周瑞安，彭朋——鲍吉祥，巴永泰——慈永胜，梁九公——霍仲三，施世纶——张春彦，关泰——许德义，何路通——范宝亭，计全——迟月庭，朱光祖——王福山，贺天龙——刘春利，贺天虎——陶玉树，贺天彪——杨春龙，贺天豹——余宏奎，大报子——慈瑞泉，酒保——郭春山。金少山一边看着名单，一边随声说道："好，好，阵容整齐，实力雄厚，个个都是好样的！二哥，乐队文武场面上的鼓佬、琴师请的是谁？"徐德增回答："庆奎兄的胞弟高联奎操琴，打鼓佬是杭子和先生的爱徒白登云，大锣和铙钹等武场面都是傍着尚小云的能手强将。另外，第二天的头、二本《草桥关》和末场双出《清风寨》《刺王僚》的配角也都约齐了，基本上全是名角配戏。"金少山听后,特别高兴地说:"安排的太好啦,还是我二哥(即徐德增)想得周全,办事利索!什么时候招呼大伙儿说戏拉场就全靠二哥了。"徐德增满怀信心的回答:"三弟,您就放心吧,拉场走戏的事儿我全包啦。"

处于谋深计妙、经验老到的金少山锦衣荣归后,他并没有急于登台演出,除了给傍戏的配角及鼓师说戏过场之外,整天就是领着两位夫人在北京城内东游西逛的拜见故交,或到商店购物,或在家里款待阔别多年的哥们儿朋友,总之,吃吃喝喝,赏花观草,品茶聊天。次日,一下子就给两位夫人购买了春夏秋冬四季不同花样的几十套各种服装。北京的各大报馆,不知是为了新闻抢手,还是为了报纸的畅销,记者们具纷纷追踪报道金少山早上到哪里遛弯儿、吊嗓;每天都会见的什么人物,他喜欢哪些宠物;金少山花钱出手如何阔气;上千元的东西想买便购,从不眨眼地拿回家去;闲着的时候都干些什么,晚上常去哪家清真馆子里喝酒吃饭;金少山在北京有多少知己,他在琉璃厂买了一把从清宫内流落出来的鼻烟壶价值连城;金少山平时都有哪些爱好等等的消息。"炮"还未打,他在京城内的活动细节,就被报馆宣传得沸沸扬扬,妇孺皆知,有些记者还巧用手笔故意写得内容离奇,悬念诱人,情节曲折,神乎其神!于是乎,京城的人们都攒足了劲头,急等着能够早日耳闻目睹金少山的舞台风采。

经验丰富的金少山故意"闷"着不演,自然有他的道理,属于心理学上的经道之术。有一位早年的昆曲名伶说过:"大角越'闷'越红,饿虎扑食威猛!"从调动人们的好奇心理和煽情的角度上来讲,此话可谓是艺人的艺商之道。这位久闻码头的江湖老手金少山,看来是深谙此经精通此道也!就连京剧界对金少山并不陌生的同业和一些早先就看过金少山演出的老资格名票们,此时也都想自己能先睹"铁罗汉"的艺术风采为快。因为金少山已阔别北京多年,其声望和境遇今非昔比,不同往日,再加之他在山东及江南一带的古怪新闻和颇具离奇动人心弦的故事传之京城,显然半信半疑的业界同仁都怀着疑虑的心态,想看看这位"大净王侯"金少山究竟出息到了何等程度?其艺术水平到底高到了什么地步?

半月后,"闷"着的金少山终于打破了沉默,他邀来万子和、徐德增、尚小云、萧长华、李春林说:"按我与贵方签约的所有合同日期执行,近期挂牌登台上演……"。

第十七题藏头诗

接风宴上与对手，
风度翩翩酒中游，
宴席之间显大智，
上宾来客赞净侯，
大家心内具惊叹，
智取立坐净魁首，
雄心傲骨埋脐内，
心比天大要出头。

十八、大净王侯　京城亮相

自贴出，1937年12月15日起，花脸大王金少山在"华乐戏院"首演的海报后。立刻惊动了古都北京的四九皇城，使等急了的人们喜出望外，奔走相告"十全大净"金少山登台演出的消息。许多人天不亮即从四面八方赶来买票，"华乐戏院"售票口处顿时排起了千人集聚的长龙，东北、河北、天津、上海、香港、山东、湖北、陕西等地的戏迷朋友闻讯，都纷纷打来电话或发来电报预订包厢。一天的工夫，三天的戏票被人们一抢而空，黑市票价竟达到了四块钱一张，当时北京的福星面（即四十五斤白面）每袋只有两元四角钱。

华乐戏院（后更名"大众剧场"）坐落在前门大街路东的鲜鱼口内小桥南路，这是一条较为狭窄的商业街道，"墨猴鞋帽店""天成鞋店""天兴居炒肝店"等几家颇具盛名的老字号门市，就位于此街。路西就是闻名遐迩的大栅栏，所以，平时逛街购物的人特别多。

到了12月15日那天晚上，华乐戏院的大门周围好一派少见的热闹景象，这是金少山返京以来第一天正式演出大轴全本《连环套》，开锣戏是李多奎、萧长华的《钓金龟》；第二出戏是陶默厂、贯大元的《打渔杀家》，傍晚时分，看戏的人们从四面八方涌向了鲜鱼口，整条街上车水马龙、熙熙攘攘，小轿车、黄包车、马棚车、洋车（自行车）横搁竖放，挤挤涌涌，一字两排，到处都是，后来的车辆只能缓慢而行。戏院门前更是挤得水泄不通，景象比唱"义务戏"和"窝头戏"时还要热闹。入场检票时，还特地请来了十几名警察在戏院门口协助维持秩序。后台也有专人把守，声明："工作时间概不会客与演出期间闲人止步"的大字。

当晚，在京的梨园名伶杨小楼、王瑶卿、余叔岩、尚和玉、于连泉、张伯驹（京剧余派老生名票、著名文物收藏家）杨宝森、程砚秋、尚小云、荀慧生、谭富英、李洪春、茹富兰、孙方堃、奚啸伯，以及金少山的师爷何桂山与花脸行的郝寿臣、侯喜瑞、翁偶虹（京剧花脸名票、著名剧作家）、董俊峰、刘连荣、马连昆、苏连汉、娄振奎、宋富亭、陈富瑞、金少臣、李永利、王泉奎、郭元汾，另外还有刚从"富连成"科班出科的高盛麟、裘盛戎等不下几十位同行、同业前来观摩捧场。"富连成"科班里的科生也在叶龙章社长的带领下来到了戏院，因为场内的观众太多，有不少的科生都爬上了楼顶隔着玻璃窗看戏，剧场的当家经理万子和见到后，特意嘱咐他们说："千万可要注意安全，别摔着了！"富连成"世"字科的袁世海、徐世光、裘世戎在后台找来了一条长板凳，放在紧靠着台口的台底下，坐着看不见，小哥儿仨索性站在凳子上，就像老师罚站似的扒着栏杆看了一晚上。

这天，尽管是金少山回京后的首场演出，又是和大伙儿分别多年后重聚舞台的第一次合作，但金少山赶场的习惯依然如故。开锣后不久，管事的先后打了五六次电话催请金少山速来后台扮戏，然而，直到《打渔杀家》快要演完了，却仍然不见金少山的身影。有人问李春林："李先生，都这个时候了，金老板咋还没到啊，台上要不要垫戏？"李春林虽然也很着急，可他毕竟是金少山的发小，了解他的毛病，和几个管事儿的商量后，坚定地说："大头一天的，决不能垫戏，头场是'行围射猎'上梁九公，赶紧告诉霍仲三，让他一定要'马后'。"说话间，只见众人前呼后拥，陪着这位一身傲气的金三爷走进了后台，这时李春林才放下了一颗悬着的心，连忙过去打招呼："三哥，您来了！""来了。"金少山回答，李春林用少带焦急的语气说道："台上的《打渔杀家》已演完了。""噢，好，我知道啦。"金少山一边答应着，一边把抱着的"小黑炭儿"交给了跟包人，放在了特意为它安排好的地方。金少山脱下外衣，洗手净面，戴上随从给他准备好的化妆衣和围巾，开始勾脸扮戏。这时候，大伙儿的目光全部集中在了金三爷的身上，想亲眼看看这位"大净王侯"开脸扮戏的台下风采。

金少山坐定之后，面对化妆镜，按照惯例，先打白底子，再用黑烟锅子（即黑色化妆粉）往眼窝上一抹，噌噌噌，只有几下，连鼻梁带鼻窝一通下来，跟着拿起勾白色的大笔，手没停，也没有打愣，欻欻欻，熟练而又准确地勾画出了脸谱的框架与轮廓。而后，金少山把手一抬，管彩匣子的跟包人马上接过了白笔，瞬间工夫，他又将金少山用过的红、黄、瓦灰、黑等各种彩色的大笔，一支一支地接了过来。最后金少山再拿白笔一摊色，前后不超过五六分钟，窦尔墩的脸谱图案全部完成，看上去不仅颜色艳丽，而且层次分明，神气饱满，后台所有在场的同业，见了无不为之叹服、称道，有人伸出了拇指，还有人小声说："三爷勾脸的手法，真是又快又漂亮！彩绘精细，润笔风雅，手头朗利，画得太帅了！"

脸谱画完，金少山抽身离座去脱围巾，洗过手后，换穿水衣搭上胖袄（又称"棉垫儿"），穿彩裤，登厚底，系好水领，然后转过头问道："台上到哪儿啦？""已经到了'大家望空一拜！'，起牌子了。"管事人讲话的语气虽然平和，心里确实着急，头场快要演完了，三爷这儿还没有勒头、穿箱呢！

二衣箱的华师傅，原本是给高庆奎扮戏的箱倌，个头不高，可手脚利索，箱技过人，他拿起箭衣，"啪"的一抖，类似表演，金少山伸手穿上，旁边专有扣扣者伺候三爷，他把绦子往后一系，大带一煞，真乃行家，不愧里手，看着带劲儿！跟着将大带转过来一掖，呵，齐活儿！下面是勒头打扎巾。这时候，台上已经开始缓锣鼓家伙儿，第二场贺天龙等人就要在锣鼓经中上场了，金少山不慌不忙地说："告诉他们，该怎么上就怎么上，不用'马后'，我来得及！"勒头的行家里手，请的是北京"三义永"剧装社的一位姓王的师傅，个头高，体格棒，人送（颂）绰号"大个王"，过去杨（小楼）老板演出时，凡是头上的活儿，非他莫属。这一次是由剧装社的大掌柜韩三爷介绍，徐德增推荐，出来再露一手，趁金少山此次演出之际，让大家开开眼界。金少山打的扎巾不同于现在的软扎巾，它共有三件：扎巾布、撑子和火燕儿。"大个王"打扎巾，速度极快，快得惊人，而且松紧合适，非同一般。接着给窦尔墩穿蟒、上玉带、戴大额子，等金少山的所有扮相全部扮齐，台上的戏正好到了"你我两厢伺候！"大伙儿这才松了一口气，并且连声称赞道："金老板扮戏干净威武，漂亮麻利，劲头爽脆，看着他穿箱真是过瘾！"金少山还没有出场，他的铁罗汉窦尔墩在后台就已经"红"了。

贺天龙等人下场后，乐队起［大发点］曲牌，龙套一对对的上场，台下的观众知道金老板快要出场了，全都闭住呼吸，目不转睛地注视着九龙口上场门的出将口（即上场门），等到全上完之后，音乐切住，此时戏园子里静得好像没人似的，就在金少山该出场的关键时刻，眼看就要起［四击头］锣鼓，准备上窦尔墩的时候，问题出现了，检场的一看，坏了！金三爷这"个头儿"出不去啊！他本人身高一米八三，穿上三寸的厚底靴，再加上头上戴的八寸高得盔头和翎子，出将口台帘儿的门头上沿儿处正齐顶着他的脑门儿，这下可把检场的给急坏了，赶紧叫人帮忙搭手，两边同时向上撩起台帘儿，此时窦尔墩恰好紧跟着［四击头］后的铙钹声出场亮相，整个乐队傍得是严丝合缝，紧凑之极，跟着就是一个可堂叫绝的碰头好。至九龙口后，窦尔墩抖袖、撕扎，两只虎眼左右一看，在转眼珠使气色的同时，脸上的肌肉一起颤动，通过眼神与面部的表情，送出了人称铁罗汉的草莽英雄、连环套寨主的人物形象，又赢得了观众的狂呼大好！等到了台口，金少山再抖袖撕扎，将身体向前一探，斜身亮子午相，他不用水袖挡脸，而是打破常规的直面观众，唱［点绛唇］："英雄胆壮，自立为王，占山冈，谁不尊仰，绿林俺为上。"。在金少山之前，就这出《连环套》中的"坐寨"，京剧界所有前后扮演窦尔墩的花脸演员，具是左手搭水袖挡脸唱［点绛唇］曲牌，因为调门太高，费劲再大，无法顶上，所以有的只是低八度哼唱，有的扮演者甚至不唱。而金少山却不然，他根据窦尔墩的傲慢个性与他那寨主的身份地位，充分发挥他自身钢嗓铁喉的优势，用极为宽厚洪亮的声音，盖住为他伴奏的两支唢呐一腔到底，给人一种震耳欲聋、锐不可当的气势。当唱到最后一句"绿林俺为上"的"绿林"二字之后，还特意让鼓师加上了一记大锣声，"仓"！切住静场，然后紧接着翻上高八度唱"俺为上"，其嗓门喉音如同龙吟虎啸，直冲云霄！台下的观众具情不自禁地站起身来，发狂般地喊起好来！

接下来，金少山的表演更怀特色，与众不同，创造独具，风采动人！他不掏翎子，没有望门等动作，而是直接抖袖、撕扎，就捋耳毛的同时，两眼朝左右望去，看着自己的山寨，很得意地稍稍一晃脑袋，点头，即轻声发出"嗯"的鼻音。显示出了他手握乾坤，口衔日月，风威遮天的重权高势。跟着，窦尔墩手抓水袖、急转过身，面冲着"分金厅"长身亮相，观众望着他那宽大而有威的背影和其一连串简洁、娴熟的漂亮工架，鸣掌的声音如同暴雨般地再次响起。待窦尔墩在"分金厅"落座后，念四句定场诗："铁面雄心胆包天，英雄四海美名传。只恨不遂心头怨，血海的冤仇记心肝。"金少山念得抑扬有致、石破天惊，场内是句句来好，声声见彩，接连不断。

慈瑞泉饰演的大报子匆匆来到分金厅上，叩见寨主。窦尔墩问："山下打探，可有什么好买卖？"报子回答道："替寨主打听一桩新闻来了。""什么新闻？讲！"

窦尔墩边问边撕扎，两眼直直地盯着大报子，听他讲些什么新鲜事。报子答："……不分昼夜奔京都。家家户户挂彩绸，口里口外垫黄土！""垫黄土做甚？"窦尔墩问。报子答："今有太尉梁千岁，替主口外行围射猎，圣上恩赐御马，名为日月追风千里驹！"窦尔墩打着"哼哼"紧跟话尾："噢，噢噢……""……一路之上好不威严人也！"报子念白。这时，乐队吹奏［急三枪］曲牌，窦尔墩在［急三枪］曲牌声中连续撕扎，转眼珠、用气色、颤动面部肌肉活腮，这时大报子走了一个轻飘的小蹦子，用了一个既脆又飐的漂亮转身单腿跪下。窦尔墩说道："赏尔银牌一面，下面歇息去吧。""谢寨主！"报子回谢寨主后，下场入相。乐队跟着起［冲头］锣鼓，窦尔墩起身走到台口，爆发出埋藏在心底多年的狂笑声，"哈哈"，金少山两手一斗拳，"嘿嘿"，这一"哈"一"嘿"的内在功力，老辣精到，底气了得，行家赞叹！满堂喝彩。随后，窦尔墩再左右一看两厢的众弟兄，发自内心的爆笑："啊，哈哈哈哈……"原来，窦尔墩当年在李家店比武时，黄三太暗发甩头弋子，伤及窦的左膀，因此结下冤仇。这次，他准备下山盗回御马，黄三太的性命必然难保。自语道："某家的冤仇得报了！"贺天龙等人不解其意，相互示意后，问道："寨主何出此言？""众位贤弟若问，请坐下讲！"窦尔墩答。落座后，窦尔墩讲述了与黄三太比武之事后说："适才喽啰报道，今有太尉梁千岁替主口外行围射猎，圣上恩赐御马，名为'日月追风千里驹'，（打击乐：匡台匡）待俺施展本领下得山去，将御马盗回山来，圣上失去御马，必然命那黄三太老儿去寻找，他寻不着御马，传旨定要将他满门问斩，某家的冤仇岂不得报矣！"这段念白，金少山念得字字清晰，语调激昂，韵味儿浓烈，朗朗上口，声声见恨，膀背见力。其喉震之猛、龙虎之威、佛敬道尊，神惊鬼怕！

紧接着贺氏弟兄齐说："……我等设下酒宴，与寨主饯行。"（打击乐：巴仓！），窦尔墩一搭水袖，语气平和地说："有劳了！"金少山这里不用高音念"有劳了！"而是走低音吐出。接下来的演唱也大见其自己的特点和他独具的艺术风格，别的花脸演员都是背对观众唱［倒板］，唱完之后再转过身来。而金少山这里却是面向观众，右手抓水袖，（打击乐：仓！）左手撕扎（打击乐：顷仓！胡琴起［西皮倒板］），这段唱腔的弦弯儿，金少山要求琴师只拉半个过门儿，便开始演唱"将酒宴摆至在分金厅上"，不但节奏明快，剧情合理，而且受到了极好的剧场效果。这段唱腔的最后一部分，［原板］转［流水］，唱词是"大丈夫仇不报枉在世上,岂不被天下人耻笑一场。因此上弃河间天下游荡,来至在这连环套自主为王。饮罢了杯中酒换衣前往,——",金少山唱了净行很少用的两个嘎调:"岂不被"的"岂"字、"杯中酒"的"杯"字,演唱得是气足神旺,雷电交鸣,他那气大声洪、壁波荡洋的敦实喉音,赢得了台下风云四起的狂呼大叫。台上的演职员工耳目一新,为之一振。唱完"杯中酒"之后的锣鼓经及工架套路的表演,和其规范工整的身段、做派更见一绝,一般的打击乐此时具用"巴答空匡",而金少山却用"答答",鼓二击后接唱"换衣",同时右手翻水袖,再唱"前往",(打击乐:巴!)水袖翻回来,抓水袖、踢蟒,脸朝外面对观众亮相(打击乐:仓!然后接[九锤半]),窦尔墩下场脱蟒。等到锣鼓经长调门,改击[快长锤]时,窦尔墩身穿箭衣、腰系大带,出场亮相,金少山的亮相工架刚一扎稳,好家伙!台下突然掀起了狂呼猛叫的轩然大波,就好像是山崩地裂一样地喝起彩来!窦尔墩到台口站定,吩咐:"浓墨伺候!",一转身,观众又给了金少山一个山塌似的满堂肥彩!下面,窦尔墩提笔书信之后,接唱[散板]:"这封书就是他要命阎王!众贤弟且免送在山冈瞭望,闯龙潭入虎穴奔走一场。"当唱到第二句"……在山冈瞭望后,打击乐起[长锤],窦尔墩步出分金厅。"金少山抬手投足、一招一式,每一个身段具配锣鼓,见一组工架均有击乐。走到下场门,(打击乐:答仓,接[凤点头]),转身朝外一亮,金少山后身扇子面、细腰扎背、边式、漂亮,跟着垫步走一个"跺泥"(戏曲舞蹈名词),"金鸡独立"(戏曲舞蹈名词)亮相,工架帅气,做派洒脱。最后一句"……奔走一场。"唱完,金少山一蹲身,再一甩头,只见二尺六寸长的红扎髯口,欻!向上甩出一个"月亮门",整个红扎正好搭在右肩,窦尔墩双手一拱,说声:"请!"右手扔红扎,稳走圆场台步,在观众的热烈掌声中英姿飒爽地冲下场去(入相)。

在《盗马》一折的几场戏里,金少山的表演更见他的独到之处。头场"下山",为了表现窦尔墩晚间徒步下山、夜深路重的情景,金少山特别注重黑夜行走时的眼神和动作上的配合,出场亮相,前行几步之后的撕扎、向前看,跟着反云手,朝上场的台口处伸出手掌。这时候,乐队敲打配出的更声"梆梆、匡匡",强调了此时已是深夜二更时分。二场"探营",是描写窦尔墩来到御营、寻找御马圈的一场戏。金少山在这场戏里的表演具有"两绝"值得一提:一是上场"走边"时一个鲜为人知的分大带的舞蹈动作;二是最后下场前的一套身段组合,因其难度较大,技术性强，又颇为吃功，很少有人将其金氏"两绝"继承下来，实在可惜，目前已基本失传，金少山右手提大带，左手执箭衣巾上场（打击乐：嘟……巴答仓）"金鸡独立"亮相，双眼左右一看，（打击乐：仓！七！）扔大带、箭衣巾，双手后背，转身往回望，跟着一个小云手，右手推红扎髯口，左手掠住，右手再抄大带，注意，绝活来了：这时，他把中指塞在两层大带中间，反转身，把髯口扔在右肩上，顺势双手将两片大带分开，向前一个垫步、趋步，双转双大带穗子，达至台口亮相。接下来，窦尔墩唱四句[二黄散板]："来至在御营中用目观望，我找不着那御马圈今在何方？耳边厢又听得梆声儿响亮，（白：此乃是天助某成功也！）要成功跟随他暗地里埋藏。"金少山唱完第一句"……用目观望"，朝前看，（打击乐：扎扎扎！）吸气，（白）："啊？"（打击乐起[凤点头]）接唱："我找不着那御马圈（打击乐：仓！）今在何方？""梆梆梆……"打更声后，一般的演法都是踢腿、趋步、抖动盔头上的绒球和珠子（打击乐：嘟……）显露出窦尔墩惊骇、紧张的表情。而金少山却认为这一动作的运用不太符合情理及窦尔墩的人物性格，窦尔墩久闯江湖，身在绿林，既是英雄好汉，又是连环套山寨爵显位高的大寨主，胆略过人，武艺高强，有万夫不当之勇，不可能如此胆小惜命，否则，他就不敢一个人独自下山，到戒备森严的御营来盗御马了。所以，金少山此时的表演，只是双手把髯口往下一捋、再撕扎（起打击乐：嘟……），仔细辨别更夫来的方向，接唱："耳边厢又听得梆声儿响亮"，然后迅速隐蔽起来。二更夫下场之后，窦尔墩跟着上场，原来本不知道御马圈在哪里的窦尔墩，见三更时分恰好来了引路人，心情自然异常兴奋，脱口念出了一句："此乃是天助某成功也！"这时，金少山在打击乐[凤点头]声中，拉山膀、推髯口、右手掏大带、骑马蹲裆式亮相后，接唱最后一句："要成功跟随他暗地里埋藏！"随后，打击乐起[四击头]锣鼓，注意，这里金少山又见绝活儿，他走了一套颇具功力的舞蹈动作：反云手、跨腿、踢腿、右手掌出去把红扎髯口带过来、用右手扣住扎，而后右腿往左肩上面踢大带，左手用掌将大带打回、右手往左边扔髯口，此时，跟着起云手、跨腿、转身、垫步、向下场门伸掌亮相。金少山这一整套工架动作连贯迅猛，很是吃功，被在台下看戏的武生泰斗杨小楼称之为"当世净雄，花脸绝功；台风大气，盖世无双！"

在"盗马"和"赞马回山"的两场戏里，金少山照有其可见一斑的表演，笔者举例说明：譬如，盗马时有一句唱腔，过去的唱词都是"施展本领入营房"，窦尔墩这时已经到了营房中的御马圈了,怎么能还唱"入营房"呢?于是,金少山便将其改唱为了"我趁此时盗御马急出营房";盗出了御马杀死了更夫之后唱的"自有那黄三太与你们抵偿"的"黄三太"三字,金少山唱出的分量和咬字的喷口极重,依此来表明窦尔墩下山盗马,其目的就是为了加害黄三太而来。这一合理性的改动与行腔,博得了场内名家们的狂彩赞誉!

窦尔墩见黄天霸一场的"拜山",金少山与周瑞安同台,二人虽是初次合作,而金少山对扮演黄天霸的大武生周瑞安并不陌生。周瑞安比金少山年长两岁,在北京声望颇高,若从其武生的权威性而论,是仅次于杨小楼的一流大角,若从其周瑞安的实力来说,平心而论,他的艺术水平可以跟杨(小楼)老板抗衡。周瑞安1887年出生在北京,他父亲周春奎是清末时期的河北梆子著名老生艺人,祖籍湖北省武昌县。周瑞安自幼随父练功、学戏,后又入"义顺和"科班工练武生,打下了扎实的武功功底,尤其是他的腿功好得出奇,被行家里手誉之为"周腿一绝!"青年时期迷上了"杨(小楼)派"戏,开始钻研杨小楼先生的武生艺术,颇得"杨派"精髓。在与金少山合作之前,曾与高庆奎、徐碧云、雪艳琴等合作演出,1923年出任高庆奎的"庆兴社"头牌武生,其表演风格颇具杨派的浓烈神韵及难辨真假的人物风范。除北京外,常演于上海、天津、武汉、南京、山东、河南、江苏等地。代表剧目有《艳阳楼》《冀州城》《长坂坡》《英雄义》《八大锤》《连环套》《落马湖》《潞安州》《恶虎村》《金钱豹》《白水滩》《挑滑车》《铁笼山》《状元印》《安天会》《八蜡庙》《飞叉阵》《平陆浑》《两将军》等。

周瑞安身材魁梧、功底瓷实、身段规范、英气逼人,跟斗极僄,短打、长靠样样拿手,无一不精,是当年武生中少见的人才。溥仪(清末最后一个皇帝)的七叔、京都名票载涛的武生戏,最初就是由周瑞安亲授。李万春、陆德忠的《安天会》也是由周瑞安所教。这次他应邀出演黄天霸,在"唱""念""做""舞"的表演方面非常出色,与金少山配合得相当默契。就最后"盗钩""山下比武"时,王福山、范宝亭、迟月庭等人在台上且是各显身手,表演精到,通力合作,具见风采,大家都为金少山回京的首场打炮,增砖添瓦,鼎力相助,使这次的露脸演出四面开花,圆满收官!

这天,华乐戏院的场内,楼上楼下座无空席,就连戏园子两旁的走道廊子和迎台的墙根儿站票区,也拥挤得严严实实,水泄不通,一些没有买上戏票,靠人情、面子进场的政界官员、金融阔佬、帮会老大、商界富翁、清廷后裔等的头面人物，也只好不顾脸面地放下架子，站在墙角处或垫一张报纸，坐在走道廊子上观看演出。

1995年10月，八十一岁高龄的著名杰出京剧表演艺术家袁世海老先生，给笔者讲述了一断他亲眼目睹金少山当年在北京"华乐戏院"演出的故事。袁（世海）老兴奋地说："在我还没有从'富连成'出科的1937年12月15日那天晚上，跟随当时担任'富连成'科班社长的叶龙章先生，怀着向前辈学习的心情，有幸观看了'十全大净'金（少山）老板在北京华乐戏院首场演出的打炮戏《连环套》，金老板饰剧中的主演窦尔墩，这出戏的演出盛况，使我和在场的同业、同科眼界大开。当时演戏还兴挑台帘儿出场（有些新盖的现代化剧场已不挑台帘儿，但大多的老戏园子仍挑台帘儿），待金老板扮演的窦尔墩在台帘儿处出现时，好家伙！给人的感觉真是'满台满馅儿'坐地鼎天的威武。眉下面一对虎虎有神的大眼和他那一尊铁塔般高大魁伟的个头，连同窦尔墩所穿戴的'额子''盔头''厚底''翎子'，看上去足有一丈二尺高左右，竟把整个台帘儿处撩起后的空间给堵塞的严严实实、风雨不漏。

当窦尔墩出场时，他刚现身一半，其虎视眈眈、八面威风的铁罗汉英雄气概，充分彰显出了'净'威一指乾坤飘荡！使台下的人们起身呼贺、口哨齐鸣，待铁罗汉的亮相扎稳后，立刻引得全场观众掌声炸窝，声誉满堂！等金老板一张嘴，我才知道，他'声震屋瓦'的传闻，确属实情。一般，花脸演员统常在唱窦尔墩出场的曲牌[点绛唇]时，由于伴奏的唢呐音量大，调门高，在高腔处均采用低八度的唱法应付该腔，或者是不把戏词唱全，以免费劲太大露出声嘶力竭的现象。但金少山老板却其不然，他从[点绛唇]曲牌儿的第一句唱腔起，就以非常轻松洪大而又高亢有力的宽厚嗓音，压住响亮的两支唢呐，一口气联嘴全部唱完。给我的感觉真是钢嗓铁喉，风雷同起，颇具古刹撞钟之瓮声也！他那旷纵豪迈、磅礴浑然之韵律，钢浇铁灌，只震得整个剧场四壁回声嗡嗡作响。待金老板唱完最后一句'绿林俺为上'后，那句句满腔满调，字字硬声透气和其虎势龙威的精湛表演，使我和'富'社的科生们看得痴愣发呆，敬佩之极。虽然，场内久闻金少山先生扮相出众、嗓音过人、表演精到的人们，有一定的思想准备，不料眼前的现实却远胜过事先的想象。在被台上绰号'铁罗汉'窦尔墩的扮演者金少山，震住的刹那间，观众突然清醒，戏院顿时火爆，全场立刻又卷起了惊喜过望的狂潮。

待演到窦尔墩盗得御马扬扬得意纵骑回山，乐队武场紧锣密鼓，跟风而行。就在锣鼓家伙儿敲打得疾如天降暴雨之时，有一位在台下默默看戏，而且同样以此剧闻名于世的花脸演员郝寿臣先生，心中虽有万千感慨，然而终究不愧是真正的京剧名家，惺惺相惜，暗自佩服，不由自主地赞道：'真乃大家风范，无与伦比！这才是窦尔墩铁罗汉呢！无论是风威，还是气度，具在吾之上，某自愧不如！'，后来，因怕观众认出他来，戏没演完便悄悄离开了园子，匆忙赶回到家中打开收音机，又认认真真地听起了实况转播。"

郝寿臣，名瑞，字寿臣，乳名万通。祖籍山西省洪桐县，明朝时期该家乡因闹瘟疫，郝家祖辈逃难至河北香河五百户落户，其父郝国福，原务农为本，后因连年灾荒，庄稼收成不好，难以维持生计，遂进城学了木工手艺。妻室王氏生有三子，长子郝亨，即花脸伶人郝寿山，次子郝瑞，即是作者笔下的郝寿臣，三子郝铭，未入梨园。郝寿臣1886年（清朝光绪十二年）农历丙戌年四月初七出生在北京崇文门内东墙根儿一陋室内，六岁曾读私塾，后因家贫而辍学，七岁时典押给了影戏艺人王德正，父母亲原本只想"典"三年，可王德正坚持七年，其父无奈，只得咬紧牙关签字画押立了手续。就这样，小小年纪的郝寿臣，从此踏上了艰苦的从艺之路。

由于王德正请不起尚好的名师教戏，便雇了一位名叫吕福善的花脸艺人为小万通开蒙。除练基本功外，头一出戏学的是铜锤大面的基础戏《锁五龙》，随后又学会了《捉放曹》《二进宫》等，不到一年便登台演出。首演是在北京的东单迤北"燕喜堂饭庄"唱堂会，戏码为全本《锁五龙》，从单雄信登台点将起，得扎靠趱蟒、翎子狐尾、穿厚底登高，自此有了"小奎禄"的艺名。后来，又陆续与唱老生的师姐王菊子合演了《天水关》《捉放曹》《断密涧》《二进宫》《铡美案》等诸多剧目。王德正为了拓展小奎禄的演技，经常带着他进园子下后台观看前辈们是如何扮戏、怎样表演，使郝寿臣能开阔眼界，提高见识，偷学名角们的私房特技，模仿效法金秀山、黄润甫的声腔、工架等。这些向前辈名家偷学明教的窨戏方法，对郝寿臣后来的成名崛起，起到了大的作用。

1900年，是"小奎禄"满师之年，此时恰逢郝瑞的嗓子倒仓，不能唱戏。回家不久的一天，在街头被八国联军抓去做了苦力两月，后又至德国使馆当了杂役。五年期间，聪明能干的郝寿臣学会了德语和俄语。然而，自幼从艺出身的郝寿臣一心渴望能早日重返舞台，从他微薄的收入中积攒下钱，购买彩裤、靴子、髯口等物，练功、温戏、喊嗓子。待离开德国使馆兵营后，原想在帝都唱戏谋生，但他既非梨园世家，又非科班出身，更无名师引路、举荐，想搭上戏班异常困难。无奈之下三闯关东：二十岁时，只身一人到烟台、营口、大连等地，却空手而归。因无钱养家，只得二次出关，初到辽宁、公主岭，但仍不如意，后在哈尔滨终于搭上了戏班，此间还得到了老艺人阎宝恒、朱子九的指点，艺术上大有长进，后来，因剧场失火再至营口时，又得到了古道热肠的唐永常先生的赏识和帮助，此行就表演上虽然学到了不少技艺，但仍是两手空空、囊中羞涩地回到了北京。后因生活所迫，只好再次三闯关东，这次离京是和兄长郝寿山以及马德成、路三宝一同赴安东搭班，中间还曾到过朝鲜的仁川演出，但都不理想，只得返回京城，时年二十三岁。

郝寿臣三闯关东饱经风霜，长了许多见识，牢记唐永常先生劝他兼学架子花脸的谆谆教诲，刻苦练功，喊腔吊嗓，习文攻武。就这一时期，有心的郝寿臣不仅抽空阅读古典小说，提高文化素质，还天不隔日的吊腿、耗腰、正工架，并向叶福海学会了《醉打山门》《芦花荡》等的昆曲剧目。到1914年正式改演架子花脸铜锤唱的艺术风格，并得到了刘鸿升、谭鑫培的提携，使其崭露头角，确立了自己的艺术地位。待郝寿臣搭田际云的"玉成班"时，已唱上了二路花脸，田际云见郝寿臣不论演任何角色，都认真卖力，颇受欢迎，慧眼识人的田际云老板关照经励科给郝寿臣涨上了戏份钱。他曾先后应邀参加过马连良的"春福社"、朱琴心的"和胜社"、言菊朋的"民兴社"、程砚秋的"秋声社"、梅兰芳的"承华社"、杨小楼的"永胜社"等戏班。并在杨（小楼）大爷的戏班内名冠"花面泰斗"，与国剧宗师杨小楼并驾齐驱！杨、郝合作的第一出戏是杨（小楼）老板饰王陵、郝寿臣扮项羽的《陵母伏剑》，第二出戏是杨（小楼）大爷来黄天霸、郝寿臣去窦尔墩的《连环套》，他们合作的最后一出戏是《战宛城》，杨扮张绣，郝饰曹操，时为1937年。郝寿臣与高庆奎首次合作演出的戏是《捉放曹》，最后一次合作的戏是《赠绨袍》，时为1933年。他与马连良合作演出时，二人创排了不少新戏，尤以《青梅煮酒论英雄》堪称"珠联璧合"。郝、马合作的最后一出戏为1938年演出的《串龙珠》（又名《反徐州》），马连良来徐达，郝寿臣去完颜龙。这一年，北京梨园公益会还在新新大戏院举办了一场"花脸大会"，大轴是金少山的《御果园》，郝寿臣的压轴戏《黄一刀》，侯喜瑞倒数第三的《取洛阳》，净坛三杰会聚一堂，盛况空前，净威显耀。

前面讲过，郝寿臣从幼年学戏开始，他就把著名的净行演员当作自己的老师。为了多方继承、学习技艺，曾有一度他不惜充当龙套、穿把子跑场，这种戏班里的底层差事，虽然只能挣到勉强维持生活的戏份钱，但他为的是能够获取学戏、偷戏、揣摩戏的机会，郝寿臣最拿手的《李七长亭》，就是在上龙套期间耗费了多年的心血后，才以良好的舞台效果得到了演出，博得了首肯。他获彭福龄先生赏识，教授了他一出《审李七》，后又得李春福先生所赠剧本《李七长亭》，再加上连学带看了黄润甫先生多次演出的这出戏后，才终于将《李七长亭》成功的搬上了舞台。由于郝寿臣将李七这个人物表演得活灵活现，栩栩如生，赢得了"活李七"的美称。

郝寿臣虽然工架子花脸，但他却能以铜锤的唱念结合于架子花脸的表演来丰富其副净的行腔风韵，还能更多地运用声腔恰到地来表现各种不同花脸角色的人物个性。他的唱受"金（秀山）派"影响很深，出自膛音，结合口腔，特别是通过鼻腔、口鼻共鸣，其嗓子的洪亮度虽然不能跟大气洪声的金少山相比，但他的发音方法可以论之为全"金派"也。除了金派之外，刘永春、裘桂仙、刘鸿升的唱腔凡是好的，一撮而进全都吸收。郝寿臣的行腔吐字全用圆音，猛重适宜，不走沙音。所以他的唱雄厚浑圆，刚柔相济，与见棱见角的"黄（润甫）派"截然不同。故而，郝寿臣的唱念是一个统一的艺术风格。他的发音擅用口、鼻共鸣的方法，加以"擞音""欹音"润色行腔，"厚""重""沉"是郝寿臣的整体风貌，从他的演唱中或道白中，虽然听着有些闷哑，但咬金嚼铁字字到位，每一句唱念具有其沉甸甸的分量。把鼻腔音变为口、鼻共鸣，灵活运用，洋溢一种深厚的韵味，乃是"郝派"的特有独到。

郝寿臣在做工上造型漂亮，身手规范，眼神准确，动作美观，他一生塑造的舞台形象个个都栩栩如生，令人回味，给观众留下了深刻的印象。郝寿臣一生扮演了一百六十多个大小角色，上演了百十出剧目，他常演出的戏有《打龙棚》《红逼宫》《飞虎梦》《桃花村》《荆轲传》《打曹豹》《连环套》《瓦口关》《青梅煮酒论英雄》《李七长亭》《专诸别母》《逍遥津》《牛皋招亲》《野猪林》《下河东》《赛太岁》《醉打山门》《芦花荡》《赠绨袍》《法门寺》《伐齐东》《牛皋下书》《夜审潘洪》《上天台》《鸿门宴》《洪羊洞》《黄金台》《骂曹》《真假李逵》《白良关》《取洛阳》《闹江川》《化外奇缘》《黄一刀》《阳平关》《火牛阵》《战宛城》《应天球》

《浣花溪》等。

郝寿臣二十八岁时，转搭著名花旦田际云的"玉成班"、刘鸿升的"鸿庆班"，并有机会与业师李连仲和梅兰芳、高庆奎、王惠芳同台，并常年在北京前门一带演出。一次，谭鑫培唱《问樵闹府》，饰葛登云的花脸郎德山有事请假，让郝寿臣填坑代演。住戏后，谭鑫培当着众人的面评价说："寿臣的戏比郎德山强啊！"，老前辈的赞许即是一张了得的金字招牌！自此，年轻的郝寿臣名声大振，经常应邀与诸多的名流大家同台演出，相亮龙城。

二十世纪三十年代，在京剧艺坛出现了以金少山为首的花脸三大流派，即金少山、郝寿臣、侯喜瑞鼎足峙立。并称"净行三杰"，又有"南金北郝老侯爷"及"黑金白郝"的称誉！若遇到花脸大会时，具是金大轴、郝压轴、侯倒三的排列来展示风威。

郝寿臣尤精曹操戏有十七出之多，而且曹操的人物性格，经他演来各具特色，决不雷同，故与侯喜瑞同有"活孟德"之美。1944年他与张春彦、马富禄等人拍摄了京剧艺术片电影《李七长亭》。由开明、长城、胜利、高亭、百代、蓓开等唱片公司灌制了《夜审潘洪》《牛皋下书》《伐齐东》《连环套》《荆轲传》《白良关》《忠孝全》《洪羊洞》《上天台》《阳平关》《鸿门宴》《桃花村》《野猪林》等二十多出戏的选段。

1940年底于北京"西来顺饭庄"收袁世海为徒，其他弟子还有樊效臣、王永昌、周和桐、王玉让、李幼春、唐景一等。好啦，有关郝寿臣的事迹就暂时介绍到这里。下面再论金少山：

稍等片刻，袁老（世海）到卫生间带上假牙拐回客厅，呷了口茶，而后又激动地接着对我说："那天金老板也确实铆足了劲头，'坐寨'一场戏的大段唱腔'将酒宴摆至在分金厅上'的［西皮倒板］及［原板转流水］，唱的童声铜韵、势如竹破，空前绝后、痛快过瘾！整段唱腔与表演，犹如长江黄河之水，滚滚浪涛一泻千里，胸鼻共鸣一翁而出，高低起伏层次鲜明，搅惹得全场观众叹为观止、兴奋若狂，无不为其鸣掌叫绝，像开了锅似的嚷道：'这个金大个子的嗓子怎么这么冲啊？怎么唱怎么有，真乃是虎声龙气之喉也！'。要知道，《连环套》这出戏，是文武并重的净行重头剧目。主人公窦尔墩是一位占山为王的绿林好汉，剧中的'唱''念''做''舞'具吃功夫。扮演者不仅要具备全面的表演功力，还要有一条过硬的嗓门和其优美大气的身段工架，才可达到炉火纯青、尽善尽美的境界。我认为花脸巨头金少山先生便是此人。"

演出结束后，台下观众的掌声，叫好声持续了十分钟左右，其热情还一直不减！那时候还不兴谢幕，剧院的经理万子和一见这阵势，赶紧跑步来到后台找金少山商量："金老板，观众不走您看怎么办哪？要不然您上台讲几句吧。"金少山爽快地回答："好！"他把头盔和网子捺了，只穿一件平金的、上面绣着一千二百个"寿"字的褶子走上舞台，面对着拥到台前的观众说："各位女士、先生们，我金少山多谢大家的抬举和捧场！少山不才，今晚能在'华乐戏院'与诸位见面，心里特别高兴，我又回到了自己的老家北京，能见到家乡的父老乡亲对我这么热情，金某深表感谢！明后两天还有两场演出，可能还会再加演，而且以后我还要多演出我的拿手戏，诚望大家捧场光临，谢谢诸位了！"谢字刚落，台下立刻又响起了一阵连呼带叫的热烈掌声。

第二天，京城的各家报刊纷纷刊登出了金少山头天演出的盛况，有一家报上的标题是《南北第一铁罗汉，乌龙下界金少山》。这天晚上，是金少山与李多奎的《遇皇后·打龙袍》，二人挟上海演出之余威，驾轻就熟，又唱了个天翻地覆。两场演完，轰动九城。时有报人丁秉鐩者，天津卫《大公报》副刊上撰文《金少山演出盛况》，有两行副题极为醒目："遇皇后打龙袍黄钟大吕，盗御马连环套痛快淋漓。"天津卫反响强烈，戏迷们翘首相盼金少山早日赴"津"献艺。

两天下来，盛局已定，捷报频传，万子和乐得合不拢嘴。当时，京城里的戏园子大都采取分账式结算款项，即前台（剧院）与后台（戏班）按比例分成。一般标准是二八、三七、四六不等。戏票卖得多，前、后台自然都分账多，万子和怎么能不高兴呢？继而就又给金少山商量同意后，贴出了再加一场的海报。

相隔一天的12月17日晚上，金少山第三场主演、头二本《草桥关》又要和观众见面了。以前他只演头本，属开锣戏，姚期奉旨从草桥关回朝伴驾为止，而这次金少山却将头、二本连起来唱，铜锤花脸戏压大轴，一直演到姚期之子姚刚打死郭太师，姚期绑子上殿请罪，刘秀怒将姚期满门问斩。马武因牛邈攻打草桥，回朝搬兵，闻讯闯宫保奏，迫使刘秀赦下姚期父子，让其戴罪出征结束。金少山不但在原有剧本的基础上，做了详细的加工整理，使情节更加完美，而且在唱腔、表演方面具有创新，使重臣姚期的人物形象大见魅力。

金少山的头、二本《草桥关》自马、杜、岑调姚起，至《上天台》止。金少山此剧宗先父家传，脸谱大气，神态肃穆，讲究声韵，并注重人物的内心刻画。他演的姚期，见到刘秀下跪时并不浑身颤抖。金少山认为：姚期虽老，身份所在，何况他又是挥军百万、镇守边关、领兵打仗、身经百战的统帅，姚期只是在回府的一场戏里，听到儿子姚刚打死了太师，才在又惊又急又生气的心情下，下马后颤巍巍地哆嗦着走三步进府。

为了在故乡北京充分显示他全面的艺术功力，金少山最后一天演出的戏码是双出《清风寨》和《刺王僚》，前架子，后铜锤。京剧《清风寨》是一出注重表演的架子花脸传统戏，描写的是宋朝时期，梁山好汉李逵、燕青为民除害的一段故事。清风寨的盗首刘通见张志善的女儿生得貌美，便强纳聘礼，定期迎娶。适时，李逵、燕青借宿在张家，二人为打抱不平，性情暴躁的黑旋风李逵自告奋勇乔装新娘，燕青则扮成新娘的弟弟，就在刘通娶亲那天，燕青与李逵二人一同混进清风寨。洞房花烛之时，李逵痛打刘通，并与燕青合力将刘通等人杀死，而后火焚了山寨。

金少山扮演的李逵，无论从表演到扮相具非同一般，大见特色。京剧名伶郝寿臣、侯喜瑞等都演这出戏，李逵的服装大多穿绣有蝴蝶或燕子图案的花褶子，青戎大领镶蓝边，青缎子的彩裤和夸衣、系蓝绦子、蓝大带，脚下穿青缎薄底。而金少山却另有彩头，头上戴的鬃帽因为上面较小，他就将鬃帽向右歪戴着，茨菇叶反向左斜，为了给这出戏添彩，金少山还特意为李逵定做了一朵黄色的小粉花儿戴在头上，花蕊处还落了一只蜜蜂，看上去别有一番突出人物性格的俏味儿。

头场上场前，李逵在门帘后念一句："趱行呀！"接着，在打击乐［快长锤］声中，如同一阵旋风似地急速出场，大武生周瑞安扮演的燕青紧随其后，二人用飞快地"圆场"步法直奔台口亮相，表现出了燕青英俊机敏与李逵豪爽、鲁莽的人物个性。后面的"洞房"一场，金少山反串扮新娘，无论是新娘子手上所摆动的水袖，还是脚下走的花梆子小碎台步和花旦行路时的身段动作，金少山都学得惟妙惟肖、幽默风趣、甘香回味。尤其是他学女人的小嗓（假声，又称二本腔）念白更是一绝，金少山的大本嗓子得天独厚，他的小嗓也非同一般，其二本腔音清脆甜亮，优美动听，特别是他念出了含带青春少女那常见的娇柔、妩媚的气质和神韵，让人称快，动人心弦。到了这出戏的末尾，金少山扮演的李逵与杨春龙扮演的刘通有一段摸黑开打的情节，二人配合得异常精彩。刘通问道："你乃何人？""我呀，我是你李二祖宗！"李逵回答之后，与刘通碰面交手打了起来，先是"两过合"（戏曲舞台上的一种调度手法，表示交战双方举拳或持械向对方冲击，你来我往，左右互移其位，往来一次，称"一过合"，两次则为"两过合"），然后，"一二三，搭叉"，再一盖、两盖，金少山连盖手，带上腿，第二盖"盖团儿"时，用脚尖朝着刘通的胸部一点，跟着垫步、拧腰、起飞脚，落地后转身亮相。此时，李逵再用他装出来的小嗓风趣地说："你给我睡觉！""我呀，不睡喽！"刘通接答。然后，李逵接刘通一脚，冲上场门出掌、踹掌、反蹦子、背手、一滑步，转身、推髯口，一个"鹞子翻身"（戏曲舞蹈名词）后，踢大带亮相。最后，刘通开门，李逵拍他的后背，并随他跳出门槛，再一盖、两盖，李逵踢刘通"抢背"（戏曲毯子功技巧），接跨腿、云手，往左转身，左腿朝右肩上踢大带亮相。这时，刘通仓皇逃走。李逵右手抓住大带，向下一挣，涮大带穗子说道："哪里跑啊！"之后，跟着追下（入相）。

《清风寨》这出戏又是架子花脸的小喜剧，前面笔者已经讲过，该剧借用了梁山好汉李逵、燕青除暴安良的故事情节创作而成，在金少山没有回京之前，京剧名家侯喜瑞先生的此戏最好，特受欢迎。为了给这次金少山的露脸演出加强阵容，略高谋广的万（子和）大经理特邀杨小楼以次的头牌武生周瑞安饰演燕青为金少山傍戏（剧中的燕青属二路武生来的活儿，一般情况周瑞安是不演的），由此可见万子和的良苦用心。当然，自周瑞安配金少山演出过《连环套》之后，他对金少山的花脸艺术非常赞赏，认为自己给金少山上配角傍戏，并不掉价。就欣然接受了万子和的邀请，非常高兴地扮演了《清风寨》一剧的燕青。此举，充分显示了比金少山还年长的周瑞安的大家风范及梨园道义的高尚和相互帮衬的艺术美德。

大轴《刺王僚》，是一出以唱工为重的铜锤大面传统剧目，早年曾是金秀山的代表剧之一，金少山自幼得其父真传。金少山的嗓子恢复后，每演该剧基本是沿袭他父亲金秀山的唱法行腔，后来只是在个别地方略有小动，使词句和唱腔更加顺畅合理，优美动听。剧中有一段非常具有代表性的著名唱腔［西皮倒板转原板、二六］词句是：

列国之中干戈厚，

弑君不如宰鸡牛，

虽然是弟兄们情义有,

　　各人的心机各自谋。

兄昨晚得一梦真少有,

　　孤王坐在打鱼的小舟。

见一个鱼儿在那水上走,

　　口吐着寒光照孤的双眸。

冷风吹得难经受,

　　大叫声渔人你快把船来收。

只吓得孤王我就高声吼,

　　回头来又不见这打鱼的小舟。

醒来不觉三更后,

　　浑身上下冷汗流。

这样的机关我解也解不透,

　　御弟与孤解根由。

　　金少山用他那声洪气足、敦厚夯实的响亮嗓门唱完了这段唱腔后,人们喝彩的狂叫声久久不能平息。平心而论,金少山这种无所不受观众欢迎的热烈掌声,正说明了他艺术精湛的卓越成就。《刺王僚》是金少山的拿手好戏之一。他演的姬僚,勾油黄三块瓦老脸,头上戴一顶插翎挂尾的草王盔,身穿黄蟒,俨然一副帝王像。上场打〔引子〕:"大地山河、图霸业、一统吴国!",大气磅礴。特别是前面提到的那段有名的唱腔"列国之中干戈厚……",唱得是板槽瓷实,佳腔迭出,情由字生,一句一彩,掌声不绝。另外,还值得称道的是京城另一名净马连昆所饰的专诸,他一改往日泡汤、搅戏的旧习(马连昆泡汤、搅戏的旧习,在270页中另有阐述),表演特别认真,规中见矩,一段〔快板〕"姬千岁待我的恩情有……"也获得了个满堂大彩。

　　这次,金少山一连几天挂出的几出戏,《连环套》《断太后·打龙袍》《草桥关》《清风寨》《刺王僚》全是以铜锤为主架子兼工、唱做并重的拿手绝活儿。几天下来,风靡京华,声震九门,全面展示了金少山雄才大略的过人天赋和其文武不挡的艺术功底。短短的四天演出,让京城的广大观众耳目一新,过足了戏瘾,报刊上的评论性报道也一天比一天传奇热烈,后来还刊登出了一篇题为《古装花脸金霸王》

的文章，呼吁金少山能尽早在北京出演《霸王别姬》这出戏。顿时，北京城内掀起了大捧而特捧"金霸王"热的高潮！就连已败落清廷旧政王朝中的公孙王爷、贵妃娘娘、帝都官员、格格贝勒、大小太监等，大都成为了金少山的忠实戏迷和崇拜者，使金少山在京师扎扎实实地确立了"全国第一大花脸"的精英地位，引出美谈，惹人嫉妒。

显然，这位久闯江湖的"大净王侯"金少山深知众人拾柴火焰高的道理。首轮演出结束后，金少山稍事休息，他与徐德增、李春林等几位兄弟商定，拟在前门外李铁拐斜街的"两益轩"清真饭庄，设宴答谢梨园界为他傍戏捧场的同业、好友。宴请那天，京城的各路名家欢聚一堂，京剧"四大名旦"除已迁居上海的梅兰芳不在北京之外，程砚秋、尚小云、荀慧生以及当时与四大名旦齐名的于连泉（筱翠花）全部到场。除此之外，还有金少山的师爷何桂山与"三大贤"中的杨小楼、余叔岩和高庆奎、马连良、谭富英、贯大元、翁偶虹、杨宝森、尚和玉、周瑞安、侯喜瑞、时慧宝、孙毓堃、萧长华、刘连荣、茹富兰、董俊峰、马连昆、李多奎、徐德增、李永利、韩金福、陶默厂、李春林、范宝亭、李玉安、鲍吉祥、慈永胜、霍仲三、张春彦、许得义、迟月庭、王福山、刘春利、陶玉树、杨春龙、余宏奎、于云鹏及鼓师、琴师等一百多位的各界名流人士前来道贺金少山老板大获全胜，演出成功。

"华乐戏院"的经理万子和看到这酒席宴间，既热闹又隆重的宏大场面和气氛，内心非常高兴，他激动地对金少山说："金老板，请允许我说一句话，三爷能不能给万某个面子，不驳我呀？""好啊，万兄请讲！"金少山满口答应。万子和发自肺腑地说："万某请三爷赏在下个脸，今儿个的酒席单归我了！"金少山淡然一笑，心想：好一个"万事亨通"的万子和，真不愧为是一个精明透顶的大经理呀！不过，这次的演出能如此圆满，也多亏了他的奇谋佳策。这时候，我驳了人家的面子就不太合适了。于是乎，金少山满面笑容地起身拱手，说道："万兄，既然这样，恭敬不如从命，金某就谢万大经理了！咱们友情后补。"席间，有位名唤关洪宾的票界花脸（该人是徐德增的徒弟）还特意送给了金少山一副由本人撰文，并邀请精于诗书、被人们誉为梨园界书法家的著名老生时慧宝先生书写的两行四句十六个大字的题词：

嗓高何九，做精黄三，

身修李七，武侪庆四。

上款是：金少山先生惠存，下款为：时慧宝（印章）。题词意为称赞金少山：嗓音洪亮浑厚高于他的师爷何桂山（即"何九"）；表演做工精湛超过黄派架子花脸创始人黄润甫（即"黄三"）；身材扮相边实、漂亮，更胜于人称"大个李七"的李寿山；长靠、短打的武功功底，比庆派武净创始人庆春圃（即"庆四"）还要过硬精绝，无与伦比。待关洪宾念头一句"嗓高何九"时，大家的目光都转向了何桂山老人，而坐在正堂席间座位上的何（桂山）老爷子，高兴地抿着嘴直笑。不用说，他此刻的心情像喝蜜似的兴奋！民国三十七年，余叔岩看过金少山的戏后，为了表达敬佩，又将该诗全文一字不动地重新题写了一次赠予金公。后来，这副"题词"被报界所闻，很快就见之许多报端了。

第十八题藏头诗

大净王侯返回京，
净潭之水更艳浓，
王府人等迷金戏，
侯门传出学金声，
京都票友仿金唱，
城内九门赞金公，
亮相华乐戏园子，
相貌歌喉齐走红。

十九、组班挑梁　养虎观威

答谢后的第二天,著名武净李永利和其子李万春(著名武生)来到金家看望金少山。李永利与金少山是把兄弟,他的儿子李万春又是金少山的义子,论关系可谓是亲上加亲。老哥俩之间无拘无束,开怀畅谈。李永利对金少山说:"少山您知道吗?演出《连环套》的前几天,有人提出请杨(小楼)老板出演黄天霸以壮声威,万子和携带重礼去到杨府说明来意,杨老板回答:'少山回来,一定要红,必须得响。我来黄天霸观众看谁?我让他、他让我都不合适。让瑞安来吧,到时候我去捧场,一定叫万经理挣上大钱,少山在京城打响!'果然不假,话无虚言,你露脸那天,杨老板早早就进了园子,等你人高马大、好似铁塔般的窦尔墩往前台一站,杨大爷带头给了个碰头彩。并评价你'当世净雄,花脸绝功;台风大气,盖世无双!'他让我转告你:'给少山说,这次回来就别走了,北京是他的老家,这里才是少山叶落归根、大展宏图的地方,观众需要他呀!'"

最后,李永利又对金少山说:"兄弟,你老住在松林这儿也不是长事儿啊,他每天忙着招财进宝,摆弄玉器,还得接待顾客,打理生意。而你哪,整日要练功、吊嗓儿,应酬同业,有时还得给傍戏的配角拉场说戏,你们哥俩的业务一商一艺相互干扰,多有不便。我看,你干脆和两个弟妹搬到我那儿去吧,我在潘家河沿三十七号有所院子,房屋八间院落宽大,练功排戏,吊弦、拉场,可以各行其是,两不耽误,比较合适。兄弟你先住着,不用付钱!""那感情好哇!就这么着,兄弟我先谢谢大哥了!这两天就搬。"金少山非常高兴地答应了下来。

这位和金少山称兄道弟的李永利是京剧界有一号的花脸演员，不可小觑！他1884年出生，祖籍河北省雄县，为满族正黄旗人，其父以做豆腐、打草鞋谋生。李永利自幼酷爱戏曲，喜好武功，爱看武戏。每逢集日或庙会有唱野台戏时，等随家父卖完货物之后，即独自留下来观看演出，回家后便凭借记忆学着台上的表演，模仿武功动作中的跟斗技巧。久而久之，苦练出了翻跟斗的过硬本领，曾有一度充任过临时的武戏演员。投身梨园后，以他身材魁梧的天赋条件和其偏爱的艺术兴趣，归工了摔打花脸的行路。李永利功底深厚、武艺超群。民国初期，他先后在上海的"申舞台"和"天蟾舞台"演出，红极一时，后为"亦舞台"的长期坐班艺人。享名申城后与李春利、刘春利、王永利被誉为京剧界"武花四利"的美称！在《嘉兴府》剧中的"盗私娃"一场戏里，李永利饰演的鲍赐安手提着装有"喜神"、上盖红布的竹篮子，从三张桌子的高台上用"台提"（戏曲的一门下高跟斗）腾空翻下，而"喜神"却纹丝不动的仍在篮内，使观众惊叹，戏院炸窝；他演《收关胜》，身扎大靠、脚穿厚底、手拿大刀，从四张桌子高的云台上走"抢背"（戏曲的一种毯子功特技）翻下，难度极大、落地平稳、惊险准确，世称绝鼎；他在《八蜡庙》中扮演的费德功，持大刀翻"跺子曼子"（戏曲的一门跟斗）过桌子接镖及在一些戏里走的"一动三变"的"抢背"技巧，其功夫之高，剧中稍见，被行家赞誉，成为一美，传遍申城。

李永利在上海与李春来、杨瑞亭、何月山等人同台演出合作甚久，李春来演《白水滩》，他配青面虎，就"打滩"时的跟斗特技，堪称一绝，申城震惊；与杨瑞亭合演《葭萌关》，杨瑞亭来马超，李永利去张飞，其舞台风采珠联璧合，轰动梨园，倾倒沪人；而他与何月山联手的《两将军》一剧，被行家里手誉之为旗鼓相当，大赞好戏！李永利二十五岁时娶十五岁的孙炳财为妻，生有六子二女，其长子、长女和五子夭折。后来成为著名杰出京剧表演艺术家的长子李万春实为次子，下面依次为李桐春、李庆春、李圜春；次女李慧英排行第四。民国二十年时，李永利组建了"永春社"戏班，由李万春挑头牌领戏演出。常公演于京、津、沪等地。

金少山送走了李氏父子，经过二哥和二嫂的同意后，马上着手搬家的准备工作。首先让他的侄子宝明（小名二少）赶紧去置办家具和生活用品。又请李春林帮忙，雇了厨师、保姆与看门房的等四个佣人。淑英、艳芳两位夫人到街上特意买回来了玉兰花、山茶花、菊花、仙人掌、紫竹、腊梅、铁花、茉莉花、水仙花等等几十盆金少山喜欢的名贵花草,金少山还亲自跑到鸟市购买了蓝靛儿、红子、鹦鹉等七八只珍禽,并且请来了一个"鸟把式",此君不是外人,是何桂山的孙子小小何九。通过了几天的布置,将四合院内收拾得整洁有序、干净利落。当时,虽然是二月中旬,可金少山的这座庭院内,已经是一派鸟语花香的盎然生机了。

金少山搬进新居,望着院内那满园春色的花花草草,再配上鸟儿们叽叽喳喳的鸣叫声,心情格外舒畅。这天,他把徐德增约到家中,共谋大业之事,落座后,金少山对徐德增说:"二哥,有件事情我考虑很久了,想跟您商量一下看是否可行?"徐德增忙问:"三弟,啥事儿呀?"金少山说:"北京是我的老家,爹娘的坟墓都埋在这里,能合作的实力派演员大多又都在京城,我准备长期待在北京唱戏,不走了。想把弟兄们串在一起,由我牵头、出资组建个咱们自己的戏班,取名'松竹社',干一番惊天动地的事业,你看怎样?如果可以,家里刚安好了电话,打电话叫春林他们全过来,一起研究研究如何?"徐德增听后,高兴地说:"三弟,好哇!二哥我早就有想让你留下来的想法,只是还没有来得及给你讲。你有这样的打算太好了!如今北京城就缺三弟你这样的花脸,你想啊,自京剧有史以来,远者暂且不讲,就从何爷及咱们家老爷子(指金秀山)算起,还没有出一个花脸演员挑班的呢!此事若能办成,三弟,你不仅是花脸挑班的第一人,而且还给咱们净行增了光,长了脸!电话机在哪儿?我现在就打电话通知春林,让他们赶快过来。"

不到一个钟头,李春林、韩金福、李玉安等先后来到了潘家河沿三十七号的金家大院。金少山开门见山,直截了当将组建"松竹社"戏班的具体想法,向几位好友详细的做了介绍,哥儿几个听了全都拍手称快,并且激动地表示愿意鼎力相助!请金少山定夺。后经过大伙儿反复议论,初步定下了一个核心小组,金少山出任社长,李春林出任总管,导演徐德增,剧务韩金福和李玉安。"松竹社"的基本成员与坐包,还是上一次金少山在"华乐戏院"演出头、二本《连环套》时,用的原杨小楼先生戏班里的全班人马。四大台柱中,老生乃是刚从外地回京、出科于"荣春社"的第一科的大师兄张荣奎,武生仍是周瑞安,旦角是陶默厂和魏莲芳,老旦是李多奎,武净也是"荣春社"第一科"荣"字班出科的张荣山,丑角是王福山。待出步方案定下来之后,金少山最后说:"如果大伙儿认为我的提议还可以,咱们就先这么走着,而后再逐步完缮'松竹社'的实力,打出招兵旗自有吃粮人!目前我们就各负其责,按章行事。从今儿个起,就开始分头工作,需要钱我来出。拜托各位抓紧时间联系落实，尽快准备第二轮的演出，让咱们的'松竹社'来个开门红，头炮响！"就这样，徐德增辞去了"三乐社"的教习差事，很快投入到了组建"松竹社"的工作。

在大伙儿的共同努力下，初步形成的"松竹社"，旗号打出后的第一次演出、金少山的第二轮出演，还是在万子和的"华乐戏院"。三场戏的戏码是：头天，金少山与李多奎的《断太后·打龙袍》，第二天《李七长亭》，第三天《牧虎关》。没过多久，金少山的"松竹社"又在位于大栅栏里的粮食店街"六必居"酱菜园隔壁的"中和戏园"子演了三场一轮，金少山这三天的剧目分别是《庆阳图》（即《李刚反朝》）《锁五龙》《白良关》。继首轮之后，金少山率"松竹社"的六场演出，依然是场场爆满，掌声不断，赞不绝口！又一次征服了京城的新老观众。"松竹社"的社名很快传遍了北京的大街小巷，无人不知，无人不晓，轰动帝都，威扬皇城。

金少山的"松竹社"戏班，基本上是在华乐、吉祥、长安、庆乐、新新、中和、广德楼等戏园子演出。后来，演员阵容不断壮大，坐包的名角也渐渐的多了起来，除了原先组班时的演员之外，先后来搭班的有：老生贯大元，武生高盛麟，青衣旦陶默庵、沈曼华、林秋雯、李慧琴，花脸裘盛戎、马连昆、王泉奎、武净刘春利、张荣山（笔者的老师）、杨春龙，丑角刘玉泰、慈瑞泉，二路老生贯盛习、李宝櫆、鲍吉祥、扎金奎，二路旦角于莲仙、诸如香、任志秋、张蝶芬，小生姜妙香、李玉太以及霍仲三、任富秋、杨少谱、宋继亭等等。

金少山在自己的出生地北京站住了足根，闯出了集铜锤、架子、摔打花于一身的净行"抱三门"，而且与琴师高联奎的配合尤为默契。经常上演的剧目有《霸王别姬》《连环套》《太行山》《黄一刀》《御果园》《铡美案》《飞虎山》《白良关》《清风寨》《刺王僚》《托兆》《牧虎关》《锁五龙》《李七长亭》《五台山》《虎囊弹》《打潘豹》《八蜡庙》（又称《趴蜡庙》）《醉打山门》《断密涧》《铡判官》《探阴山》和头、二本《草桥关》（又名《姚期》）等。

金少山与贯大元合演的《断密涧》，一时绝响，并称双雄。他在《御果园》里唱的［二黄原板］中"我在美良川前铜对过鞭"一句内的"美良"二字，运用的拔音翻高而上，韵律动听，脍炙人口。《牧虎关》又名《黑风帕》，王福山扮高来，李玉太饰张保，任志秋来儿媳，金少山去高旺。他的高旺不仅在"游庄""雅支府"两场中唱出了几个满堂彩，到了"牧虎关"时，金少山的"做"功即展现出来，把高旺游戏人生的诙谐个性,表现得淋漓尽致、活灵活现、入木三分,好评如潮。

《白良关》又名《父子会》,故事见《罗通扫北全传》以及元杂剧的《小尉迟认父》。剧写尉迟恭原以打铁为生,因生计困难,离家出走,投军在外。身怀有孕的妻子梅秀英被北国元帅刘国桢掳去,强霸为婚。梅秀英生下一子,暗中为婴儿取名尉迟宝林。唐太宗带兵征战北国,尉迟恭与刘国桢在白良关前对阵交战,梅秀英趁此时机,向娇儿尉迟宝林说明往事,尉迟宝林得知实情后。将元帅刘国桢杀死,献关降唐,以钢鞭为证,父子相认。该剧的尉迟恭属文净花脸的铜锤大面,尉迟宝林乃属花脸中的架子副净,两个净行演员须功力相当方可胜任,故而京城内已有许久不见此戏。金少山来大黑尉迟恭,马连昆扮小黑尉迟宝林。这位马连昆先生,原名家元,字佩如,1898年出生。十一岁时经马西园(马连良之父)介绍进入"喜(富)连成"科班第二期"连"字班学艺,他生性聪灵,天资尚好,功底瓷实,接受能力强,学戏速度快。因此,目中无人,傲气十足。本工净行的马连昆,演戏特见火候,铜锤、架子、摔打花全能来,会戏一百多出,并精通文武场面,能司鼓可操琴。他不仅戏路极宽,昆乱不挡,文武皆能,另擅武术拳脚,身手非凡,早在马连良的戏班时,除傍马连良演戏之外,还给马连良当过私人保镖。终日伴随左右,保驾护航,出力不小。

马连昆在"喜连成"科满效力一年后,历搭数班唱戏,并随马连良、徐碧云赴津、沪演出,颇受赞誉!傍余叔岩演《托兆碰碑》饰杨七郎,傍言菊朋演《捉放曹》来曹操,傍谭富英演《珠帘寨》饰周德威,傍刘宗杨演《连环套》来窦尔墩,傍王少楼演《定军山》饰夏侯渊,傍雷喜福演《打严嵩》去严嵩等。马连昆有个毛病,凡是他看不上的"角",准在台上给你开搅,搞得人哭笑不得。曾有一次,他傍某位大角演《空城计》,当诸葛亮在城楼上唱[二六]抚琴时,马连昆所扮演的司马懿竟随着琴声在台上跳起了不归路的西洋舞蹈,搅闹得台下观众一片大哗,哄堂大笑,笑声哄哄地乱了起来。打住戏后,气得这位扮演诸葛亮的鼎鼎大角,冲马连昆先鞠躬、后拱手说:"马大爷,我这座小庙供不了你这尊大神,用不起您老人家,请您老另谋高就吧!"。由于马连昆泡汤、搅戏的毛病难以控制,不管在哪家戏班无论与谁合作,时间都不会长久。但有两个人的戏班他决不开搅,一个是马连良的"扶风社"戏班,因为一来是他和马连良同是出科于"喜连成"同科同班的师兄弟,关系甚好;二来他们之间属连襟的关系,又都是信仰"伊斯兰教"(也称

"清真教")的回族。另一个就是马连昆达心里佩服的金少山组建的"松竹社"戏班，而且台上保准是豁上唱，铆上演。就这出戏里的父子对阵一场，尉迟宝林和尉迟恭要对唱几段［二黄散板］，例如：小黑唱"番营又来了小豪家，乌油盔来乌油甲，皂罗袍上绣团花，问声老将名和姓。"这么一句，马连昆使足了气力，铆上了劲头，赢得了满堂。紧接着金少山的大黑叫一声"娃娃"如同炸雷一斑，观众齐声喝彩！接唱"你老爷尉迟敬德（大锣一击）保唐家"，金少山在唱"尉迟敬德"时，观众又是一阵好声，待唱完"保唐家"后，台下又来了一个兜底的掌声满堂，大呼好唱！这种在京剧舞台上极为稍见的、两位花脸人物"对着啃"及一替一个好的场面，真让观众过足了戏瘾，开阔了眼界，大饱了耳福，也大大提高了马连昆先生的知名度。

《李七长亭》又名《赛太岁》，这是一出从河北梆子移植过来的京戏，（河北）梆子戏名叫《白绫记》。该剧的内容是：临清大盗李七与秀才王良同逛妓院，因相互吃醋而深夜撕打。后来，李七因打劫而被逮，便诬攀王良。州官王天祥疑王良非李七同党，乃令王乔妆衙役，使李七辨认。李七不识，乃故意辱骂，激王变色，终于认出，并指出王有白绫裹腿，审官当堂查验属实，王良竟被诬陷。王良入狱，其解路上，王良老家人陈唐哀求李七，言王良夫妻情笃。李七感悟，遂允向官府自承攀诬，代王良开脱。

这出戏里的李七属净行的架子应工，金少山及郝寿臣都常演该出戏中的李七。刘永春亲授金少山，郝寿臣师承黄润甫。李七勾黑破脸，蓬头，念怯口（地方话）。郝寿臣的李七穿快衣罩红罪衣，下穿红彩裤，足蹬厚底靴。金少山的李七，脚下则穿草鞋。"金"之李七凶悍，头次上场，带手肘，趟脚镣，念一段［扑灯蛾］："做贼的不听劝，半夜三更称好汉。偷骡马盗彩缎，吃花酒宿夜店。大元宝在手里攥，赌博场中胡乱蹿。指望一场大富贵，谁想弄了他娘的两年半。天不容把事儿犯，这刀枪矛子把咱解到官。头门上也要礼，二门上也要钱。上面坐的是活阎罗，这两旁亚赛鬼判。太爷当堂坐，李七下面站。板子打、拶了拶，锁南牢、打入监，到晚来只落得光膀汉。有朝一日京解到，这咔嚓嚓、嚓嚓嚓嚓、丢掉咱老子的九斤半。尸首丢在阴沟内，猪来拱、狗来餐、乌鸦头上打转转，这乌鸦头上、打转转。"

李七念完［扑灯蛾］接定场诗："咱本昔年一宦家，奸贱谋害走天涯。弟兄结拜十八个，偷盗犯了皇家法。咱，赛太岁李七！"报完名，他在台口使了一个怪相，坐在前排的一个小男孩儿，被吓得"哇"的一声哭了起来。事后，成为了梨园行的一桩笑谈。

金少山在上海时，唱架子花的郝寿臣、侯喜瑞早已名声大起，称雄京师。唱铜锤的王泉奎凭借自己的嗓力虽然能叫座几成，但难以达到与"郝""侯"二人并驾齐驱的抗衡之势。自金少山回京后，在净行中却形成了"金""郝""侯"三足鼎立的局面，同时又是京剧有史以来花脸行的鼎盛时期，这种在花脸行内突起不与的一大波大喜，引起了行家倡议举办"花脸大会"的想法，以壮"净"威。

旧时，北京城南城有一个地方叫"松柏庵"，后来成为了梨园界的墓地，新中国成立后把这里修建成了远近闻名的"陶然亭公园"。早在辽、金时期曾在此处建造了一座寺院——慈悲院，清朝康熙二十四年（1695年），在院中的西部又盖了三间西厅，命名"陶然亭"，该名取自唐代诗人白居易的诗词"更待菊黄家酿熟，与君一醉一陶然"之意。此后，几经拆改与时光的流逝，已不复存在，只留下了当年《陶然亭记》的石刻了。再后来，后人又在此地修建了一个尼姑庵，名曰"松柏庵"，十九世纪后，逐渐衰败，最后人去庵空，一片荒凉。那时的穷苦艺人大多都住在南城，或老或病，去世之后，大都埋葬在这里，久而久之，自然也就成了梨园义地（即"墓地"）了。到了三十年代初，有两位老者无处栖身，经北京国民政府同意登记注册后，便在此处看守空庵。庵外的四周全是黄土沙地，过去的戏班子没有练功房或排练场所，演武戏的演员每天大都在这里练功、排戏，还能够在庵内休息，当然也不白练，每逢过节，大伙儿凑点银子给看庵的老哥俩买些东西、送点钱来补贴生活。

有个名唤王博的掌柜，见这里练功、吊嗓、拉戏的艺人来往不断，能做生意，于是便在离"松柏庵"不远的地方，开了个以他的名号命名的"王博茶馆"。后来大伙叫白了，尤其是被一些爱开玩笑或爱讲俏皮话的丑角艺人叫成了"王八茶馆"，掌柜的王博性格幽默，为人和气，听后并无反感，哈哈一笑就算完事。茶馆屋外还搭了一个挺大的棚子，棚子里能坐下四五十号人在这里喝茶，为了能方便茶客们提鸟挂笼，王博还在茶棚子的两旁拉起了一根"豆条"（即粗铁丝），而且挂鸟笼子的时候还挺讲究，"豆条"的东半拉一溜儿挂的全是百灵鸟，而西边的鸟类大多都是些红子和黄雀儿什么的，等等。因为百灵鸟爱叫，怕吵着红子鸟和其他鸟类，所以两边的距离相隔大约有七八米远。

一天早上，金少山带着"松竹社"的几个年轻人来到松柏庵，看到王博茶馆后面的一块空地，他非常高兴，自语道："这儿可是个练功的好地方啊！"于是，他马上叫人请来王掌柜商量："王掌柜的好！茶馆的生意怎么样啊？""嗳，好！金老板好，托金老板的福和大伙儿照顾！生意还算不错。"王博回答，金少山又问："王掌柜，你这茶馆后面的空地有多大？"开茶馆的王博想了想说："大概也就是一亩来地吧！""这块地您若是没什么用，我想把它买下来您看成吗？"金少山讲出了买地的想法，王博一愣，说："啊！金老板，您想买这块地？"金少山笑着回答："对，我想买这块地！怎么不成吗？""嗳，不不，不是不成，而是太成了！"王博坚定地说，金少山见王博点头同意卖地，就接着对王掌柜说："既然王掌柜卖，那咱们今儿个就办手续付款，您看怎样？"王博自然同意，金少山又说："哎，不过王掌柜，您看能不能在周围给我搞个'花洞子'我种花用？"王博回答得非常干脆："能能能，没有问题！我弄'花洞子'特别在行，金老板放心吧，包您满意！"金少山见王博高兴地合不拢嘴，就又开玩笑地给他加了一把火说："王掌柜，我们'松竹社'的演员每天在这儿练完功后，还可以在您这'王八茶馆'喝喝茶，吊吊嗓子，聊聊戏什么的，您不是又可以多挣点茶水钱吗？这可是一桩一举两得的好买卖呀！"几句话讲得王博只会说四（是），不会说五啦。玩笑开过，欢乐一场，各获其所，欣然大快！金少山与王博当即立下了字据，交了地钱，待办完了买地的手续后，这一亩二分地的使用权，就算是金少山的了。

金少山回到家后，便电话相约尚和玉、范宝亭、孙毓堃、宋德珠等几位好角一块儿到"松柏庵"练功、品茶。从前戏班里有一句俗话：梨园界的口报比电报还快。金少山出资为"松竹社"买地练功的消息，立马就传开了，大伙儿都想亲眼看看这位"十全大净"金少山在这块地方是如何练功的。

清晨起来，金少山早早走出家门，他身后跟随着十几个"松竹社"的武打演员，有牵大"傻黄"的，有抱小"黑炭儿"的，有提鸟笼子的，有拿大烟袋的，有扛高板凳（又称功凳）的，有掂练功衣的，到了松柏庵的"王博茶馆"，金少山与开茶馆的王掌柜相互打了招呼，抬头一看，只见范宝亭、孙毓堃等人也都先后来到了这里。金少山让人到茶馆里搬来了两张八仙桌，将鸟笼子挂在豆条上，沏好了茶，又让王掌柜找来了几把椅子。茶馆后面有间小屋，金少山把它当作更衣室，他先进屋脱了衣服，而后换上了一套青缎子的练功夹裤、夹袄，系上一条尚好的青丝线板带，穿上一双踢死牛的练功鞋。还特意准备了一把专门为压腿用的"功凳"，又称高板凳，功凳上面再放上一个加厚的棉垫子，只见金少山非常轻松地将左腿跷在了高板凳上，练起腿来。此时坐在一旁的范宝亭边吃烧饼加油条边喝着茶水，吃完之后，接着又挖了一袋烟，抽着烟袋问金少山："兄弟，看来你的腿功还没有搁下呀？"金少山边耗腿边笑着回答："咱们是干什么的，能搁下腿吗！唱戏的艺人要吃饭和吃好饭就得下功夫练苦功、私功，待着还成吗？如果不想练，干脆干别的去，舞台上那点好玩意儿，不都是练出来的吗？""对，兄弟说的对！以后老哥得向你学，也得下劲儿练功才是！"范宝亭一边说，一边抽烟，一边连连点头。金少山的左右腿压完后，跟着便是踢腿。就和小时候父亲教他练功时一样，他先后踢五种腿，有正腿、旁腿、十字腿、胯腿及骗腿。踢完了腿，金少山在场子的空地中间走了个"金鸡独立"（戏曲工架技巧），只见他左手一抄左脚的后脚跟儿往上轻轻地一扳，来了个"朝天蹬"（戏曲腿功技巧），这腿的韧力与软功就跟他童年时期的腿功一样，使人吃惊！金少山扳过左腿再换扳右腿的"朝天蹬"时，冲着正在活动腰腿的孙毓堃说道："毓堃，你看我这腿功成吗？"孙毓堃抬头一看，大吃一惊！佩服地说："哎哟，三叔您如今已经是四十开外的人了，怎么腿上的功夫这么漂亮，比我的腿都好，我都扳不起来了。"金少山仍扳着"朝天蹬"问："那你还唱《武文华》吗？"孙毓堃答："这出戏我早就不唱了，也确实演不了啦。"金少山又问："怎么演不了啦呀？"孙毓堃再答："因为我把腿给搁下了，没有了腿上的功夫，还咋唱《武文华》呀。"范宝亭接着孙毓堃的话茬说："哎，毓堃，大家都知道你的'腿'好！你要是把这两条好'腿'丢了，将来恐怕是王八拉拖车，后力不佳喽，那你可就完蛋了，咱们要学人家尚老道（即尚和玉）先生，到现在他的功夫都不落！"正说着，尚和玉快步走了过来，乐呵呵地冲大伙儿说道："哎哟，你们全都来了，好哇，都是背着我老尚偷偷地来练私功的吧？真早班哪！少山贤弟，我看见你扳腿了，'朝天蹬'扳得真不错，大老远我就给你叫上'好'了！""您还给我叫好呢，咱们又不是街头上卖艺的把式，叫什么好啊！不过是大家凑在一起练练功罢了，小弟跟您比起来还差得远着呢，刚才宝亭哥还说要向您学呢，话音刚落，您可过来了。说真的，以后见小弟哪些地方不对劲儿，戏功做得不到家，不够味儿，您可得多指教啊！"金少山非常谦虚地回答，"老弟你太客气了，就你这儿卜子，确实不错！别说是在北京，就是全国，目前在花脸行中也属第一了！"尚和玉真诚地赞扬金少山。

金少山练把腿功，伸伸腰，晃晃膀，让范宝亭给他扶住腿、看着表，上了把十分钟的顶，耗耗膀子，空空上身，跟着开始打"飞脚"，这"飞脚"打的是又飘又高，空转两圈、双腿落地，大伙儿一看，好家伙！全都情不自禁地鼓起掌来，就连尚和玉都看得两眼发愣，感到吃惊，心想：呵！这"飞脚"哪是唱铜锤的呀？不知道的，还认为他是演短打和武丑的演员呢？我都没有这么好的"飞脚"！真不愧是"十全大净"啊！金少山一口气连着打了十几个"飞脚"后，走到尚和玉身边颇为诚恳地说："和玉哥，您看小弟哪点儿不成，不要客气，给指点指点。"尚和玉兴奋地答道："兄弟，今儿个你这'飞脚'让老哥我大开眼界，刮目相看！"接着金少山又走了几个"飞脚、骗腿、旋子"及六个一圈的二十几个"圈旋子"和"扫堂腿旋子"后，问尚和玉："和玉哥，我这几个一连串的'飞脚''旋子''扫堂腿'如何？给兄弟我提提意见？""无论是立身、拧腰、垫步、空转，还是腰里的劲头都很好！动作连贯，扫堂（戏曲的一种基本功技巧）舒展，特别是那几圈两头翘的旋子功，拧的轻巧优美，大气漂亮，就像蝴蝶一样两边翘起，落地时没有响声，看着入眼！即便是好武生和开口跳的武丑演员也不过如此。"尚和玉激动地摇晃着脑袋赞不绝口地夸个不停。

这位夸奖金少山的尚和玉，原名尚壁，字和玉，绰号"尚老道"，官称"尚老将"，生于直隶天津宝坻大套村（今属天津市）。他七岁时进和一（河北）梆子戏班学戏，工武生。久经磨炼之后，修得一身好功夫，而且唱念做打、基武身把俱佳，二十岁左右就已在乡间故里赢得了"活赵云"的美名。不久便只身一人晋京闯荡。当时的北京城是诗歌高雅的京剧名伶荟萃之地。尚和玉凭着自己的高超技艺，搭上了京师的玉成班，又经过一番艰苦的摔打起伏，终于在一出《收关胜》的剧目中，所扮演的关胜大获成功！他从三张桌子搭起的高台子上，一个"云里翻"（戏曲的武功技巧，一种从空中翻下、难度极大的跟斗特技，非常吃功，能者甚少）稳稳落地，征服了全场，轰动了王城！1990年庚子事变后，尚和玉为了展示其武生才华，重返天津卫长达二十五年之久。此间，往来于北京、上海、武汉、重庆、南京等地唱戏，红极一时，南北皆晓！后从师于著名武生俞菊笙，即当时武生三大流派之一的"俞派"。

尚和玉的基本功较其他同期、同行、同路的演员扎实，腰、腿功夫尤其过硬，武技纯熟、稳练,跟斗、零碎轻僄了得,身段、把子、工架都讲究气度,台风朴厚大方,沉着凝重。他昆曲底子深厚,戏路尚宽,武生、武净、长靠、短打无所不精,尤以勾脸戏和表现大将风度的靠把人物最为杰出。尚和玉的开打,于稳、准中求脆、帅,以猛、勇中求儒、雅,举手投足犹如钢浇铁铸,一招一式见棱见角,手、眼、身、步均有准谱,而且就尺寸与角度上,无一处不到家在位的交代清楚,决不虚浮飘晃。更为难得者,虽然武功精炼,特技娴熟,却不故意卖弄技巧。表演能认真理解剧情,对人物性格、身份、心理及武打套路都能演出情在理中的表现。譬如:尚和玉在《神亭岭》中饰太史慈中的踢腿、耍剑穗子下场;《铁笼山》中来姜维的点将传令;《芦花荡》中去张翼德的走边工架;《四平山》中扮李元霸的捻转双锤;《收关胜》中演关胜的下高"云里翻"等,具恰当地用进、刻画了特定环境中的人物。尚和玉对于武打戏中的程式动作,有许多自己的独特创造和建树,他在《长坂坡》中赵子龙抱枪的"琵琶式"及交战时与曹洪枪换刀后的"大刀战四将";在《窃兵符》中饰白起持丈把长的铁链作为兵器开打时,分别双折或四折代做长枪、大刀或鞭、锏的打法,以及与鬼魂激战一场就桌上搬"朝天蹬"接着跟斗翻下等,具是尚和玉的独有绝技。不仅如此,就武生中常见的山膀、云手、翻身、飞脚、踢腿、胯腿与走边、趟马、起霸和枪下场等基本功中的运作舞蹈,经他演来也能各见光彩地显出特点,形成了自己的武戏风格,被世人公认为"尚派"武生。尚和玉首创的"尚派"形成于民国初年,是北方重要的武生流派之一,其表演以继承俞(菊笙)派为基础,发展创造而生,以"稳""准""狠"为主要风格,而不尚险峭与佻巧。当年,江南"盖派"武生创始人张英杰(盖叫天)曾向尚和玉先生求教,并拜学了一出由尚和玉亲授的《一箭仇》。他将该剧中的私房绝活,工架套路,武打档子,包括"叉拳",都指乎指令、一招一式、毫无保留地传授给了盖叫天,使这位投师求艺的江南大武生盖叫天颇受感动,时于挂嘴,逢人即赞。

金少山不仅是腰、腿好,零碎棒,而且还能"翻"。那年,他已经是四十六岁的中年人了,可他的武功不减当年,照样能过大跟斗,翻得又高又僄又颉乎,金少山在欲翻跟斗之前,他先走了一个斜身朝前腾空翻转的"地曼子",一提气就是一个,毫不费劲,调头时离地二尺,看上去和桌面一样高,这种小跟斗是显示翻者轻功内力的最佳表现,行家一看便知分晓。待金少山左右各走了几个"地曼子"之后,又活动式地走了几个"虎跳""跺子""毽子"和"吊小翻儿"(戏曲毯子功中的基本功）等，便拉开了场子翻起了大跟斗及串跟斗。他翻得几门跟斗分别是：第一组一排五个的串"虎跳前扑"；第二组"小翻儿提"；第三组"小翻儿曼子"；第四组"小翻儿聂子"；第五组"小翻儿射燕"；第六组"小翻儿前扑"；第七组"小翻儿抢背"。这七门跟斗翻的是既高又飘，既猛又稳，既冲又暴，最后收功时，金少山余性未尽，又接着翻了一串十个一排的串"小翻儿"，走了几圈儿"矮子步"才算是停了下来。此时，四周围观的同行艺人们七嘴八舌纷纷议论："哎呀，我的金三爷，您就收住吧，再练，我们就全没饭吃了！真是没见过，唱铜锤花脸的有这身好功夫，了不得！空前绝后啊！"

虽然金少山早已成名，又有一身深厚的艺术功底，如今是挟山跨海艺贯南北！但他依然是每日天不亮必到中山公园喊腔吊嗓、练口白，去自己购买的地界松柏庵"王博茶馆"后面练功、走戏、耗膀子，无论天气好坏雷打不动，一年四季坚持不懈，天天如此终日不断。金少山常说："台上三分钟，台下三年功。一天不练脚手慢，两天不练丢一半，三天不练门外汉，四天不练瞪眼看。""好戏把人看醉，赖戏把人看睡！""扮上不像，不如不唱。谁装谁，谁就是谁！要能达到'看我非我，我看我，我亦非我！'"这几句话的含义也就是说，演员在台上的首要任务，就是要善于琢磨人物的禀性、脾气、身份、风度、神情、心理以及喜、怒、哀、乐的情绪变化，塑造出有筋骨、有血肉、有灵魂、活生生的人物形象。发自于内心而形于外，自然便会调动、感化于千心万脏，只有这样演出来的戏和刻画出来的人物，才不会一倒汤地使人发困！

这年时日，有京城贤达杜颖陶、傅惜华组织了一个"国剧艺术振兴会"，把平时凑不到一起的名伶和平常难得上演的剧目拴在一起，合作演出。"国剧艺术振兴会"邀请金少山参加演出的剧目有下列几场：在长安大戏院和谭富英合演双出，前《黄金台》金少山饰伊立，后《黄鹤楼》金少山扮张飞。在新新戏院，南铁生唱《四郎探母》，压轴戏《战长沙》李洪春去关羽、张荣奎扮黄忠、金少山来魏延。谭富英唱《失·空·斩》金少山演马谡。张君秋、谭富英、金少山还联袂合演过《二进宫》。在"华北演艺协会"办过的一次《搜孤救孤》中，孟小冬来程婴、金少山去屠岸贾，其演出效果，轰动京城，影响甚大。

另外，二十世纪的三十年代末期，"国剧艺术振兴会"还在北京新新戏院举办了一场名净花脸大会。这场"名净花脸大会"的演出剧目共计五出戏，演员自报公议,大会统一安排。头出的开锣戏是王泉奎的《大回朝》,第二出的戏码是刘连荣的《下河东》,第三出是侯喜瑞的《丁甲山》,压轴戏是郝寿臣的《审李七》,最后大轴戏乃是金少山的《御果园》。

《御果园》是一出铜锤本工的大本头传统剧目,全剧九场,唱念吃功,做戏见力,尉迟恭的重头场次在第三场和第七场的剧情中展示。第三场以"唱""念"为主,其著名的两段[二黄原板]唱腔,虽然是以叙事的情节出现行腔,然而却被金少山唱得大气磅礴,声腔动人,"建成元吉怒发冲冠"中的"建成"二字与"拆开了封皮仔细观"中的"拆开了"三字都翻用高八度的净腔冲上,其喉声韵调晴天霹雳,观众无不喝彩叫绝。第七场,尉迟恭一改短打扮相,拉马上场唱[二黄散板]"数九寒天风不冷,连人带马汗淋淋。忙将乌骓来整顿……",然后,尉迟恭开始"洗马"。所谓"马",在舞台上出现的只不过是一根演员手上的马鞭,在这里充分展现出了戏曲大写意的特点,用虚拟的艺术手法,能让观众感受到马头有多高,马身有多长,以及马的毛色和马的体重与马性,"洗马"的每一个工架动作和优美的身段表演,金少山都表现得非常细腻而又有生活依据。金少山用自己深厚的艺术功力,就假戏真做中充分体现出了他的身段大气、唱念见功的大净本色,使观众大呼过瘾,实乃好净也!

待这次盘踞在京城的"名净花脸大会"结束之后,各家报馆与新闻媒体赞誉备至,文笔卷秀的评界文客欣然命笔长篇大论,字字含珠,高奏凯歌,为京剧花脸扬名提位。并再次称颂金少山为"大净王侯"文韬武略、十全十美、无所不能的桂冠。此后,金少山在京剧的大本营北京安营扎寨,落地生根,被京巢艺客中的行家里手们誉之为"金(少山)""郝(寿臣)""侯(喜瑞)"花脸三鼎甲的美称。其声威达到了与杨小楼、梅兰芳、余叔岩、高庆奎、马连良、李洪春、程砚秋、尚小云、尚和玉等各行走红的一流名角分庭抗礼,并驾齐驱的高度。

闲时,在金少山的脑海中经常出现那位崂山道人的身影。这天半夜金少山突然坐起,回想起了他在东北戏班时,做得那场奇怪的美梦,百思不得其解地把梦中的情节与恩公道长连在了一起。心想,梦幻中的玉皇大帝下旨命太白金星赐予他嗓音的震动力能达到山崩地裂的仙丹。而让金少山不可思议的是,和天宫中太白金星同属道家身世的恩公,同样的也赠送了他喉音起死回生的药丹,而且达到了声震屋瓦的程度,才使金少山登上了花脸龙潭三杰魁首的宝座。这种机缘巧合在梦幻之中的奇特现实，不得不让金少山从深夜沉思到天亮，成为了他终身昼夜长思的谜团。

金少山在"华乐戏院"亮相后，如同半空中炸开了一声响雷，使京城的行家大开眼界，戏迷崇拜，观众倾倒，文豪赞誉，好评如潮，贤达交口盖世无双，名流称谓花脸奇才。显然，金少山此次返京献艺之举及展现他艺术才华的风威，犹如原神归庙、猛虎回山之势的气派，轰动了京剧老巢，为自己挽回了面子，为父母和家人争足了荣誉。终于达到了他欲藏已久的雄心大志，完成了他独占群净鳌头的目的。使古都梨园境内，原来对"大净王侯"金少山不曾认可的人们，不得不对这位当年只能给他们穿把子或上配角傍戏的金某心服口服、深怀真诚敬佩之意，伸出了拇指。

自金少山和杨小楼、梅兰芳在上海挂双头牌合演《连环套》与《霸王别姬》之后，他的身价倍增，包银猛长，他所创办的"松竹社"戏班的演出价码收入更高。使得这位久闯江湖，纵横天下，艺贯南北，日进斗金的"金霸王"又重新恢复了吃喝玩乐和驾鹰喂犬养老虎的旧习，等等。当时，上海、北京一些有钱人的家里，喂养的宠物大都是一些小狗、小猫、鸽子、斗鸡、金鱼、名鸟等之类的小动物和一些名贵花草，而金少山却来了个与众不同式地养起了老虎。他这种自幼就惯养成了玩世不恭的玩家习性虽属旧艺人的不良染习，然而，金少山在喂养猛虎之处，就花脸艺术而言，却出乎预料地受益匪浅。例如，老虎进食时的贪婪，抖毛时的架势，嚎吼时的风威，扑卧时的虎形，睡觉时的呼声，看到外人时的敌意，吃饱后的懒姿，撒欢时的狂喜，逗小动物玩耍时的乖俏，夜晚两眼放射寒光时的神态和迎接主人回门时的兴奋情感等，金少山通过仿虎学虎和效法式地细心观察，取而用之，化为己有。总之，终日与兽中之王的猛虎同宿共眠、昼夜相伴的金少山，无疑从他的爱虎身上领悟到了许多有关"虎吟""虎势""虎嚎""虎威""虎吼""虎身""虎影""虎气""虎形""虎声""虎神""虎性""虎韵""虎姿""虎态""虎怒""虎欢""虎眠""虎醒""虎喜""虎情""虎爱""虎乖""虎意""虎猛""虎啸""虎惊""虎闹""虎玩""虎思""虎跳""虎扑"等等颇为珍贵、非常难得的花脸演唱艺术的知识素材。这样一来，对金少山所从事的花脸专业，在表演方面善讲的威武健壮、豪然魁伟，虎势勇猛、气度雄浑；在唱腔和道白方面善讲的声似虎狮同吼、气如雷劈之大，童音铜声、猛重响沉；在形体工架方面善讲的文雅火爆、风范大派，虎势龙威、旷纵豪迈、庄重沉稳的超越发展大有裨益，起到了突飞猛进的决定性作用，使金少山的宏图大业具有了传奇性的突破。

由于他天长日久的坚持喊腔、吊嗓，在原本声音高亢洪亮的基础上，其声腔气韵的变化，使人难以置信，超越了常理。金少山在北京"中山公园"后门处，学虎仿虎式地苦练发声时，若赶上没风的天气，他一张嘴，眼前和身边两旁的树叶，就会簌簌地颤悠，所发出的声音其震动力可形成气流遥撼，吹动树丛花草的叶枝前后摇摆，左右晃动，令人称奇！由此可见，他此时的嗓子声音的震动力之高，气法构成的冲击波之大，已经修炼深化到了炉火纯青的神圣境界。用句过头的话来讲：喊腔功法呼风唤雨，喷口气量飞沙走石，音韵声色登峰造极！金少山按捺不住自己内心深处的兴奋喜悦，又一次如鱼得水地说道："我终于寻找到了传授绝技的师傅，真乃是天赐良机，虎助我也！"

诚然，金少山这种独特"气""声"的神奇现象，不仅倾倒了当年的观众，就同业而言，也令许多从事花脸行当的艺人们羡慕不止，望尘莫及，心服口服，夸夸其谈，赞不绝口，流传至今。

一日下午，金少山在自家院内正跟他所心爱的虎娃和黑炭儿玩耍，待玩得最有趣儿时，忽然有人在院外敲门，此时已满十周岁的虎娃听到声音，立刻停了下来，气势汹汹地往门口跑去。金少山见到此景怕惊吓着来人，不由得大喝一声："站住！回来！"不料，他这句声如雷劈的喊叫，竟然把兴致勃勃、本想在叩门人面前抖抖威风的虎娃，吓得打了个冷战，瞪着双眼直看主人，急忙乖乖地跑回了原处，卧在了地上不敢乱动。等金少山打开大门，把来客请进屋后，喂了虎娃一些它爱吃的东西，讲了几句安慰它的话，又用手抚摸了一阵后，这只受惊老虎的情绪，才算慢慢地稍有恢复。

可谁知，自从虎娃受到金少山的惊吓后，第二天不吃不喝，不蹦不跳，不欢不玩，整天睡觉，昏昏沉沉地害起病来。这下，可把金少山给吓坏了，他无心唱戏，无心练功，无心会友，无心办事，无心喝酒，无心吊嗓，无心赏花观景。就像对待自己的亲生儿女一样，跑到街上给虎娃买了许多它最喜欢吃的东西，和一大堆牛羊鸡鸭的新鲜肉类以及一些含有高级营养的美味佳肴食品来喂。然而，平时欢蹦乱跳，每日要喝上七八斤牛奶和吃上十几斤新鲜肉食的虎娃，却仍然是连闻都不闻，难以进食，只是一个劲儿地拱进主人金少山的怀中闹人。

在虎娃病间，金少山急得昼夜不眠，到处请兽医为它看病治疗，就像照顾小孩子那样，张嘴一个"乖乖！"地哄着喂药，闭口一个"宝贝儿！"地抱着打针，整天忙得不可开交。到了晚上，金少山害怕虎娃半夜病情恶化，就搬出了卧室与爱虎同宿，夜间又怕冻着吓病的虎娃，就将自己花了近千元刚做好、还没穿过的水獭领貂皮大衣给它盖上，并搂着病中的爱虎睡觉，使他的两位夫人都不太高兴，产生了醋意。就这样，没日没夜地精心照料也没能把虎娃的病给治好。

后来，还是有朋友向他提醒，金少山特地乘飞机赶往上海，从外国的马戏团里出高价请到了一位颇有经验的欧洲洋驯虎师，好吃好喝好招待地在北京住了半个多月，经过细心地观察后，用祖传的治虎秘方，才使金少山所宠爱的这只老虎的病情痊愈，获得了新生。然而，自那位洋驯虎师来到北京的二十几天内，除了应付给他的医疗费外，光每天的西餐洋酒宾馆费就花了现洋三百。从此，金少山对他所喂养的虎娃和黑炭儿、傻黄（西藏狗）更加腻爱，再也不敢在它们面前胡喊乱叫的吓唬了。后来，这段虎情虎义的感人故事，竟也成为了金少山的一桩美谈。

自古以来，只听说过猛虎的吼叫声，能把人吓得魂不复体的行容，还从来没有听说过人的喊声，居然能把老虎吓得乖如绵羊似地害起了大病。当然，我们并不否认，这里面存在着这只老虎是由金少山从小喂大的原因，也不排除虎与主人的深厚情感，然而，金少山那句声似炸雷的呼声，也确实显示出了他敲山震虎的强大功力。

的确，自崂山道士赐予良药，金少山的嗓子起死回生、时来运转后，这些年来无论是从事业到金钱，从天助到人气，从时运到机遇，他一直是顺风顺水，畅通无阻，节节高升，平步青云。从此，仗凭他超凡的灵感和悟性，根据自己五音俱全的天赋条件，修炼深化成了一副大气量的钢嗓铁喉，行腔功力竟达到了声震屋瓦的神圣境界。他在舞台上的"唱""念"猛重嗓喉，具有古刹撞钟之瓮，震山乱虎之威，被行家公认。其嗓音惊震得戏楼梁柱摇摆、四壁回声的事实和其龙吟虎啸、腔气生威、十里见音、荡扬五峰的喉筒，被世人赞赏。

后来，金少山又通过养虎观威、细仿神韵的观察和其多年来的舞台实践、从中领会、感悟出了虎可行风，风能唤雨，然而，电公雷母阴阳碰撞使风雨交合后，方可产生出地动山摇、电闪雷鸣的惊炸声流回荡之音。于是乎，金少山在其父金秀山"老金派"花脸演唱的声腔基础上，首创出了金氏独门独到的

"龙""虎""风""雷"交加浑然之"音头""音腹""音尾""音量""音色""音骨""音肉""音型""音语""音理""音韵""音学""音吕"（注：在我国古代音乐十二音律中分有六阴、六阳，"吕"为六种阴律；"律"为六种阳律，阴阳合称十二音律）、"音律"（即阳律，也可称作阳音）、"音质""音域""音悟""音技""音术""音美""音沉""音响""音力""音实""音炸""音情""音透""音猛""音瓮""音足""音威""音荡""音高""音扬""音厚""音宽""音大""音洪""音亮""音巧""音鸣""音墩""音放""音瓷"等醇香浑厚、一绝秀美、虎气生风的新金派行腔功法。新金派的演唱功法，其秘诀创立为"龙声"即指冲力度，"虎音"属墩厚度，"雷声"系猛炸度，"风音"乃气流横回瓮当暴响之韵律也。

由此可见，金少山声腔的创造，气韵的发明，为早期京剧净行演唱艺术的发展输进了新的血液，在花脸的声腔美学方面，为我国的戏曲史页涂上了浓墨重彩的一笔。单就目前人们津津乐道的嗓子而论，就花脸行腔而言，不仅是前无古人，而且截止到距离先生已去世半个多世纪的今天，在现代音响设备齐全的舞台上，仍可以说是后无来者。

相传，有位金少山当年的故交酒友，上海"皇后大戏院"的经理张竞寿先生到北京看望金（少山）老板。金少山见后大喜，英姿勃发地告诉来友："我最近的嗓子格外痛快好使，咱们弟兄多日不见，今天晚上请老弟看我演的《铡美案》。"当晚这位从江南来的张竞寿经理，坐在由金少山为他安排好的"华乐戏院"第六排中间的高档席位上，待金少山饰演的包拯唱的一句［西皮倒板］"包龙图打坐在开封府"，嗓门音调高亢洪亮，吐字喷口嘎嘣酥脆，龙虎横韵雷霆万钧；用气功法，犹如飞沙走石一般，声势风威，具有排山倒海之势。只震得这位江南来客张竞寿，则顿时感到头晕目眩、胸口疼痛，天旋地转、瓦砖移松，就好像突然间害了大病一样，两只耳朵闻风示气，老半天听不见别的声音，势如破竹嗡嗡作响。散戏后回到住处，张竞寿怀着非常奇怪的心情，特别惊讶地问金少山："金兄，我算是领教了！怎么如今的嗓子这么好？比您在上海时大的出奇，震得愚弟心肺发慌、两耳哄哄难以招架！"金少山听后，颇为兴奋地备下酒宴，稳如泰山地落座后，含着非常神秘的口气，低声细语地笑着说："我得到了高人指教，师傅姓'虎'！"事后，这位上海"皇后大戏院"的经理张竞寿，才得知金少山从老虎身上习武学艺的真情。临别时，他自言自语地说道："金少山真乃是梨园界的古今怪才、奇才、鬼才和技艺卓越的旷世雄才也！"回到上海后，他逢人便说，遇人就讲，把金少山养虎观威、仿练行腔的情景，传的神乎其神，为金少山以后的南下演出铺垫了传奇般的基础。当然，像金少山这样从他喂养的老虎身上，探求出花脸之艺的现象，无论从前与当今，一般戏曲演员的经济条件是很难达到的现实。故事讲到这里，我们拐回头来想想，金少山的嗓子由坏变好的突变，除了他平时的刻苦研练之外，是否跟他七岁那年，与金少山的母亲做的那场"猛兽吼叫"的怪梦，有着某种千丝万缕的阴影和不可分割的联系呢？

第十九题藏头诗

组建戏班净开山，
班社松竹金领先，
挑梁挂牌压大轴，
梁直方可鼎屋天，
养虎学虎效法虎，
虎娃助艺翻一番，
观众赞美金三爷，
威武台风嗓喉担。

二十、课徒传艺　移师天津

金少山不仅为人仗义,性格豪爽,而且非常爱才惜艺。他对待酷爱京剧艺术,尤其是特别具有前途的年轻后生,只要是棵好苗子,无论是专业的,还是业余爱好者,也不管是花脸行还是其他行当的青年演员,或是业内或是票界,金少山则是有求必应,热情指导,关心爱护,毫不保留地给予帮助和提携,有的还收为了自己门下的徒弟和义子。1930年,他在湖北汉口"大舞台"演出时,由汉剧著名老生演员吴天宝介绍,正式收了蒋少奎为徒。1936年,金少山与小菊红、张如庭、袁小楼等在江西南昌演出时,当地有一位堪称"江西净王"的花脸名角万里明拜在了他的门下。

金少山这次返土回京,不但开辟了净行挑班的先河,所演剧目反响极佳,观众为其倾倒,行家为之称快,并在培养后人传艺课徒方面,为中国的京剧事业做出了重大的贡献。一天,京剧名家王福山来到金家登门造访,并与金少山带来了一位后生。见面后,王福山首先介绍说:"这位小伙子叫吴广志(著名京剧表演艺术家吴钰璋的父亲),在邮局当差,酷爱京剧,执迷花脸,前时他看了您唱的几出戏后,跟着了'魔'似地一连几宿睡不着觉,一心想拜金老板为师!托我无论如何带他来拜见先生,今儿个我把他领来,请您先看看广志的条件怎样?"好客的金少山先招呼他们坐下,而后吩咐佣人送来茶水和果品,言谈中,金少山觉得这位小伙子的长相到个头,各方面的条件都挺好,待听了他唱的几段戏后,感觉学唱铜锤不错,很是喜欢,再者,也被吴广志的执着及真诚投师的愿望所打动。于是乎,金少山便欣然答应收之门下为徒,而且择日在北京"同和轩"清真饭庄举行了拜师仪式。"松竹社"正式成立时,金少山为武广志改名吴松岩。

没过多久,山东烟台的京剧票友赵炳啸直奔北京决意投师金门。他在京城友人的引荐下来到金府,见面后,赵炳啸非常恭敬的拿出了烟台"福禄寿戏班"著名老生贵俊卿老爷子给金少山写的信,信中详细地介绍了赵炳啸一心想拜金少山为师的愿望等,金少山看过信后,热情地招待了赵炳啸,跟着又听了他的两段唱腔,金少山见来者的脑袋虽然小了点儿,但嗓子很好,个头不错,也挺会唱戏,再说还有贵(俊卿)爷的举荐,不可推辞,便爽快地答应了下来,同意收为弟子。待拜师的正事儿敲定后,金少山向赵炳啸打听起了烟台"福禄寿戏园子"的贵俊卿、孙佐臣、罗进才、张少甫、秦雪梅、王洪寿、孙柏山、王海山等和戏班里的情况,赵炳啸见师傅问得这些烟台的名流,他基本上全都认识,也就口无遮拦地讲了起来,这天,师徒二人一直聊到晚上,赵炳啸才带着兴奋的喜悦心怀离开了师傅的家门。

拜师礼过后,金少山给吴松岩、赵炳啸开的第一出戏是《御果园》,因为这出戏。一来是[二黄],二来是"短打",金少山考虑用《御果园》启蒙最为合适,好让他们两个先练练身上,学学做派。头几天,由范宝亭教授,金少山过眼,主要是对他们两个的基本功训练。后来徐德增之子徐世光(也是金少山的义子和徒弟)到金家时,金少山就让他的义子徐世光抽时间给吴松岩、赵炳啸辅导、练功,教他们两个走台步、耗膀子、起云手、抖水袖、拉山膀、学起霸、练走边、拿马鞭、跑圆场、上马等一些身段工架方面的动作。

一年之后,徐世光从"富连成"科班出科(毕业),正式拜义父金少山为师,并有幸跟随了既是师傅又是义父的金少山多年,得到了绝好的学戏和深造的良机。随后,誉有"东北霸王"之称的京剧名净杨月笙颇为仰慕金少山的表演艺术,托他姨夫冯华庭特地从东北赶到北京来徐(德增)家求助,待说明来意后,通过热心的徐德增搭桥,使杨月笙如愿以偿,终于拜认了金少山为其义父高堂。

除此之外,特别值得一提的是,刚刚进入花季之年的旦角新秀吴素秋,趁金少山返回故土之际,在北京也拜叩金少山先生做了她的义父。吴素秋幼年曾考入中华戏曲专科学校学戏,后又拜尚小云、荀慧生为师,深得尚、荀二位恩师的真传,她艺术功底扎实,扮相优美亮丽,嗓音清雅脆甜。而且,悟性尚好,颇见灵气,崭露头角就大放光彩。金少山对其十分赞赏,他常说:"素秋这孩子有出息,是块唱戏的好材料，她演戏是味儿，前途无量！往后有机会一定得好好带带她！"

金少山外地的弟子，在学戏方面或写信向师傅求教，或打电话寻问师傅，实在是弄不懂的地方就赶往北京找师傅亲授。但北京的徒弟就方便多了，他们守在金少山身边，想问便问，说练就练，随时可以得到师傅的指导，在金少山演出时，还可以亲眼看到师傅的精彩表演，获得了许多学习、观摩的良机和栽培。

北京的吴松岩拜在金少山门下后，金少山对爱徒吴松岩采取"熏"与"教"两种方法传授技艺。一般情况下，吴松岩除了白天苦练基本功外，只要金少山不演出，他每晚十点左右必到师傅家中学艺，因为这时金少山刚起床不久。吴松岩在师傅身旁小心地伺候着，有客人来时，或端茶倒水，或拂蝇驱蚊，特别是在师傅与来人谈戏时，他总是默默地心记，这种方式，金少山谓之"熏戏"。待夜半一点钟左右，吊嗓子的琴师赵桂元一到，吴松岩心领神会，便恭恭敬敬地给师傅请安，向琴师问好，道一声："师傅，我走了。"而后鞠躬告别离开金家。不知情者对此不解？还认为是金老板顽固保守，故意敷衍糊弄徒弟？有一次金少山的知音好友翁偶虹曾问金少山："金老板，您吊嗓子时，为什么不让徒弟听呢？"金少山笑着回答："我吊嗓子时的腔调经常变化，今儿个这样吊，明儿个那样唱，后天也许就又不一样了，其行腔的唱法来回变动，都不固定，松岩在场，反而会越听越迷，摸不着诀窍，弄不准应如何效法，恰巧误事。让弟子们听我在台上唱的，那才是可学、可仿、可用的标准。"

所谓"教"，就是"授戏"。金少山给吴松岩说戏，总是在没人的时候传授。曾非常认真地亲授过他《连环套》中的"坐寨盗马"与《锁五龙》《阳平关》《渭水河》《托兆》《二进宫》《五台山》《大回朝》《草桥关》《黑风帕》《断密涧》《御果园》《探阴山》《断太后·打龙袍》《刺王僚》《铡美案》等戏。金少山教授艺术，解囊相送，一丝不苟，不藏不掖，毫无保留，把自己的绝活全盘托出，对所有的徒弟皆是如此，全部一样。例如，笔者前面已经讲过的金少山就《盗御马》一折头场"走边"中的一绝：窦尔墩右手提大带、左手撩箭衣在［撕边·巴答仓］锣鼓声中上场"金鸡独立"亮相，然后左右一看，扔大带、双手后背，转身回望；一个小"云手"，右手推髯，左手掠住；右手再抄大带，把中指塞在两层大带中间，反转身，将髯口扔在右肩上，顺势双手把两片大带分开，向前垫步、趋步，双转大带穗子，到台口亮相。吴松岩掌握得行如流水，环环相扣，熟之家珍，他虽未演过该戏，但却把跟恩师金少山学到的这手绝活，传授给了他的儿子吴钰璋。吴钰璋后来成为了著名的京剧表演艺术家。

在金少山无私的教授及精心的培育下，吴松岩正式演出了《草桥关》《托兆》《铡美案》《二进宫》《探阴山》《断太后·打龙袍》等戏，而且效果极佳，大受欢迎。就吴松岩演出期间，作为师傅的金少山特请范宝亭为他把场，并亲自动手给爱徒勾脸谱半个。梨园行，尤其是京剧界的学生首次登台演出，凡须开脸谱的净角（包括勾脸生角）人物，师傅们都是给弟子勾出半个脸谱的谱式，而后徒弟自己按图学勾另半个脸谱。这样一来，等以后再演该戏时，就可以自己开脸了，由此可见，梨园前辈和做师傅的良苦用心及代代相传的模式延续。

有一次，为了救济贫困艺人，梨园公益会在北京组办唱大义务戏，金少山自然积极参加，他出台的剧目是《八蜡庙》（又名《招贤镇》《拿费德功》），并在这出戏中扮演金大力。由于金少山出身满族，了解旗人的生活习惯，本人又体形魁梧，人高马大，扮上戏来形象特好。穿着"汗德汗"的马褂，台上的口白用张扬的"阴平"音念出，脚蹬螳螂肚的靴子，抹着鼻烟，架着真鹰，晃动着膀子走"十三太保溜场子"的架势。整个晚上好声不断，掌鸣如雷，七嘴八舌，赞不绝口。

回去后，吴松岩纳闷地问金少山："师傅，您老的这只鹰在台上怎么那么听话？在台上飞来飞去，您一打招呼它就过来，不但不怕锣鼓家伙的响声，还能配合您的表演，台下的观众誉论纷纷，不仅夸您，还夸它呢！"正在兴头上的金少山笑了笑，而后冲吴松岩说："小子，告诉你吧，这只鹰是东城一位叫和尚那子的大爷驯出来的。这位和尚那子是京城里的驯鹰高手，名气颇大，声望极高，除了你师傅我的面子，他不好不给，别人借鹰，他是不会出手相借的。他视鹰如友，护鹰如宝。玩鹰驯鹰的名堂大了去啦！"吴松岩听了金少山的这番话，对鹰的事情更感兴趣，便恳求师傅给他讲讲驯鹰的技巧。正好，金少山自小就是玩家，他被徒儿松岩这么一问，便滔滔不绝地讲了起来："北京人玩鹰，常见的鹰有海青鹰、燕松鹰、垛子鹰、细熊鹰、鹞子鹰、鸽鹰、苍鹰、黄鹰、松子鹰、白熊鹰、鱼鹰、青毽子鹰、黄毽子鹰、座山雕（鹰）、海青鹰、土鹘鹰（又称隼鹰），等等。这十几种鹰有雄雌之分、公母之别，外行是很难辨清的，松子为雄，白熊为雌；细熊是雄，鹞子是雌；黄鹰为雄，鸽鹰为雌；黄毽子是雄，青毽子是雌。清朝时期，凡皇帝行围射猎后，在庆功宴上要演奏《飞燕捉天鹅》的曲子，指的就是海青鹰。玩鹰最关键的和其最讲究的就是驯鹰，驯鹰又称熬鹰，这熬鹰一个人是熬不成的，必须得两个人日夜轮流换着熬才行。那时候熬鹰的人到了晚上八点来钟，都从各家出来，去大栅栏儿五牌楼聚齐，找个果子摊儿灯底下一站，等到来了五六个人后，便一齐顺着大街往南奔珠市口，从珠市口再返回来，等中和园、华乐园、广和楼戏园子散了戏，人少了后，再进前门到天安门，沿着长安街直奔西单、西四、到太平仓的夜茶馆，这里是京城内熬鹰者大聚会的地方。凡属熬鹰老手都知道鹰喜凉怕热，更怕惊吓，不能进茶馆里面，茶馆的老板专门在门口处准备的有桌椅条凳，大伙儿就在此处落座歇脚，各自熬鹰。待东方欲晓，鹰就来了精神头了，瞪着双眼，张开翅膀，挺着身子乱飞，这时候得赶快给鹰戴上帽子。片刻，换班的人就会来到，这样连续大概有十几天的时间，看鹰的野味儿退了，白天见人不怕不惊了之后，就可以给它摘掉鹰帽子啦。行内人士讲究熬鹰要熬到'头似松塔，眼如芝麻，尾像塔拉'，方属上品，可值钱啦。"

金少山自幼就养狗、驯鹰、斗蛐蛐，种花喂鸟、玩斗鸡，他无所不好，无所不精。金少山的这些喜好虽存不良，但在他后半生的艺术生涯中，就某些方面而言，在艺术上也确实起到了不容忽视的大用。平心而论，我们应该从中看到，金少山的确通过玩耍领悟出了许多别人无法寻找到的戏理艺经，绝招怪术，值得探讨。金少山曾经对他的好友翁偶虹说过："翁先生，您瞧我养的这些鸟儿，红靛、蓝靛、红子、鹦鹉等，可不是单为嗜好和欣赏而喂养。当然，在我年轻的时候只是为了满足玩性，因为贪玩，小时候父亲没少打我，可后来就不一样了，不瞒你说，我常从鸟儿鸣哨的声音里悟出许多行腔的道理。就拿唱《锁五龙》那句'见罗成不由我牙咬坏'的高腔来讲，即是从'红子'的'滴滴水儿'悟到的；我声轻气平的念白是从'蓝靛'的'小盘'悟出的。先生，您再看我这院子里种的那些花花草草，除了平时可以观赏之外，而最重要的是能从五颜六色的鲜花姿态中，捕捉脸谱的变化及扮相。在演《忠孝全》时，剧中王振一红到底的打扮，就是从云南的红茶花想到的；我唱《草桥关》的姚期，其行头穿戴白满白蟒，一身素雅，越素越不嫌素的一白到底，就是从白玉兰中悟出的。还有我从老虎身上仿学工架，效法虎声，观察形态等等确实受益良多，大见成效。"

金少山的小儿子金洪群在《我的父亲金少山》一文中写道："亲妈（指金少山的原配夫人杨淑英，她一辈子未曾生育）时常向我提起父亲的为人与他的情趣爱好,父亲为了演好戏,他特别喜欢养花、鸟和小动物,家里各种名花都有,像菊花、山茶花、玉兰花及南洋的铁花,还有腊梅、紫竹、仙人掌;鸟类品种也不少,有红子、蓝靛儿等,院子里简直像个'小花园'。"

梨园界的人们都知道金少山喜欢养狗,他养过一条大个头的西藏犬取名"傻黄"和一只小个儿的京巴"黑炭儿"。前面文内已经提到,这个蒙古种的小"黑炭儿"之所以取名为"黑炭儿",是因为它浑身上下毛色漆黑,没有一根杂毛,而且油光滑亮,长相乖俏讨人喜爱,金少山走到哪儿,就把它带到哪儿。若是主人不高兴时,聪明灵透的小"黑炭儿",就会像表演一样,故意在主人面前做些逗金少山开心的动作,使他忘掉烦恼。金少山抱着它去戏园子演出,在后台换服装时脱下来的衣服,小"黑炭儿"就会给主人看着,从不让别人靠近。金少山还养过一只比"黑炭儿"更通人性的猴子,名唤"猴三儿",这里就不再说了,因为笔者在前文讲过。

金少山所养的另一只大个子西藏犬"傻黄"的个性,却与性格顽皮的小"黑炭儿"反差很大,完全不同。而且,金少山在收养它时,忠厚老实的"傻黄"与主人还有一段感人肺腑的故事,让人难以忘怀:上海1934年的一天,金少山出门去附近的一家清真卤肉店给小"黑炭儿"买它最喜欢吃的五香卤羊肝,待金少山在这家卤肉店买过羊肝后,刚走出店门不远,迎面跑来了一只毛色金黄的小狗,这只黄色小狗可能是闻到了肉香味儿,冲着金少山直摇尾巴。原本就特别喜爱小动物的金少山自然欢心,就连忙拿出来一大块羊肝喂它,然后便没有停步的扬长而去。可谁知,小黄狗三口两嘴吃过之后,便随着金少山的身影跟了过来。到了家门口,金少山回头一看,才发现了尾随在身后的小狗,就又掏出了几块羊肝扔在了地上。等第二天一大早,金少山去城隍庙喊嗓子时,在自家的门墩处又意外地看见了那只金黄色的小狗。小狗呢,看到了金少山后,就像是见到了亲人似的又蹦又跳又摆尾地向金少山扑了过去,金少山见此情景非常高兴,便蹲下来用手抚摸着它的头给小狗说起话来:"小狗先生,你家住在哪儿啊?喂养你的主人是谁呀?你怎么一个'人'跑出来啦?你听我说,赶快回家吧,不要在外面乱跑了,不然的话,你找不到东西吃会饿死、冻死的,你的主人找不到你也会着急的,我讲的话你听懂了吗?"小狗在旁边静静地听着,然而还是一个劲儿地摇着它的小尾巴,给人的感觉好像在说:"我是被主人抛弃的小狗,如今已无家可归,您能收留我吗?我长大了可以给您看家护院呀?"片刻,金少山又接着说:"我说了半天,也不知道你听懂了没有?这样吧，你先在这儿等我一会儿，等我从城隍庙练嗓子回来后给你带点好吃的，你再走。好了，不给你说了，我得走了。"话毕，金少山便往城隍庙走去。这只小狗眼巴巴地望着金少山的背影渐渐消失在了蒙蒙的晨光之中，远它而去。

金少山从城隍庙练声回来，顺路买了一大包卤好的牛羊肉和一只烧鸡掂着刚走进弄堂，小黄狗看到金少山，仿佛见到了自己的主人那样活蹦乱跳地来了精神，金少山顿时兴奋起来，三步并成两步走地跑了过去，顺手从包里取出来一些肉食送到小狗的面前，让它美美地饱餐了一顿。而后，就到自家的院子里准备摆弄他种的那些名贵花草去了。

由于天气的变化和金少山连日来的演出劳累，因为身体不支生起病来，一连三天没有出门，在家里养病休息。寒冷的冬季，突然转向了雨搅雪地下个不停。这天早上，夫人杨淑英冒着雨雪到街上给丈夫金少山买药，刚走出大门，居然发现一只被雪水淋得浑身湿透、直打冷战、已奄奄一息的黄色小狗，一动不动地卧在了自家的门口，即刻转身冲屋内的金少山大声地喊了起来："少山，你赶快过来看看，咱家门口卧着一只快要冻死的小狗，已经不行了。"金少山听见夫人的喊声，感到不好，连忙跑了出去。一看，方知这几天小狗一直在这里等他，肯定三四天没有喝水、吃东西了，这么冷的天不冻死、渴死、饿死才怪呢。于是乎，不由分说立刻抱起这只可怜的小黄狗跑进了屋里，擦干了它身上的雪水，用毛毯裹着将小狗放在了离炉子很近的沙发上，而后吩咐保姆赶紧把牛奶温热，再切些酱牛肉拿过来，大约过了半个小时的钟点，小狗慢慢地苏醒过来，金少山一看有救，心中大喜，忘掉了自身的病情，连忙将温过的牛奶和酱牛肉端到了小狗的嘴边，小黄狗吃罢牛肉喝过牛奶，身体稍有好转，就又冲着眼前的金少山摇起了尾巴。这时，旁边的小"黑炭儿"看着这位新来的不速之客，发怒地汪汪直叫，似乎在说："不准吃我家的东西，更不能占据我的领地与我争宠，快点给我滚出去，不然的话，我小'黑炭儿'对你可就不客气了！"把刚刚恢复过来的小黄狗吓得连忙躲到了墙根处，不敢动弹，金少山连着两次把它抱回到火炉边的地毯上，可小黄狗仍然还是被"黑炭儿"吓得跑回原处卧着发愣。无奈，金少山用训斥的口气冲小"黑炭儿"发起了脾气，小"黑炭儿"这才算是暂时停止了叫声。可等到第二天，"黑炭儿"醒来一看，这位外来户还没有走，它便冲着小黄狗叫得更凶，声音更大，不仅如此，还护着食物不让小黄狗靠近碗边吃饭、饮水，更不能到它的主人那里去撒欢求宠、告黑状。这下可把金少山给急坏了，他思来想去，犯起难来，心想：这可咋办呀？这些年来娇生惯养的小"黑炭儿"在家里一直是处于唯我独尊的地位，从不让外来的同类闯进家门。它用不友好的态度对待小黄狗，按常理来讲无可厚非，但这样长期下去，总不是办法。小黄狗的身边有人便罢，若是哪一天身边没人在场，"黑炭儿"一旦发起狗威，肯定会毫不客气的欺负人家初来乍到，人地两生。再说，金少山通过小黄狗的牙齿晓得它最多才两三个月的年龄，万一"黑炭儿"把它咬伤了可就麻烦了。这只小黄狗也不知道是谁家养的宠物，这么小竟忍心将它扔在了街上，没吃没喝无处安身，用不了多久就会暴死在街头。如今我既然收留了它，就得好生对待，负责到底才是。然而，怎样才能让"黑炭儿"与刚刚收留的小黄狗和睦相处呢？金少山不由得发起愁来。

就在金少山思来想去，该如何解决"黑炭儿"不再欺生的问题上忧虑的时候，夫人杨淑英从楼上下来对金少山说："少山，你平时不是挺会训练小动物的吗？一个小'黑炭儿'就把你给难住啦，它不是最听你的话吗？你只管给它讲讲道理，再不然连哄带吓得不准'黑炭儿'吃饭，试试看效果如何，说不定会起作用。"无奈之下，金少山也只好按夫人讲出的办法，把小"黑炭儿"叫进客厅，长篇大论、苦口婆心的开始给它上起课来，冲着精明的小"黑炭儿"讲了一些类似"黑炭儿"最听话了，是个最聪明的小狗，咱家来的那个小黄狗已经没有地方去啦，你如果不让它来，它就会流落街头，饿死、冻死或病死的，小黄狗还这么小多可怜呀，咱若是收留了这个小弟弟，以后还可以陪着你玩，那多好啊！从今往后我会对你更好的！给你买好东西吃，你看行不行？要是你不听我的话，还是汪汪乱叫的欺负人家，不准小黄狗在咱家住下，我就不要你了，把你扔到外面让你也尝尝无家可归的滋味儿……就这样，金少山一连几天的给小"黑炭儿"唠叨几遍，可还是丝毫不见效果，仍然不起作用，它每天照样是护着食物不准小黄狗进前，而且看到小黄狗就很不高兴地汪汪大叫，有时甚至把小黄狗哄到院儿里，不准进屋。金少山眼看着小"黑炭儿"容不下别"人"的个性，用尽了心思，绞尽了脑汁，伤透了脑筋，就在他对小"黑炭儿"毫无办法不知所措的时候，杨淑英又给金少山出了个主意让他试试看。乱了方寸的金少山也只好狠下心来，按照夫人所讲的计策，把"黑炭儿"训斥了一顿后，连骂带吵的将它扔到了院外，关上了大门，任凭"黑炭儿"在外面如何叫着抓门，也不理它。就这样，一连几天连吓带吵、真真假假地扔了几次，果然起了作用，有了效果。紧接着，金少山又到街上买了一张二郎神杨戬的神狗"哮天犬"像挂在了房间，摆上了桌案和供果，点燃了香炷，冲着身边的"黑炭儿"和小黄狗说："今儿个你们哥俩就结为金兰之好，和睦相处，黑炭儿为兄，小黄为弟，尤其是黑炭儿，你比小黄弟弟年长几岁，要知道关心它才是，等会儿结拜之后，就要像亲兄弟一样相互照顾，好好的在一起玩耍，听明白了吗？"，两只可爱的小狗儿，直挺挺地看着主人，似乎听懂了金少山的话意。片刻金少山又接着说："好，现在就开始结拜，切记，就按我事先教给你们的动作，听我的口令来做就可以了。"，不料，就在金少山喊出一叩头时，它们两个坐在地毯上，互相看了看对方后，竟捧起前腿、抱拳作揖的点起头来，使杨淑英与程艳芳和屋里的人们又惊又喜，兴奋地金少山一边大声喊好！一边高兴地赶紧拿小狗们最喜欢吃的东西，一个劲儿地喂起了它们。

说来也怪，从此以后，"黑炭儿"见到小黄狗不仅不叫不咬、不排斥，反而就像对待自己的小弟弟似的，到了用餐的时候它总是让小黄狗先吃，自己却连看都不看地在一旁等候，永不再护食。两个小家伙儿吃过饭后，黑炭儿还主动领着它的兄弟小黄狗在院子里打打闹闹去玩，有时竟然非常关心的给小黄狗舔毛挠痒，相互照料。两只爱犬和好后，金少山看在眼里，喜在心中，全家人见此情景更是感到高兴。谁知，一年后，小黄狗居然长成了一只威猛雄壮的大个子黄狗，其吼叫声又粗又大嗡嗡作响，发怒时的神态更为吓人。有趣的是，小黄狗的体形虽然长大，但它从不欺负年龄比它大、个头比它小的"黑炭儿"哥哥，两只小狗依然如旧的和从前一样，就像亲兄弟似的和睦相处，形影不离，互相关照的各负其责。性格忠诚憨厚的大黄狗负责看家护院，机敏灵透的小"黑炭儿"却担负着让主人金少山和全家人开心的责任。金少山根据小黄狗长大后的个性，给它取名"傻黄"。从此，身强力壮的"傻黄"便有了自己的名号。在金少山的严格训练下，"傻黄"还学会了到街上的烟酒店给主人买香烟等，只要把钱和抽完烟的空烟纸盒交给它，"傻黄"就会用嘴衔着跑到卖香烟的商店里，把钱及空烟盒交给店主，店主看过烟纸上的牌子与收到的钱后，把金少山需要的香烟放在"傻黄"的嘴里，若是还得找钱"傻黄"拿到香烟却不会离开，并摇着尾巴向店主说明："还没有找我钱呢！"，待它拿到该找得钱和要买的香烟后，便会飞快地跑回家中向主人交差，商店里的顾客见到此景都会笑着夸"傻黄"聪明能干，是只好犬！这时只见它的尾巴摆得更快，摇得更凶，不用说，它是用这种摇头摆尾的方式，来向大伙儿表示自己的谢意。金少山每次见"傻黄"买烟回来，总是用手摸着它的头夸上几句，自然要奖励它一些好吃的食物表示满意。无论白天晚上，凡是金少山从外面回到家时，小"黑炭儿"总是抢先跳到主人的怀里，撒娇般地用它的小舌头狂舔金少山的脖子和耳朵来表明亲热，等完事之后，在一旁等待的大个头"傻黄"跃起前身，直立着将两只前爪放在主人的胸前，这时金少山用嘴亲吻几下它的头部示意想念或问好，然后"傻黄"与"黑炭儿"就会非常高兴地相互打闹着在院儿里玩耍起来。金家院内一只年龄大、个头小的小"黑炭儿"，一只年龄小、体形大的大"傻黄"，再加上金少山从香港带回来的那只名唤"虎娃"的老虎，可谓是人与动物和谐相处，共塌一所，欢欢喜喜，一派吉祥！好啦，有关"傻黄"的故事暂且谈到这里，拐回头来再说北京。

冬日一到，北京的天气比上海更加寒冷，金少山就养起了秋虫，蛐蛐、蝈蝈、油葫芦等，他把其各自放置在了精致的葫芦内揣在温暖的怀里。窗外大雪飞扬，银装素裹，寒气逼人，室内却暖气温心，花草绽放，一派春光！金少山半倚在炕上，一边闻着上品的鼻烟，一边听着秋虫的鸣叫，再观察着老虎的姿态，一面琢磨着唱腔及韵白，嘿！那叫一个美啊！简直是神仙一般的日子！真可谓"养虎观威逗'黑炭儿'，看家护院有'傻黄'！自幼修得一身艺，天降虎师助金门！"

1938年12月初，天津中国大戏院（现已更名中华剧院）的前台经理李华亭（人称"李鸟"、著名杨派老生李鸣盛的父亲）打电话给金少山，准备特邀他率"松竹社"赴津演出，金少山考虑片刻向对方提议说："李经理，我有个建议，想跟您商榷一下您看是否可以？"李华亭赶紧回答道："金老板，有什么条件，你尽管提出，不必客气，都是自家人嘛。"金少山在电话里接着讲："这次受您所邀赴津演出，虽然以我们'松竹社'为主，但我想让青年老生名角奚啸伯挑梁的'忠信社'，当红青年名旦吴素秋挑班的'秋文社'，三班组合大家联手同去天津，您看怎样？"李华亭听后，非常高兴，因为他知道吴素秋是目前京城内走红的后起之秀；二十七岁的奚啸伯乃是刚刚自组了"忠信社"戏班的挑班班主，两位演员都是当今颇见实力的青年名家。便随即痛快地回应道："金老板，您提的这个建议太好了！我举双手赞成！就这么说定了，演出的剧目及各项具体事宜，等我随后赴京和您面谈，好了，就这样吧，北京见。"就在此时，"松竹社"的主将徐德增收到一封东北来信，是他的一位辽宁省大连港的老友"宏济舞台"的经理李香阁寄来的，信中推荐前台分管票务组的孙焕如（著名花脸、导演孙桂元之父）前时回北京谋事寻差，烦请他给予帮助，并深表感谢。一向热心待人的徐德增手持书信，急忙来找社长金少山商量。金少山沉思了片刻对徐德增说："二哥，春林已经给我谈了几次了，说李世芳要组班，请他去帮忙，还有，将来梅（兰芳）大爷回来，他还得回梅老板的'承华社'当差。他想让我找人把他的总管换下来，并再三表示，如果有时间的话，他照样过来管理，决不食言，请我放心。二哥，您今儿个介绍的这个孙焕如，若是真的能来咱们'松竹社'接替春林的总管，目前正好是个机会，既然人已经来到北京，那就请他过来，咱们相互见个面，了解一下情况，谈谈条件。"

几日后，徐德增领着穿戴整齐的孙焕如来到金家，金少山一见，呵！年轻小伙儿眉清目秀，善面玉齿，英俊潇洒，相貌堂堂，一表人才，看上去显得格外精神。落座后，孙焕如彬彬有礼地向眼前的金三爷如实地介绍了自己的情况。谈话中孙焕如虽然言语简洁，却口才精练，彰显儒风。金少山见他谈吐举止严谨大方，处处谦恭，即面露喜色地说道："小伙子，年纪轻轻方晓谦恭之道，经营之术，我很欣赏！你若愿意的话，就在我们'松竹社'干吧。"徐德增见三弟满口答应，便建议说："三弟，我看干脆就让焕如接替春林的坑儿，你看怎样？"金少山心想这个小伙子当管事准是行家，正合我意，于是乎，他站起身来走到孙焕如面前，用手拍打着他的肩膀郑重地对孙焕如讲："没说的，我喜欢这小伙子，他一定能干好！'松竹社'的大管家从此以后就是你了。"孙焕如听后，连忙起身，并非常谦恭地说道："二位先生这么高抬过奖晚辈，焕如先谢谢二爷、三爷对在下的抬爱！只是'大管事'这么重的担子……"还没等孙焕如把话讲完，金少山就插话说道："小伙子，不要紧，只要你用心去做，好好干，这副'大管家'的担子肯定能担起来，我看没问题！我和二哥都相信你，你只管放心大胆地去干好了，出什么事儿我兜着！从今儿个起，你就是我们的'大管家'了，凡接洽各个码头的演出，本地或外埠各戏园子的吃住联系，包括咱们'松竹社'的各项收入、经济账目和家里的生活费用及大小支出等等业务，都由你这个'大管家'掌管，任何人不得越权。"站在一旁的徐德增，笑着对孙焕如说："焕如，你现在就是咱们'松竹社'的主要负责人了，从今儿个起咱们平起平坐弟兄相称，可不能客客道道地称呼别的了。"孙焕如有点不好意思地急忙说道："哎，不不不，可是不敢当，得尊称二爷或先生！"徐德增稍息片刻抬头看了看金少山，而后说："要不然这样吧，往后你就管金老板叫三哥，管我叫二哥好了。"孙焕如听后喜出望外,他非常坦诚地接着说道:"按理说您二位本属长辈,又这么信得过我,焕如达心里感激万分,应尽犬马,今后我一定会努力工作,不负众望。不过,我想最好还是先考验一下我的能力与人品为妥,如果可以,二位前辈就把我留下来使用,若是胜任不了,先生再换别人?"金少山最后笑着冲孙焕如说道:"好啦焕如,你就不必再客气了,咱们就这么说定了!前时天津卫'中国大戏院'的经理李华亭先生打来电话,邀请咱们松竹社到天津卫演出,而且该院的李经理近期准备来京洽谈我社赴津演出的具体事项,等李经理来到,你们二位见个面,至于下期到天津演出的戏码、场次、时间等,你和二哥研究商定。另外,所去人员的吃住行和所演出戏码的服装、靴帽、把子、道具等各方面的具体索事,都要考虑周全,安排妥当,枕戈待旦,准备出发。除此之外,还要赶快通知素秋、啸伯他们抓紧时间,充分做好演出的准备工作,等候赴津,我前时已和他们二位谈妥。这次是我们'松竹社'与奚啸伯的'忠信社'和素秋的'秋文社'三个戏班联合演出,人员不少,杂事繁多,有劳焕如辛苦!素秋与啸伯两个年轻人都是唱戏的好材料!咱们能帮就帮他们两个一把,尽一点儿我这个做义父和做长辈的义务。"

李华亭到京后,商定了头三天的挂牌戏码和演出的具体日期与后勤安排等项工作后,很快就返回了天津。三天的剧目,金少山领衔主演。头天打炮和第二天的戏,仍是金少山与周瑞安的全本《连环套》,倒第二出是吴素秋、奚啸伯合演的《打渔杀家》,开锣戏是李多奎、萧长华的《钓金龟》,最后大轴戏是金少山的头、二本《草桥关》。第三天的大轴戏,是金少山与吴素秋合演的《霸王别姬》,头里是奚啸伯的《盗宗卷》。

中国大戏院将金少山来津演出的海报贴出之后,轰动了整个天津卫,上万人等竞相购票,不到两天的工夫,所有的戏票全部售完不说,戏院为了满足市民们的强烈要求及争相观摩的急切愿望,又增加了几千张站票也被戏迷们抢购一空。而且,这次的票价比北京还高,一等票是四块八角钱,折合当时的两袋'福星'牌白面,全场一、二、三等戏票的价码平均下来,每张戏票也合四块钱。据说,这是天津中国大戏院有史以来的最高票价。有不少的戏迷朋友说:"票价再高也得看'大净王侯'金少山!"金少山在北京大获全胜,转过年来,就要到北方第二个举足轻重的曲艺、戏曲码头天津卫献艺,而邀请金少山赴津演出的"中国大戏院",是当时京、津两地设施最为先进豪华、演出效果最好、同时也是最能显耀演员身份的现代化剧场。然而，旧时的天津卫，行行有把头，处处设卡子，就连车站、码头上的"红帽子"（即出苦力的搬运工）里都有把头，火车站的站台出口检票员也是一霸。这次三个班社乘坐的火车从北京出发，到达天津卫出站时，就发生了"恶棍故意向艺人发难"的一幕。天津卫火车站的出站口处，有两个检票的家伙正在小声地嘀咕着："哎，伙计，听说了吗？北京有个唱花脸的金少山在京城'红'得山崩地裂，无人敢碰，今天很可能就乘这趟车到咱们天津卫这一亩三分地演出，咱哥俩留点神，见到这个金少山，给他来点儿颜色看看，狠狠地敲他一笔！也让这个世称'大净王侯'的金少山知道知道我们天津人的厉害！煞煞这个'金霸王'的威风，灭灭这个'铁罗汉'的傲气！"另一个检票员问："你咋知道？""我有朋友在'大戏院'当差，他告诉我的！"那家伙回答。

那时候，凡中国公民每个人都办的有证明自己身份的"居住证"，出门时必须将证件带在身上。火车进站后，戏班的全体演职员相继出站时，第一个出站的是走在前面的名净马连昆，他见那两个检票的家伙横鼻子竖眼盯着他上下打量，感觉不太对劲儿，心想，不好，检票员可能要找事儿，于是，就故意点了一支香烟，准备见机行事。"哎，拿出'居住证'让我们检查检查是从哪儿来的？到天津干吗？"检票员用找茬的口气冲马连昆说，马连昆随声答道："从北京来的，到天津演出。"检票人抬头一看，故意恶狠狠地大声吼道："把香烟掐灭，你叫什么名字？"于是乎，两个人你一言我一语的开始对答起来，"马连昆。""干什么的？""唱京戏的。"，"什么行当？""净行。"，问到这里检票员一愣，看了看马连昆，不耐烦地说："什么净行脏行的，把话讲清楚点儿？""唱花脸的。""唱花脸的？检查一下。"话没说完，就动手检查了起来，那家伙搜遍了马连昆全身也没搜出他们想要的东西，就见到了一个装香烟的精制洋烟盒子。便非常扫兴，又不耐烦地说道："打开看看里面到底装的是不是烟卷？"马连昆顺手打开了美国生产的、上面带着打火机的精制金属烟盒，连忙从里面拿出一支香烟递给他说："先生，请抽烟。"，谁知那家伙并不领情："谁抽你的臭烟！一边儿去。"连看都不看的挥挥手让他走出了站台。其实，马连昆的包里有一条藏着两个"烟炮"（即鸦片烟）的香烟，还真的吓出了一身冷汗。

第二个被检查的是著名老生奚啸伯，他刚走到检票口，就被旁边的另一个检票员认了出来："哎，你不是唱老生的奚啸伯吗？好大的架子呀！还有人给你拎包呢？拿出来你这个大戏子的居住证让大爷我看看。"奚啸伯刚掏出居住证，这家伙就"唰"的一声夺到了手里，而后左睢右看了几分钟说："把衣服脱了，让老子检查检查携带的有没有违禁品。"此时正是冬日，北方的天气特别寒冷。于是，"忠信社"的管事常少亭，赶紧从后面过去护着他们的社长奚啸伯说道："这位先生，您可不能让奚老板把衣服全脱掉呀，这么冷的天，要是真把我们老板给冻感冒了，嗓子哑了唱不成戏，那我们大伙儿吃什么呀！您就行行好，别让奚先生脱衣服啦。""去你妈的！"这家伙二话不说，回手就给了常管事一个大嘴巴。冲着奚啸伯气势汹汹地说："看你这个瘦样儿，戏也好不到哪儿去！还老板长、先生短的领班当老板呢？过去吧。"等他回过头来再看时，常少亭也咧着嘴揉着挨打的腮帮子走出了检票口。

既然我们提到了奚啸伯，那么作者就在这里将他的事迹略微的捎带上一笔：奚啸伯 1910 年出生于北京，乳名小白，字承桓，又名啸伯，满族正白旗人，原籍北京大兴县。祖姓喜塔腊氏，祖父裕德乃是前清文渊阁大学士，后入阁拜相。父亲熙明，曾任度支部司长，善于绘画书法，是当年的著名书画家。在家父的影响下，奚啸伯自幼就喜爱书画艺术，由于经常随家人看戏，又对京剧产生了浓厚的兴趣。前（老）"四大须生"之一的言菊朋与奚家关系甚好，素有往来，言的二哥向奚的父亲学习书画，奚啸伯也经常到言家听言菊朋吊嗓、正腔、练口白，八岁时就从手摇留声机中学会了《探母》《朱砂痣》的唱段。1921 年，十一岁的奚啸伯参加了一次聚会演唱，他即席清唱《斩黄袍》的段子，受到了在场言菊朋的赞许，便正式收奚为徒，传授了不少谭（鑫培）派戏。后又向前（老）"四大须生"之首的老生领军人余叔岩问艺，亲授其《群英会》中的鲁肃。与此同时，有心的奚啸伯私淑王凤卿、时慧宝、高庆奎等各家之优长。应该说，奚啸伯从小和京剧结下了不解的情缘，在读小学及中学时期，他就坚持学练京剧，文戏请老生名宿吕正一指点，武戏向杨（小楼）派名票冷华求教。放学后，就悄悄跑到票房抓紧时间学戏、练唱、吊嗓子，有时还去姑父关醉禅家，以串门为由向姑父请艺。除此之外，他每日清晨五点钟必到地安门的后门外喊腔、拔嗓、练道白，即使洗脸净面或刷牙漱口，也要利用其点滴的时间耗腿温戏。奚啸伯高中毕业后在当时的（民国）故宫博物院做录士，抽空熟读史书，习练书画，抄写白折，积获酬金奉献给授戏的老师。有时，还常和爱好京剧的票友樊子期、秦古乐等人同去票戏。

1929 年，痴迷京剧的奚啸伯正式下海唱戏，并将乳名"小白"改为"啸伯"，视为爱唱的人，以志夙愿实现。奚啸伯下海后，继续广泛接触作家、教授、画家、学者等层次尚高的文化人士，以求增长自己的艺术素养。二十二岁时，在天津卫先搭进尚和玉的"玉成班"唱二路老生，从此成为了一名闪亮登台的专业演员。1933 年后，又在杨小楼、新艳秋、章遏云、马德成、筱翠花、金友琴、胡碧兰、李香匀、雪艳琴等人的戏班挂老生二牌。1934 年，应尚小云之约与其合作《御碑亭》，和程砚秋联手《法门寺》，与荀慧生合作《胭脂虎》。1935 年，以二路老生的身份受梅兰芳所邀进入他的"承华社"，赴武汉、香港演出《打渔杀家》《宝莲灯》《三娘教子》等剧。在与"四大名旦"的长期合作过程中，奚啸伯深受熏陶，颇获裨益。从香港回京后的当年，自组"忠信社"领班挂头牌公演，在北京春和戏院露演。翌年受梅兰芳邀请，赴天津卫中国大戏院合作演出《王宝钏》《汾河湾》《龙凤呈祥》《三娘教子》《探母回令》《法门寺》等。同年，在茶商李伯芝家的堂会戏上，奚啸伯代余叔岩在《群英会》中扮演鲁肃，就此声名鹊起，与马连良、谭富英、杨宝森并称京剧后（新）"四大须生"。奚啸伯挑大梁后的 1937 年，拜李洪春为带道先生，当时参加捧场拜师演出的合作名家有奚啸伯的师傅李洪春及金少山、傅德威、张君秋、赵德钰、张曼君、李德彬等人，后又邀请了高盛麟、裘盛戎、侯玉兰等人加盟祝贺。

奚啸伯不仅一次对人说："论嗓子我不如谭富英，论扮相我不如马连良，论天赋我不如杨宝森。"但他肯于吃苦，志趣坚定，勇于探索，不甘拜下风，深下功夫，终于积累了以字定腔，以情带音，错骨而不离骨的发声方法，将"衣齐""人辰"之韵辙升华到了新的高度，形成了自己的独特风格，首创出了"奚派"新路。他本身的天赋条件虽然较差，但在吸取诸家老生演唱之长优的基础上，经过长期的舞台磨炼，其艺事大进，脱颖而出。他在上海演出时，报刊上的评论文章称"奚啸伯吐字是遒而不浊，行腔是新而不俗，戏路是大而不伏，作风是劲而不火，集诸子百家大成，而树一帜！"

奚啸伯"奚派"风格的形成重点，主要是"唱"，但他另喜欢靠把，奚啸伯曾毫不遮拦地对挚友说："《定军山》我一辈子不唱也得学会。"后来他真的学会了，而且在和徐元珊试演时，他扮演的老将黄忠走得转身上马、甩髯、蹉步，使同业咋舌赞叹！就奚啸伯的艺术生涯中，他以清新高雅、委婉细腻、气质文静、情感深沉的演唱才华，博得了观众的爱戴。他用毕生的心血及艰苦的劳动，创积了一整套老生行腔的系统准则。"奚派"艺术的赶板夺字、唱胡琴让胡琴、唱戏唱气口，以及演唱中的错骨而不离骨、以字定腔、以情带音等的严谨行腔法度，形成了一套系列性的美声学问，供后人参阅。"衣齐"辙本属老生唱腔中的难点，但在奚啸伯的刻苦努力下，解决了"衣齐"辙发音难的运用，就他后来的演唱中"衣齐"辙几乎成了奚先生专擅的辙口绝活儿，被世人公赞。

奚啸伯对"字"的四声音韵，吞吐收放均能做到准确适度地进行艺术处理，对于吐字的"喷""擦""弹""切"各有恰到的准度，其运用技巧非常讲究。故而，他的念白听起来不仅清亮明晰，字音入耳，而且铿锵成节，入情入微，响堂挂味儿。其实，奚先生的嗓音并不太大，但他唱起戏来却清脆悦耳，极为耐听，著名戏曲音乐家徐慕云先生在形容中对奚啸伯的演唱有"洞箫之美"的评价。奚啸伯的代表剧有《十道本》《范进中举》《白帝城》《梅龙镇》《失·空·斩》《上天台》《杨家将》《四郎探母》《击鼓骂曹》《白蟒台》《苏武牧羊》《法门寺》《二堂舍子》《红鬃烈马》《二进宫》《乌盆记》《三娘教子》《乌龙院》《宝莲灯》《清官册》《定军山》《哭灵牌》《李陵碑》等。

奚啸伯不仅表演精湛，唱念一流，而且多才多艺，知识渊博。受家族影响，父亲熏陶，在书法、诗词、历史、文学诸多方面具有很高的修养。"舞台表演质脱俗，腹藏诗书气自华"，是人们对他的综合评价。他在《范进中举》《白帝城》《哭灵牌》《李陵碑》等剧中，那如泣如诉，悲怆凄恻，直如鹤唳九霄，感人肺腑，动人心弦的表演，被誉为是奚啸伯的"奚派"绝唱！当今的书法大师欧阳中石先生乃是奚啸伯的得意门生。除欧阳中石之外，其入室弟子还有苏承龙、张宗南、朋菊庵、刁元礼、金福田、韩治安、赵履中、孟筱伯、张荣培、章共鸣、孙宝成、赵菊扬、王韵声等。奚派传人有李伯培、张建峰、杨志刚、张建国、王小婵等。

接下来咱们再谈天津卫火车站检票口的事情：奚啸伯与他的管事常少亭出站之后，著名优秀青年旦角吴素秋走了过来，检票的看见吴素秋，便淫声浪气地笑着说："呵！你不就是名噪京城的青年坤伶吴素秋小姐吗？不仅棉花纺得好（指吴素秋演出的京剧《纺棉花》），人也长得不错吗！柔花似玉的容貌，人见不走，狗见不咬，驴见不踢，鸟见不飞，让大爷我心里也痒痒的。"吴素秋在一旁小声骂道："无赖，流氓！"检票人见吴素秋小声嘟噜的神态，知道肯定不是好话，即刻变了脸色，上了脾气："废话少说，你的居住证呢？拿出来让老子看看是真是假。"吴素秋从手提袋里取出居住证，递给他说："给，看吧！"这家伙看居住证里挑不出什么毛病，就又用故意刁难人的口气嚷道："吴大小姐，你穿着这么昂贵的貂皮大衣不热吗？快把它脱下来，我要检查！"吴素秋一看这架势，呵，这是专门冲我找茬来了，本想发脾气的吴素秋转念一想，算了，多一事不如少一事，出门在外平安为好，脱就脱吧，她将大衣无奈地脱了下来。这家伙看到里面的毛外套，就又装孬地说："这件毛衣也不错呀，里面有'嘛'（天津方言：指有什么）？"吴素秋回答："毛衣里面还会藏住东西？什么都没有。"检查的把脸一沉青着半张脸说道："那可不一定，脱了让大爷见识见识，也开开眼界！说不定里面还藏的有见不得人的宝贝儿呢！"那家伙硬逼着吴素秋，非叫她脱掉毛衣不可。脾气倔强的吴素秋强压住心中的怒火，含着眼泪把毛外套脱了下来，身上只剩下了一件紧身的卡丝米线羊绒毛衣。就在此时，唱武生的高盛麟领着几个戏班里的武打演员，在忍无可忍的情况下，一个个瞪着双眼、摩拳擦掌，准备对那两个检票的无赖动手开打时，另一个检票人一看势头不对，赶快上前拦住那个正在讲脏话的家伙说："哎，伙计，好啦好啦，别让她再脱了，一件紧身的薄毛衣里能藏住啥东西呀，快让人家过去吧。"谁知，这小子仍用侮辱人的口气小声嘀咕着："能藏啥东西？兄弟，我告诉你吧，能藏又白又嫩的女人肉！"另一个检票员赶快用手拉拉他的衣襟，冲他使了个眼色，这家伙才算是闭住了他那张该打的臭嘴。看着戏班里以高盛麟为首的几个身强力壮的武打演员个个杀气腾腾的样子，方知不妙，便乖乖地将吴素秋和戏班里的人，全部免检的放了过去。出站口围观的群众见这两个检票的流氓卑劣、无耻的行为，恨得咬牙切齿、怒目而视。不料，聪明的吴素秋机警的目光盯住这两个检票员的袖子，悄悄地记清了他们袖标上的编号，心想：等着吧，这笔账本姑娘给你们记下了，回头再给恁俩算账！

　　戏班里的人员陆陆续续全都从出站口过去了，可就是没发现金少山的身影，那两个检查员百思不解，感到蹊跷。其实，金少山早有所料，他不坐火车，通知李华亭派小轿车将他接到了天津。所到的主演们全部安排在了天津卫一所高级的"惠中饭店"（惠中饭店是天津中国大戏院的财东孟少臣所开），金少山去饭店看望大伙儿时，吴素秋见到义父，含着眼泪向金少山哭诉起来："爸，您得给女儿做主，他们这样寒碜我，女儿还怎么在天津卫演戏呀？"金少山听了非常气愤地说："天津卫的人这么干,那还了得!以后谁还敢来这儿唱戏呀!不行,这事儿不能算完,非得出出这口气不可!"

第二十题藏头诗

课徒传艺练净功,
徒弟学戏似苦僧,
传授金氏代表剧,
艺术严教即修成,
移师天津遭人辱,
师要为吴挽回名,
天津欲惩恶习势,
津津乐道少山公。

二十一、旗开得胜　戏告大捷

金少山以前在天津卫时，曾经结识了天津警备司令部一位姓李的警官，于是便拨打了电话，让这位李警官把"中国大戏院"的财东孟少臣请来，就说我金少山有事相商！孟少臣接到电话，听说是他们邀请的"大净王侯"金少山找他，岂敢怠慢，便放下手头的事务，催促司机驱车马不停蹄地赶到了他的"惠中饭店"。二人见面后，金少山一脸怒气地对孟少臣言道："孟三爷，我们是您请来的客人，戏班子并不是没地方找饭吃，受您所邀来天津卫献艺，好心好意为您孟三爷捧场补台。出站时，火车站的检票员居然如此无理，有两个泼皮无赖竟敢在光天化日之下，当众羞辱、寒碜我金少山的义女素秋和我们班子里的主要演员，这戏还怎么唱啊？这些胡作非为的地头蛇在天津卫霸地一方，无恶不作，欺负我们唱戏的艺人倒没有什么，大不了我金少山从今往后不来天津演出就是了。但问题是，我们是您请来的客人，他们戏弄我们不要紧，又把您孟三爷的面子放在了哪里，眼里还有没有您孟三爷的威名了？要不然我们干脆回去算啦！"这孟少臣何许人也？他底层起家，久闯江湖，如今是天津卫响当当的人物。年轻时，做过小生意，干过挖煤工，当过店员，出过杂差，清宣统二年（1910年）在石家庄开办"晋阳客栈"。1915年回津后，在天津卫东站开设了一家"群贤旅馆"；1931年又与康振甫、周振东合资，从李魁元那里接管了现在的"惠中饭店"。如今，孟少臣是店铺满城，腰缠万贯，财大气粗，人脉甚广，官场军界无所不通。别的不说，光修建"中国大戏院"的花费，就金银如山，用钱无数。1936年9月19日，举行"中国大戏院"落成典礼时，孟少臣还特意请来了时任国民政府天津卫市长的张自忠、京剧名伶马连良先生等人出席了开幕剪彩仪式，为其壮威祝贺！此举影响甚大，轰动津门。从此，使孟少臣成为了天津城内无人敢惹，无人敢碰的头面人物。

孟少臣听罢金少山所讲，就火冒三丈地自语道："狗娘养的，这还了得，简直是'秃头打伞无法无天'！今天我孟三爷要看看是谁吃了熊心豹子胆了，竟敢欺辱、戏弄我请来的朋友。这事儿没完，非得整治整治这两个混蛋不可！"而后转过脸来向金少山赔着笑声说道："金老板，您先消消火，别着急，这事儿我孟少臣包了。"话刚讲完，孟少臣便顺手拿起话机跟天津警备司令部的杨司令打电话请他过来。不大工夫，杨司令就乘车赶到饭店问孟少臣："风风火火地把我叫来，到底出了嘛事儿？"孟少臣招呼杨司令和大家落座后，先向杨司令做了个一一介绍："这位大个子是京城来的花脸大王金少山老板，"杨司令点头示意："噢，金老板，久仰久仰！早闻大名！"然后孟少臣指着吴素秋说："这位漂亮的姑娘是金老板的义女，也是龙都的京剧名伶吴素秋吴老板。""哎呀，吴小姐，你好你好，年轻有为呀！"这位杨司令的话音未落，突然发现眼泪汪汪的吴素秋不太高兴，就又看着眼前的吴素秋，较为惊奇地问道："吴老板，怎么回事儿呀？怎么见了本司令不但不高兴，反而哭起鼻子来了呀？"这时坐在杨司令身边的金少山，就趁机把车站之事的前后经过，向杨司令如实地讲了出来，脾气暴躁的杨司令听后，顿时大怒，拍着桌案吩咐卫兵："去把他们的站长给我叫来！这些个鱼鳖虾蟹不知道王法的厉害，本司令饶不了他们！快去。"卫兵走后，杨司令问金少山："金老板，那俩使坏的检票员姓甚名谁你知道吗？"金少山一愣，顺势看了看吴素秋，吴素秋明白义父的意思，很快离开了客厅，瞬间，杨司令又着急地说："总得让我知道他们两个人的名字吧？若是不晓得他俩的姓名，那这场官司就难断了！"就在此时，吴素秋回房里拿来了她记下来的袖标编号对杨司令说："杨司令，您看这个可以吗？"杨司令见到编号，爽快地大笑起来："可以，可以，完全可以！只要编号没有记错，那两个羞辱你的家伙就跑不了，吴小姐，你就踹好吧，看我如何收拾他们！"不大一会儿，天津火车站的站长被卫兵带到，他刚一进门，杨司令二话不说，走过去对着站长的脑袋，上去就是两个耳光，打得他晕头转向，不知所措，赶紧跪下求饶，连忙问杨司令："这到底是怎么回事儿啊？"话刚出口就被杨司令的讯问给闷了回去："你姓嘛叫嘛？""鄙人姓屈名直。"站长回答，"哪个屈？"杨司令又问，站长又答:"屈打成招的屈,"杨司令说:"什么?"还没有缓过劲儿来的车站站长感到话音不对,就赶快改口说:"不不不,是委曲求全的屈(曲)。"杨司令再问:"是屈原的屈吧?""对对对,是屈原的屈。"站长赶紧回答,杨司令又接着问:"你叫嘛名?""屈原。"被吓迷了的站长回答,杨司令又好笑又纳闷地再问:"什么,你叫屈原?"这时那位被打迷了的站长,才清醒过来,连忙哆哆嗦嗦地回答道:"不不不,长官不是屈原,是屈直。"杨司令一听便捧腹大笑起来:"怎么又叫抟直啦?""长官,不是抟直,也不是屈原,我说错了,我的名字叫'屈直',"这一问一答,把满屋的人、包括杨司令都逗得忍不住地偷笑了起来。

接下来,杨司令呷了口茶对天津火车站的站长说:"屈站长,别跪着了,你先起来吧。"这位被吓蒙了的屈站长战战兢兢地站起身后,杨司令问:"屈大站长,你知道今天为什么把你叫来吗?"屈站长答:"不知道,"杨司令转身对金少山说:"金老板,劳您的大驾给他讲清楚。"金少山将出站时所发生的情况简单地叙述了一遍后,杨司令接话道:"屈站长,你们想干吗?啊!这些京剧名角是我从京城里请来的客人,你们跟他们过不去,不是故意办我的难看吗?还不干不净地侮辱人家名伶的人格!这两个编号号码你知道吗?今天我先放你回去,把这两个混蛋给我找来,如果找不到他们我就拿你是问!滚吧,别耍滑头,我可在饭店等着你呢。"

没过多长时间,孟少臣准备在他的"惠中饭店"宴请杨司令和金少山一行人吃饭时,那位胆小怕事的屈站长却把那两个检票的小子给带了过来,大伙定神一看没错,就是这两个家伙。杨司令听说就是他俩,不由分说,过去照住这两个混蛋又是一顿左右开弓的几个嘴巴,怒斥道:"给我把这两个无法无天的无赖押回宪兵队,灌他们两壶辣椒水,坐上几次老虎凳,再打他一百皮鞭,看他们以后还敢不敢再欺负人了!"此时,只见这两个小子被吓得浑身打战,跪在地下冲着吴素秋、奚啸伯、马连昆、金少山还有常少亭等人不住劲儿的磕头求饶,杨司令开言道:"反正离开饭的时间还早呢,金老板,这会儿我把他们两个交给您啦,让大家有冤报冤有仇报仇,给我狠狠地揍他们一顿!好好地出出怨气。"于是乎,大伙儿一拥而上连骂带打的练起了拳脚,只打得这两个无赖哭爹叫娘只喊饶命。就在这时,金少山对大家说:"好啦、好啦,不要再打了,也不要再骂了,大伙儿出出气也就算了。"大家住手后,金少山主动走到杨司令面前小声说道:"杨司令,首先我代表二家班社的全体演职员,感谢您为我们这些唱戏的艺人撑腰做主!回头我一定登门拜谢,请司令看戏，少山在津期间还望杨司令多多关照！至于这两个车站的检票员，今儿个打也打了，骂也骂了，大伙儿的气也出了。其实，我们戏班子跟这些人并没有什么深仇大恨，从今往后，只要他们接受这次杨司令对他们两个的教训，不再刁难我们唱戏的艺人和敲诈掠索欺压善良就可以了。多多行善、除暴安良、以善为本嘛！说句老实话，大家都是扯家带口的，他们两个虽然事情做得不对，当一个小小的检票员挣口饭吃也不容易！杨司令，赏我金少山个面子，您看，是不是就不要把他们带回宪兵队坐老虎凳、灌辣椒水、挨鞭子了？这样惩罚他们两个，是不是有点儿太重了？我这心里总感觉有点儿过意不去。"杨司令听了金少山的这番话，在心中暗想："好一个有情重义、心地善良的'金霸王'，既为戏班子出了气，又不过分的伤害他人，得！你这个朋友我交了！"片刻，杨司令笑着对大伙儿说："诸位静一下，听我说几句，既然金老板出面为他们讲情，这个面子我杨某人岂有不给之理。什么坐老虎凳、灌辣椒水的刑法就不用了，到宪兵队去办个手续，作个笔录登记，轻轻地抽上几鞭子，然后再关押几个月也就算了！大家说行不行啊？"众人欢呼地答道："好！行！成！可以！"杨司令看着大伙儿满意，就又接着说："好了，今天由孟老板来做东设下酒宴为大家接风洗尘！开宴的时间快到了，走，我们随孟三爷喝酒去。"这两个家伙一听吓坏了，赶紧哭叫着求金少山为他们讲情："金大爷，金老板，我们以后再也不敢敲诈掠索的欺负人了，您老人家宰相肚里能撑船，别跟我们这些小人物一般见识，高抬贵手行行好，再给讲个情，别打鞭子啦，放了我们吧……"哭着喊着被卫兵带回了宪兵队。酒席宴间，杨司令小声对金少山说："刚才那两个小子必须得带走关押几天，惩罚一下，也让这些天津卫地面上的霸头蛀虫吃点儿苦头，否则他们是不会改邪归正的。不过，我不会过分的为难他们，杨某刚才讲的话主要是吓唬吓唬这两个混蛋，过几天我打个电话就把他们放出来了。放心吧金老板，你的心情我明白。"

这年的元月一日，三班联合正式公演。天津卫的观众表现出了极大的热情。头三天打炮，每晚的开演前一个小时，"中国大戏院"的门前早已挤满了人，有许多人在附近的马路边、街口处大声叫喊着："谁退票，谁退票，有退票的吗？"倒卖黑票的票贩子把票价抬高得吓人，一张一等戏票的票价竟达到了折合三袋"福星"洋面的价钱，上等好票竟高达五袋"福星"面之多还抢不到手。

前两天，由金少山领衔主演的全本《连环套》，其他演员具是在北京演出时的原班人马，舞台实力极佳，演员阵容齐整，剧场效果火爆！台下观众的鸣掌声、叫好声、赞誉声像雷阵雨似地接连不断！第三天是《霸王别姬》，这出戏是金少山回京后的首场演出，同时也是他与义女吴素秋的第一次合作。剧中除了"金""吴"爷俩分别扮演项羽和虞姬之外，另外，费玉策扮演钟离昧、徐世光扮演项伯、李德彬扮演虞子奇、张春彦扮演李左车、鲍吉祥扮演韩信、李德奎扮演周兰……傍戏的配角实力雄厚，技艺高深。天津的票友、戏迷看到海报上的名字认为机会难得，先睹为快，都想提前看到金少山的"霸王"风采，赶来观摩的内外行比前两天多得惊人。享有"金霸王"美誉的金少山在这出戏里依然按照在上海、香港演出时的艺术风格，项羽的扮相、服饰以及表演都独具特色，让人赞叹。就剧中的"十面埋伏、九里山大战"，金少山则大显身手，其武打场面激烈火爆，狂呼大绝！他塑造的项羽力战汉营众将、盖世无敌的花脸霸王的艺术形象，使天津卫的广大观众一直传为美谈。最后"别姬"一场，在金少山的指教下，吴素秋不但扮相秀丽端庄、嗓音清新甜润，而且她特别注重对人物内在的深度刻画，讲究虞姬与项羽的情感交流，不仅表演细腻而且风韵传神。果然，与义父金少山的配合十分默契，不但演出非常成功，同时受到了行家里手的高度赞扬。

　　台上的戏演完了，台下观众的掌声却没有停止，大幕拉上后，还持续了十几分钟。许多观众一边退场，一边兴奋地说道："这两位北京的男女名伶演唱得太棒了，真是'英雄遇美人'呀！不愧为天子脚下的大演员。"金少山本人对这场戏的演出特别满意，尤其是对义女吴素秋的表演赞不绝口，评价甚高！还没有卸装的金少山，在后台就冲着吴素秋夸奖道："素秋，好样的！这场戏演得非常棒，'活儿'来得特别漂亮，唱出了人物，演出了血骨，看到了灵魂，浑身是戏，无可挑剔，闺女，不容易呀！"这天，金少山高兴得整个晚上没有睡觉。自金少山将吴素秋带往天津卫，两个人挂双头牌领衔开始，吴素秋渐渐的跃进了一流京剧名角的行列！为金少山提携、培养青年演员，又记上了可喜的一笔。

　　吴素秋 1922 年出生在烟台，后移居北京。自幼喜爱京剧，先学武生，后改旦角，七岁就在京城"哈尔飞戏院"粉墨登场，华丽亮相，成功地演出了《贺后骂殿》，十岁考入北京中华戏曲专科学校学戏，后因嗓子声哑而劝其退学。失学后，先在家中跟魏莲芳、李凌枫、赵桐珊、何佩华等名家学戏，后拜尚小云为师。因她酷爱荀慧生的"荀派"花旦艺术，而荀慧生也很喜欢她，考虑到吴素秋已拜在尚小云门下，便将她认为义女，仍当作徒弟亲授技艺。吴素秋成名极早，十三岁就自己挑班"秋文社"担纲主演，挂了头牌。那时，参加"秋文社"的演员是刚从"富连成"科班出科的"盛"字辈科生铜锤花脸裘盛戎、武生高盛麟、老生胡盛岩、老旦何盛清、小生叶盛兰、架子花脸袁世海（袁世海原本是"盛"字辈，科名袁盛钟）、丑角孙盛武与贯盛吉、二路老生贯盛习，后来著名老生杨宝森也加入到了该班。吴素秋扮相秀丽，做工优美，嗓音甜润，行腔动听，具有扎实的基本功底。十八岁时，她演出的《孔雀东南飞》在上海一炮打响，倾倒沪人。年轻的吴素秋在几位师傅的教导下，很早就懂得博采众长、勇于创新的道理，通过逐年的舞台实践，刻苦努力，以她精湛的艺术水平塑造出了诸多的人物形象，终于形成了自己的演唱风格，达到了"似与不似"的境界，从此，红遍大江南北，长城内外。常上演的剧目有《大英杰烈》《棒打薄情郎》《霸王别姬》《纺棉花》《孔雀东南飞》《比翼舌》《小放牛》《四郎探母》《牛郎织女》《红鬃烈马》《奇双会》《二进宫》《玉堂春》《虹霓关》《十三妹》《金山寺》《拾玉镯》《红娘》《苏小妹》《柜中缘》《坐宫》等。

　　头三天的打炮戏唱过之后，旗开得胜戏报大捷，金少山在天津卫的声名大振，老少皆知！前来购买戏票和预订包厢的人们，越来越多、相当踊跃，剧院无法应付，经理作了大难。没有办法，中国大戏院的前台经理又强烈要求"松竹社"和他们签订了一个月的演出合同，海报贴出后，人们就像疯了似的将前十场的戏票一抢而空。第二轮头一天的戏码是：金少山的头、二本《草桥关》；第二天是金少山的双出《清风寨》和《刺王僚》；中间是吴素秋、奚啸伯的《坐宫》；李多奎的《行路训子》开锣……

　　"松竹社"移师天津之行的第二轮演出，金少山将头、二本《草桥关》这出戏，放在了第一场的大轴压台，利用该剧的剧情特征，来显示其铜锤大面的艺术本色。此次，金少山以单挑头牌的身份，在《草桥关》中饰演一位伴驾朝廷重臣的姚期。一出场，观众首先为他所勾扮的黑白两色十字门套开的大气脸谱、面部所挂的雪白蓬松长须白满、一袭素雅高洁的白冠白蟒一白到底肃穆凝重的伟岸身躯，来了个满堂大彩。显然，这对先生那干净魁伟的艺术气质和他所树起的忠正凛然而又忧心忡忡的姚期之形象，是一个极度的首肯。下面，紧接着念出的引子（道白名词）："扬帆启程镇胡奴，扫尽烟尘定河山！"仅十四个字，其声响如猛虎下山势，龙搅东海威！虎音如雷贯耳，豪气晴天霹雳！直震得戏院棚壁颤抖，桌椅晃动，在场的观众顿时感到心肺撕裂,头鼓嗡嗡,很久缓不过劲儿来。据几位当年特别崇拜金少山的老戏迷回忆说:"金老板演唱时的行腔喉音,犹如火车头鸣笛一般的气势,大得吓人,不可理解。坐在前排的小孩儿被吓得哇哇乱哭,有不少看戏的贵夫人和太太、小姐们,竟被震得心惊肉跳、脸色苍白,魂不附体地急忙抽身起座,向后排跑去与别人调换座位。还有几个爱咋呼的老天津卫人士,被吓得大吃一惊,面如黄土、哭笑不得,不由自主地站起身来,用天津方言加带的浓韵口音,冲着台口,在场内大声地喊了起来:'好家伙,吓我一跳!他妈的,这个唱花脸的大个子是老虎托生的吧?嗓门这么大,道白之前也不给大爷打个招呼,冷不防来了一句,真受不了……'"后面的精湛表演和做派,前文笔者讲过,更是多姿多彩,绝中套绝,浓中见酽。金少山整出戏的演唱,身段大气,台步稳重,举手投足,浑身见戏。台下的掌声及赞美声无法用数字来做计算,观众的叫好声此起彼伏,久久得不到平息。金少山在天津卫的演出,客座满堂,气势浩大,为中国大戏院增金夺银的场面,引起了各大小报刊的倍加关注,记者们一窝蜂似的争前恐后地找上门来,纷纷抢先对这位唱"炸窝"的大花脸人物金少山,作了非常详细的采访,从金少山的生活经历到练功方法,从他的行腔秘诀到舞台艺术等,具给予了不同形式的高度评价及大篇幅的报道。外国人的唱片公司以高酬的签约给金少山灌制了唱片,各种报刊上发表宣传他的评论性文章,如同雪花雨片般的纷飞、飘散在天津港口的每一个角落,使"大净王侯"金少山成为了天津人们心目中最为推崇的传奇艺人!此后,在天津卫的文化场所,娱乐中心,音乐舞池,戏院门前,茶馆酒楼,餐厅饭店,繁华市区,街头巷尾,家家户户等,大都随时可以听到金少山那龙虎同吼的唱腔,以及看到他那一尊威猛健壮的各类花脸人物大幅剧照。1964年,笔者还在河南省戏曲学校学艺时,据笔者的老师、一位当年"松竹社"的武净演员张荣山先生说:早年他的一位茶叶行的朋友,从天津港湾乘船出海,在其乘坐的外国客轮上所放出的音乐,居然也是金少山先生的唱片。由此可见,金少山的艺术魅力,不仅在中国的华人中达到了颇高的声誉,就是在国外的洋人群内也产生了极大的影响。

这天,天津卫"迎宾客栈"的刘掌柜正在屋里算账,门外来了一高一低穿着讲究、手里还掂着两大包水果、糕点、好酒、好烟等许多东西的两位中年汉子,一进门就嚷着要住进该客栈的六号客房。招呼顾客的伙计讲:"先生,六号客房有客人包下了,二位老板看能不能换个房间呐?"其中的一个大个子客人,不客气地说:

"不行。我们非住六号房不可,那是我二十年前住过的房间。"伙计说:"先生别急,您听我说:房间里都是一样的设备,同样的干净,您为什么非要点六号房间呐,这不是故意刁难人吗?"大个子一听,便起了态度,用非常强硬的语气说道:"你要是觉得为难,做不了主,叫你们掌柜的出来答话。"徐德增见三弟少山跟真的一样,装得还挺像那么回事儿,在一旁憋不住地抿嘴直笑。就在此时,刘掌柜从里屋走了出来,抬头一看,又惊又喜地笑着说:"哎呀,我当是谁呢,恁大的嗓门,原来是金老板和徐老板呀!"顿时,三个人相互招呼,放声大笑。笑声过后,客栈的刘掌柜又接着冲金少山说:"真是没想到,您这么大的名气,还没有忘了我这个小客栈的老朋友。"金少山言道:"当年,我们在您这儿受到了刘大掌柜的多方照顾和帮助,怎么能忘了您呢!不但没有忘了老兄您,就连我和二哥德增当年住过的房号,都记得清清楚楚,刘掌柜难道没有听见我刚才给您的小伙计开玩笑时,要住六号房吗?"刘掌柜笑着回答:"听见了,听见了,您的嗓音那么大,我怎么会听不见呢。"话毕,金少山将他和徐德增带来的礼品,放到刘掌柜面前说道:"刘掌柜,这是我和徐二哥给您买的一点东西,不成敬意,望您笑纳。"刘掌柜赶紧接话道:"哎哟!金老板,你们太客气了,实在是不敢当,二位能来看我,小栈蓬荜生辉,刘某万分荣幸!真是不好意思,外气了,外气了。"

刘掌柜接过礼物,赶紧将金少山和徐德增让进里屋,吩咐伙计沏茶倒水、伺候香烟。谈话中,他握住金少山的手说:"金老板,其实,我早就听说您在天津卫演出,一来是客栈太忙,没有到戏院拜望大驾;二来是因为您现在已成了名威声赫的京剧大角,身份高贵,不比早年,因此没敢贸然造访,还望二位老板原谅。"金少山笑着冲刘掌柜说:"刘掌柜,哪里话来,我们吃开口饭的艺人,身份再高,名气再大,终归还是唱戏的,怎么能忘了老朋友呢。我和徐二哥早想来看望刘掌柜,只因来到天津后,晚上演出,白天应酬,一直没能抽出时间过来,这不,今儿个得空就与二哥一起来拜望您了。"刘掌柜又问:"金老板,当年您不是去青岛了吗?怎么又回北京了?"一句话引出了金少山的话题,他呷了口茶,放开心怀,讲起了自己的故事:从天津谈到了青岛,从青岛讲到了烟台,从烟台谈到了上海,从上海讲到了北京,从北京又谈到了现在。刘掌柜听得惊心动魄,悲喜交加!不由自主地感叹道:"金老板,没想到这些年您可是受大罪、吃大苦了啊,能唱出现在的名堂真是不容易呀!"这天,三人聊得特别开心,中午由金少山做东请刘掌柜到天津卫一家尚好的清真饭店吃过饭，又给他留下了几张第二天晚场的戏票，才和徐德增一块回到了住处。

由于金少山在天津"中国大戏院"场场不落的连续演出，和其整日来繁多的外事活动，过于疲劳，导致了他的嗓子上火发炎。曾有一场，金少山在台上突然感到咽喉不爽，忍不住大咳一声，将一口痰液噙在了口中，待他欲想吐出时，低头一看，立刻把痰又闷了回去。只因他脚下踩得是新铺的两寸厚滚花高级羊毛地毯，台下前排坐的具是一些衣着华丽较有身份的各界贵宾，台左有伴奏的乐师，台右站有等候上场的演员。此时，眼看着就要轮到自己演唱，无奈之下，他只好摘下髯口抬头扬脸将口噙的痰液朝空中吐去，不料，金少山把嘴里的痰液吐出后，台下突然掀起了喧啸般的掌声！吓得金少山心内发慌，两腿打颤，不知所措的乱了方寸，心想：糟糕，这回我老金可要丢人了。下来后，他怀着疑惑的心情问后台的人们："刚才我在台上的时候，是怎么回事儿？我还没有出声唱戏，也不是叫好的茬口，台下为何出现了鸣掌的声音？莫非是金某不慎，在台上当众吐痰捅了娄子？来了倒好？"大伙儿被他问得一愣，互相之间，你看我、我看你的笑了起来，具非常兴奋地伸出拇指冲他说道："三爷，厉害呀！没想到您的气法功力如此神奇！竟然能把痰液吐到了十几米高的上空，紧紧地贴在了剧场的天花板上！观众是在为三爷您的大气量的喷口叫好呢！大家都惊叹不已地夸您是'神气硬功的罕见之举呀！'"

这次，金少山在舞台上当众吐痰的不良现象，若是换成别人，无论他名气再大，也不管是哪位大角，只怕观众也会对这种极不严肃的舞台作风，用倒掌的方式来提出抗议。或者说，绝对不会允许演员在台上做出对观众不恭的行为，一旦发现之后，观众就会毫不客气地将其轰下舞台，从此，你永远不能在天津卫唱戏。由此可见，金少山此次天津之行的演出盛况，在广大观众心目中的威信已达到了何等高度。打住戏后，跑上后台给金少山献花，找金老板交友，让"金霸王"签字，与"铁罗汉"合影，请金三爷吃饭，邀金先生赏光，送金社长礼品，以及自报自身色艺双全的摩登女郎和约他到府上坐客的大小人物，久久不愿离去，都以亲眼目睹"大净王侯"金少山的台下风采为幸，以能交上他这样的朋友为荣。

金少山刚到天津卫演出的第三天晚上，正当人们拥上后台，围住他问这问那，要求签名、合影、赠送鲜花的时候，一声清脆悦耳的声音，灌进了金少山的双耳：金大叔！这句甜蜜而又特别亲切、熟悉的喊声，使金少山顿时一愣，抬头向四周张望,不料失散多年的宋小春站在了自己眼前,这声金大叔,叫出了泪水,喊出了心酸,叫出了亲情,喊出了思念!顷刻间,这位鼎天立地的硬汉子金少山呆了,且感自己的五脏六腑沸腾起来!等到两个人的目光相对的一刹那,宋小春连哭带叫地跑了过来,扑在了她金大叔的怀里,此时,热血沸腾的金少山再也控制不住自己的情感,他眼泪汪汪地抱住怀里的小春说:"好闺女,咱不哭,见到大叔应该高兴才是啊?好闺女,不哭啦,啊!"金少山一面给小春抹着眼泪,一面又说:"小春,你怎么在天津啊?可把你金大叔给想死了!我一回到北京就四处打听你的消息,可是问了许多人都不晓得你的下落,也不知道你去了什么地方。后来,还是我二哥徐德增听人说,你结识了一位喜欢看你演戏的商人,就不唱戏了。有人说你随那位客商去了石家庄,也有人说你可能跟他去了重庆,还有讲你来了天津,但你究竟去了哪里就不得而知了!"宋小春一边听,一边用手帕轻轻地给她金大叔擦着泪水,一边随着金少山的话音连连点头,并拉着金少山的手擦了擦自己的眼泪,激动地向金少山介绍了在她身旁站着的丈夫芦运。此时,穿戴整洁、看上去书卷气很浓的芦运,赶紧文质彬彬地向金少山请安问好,跪拜吉祥!金少山看着面前的年轻人,连忙上前将芦运扶起说道:"快快请起,现在是民国了,不兴这些礼节!"说着,便非常高兴地将宋小春的丈夫搀了起来。

次日,宋小春把金少山请到自己家里,亲自下厨做了许多她金大叔最爱吃的饭菜,又让芦运专门到街上买了几瓶尚好的名酒,为她日夜想念的金大叔设下了一桌丰盛的家宴。待把金少山请到上座后,宋小春就像在父亲面前那样,非常亲切地、没完没了地说了起来:原来,自宋小春离开上海来到北京后,通过徐德增托朋友介绍,在一家北京市郊的小戏班里唱上了二路旦角。但,当时北京的旦角名伶实在太多,小春因为年轻,又是初来乍到没有师傅,来头路活较为困难。有一次,就是她现在的丈夫芦运先生喜欢上了宋小春的戏,成为了她的最佳捧场者,相互之间你来我往,一来二去,两个人从初识渐渐地结成了朋友关系。后来,宋小春见芦运先生虽然是个经营皮草的生意人,却为人良善,文采风流,知理谦恭,酷爱京剧,在他身上流露着一股儒商的味道。久而久之,二人即产生了爱情,因芦运在天津的一家皮草行工作,就这样宋小春便退出了梨园,离开了北京,跟随芦运来到了天津卫。结婚后,芦运对她一直很好,二人相亲相爱,刚生一女芳名爱爱。

宋小春向金少山较为详细地介绍了她与丈夫的事情后,接下来又俏皮地对金少山说:"金大叔,我听说您老回到了北京,甚是高兴,本应该早去京城拜望您老人家及我淑英婶和艳芳姐她们,可是,因侄女我当时有孕在身,不太方便,没能去成。心想,等把孩子生下来满月后,我们一家三口再到北京看望大叔和您全家,可谁知,前几天在《大风报》上看到了大叔您近期要赴津演出的消息,可把我给高兴坏了,天天盼望着大叔的到来!待我得知您已来到天津卫时,就赶快往内蒙古给芦运发电报,催他放下手头的生意火速返回天津,芦运匆匆赶回后,我们本应该早上到您老的住处拜望大叔,因您夜里有戏,又怕打扰大叔休息,这不,就只好怀着焦急的心情等到了晚上,抱着我们刚满月的女儿爱爱来到剧场,买了三张黑市的高价戏票,观看了大叔和吴素秋唱的《霸王别姬》,戏刚打住我们就来到了后台,待我在后台见到您老那高大的身影时,心里高兴极了,也讲不出都是些什么滋味儿,酸辣苦甜的思念之情一下子涌上了心头!金大叔,这些年可把小春我给想坏了……"宋小春说着说着,竟又控制不住地流下了热泪。

金少山听过小春的叙述,爽快地笑着说:"好闺女,有眼力!如今总算是熬出了天日,有了一个很好的归宿。看来,我们的小春长大了,不是当年在上海时,那个脾气倔强的小姑娘了,况且还做了母亲,大叔我从心窝里感到高兴!以后再也不用提心吊胆的做'戏子'了。你父亲在九泉之下也可以安心了!"而后,金少山又转脸对宋小春的先生说:"芦运,小春是个苦命的孩子,十五六岁就没有了父亲,还要养活乡下的老母和她的弟弟妹妹,太不容易了。你们既然走到了一起,以后就要恩恩爱爱地过时日,有什么困难到京城找我,我是小春的大叔,也算是她娘家的亲人吧,一定要好好待她,不然我金少山作为小春的娘家人是不会答应的喽!好了,不说啦,祝你们小两口和我的外孙女爱爱,美满幸福,健健康康,白头到老!"

这天,金少山在宋小春家里一直待到天快黑时,才回到"惠中饭店"。临别时,金少山又特地在银器行给小春的女儿爱爱,买了一对儿尚好的银手镯和一把非常考究的纯金长命锁等物送给了小春,并对芦运和宋小春说:"我这次在天津可能要演上一个多月的戏,如果你们想看戏或者芦运皮草行的同事想看戏,千万不要再花钱买黑市的高价票了,给我打个电话,再不然到我的住处打个招呼就可以啦,我每天有二十张的招待票,全是一等戏票。芦运可以给你的老板送去几张,请他到剧场看戏,这样做对你的工作有好处!去个十个八个的都不成问题,若是我有事外出不在饭店,就找我的管事人孙焕如,或者找你徐德增大叔都行,他们都会给你解决的。"话讲到这里,宋小春与芦运抢着对金少山说:"您演的《霸王别姬》太好啦!芦运和保姆李大妈在台下看得入迷,不住嘴地夸个不停,那天晚上回来后,我们一直聊到半夜还没有睡意,尤其是芦运提起大叔的表演,就评论个没完没了,振振有词!"宋小春和芦运正讲的有劲儿时,金少山笑着截住了话题说道:"好了好了,别给大叔戴高帽了!要说的话三天三夜也讲不完,想说什么先留着,等下次我再来时咱们再好好接着聊。就送到这儿吧,我也该回去准备演出了,外面太冷,别冻着孩子,你们赶快回去吧。"金少山从保姆李大妈手里接过来爱爱,亲了一阵,方转身向"惠中饭店"的方向走去。刚迈出几步,就又返回来嘱咐小春:"回去后把我送给爱爱的长命锁和镯子给孩子戴上,这是我做外公的一点心意,也让小爱爱留个念想,等将来长大了也好知道她有个唱京剧的姥爷叫——金少山。"

金少山赴天津卫演出以来,戏院的上座率极高,场场爆满,座无空席,金少山见此情景,心情特别畅快。两周之后的一个下午,金少山在"惠中饭店"的客房里,正与徐德增一起品茶聊天、谈论京剧时,他突然站起身来冲徐德增说道:"二哥,咱们这次在天津卫的演出一炮打响,旗开得胜,与中国大戏院的宣传,梨园界的捧场,票友们的抬举,列位朋友的帮助,大家伙儿的支持,以及同业们的相互配合是分不开的!我想趁这两天休息,把大家伙儿请过来吃顿感谢饭庆贺庆贺,也表示表示咱们的谢意,你看怎样?"徐德增一听,高兴地回答:"好,三弟,你这个想法太好了!一来庆贺一下三班同事们的友好合作,二来感谢天津友人的大力支持!真是一举两得的大义之举!二哥我一百个赞同!三弟,我现在就去跟素秋、啸伯商量去。""不用去了,请客的费用我一个人全包了。"金少山用话截住了欲出门的徐德增。然后,金少山继续对徐德松说:"我已经想好了,你看这样成不成?咱们在'登瀛楼''全素斋''紫竹林'三家伊斯兰饭庄包上一整天,多发点儿'红帖子'把天津卫梨园界所有的同业和一些帮忙助威、摇旗呐喊、沾亲带故的朋友们全都请过来,好好地热闹热闹,也让咱们三个戏班子里的演职员们开开荤腥,高兴高兴,放松一下!第二天晚上我们照样演出。"徐德增连声说:"好好!我现在就让焕如去筹备。"

"红帖子"发出,消息不胫而走,金少山要在天津卫三家大饭庄大摆宴席的举动很快传开。中国大戏院的财东孟(少臣)三爷接到请帖后,立马来到惠中饭店对金少山说:"金老板,你们这次来天津演出,给我们大戏院带来了很好的经济效益,按道理我们应该请您才是,您却邀请孟某来出席酒会,实在是不好意思,并且感到非常荣幸!另外,我还有一件难以启齿的事情相求,烦请金老板无论如何得赏我个面子,千万可不能推辞啊。"金少山问孟少臣:"到底是什么事情?请孟三爷吩咐便是。"孟少臣难为情地说道:"金老板,等今天的宴会结束后,您看能不能让大家伙儿再辛苦一下,晚上再加演一场由您扮演包拯的《普天同庆》?"金少山听后,莫名奇妙,心想:原本谈妥休息两天,怎么突然又提出要加演《普天同庆》这出戏呢?但看孟三爷那为难的样子,便不可理解地返问道:"孟三爷,咱们不是商量好的要停演两天吗,为什么又单单提出要加演《普天同庆》呢?"孟少臣无可奈何地说:"就是您刚到天津时,在惠中饭店见过的那位警备司令部的杨司令点的这出戏。自从金老板在我院演出以来,杨司令几乎是天天都来,场场必到,而且是看得入迷,赞不绝口,提起您'金霸王'的大名,他是夸了又夸,赞了再赞!这不,杨司令听说今晚没戏,他非常扫兴,并令我跟您金老板商榷一下,晚上能否加演一场《普天同庆》?算司令部包场,钱由他出,而且还说,想趁着这个机会再看看您的包公戏演得怎么样?没有办法,我只好硬着头皮来打扰大驾,请您三思……"金少山听明白后,知道杨司令在孟少臣心中的分量,他讲出的话孟三爷岂敢不听。于是乎,金少山找吴素秋、奚啸伯、周瑞安、萧长华、徐德增、孙焕如等人商议过后,便爽快地答应了孟少臣的要求,把这位焦急不安、愁眉苦脸、正在犯难的孟三爷,高兴得不知道说什么才好!顿时来了精神的孟少臣,拱手抱拳地向金少山说:"我的大救星,太好了!孟某谢谢金老板,同时也谢谢在场的各位老板,你们真够意思!大家帮了我孟少臣的大忙,今儿个的饭局归我了,您金老板同意也得同意,不同意也得同意,就这么定了,我得赶快找杨司令汇报去啦。"说完,竟慌慌张张地乘车向天津警备司令部的方向飞奔而去。

孟少臣走后,金少山连忙召集大家开会,分头通知到位《普天同庆》的每个演职员,该戏的服装、道具准备出箱,头盔、靴子准备停当。待角色号好后,金少山对大伙儿说:"今晚临时加演的一场《普天同庆》,是天津警备司令部杨司令的要求,更是警备司令部包场的重要演出,所有担任该剧角色的演员自己抽空温戏,提前一个小时离开饭庄到戏院对调、拉场,希望大家认真对待,马虎不得,宴席中尽量少喝酒多吃菜,不能影响今天晚上的开锣。大伙儿有什么困难或有什么意见,现在就提出来，如果没有别的事情，大家记住上午十一点到饭庄参加宴请，好了，会就开到这里，分头准备去吧。"

不用说，当晚加演的《普天同庆》这出戏，除了金少山必须出演包拯之外，其他的傍角是：奚啸伯的柳员外、吴素秋的柳金蝉、李德彬的颜查散、马富禄的油流鬼、蒋少奎的阎君秦广辉、马连昆的判官张洪……前面的两出垫戏是李多奎的《望儿楼》、周瑞安的《艳阳楼》。宴会还没有结束，戏已顺利拉出。白天的酒会，宾朋满座气氛热闹，普天同庆演出成功！晚上的《普天同庆》照样是演出大成，肥彩不断！金少山和大家都特别高兴，大伙儿都说："没想到，咱们临时赶排的这出《普天同庆》，又一次出乎意料地轰动了天津海城！"

三个戏班的人马并为一体，在天津卫一个多月的演出合同快要到期时，应"中国大戏院"的多次挽留，金少山等人答应了再续演十天的要求。这时，孙焕如接到了北京梨园公益会打来的长途电话，没过几天，金少山又收到了北京梨公益会会长尚小云先生的亲笔书信，邀请金少山速速回京开会，商定在京城举办"花脸大会"的演出事宜。天津方面也得到消息，孟少臣、李华亭等人赶到了"惠中饭店"来找金少山，见面后他们恳切地对金少山说："金老板，请您给北京梨园公益会的尚（小云）会长说说，无论如何，得把最后续演的十场戏演完再走，这是我们大戏院全体职工的强烈要求，同时也是天津卫广大观众的愿望！"最后，孟少臣又言辞恳切地对金少山说："金老板，可不能推辞啊，千万得把这十天的戏给我们圆下来，否则，我可就要做大难了！对不起我们的员工事小，对不起天津卫各界来捧场的观众事大呀！常言道，观众是我们的衣食父母嘛！"这时，金少山抬头看了看坐在自己身边的啸伯和素秋，见二位点头暗示由他来决定是否续演的事宜。金少山稍思片刻，而后爽朗地笑道："孟三爷不必多虑，贵院如此盛情，我们岂能推辞。既然是前时已经敲定的事情，咱们就得圆满地把它完成，做事要讲诚信，对友两肋插刀！今儿个，正好趁您二位都在，我想代表奚老板和我的义女吴素秋申明一点，续演十天再不会变，请二位经理放心！另外，我和素秋、奚啸伯老板三人最后两场的演出作为'义演'，其全部收入无条件捐赠给大戏院的全体员工和天津的梨园公会，用来救济穷苦艺人及贵院的贫困员工，还请您二位无论如何不要拒绝，一定要接受我们的诚意！"中国大戏院的财东孟少臣与该院的经理李华亭听完金少山的这段肺腑之言，万分激动，李华亭热泪盈眶地对金少山和吴素秋、奚啸伯说道："哎呀，金老板，吴老板，奚老板，你们太仗义了，我先代表孟三爷和我院的全体职工谢谢你们大家了！"话刚说完，客厅内立刻鼓起了掌声！有几位站在旁边的大戏院职工代表，含着眼泪对金少山小声说道："金老板，我们实在是太感谢你们了！这一个多月来我们这些干活的员工们不仅薪水增加了许多，下个月还可以领到补贴的'红包'呢！"最后，孟少臣、李华亭和金少山、奚啸伯、吴素秋三个人一一握手，表示谢意！怀着喜悦的心情离开了惠中饭店。

接下来，"中国大戏院"又安排的十天演出，照样是戏票供不应求，场场客座满堂。金少山在这十天的演出中，其剧目有两场《霸王别姬》、两场《连环套》，另外还有《白良关》《刺王僚》《飞虎山》《下河东》《八蜡庙》《李七长亭》《五台山》《清风寨》《断密涧》《龙虎斗》《醉打山门》《虎囊弹》《金沙滩》《打潘豹》《铡判官》《太行山》《铡美案》《芦花荡》等。金少山在津期间，由他领衔公演的四十六天中，自己所演出的剧目就有四十三出之多，所有剧目均获得了极大的成功与好评。最后，由孟少臣做东在天津卫"紫竹林"大饭庄设宴，为金少山、吴素秋、奚啸伯、周瑞安、李多奎、萧长华以及三个班社的所有演职员饯行时说："今日孟某在这里略备薄酒，不成敬意！一来是为大家饯行，二来是感谢诸位给我们天津的广大观众带来了这么多的好戏，还为我们'中国大戏院'赢得了荣誉和极大的经济效益。尤其是金老板、吴老板、奚老板等人，你们不仅戏唱得好，演得棒！还义演捐赠穷苦，解囊相助贫困！你们这种高风亮节的大义之举，使少臣我万分敬仰！当然也包括在座的各位。孟某不才，谨代表大戏院的全体职员和我本人向大家致谢！"说着，便摘掉礼帽面对全场深深地鞠上了一躬！而后又接着说："说句心里话，本想再多留各位几天，只是北京方面有活动相催，金老板还要赶回京城参加谋划'花脸大会'的具体事项，况且，还得准备参演的剧目。我们听说后也很高兴，这是一个难得的机会，到时候我和华亭一定进京观摩！为'花脸大会'和金老板捧场助威！希望诸位老板再来天津献艺，孟某举双手欢迎！"话毕，宴会厅内喜风笑语，热闹非凡，大家在一片热闹的气氛中把酒言欢，相互告别的交谈起来。

金少山这次赴津演出的盛况，给天津卫的广大民众留下了难以忘怀的美好印象，他所扮演的花脸人物赏心悦目，成为了人们舆论传播的中心主题。多少年后，提起这位人高马大、身材魁梧、豹头龙眼、声似铜钟、艺术精到的传奇人物，仍然是滔滔不绝，百般赞誉。

金少山后十天的演出结束离开天津时，宋小春到车站送行，他（金少山）就像父亲要出远门似的，难分难舍地对宋小春说："小春，你大叔我一辈子走南闯北，受尽了苦难，熬到这一步很不容易，总感觉心里空荡荡的没有着落，天津离北京不算太远，大叔希望你有时间常去京城看我。我若是再来天津唱戏，会提前打电话或写信告诉你的。好了孩子，不送啦，我该上车了。"说吧，将小春紧握住的手掰开，强忍着眼泪登上了开往北京的列车，由慢而快地离开了天津站台，直奔龙都。

从此，金少山成为了宋小春在北京唯一的亲人。她经常不断地到北京看望金少山、杨淑英和她艳芳姐姐。就像回娘家一样，干家务、聊天、说笑话儿，打打闹闹无拘无束，非常开心地回忆着往事，使金少山、杨淑英、程艳芳从小春那甜美的笑容中得到了极大的欢欣！相互之间相亲相爱亲如一家，日子过得特别愉快。

金少山在天津中国大戏院的"一痰之举"很快传到了北京达至上海等地，接着又被人们加色添彩、夸大其词地传成了非常神奇的传奇故事！就这样，使他变成了一位"奇人"而轰动江湖！梨园震惊！众人都以能相识金少山为幸，和金老板结交为荣。

第二十一题藏头诗

旗开得胜在天津，
开锣一炮走了红，
得颂虎声津港口，
胜过当年驻申城，
戏码出出获肥彩，
告知京人又一鸣，
大净金爷一痰举，
捷报传来金奇声。

二十二、花脸大会　金氏领军

金少山从天津卫回京一周后,接到了北京"梨园公益会"(简称"梨园公会",该会是从前民间戏曲艺人的行业组织,相当于如今的"戏剧家协会")的开会通知。那时候,梨园界的艺人们无论身份高低,贫困穷富,名气大小,大家都很齐心,定好的开会时间,只要是人在京城,差不离到了钟点,大伙儿都会按时到场。梨园公会每年都要举办几次公益性质的义务演出,所得到的经济收入,均作为救助老弱病残的贫苦艺人来用。尤其是到了第四季度的初冬时节,梨园公会必须得搞上一两次的大型"义演"活动,好为失去演出能力的贫苦艺人们添置过冬的棉衣、棉被等等的生活用品,使那些穷困艺人尽量能过上一个较好的元旦、春节。此类延续了数百年的梨园善举,不仅是名伶们当年的高尚美德,更是如今戏剧家协会或学会与演艺界的名家大腕们学习的榜样。那一年,梨园公会准备筹划组织一场京城内的著名净行演员大汇演活动,取名为"花脸大会"。经过北京梨园公益会商讨研究,决定将这场名净大聚会的义务演出剧目,暂时定为七出折子戏,按名次排列对外公演。所获收入全部作为救济款项,专款专用。

金少山接到通知开会的第二天上午,北京梨园公益会的会长尚小云、副会长萧长华、赵砚奎等人,早早地来到公会等候大家的到来。萧长华说:"小云,我提个建议你看成不成?咱们找一块能往上面写字的大'水牌',在牌子上面画上七个竖条格子,每一个格子的上端再分别写上1、2、3、4、5、6、7七个洋号码,这代表七出戏的演出顺序。等一会儿大伙来了,让各位把自己所报的戏码以及第几个出演,填写在相应的号码格子里,我相信大家心里都明白自己的位置,这样就不用我挑兵点将地再派了。""好好,萧先生的这个建议太好了!"尚小云边说边去拿"水牌"。不大会儿的工夫,大伙儿陆陆续续地走了进来,一个个相互热情地道好、问候。接着,尚小云首先通报了为什么要举办这次"义务戏"的情况和目的,讲述了这场"花脸大会"的具体事项和意义,赵砚奎向大家讲明了如何填写戏码的程序后,请各位自报演出的剧目。热情的萧长华先生虽说不派,可他还是点了裘盛戎的将:"(裘)盛戎,你是'富连成'出科的科生,我这个'富'社的总教习有权利先点你的将,因为这场'花脸大会'仅七出戏码,参演的名净又太多,没有办法只能压缩剧目,你看看想跟谁合演一出?"还没等裘盛戎开口,张椿芳在一旁对萧长华说:"二哥,我提议叫(王)泉奎他俩来一出《双包案》如何?""好,盛戎、泉奎,恁二位感觉怎么样啊?"萧长华表示赞同地问,裘盛戎和王泉奎也点头同意,萧长华接着又说:"那好,恁俩就过来把自己的名字和戏码填写在第一号的格子里吧。"跟着董俊峰走过来问萧长华:"二哥,我和(于)云鹏兄弟来一出《双天师》您看成吗?"萧长华随口答道:"哎呀,那太好了,这出戏可是生得很那!如今很少有人唱了,是净行的冷门戏,拿出来演演,也让他们青年人开开眼界,长长见识,学点玩意儿!""那我们哥俩可就把这出戏填写在第二个戏码的格子里了。"董俊峰与于云鹏边说边往格子里填写戏码。

就在董俊峰和于云鹏去填写格子的同时,性格暴躁的马连昆,坐在一旁有点儿沉不住气了,他站起身来忍不住地自言自语道:"我看看我跟谁比较合适,也得来一出呀?不然也太没面子啦!"这时,旁边站起来一位花脸演员蒋少奎,此人与马连昆是"一担挑"的连襟,也是金少山的徒弟,他乐呵呵地冲马连昆说道:"连昆,咱哥俩来上一出《真假李逵》(又称《双李逵》)咋样儿?"马连昆便愣愣地回答:"那敢情好哇少奎,你讲到我心窝里了,咱俩就写上《真假李逵》这出戏。"说来也巧,大伙儿并没有在一块商量,前三出戏的戏码居然都带了个"双"字。轮到第四号了,刘连荣跟萧长华说:"先生,本来我想报《下河东》,可是这出戏有点儿大,那就干脆光演'打呼'一场吧?""好,那你就把'打呼'写上吧。"萧长华应声。刘连荣刚刚写完,侯喜瑞凑过来问道:"连荣,你报的是什么戏呀?"刘连荣回答:"师哥,师弟我报的是《下河东》里的'打呼'一折。"侯喜瑞随口说道:"你来一折靠把戏,那师哥我也得来一出靠把,抖抖筋骨,扬扬威风。"侯喜瑞边说边走到萧长华面前问道:"先生,我写《取洛阳》咋样?""好好,正对你的戏路!这是喜瑞的拿手活。"萧长华非常赞同地讲。正说着,郝寿臣走了进来:"哎哟,各路诸侯都来了!"管郝寿臣叫二哥的萧长华第一个上前答话:"二哥,您看看怎么填?就剩两个号了,想演什么戏,您自己看着办,要不然等会儿少山来了你们在一块商量商量……""还商量什么呀,不用商量,我自己的水平我知道,与少山弟相比,二哥我甘拜下风也!喜瑞贤弟,你怎么跑到我前头先占了第五号啦?"郝寿臣一边爽快地回复萧长华,一边问着侯喜瑞,侯喜瑞笑着答道:"二哥,您就别客气了,快点儿填写您的拿手好戏吧!"郝寿臣向侯喜瑞拱了拱手,思虑了片刻后说:"那我干脆写《黄一刀》好啦,"侯喜瑞接腔道:"太好了!您这出《黄一刀》可是黄润甫黄三爷亲授的绝活,那还会有错吗!"

就在这时候,屋外有人高声呼喊:"金三爷到!"会议室里的人们具抬头扬脸朝门口望去,果然,金少山怀里抱着小"黑炭儿",后面跟着大"傻黄"夺门而进,尚小云赶紧迎上去问了声:"三哥,您来了?"金少山回答:"来了来了,萧(长华)二哥早?"萧长华连忙回答金少山的问候:"兄弟,来了!"接着金少山看见了郝寿臣问道:"郝二哥,您也早到了?"郝寿臣回答:"我也是刚来,比三弟您早到了一步,三弟近来可好?""好好,郝二哥好!"金少山客气地还问候礼。

侯喜瑞与金少山从小都跟韩乐卿(人称韩二刃)先生练过功、学过戏,师兄弟相见格外亲切,再者,自上海离别之后,他对金少山的艺德和人品特别敬佩,有了新的认识。于是乎,便非常恭敬地问道:"师哥,您来了?兄弟我听说您在天津卫又'响'了!"金少山谦虚地答道:"哪里哪里,大家抬举,大家抬举。兄弟过奖了。"此时,公会的另一个副会长赵砚奎对金少山说:"三爷,大伙儿都已经报过戏码了,您看看拿哪一出来压大轴啊?"金少山仔细一看"水牌",转脸冲郝寿臣、侯喜瑞说道:"你们二位都占先啦,好吧,我就来上一出全本《御果园》献献丑!"一句话把大家全逗笑了。

笑声过后,萧长华说:"少山老弟这出全本《御果园》,是梨园名宿何桂山老爷子传授给他父亲金秀山先生的看家戏,后来他父亲又把这出戏传给了少山,前面带'定计',太好了!现时还没有人唱过。小云,您这两天去通知郭春山先生,我们两个演建成和元吉。其他的角色咱们现在就初步定下来,少山的尉迟恭……"萧长华讲到这儿,稍一琢磨,然后一拍大腿,睁大了双眼接着说道:"有了!鲍(吉祥)

大爷来秦琼，张春彦先生去徐勣，马富禄扮程咬金，范宝亭演黄壮，院子哪让韦三奎上。"黑白二夫人的扮演者，在会的各位一致选定魏莲芳和程玉菁来饰，大伙儿都说他们两个的个头最合适不过。过了一会儿，萧长华又想了想说："还有一个角色李世民，我看就让姜妙香姜六爷来，大家看咋样？"萧长华讲到这里，大家伙儿都情不自禁地鼓起掌来，称赞道："这出戏的演员搭配的太棒了，没的挑！"金少山心里自然满意，连忙起身向萧长华的良苦用心和公会对他的大力支持拱手致谢！并当着众人的面，当场表示："从今往后，我金少山在经济上会对咱们梨园公会鼎力相助的。"场内立刻又鼓起了掌声！最后，会长尚小云站起来对大伙儿说道："好了，戏码、演员就这么敲定了，时间紧迫，后天晚上在'新新大戏院（后改名为首都电影院）'出牌公演，请各位回去抓紧时间准备，争取拿出自己的最高水平露上一手。大轴戏《御果园》的所有傍角儿由我来通知到人，安排到位，落实到家，绝对不会耽搁明天的对戏拉场，三哥（指金少山），您就赚好吧！"

转天一早，报纸上登出了"首届京剧花脸大会"在帝都龙城公演的消息后，顷刻间，北京城内又沸腾了起来，新新大戏院的门前喧哗不止，热闹非凡，购买戏票的观众你抢我夺蜂拥而上，乱成一团，有的人为了买到戏票竟强行加塞儿，大打出手，吵起架来，各地来登记购票的熟客接连不断。尽管票价不低，依然是供不应求，相当紧张，为了躲避熟人，戏院的经理只好装病休息。这下，可把那些倒腾黑票的给高兴坏了，又让他们大大地捞上了一把。

演出当晚，新新大戏院的场内人山人海，座无虚席，走道、墙角全是加座。是啊，花脸名角大聚会嘛！台上出出是好戏，个个演员是大角，更何况还有"十全大净"金少山大轴压台！怎么会不吸引人呢。梨园界的同行自然也不例外，具纷纷来到后台寻找学习、求教、观摩的良机。金少山这天也与往常不同，提前赶到了剧场，待侯喜瑞的第五出《取洛阳》快要演完时，他正好跨进后台，并且二话不说，直接奔向了下场门的入相处。大伙儿一见都觉得奇怪，今儿个金三爷怎么来得这么早啊？可能是太阳从西边出来了吧？的确有些反常。于是，有人跟了过去想看个究竟，原来金老板是为了看郝寿臣的《黄一刀》而来，他的管事孙焕如还特意派人在乐队旁边放了一个茶几和一把上好的红木太师椅。看完戏后，金少山走到后台的服装室，拍拍郝寿臣的肩膀说："二哥，辛苦啦，您今儿个的表演特别见彩，要哪儿有哪儿，浑身是戏，看着过瘾，真好啊！身上的劲头儿和做派无可挑剔，真有点儿三大爷（即指黄润甫）的样儿啊！""哎呀，兄弟可别说了，我哪能给黄三爷比呀，能学到一点儿他的皮毛就算不错了，你太过奖了！兄弟，下面该瞧您的啦，我得抓紧时间赶快卸装，到前台去看。"郝寿臣一面非常谦虚地说着，一面就往卸装的地方去，他刚想迈步时，金少山却又用话拦住了他说："哎，二哥，看可不能白看呀，看过之后，兄弟我哪点儿不到家，您做二哥的，一定要给我提提呀。"这几句话金少山讲得非常诚恳。郝寿臣这时也初露心声，向金少山吐出了自己的肺腑之言："兄弟，说句掏心窝子的话，二哥我现在还得放下架子虚心地向您学呢，不瞒你说，只要逢兄弟您演出，我基本上全看，的确真好，二哥这话可不是恭维你，全都是我的心里话，绝无虚言！"这时，管事的过来对金少山说："三爷，您赶快去化妆吧，台上准备开头场'定计'了，也就剩一刻钟的时间。"金少山言道："噢，我知道了。"而后冲郝寿臣说了声，二哥，我扮戏去了，转身急奔化妆室。

　　金少山走进化妆室，换了衣服，开始勾脸扮戏，只见他动作麻利，速度极快，等到头场演完时，金老板已经在勒头了，打击乐缓锣之后起小锣，上黑白二夫人，至台口念两句白："夫受皇家禄，妻占雨露恩，"金少山此时正好穿戴完毕，该他搭腔的金少山刚走出服装室，可谁知金三爷就在离上场门足有十米远的服装室门前喊了一声"回府！"呵！这一嗓子，力大气足，声似惊雷！身边的人们吓了一跳，两只耳孔嗡嗡作响，化妆桌上的镜子震倒了一片，台下顿时鼓起了潮海般的掌声。随后吹奏[风入松]曲牌音乐，一堂黑龙套以及身穿海青色褶子、腰系杏黄色大带、头戴青绒罗帽的家院先后上场，在上场门边幕旁站定。接着，台上的灯光全部开亮，五光四射，尉迟恭手持黑色的三穗马鞭在[四击头]后的铙钹声中出场亮相，台下又是一阵热烈叫好的声浪。金少山身穿平金大龙的黑蟒，面部开出的是黑白分明的油黑八分花脸谱式，头戴侯爷帽，帽顶四周全是珠子，中间嵌一颗深鹅黄色的绒珠，站在台口，好似顶天立地的一座黑塔。台上的"守旧"大帐也是黑缎子衬底，再加上一尺五的锦库宽边儿、深鹅黄的大穗子，包括桌围、椅帔具是清一色，把整个舞台衬托得格外凝重肃穆，金碧辉煌。

　　金少山扮演的尉迟恭，不但注重外观造型的美化，更注重内心情感的突出，就塑造人物方面，他根据对剧情的深度理解，在唱念和表演技巧上都有其自己的特色及独到的艺术风格。尉迟恭与黑白二夫人落座之后，有这样一段对白，尉迟恭："可恼哇，可恼！"黑白二夫人："老爷今日下得朝来，为何这样烦恼？"尉迟恭：

"夫人哪里知道，适才金殿加封，二奸王一旁奏道，道某当年在山后刘五洲日抢我国三关，夜夺我国八寨，耗费国家兵马钱粮，封不得国公之位，你道恼是不恼！"黑白二夫人："食王爵禄，当报王恩，何须烦恼！"尉迟恭身为开国武将，功勋卓著，却受到无端的诬陷，自然是气恼不已。金少山牢牢通把人物情绪，将这段道白念得是抑扬顿挫，分寸得体，恰到好处，不但很好地交代了故事的缘由，也为后面的情节开展做出了应有的铺垫。

接下来，尉迟恭有三段唱腔，前两段为[二黄原板]，唱词：（白）唉，夫人哪（叫板）！

提起了当年投太原，
建成、元吉怒发冲冠。
某一言未发推出斩，
多亏了乔公山救某的命还。
二次里山后投刘主，
晋阳王他待我的恩重如山。
响马打死了宋金玉，
那宋金刚他与我结下了冤。
日抢三关、夜夺八寨，
某在美良川前铜对过鞭。
到如今说什么三跳涧，
此乃是数九腊月的天。
赤身骣马难交战，
活活地冻坏了将魁元。
有劳二位夫人言，
扯开了封皮仔细观。

第二段

你我分别不久远，

> 黑红二药带身边。
>
> 红丸将军自己用，
>
> 黑药付与乌骓餐。
>
> 我看过了姜汤忙把药饮，
>
> 这黑丸付与那乌骓餐。

金少山这两段演唱中的行腔，不仅发挥其优越的嗓音，更强调运用歌喉的韵味变化来表现出人物的个性，以及尉迟恭愤懑不平的内在心情。

第二段，则是尉迟恭观看徐勣的书信及依嘱服用丸药时的一段唱腔，当金少山唱完最后一句"这黑丸付与那乌骓餐"，尉迟恭送黑白二夫人下场后，金少山在这里有一个与众不同的表演，值得称道，他随着"嘟仓、嘟仓、崩登仓"的锣鼓声，两眼左右一望后转身、双抖水袖、双手弹起髯口再托住，打"哇呀呀"，眼神中则流露出：刚刚服药，怎么就会出汗了？而且是浑身大汗！然后，他再接唱第三段的［二黄散板］。这段［二黄散板］，金少山在打击乐的配合下，唱得非常有气势，"一霎时浑身俱是汗，（仓）数九天亚赛过三伏天。（仓）"，就他唱到"亚赛过"的"亚"字时，顺着托腔竟又打了一个清脆响亮的"哇呀"后，唱"赛过三伏天"。第三句"今日再脱袍（嘟八答空匡）把身现"，（顿八嘟令仓衣……）此时，尉迟恭在场上脱蟒、摘头盔，显露出一身边式、漂亮的短打扮，青缎子的挎衣、彩裤，青大带白腰包，头上是一米多长的甩发，额前还有一个装饰品——黑铲儿（即"铲刀头"）。接唱"赤身骠马手提鞭。家院带过爷的乌骓战"，（顿顿八拉仓郎……）最后一句："某二次里救驾在御果园"，唱完之后，金少山将右手的马鞭交递到左手，跟着一涮甩发，刷！抬头再将马鞭交还右手，甩髯口、勒马，冲外亮相！（仓）然后拉着马，（顿顿八拉……）尉迟恭在暴雨般的掌声中下场入相。

金少山就这出家传的《御果园》戏里，一共打用了三次"哇呀呀"腔，在下一场尉迟恭见黄壮时还使用了一次，这在铜锤花脸演员及文净的唱工戏中，是绝无仅有的创造。然而，对于表现身为武将的尉迟恭而论，他这一人物的"哇呀腔"运用，不仅显得恰如其分，合情合理，同时也对角色的身份体现，起到了不容忽视的作用。金少山在这场义务戏的"首届花脸大会"上艺压群雄的表演，不但又一次轰动了京城九门，受到了各界观众的颂扬，显然，也让梨园界的行家里手们大开了眼界,过足了戏瘾,悟出了净道,增加了分量,彰显了"净"威!

第二十二题藏头诗

花脸汇演金大轴,
脸面在京占风流,
大净王侯金少山,
会友寿臣义合投,
金郝二净初交心,
氏金氏郝双点头,
领军花脸有三位,
军中三鼎金郝侯。

二十三、首赴奉天 义演捐资

由北京梨园公益会举办的首届"花脸大会"义演结束之后，金少山的声望在京城又进一步得到了扬名提位的升华。"松竹社"除了正常的营业性公演以外，这位"十全大净"金少山在百忙中又参加了三场义务戏与两场合作戏的演出活动。两场合作戏的演出地点仍是在新新大戏院，头场是金少山与荀慧生、姜妙香等合演的《双沙河》，这出戏也叫《人才驸马》与《吐蕃国》，剧情描写的是：宋朝时期，魏小生、高能、杨仙童三人奉了师傅之命，帮助杨家将出征吐蕃国，与人才驸马张天龙及二妻玉宝、玉珍两公主交战，两公主见高、杨二人英俊洒脱，反助高、杨杀死了张天龙归顺大宋的一段故事。（因该剧有色情成分，1950年已被禁演）金少山在剧中扮演张天龙，这一角色归架子花脸的副净行路，他的表演幽默、诙谐，剧场气氛尤为活跃。

第二场合作的剧目安排了四出折子戏，开锣戏是李多奎的《行路训子》，第二出是贯大元、周瑞安的《连营寨》（"哭灵牌""战猇亭"），压轴和大轴是金少山、吴素秋爷俩的双出《天河配》及《探阴山》。《天河配》又名《牛郎织女》，该戏从织女下凡起至吵架分家止，金少山在剧中反串小生扮演牛郎，吴素秋饰演织女，范宝亭来金牛星，张春彦去牛郎的哥哥张有才，马富禄上张有才的妻子嘎氏。金少山扮演的牛郎，性格憨厚，表演朴实，"放牛"一场，唱一段［西皮娃娃调］，其小嗓（假声，也可称二本腔）清脆甜亮，韵味十足，唱得是声声见彩，句句来好，掌鸣不断！观众无不为金少山的反串小生称妙道绝，赞誉快哉！

最后的大轴《探阴山》，从五殿判官张洪搓纸捻儿、撕改生死簿一场起，原先演张洪的是蒋少奎，这次还特意换成了实力派名净马连昆。这场戏演完，接着就是包拯探阴山，以前凡演出该剧者，包拯一般通穿黑蟒、披黑纱，而金少山却不是这样，他改穿白蟒、披黑纱，其服装色调上的变化，更突出了包拯探阴山时的人物形象。剧中成套的〔二黄〕唱段，其板式跌宕起伏，声腔韵色被金少山演唱得更是庄重沉稳，回肠荡气，浑厚流畅，响堂挂味儿。其中，有两处唱词他觉得不妥，演唱时特做了合理性的改动，改处是前五句〔原板〕和后一段〔碰板〕，原词是："又只见大鬼卒、小鬼判，压定了屈死的亡魂，他项戴着铁链，悲惨惨悲悲，阴风绕，吹得我透体寒。"金少山则将其改唱为："又只见小鬼卒、大鬼判……"另一处是第二段〔原板〕，原词中有四句"可怜他……"他认为这是包拯叙述自己经历的一段唱，应该唱成"可怜我……"金少山唱的这段改过以后的全词是："站立在望乡台用目观看，开封府那就是自己的家园。牙床上睡的是乌头铁面，王朝马汉睡卧两边。可怜我初为官定远小县，可怜我断乌盆又被人参。可怜我耐时光又把君见，可怜我为查散下阴曹游五殿一殿一殿我哪得安然。"包拯见到柳金蝉后，为了查明真相，还有一段两个人的〔摇板〕对唱，金少山与吴素秋唱得是精妙绝伦，感人肺腑，潸然泪下，动人心弦。

在金少山演出的三场义务中，头场则是谭氏父子唱的全本《捉放曹》，从"过关"开始，一直到"行路"、"宿店"，谭小培的吕伯奢，谭富英的陈宫，特地邀请金少山饰演曹操。这出戏金少山平时是不唱的，因为他不太喜欢"白脸"的戏，金少山之所以能答应扮演曹操，一来是义务戏，他必须要演。二来谭、金两家本有亲戚关系，论辈分，谭富英管金少山应叫三舅，自然也不能推辞，因而便答应了下来。金少山扮演的曹操与众不同，就脸谱而论极有特色，他不画过眉五分的"粉白脸"曹操，而是开大脸谱式，眉子则是勾圆眉头。金少山认为曹操这时候刚刚处事不久，还不可能怀有谋反篡权的心计，故而脸谱的图案不宜画得过于奸诈。这出戏里的曹操话虽不多，却要通过表情中的神态及演员的身段表演，来展现出这一人物的内心世界及他特有的多疑、嫉妒的称雄野心，攀权之才。

后两场是孟小冬的义务戏，一场是《失·空·斩》，特请金少山扮演马谡；另一场是《大·探·二》，由孟小冬与金少山、尚小云三人联手合作演出。在《失·空·斩》一剧中，金少山把刚愎自用、不听谏言而失守街亭的马谡，刻画得活灵活现，入木三分，尤其是"诸葛亮痛斩马谡"一场，金少山的道白，更是饱含激情，声泪俱下，感人至深，使观者无不为之动容。戏演完后，扮演诸葛亮的孟小冬走到金少山面前说："三叔，今天我可真成了挥泪斩马谡了，您演得太逼真了，我在台上不能不泪如泉涌地潸然落下，真乃是独一无二的活马谡啊！""孟""金""尚"三位合作的《大·探·二》，非常难得，三个一流京剧大角凑在一起本不容易，再加上有"活李良"美誉的马连昆加盟，更是锦上添花！在京的许多演员包括票友、戏迷听说后，特别是唱花脸的，除了"赶包"的以外，全都想方设法地挤进剧场，观看演出，以此快怀。

开场《大保国》，徐延昭身穿缃色的蟒袍，右手拿着一把金漆杆的盘龙铜锤，顶端还系着两个表明是老王爷赐给他的鹅黄色彩球，金少山所扮演的徐延昭首次出场亮相，台上蓬荜生辉，剧场顿时沸腾，大大彰显了剧中人的身份、气度。

《探皇陵》是徐延昭夜晚拜谒先帝皇陵的一场戏，金少山在这场戏里所扮演徐延昭的表演及行腔尤其鲜明、独到，服装上，他换穿白蟒，披蓝色斗篷，头上戴着绣有银龙的风帽。由八个校尉军引路，前面还有两个手持七子白灯笼的长随官，白灯笼上写有四个黑字"开山府徐"。金少山唱的[二黄]段子，其唱词及行腔别有风采与众不同。第二句[回龙]："开山府来了我定国侯"，而不是他人唱的"定国王侯"，金少山说："王是王爷，侯是侯爷，文相武侯谁都知道，哪能唱成'定国王侯'呢！"接下来的三句[原板]："李良贼比浮云遮住星斗，龙国太好一似雁落孤舟。长随官掌银灯龙凤阁走……"这里，金少山特别强调的是"掌银灯"，而不是其他演员唱的"掌红灯"。他说："旧时，怎么能掌着红灯笼到先帝爷到陵园去拜谒呢？"当徐延昭见到兵部侍郎杨波带领众家儿郎前来保护皇陵时，还有四段"夸将"的唱词："杨大郎生来面皮黄，亚赛当年汉刘王。弟兄三请诸葛亮，东吴招亲美名扬——尔亚似刘王！赤面长髯小马方，亚赛当年关云长。过五关曾斩六员将，擂鼓三通斩蔡阳——尔亚似关王！杨三郎生来面皮黑，亚赛当年猛张飞。虎牢关前打一仗，枪挑吕布紫金盔——尔亚似张飞！四公子生来好貌容，好似当年赵子龙，长坂坡前打一仗，杀败曹操百万兵——尔亚似子龙！"这时，赵飞插话道："千岁爷还有我哪！"徐延昭再接唱："搬兵儿郎小赵飞，七日七夜搬兵回。有朝太子登龙位，定封你九门提督保华夷！"最后，徐延昭转过身来，称赞杨波时唱道："服你服你真服你，偌大年纪会用兵机，众家儿郎且回避，（夹白：四郎随后！）汉宫院看一看李艳妃！""夸将"的唱腔，金少山仍用［二黄原板］，只是后人再演《探皇陵》这出戏时，去掉了"夸将"的唱段，直接唱最后的四句［摇板］就结束了。至于什么原因，为什么把"夸将"去掉，笔者就不得而知了。

到《二进宫》时，金少山再换穿团龙紫蟒，台上显得格外醒目。这场戏，"金""孟""尚"三人的演唱，各展风采又通力协作，特别是在对唱时的咬嘴接口处，真可谓是天衣无缝，朗朗上口，其艺术水平完美无瑕，各具风流。剧终时，全场观众掌声热烈，赞誉备至，祝贺他们三位，合作愉快，义演成功，再次联手。

金少山对演"义务戏"特别是针对同行义演的"窝头戏"，无论再忙，他从来是义不容辞的。在"窝头戏"或者是"义务戏"中，除了笔者前面所讲的之外，金少山还曾与谭富英合演过《捉放宿店》等，与程砚秋、王少楼合演过《二进宫》等，跟马连良、谭富英、程砚秋、李少春、叶盛兰合演过《龙凤呈祥》等，每次演出声势浩大，影响甚广，必得好评，扬名立万。

1939年的春季，东北奉天（今辽宁省沈阳市）"中央大舞台"负责业务的刘永亮（原来是京剧唱三花脸儿的演员，与程永龙是同科的师兄弟），来京邀请谭富英的戏班赴奉天演出之后，准备再邀金少山的"松竹社"接台，因为他知道，正值走红的谭富英这期演完，下一拨儿，非金少山莫属，方可接住这个"坑儿"，所以本属行家的刘永亮来找孙焕如先生洽谈"松竹社"赴奉天演出的事宜。

到了20世纪的30年代末，就京剧"四大名旦"最为活跃的时候，因京剧"四大须生"中的余叔岩、高庆奎已辍演舞台，在观众及新闻媒体的舆论下，有人发起了"极应再选出正在表演的'新四大须生'，以与'四大名旦'媲美……"的倡议。于是，1940年前后，北京又出现了依前四大须生之一的马连良为首的"马"（马连良）、"谭"（谭富英）、"杨"（杨宝森）、"奚"（奚啸伯）新四大须生的说法。后来的"四大须生"虽未投票选举，但从崛起人的艺术水平而论，已被社会及梨园界基本公认。他们四位的表演艺术风格，被评论界誉之为：马连良的"华丽圆熟、风流潇洒"；谭富英的"朴实铿锵、神采清癯"；杨宝森的"韵色厚醇、古拙大方"；奚啸伯的"委婉细腻、雅致清新"。为了和前（或老）"余""高""马""言"四大须生区别开来，即称为后（或新）"四大须生"之美。

正值走红的谭富英，1906年10月15日、光绪三十二年（丙午）八月二十八日生于北京，谱名豫升，小名升格，出身于梨园世家，祖籍湖北省武汉市江夏区（原武昌县）。其曾祖父谭志道（艺名叫天子）乃是清朝名伶，伶界大王谭鑫培是他的祖父，父亲谭小培也是著名的京剧文武老生演员，谭富英深受其父辈的影响，从小耳濡目染爱上了京剧。自幼进入"富连成"社第三科"富"字班学戏，跟随萧长华、王喜秀、雷喜福、蔡荣贵等习文武老生。坐科八年，勤学苦练，在严师的督导下，练出了扎实的基本功底。谭富英擅长靠把戏，后又在其父谭小培和师傅余叔岩的精心教授下，继承"谭""余"风格，发挥自身所长，风生水起，艺事大进，享誉京师。

谭富英擅演谭门本派剧目，既以唱工取胜又见武功优长。其代表剧有《定军山》《战太平》《南阳关》《晋楚交兵》《鼎盛春秋》《捉放曹》《桑园寄子》《奇冤报》《击鼓骂曹》《洪羊洞》《失·空·斩》《搜孤救孤》《四郎探母》《桑园会》《珠帘寨》《群英会》《十道本》《借东风》《赤壁之战》《大保国》《二进宫》《将相和》《王佐断臂》《盗宗卷》《打棍出箱》《琼林宴》《阳平关》《骊珠梦》《戏牡丹》《黄金台》《翠屏山》《御碑亭》《卖马当锏》等。

谭富英幼年练过武生，后改工老生，故在他的靠把老生戏中，身段工架大气洒脱，开打档口火爆规范，枪（刀）下场稳健利索，抬手投足颇见功力，因此他多擅演正气凛然的刚烈人物。谭富英的嗓音，天赋绝佳，清亮甜美，膛音、腭音与其脑后音的口腔共鸣都非常出众，行腔时的气口与力度结合得相当巧妙，晚年唱法愈加考究，韵味醇厚更为浓烈。演唱时的情感极为投入，注重人物的身份、性格加之行性的准确体现和所处于的特定环境，他的唱腔特别讲究放音和收音，简洁洗练，朴实自然，吐字明快而不过分雕琢，不追求花哨而用气充实，行腔一气呵成，听来情绪饱满，韵味醇正，痛快淋漓。谭富英家学渊博，精通祖道，天赋歌喉，家传谭腔，综合素质得天独厚。1925年，在给他灌制的唱片《南阳关》中，城楼上的大段[西皮]唱腔，[导板]接[原板][二六]转[快板]的"摇""条"辙口，又多见高腔、立音的快板行腔本来就难唱，可他却以高亢洪亮的刚健峭拔，硬气透声，特别是见快板时，一板一眼铿锵跌宕，而且板式转换自然流畅，不露斧痕，彰显出了一派"谭""余"浑然天成的艺术风范。

京剧独尊的程式化表演，他运用得不露痕迹而臻于化境，如《群英会》中的鲁肃，他表演得憨厚朴实并略带一点儿傻气，这种略带傻气的表演技巧，不仅衬托出了周瑜、诸葛亮不同性格的内在心理，又使场上的气氛活跃起来，无疑，谭富英的表演起到了关键性的作用;就《将相和》中突出了蔺相如视死如归、大义凛然的英雄本色和顾全大局的博大胸怀;在《空城计》中他扮演的诸葛亮,除了表现出睿智和凝重之外,更透显出了孔明鞠躬尽瘁的精神,动人心扉;特别是《定军山》《战太平》中的靠把老生,其过硬的唱功不仅惊人,他那稳练的靠把功和娴熟的大刀花动作,舞得干净利落,引人入胜,更能突出人物英武刚烈的性格特征以及鲜明的时代风貌。他的艺术风格特色形成与其精神气质密切相关,他在舞台上的英雄形象,有一股形神秀美,英气逼人,横刀挺枪,双目如炬,转而引吭一歌,群情振奋,他的表演给观众以深刻的艺术回味感,让人陶醉。是继马连良之后,成为唱做兼能,文武不挡,成就显著,舞台生涯最为长远的后"四大须生"之一。

在谭富英的艺术生涯中,紧步前贤,扬长纵意,砥砺攻坚,守"形""移步"成绩斐然。最突出的是做到了两个"最":一个是全面传承之"谭""余"一系的老生艺术,他和孟小冬先生最为持久。讲到全面,就京剧的老生名家中唱、念、做、打(舞)俱精的不乏其人,可是到了20世纪50年代,仍坚持演出文武并重的《战太平》《定军山·阳平关》等靠把老生戏和做功繁难的《打棍出箱》等剧的,基本上也只有谭富英一家,若不是谭富英的砥柱中流,这部分"谭"、"余"之经典只怕在那时就绝迹舞台了。还有归属于唱工与表演兼备的剧目,谭富英唱得同样非常出色,譬如《桑园会》《武家坡》一类带有喜剧色彩的小戏,即对几位著名老生进行过比较,从刻画人物和营造情趣上全面衡量,他的明快率直中透显出几分恶作剧式俏皮人物的处理,最为贴切于夫妻间的调皮逗趣,很大程度上冲淡和弥补了原剧久别重逢的丈夫,竟然工于心计无情戏弄妻子的缺陷,容易被当代观众接受。可惜,谭富英就这方面独具匠心的高明,往往被他的演唱及武功所掩,没能得到重视。第二个"最",是他舞台生活的"移步"最为持之以恒,富有成效。在朴实大方、酣畅淋漓的表演中,即对行腔中的吐字进一步完善的同时,又融入了更多的豪放和人物情感的元素,呈现出了"韵""势""情"兼并鲜明的艺术个性。当然,与他同代齐名的老生名伶,也一直在进行着创新的艺术探索,但大都偏重于创编新戏及其相关的新腔和新的身段或新的套路,而谭富英则与杨宝森相似,依然坚持在演唱的传统技法上修工研磨。以《失·空·斩》的一折"斩谡"为例,用他三十岁时的唱片和五十五岁时的唱法相比较,我们即会感到,后者在字正腔圆上更为工细讲究,又进一步突出了气度及情感方面的起伏跌宕,更为追求情感的真切饱满。如高潮处,将马谡斩首以后的哭头"我哭哇啊……"一句，翻高持续的时间比他年轻时期的行腔，拉长的难度更大，直如鹤唳九霄、动人心魄，充分表现出了诸葛亮悔恨交加、痛苦不已的伤感之情。该时期，他对嗓音技巧的运用炉火纯青，达到了一切为情所用、驾驭自如的境界。他的表演挥洒中，时见"破格"而不逾矩，其演唱风格彰显了写意性，于厚重的传统背景中透露出了"谭派"加"余"的浩然新象。谭富英唱《群英会·借东风》与马连良一样，也是前来鲁肃后饰孔明。之所以后扮孔明，都是为了《借东风》中那一大段唱。谭富英以谭派嫡系传人的身份，其唱法与马连良有所不同，马连良的这段唱是萧长华编的词。马的诸葛亮登坛后第一句"诸葛亮站坛台，观瞻四方"就唱一个大腔，而且连着下一句的"我望江北"这个腔才收住。谭富英则是唱到"叹只叹，东风起，火烧战船，曹营的兵将，无处里躲藏"这一句，才用一长腔，使人听来亦自不凡，其功力颇见难度。

艺术本来就是相通的，做些比较或许对谭富英的艺术风格会理解得更加深入。我们以诗圣李、杜作比：谭自然不是杜甫，他似像李白。杜诗是有严格规范的人工美；而李白则是极富浪漫色彩的天才美。有诗评家说："李、杜二家其才华无优势，但工部体裁明密，有法可循；青莲兴会标举，非学可至"。这也许正是谭富英的后继者较少之原因。"形"似不易，"神"更难。谭富英的艺术是个性化极强的艺术，不仅需要天赋的歌喉条件和深厚的武功底子，更要有空灵洒脱、大智若愚的精神气质。这大概就是所谓的"非学所至"吧。如果说，早年还有人模仿谭鑫培灌唱片能够以假乱真。那么，到了谭富英，要模仿他来混淆视听，几乎是不可能的。因为谭富英的精神气质是难以模仿的，他太独特了。窃以为这一点颇具现代艺术特色：只能欣赏，不能模仿。见有些模仿秀中的所谓高手，自恃嗓子痛快，为求形似，将其漫画化，卡通化，听了很不好受，真是"毁谤圣贤"也。

以绘画作比：谭是写意，不是工笔。工笔画严正匀称，一丝不苟；写意画更重意象，意到笔随，笔断意连。绝不处处着力，面面俱到。谭富英在《大登殿》中唱的那句"薛平贵也有今一天"，把薛此时此地踌躇满志的心态表现得淋漓尽致，无以复加主题，竟使情绪、力度、效果俱已到位，一句足矣，而旁的都不重要。若把每一句唱得都很满仓，即会显得没一句到家，或是每一句都强行要彩，恰非谭派所为，当然这都是好演员或者是大角所明白的戏道，优秀艺术家的处理手段讲究惜墨如金的道理，即在于此。然而，总有人认为文人的"惜墨如金"是经济原因所治，是因为买不起墨，或者讲出此话已经过时的谬论，现如今是挥金如土的大制作时代了。然而，笔者深信有朝一日，待社会上的浮躁奢华的心态沉淀下来后，人们会重新认识戏曲艺术"惜墨如金"这一中国传统美学的审美价值的艺术魅力，到底好在哪里。以书法作比：谭富英不是法度森严的唐代楷书，好像是宋人尚意的行书流畅、跳跃、潇洒，以及宋朝四大家中的米芾。他们有着许多共同之处，偶傥纵横，跌宕多姿，摆脱拘束，所向披靡。谈到潇洒，公认以马（连良）为最，而谭富英的潇洒与"马"不同：马的甜美，谭的甘洌；马的俏巧，谭的直率；马的酷，谭的爽；马似葡萄佳酿，谭则如饮冰蜜。二者感觉不同，各具千秋，耐人寻味。

谭富英的念白和他的唱腔一样，并不单纯地追求韵味儿，特注重语气的自然流畅，贴近生活，高于生活，是谭富英念白的又一特点。例如，他在不少戏里闷帘叫板的一句"马来"，并不过于侧重强调"马"字，而是将"马"与"来"两字稍加拖长，这种似乎不太经意的闷帘叫板，却给人以吻合生活、近似常人讲话的感觉，正是谭富英的美学追求和艺术特点所在。再例如，谭富英在《赵氏孤儿》中，扮演的老臣赵盾在深夜花园焚香祷告、祈求上天保佑晋国君正臣贤时，有大段〔二黄〕的成套唱腔，而在行腔之前有两句叫板："家院，香案伺候！"谭富英在这里将"家院"二字的口气，跟念"马来"的语气基本一样，非常生活，尤为自然，而"香案伺候"四字却念得韵味十足，并在"伺""候"之间垫了一个"诺"字，使道白中的"韵"与"情"巧妙地融合在了一起，听起来不仅入耳，而且合理。显然，若是过分强调韵的浓度，那么就会使口白缓慢或僵硬，从而游离于剧情之外。他在《桑园会》中饰演的秋胡，就戏妻后回家受到老母责骂，只得向罗敷赔罪下跪，夫妻才得以和好，最后秋胡有几句抓哏的道白："列位不要笑话，我们做外官的，回得家来，在太太（原词为'娘子'）面前俱是这样的规矩哟，哈哈！哈哈！"谭富英念得十分风趣，尤为洒脱。特别是他把"娘子"改称为"太太"更显得俏皮有趣儿，闻之幽默，一下子将剧中人和观众的情绪连在了一起，每演到此，总能获得极佳的剧场效果，尚好的风趣气氛，幽默的人物风采。

谭富英的戏路很宽，各路老生演得出类当行。《坐楼杀惜》中宋江的紧张愤怒、咬牙切齿；《南天门》中曹福的蹒跚步履、龙钟老态；《空城计》中诸葛亮的镇静自若、成竹在胸；《桑园会》中秋胡的嬉笑调侃、抓哏逗趣；等等，大见惟妙惟肖、真切生动的表演被文豪赞叹。由于谭富英在"富连成"坐科时学过武生，基本功扎得瓷实，因而他特别擅唱武老生戏，靠把、箭衣具可全拿，像《打棍出箱》之类做工繁重的剧目，他演来得心应手，举重若轻，工架优美，气势超凡。像《定军山》戏里，黄忠三次开弓的神情架势，交战时的大刀花，行军途中边唱边舞的挥动马鞭与弹髯口等的身段工架，都极为边式大方；《战太平》中花云表现痛哭之状、疾如流星的连续甩发，与被擒时状如蝴蝶的虎跳具显出了他特色独具的流派风格。谭富英既有深厚的艺术功底，也富于艺术创造的多方才能，主要来自于他对古典文学的熟识研究和对历史人物性格的深入理解。谭富英家中的会客厅挂满了历朝的帝王像和历代的名臣照片，案头上常放有《东周列国志》《春秋》《三国演义》《水浒传》《红楼梦》《西游记》等，这些文学名著，除演出之外，他平时深居简出，不断予以揣摩、研究。因而，在许多新编的历史剧目里能结合历史人物的性格特征，颇为灵活地运用传统程式中的技能，在舞台上塑造出了众多栩栩如生的人物形象。好啦，关于谭富英的事迹就谈到这里，下面我们接着讲金少山的故事。

雄霸净坛的金少山听说邀请他和他的"松竹社"接台的消息后，询问谭富英此次奉天演出，他个人的包银是多少？孙焕如回答："两万四。"金少山哼了一声说："给奉天'中央大舞台'的刘永亮谈，我的包银三万八，另外，所带人员由他们负责开支，并照前例'四管'（即管接、管送、管吃、管住）。"刘永亮略知金少山争强好胜的脾气，也晓得他出场的价值，二话没说，便打长途电话与"中央大舞台"的财东取得了联系，财东爽快地同意后，双方签订了赴奉天的演出合同。

这次北上奉天，与金少山同行的演员，阵容整齐，人马精良，旦角、老生仍然是吴素秋和贯大元，武生周瑞安，其他演员还有李多奎、萧长华、李德奎、慈瑞泉、蒋少奎、徐世光、张荣山（笔者的老师）等，武戏演员有王福山、范宝亭、许德义、迟月亭、杨春龙等。

头三天打炮戏定的是：第一天，金少山和周瑞安的全本《连环套》，倒第二是吴素秋与贯大元的《坐宫》，开锣戏是李多奎的《太君辞朝》。第二天是金少山和义女吴素秋的《霸王别姬》、贯大元的《定军山》、周瑞安的《金钱豹》及李多奎、萧长华的《钓金龟》。第三天是金少山、吴素秋、贯大元三人合演的《大·探·二》、周瑞安的《赵家楼》与李多奎的《望儿楼》。演员和剧目敲定之后，大管事孙焕如等人立马着手临行前的各项准备工作。"松竹社"的人马还未出发，奉天方面的海报就已经贴出，竟接二连三地打电话告之奉天喜讯，三天的戏票全部售完，催促金方的大队人马火速启程。

出发的日期一到,金少山率整装待发的"松竹社"全体成员一行乘坐特别快车直达奉天,下榻在奉天的豪华宾馆"中央大旅社"。当天晚上,"中央大舞台"的财东以及当地的梨园名宿、京剧名流、社会贤达等热情款待,由"大舞台"做东在一家高级满族饭庄摆下了几十桌大餐,设宴为戏班接风洗尘。那时候,奉天城里有三个戏园子,"中央大舞台"最好最大,而且设备先进,装修豪华,剧场内设有可以容纳一千四百多观众的席位,该剧院主要是接待全国的著名演员到此演出。另外两个戏园子平时只演连台本戏,一个是"南市场戏院",该戏院可容纳一千一百多个人到此看戏,坐包的主要演员有武生李盛斌、武旦小九霄等。还有一个戏园子叫"共益舞台",坐包的主要演员是唐韵笙、张云溪、曹宝艺等长期在此出演。"中央大舞台"的票价要比这两个戏院高得多,金少山这次到奉天一个月来的演出,票价虽然高得吓人,可依然是逢贴必满,颇受欢迎!在这三十天的演出过程中,单独报道金少山的文章暂且不谈,就他与吴素秋合演的《霸王别姬》上演后,奉天的报纸上评曰"大霸王小虞姬各得其妙……"

演出期间,新京(今吉林省长春市)和哈尔滨两地的剧院经理、财东特地赶来看戏,看过之后,激动万分,先后邀请金少山、吴素秋、贯大元、周瑞安、李多奎、萧长华等人赴宴叙谈,再三恳求"松竹社"前往两地献艺,金少山等人自然高兴,当场答应待奉天的演出合同期满后,先去新京,再往哈尔滨,说话算数,请他们放心。于是,孙焕如分别与两家戏院的当家经理正式签约了演出合同。金少山的个人包银,新京给他增加到了四万五千块,而哈尔滨则提高到了五万五的天价。

奉天演出结束后,"松竹社"的全班人马移师新京和哈尔滨,早就等急了的两地剧院的财东、经理更是盛情接待,万分欢迎。"松竹社"到新京后,"新京大戏院"的经理周幼宸(原是京剧老生演员)岂敢怠慢,同样举行了盛大的酒会欢迎金少山及"松竹社"的全体人员,财东侯(春华)八爷在酒会上对金少山说:"金老板,今天侯某非常高兴,因为盼星星盼月亮似地终于把您盼来了!既然来了,我希望您的'松竹社'能多留几天,至少得给奉天的日期一样!"金少山笑道:"侯八爷您太客气了!金某一定照办就是。"金少山一行赶到哈尔滨时已是初夏季节,"大戏院"的一位姓聂的财东为"松竹社"的吃、住等事项,安排得十分周到,从各个方面具给予了无可挑剔照顾,两地的戏迷观众由于"金霸王"的到来,更是欣喜若狂！就新京和哈尔滨的演出期间，剧场内外呼声不断，一片赞誉，盛况空前。

哈尔滨的夏季空气凉爽、人杰地灵。这天，金少山的心情很好，可能是怀旧的缘故，或许是多年没来的原因，他想到街上看看。于是，便独自一人走出了宾馆，信步来到了剧场门口，忽然听见前台有练功的声音，就走了进去。原来是著名武生李兰亭正在给他的两个徒弟说戏，李兰亭见是金少山社长，马上过去答话："三哥，您来了，怎么这么早啊？""出来遛遛弯儿，说的什么戏呀？"金少山问，李兰亭不假思虑地回答："给大的梁慧超说的是《林冲夜奔》，给二的郭景春拉的是《八大锤》。"金少山特意看了梁慧超走的《夜奔》头场后说："走得不错，身上挺好！师傅为你们教戏，费尽了心血，你们这些做弟子的应该懂得师傅的良苦用心，要酷爱艺术，珍惜这年轻的良好时光，一定要勤学苦练、努力奋进才对得起师傅对你们的栽培，等将来唱了好戏，成了名角，不仅你们衣食无忧，受人尊敬，师傅也会感到脸上有光的，我讲的话你们哥俩可要记住啊！"而后转身又冲李兰亭说："兰亭，我看完慧超走的《夜奔》头场，想起了一件事情，林冲唱的最后一句唱词'红尘中误了俺五陵年少'，你说说这'五陵年少'四个字怎么讲？到底是什么含义？"李兰亭思索了一会儿，而后不好意思地答道："三哥，您这冷不防的一问，还真把小弟我给问住了，让我想想再说，明天再答复您！""好，明天我在宾馆等贤弟的回复。"金少山说着起身离开了剧场前台，奔向这座具有"东方莫斯科"的大街而去。

金少山赴外地巡回演出期间，一般情况下，他的作息时间和在北京一样，依然是昼夜颠倒，每天晚上演完了戏，需有人陪他谈论艺术，探讨要点，品茶聊天，直到清晨，接着练一遍功再卧床休息。这次来到哈尔滨正赶上夏日，恰好他住的是一个带会客厅的大双开间高级套房，单会客厅的面积就足有三十平方米之多，不仅明亮通风，地板上面还铺有较厚的滚花羊毛地毯，金少山就将这一厅二用，既可以会客叙事还可以吊嗓练功，他早上五点钟练功、走戏时，平日里都是由徐世光陪着压腿、踢腿、打飞脚、拧旋子、练翻身、走矮子，等等，若是赶上礼拜天，由范宝亭、迟月亭过来和徐世光陪着他一块练，六点钟收工。这时，金少山吩咐大管家孙焕如为他们准备早餐，吃过早饭，各自回房休息。有时，琴师赵桂元也熬整宿，等金少山练完了功，赵桂元就会拉着胡琴在客厅里给三爷吊嗓，半出［二黄］、半出［西皮］，吊过嗓子，呷足了酽茶，金少山就会对赵桂元说道："赵先生，您赶快用早点去吧，焕如已经给您准备好了，吃过早点抓紧时间休息，晚上还有戏呢，我也要睡觉去了。"金少山就是这样，每天准时七点钟上床休息，若是没有什么事情，他一直睡到晚上九点起床，漱口洗脸下后台扮戏，神气十足地准备演出。

就在大戏唱得热闹，观众看得起劲儿时，孙焕如又接到了大连港口"宏济舞台"的经理李香阁的邀请，自然特别高兴，随即与社长金少山商定，金少山拍板同意去大连后，又与大连方面签约了一个月的演出合同。等到哈尔滨演完，金少山率"松竹社"直奔大连海城而去，李香阁经理还特意赶到哈尔滨来接金少山一行。

金少山这次历时四个半月的巡回演出，轰动了东北三省及终点站大连港口，"大净王侯"的精湛表演为关东的广大观众留下了赏心悦目的深刻印象。特别值得赞扬的是，金少山在这次的演出中，每到一地的最后三场仍然作为"义演"，他和吴素秋、贯大元一起的个人收入，无条件地全部捐献给当地的剧院、包括后台戏班里的全体演职员工以及梨园公会所管辖的孤、老、病、困的穷苦艺人，他这一令人肃然起敬的善举是金少山成名后的惯例。

1939年的秋天，"松竹社"自大连凯旋回京后，休息不到半个月，金少山又先后参加了两次"义务戏"的演出活动，地点都是在"新新大戏院"。第一次的演出剧目是全本《宋十回》。该剧从《乌龙院》起一直演到《刘唐下书》和《坐楼杀惜》。头一折《乌龙院》由马连良、筱（小）翠花任主演，第二折是金少山的《刘唐下书》，最后是高庆奎、荀慧生的《坐楼杀惜》。前面垫的两出戏是李万春、兰月春的《两将军》与萧长华、程继山的《连升店》。

《刘唐下书》这出戏的头场是晁盖（董俊峰饰）"坐账"。剧情描写的是晁盖修书一封，吩咐公孙胜将书信交与刘唐往郓城下书的一场戏。完了之后，打击乐缓锣，换"松竹社"的全堂乐队，接下一场上刘唐。那天晚上，尚和玉、周瑞安、范宝亭、孙毓堃、茹富兰等人具来到后台，就是为了看金少山在这出戏中的刘唐。其刘唐之绝，可见了得！

第二次义演是金少山与马连良合作演出的《渭水河》，这出戏又叫《八百八年》《飞熊入梦》和《文王访贤》。讲的是姬昌访贤、拜姜尚（即姜子牙）为相的一段故事。原来只是开锣戏，这次由于金少山和马连良的联手加盟，便将该戏提升成了压台的大轴剧目。金少山扮演姜尚，马连良扮演西伯侯姬昌，剧中的两个太子分别由叶盛兰、陈盛泰扮演。金少山扮演的姜尚别出心裁，非同一般，首先，他的扮相就特别讲究，与众不同，姜尚的脸谱则搓粉红脸、白眉子，头戴白发髻、大草帽圈儿的蓝里子上绣有"五福捧寿"，两支大鬓发，髯口戴的是二尺六寸长的白满，身穿素老斗衣、缃色缎子彩裤，腰系小草裙，再披一件大蓑衣，脚登蹬云履、白布筒袜（也称大袜）。姜尚出场时还手持一杆鱼竿，举止神态潇洒飘逸，款步走到台口后唱〔西皮原板〕："周武王无道贪色酒……将身来至在渭水河口，那一旁来了西伯侯！"金少山的演唱，唱得是精满气足，舒展流畅，悦耳动听，表现出了这位垂钓渔夫姜尚特有的老神仙般的隐士风度。结束后，金少山、马连良合演的《渭水河》，受到了观众的称赞与欢迎！此次"金"、"马"二人这两大巨头的合作非常愉快，被人们传为佳话，只是这出戏金少山演出的次数很少。

  金少山返京后的这几年，他积极参加"窝头戏"与"合作戏"的义务活动不下三十场次，除了前面笔者所提到的以外，就"义务戏"中，还曾经在中南海怀仁堂合演过《龙凤呈祥》（金少山饰张飞），在吉祥戏院合演过《八蜡庙》（金少山去金大力），在程砚秋、马连良、筱翠花（于连泉）等合作演出的《双姣奇缘》（即"拾玉镯""法门寺"）中，金少山被特别邀请扮演刘瑾。另外，与李洪春还合作演出过《古城会》（金少山来张飞、李洪春去关羽）和《下河东》（金少山的欧阳芳、李洪春的呼延寿亭）。最有趣儿的是金少山和义女吴素秋二次合演《牛郎织女》时，吴素秋反串牛郎，而这位人高马大的铜锤大面金少山却来了个反串织女，轰动帝都，传为美谈。金少山对待这些活动，尤其是梨园公会组织的公益性义务演出，他从来都是积极主动的参与，并一丝不苟地竭尽全力。诚然，每次具能够获得良好的舞台效果，受到内外行家的热烈欢迎！曾与金少山同台合作过的李洪春先生多次理直气壮的称赞道："凡有金少山先生参加的'义务戏'及'合作戏'，具是满堂生辉、百鸟朝凤、实至名归呀！"显然，金少山的这些助人为乐的美德，可圈可点、可歌可颂、值得赞扬。

  这位赞誉金少山的李洪春先生，别名李春才，1898年5月25日出生于北京，父亲李春福乃是京城内著名的老生艺人。祖籍江苏省南京市，后迁居到山东省无棣县佘家乡李官庄。李洪春先生七岁进入"长春科班"从艺，随后跟姚增禄、谭春仲、陆华云工学武生戏。十一岁在北京搭"玉成科班"演出。后至河南拜武生名伶葛文玉为师。另拜在刘春喜门下学谭派老生，拜丁连生、赵春瑞学黄（月仙）派武生戏。十九岁时离京南下，二十一岁在扬州拜王鸿寿（绰号三麻子）为师工学红生戏，与周信芳、林树森同为师兄弟。此期，李洪春追随师傅王鸿寿左右达五年之久,其连台本戏《洪杨传》《扫松》以及很多关公戏,都得王鸿寿亲传。待将"王(鸿寿)派"的关羽戏完全继承下来后,通过了长期的舞台实践,并根据《三国评话》及《三国演义》,改编上演了《破羌兵》《阅军教刀》《走范阳》《收姚斌》等的红生剧目,由于演出效果火爆,观众反应热烈,行家评论备至,到了二十世纪的四十年代,被梨园同业称之为"红生宗师"!后来,在北京与杨小楼同台演出归工于红生的关帝爷,声名鹊起,大红大紫,时有"南林北李活关公""关戏宗师李洪春"的美誉。1924年,李洪春和余叔岩、周信芳、言菊朋合作演出;与高庆奎、程砚秋、马连良等合作演出;就此期间后,又和四大名旦梅兰芳、程砚秋、尚小云、荀慧生以及四小名旦李世芳、张君秋、毛世来、宋德珠等联合出演,同台配戏。几十年来,李洪春演出的剧目,场次之多,连他自己也无法统计。就李洪春的代表剧中,其常上演的传统红生戏有《华容道》《水淹七军》《斩貂蝉》《灞桥挑袍》《古城会》《白马坡》《单刀会》《斩华雄》《走麦城》等。除此之外,李洪春还自编、自排、自演了红生的关爷戏《走范阳》《破羌兵》《关羽慈放》《教子观鱼》《收姚斌》《三许云阳》《阅兵教刀》等。另外,就《阅兵教刀》一剧中,李洪春创造了全套"关王十三刀"的表演,不仅大大丰富了关公戏的剧目,就红生的工架艺术造型上,对展现关羽在京剧舞台上的春秋刀法做出了重大的贡献。除了红生戏外,李洪春还擅唱岳飞戏,经他整理、改编、上演的岳王剧目有《镇潭州》《收何元庆》《风波亭》《岳母训子》《枪挑小梁王》《小商河》《荒草冈》和传统戏《岳母刺字》等。

到了李洪春中年以后,他演出的关公戏已达到了炉火纯青的高度,红生艺术的造诣极深,成为了专工红生的杰出名伶。李洪春所塑造的关帝之凝重、威武、儒雅、高傲的艺术形象,颇享盛名。传统关羽戏的唱法,大都以嗓音高亢来取胜于人,而自幼即工练武生的李洪春,根据自己嗓子的基本条件,在唱法上则以宽、厚、浑、低音的行腔方式,来表现关公的个性。在其表演上强调关羽的威猛大派,气质儒雅、性情高傲、庄重沉稳,独具一格。他的红生念白声韵古朴,势大力沉,吐字爽口,醇厚雄浑,并且根据不同的关爷戏,就演法上采取了与众不同的艺术手法来塑造形象。李洪春八十六岁时,他在北京中山公园登台演出《古城训弟》一剧,仍然雄风犹在,名满京华,声震九门。

1939年的中秋过去,正当"松竹社"扩容壮军日益红火之际,剧社创始人之一的主要成员徐德增先生突然身患重病，作为社长又是兄弟的金少山闻讯后，当即与孙焕如、李玉安等人急速乘车赶到徐家看望，并嘱托孙焕如赶紧去请誉有"四大名医"之首的施今墨先生出诊医治，后来虽然出大价钱经北京当年的中、西医专家的抢救治疗，徐德增的病情仍然不见好转，此时的金少山心急如焚，坐卧不安，因心疼他二哥徐德增曾多次前去床前探视，病中的徐德增恳切地对金少山说："三弟，我的身体恐怕是不行了，你就别再花钱为我治疗啦，京城内最大的医院，最好的医生都没有办法，即便是再治也是白搭，除了往外扔钱不会起大作用的，我死后不管再苦再难你一定要把咱们的'松竹社'撑下去，你是咱花脸行的人才，无论如何不能灰心。另外，世光还年轻，在艺术和人品上你要多加严教，今后世光的成长就拜托给三弟了……"重情大义的金少山含着热泪答道："二哥，您就放心吧，世光由我负责了，我一定会把他带好的！"为了安慰病中的徐德增，金少山竟当着他徐二哥及孙焕如、李玉安等人的面，摆下香案，让既是徒弟又是义子的徐世光再次向金少山磕头跪拜来表明心意，又第二次正式举行了拜师礼，并特地请来了石头胡同北口"大北照相馆"的摄影师，拍下了金少山与徐世光的师徒合影照片，留作纪念。

同年阴历九月十八日，徐德增不幸病故，金少山万分悲痛。徐德增幼年从艺时，就拜金秀山老爷子为"义父"，金少山与徐德增虽是异姓兄弟，却亲如手足，患难真情。在艺术上二人志同道合，共谋大业，在情感上已超过了金少山与他一奶同胞的二哥金松林的关系。特别是金少山回京后这几年，徐德增为"松竹社"的创立与发展衔环缀镫，不辞劳苦，立下了汗马功勋，做出了重大的贡献。此时，金少山怀着极为沉痛的心情，眼含热泪临时决定第二天，也就是九月十九日晚上在"广德楼戏院"加演一场《李七长亭》，住戏后，他把这场戏的全部收入如数交给了弟子徐世光，作为对徐家的抚恤和安慰。而且，徐德增的后事花费也由金少山全部负责，风风光光将徐德增的遗体安葬在了松柏庵的梨园墓地。金少山在心里黯然伤神地说："为我的艺术事业鞍前马后、恩重如山、呕心沥血的好二哥一路走好"。

徐德增去世后，本来情绪就极度悲伤的金少山，又被一个姓袁的督察长邀请去与一位女票友（袁督察长的情妇）合演《霸王别姬》，名曰合作，但用的所有人员却是"松竹社"的原班人马，戏演完之后，这位专好剥削艺人的袁督察长把全部演出所得一扫而空，统统拿走装进了自己的腰包，这出戏的参与人员分文未得。没有办法，金少山自己又连着唱了两场《铡美案》，才给大伙儿补开了戏份钱，为此气得他大病了一场,很长时间才恢复过来。此后,满腹怨气的金少山,凡遇官家恶势的重要场合特邀演出,便狮子大开口地漫天要价!

第二十三题藏头诗

首次登台奉天城,
赴奉等地步步赢,
奉天观众大开眼,
天天剧场席无空,
义演捐助穷艺人,
演出之中见真情,
捐资梨园伶者义,
资方媒界报刊评。

二十四、重返江南　再创辉煌

北京、天津、奉天、新京、哈尔滨、大连等地相继告捷，功成名就，金少山终于超标准地实现了他北上的宏愿。不久，他养虎观威、取声习韵以及他在天津卫"一痰之举"的传闻，流传至上海。这种带有浓烈演义性色彩的人虎同宿、虎人相伴、共眠一室的人虎深情，和金少山从猛虎身上巧学技艺的古怪新闻，被人们传来传去，话去言来，传成了神乎其神的神奇故事蜚声世间。他将痰液喷之十米高、大气量的奇闻怪事，吸引着人们半信半疑的强烈愿望不可阻挡。于是，便引起了大上海的好奇心理，显然，有许多帮会老大、高官政客、外国洋人、唱片公司、驻沪侨胞、广播电台、戏迷票友、剧院经理、文豪雅士、班社管主、社会贤达、业界好友、新闻媒体和邀戏商客的老板们，都纷纷给金少山来函、通书、拨打电话，邀请曾在上海滩起家成名、威风八面的"十全大净"金少山返沪公演。

1941年1月中旬，上海皇后大戏院的副经理周禧如带着总经理张竞寿的亲笔信函，来到北京与大管事孙焕如洽谈，特邀"松竹社"赴沪演出，金少山提出月计包银八万，每天两桌酒席（中午家属一桌，晚上他自己一桌），上海方面欣然答应，双方随时签订了一年的演出合同，定在二月上旬启程。

金少山的"松竹社"戏班这次赴上海演出的人员约有六十余人。周瑞安、李多奎二位大角因病未能同行，武生改为刘宗杨（其父刘砚芳是杨小楼的门婿，刘宗杨曾得到他外祖父杨小楼的亲传），老生扎金奎，旦角李砚秀，花脸（包括武净）是叶盛茂、徐世光、张荣山、杨春龙，丑角小寿山，二旦任志秋及李玉泰等。

上海"皇后大戏院"的坐包老生演员张少甫乃是从山东烟台来的京剧名伶，前文说过，他在烟台时是当地梨园公益会的会长，与金少山的关系很好。来到上海后，张少甫先在"新舞台"落脚，挂头牌唱戏，后来又转落在"皇后大戏院"做了基本主演，这次金少山到此院演出，张少甫主要是在前面唱开锣戏。其基本底包演员有青年时期的裘盛戎，他从"富连成"科班出科后，先在"松竹社"跟随义父金少山实践了几出戏后，为求自身的艺术发展，不久便通过他大舅、上海著名武丑杨四立的介绍，于1940年，只身一人来上海闯荡，在"皇后大戏院"傍张少甫出演配角，那一年裘盛戎刚满二十五岁。

这年2月8日，金少山率"松竹社"六十多位演职员抵达上海，沪上的著名演员梅兰芳、赵如泉、林树森、周信芳、盖叫天、李桂春、白玉昆、杨瑞亭、李三星、张少甫等二十多位熟友及"皇后大戏院"前后台的经理张竞寿、周禧如、杨显林、董兆斌、陆文仪和全体演职员工包括裘盛戎，前呼后拥的到车站迎接。金少山等人下车后与大家热情拥抱，握手问候，随之驱车直至戏院。主演们被安排在条件上好、离剧场不远的豪华宾馆"爵禄饭店"，唯独金少山要求住在戏院前台二楼的总经理办公室内，张竞寿总经理听说后，立即答应腾房，并指令部下马上打扫卫生，安排床铺、桌椅、沙发等等之类的生活用品。经理间的里外两大间套房，足有四十多平方米大的面积，门外还有一个铺着滚花羊毛地毯的客厅，金少山正好可以每天早上在此处练功、吊嗓、温唱腔。

上海沦陷后，日军在申城肆意烧杀，惨绝人寰的人间悲剧令人发指，其残暴兽行，罄竹难书。金少山在京时，听说黄金荣、杜月笙、张啸林之间，分分合合，合合分分，钩心斗角，互不服气。为了各自的利益，相互算计，大打出手。最终，欺世盗国的张啸林为了他在上海滩的称霸地位，彻底投靠了日军，成为了与中华民族为敌的大汉奸。而蒋中正的师傅黄金荣和杜月笙在民族大节、大义方面却站稳了立场，为中国的抗日战争捐资捐物，出力不小，应该说做出了大的贡献。相传：1937年8月13日至11月22日，在大上海的保卫战中，杜月笙还向抵抗日军的中国军队国民革命军第十九路军送去了二十万张葱油大饼，解决了抗日将士们吃饭难的燃眉之急，并出巨资买下了一艘外国产的大型军舰，赠送给海军投入到对日军作战的抗日战场。因此，金少山来到上海后，首先拜访了他早先在沪时的大财东黄金荣与杜月笙。"金""黄"二人见面后，黄金荣特别热情地款待了他心目中的"金霸王",并非常亲切地对金少山说:"少山呐,你走后的这几年可把我给憋坏了,我看的所有花脸戏,唱念做打都不如你,尤其是唱,唯你'十全大净'为最。这次回沪可要多演一些你的拿手好戏呀,让我这个喜欢京剧的老戏迷好好过过你唱的花脸戏瘾!"当谈到当年金少山在酒席宴上,不愿意给黄金荣从南洋来的日本朋友唱戏时,金少山刚要开口讲话,黄金荣就冲着金少山摆了摆手,笑着说道:"好啦,好啦,以前的事情就让它过去吧,不要再提啦。说实话,你当时可真的把我给气坏了,在上海滩这座大都市里还从来没有人敢那样顶撞过我呢,不过我晓得,你'金霸王'心里冲的是日本人,我不怪你,可你当时总该提前给我打个背场,把话讲清楚呀?那年幸亏你回北京了,若其不然,就你这又倔又犟的大角脾气,'霸王'禀性,说不定啥时候脾气上来,肯定还会驳我的面子,弄得我下不来台,一旦我压不住火气,搞不好会把你怎么样呢,到时候后悔,只怕也来不及了……"说着,两个人都忍不住地爽笑了起来。金少山临离开黄宅时,黄金荣对他说:"月笙从香港回来了,因为他得罪了日本人,不便公开露面。这次月笙返沪可能有事情要办,过几天就走。大家都是老朋友了,你又救过他的干娘,月笙对你印象不错,你不妨看看他去,不然以后再想会面,可就不容易了。如今的杜老板在黄某之上,论财力、实力都比我强,为抗战出的力也比我大,他可是个前途无量的大忙人呐。我现在已是七十多岁的人了,无法跟月笙相比喽。只好留在上海听听戏,泡泡澡,打打麻将,抽几口大烟,胡吃闷睡,虚度余生地混日子算啦。"

金少山去杜公馆那天,正巧孟小冬也在。孟小冬在金少山面前本属晚辈,再加上她对金少山的为人和艺术威望特别敬佩,关系很好,尤其是二人在京合演"义务戏"《失·空·斩》《大·探·二》及《搜孤救孤》时,她对金少山扮演的马谡与徐延昭、屠岸贾的印象非常深刻,因此见到金少山格外热情。三叔长、三叔短地叫个不停,杜月笙见小冬对眼前的金少山如此亲近,自然不能怠慢,"金""杜"二人寒暄过后,杜月笙吩咐下人备烟、敬茶,家宴伺候。酒席宴间,你推我让,交杯换盏,谈笑风生。当谈到当年唱堂会的旧事时,杜月笙嗨了一声,却摇摇头说:"金老板,从前的事情就不要再提了,说来道去,还不都是因为小日本的原因,搞得我们之间很不愉快,闹出了许多误会。你走后,我和黄(金荣)爷聊过此事,思来想去,这事儿也不能全部怪你,当时我正在气头上,做得确实有些过分,你金老板今天能来看我,我心里非常高兴,也特别感激,当着小冬的面我给你赔个不是,请金老板原谅杜某当年的鲁莽！"此时，孟小冬在一旁插话说："我们都是中国人，不能因为该死的小日本伤了和气，相互拆台，要联起手来给日本人斗，把他们赶出中国。这几年月笙也为抗战做了许多好事，在民族大节上，他出钱出力功劳不少，不然我也不会和杜老板结为朋友，三叔您说对吗？"金少山赶紧回答："对，小冬讲的没错，杜老板是个有头有脸的血性汉子，在上海滩呼风唤雨，说一不二，怎能受日本人的摆布，在他们的统治下为奴呢，凡是中国人，无论身份高低，只要大家团结起来跟他们斗争，一定能把小日本轰出上海，赶出中国！"话到这里，杜月笙借着酒性，憋不住地说道："自上海滩被日本人占领后，老子就没有过过一天的好日子，他们在申城杀人无数，猪狗不如，拿咱们中国人不当人看，认意践踏，就连我这样的人物也要受他们的窝囊气，无奈之下只有暂住香港，实在憋气。这次回沪是因为有事情要做，刚到不久，正巧赶上金老板返回上海，方获重逢，杜某甚是高兴！如今的上海滩跟往年不一样了，金老板此次来沪演出，讲话时可要小心从事，谨防日本宪兵和76号的汉奸特务暗下毒手。我送给你一个贴身保镖，名唤刘春，二十多岁，此人的相貌虽歪瓜裂枣，但功夫很好，身手不凡！从今天起可以跟随左右来保护金老板的人身安全，一切费用由我支付。另外，你在申城期间，尽量少出门，若是真的遇到了什么事情或有人找你的麻烦，尽管来找我好了，目前在上海这座国际大都市里，我杜月笙还有些实力，即便是日本人也要让某三分，谨慎行事。"这天，金少山与杜月笙、孟小冬一直聊到天黑，他才兴致勃勃地离开了杜府。

金少山在"杜公馆"遇到的孟小冬可不是一般的演员，因此有必要在文中写上几笔。孟小冬，女，1907年（清光绪三十三年）冬月16日出生，因而取名小冬。小冬出身梨园世家，祖父孟七业从徽班，是擅演文武老生兼摔打花脸的名伶，他文武双全，能戏五车，尤其武戏擅长、绝活甚多，当年曾在太平天国的英王陈玉成的"同春社"科班教戏，江南有不少很好的、独具一格的武戏，都是孟七带过去的。孟小冬的父亲孟鸿群，虽是二、三路老生，但他的戏路尚宽，昆乱不挡，曾与许多名伶合作配戏。孟小冬生于上海，祖籍北京（原北平宛平），她自幼就开始练功习艺，家学渊博，精通祖道。启蒙老师是她的姑父仇月祥，姑父对孟小冬管教甚严，艺术上稍有差错，就要责打，给予重罚，使她从小扎下了非常瓷实的幼功基础。她十四岁时，就在上海"大世界"里的乾坤大剧场搭班唱开锣戏，初演老旦，常上演的剧目有《太君辞朝》《钓金龟》《打龙袍》等。后改工老生，因孟小冬既有扮相又有嗓子，渐露头角。不久，上海"共舞台"以男女合演为号召排演连台本戏《宏碧缘》时，略有名气的孟小冬受邀参加，应文武老生，而且挂牌在前十位之列，报刊上的广告也有了她的芳名。几年的舞台实践和其不断地勤学苦练，艺术上大有长进，1925年随既是师傅又是姑父的仇月祥到了北京。那时候，北京京剧界的名角大都不愿意和坤伶同台演出。曾经红极一时的碧云霞、琴雪芳、金少梅等的女演员，都是在城南游艺园（类似上海的"大世界"）唱出了名堂。孟小冬乍到京城就是在此处与琴雪芳合作演出，一炮打响，征服了行家！孟小冬扮相好，无脂粉气，台风潇洒大方，唱谭派戏归路，嗓宽韵厚，不带雌音，这在当年的女老生中是极为难能可贵的。琴雪芳（马金凤）那时专演标榜梅（兰芳）派的《宝蟾送酒》《千金一笑》之类的古典戏，其目的是为了让拥戴梅戏者赏识。由于孟小冬和她同台，爱屋及乌，孟小冬也获得了他们的捧场。一次，在京师"第一舞台"举行的大义务戏中，大轴是杨小楼、梅兰芳合演的《霸王别姬》，压轴戏是余叔岩、尚小云的《打渔杀家》，而这位来自于江南还未满二十岁的孟小冬，竟被安排在了倒数第三，与裘桂仙合演《上天台》。荀慧生、马连良的戏码都排在了她的前面，成为坤角老生被入列盛大义务戏中的第一人。这在当时的北京城内，不能不说是个罕见的奇迹。海报贴出，轰动九城！在第二次义务戏中，孟小冬与梅兰芳合演了《探母回令》，更是一登龙门，身价百倍也。

旧时男女授受不亲，唱京剧的艺人也男女有别，最早京剧科班是不收女科生的。辛亥革命后，北京有了维德社、崇德社之类的坤班，女人学京剧唱京戏虽然盛行了起来，但在很长一段时间内，她们还是仍然进不了前门外的大戏园子演出，更甭说参加盛大的义务戏了。即使闻名江南的孟小冬，早先也只能在京城的游乐场华丽登台，孟小冬的崛起，为女演员在京剧舞台上争得了应有的地位。就很短的时间内，她一跃成为了大演员，深得舆论的颂扬，京、津各报一片好评。沙大风主持的天津《大风报》尤多赞美之词，竟一反常规地称之为"冬皇"。孟小冬的父亲、伯、叔都是享誉盛名的京剧演员，在这样的家庭氛围内，她别无选择地走上了从艺的道路。孟小冬九岁开蒙，向姑父仇月祥学唱老生，十二岁在无锡首次闪亮出道，十四岁即在上海乾坤大剧场和共舞台先后与露兰春、粉菊花、姚玉兰、张少泉（早期电影明星李丽华之母）同台演出，居然大家风范，取得了不俗的成就。当时的评论界赞扬她"扮相俊秀，嗓音宽亮，不显雌音，在坤生中已有首屈一指之势！"并由长城、丽歌、百代等唱片公司为她灌制了唱片。像这样冰雪聪明的小女孩儿，明日之星，非她莫属。此后，还不到十五岁的孟小冬又受武汉所邀，在汉口"怡园"演出时，轰动了长江两岸！随之，得到了特邀琴师孙佐臣指教行腔，使她产生了晋京求师深造的想法。对京剧伶人而言，北京是京剧演员心目中憧憬的圣地，为了谋求开拓一片新的天地，1925 年初，孟小冬离开了上海，毅然北上深造，另寻升华之径。

  孟小冬到北京的最大目的是要求得艺术上的飞跃和发展，除了演出以外，她先后向苏少卿、孙佐臣、王君直、陈秀华、陈彦衡等人请益，钻研谭派艺术。孟小冬见识越广，理解越深。在鉴别比较中，她做出了理智的抉择，最终把目标锁定了堪称新谭派的余（叔岩）派艺术上。孟小冬认为余叔岩先生的"余派"艺术，不仅在唱念做表方面深刻细腻，决非其他老生派别所能望其项背；而在行腔方面的三音联用（即高音立、中音堂、低音苍），能藏险妙于平淡，更为她所爱之。对"余派"心仪已久的孟小冬下定决心要寻找机会"立雪余门"，亲炙教导。因为自梨园前辈程长庚弘扬皮簧（黄）光大乱弹，使京剧在中国戏曲中独擅胜场。其徒谭鑫培汇程长庚、余三胜、李二奎、王九龄、孙春恒五家之长，成一门之艺，世称谭派，并尊为伶界大王。而谭徒余叔岩精益求精，再创余派，遂有"无生不学谭，无派不熏余"之说。为此，就 20 世纪 20 年代中叶，她对余派艺术更加迷恋，用功不懈。先后从谭派名家陈彦衡、孙佐臣、王君直、徐兰沅等人学戏，刻苦钻研，取得了很大的成就，老生艺术更加成熟。后来，孟小冬又跟余叔岩的琴师李佩卿学余派戏，但仍然满足不了她的进取之心，她梦寐以求的最大愿望是想拜余叔岩为师。在孟小冬托人向余先生吐露心声时，余叔岩却以不收女弟子为由，而婉言谢绝。

  出身梨园世家的孟小冬自小生得聪慧秀丽，1925 年她离开上海初闯帝都时，正值十八岁的青春妙龄。她举止优雅，气质高贵，楚楚动人，当时北平的许多戏迷都以其为心目中的偶像，暗恋于她。其中就有京师达官之子王惟琛。孟小冬初到北国，频繁演出于京、津两地，参加庆麟社、崇雅社、永庆社等坤班唱戏。此时，正值豆蔻年华、聪明过人的孟小冬，其台风演技竟能与当时的著名男角老生相颉颃，一时成为风靡九城的当红坤生。虽然演戏男女分班，但大宅门内的堂会戏却不受这个限制。那时，最红的旦角是有"梨园大王"之称的梅兰芳，以男性扮女人；而最红的坤伶生角是有"冬皇"之称的孟小冬，以女人扮男性；乾旦坤生，颠倒阴阳。有好事者大力促成他们合作演出《四郎探母》《游龙戏凤》，男女角色颠鸾倒凤，演来精彩而又富于罗曼蒂克。进而更想撮合他们能成为一对鸳鸯佳偶，而轰动剧坛。自孟小冬被京、津、沪的评论界誉之为"冬皇"后，当时代表正统京剧的"三大贤"杨小楼、梅兰芳、余叔岩可谓炙手可热，而刚刚从江南来的、年仅十八岁的花季少女孟小冬于北京前门外大栅栏三庆园，以唱《四郎探母》首次亮相后还不到一个月，就北京第一舞台的盛大义演中，梅兰芳、杨小楼合演《霸王别姬》蹲大轴，余叔岩、尚小云唱压轴戏《打渔杀家》，而孟小冬与裘桂仙合作的《上天台》即排在了倒数第三的位置，几乎达到了与"杨""梅""余""尚"平起平坐的境地。十天之后，孟小冬与梅兰芳就并挂双头牌合演了《四郎探母》，紧接着他们两个又演了《游龙戏凤》。就在孟小冬十九周岁那年，经一位银行老总撮合梅、孟喜结良缘。一位是"伶界冬皇"，一位是"梨园大王"，两位的一举一动具是新闻，其轰动情景可想而知。

这段时间，正是梅兰芳访日返京的日子。一个如日中天，一个光艳烁人，可谓旗鼓相当，才艺两全。期间，两个人形成了打对台戏的局势，各自剧场的演出盛况，其营业额不相上下。而且两人在堂会中不断合作，同台演出了《梅龙镇》《游龙戏凤》等戏，后来又一度在京都开明大戏院联袂演出了《二进宫》。梅、孟二人本是梨园同行、同业，出身名门，相互钦羡，惺惺相惜；不断的合作演出又使他们之间加深了了解，互生爱慕之情。从此，开始了一段美好幸福的生活。孟小冬就京城首次出台于1925年6月5日，搭永盛社坤班在前门外大栅栏街三庆园唱夜戏时，与赵碧云合演《探母回令》的大轴，当时的王城内名角林立，人才荟萃，就十多个戏班竞争下，孟小冬能以唱上大轴的身份出现在舞台，而又有相当的号召力，即可见她戏功不凡的高度了。

然而，由于错综复杂的种种原因，孟小冬与梅兰芳这两位京剧界的泰山北斗那一段惊天动地的美妙而悲怆的婚姻却再没人提起，时而有者问道："冬皇"怎么不登台唱戏了？人们也只是三缄其口。诚然，就1933年9月5、6、7日连续三天的天津《大公报》头版连载了"孟小冬紧要启事"，给我们提供了第一手可信的资料。启事称……窃冬甫届八龄，先乎即抱重病，迫于环境，始学皮黄（簧）。粗窥皮毛，便出台演唱，籍维生计，历走津沪汉粤、菲律宾各埠。忽忽十年，正事修养。旋经人介绍，与梅兰芳结婚。冬当时年岁幼稚，世故不熟，一切皆听介绍人主持。名定兼祧，尽人皆知。乃兰芳含糊其事，于桃母去世之日，不能实践前言，致名分顿失保障。虽经友人劝导，本人辩论，兰芳概置不理，足见毫无情义可言。冬自叹身世苦恼，复遭打击，遂毅然与兰芳脱离家庭关系。是我负人？抑人负我？世间自有公论，不待冬之赘言。抑冬更有重要声明者：数年前，九条胡同有王某，威迫兰芳，致生剧变。有人以为冬与王某颇有关系，当日举动，疑系因冬而发。并有好事者，未经访察，遽编说部，含沙射影，希图敲诈，实属侮辱太甚……"启事"中所谓的"王某"是一位年轻的追星族王惟琛，他早就开始追捧孟（小冬）老板，由于爱屋及乌，得知梅、孟结婚的消息，受到刺激，于1927年9月14日持枪往见梅兰芳，开枪打死了从中斡旋的《大陆晚报》经理张汉举，军警则将王惟琛乱枪击毙后枭首示众。此事均有第二天各报刊的"军警布告"和枭首示众的照片为证。

其实，类似王惟琛这样疯狂变态的追星族，就当世的今天已不鲜见。"启事"中关于"桃母去世之日"一谈所指，系梅兰芳的大伯母逝世，孟小冬前往奔丧。但是作为"名定兼祧"的另一位梅夫人，将孟小冬拒之门外，梅兰芳兼顾而成为遗憾，此纯属家庭内部事务，所谓清官难断家务事也。而终作俑者，即是梅兰芳身边的"智囊团"。他们出尔反尔，让梅兰芳与孟小冬不知所措。但经过枪杀案和戴孝奔丧的两大风波后，通过梅兰芳的努力又都曾破镜重圆，足以表明孟、梅感情非同一般，最后终因"智囊团"的倒戈而酿成了梅兰芳和孟小冬的婚姻悲剧。不过，作为性格高傲的花季少女孟小冬，不顾其封建的妻妾等级，毅然嫁给梅兰芳完全是出于单纯的情感和爱慕，在这一夫多妻制的社会中是无可指责的，同时也无须指责梅兰芳的另两位夫人王明华与福芝芳，在男尊女卑的旧时代里，她们为了自己的生存地位，在家庭内部进行过分的角逐也是出于无奈。

然而，对性情刚烈的孟小冬而言，她与梅兰芳的婚姻风波导致了她过度悲伤地离开了舞台。直到1935年前后，她才出山组班唱戏，多在北京的东安市场吉祥戏院挂牌演出，剧目有《空城计》《珠帘寨》《捉放曹》《乌盆记》《御碑亭》《斩马谡》《武家坡》《失街亭》《探母回令》《击鼓骂曹》《上天台》《梅龙镇》等。名角周瑞安、姜妙香、李多奎、裘盛戎、王泉奎、李慧琴、李四广等助演。偶尔也赴天津、上海、武汉、南京等地巡回演出。

由于前些年孟小冬几次和余叔岩同台唱戏，使余对孟的表演有了进一步地了解与认识，对孟小冬的老生戏及她的艺术才华也颇为欣赏，渐渐地产生了想收其为徒的念头。就在孟小冬重返舞台后的1935年的一天，有人介绍上海一位票友想拜余叔岩为师，被余一口回绝。介绍人走后，余叔岩对身旁的朋友说："有些人教也是白教，徒费心力，劳而无果。"朋友问："那，当今之世，您看谁学余派比较好呢？"余叔岩不假思虑地回答道："目前在内外行中，接近我的戏路，且堪造就的人才，只有孟小冬一人！"精诚所至，金石为开。通过漫长的等待，几经周折，孟小冬终于夙愿得偿，其乐融融。1938年10月21日正式拜余叔岩为师，成为了余叔岩的关门弟子，也是唯一的女性徒弟。此时的余先生体弱多病，早已息影舞台，孟小冬拜入余门后，对先生殷勤侍奉，百般照顾；请问艺事，执着敬业，余叔岩自然是倾囊相授，一招一式，一神一韵，毫不保留、务求完美。孟小冬的艺术在拜余之后，与之拜师之前有质的飞跃，其表演水平能和当时的京剧老生翘楚马连良、杨宝森、谭富英相颉颃，其芳名誉满全国，此后被尊称为"冬皇"，则名副其实，当之无愧了。有人这样评价说："孟小冬自拜叔岩，则每日必到余家用功，寒暑无间。前后五年学了数十出戏，是余派唯一一个得到衣钵真传的人。……假若余派的东西是真正研究院的玩意儿，那么孟小冬就应该是一位唯一够资格的博士研究生。名贵则名贵极矣，然大好艺术不能广传，总是一件令人扼腕的事情（孟瑶《中国戏曲史》第三册）。"

1943年，余叔岩因患膀胱癌不治逝世，孟小冬切肤之痛挽恩师，她的挽联写道：清才承世业，上苑知名，自从艺术寝衰，耳食孰能传曲学；弱质感飘零，程门执謦，独惜薪传未了，心丧无以报恩师。

那么，孟小冬怎么会在杜月笙的府上呢？此时她与杜月笙又是什么关系呢？这还得从她和梅兰芳的婚姻说起：梅兰芳在北京曾有三易其宅，梅、孟成婚后住在东城无量大人胡同的一所名曰"缀玉轩"的四合院内，梅老板的许多朋友，常聚集在这里说古道今，谈文论艺，探讨剧本。然而，祥和的气氛中，一场凶兆即将来临。

1926年的一天，梅家会客厅里突然闯进来了一位不速之客。他身着浅灰色西装，面貌清秀，文质彬彬，脸色苍白，二十岁左右，一看便知是位学子。他就是这起血案的主角王惟琛，当时肄业于北平朝阳大学。王惟琛对孟小冬心仪已久，无奈孟此时已成为梅兰芳的情侣，因此他怀恨在心，去梅宅寻衅。王惟琛到达梅家的时候，碰巧梅兰芳正在午休。代替梅先生出来招待客人的是梅的老友张汉举。张汉举乃是当时北京一位很有名望的绅士，在《大陆晚报》就职。王惟琛见出来的不是梅兰芳，便迅速拔出手枪抵住张汉举，声称此事与张无关，让张请出梅来，因为梅兰芳夺走了他的未婚妻孟小冬，他要和梅算账，要不让其将孟带走，要不速交出银元十万方可罢休。一头雾水的张汉举强压住内心的恐慌，告诉梅兰芳这位先生叫出钱十万，否则就要把小冬抢走。梅兰芳听后一愣，迅速明白过来，对张汉举说："我立刻打电话叫人，张兄先去应付来者。"顷刻间，梅宅被军警围住。不料，王惟琛瞥见军警，顿时惊慌失措，拔枪射向张先生，可怜这位《大陆晚报》的总经理张汉举绅士，在这场毫不相干的爱情纠葛中竟成了冤死的鬼魂。军警们听到枪响，一拥而上，乱枪射击，精神失常的王惟琛饮弹而倒，旋即丧命。"缀玉轩"发生了如此血案，社会舆论大加炒作，北京城内一时沸沸扬扬，种种绯闻扑面而来。无奈之下，梅、孟二人不得不仳离。孟小冬经此打击，痛不欲生，一度于天津卫隐居士林，皈依佛门，带发修行。此后数年，她不近烟火，独坐空室，苦读黄卷，夜伴孤灯，坚决避免与梅相见。1931年，杜（月笙）家祠堂落成的堂会戏中，南北名伶汇聚一堂，杜月笙几次电催孟小冬前来助兴，她却因梅兰芳在场，而闭门不出地谢绝了杜月笙的邀请。

其实，杜月笙对孟小冬的情分早在1925年就开始了。1929年他虽然迎娶了另一位京剧老生坤伶姚玉兰，但对孟小冬依旧是念念不忘，希图有机会接近"冬皇"。一次，孟小冬应杜月笙邀请为黄金荣的"黄金大戏院"揭幕剪彩，其后在该院演出二十余日，因孟小冬是杜月笙的四姨太姚玉兰夫人的梨园好友，演出期间理所应当地住在了姚玉兰处的十八层公寓（今锦江饭店），使杜月笙和孟小冬的接触就频繁起来。抗日战争时期，杜月笙移居香港，有时小住上海，找理由与孟会面。由于杜对孟的念念不忘，自然对孟小冬的情况就分外留意。在日寇铁蹄下的北平，孟小冬凭着她坚韧的意志和其非凡的才华对艺术执着的追求，终于执"余派"之牛耳，使杜月笙对她钦佩爱慕之余，尤怜惜其中的甘苦。因而，1946年已返回上海的杜月笙，特让总账房黄国栋汇银十万资助小冬建业所用，并写信催其早日南下，孟小冬由于心情苦闷及想念腻友，也就不再推托。孟小冬到沪后，由于姚玉兰的嘘寒问暖，杜月笙不露声色的敬重体恤，使她感受到了数年来从未有过的温馨，她那孤苦无靠的心灵似乎又找到了依托。孟小冬感于杜月笙数年来的深情重义，加上姚玉兰的一再撮合，此次赴沪不久，终于以身相许，1949年，解放上海前夕，这位大名鼎鼎的"冬皇"孟小冬跟随曾经叱咤风云上海滩的杜月笙全家迁居到了香港。

此时的杜月笙已非盛年，乃是一位年逾花甲的病翁，孟小冬自进入杜门之后，便自然地挑起了侍奉杜月笙的重担。而侍疾也似乎成了她不可推卸的责任，因为她的温柔相伴已经成为了病入膏肓的杜月笙不可缺少的安慰。自入杜公馆以来，孟小冬一直沉默寡言，对一切听不得、看不惯、受不了、忍不下的事情具漠然置之。然而，1950年的一天，傲岸的孟小冬却迫不得已，淡淡地讲出了一句至关重要的话语，引起了杜老板的重视。这天，杜月笙当着家人的面，掐指计算离港迁法应需多少张护照。当他算妥共需要二十七张护照时，孟小冬悠淡的声音居然飘了过来："月笙，我跟着去法国，到底是算丫头呢？还是算您的女朋友呀？"一语道破实情。杜月笙一愣，内心感到惭愧，当即宣布尽快与小冬成婚。那一晚上，杜月笙走下了他几乎不离的病榻，整容戴冠，衣着讲究地打扮了一番，由人搀扶着充当新郎，与面带笑容的孟小冬拜了天地。是啊，他们毕竟有了女儿杜美娟，这位腰缠万贯的杜老爷子有责任承担起孟小冬母女的义务，给她一个应得的名分。

　　孟小冬的艺术成就不仅有其出身梨园世家的原因及自幼深受熏陶的影响，更要得益于其师余叔岩辛勤无私的教导。从1938年开始，孟小冬归之余叔岩的门下后，每天傍晚，都会有一辆包月车从京城东四牌楼三条二十六号驶往宣武门外的椿树三条（余叔岩教戏的地方），一连五年不辍，这就是孟小冬拜余叔岩为师后，到范秀轩学戏深造的情景。由于前些年孟小冬与梅兰芳的婚事风波，导致了她多次拜师未遂，至而立之年才归入余门成为正宗，终于实现了她北上求学的心愿。鉴于先生每天傍晚才起床活动的缘故，孟小冬就每日下午请余先生的琴师王瑞芝给她吊嗓正音、练习唱腔，然后分别在晚上七点钟左右到余府用功，不过往往要等到余家的门客畅谈到午夜才开始正式上课受教，至凌晨下课才可返家。当时拜入余门的徒弟不少，但能够坚持下来的不多，唯有孟小冬一心要学到先生的艺术真谛，而雷打不动地长期求学。所以除了学会每一出戏后唱两三场的实践性演出外，基本上停止了一切营业性的演出，就这样一出一出地完成了三十多出戏的课程。原本《击鼓骂曹》、《武家坡》这两出熟戏，孟小冬就曾向陈秀华、鲍吉祥、仇月祥、孙佐臣、言菊朋等名家多次学过，早在1920年就灌制了多张唱片，然而孟小冬还是恭恭敬敬地跟着先生认认真真地从头学起，直到实验演出后得到师傅的认可，才心有喜悦地放松下来。其中有一出先生的精心之作《法场换子》，孟小冬学会熟练后，曾经许诺在师傅寿辰时再露演于世，没想到，由于先生旧病复发难以救治，于五十三岁驾鹤仙逝，离开凡间，这出戏便成为了绝响。其实，余叔岩因身体欠佳，气弱多病，早已居家不出息影舞台。孟小冬"立雪余门"后，侍奉师侧，执弟子礼甚恭，颇获余之欢心，亲授《捉放宿店》《搜孤救孤》《武家坡》《御碑亭》等三十多出代表剧目。余叔岩病间，习惯深夜作业教戏，孟小冬为了将先生绝活烂熟于心，不知熬过了多少不眠之夜。"有志者事竟成"，她终于得到了师傅的余派真传，继承了余派的衣钵。待孟小冬进入中年后，她的老生艺术已渐入佳境，颇见余叔岩盛年时的神态。后来，孟小冬最后一次在（上海）中国大戏院演出《搜孤救孤》时，她那出神入化的表演已达到了炉火纯青的境地，听孟一曲，绕梁三日，余韵犹存。苍劲的歌喉，醇厚的唱腔，使人回味。数十年来，学余之须生，多如恒河数沙，然得其真传者，首推"冬皇"一人。孟氏冰雪聪明，资质绝伦。其"立雪余门"之际，正值余艺纯青之期；而其师徒之谊，情逾父女，故能倾囊相授，薪火相传，被业界羡慕，世人颂扬。

1938年12月24日，孟小冬在北京西长安街"新新戏院"（后改名首都电影院）唱日场戏《洪洋洞》，是她舞台生涯中最为璀璨的一页，恩师余叔岩为爱徒孟小冬亲自把场，余先生刚站在上场门出将口片刻，观众见之大为轰动，掌声四起，剧场炸窝，一时脍炙人口，业内流传今日。孟小冬是女老生中的佼佼者，拜读余叔岩的女儿余慧清老人的谈话录而得知："孟小冬很聪明，她不仅深知尊师敬业之道，而且在待人接物方面很会处世。入余门学戏五载，准时来，准时去，学戏时很勤奋，也非常努力。琴师王瑞芝每天给她操琴，吊嗓子练唱并帮她记唱腔，往往一段唱腔要唱上若干遍，直到听着没有毛病了才算过关。"除了她十四岁时灌制过许多唱片之外，另有孟小冬1947年演出的实况录音和她在香港、台湾教学时的录音传世。1978年后台湾又出版了她的《凝晖遗音》，上海出版了《冬皇妙音》，天津出了《孟小冬唱腔及为钱培荣说戏录音集萃》等录音专辑。

晚年的孟小冬，在香港和台湾课徒传艺时，每当她的学生请先生传授她当年跟恩师余叔岩学的代表剧《法场换子》时，孟小冬总是极为严肃地说："这出戏虽然是我先生的精品之作，但我当年只是将该戏学到了身上，并没有上过舞台。恩师有言，没有演出过的戏切不可教人。小冬不敢违背余师的遗愿。"她就是以如此惊人的毅力和虔诚得到了余叔岩的真传实授，并受到京剧界广大同业的尊崇。孟小冬当年拜余叔岩为师，使"余派"艺术得有传人，属足以纪念的大事。她完全是基于艺术崇拜而行之，名利二字在所不计，因为在这之前她已经名满南北，收入丰厚，每一露演，座无虚席。专心学艺，放弃赚钱，足可证明她对师艺之敬仰，志趣之高尚，确乎不同凡响的了。

杜月笙死后，孟小冬独居香港，深居简出，专心教授弟子，传承余派。她在课徒传艺方面，从不随便挑选门徒，要求非常严格。只有尊师宗道、天赋具备、悟性略好、人品高尚、意志坚强又迷恋于京剧老生的人才，方有资格做她的学生。孟小冬的四位弟子吴必璋、赵培鑫、张文涓、钱培荣正是如此。她给徒弟教戏时，特别认真严谨，一丝不苟，一招一式讲透吃准方可罢手。规定未经师傅允可，不能在外面随意吊嗓，更不准在外面演唱尚未纯熟的生戏。她有一位自己较为喜爱的准弟子，略窥余派技艺门经，唱做戏功俱达到了一定的水平，一度彩排口碑甚佳。不久，又排了一出唱念做舞较重的《捉放·宿店》，待他自认为排得有把握之后，便屡请在台北公演。但孟先生却说："戏学得很好，排得也非常熟练。不过我认为你在表演人物的感染力上，还较欠火候，未能尽善尽美地体现出来，先不要急于上演，等再锤炼一段时间，我看着可以了，再公演不迟。"

1967年，孟小冬因亲友均在台湾，为避免孤寂，便由香港转迁到了台北市定居，闭门静养，由绚烂归于平淡之好，终其余年。孟小冬的代表剧有《碰碑》《盗宗卷》《洪阳洞》《捉放曹》《鱼肠剑》《乌盆记》《失·空·斩》《珠帘寨》《御碑亭》《击鼓骂曹》《搜孤救孤》《四郎探母》《游龙戏凤》《梅龙镇》《二进宫》《武家坡》《上天台》《平贵别母》《借东风》，等等。

光阴荏苒，转眼间几十年风逝，当年扮相英俊，技艺博深，演唱特别精到的花季少女，名满梨园的一代冬皇孟小冬已近古稀。她那传奇般的人生经历给人们留下了多姿多彩的深刻印象。1977年5月25日，一阵剧烈的哮喘之后，突然昏迷过去，送往医院抢救无效，延至26日下午终因肺气肿和心脏病并发症，于1977年5月27日在台湾去世，享年七十一岁。有关孟小冬的故事到此为止，下面再聊金少山。

四年前，金少山自上海回京，组建以花脸挑班的"松竹社"后，红遍了京、津大地和东北三省，不仅大大地提高了净行在梨园界的地位，同时也丰富了花脸戏的演出剧目，他这一净门之尊的创举，开天辟地，势如破竹！这次应邀返沪后的情景与往日又不大一样，上海各界的戏迷们、包括黄金荣、杜月笙、顾竹轩等人在内，对此番声振江北凯旋的金少山更加崇待。因为大上海历代受国外文化思想的影响较深，对演艺界人士的身份、名气、素质、档次、价值颇为重视。过去人们喜欢金少山，是把他当作本地的名角来捧，而这时的"金霸王"，就仿佛是学术界的专家学者，出海留洋深造取得了博士后学位的学子镀金归来，就连家乡的父老乡亲们也感到光荣。因而，金少山在上海人眼中的地位大大增高，备受欢迎！帮会头目黄金荣、杜月笙、顾竹轩等人携从手下为他接风洗尘，设宴款待，往日的故交好友登门拜望接连不断。可见，这时的金少山，在上流社会的身份地位之跨越，已达到了何等的高度。此时，大上海的各界人士显然趋之若鹜，相争再睹"霸王"风采的愿望不可阻挡，无论是贴出金少山演什么戏的海报，剧场总是天天爆满，肥彩不断。尤其是他与杨小楼的外孙刘宗杨合演的全本《连环套》，与李砚秀联手的《霸王别姬》，戏票更为抢手，有的观众为了看戏，甚至夜半三更就赶到戏院门口排队等候天亮时买票。金少山此次的上海之行，仿佛具有神佛开路、扫空万古之盛势的气派而轰动了上海，震惊了申城，征服了沪地。

"皇后大戏院"与"天蟾舞台""（上海）中国大戏院"三家的距离相隔都不算太远，也就是有轨电车两三站地的路程，形成了三角打对台的格局。上海的周信芳、黄桂秋以及北京的程砚秋、马连良、于连泉（筱翠花）等先后在另外两家戏院演出，票价和上座率都没有达到金少山在皇后大戏院的高度。有人说："金少山在北京镀了金，如今他的'金'字更纯了，亮得让人摸不得！"

演出一个多月后，刘宗杨突然病倒，经过医院诊断，医生说是一种不太好治的急性病，金少山听说后，赶紧派人把刘宗杨先生送回了北京抢救医治，只可惜不到半个月这位杨小楼亲授的嫡传杨派大武生刘宗杨在京去世。刘宗杨1913年出生，是著名的京剧武生兼工文武老生演员。其祖父刘殿魁非梨园人士，原籍浙江省绍兴市；刘宗杨的父亲刘砚芳（艺名"小梧桐"），伯父刘砚亭，外祖父杨小楼。刘宗杨的长相及扮相和其舞台上的表演气质，乃至他的言谈举动均酷似其外公。因"杨"无子嗣，对他的外孙子刘宗杨特别器重，欲使其承己衣钵，故授之艺异于常人。并特请范福泰、丁永利教其武戏，拜蔡荣贵为师工习老生，候海林为童时的小宗杨看工把戏，十岁出头即登台献艺，轰动京师。

刘宗杨在杨小楼的"永胜社"戏班里演出，以唱文武老生戏为主，其代表剧有《群英会》《打渔杀家》《定军山》《甘露寺》《阳平关》《四进士》等；亦在"斌庆社"戏班搭班演出并和言菊朋等人共同组班期间，常上演的武生代表剧有《艳阳楼》《甘宁百骑劫魏营》《挑滑车》《金锁阵》《长坂坡》《战宛城》《安天会》《状元印》《林冲夜奔》等，包括这次随金少山来上海合演的《连环套》均恪守"杨（小楼）派"风范。自杨小楼谢世后，刘宗杨仍以外公的"永胜社"戏班之班底为名挑班公演，由于他的幼功扎实，文武兼优，又有一条漂亮的歌喉，其叫座率高而满堂，赞誉倍加！除正常的营业性演出之外，他还唱义务、窝头、堂会戏等，甚至达到了一日连演三场之多，由于长时间的超负荷演出，过于疲劳，身体受损，曾有一度停演了颇为吃功的武戏。因此，就上海与金少山合作《连环套》期间，才突然暴病返回了北京。刘宗杨走后，上海"皇后大戏院"的总经理张竞寿与金少山协商，临时聘请了上海的著名文武老生兼红生的林树森先生为金少山挂二牌傍戏出演，解决了填补刘宗杨的出台戏码，林树森还带来了武二花脸程少余和短打武生王小舫。金少山与林树森老哥俩旧友重逢格外亲近，同台演出更为密切，两个人的戏路子也更加宽绰，头里林树森的"老爷戏"（即关羽戏）《过五关·斩六将》后挂《古城训弟》，金少山在大轴戏《古城会》中扮演张飞。有时林树森演《挂印封金》，金少山的大轴戏就演头、二本《白良关》或者是《牧虎关》及《天水关》等别的戏。另外，金少山与林树森合演的剧目还有许多，譬如：《太行山》中金少山饰姚刚、林树森来王英；《庆阳图》中金少山来李刚、林树森去李广；《断密涧》中金少山演李密、林树森饰王伯党，除此之外，另有《二进宫》《八蜡庙》（金少山、林树森、李砚秀三人合演）、《断太后·打龙袍》（金少山来包拯，林树森的反串老旦李后）等等。金少山这多达几十出剧目的独特魅力以及和林树森的精诚合作，使得这位占尽舞台风头的净雄之尊，所在大上海演出的"皇后大戏院"连续关闭了六个月的"铁门"（当年上海俗有把客满停止售票叫作"关铁门"的称呼），极一时之盛。

林树森，1897 年出生于上海，祖籍福建莆田，祖父林连桂原是徽班演员，江苏丹阳人，清朝同治年间由北京来沪，工文武老生。父亲林宝奎，工老生。舅父王益芳是清末时期上海京剧舞台上的著名武净演员。林树森幼年丧父，由舅父王益芳收养，并加以严格培育，为之打下了扎实的幼功基础，并取艺名"小益芳"。他七岁登台，十一岁去北京和周信芳、贯大元、梅兰芳等一同进入"喜连成"科班学艺。十五岁回到上海，先唱老生、武老生，拜徽京名宿诸寿卿为师后，又演武生戏。公元 1914 年十七岁时的林树森成为了王鸿寿的入室弟子。由于林树森的幼功瓷实，身材修长，扮相英帅，气宇轩昂，与其师有几分相似。王鸿寿将自己的关公戏和徽调戏全部传授给了爱徒林树森，使林树森的技艺功底大有起色，所上演的《走麦城》《战长沙》《雪拥蓝关》《截江夺斗》《扫松下书》《徐策跑城》《孙庞斗智》《水淹七军》《挂印封金》《古城训弟》等诸多的徽京剧目，颇见师傅风韵的老道显辣，并与恩师王鸿寿同台演出，又与李桂春、金少山、梅兰芳、尚小云、程砚秋、荀慧生等的南北名伶多次合作，相互配戏。20世纪的30年代中叶，他同舅父王益芳带班辗转演出于天津、青岛、东北等地。40年代初回到上海，此后他就长期在沪挑班演出。林树森不但关公戏享誉京剧舞台，并有"多面手"的美名著称。他嗓音高亢洪亮，行腔质朴雄浑，表现深沉大方，工架凝重稳健，文武昆乱不挡，做派风范大气，戏路博深宽广。尤其擅演老爷（即关羽）戏，他的关公，不但全面继承了王鸿寿的艺术特长，而且还有其自己的大幅度创造。就《千里走单骑》《单刀会》《水淹七军》《走麦城》《华容道》《战长沙》《古城训弟》《过五关·斩六将》等代表剧目中，所塑造的关羽形象气宇不凡，威严儒雅，直入骨髓！就梨园境内享有很高的声望，赢得了"江南红生大王"的美誉。

20世纪的30年代，林树森与同门师弟李洪春都相互不知晓的到湖北汉口演出，该地的花园公司和汉口"大舞台"为了招揽生意，各自打出了"威震华南文武老生、王君鸿寿老三麻子授业弟子，红生大王林树森"及"威震华北文武老生、王君鸿寿老三麻子入室弟子，红生泰斗李洪春"的牌子，沿街宣传。这时师兄师弟才知道对方的到来。在同门师兄弟中，就属他们两个的感情最深，关系最好，而且李洪春的长子李金声还是师哥林树森的亲传弟子。为了谋破剧院老板让他哥俩唱对台戏的花招，林、李二人暗地里商定了一个对付的办法，头一天打炮都唱《古城会》，先给他们有一个唱对台戏的感觉。第二天就变成林树森演《过五关》，李洪春唱《封金挑袍》；林树森唱《扫松下书》，李洪春演《对刀步战》；林树森演《战长沙》，李洪春唱《白马坡》；林树森唱《徐策跑城》，李洪春演《赵云截江》……总之，他俩的戏码，没有一天是碰上的，而且要求戏园子方必须按该戏码安排顺序，方可出演。后来，这两个戏院的经理共同请求他俩再唱上七天《走麦城》。师兄弟商量后，决定师兄林树森先演，师弟李洪春以身体欠佳装病不唱，他《麦》剧七天唱完乘船回沪，李洪春再演《麦》戏七天。后来这桩"南林北李两关公"的一段佳话流传了下来，变成了故事。

这时的上海滩已被日军侵占，艺人们为了中华民族的兴衰存亡，抱着一腔保卫国家的愿望，在沪上举办了几次为中国军队捐资抗日的"大义务戏"演出活动，早就对日寇侵华怀着满腔怒火的金少山自然积极参加。这几次"大义务戏"的抗日捐资活动,由国共两党暗里组织,艺人们公开参与,上海梨园公益会出面承办的第一次演出的剧目是《群英会·借东风》,周信芳的鲁肃、马连良的诸葛亮、叶盛兰的周瑜,最后《华容道》,金少山的曹操、林树森的关公,曹操与关羽见面有一段对唱,一般都是唱[西皮流水],但金少山却其不然,关羽唱[流水],曹操唱[散板],关羽唱过之后,缓锣鼓经(空来匡——台台匡),曹操接唱:"想当年我待你恩德非小,上马金下马银美酒红袍,官封到寿亭侯爵禄不小,难道说大丈夫忘却了故交?"三番对唱过后,曹操再接着唱:"一见关公变了脸,吓得曹某心胆寒,望求放我逃脱险,君侯哇!不忘恩德大如天。"关羽最后再唱:"……"。两个人的行腔一快一慢,演唱得环环相扣,势如破竹,韵味鲜雅,声腔响亮!同时,也突出表现了曹操此时哀求关羽放他一条生路的渴望与无奈。

还有一次,大轴戏《战长沙》,金少山在剧中扮演魏延、周信芳扮演黄忠、林树森扮演关羽、张少甫扮演韩玄。魏延上场与黄忠二人起双霸,动作干净,工架漂亮,做派大气,身段规整!讨令时,派了黄忠下场后,魏延心情极度不悦,唱一段[流水]唱腔,金少山演唱得循规蹈矩,激越流畅。到后面魏延换穿紫龙箭衣,褶团龙黑缎子马褂,头戴林冲盔,腰间挎着系有红绿绸子又宽又大的腰刀,右边还插着一杆大令旗,其气势煞是威风压台!等到魏延压粮上场,在辕门的刑场上见到黄忠后,又是几段[垛板],金少山唱得清亮爽口,声腔明快。有的观众看完之后说:"我们南方的活魏延是赵松樵,可是金少山扮演的魏延,无论是从扮相到个头,从唱腔到表演,从工架到做派,从念白到神韵,从气质到风度更是不一般哪!"

这次,金少山在上海遇到了烟台交心换命的老友张少甫,巧的是二人又在同一个戏院的同台演出,内心都感到特别激动,真是故交相见格外亲切,尤为高兴。实有他乡遇故知,心语吐不尽之感!两个人天天交谈,夜夜叙旧,推心置腹地说个没完,聊个没够,实在痛快。而金少山的爱徒徐世光却趁师傅跟张少甫没明没夜的交谈之际,抽空拜访了沪上的两位京剧前辈,一位是享有"江南猴王"美誉的郑法祥,另一位是上海滩的著名短打武生盖叫天。这位郑法祥在江南一带的猴戏尤负盛名,其代表剧之一的《金刀阵》最为突出,而且,还是中国第一个将猴戏带往国外的京剧演员,1926年郑法祥与江南四大名旦之一的小杨月楼等人赴日本演出的盛况,震惊了岛国,轰动了大和,是东洋民众为之倾倒!由于他塑造的孙悟空有慈有恨,亦庄亦谐,武功绝顶、与众不同,被当年的观众颂(送)予了一"江南猴王"

的美称。

郑法祥 1892 年出生，字涵宁，河北省故城县郑口镇人。其父郑长泰乃是河北梆子的著名武生，人称"赛活猴"！郑法祥十岁时跟随父亲在上海学艺，初学（河北）梆子花旦，后改学武生，兼工猴戏，十一岁便能登台串演小猴。十八岁倒仓后不久，其家父去世，年轻的郑法祥迫于生计，无奈远走他乡，在汉口搭上了"满春茶园"京戏班子充当了武行。后来在自己的勤学苦练下，经过努力，返上海唱上了二路武生，曾为周信芳、李春来、尚和玉、赵如泉等人配戏。郑法祥在日本东京演出《闹天宫》《金刀阵》《水帘洞》《摇钱树》等戏的盛况，传之上海后，使他扬名提位，身价倍增，唱上了头路，成为了大角，轰动了申城！

郑法祥在上海挂头牌后，专工猴戏，除了继承家父的猴戏以外，且长期揣摩研究杨小楼、尚和玉、郝振基等前辈名伶的猴戏艺术，广采博收，取众家之长的来丰富自身，并大胆突破旧的程式，创造出了新猴形的规范套路。他的猴戏，无论是身段工架、唱念做打、猴形猴态、猴姿猴相具别出心裁，与众不同。他塑造的孙悟空，以气势取胜，追求其似与不似之间彰显神妙。就整本连台本戏《西游记》中的美猴王，在注重同一主题、不同情节方面，对人物的刻画做出了极为鲜明的处理，因此，郑法祥所扮演的孙悟空有"十戏九不同"的美谈。故而，形成了世称"海派"的江南猴戏一大流派，并且出版了《谈悟空戏表演艺术》的猴戏专著，流传世间。

郑法祥刻画的一系列齐天大圣的艺术形象，猴风大气，工架规范，塑造的所有角色独树一帜，极富创意，开辟出了一套老年悟空特有的表演法技，被世人赞赏。因此，受到了青帮大佬黄金荣的称许和重视，1927 年特地出巨资在上海滩的繁华地域给郑法祥修建了一座取名为"齐天舞台"（今延安路"共舞台"）的戏院，并出高价邀请他长年专场演出连台本戏全部《西游记》剧目经久不衰，场场爆满，座无虚席。从此，郑法祥先生的名号传遍申城，四面开花，誉满江南，"美猴王"的称谓，无人不知，无人不晓。

也不知道是什么原因？这位鼎鼎大名的郑法祥，此时已经离开了舞台，在上海"共舞台"也就是原先他所演出全本《西游记》的"齐天舞台"戏院隔壁做起了生意，开了一家专卖北京风味儿的"郑福斋"小吃店，经营藕粉、茶汤、油炒面、糖蜜麻花、萨琪马、大八件、小八件等等之类的美味小吃。店铺虽然不大，但装修讲究，干净卫生，人气旺盛，来用餐的新老顾客，你来我往、送去迎来、接连不断，热热闹闹，生意兴隆。这天清晨，徐世光和杜月笙派给金少山的贴身保镖刘春（江湖绰号刘秃子）一起来到三马路，看见"共舞台"（如今是一家专演连台本戏的剧院）的广告大玻璃牌子上写着赵如泉、小杨月楼、王春柏、赵松樵、郭玉昆、杨菊萍等人当晚演出《蜀山剑侠传》第四集的预告。旁边正好是郑法祥开的"郑福斋"小吃店，于是乎，徐世光和刘春便走了过去，只见门内正面的玻璃框里镶着一幅大约有两米五左右高的猴王画像，上面写着"齐天大圣"四个龙飞凤舞的水墨大字，由郑法祥扮演的孙悟空身扎大靠、褶着红蟒、头戴紫金冠，精气神十足地抬手向远方望去。经理室内的办公桌后面坐着一位留着背头，穿件青色的绸缎长袍，挎着怀表，脚下穿的是白布大袜、小圆口黑礼服呢牛皮底考究布鞋的中年男士。这位一身中华民族气派的小店老板不是别人，正是鼎鼎大名的"江南美猴王"郑法祥先生。徐世光和刘春走进店堂，点了小吃，用了茶水，后经相互介绍和攀谈，特别是提到金少山的大名时，郑法祥滔滔不绝地夸个不停，并带着非常激动的口气，神采飞扬地对徐世光说："小伙子，我跟你师傅金少山没得说，那可是老朋友了，你知道吗？他是我三哥呀，你师傅的戏太好了，了不得呀！在上海滩一提到'金霸王'，无人不夸，无人不赞！年轻人，你要跟师傅好好学呀……"徐世光一边听、一边点头、一边插话道："郑老板，今儿个晚上您要是有时间的话，请到皇后大戏院来看戏吧，我回去给师傅说一声，让他给您准备好票，"郑法祥答："好好，先谢谢你啦小伙子！我前两天已经看过了一场啦。哎呀，戏票太难买了，我是跟戏院的前台讲了讲，人家给了个面子才进去的，因为人太多，我就在楼上找了个地方看了一场，真过瘾！像我三哥这样的花脸演员别说在上海，就是在全国也是独一份，太难得了！"徐世光说："郑老板，等会儿我们回去后，把今天给您见面的情况说给先生，回头让他请您到皇后大戏院去，或者是他来找您都行，先生住在前台二楼的总经理办公室内，就他和师娘两个人住在那里，没有别人，非常清静。"郑法祥连忙说："非常抱歉，晚上我不能熬夜，因为白天还要做生意，一大早就得起来忙活，近期实在是腾不出时间来，回去跟你先生讲，郑法祥向他问好，等过两天我抽空一定登门造访，拜望三哥！你们平时若想吃什么，尽管过来'白相'（即遛弯儿、玩耍、聊天）用餐，我请客管够！"

当晚夜戏演完后，徐世光把早上见到郑法祥的事情向金少山讲述了一遍，金少山听了特别高兴地对徐世光说："就江南戏曲界、包括地方剧种在内，所有演猴戏的演员都算上,郑法祥可称得是一家猴王,他先父郑长泰人颂美名'赛活猴',是南北猴戏中有一号的老前辈,文武兼备,跟斗更绝,手里干净,棍棒见长,翻的漂亮。郑发祥不但继承了他父亲的猴戏艺术,又吸取了各路名家的猴戏风格,融会贯通,化为己用,创造出了一套与众不同的猴戏独尊!被世人公认为'江南美猴王'的称谓!也是一位很了不起的大角!如今不唱戏实在是太可惜了。"徐世光又向金少山说道:"先生,郑老板再三叮咐我向您问好,并让我转告先生,过几天等他腾出手来抽空来拜望您的大驾!"金少山听后哈哈大笑起来,并连连冲徐世光点头道:"太好了,我们兄弟有几年没见啦,等法祥来了,一定得好好的叙谈叙谈。"而后,金少山转身对徐世光说:"世光,如果没有别的事情,就赶快回去歇息吧,明天一大早还得起来和我一块练功呢。"这时,徐世光才告别了师傅,回房睡觉去了。

  大约过了半月左右,一天晚上的夜戏散场后,郑法祥突然出现在了金少山的面前,首先拱手开口道:"三哥,小弟来晚了,实在抱歉,请三哥责罚!法祥本应早来拜见三哥,向三嫂问安,只是有生意缠手,无法脱身,还望兄嫂原谅!"金少山赶紧拱手还礼说:"哪里哪里,兄弟说笑了!"二人寒暄过后,金少山指着站在一旁的徐世光说:"世光回来给我讲了,说你非常客气,他跟刘春的早饭钱也没让付,三哥我代两个孩子多谢老弟了!"郑法祥起身说道:"三哥说的哪里话来,兄弟我就是开饭店的老板,自家的孩子吃顿早点,还不是应该的吗?小店虽然不大,管个十顿八顿的不成问题,三哥您要是再提谢谢二字那可就太见外了!"金少山立刻笑着回答;"兄弟见面,说笑说笑便是,不必当真吗!"而后金少山又接着言道:"世光这孩子是我的义子和徒弟,也是我结拜二哥徐德增的二公子,坐科'富连成',得到过诸多名师的教授,非常刻苦,勤奋好学,很是用功。他父亲徐德增又是我们家老爷子的跪拜义子、磕头徒弟,可算是亲上加亲的铁党关系。徐二哥临终前,把孩子托付给我教他学戏,一来尽兄弟之情,二来尽义父之责,三来尽师徒之义!把世光培养成才是我金少山应尽的责任,也是我回报徐德增二哥在天之灵的唯一心愿。"郑法祥听后接茬道:"三哥重情重义的胸怀众所周知,小弟我早有耳闻。世光有您这样一位好先生是他的福气,这孩子能跟着您洗练深造,将来的前途不可估量啊!三哥,您北上这几年,可以说是红遍了大江南北,长城内外,像三哥您这样的花脸艺术,在全国的净坛中,以我看再也找不出来第二个了!说真的,就花脸而言,论唱念做打翻全能来、昆乱不挡的铜锤大面除了三哥您,自古以来没有啊。有一位棉纱厂的朋友非常激动地对我说：'十全大净'金少山的收入了不得，他一场戏挣的洋钿比阿拉纱厂几百工人劳动一个月的营利还要多！听说三哥这次来上海，给皇后大戏院签订了一年的合同是真的吗？"金少山点头回答："是真的，怎么啦？"郑法祥惊叹地说："怎么啦，您知道吗三哥，自京剧有史以来，北方所有的大角红伶来沪演出，谁也没有受邀在上海订过这么长时间的签约合同！如今三哥的出场价码，已经远远超过'梨园大王'梅兰芳梅大爷了！"金少山连忙插话："法祥老弟过誉了，不敢当，不敢当，我怎么能跟梅老板相提并论呢，实在是不敢当啊！"郑法祥又说："还有，您不知道，这些天到我店里来吃早点的许多老顾客，都晓得我原本是唱京剧的演员，非托我给他们买票不可，急着要看您的戏呢，我推辞说我也没有办法买到戏票，他们不相信，还嘟嘟噜噜地说我不够朋友。像这样的事情天天都有，我若是不答应帮忙买票，他们就会很不高兴地说我不讲交情，不够意思，不管我怎样解释，都不相信！"

这时，皇后大戏院的第一副经理杨显林（他还是上海一家参茸店的总经理）手里提着十盒西洋参走了进来，他刚一进屋就看见了郑法祥，立马热情地打招呼说："呦，郑老板来了？您这个'美猴王'是来看望我们这位'大净王侯'的吧？郑老板近日可好啊？"然后又笑容满面地对金少山说："金老板，我听说您这几天有点儿上火？兄弟我特意给您送来几盒尚好的西洋参败败火气，把嗓子和大驾保护好，唱他个山崩地裂，江河倒流！"金少山听后非常高兴，并把礼物接过来，对杨显林经理的关心表示感谢！片刻，郑法祥在一旁说道："咱们的杨大经理可是个热心人呐，三哥，我前些天就是托杨经理把我送进剧场来的，在楼上看了一出您唱的全本《御果园》，好家伙！三哥的嗓子和行腔中的韵声让人震惊，妙不可言！人物表演中的工架身段，气质大派，无与伦比呀！"可不料，此时堂堂掌管票务大权的戏院前台第一副经理杨显林，却反过来向金少山求起戏票来，杨显林不好意思地冲金少山说："金老板，兄弟我有一件解决不了的难题，向您求助，请金老板无论如何也要帮忙啊！"金少山非常客气地问道："在上海滩还会有什么事情能难倒您这位八面玲珑的杨大经理呀，讲出来听听，只要是金某能办到的，我决不推辞。"杨显林一听有门，就很为难地开口道："哎呀，金老板您就别再开玩笑了，什么八面玲珑的杨大经理呀，我都快急死啦，说句老实话，我这个当经理的这些天来，一直是东躲西藏的害怕碰到熟人，实在是太作难了！三个多月来，没有吃过一顿安生饭，没能睡过一天安稳觉，有时候深更半夜还有人到家里敲门呢，一天到晚不是这个熟人来找，就是那个朋友来叫，弄得我焦头烂额，狼狈不堪。明知道是六个月客满停止售票的牌子早已挂出，关了'铁门'，可每天到售票处敲门的，打电话求情要票的，甚至还有人因为买不到票骂街的。而最令人头疼的是，有些有钱有势又有权的头面人物，让我必须帮他们的夫人太太们搞到戏票送到府上，否则就会找我们戏院的麻烦！你说咋办？他们这些人可是哪一个都得罪不起呀！我本来留得机动票和招待票就不多，剧场内凡是能加座及能加站票的地方，全部都加得不能再加了，我还上哪儿给他们弄戏票啊，真是愁死我了，可有些有权势的大人物不答应他们的要求又不行。金老板，话讲到这个份儿上，我就是不说，你也会明白我来找您的意思了吧？把您手中的招待票先让给我救救急，回头阿拉再还您，金老板您看咋样啊？我杨显林说话算数决不食言，保证借几张还几张，再不行的话阿拉给您打借条，帮帮忙吧金老板，金三爷，我确实没有一点办法了，不然阿拉也不会向您张嘴的。"金少山听着杨显林的陈述，直想笑出声来，但他还是强咬住牙忍着笑意将杨显林所讲的话题，认认真真地听了一遍，最后，金少山仍然还是没能忍住笑声的言道："杨经理，其实我这里的戏票也不够用，不过您杨大经理既然向我开口，焉有不办之理。这样吧，这三十张明天夜场的戏票咱俩平分，十五张杨经理拿去救急，剩下的十五张送给法祥老弟，有许多朋友也找他要票呢。"杨显林接过来戏票，点头哈腰地冲金少山说："哎呀，太好啦，金老板您可是帮了在下的大忙了，谢谢，谢谢！回头我请您吃饭。"边说边急速地离开了金少山的住处，赶紧打电话去了。

杨显林走后，金少山与郑法祥接着话题又聊了起来，金少山说："法祥贤弟，愚兄在北京时，京剧名票中的大学者翁偶虹先生为我量身编写了一部全本《钟馗》，等上海的签约结束后，我准备抽出时间好好地研究研究，下功夫揣摩揣摩，待导演计划和唱腔的调门全部出来后，就开始投入排练。"郑法祥听后连声喝彩："三哥，这出戏太好了，《钟馗》全本可是一部花脸行的赫本戏呀！非常难得，别的不讲，就钟馗的表演而言，其工架和身上、做派本身就包含着花旦、丑角、家婆子、武生、架子花、武二净的东西，唱铜锤的能来钟馗，小弟我还是第一次听说，三哥真不愧是'十全大净'啊！另外，我听说您还有一出全部《闻太师》没露呢？啥时候拿出来亮亮，让兄弟我也开开眼界，观赏观赏。"金少山兴奋地回答："是啊，《闻太师》这出戏，这次在上海是肯定要演的。至于什么时间演出，还得和杨经理协商，不过你放心，等上演的具体时间确定后，我让世光给你送票。我这出戏是从'征北海'起，得胜还朝，中间是'绝龙岭'自尽，直到'阴回潮'托兆封神止。前面唱[西皮]，中间唱[唢呐]，最后唱[反二黄]。""三哥，这可是要叫绝了！花脸行唱[唢呐][反二黄]的，现如今根本没有。更何况，'征北海'、'绝龙岭'里面还有不少见绝的武打和'档子'场面，连文带武。这出戏若是拿出来上演，三哥，那您在上海滩可又要大显身手了！"郑法祥心情激动地夸个没完，口如悬河地赞个不停！

还不到一个钟头，杨显林又兴高采烈拐了回来，他一进门就笑眯眯插话道："郑老板，我可不是吹勒，只要贴出金老板没有露脸的'生'戏，全场的戏票加价百分之五十，观众哪，越是加价越买得欢，抢得急，订票的人也就越多。平时，演出连台本戏的'共舞台'，票价也只有我们这里的三分之一，'（上海）中国大戏院''天蟾舞台''黄记大舞台''黄金大戏院'的票价也只有这里的一半，从北京接来的马连良、程砚秋、于连泉（筱翠花）的票价才与我们持平，如果金三爷挂出'生'戏，那么票价自然要比他们高出许多。阿拉可不是夸的，金老板出场的号召力和叫座率，我不用多讲，郑老板应该比我通晓此道，自金老板这次返沪演出三个多月四十多场来，生意蒸蒸日上，戏院日夜爆满，一直火的不得了！上海所有戏院的财东、老总都看着眼红，绞尽了脑汁，用尽了办法，无论接什么样的大角好戏，可最终还是卖不过我们，这就是金三爷的价值！"郑法祥插话道："那是啊，我三哥的艺术没的说！自古以来，花脸挂头牌领军，只有金少山一人，能称得上'大净王侯'的也只有他自己才配，真乃是空前绝后，旷世无双啊！"

谈话间，林树森、张少甫等人来见金少山，郑法祥起身与来者一一握手问好过后，便离座告辞："三哥，已经深夜两点多了，我得回去了，明天一大早还要开张做买卖呢，咱们弟兄改日再聊，谢谢三哥送的戏票，明天晚上我和您弟妹来看三哥演出。"话毕，他和杨显林一同离开了经理间。金少山及林树森、张少甫、徐世光送至到楼下前厅，郑法祥拦住金少山说："三哥与诸位留步！"金少山说："好，世光代送……"也不知道记者们从哪里得到的消息，第三天清晨，上海的各家报刊很快就刊登出了《江南美猴王深夜拜望金霸王》的消息。

1941年的夏天，徐世光还专程拜访了江南的著名短打武生、盖派艺术创始人盖叫天（原名张英杰）先生，盖叫天以演《狮子楼》《快活林》《武松打虎》《十字坡》

等武松戏及《三岔口》《一箭仇》等等最为著名，有"江南活武松"的著称！在表演方面注重对人物神情气质的刻画及武功技巧的展现。其三个儿子张翼鹏、张二鹏、张剑鸣（艺名"小盖叫天"）也具是武生之秀。盖叫天 1888 年生于河北省高阳县，号燕南，初取艺名金豆子。八岁时入天津卫"隆庆和"科班习艺，初学老生、老旦，嗓子倒仓后改习武生。他继承南派武生首创人李春来的艺术风格，兼收京剧和昆曲各派武生表演之长处，并借鉴武术与仔细观察自然界的优美姿态，来充实自身舞台人物的艺术形象塑造。宗法李春来之艺而大有发展，他的武生戏讲究人物神情，注重工架造型，擅讲武戏文唱，逐渐形成了自己的艺术风格，世称"盖派"。盖叫天常上演的代表剧除以上所讲之外，还有《垓下之战》《恶虎村》《白水滩》《茂州庙》《七雄聚义》《劈山救母》《英雄义》《花蝴蝶》《闹天宫》《洗浮山》《郑州庙》《鸳鸯楼》《伏虎罗汉》《乾坤圈》《四大金刚战悟空》《乌江渡》《普陀山》《蜈蚣岭》等戏。那么，原名张英杰的盖叫天先生为什么会改名盖叫天呢？其原因是当时的"伶界大王"谭鑫培的艺名叫"小叫天"。而张英杰给自己取得艺名是"小小叫天"，待艺名公世后惨遭群嘲，称其自不量力，年轻气盛的张英杰一怒之下更名改唤比原先口气更硬的"盖叫天"，意为在艺术上要超过谭鑫培，盖住"小叫天"。在盖叫天的《粉墨春秋》中，有这样一段话，"本来我的艺名叫'金豆子'，是天津隆庆和科班的齐老先生起的。他瞅我长得精神抖擞，挺有斗性，又演的是武戏，才给我起的这个名字。这会儿我十三岁，像个画眉鸟似地，挺精神的。可是唱文戏的时候，用这个名字便不怎么合适，所以到了杭州大伙儿合计着再给另外起个艺名，研究来研究去，有的说叫'叫菊仙'，我不喜欢。那会儿谭鑫培叫'小叫天'，我说就叫'小小叫天'吧。我的意思是借着他的名气，弄点小米吃。不料在座的有一个人瞧不起我，在一旁冷笑着说：'哼，你也配叫这个名儿！'这一下把我说火了，那时我年少气盛，和他当场顶起嘴来。为什么我不能用这个名字呢？能把人看死吗？不光是要继承前辈的艺术，我还要自成一家，盖过'叫天'，独树一帜。就这样，我用了'盖叫天'三个字。"

盖叫天先生是一位德艺双馨的京剧大家，他终身勤学苦练，非常敬业，虽然曾断臂折腿而坚持不懈。十五岁在杭州演《花蝴蝶》时，台上不幸摔断左臂。1934年，他在上海"黄记大舞台"演出《狮子楼》时，按照传统戏的正常演法，一般情况下，台上摆放一桌二椅足矣，这既可代山代城，又可代楼代墙代替土坡。可是，当年的剧场老板为了能别出心裁地招来观众，那天居然在舞台上搭起了当时号称最为流行的机关布景，高大的"酒楼"硬片出现在了观众的视线。待演到武松替兄报仇，到酒楼上追杀仇人西门庆时，台上的酒楼布景则开始摇晃。西门庆见武松追上了酒楼顶层，吓得连忙从窗口跳了出去，落在了台面上。武松就楼上追赶至窗口处，自然也必须跳下。可是，脚下是一排窗栏硬景，而上面又是屋檐，中间只剩下几尺高的一个窗洞，跳高了头碰着屋檐；跳低了又跃不过去窗栏。尽管这样艰难，也难不倒武功高超，并具有"江南第一武生"美誉的盖叫天。按照戏路他纵身来了个"燕子掠水"的武功特技，便从两丈多高的酒楼上端噌地一下跳了出去。不料，当他跳到半空中的一刹那，忽见西门庆还躺在地上，按演出要求，西门庆从楼上跳下后，应迅速滚堂，将身体移向一边，给马上跳下狮子楼的武松腾出落足的地方，可那天因为布景摇晃的原因和窗口离台板过高导致了扮演西门庆的陈鹤峰跳下酒楼后，没能马上起来。盖叫天怕按原来的戏路跳下去，会砸伤扮演西门庆的陈鹤峰，紧急中连忙在空中一闪身，由于用力太大，躲闪过猛，当场在台上折断了右腿。更值得颂扬的是，他为了同台出演西门庆的安全，不惜摔断自己的腿骨后，却仍然坚持演出，强忍着剧疼直到剧情结束，大幕拉上。而最为可敬的是，到医院治疗时，又被不负责任的庸医接错了断骨，并说从此以后盖叫天再不能登台，爱艺如命的盖叫天听说有可能再无法演戏，便毅然在医院的床架上二次别断了腿骨，要医生重接。为此，陈毅为他题词："燕北真好汉，江南活武松！"田汉为他题词："断肢折臂寻常事，练出张家百八枪！"

盖叫天曾习练武术，将他的武术功底作为武打戏中的技艺参考，又博采前人之所长，融会于自己的表演之中，故而"盖派"的武戏独具一格，被世人公誉为江南海派大武生。盖叫天到中年以后，他的武戏风格有所变化，讲究其更有深度的武戏文唱，于稳练从容之中兼有脆帅利落之风度。表演方法浑然剧情及人物性格而大有起色，各见不同，善以丰富变化的武打和优美的工架造型，来充分表现其不同的舞台人物和其同一人物在不同剧目中的不同塑造，就他演出全本《武松》中的"打虎""狮子楼""十字坡""快活林""蜈蚣岭"剧目中的武二郎，其神态、武技、表演、风度等等都有所明显的区别，颇为清晰地勾勒出了武松思想变化的脉络，树立了真实可信的英雄形象之魂骨。他创演了一批鲜为人知的独有戏《四大金刚战悟空》《普陀山》《乾坤圈》《乌江渡》《伏虎罗汉》《劈山救母》等，并对剧目的兵刃、开打、服装、道具达舞台美术等，都做出了突出的创新，例如《乾坤圈》的哪吒耍圈，《四大金刚战悟空》的弹琵琶、耍青龙和宝伞技巧，《劈山救母》沉香先变斧杆再变红绸的耍斧特技，《普陀山》中黄龙真人瞬间由人变龙等的变化之功，《乌江渡》中霸王项羽的服装改革及扮相，具火炽新颖的受到了好评。盖叫天在北方学艺，南方成名，江南的短打武生戏大都宗法于他。

闻名于世的"盖派"武生创始人盖叫天先生，是一位极具代表性的杰出京剧表演艺术家，本工武生，擅长短打，中年时期在上海成名，响遍了江南菊坛及祖国的大江南北。形成了自己独特的表演艺术风格，首创了世所公认的武生流派——盖派。在 20 世纪 60 年代初期，盖叫天以戏曲艺术片电影《武松》中塑造的梁山好汉武二郎的英雄形象，轰动全国，誉满中华，成为了家喻户晓和人们所崇戴的演员。他在另一出代表剧《恶虎村》中，所扮演黄天霸的身段技巧"走边"（戏曲舞蹈名词）内，首创的"雄鹰展翅"工架亮相造型，对加强该剧主人翁黄天霸称雄一方，盛傲绿林的英姿形象，给梨园后人树立了效法学习的标榜，同时，丰富了戏曲短打武生行路的"身段"宝库。盖叫天"雄鹰展翅"工架的创举，被梨园行家里手和评论家们誉之为"短打一奇"的美言，流传世间。

那么，盖叫天的"鹰展翅"动作，是如何创造而来的呢？这要从他郊外练功说起，相传：在盖叫天的中年时期，他每日总是天不亮就起来到上海郊外苦练武功，一天清晨练功完毕后，正准备收功回家时，突然看见一只老鹰在空中展翅飞翔，雕影旋天，鹰姿优美，形态多变，好一派鸟王之威的气势。盖叫天觉到蓝天鹰姿雄伟，气派傲然非凡，他颇感兴趣，于是盖叫天终日早上到郊外练功时，总会寻鹰观赏以此为快！后来，竟与几位养雕、架鹰者交上了朋友。这样一来，更便于盖叫天的赏鹰目的，使他把雄鹰的舞姿观察的更为仔细，并且，记下了许多雄鹰展翅起飞，坐落山崖，扑猎擒食，傲斗敌鸟，空中滑翔，旋涡抓兔，巡视蓝天等各种各样的姿势和神态。而后，就仿照着细心揣摩，进行研究，通过多次对鹰的研究观察，再根据他多方面的反复效法、体验，终于创造设计出了一些有关武生身形帅美、英俊潇洒的运行动作，以及短打方面的练习方法。同时，把优美健壮的"鹰展翅"舞姿造型，运用进了自己所演出的代表剧《恶虎村》戏中黄天霸的人物身上，产生了极其良好的舞台效果。为京剧"程式"化美学艺术的武生魅力，又添上一彩，写上一笔。盖叫天长期在上海、杭州一带演出，除了以上所谈，他的代表剧全部《武松》被拍成电影之外,还为他拍摄了一部标名为《盖叫天的舞台艺术》影片,出版了他的艺术集成《粉墨春秋》《燕南寄庐杂谈》《盖叫天表演艺术》等书。

盖叫天先生对徐世光说:"我虽然是南方的京剧演员,但出生和学戏都在北方,京剧的起源地又在古都北京,因此我非常尊重和敬仰北方的老前辈,尤其是杨小楼、尚和玉二位先生与你的师傅金少山。我看了杨(小楼)老板的戏非常佩服,长靠短打处处精彩,文武兼备无所不精!无论是身上还是做派,精妙绝伦,规范工整,确实达到了炉火纯青的地步,比不了啊!尚和玉先生不仅艺术精湛,而且性格耿直,为人厚道,是我学习的标榜!我曾向他求教过一出他的拿手好戏《一箭仇》,这出戏是尚先生从前辈武生张其林那里学到的私房绝活,剧情精到,玩意儿高深,非常难得!但他却一招一式、一神一韵、包括'叉拳'在内的绝活等等,具毫无保留地传给了我,从此尚(和玉)先生这一高风亮节的气概,使我这个小有成就的武生艺人铭记在心,永远不会忘记尚和玉先生对我的教诲。"当谈到金少山时,盖叫天颇为动情的言道:"三弟少山,在艺术上不但是个'奇才',软硬功力处处超群,而且更讲艺德,是一位重交情的仗义汉子……"话到这里,盖叫天给徐世光讲述了一段他难以忘怀的故事:前些年金少山在上海时,有一次,申城举办"武生大义务戏"的演出活动,最后的大轴戏是盖叫天老板的《恶虎村》,倒第二是刘五立的《别母乱箭》。那天晚上,金少山正好没有演出,为了去凑热闹捧场,想看看盖老板的这出《恶虎村》演得到底如何,于是,金少山便驱车来到了剧院的后台。就在此时,只见化妆间内你搀我扶一阵慌乱,原来是扮演武天虬的演员刘廷玉(江南第一摔打花脸)突然大汗淋漓,腹疼如扭,难以忍受,管事的赶紧差人把刘廷玉送往了医院,经过医生诊断抢救后,确诊为急性盲肠炎。可是,戏又不能停演,开场照样进行,但刘廷玉的角色谁来接替,成了管事人发愁的难题!后台的演员又没人准备,那这场戏还如何来演?就在大伙儿左右为难的关键时刻,金少山走了过来,用安慰的语气对管事的说:"大管事先生,您先别着急,不就是一个归属于武净行路的武天虬吗,我来代演好了!"大伙听后一愣说:"金爷,您今儿个是来捧场看戏的,又不是来唱戏的,再说了,您是上海滩上威名显赫的大角,怎么能上傍戏的武天虬呢,不行不行,太掉价了……"金少山摇摇头问道:"盖(叫天)五爷呢?"管事的正想回答,"哎,三弟,我在这儿呢!"刚刚化好妆的盖叫大边应声边匆匆地走了过来。金少山看到盖叫天一拱手说道:"盖五爷吉祥!小弟今晚到此学习捧场，不料廷玉哥突然病倒，管事犯难，五爷若不嫌弃小弟无才，我来替廷玉兄填'坑'补戏，傍您演武天虬如何？救戏如救火嘛，我这个人不讲究什么主角傍角的，只要能傍好，让观众和盖五爷满意就是好角。"盖叫天听完金少山的这番话后，高兴得把大腿一拍，激动地说："好三弟，够意思！不愧为名门之后，梨园豪杰！"即刻吩咐后台的管事赶紧出牌。然后，又对跟包的言道："好生伺候金三爷勾脸扮戏，不可怠慢！"待写有"因该剧中扮演武天虬的刘廷玉先生临时患病，特请金少山老板出演武天虬"的牌子，刚一放到上场门的台口处，场内立刻响起了喧嚣般的呼叫掌声："太好了，今天阿拉来着了！"

金少山在几个跟包者的小心伺候下，脱掉衣服，拿上镜子，抄起大笔三下五除二，很快就勾好了脸谱，穿上彩裤、登上厚底、穿好箭衣后，转身对两个"武行头"说："来，咱们大致说一下武戏中的开大档子。"在"武行头"跟金少山比开打戏的时候，有几个在其他剧中参加"武生大义务戏"的演员说："哎，伙计，等会儿下来活儿，咱是回家还是在这儿看戏呀？"另一个演员回答："当然是要在后台看戏呀！你没看见，后台的演员全都憋足了劲儿等着看金三爷的武天虬呢，这可是机会难得呀！"大伙儿你一言我一语，七嘴八舌地议论开了主动救戏的金少山金三爷。

到了台上，不管是身段动作，还是念白的韵味儿，金少山神气十足，工架漂亮，最后开打，就看他了。到了"三股档"的场面，武天虬面对王栋、王梁二人时，只见金少山手持大枪先扎王栋，接着上打下扎蛮头串肚过去，王栋翻过来，武天虬耍大枪花儿，奔下场门，转过来拿枪再扎王栋，王梁趁势削手，武天虬转身、掏扎、走反蹦子，同时打由高到低再由低到高、三起三落的"哇呀呀……"，好家伙，台下江河奔腾，肥彩不断，热血澎湃，叫好没完！后台的所有人员和乐队的文武场面，无不为之欢欣鼓舞，高声赞誉！盖叫天先生感慨地说："好角就是好角，真是不一样啊，今天的这出戏算是给武天虬唱了！"打住戏后，非常高兴的盖（叫天）五爷宴请金少山与在场的全体演职员工。酒席宴间，推杯换盏，谈笑风生，通宵畅饮。盖叫天兴奋地对金少山说："三弟，今天晚上的这场戏，是我演出《恶虎村》以来水平最高，效果最好，最漂亮的一场。"并开玩笑地言道："三爷辛苦了！"一声"辛苦了"，弄得金少山满脸通红地不好意思起来。

这年的农历四月十三日，是上海一位著名武生杨瑞亭四十九岁的生日。那天上午，金少山对自己的跟班弟子徐世光说："世光，等一会儿你跟我一块到杨瑞亭家给他祝寿去，他与你父亲和师傅我则是磕过头的把兄弟。"徐世光问："先生，见了面怎么称呼他呀？"金少山说："杨先生比你父亲和我的年龄小，应该管他叫三叔。待会见面后，一定要多听少说，嘴甜手勤，礼貌行事。我想今天去拜寿的人不会少了，可不敢给师傅我丢面子呀。"徐世光答："放心吧先生，不会的，我记下了。"而后徐世光回房换了件漂亮的衣装，穿戴整齐，跟随金少山一起来到了位于上海霞飞路的杨家。

这天，上海梨园界的许多同业也都来到杨府拜寿，杨瑞亭甚是高兴，就在家里摆了八桌寿宴款待客人，一直热闹到下午四点，来宾们才陆续散去。寿星老杨瑞亭，借故以有事为由留下了好友金少山和贤侄世光，并让进后屋抽烟、吃茶。杨瑞亭送走了客人，拐回来便对徐世光说："贤侄，今天三叔我能见到你心里特别高兴，我与你先父是拜过把子的生死弟兄，和你先生一样，兄弟之间肝胆相照非同一般，我们可不是一般的朋友啊！没想到徐二哥'走'得这么早，我听说后心里特别难受，时常怀念他的人品和艺德，真是一个热心肠的大好人那！如今你能跟在先生身边，实属不易，机会难得，可要珍惜这年轻的大好时光，抓紧练功，用心学戏呀！"站立在金少山身边的徐世光低声说道："三叔教训的对，先生既是我的师傅又是我的义父，各方面都特别关照小侄，对我非常好，亲授给了我许多戏，请三叔放心，我会对得起先生和三叔您的。""好孩子，有志气！三叔相信你。"杨瑞亭讲过后又侧过身来对金少山言道："三哥，您当年在上海演的《盗马》，尤其是二场的'走边'那叫一个真好，上海没有啊！规范工整，精妙绝伦，百看不厌！里面的绝活暂且不讲，就做戏而言，每一个眼神、动作具在锣鼓经上，俊逸潇洒，干净漂亮，看着过瘾，吸引力强，我最喜欢看的就是这一场的味道。三哥，您把这场戏里的绝活教给孩子了吗？"金少山答："还没有呢。"杨瑞亭接着说："今儿个赏兄弟个脸面，就在我这儿把戏给孩子说了吧！"金少山爽朗地笑道："世光，看你三叔说的，好像我这个做师傅的保守，不愿意传给你似的。那好，就在这儿教，我先走上一遍，你看看，有不明白的地方再问师傅。"金少山放下手中的烟袋，呷了口酽茶，站起身来一边准确地念着锣鼓经，指乎指令地开始运作着走起戏来……

有心的徐世光用两只眼睛紧盯着帅傅翻来舞去的身影，聚精会神地看，用心默默地记，嘴里还嘟嘟噜噜地念着锣鼓。金少山走过一遍之后，杨瑞亭连声叫好道：

"三哥，这才是真正的'铁罗汉'呢！身上、表情加气派，出神入化没得比，当今没有啊！来，三哥，赶紧抽袋烟提提神，喝口茶润润嗓子歇一会儿。等您歇够了，缓缓劲儿再来一遍，我帮着世光记。"金少山点头应声："好，我先喝杯茶，休息一会儿，稍缓口气就来真的。"话说不及，徐世光就把一杯香茶端到了先生面前，并恭恭敬敬地递到金少山手中说："先生辛苦了。"不大工夫，金少山按照师爷何桂山教授他的传戏秘诀，把旁人很难看清楚的运转动作，一招一式分解开来，又连讲带比，指乎指令地走了几遍，而后冲徐世光说："怎么样世光，记住了没有？有哪些地方不清楚我再给你比。"徐世光斩钉截铁地回答先生："徒儿记住了，谢谢先生！谢谢三叔！"说着，胸有成竹的徐世光遵照恩师的要求，跟在舞台上演出一样，从头到尾、一招不落、认认真真地走了一遍，师傅点头，三叔叫好，这时提着心劲儿的徐世光才算是放松了下来。杨瑞亭高兴地直夸世光聪明，是个有心的好孩子，金少山也表示满意地笑了起来。这天，金少山和杨瑞亭老哥俩边抽烟，边品茶的又聊了很久，直到掌灯时节，金少山才带着徐世光离开了杨家府地。

金少山年长杨瑞亭四岁，生日晚他七天，杨瑞亭刚吃罢寿饭七天，金少山的生日来到。这几天，孙焕如除了忙于正常的演出事务以外，主要就是操办金社长的寿辰之事，他与金少山商定，就在皇后大戏院前台的二楼大厅安排十桌寿宴，来接待宾朋好友。当日上午，上海各大戏院的财东、经理，梨园行的许多名流同业与各界的新老朋友，具来给金少山祝寿。大厅内欢声振振，笑语连天，气氛高涨，寿礼如山！金少山见到大伙儿特别高兴，尤其是金少山当年的东家黄金荣，还差人送来了他特意在法国人开的西点房定做的如同桌面大的生日洋蛋糕，非常耀眼，众人见到不由一惊，心想：好家伙，金三爷生日，帮会大亨黄金荣祝寿，面子不小啊！蛋糕气派，人情厚深，含义微妙，由此显出了金少山在众人心目中的分量。

金少山的寿宴过后，晚上照样演出，戏码安排得相当讲究。开锣戏是著名武旦阎少泉的《蟠桃会》（即《八仙过海》），下一出是李砚秀的《麻姑献寿》，压台的大轴戏是金少山特意让剧场安排的全本《白良关》。金少山选定他生日这天晚上演出该剧，自有缘故，原来他早先曾有一子流落上海，巧的是这次来沪演出父子相逢，金少山思子心切，喜出望外，因《白良关》这出戏的又名《父子会》，演出该剧故有它特殊的含义。至于金少山的这个刚刚找到的儿子是何人所生？母亲是谁？笔者就不得而知了。后来，金少山给他这位相遇的长子，取名金洪超，小名毛毛。

没过几天，金少山对孙焕如说："孙先生，你跟前台的杨经理商量一下，咱们该上演全本《闻太师》了，看安排在哪一天上演最为合适，回头给我说一声，我好抓紧时间过戏。""好嘞，三哥，我听说上海的同业早就憋着劲头看您的这出戏呢！咱们上演这出戏，可又要轰动一阵子了。"说完，孙焕如到前台经理办公室找杨显林去了。

上演《闻太师》的海报刚一贴出，又惊动了整个上海滩，戏院虽然毫不客气地再次加高了票价，观众仍然是排队抢购，半年前就攒足了劲儿的梅兰芳、周信芳、郑法祥、赵如泉、盖叫天、白玉昆、王虎臣、杨瑞亭、小杨月楼、李三星、赵松樵、王春柏、郭玉昆等等不少名角和黄金荣、杜月笙、顾竹轩等人听说后，具纷纷前来捧场、观摩。声势浩大的《闻太师》在京剧的传统剧目中，描写殷朝太师闻仲的有《大回朝》《绝龙岭》《阴回朝》等几出折子戏，精通戏道的金少山将它们串联起来，做了符合情理的细致梳理编排后，变成了一出文武兼备的大本头戏。全剧场面激烈、情节感人，连文带武、气势浩大！特别是最后那一大段响堂挂味儿的〔反二黄〕唱腔，充分显示出了金少山大气量的演唱功力。听张荣山先生讲，可能是太吃功的原因，这出戏金少山前后只演唱过三次九场，后来就不再唱了。

第二十四题藏头诗

重返上海获殊荣，
返回沪上净称雄，
江南观众再夸金，
南北评界赞金行，
再献花脸大轴戏，
创下业绩返申城，
辉煌一生金三爷，
煌耀华夏终成龙。

二十五、倾心传带　情厚义深

　　金少山的随身爱徒和义子徐世光不嗜烟酒，也不好外出闲逛，唯一的爱好就是喜欢收集与勾画戏曲脸谱。就他的一生中，收集勾画出了脸谱图案绘编成册三百多幅，个个精到，图图珍贵，而且传授给了他的许多学生用进了剧中。徐世光把恩师金少山在台上演出时的每一个净行人物的花脸脸谱图案，全部详细地模仿记录下来，画在宣纸或合扇上面，并不断拿在手里欣赏。金少山见到后颇为赞扬，有时还亲自动笔给予指教，并细心地告诉徒儿世光，这个地方应该如何点睛，那个脸谱应该怎样勾画，脸谱的套色如何搭配，润笔的毛锋怎样使用，等等。特别是将同一个花脸人物，在不同的剧目、不同的时期，由于其年龄、身份、地位的变化，人物的脸谱应该有所区别的道理具非常详细地讲予他听，使徐世光的脸谱勾法、艺术美感得到了很大的提高和拓展。

　　一天深夜，金少山来了情绪，就此，郑重地对徐世光说："世光，明天你去卖文房四宝的店铺里买些勾画脸谱的宣纸来，要质量好点儿的。"徐世光说："先生，宣纸不用买了，我从北京带来的有，全是好的！""是吗？你拿过来几张，还有画笔和颜料，放在我这儿，没事儿的时候我也画上两笔养养精神，找找乐趣儿！"金少山说完，徐世光应声道："哎，明儿个我就把宣纸和颜料给您老拿过来！"徐世光一边答应着，一边琢磨着，心想："先生在北京四年多来，他可是从来没有在纸上勾画过脸谱呀。"打那以后，到了夜深人静时，金少山凡遇高兴，便坐下来画上脸谱一个，不知相隔几日，想起来了再画上一个脸谱。就这样，从他画的第一个脸谱开始算起，到金少山离开上海回北京的十三个月内，共计勾画出了三十个花脸脸谱谱式。徐世光见到先生画好的脸谱，无论是从笔锋的勾法到颜色的层次调配，还是线条的精细描绘和神态的力度把握，俱达到了润笔风雅，秀外慧中，气定神闲的高度。

金少山此次携"松竹社"莅沪演出，面对他发迹的旧地，其内心深处别有一番滋味儿涌进心中。申城的观众热情有加，各种报刊及广播电台等新闻媒体也连篇累牍地加以宣传和不停播放、连续报道，把上海滩炒作得翻天覆地，沸沸扬扬，就连一般的小商贩和出苦力的码头工人都晓得"金少山在北京镀了金，如今烫得不敢摸！"其强大的竞争实力不可估量。麒麟童（周信芳）、黄桂秋在"天蟾舞台"，程砚秋、马连良、筱翠花在"（上海）中国大戏院"，三家剧场无形中形成了唱对台戏的局面，但金少山的出场票价和上座率始终是占据上风。金少山在"皇后大戏院"六个多月演出下来，充分显示了他综合功力的艺术才华。打对台戏，不与对手，纵横天下，谁也打不过他！别人客满只有几天，而金少山却客满了大半年之久，真乃无与伦比，可喜可贺！"松竹社"与皇后大戏院的全体演职员工上下人等，拍手称快，为之鼓舞。当然，最高兴的还是大戏院的总经理张竞寿，他为了表明自己的心意，也为了保证下半年的演出正常进行和剧场的经济收入，除了按所签署的合约分文不少地付给了"松竹社"及金少山个人的款项之外，张竞寿还特意送给了金少山三件重礼：五克拉大的钻石白金戒指一枚，劳力士牌子的十八 k 白金手表一块儿，精致高档西洋参五十盒。上海当年的《罗宾汉报》刊登出了一篇题为《张竞寿献三宝》的文章报道。显然，这位张竞寿先生不愧是一员精明的邀角商，他非常明白此时金少山在上海滩的分量。看来，这位在文化艺术商场上颇具经验的老手张竞寿先生胜券在握，等待着下半年戏告大捷、财源滚滚了。

诚然，由于金少山的到来，也为刚刚踏上创业征程的裘盛戎带来了一次难得的学戏机遇。年轻的裘盛戎来到上海后，原先只是傍着张少甫唱开锣戏，常上演的剧目有《黄金台》中的伊立、《清官册》中的潘洪、《洪羊洞》中的孟良，等等，有时王小舫唱《周瑜归天》，他来张飞。住戏后，裘盛戎就抓紧时间卸装洗脸走人，从不在剧场停留。自达金少山来了之后，他的习惯就大不一样了，头里下来活，裘盛戎不仅不离开后台，而且还在上场门或下场门找地方非常认真地专心看戏，无论是他三叔金少山唱什么戏，一场不落地全看，若是碰到不懂的地方，就虚心的向他师弟徐世光讨问：

"世光，三叔的脸谱怎么是一会儿一添呀？"徐世光就对裘盛戎说："这是先生的习惯，待每一场下来，他都要添上几笔，你没看见跟包的手里，老是提着先生化妆的彩匣子吗？先生快该下场时，他就把勾脸的大笔和颜色准备好了，就这样一场一添，等他的戏唱完了，脸谱也就全部画齐了！"这时年轻的裘盛戎才恍然大悟地言道："噢，原来是这么回事啊。""哎，世光师弟，三叔的这个动作，我没有看清楚，应该怎么走？那个身段，我不太明白，应该如何起法儿呀？"问个不停。总之，凡有裘盛戎弄不懂的地方问徐世光时，徐世光都会非常认真地边讲解边示范地告之要领。故而，小哥俩的关系处得越来越好，作为长辈的金少山见了，心里也感到尤为高兴，特别欣慰（金少山虽是裘盛戎的义父，因裘盛戎的父亲裘桂仙是金秀山的徒弟，比金少山的年龄大，因此裘盛戎按金少山的幼名三义习称三叔）。

半年后的一天，徐世光突然听说前台准备解雇裘盛戎的消息，为了问明虚实，他便匆匆来找后台的"武行头"单德元。徐世光焦急地问单德元："单先生，我听说要把我师兄盛戎给解雇了，是真的吗？"单德元回答："是真的，我也是听后台经理陆文仪说的，要不然你再去问问他。"徐世光又问："为什么呀，他犯了规矩啦吗？"单德元又答："嘻，还不是因为盛戎在台上泡汤呗！再一个原因是我们这儿还有一个叫陈宝奎的花脸演员，他比盛戎年龄大，台上比盛戎有经验，老练些，盛戎的戏陈宝奎全能接下来，前台不怕没人填'坑'，就把盛戎给辞退了。"徐世光听了非常着急，晚上打住戏后，他找了个机会来到金少山房间对师傅说："先生，我给您说件事儿。"卸完装、泡好茶的金少山问："啥事啊？还吞吞吐吐的。"徐世光答："下午我听后台的单先生说，下个月他们要把我师哥给解雇了，不打算用他了。"金少山又问："是你哪个师哥呀？"徐世光又答："是盛戎师兄。"金少山听说是裘盛戎不觉得一愣，连忙又问徐世光："是大群子（裘盛戎的乳名）吗？为啥要辞退他？总得有点儿理由吧？"徐世光再答："说他前几天演出的时候在台上泡汤啦。依我看，最主要的原因是有人使坏。"金少山听罢稍急地说："明天你把大群子给我叫过来，先问明情况再说。"徐世光问："先生，明天啥时候叫他过来？""就这时候！"金少山答，而后，徐世光又把陈宝奎想顶替裘盛戎的事情讲了出来。就这样，金少山与徐世光师徒二人一替一句、你问我答，为裘盛戎被辞退的事情上起"火"来。

那时，裘盛戎就住在皇后大戏院后台的三楼宿舍。第二天的夜戏演完后，徐世光来到裘盛戎的住处对他说:"二哥,先生让你去他那儿一趟,有事问你。"裘盛戎听说是三叔找他,连忙穿好衣服,跟随徐世光直奔前台二楼的三叔住地,他进门先给金少山鞠躬请安,恭拜吉祥,而后再问:"三叔,您叫我?有啥事儿吗?"金少山见到裘盛戎后,板着一副严肃的面孔示意裘盛戎坐下再说:"大群子,你先坐下,三叔有话问你。"裘盛戎坐下后,金少山说:"我听说前台要解雇你,有这事吗?"裘盛戎低头回答:"有,他们昨天告诉我的,说我演戏时在台上跑神,不守规矩。"金少山又问:"跑神了没有?"裘盛戎看了看金少山,低头不语。金少山接着问:"你欠他们钱了没有?"裘盛戎答:"欠啦,大概是三个月的包银。"金少山爽快地说道:"大群子,不要紧,欠园子的钱三叔我还!你先别慌着走,不能找个理由说辞退就辞退,得按合同办事儿,我来跟他们讲,问清楚到底是怎么回事儿再说。刘春,你到总经理办公室替我把张竞寿请来,就说我金少山有事找他。"不大一会儿,张竞寿跟着刘春走了进来,满面春风地问道:"三阿哥,你有事儿找我呀?"金少山指着裘盛戎非常客气地冲张竞寿说:"这是你的演员吧?"此时,坐在一旁的裘盛戎马上站了起来,张竞寿看了一眼裘盛戎,摆了摆手让他坐下,而后转过身来,郑重其事地问金少山:"金老板,啥事儿啊?"金少山非常认真地言道:"张总,我听说贵院要解雇盛戎这孩子,有这回事儿吗?"张竞寿听金少山这么一问,才放松了下来,方慢条斯理地笑着说道:"噢,原来是这回事儿啊,我听陆(文仪)经理讲,小裘不好好干,在台上泡汤,这还能行,我们不能用这样的艺人哪,您说是吗,三阿哥?"话到正题,金少山才口带笑意地对张竞寿讲道:"竞寿,'同行是冤家'你应该听说过吧?戏班里人与人的关系是很复杂的,我怀疑有人使坏,想把盛戎挤走,他好在这里兴风作浪,填'坑'补角显示自己。再说了,这么多天您亲眼见过盛戎在台上跑神、泡汤了吗?"张竞寿答:"没有。"金少山说:"对呀,您又没有亲眼所见,只不过是听说的一面之词,泡汤的事情是真是假很难断定,就凭一句话怎么能随便解除合同,辞退人呢?我相信盛戎这孩子的为人和艺德,他在台上决不会泡汤、跑神、卖野眼的。盛戎是我看着长大的孩子,我对他不仅相信,而且还非常了解,盛戎的父亲裘桂仙是我家老爷子的爱徒,按辈分来论,应该是我的亲师哥。我既是盛戎的师叔又是他的义父,竞寿你说,这孩子的舞台作风,艺术水平,脾气禀性我能不知道吗。要不然这样吧,往后他演出的时候,你留点神或者是差人看着盛戎是否真的在台上跑神怠工或故意泡汤地不好好干,若是发现有一次不规矩的台风,不用你们解雇,给我说一声,我金少山亲自把他轰出上海滩。"

话讲到这里,金少山喝了口茶,稍思虑了片刻又用温和口气接着说:"竞寿老弟,看我的面子,是否能把辞退我义子盛戎的决定解除?若是你觉得他还有错,我这个做义父的可以骂他打他、教训他都行,但我们做长辈的都是打年轻时过来的人,应该了解他们的苦衷,除了对这些晚辈后生严加管教之外,还应该关心、爱护、栽培他们才是,竞寿老弟你说对吗?"金少山一番苦口婆心的言语,深深地打动了张竞寿,他连忙对金少山深表歉意地说道:"张某不知,张某不知,三阿哥讲的对!只要侬讲一句话,说怎么办就怎么办,请您放心好了!"金少山抱拳拱手向张竞寿表示谢意:"我这儿先谢谢总经理了!另外,我还有一事请总经理考虑,如果为难,算我没说。"张竞寿说:"三阿哥不必客气,有什么要求尽管吩咐就是,只要小弟能办到的我一定照办。"金少山立马将一杯酽茶递到张竞寿手中,非常亲热地说道:"盛戎这孩子既是我的义子又是我的师侄,他只身一人来闯上海,很不容易。孩子目前的处境比较困难,各方面都得用钱,上海这个地方没有钱寸步难行,年轻人挣得又少,在生活上也确实有他的难处。赏我个脸面,你看能不能按月再给盛戎多加一担米的戏份钱?如果账上为难,就从我个人的包银里支出,这个难题我来解决!我金少山总不能看着孩子经济紧张、生活困难不管吧。再者,前些天我看了他唱的几出戏,活确实挺好,说实话,这孩子是块唱戏的好材料,将来会给你张大经理出力挣钱的!至于盛戎欠的账由我来还,可以从金某的款子中扣除,付现金也成,张总经理您看行吗?"金少山这几句话讲的是字字斩钉截铁,句句深含诚意!使张竞寿一时乱了阵脚,赶紧叫起了三阿哥:"三阿哥啥闲话,欠几个铜钿算得了什么,只要兄弟说句话,一笔勾销!我现在就跟副经理讲,从下个月开始每月涨一担大米的铜钿,不,涨两担大米的铜钿!另外,把小裘所欠的款项全部撤掉!"裘盛戎赶快起身先后给金少山、张竞寿行礼鞠躬,连声道谢:"谢谢三叔,谢谢张总经理,再谢谢世光师弟!"

没过几天,金少山把裘盛戎找来,房间里没有外人,只有孙焕如和徐世光。金少山坦诚地而又非常平和地对裘盛戎说:"大群子,咱们爷们能在上海相遇,是咱爷俩的缘分,以前三叔不知道,冷落了你,我这些天心里很不好受,三叔向你赔个不是!往后你有什么困难或有什么事情,给三叔说,我这个当长辈的一定会帮助你的,如今你父亲不在了,我就是你的亲人,若需要什么东西或者是钱不够用,就跟三叔张嘴,千万不要不好意思,憋着不讲,听到了吗?"裴盛戎回答:"三叔,我知道了,谢谢三叔。"说着,金少山从里屋拿出了三百块钱递给了裴盛戎说:"大群子,这三百块钱你先拿着用,不够再给三叔要,但一定要省着点儿花,可不能浪费呀。"裴盛戎接过钱说:"三叔放心吧,我会的。"而后金少山又说:"还有,往后一定要好好干,用心学,无论从做人到艺术都要谦虚谨慎、认认真真,脚踏实地地对待,千万不可华而不实,欺骗自己。大群子,能听三叔的话吗?"裴盛戎非常感激的回答:"三叔,您老对我像父亲一样关爱,小侄怎么能不听您的话呢。"金少山又接着说:"不管怎么样,你前时在台上走神炮汤是不对的,无论心里有什么想不开的事情或者是遇到了什么委屈,台上一定不能马虎,做人也要诚心实意才行。三叔我还是了解你的,从小就是一个性格内向,不爱讲话,练功刻苦,求艺心切,灵气尚好的孩子,只要你能长期地坚持下去,三叔相信你,将来一定能够长成一棵高入云霄的参天大树!趁我在上海期间,三叔这儿你要常来,凡我演出时,你要多学、多看、多悟、多琢磨的刻苦钻研,有不懂和不会的地方就来问我,绝不能停留在目前的水平上。你爸爸去世已有七八年了吧?"裴盛戎答:"八年了。"金少山品了口茶,稍一停顿接着又说:"早先是你父亲给你启的蒙,后来你又考入了非常难进的'富连成'科班坐科八年后,以优秀的成绩出科,应该说打下了颇为扎实的基本功底。三叔知道,你独自一人出来创业很不容易,必须要做好充分的思想准备,往后的日子里,酸、甜、苦、辣各种滋味儿都会尝到。这是三叔我年轻时走过来的路,等以后有时间我讲给你听。上海这个地方虽然繁华,但帮派林立,鱼龙混杂,坑蒙拐骗的坏人具多,你一定要把握住自己!以前你们有个大师哥,名唤康喜寿('喜连成'社第一科'喜'字班出科的科生),唱武生的,除了个头稍矮点儿,其他方面都不错,翻得很好,玩意儿地道。只可惜,后来因为他包娼避赌、不务正业走了邪道,负债累累,无力偿还,最终被心狠手辣的赌徒们打死在了上海的四马路上,暴尸街头,这可是一个沉痛的教训啊,大群子。"

裴盛戎抬头望着三叔金少山,低声说道:"三叔,您老讲的这番话,字字千金,句句是宝,比给我万两黄金还重要!我知道先父是我金爷爷(指金秀山)的爱徒,他唱的戏都是我金爷爷亲授,是正宗的金门嫡传弟子。我从小又是父亲手把手启的蒙,进'富连成'学艺刚刚四年,他老人家就驾鹤西去离开了我们,后来就再也没有人管过我了,更没有得到过高人指教。小侄从'富'社出科以后,就松竹社实践期间，经常看三叔演出，不断听义父唱戏，还见过于云鹏、石青山、董俊峰和昆曲名净侯玉山等老先生们的舞台风采，从中学到了不少的东西，回到家后，还总是打开留声机听您老的唱片。只是因为我的嗓子倒仓，至今一直没有完全恢复过来，与我平辈儿的几位同行王泉奎、金少臣、娄振奎等人的嗓子相比，他们的嗓子都比我好，所以我才横下心来，离开北京来南方闯荡。三叔，您这次到沪，给我的印象很深，影响极大，对我是一个巨大的震动！显然，在您老身上使我看到了、也充分证明了，咱们花脸行的演员也同样可以挑班挂头牌领军。当然没有高深的艺术水平和绝活儿是挑不成班、领不了戏的，这戏班子不是好挑的，台中的大角也不是好唱的，三叔，小侄我要向您老学习，我已发下誓言，下定决心，从今往后要再下上一番苦功，不达目的誓不罢休！三叔，您老无论如何得多给我说戏，常敲打着我这棵小苗，再苦再累我也要坚持下去！我保证听三叔您的话，长成一棵参天大树，成为梨园栋梁，为三叔争光，为家人争气。"

金少山听裘盛戎讲得很有诚意，便一拍大腿说道："好，只要你有志气，三叔说话算数，教戏的事儿我包了，一定把你培养成才，唱成大角！"裘盛戎听了金少山讲的这几句暖人心窝子的话，立马起身双膝跪下对金少山说道："谢谢三叔对小侄的美意！"哭着冲金少山磕起头来。金少山连忙扶起裘盛戎，并和颜悦色地言道："大群子，过几天我想咱爷俩弄出全本《白良关》演演，你来'小黑'（即'尉迟宝林'），会不会呀？"裘盛戎答："我在'富'社学过，跟我父亲唱过《父子会》。"金少山又问："戏里的'小黑'是谁教给你的？"，裘盛戎答："是叶（福海）先生给我说的。"金少山再问："'小黑'的脸谱是怎么画的，开的啥脸呀？"裘盛戎再答："开白脸。"金少山接下来说道："大群子，'小黑'这个人物开白脸是不对的，你想想，'小黑''小黑'并不是小白，怎么能勾白脸呢？再说啦，薛刚的儿子薛葵，在剧中有这样两句词：'你也黑来我也黑，父子亚赛两块煤'，尉迟恭是个黑脸大汉，按常理来论，他的亲生儿子能会是小白脸儿吗？正常情况下，'小黑'的长相及容貌一定要随父亲才是我们京剧艺术的合理画法。这脸谱得改过来，画成黑脸才符合人物！明儿个我让世光在纸上先画出来一个黑脸谱式，你看看。至于身段工架和唱念表演什么的，回头我再给你说，有三叔帮你把关，不要紧，这次一定要将'小黑'这个人物唱好演活，也让他们看看你这两担米钱没有白加才行。我和你的年龄搭配正适合演'老黑'与'小黑'父子，你回去准备吧。"裘盛戎听得连连点头。怀着极为喜悦的心情,离开了他三叔的住处,回房间练戏去了。

第二天清晨,裘盛戎早早起床恢复练功,他洗漱完后先在屋里压腿,而后再到楼道的走廊里踢腿、走戏、跑圆场,练身段、髯口、台步功,等等。跟他同住一室的丑角演员小寿山在梦中惊醒,很不满意地说道:"这是谁呀?真不自觉,一大早就在这里乒里乓郎的练上啦,也不怕影响别人休息。"裘盛戎不好意思地说道:"对不起,是我呀。"小寿山一听是裘盛戎的声音,抬头看了看问:"哎,老二,你干吗呢?怎么突然又练起功来了?"裘盛戎说:"睡不着,起来活动活动腰腿,练练身上,走走戏。"小寿山哼了一声,极不耐烦地冲裘盛戎说:"老二,你稍轻点儿,啊,天还没亮呢。"这时,裘盛戎隐隐约约听到好像是前台有"叭叭"的练功声,于是他便下楼轻轻地走了过去,远远地看见徐世光正在陪着满头大汗的三叔练功呢,他看着三叔非常认真的踢腿、打飞脚、拧旋子、拉云手、走矮子、跑圆场,不由一震的心想:三叔这么大的名气和这样好的武功底子,还练呢!我年纪轻轻不练怎么能行。从那天以后,裘盛戎就好像变了一个人似的,刻苦用功,坚持不断,夏练三伏,冬练三九地大干了起来。

事隔几日,徐世光将他画好的尉迟宝林的脸谱拿给金少山过目:"先生,您看我画的成吗?"金少山非常认真地看过之后说:"可以,画得很好,给大群子送去吧。"徐世光拿着脸谱一路小跑的来到三楼,迅速地把他画在纸上的"小黑"脸谱交给了师兄裘盛戎说:"二哥,脸谱画好了,你看成不成?小弟我是按照先生勾的脸谱学画的,蒋少奎师兄台上用的就是这样的脸谱,如果你感觉不行,兄弟我再重画。"裘盛戎接过来脸谱仔细地欣赏了好一阵子,高兴地自语道:"好,世光师弟,你画得真不错,特别鲜亮!这个'小黑'的脸谱有人物,对路,画得确实有道理,就得这样画。跟着三叔就是能学到东西!我得好好看看,照着你开的样子画上几次,牢牢地记在脑子里才行。师兄谢谢你,世光,回头我请你吃饭,啊。"徐世光笑着说:"师哥,咱弟儿俩还客气什么,你也太外气了,只要师哥满意就行啦。"话毕,两个人又亲切地交谈起了艺术。

一周之后,金少山把裘盛戎和徐世光小哥儿俩叫到前台说戏,师兄弟小哥儿俩,一个来尉迟宝林,一个去刘国祯。金少山先让裘盛戎按照叶福海先生教给他的戏路子走了一遍。走过之后,金少山沉思了片刻,而后说道:"大群子,咱们在舞台上是演人物的,演员所具备的基本功都必须为人物服务,决不能有意卖弄技巧,要根据剧情所赋予的人物性格、情感、身份、地位来体会角色,把他活生生地表现出来,呈现在舞台上,这才是我们演员所起到的作用。往后,无论你唱哪出戏,扮演什么角色,都必须做到突出剧中的人物,把其演活唱精,烂熟于心最为重要!装龙像龙,扮虎像虎,千万要记住这一点。这样,你才能成为舞台上的能工巧匠,你的表演才会'有的放矢'的受人欢迎,被人赞扬!而不会'千人一面'的傻唱戏了。《白良关》这出戏里的尉迟恭和尉迟宝林,一老一少本属父子,由于年龄、阅历及身份的差别,他们爷儿俩讲话的语气,声调的韵律,身段与工架中的动作应各不相同。'小黑'要'毛','老黑'要'稳','小黑'在什么节骨眼儿上掏翎子,在什么时候捋千巾,都是有分寸、上讲究的,好演员和一般演员的差别就在这里,特别是用眼时的眼神不能忽视,它是表现人物内心情感与内心活动的重要部位,不可胡乱用眼!我讲的这些,随着你们的舞台实践和内在功力的不断增长,就会从中逐渐地悟出道理,明白是怎么回事了。从理论上讲,这叫演员的'软件功'与'软实力',也可以说成是舞台经验和素质,或说是演员的灵感与悟性。明白了吗?"

接着,金少山又为裴盛戎及徐世光非常具体的分析了剧情与人物的内心独白:"当尉迟宝林听了他母亲梅秀英讲述的不幸遭遇后,他的第一反应应该是什么表现?是悲愤填膺,恨不得马上就把刘国祯宰了,为其母削辱,为其父平恨。他母亲劝其冷静下来,让尉迟宝林先认父,后报仇方属上策!于是乎,引出了尉迟宝林到柳林去'等父''引父''认父'的'三步曲'……"金少山给裴盛戎说戏非常认真,从尉迟宝林上场开始,一场一场地给他抠,一句一句地给他念,一招一式地给他传,手把手地给他比,一腔一声地给他唱,一神一韵地给他教,一蠹一站地给他授,有些较难把握的动作还亲自给他走出来,遇到关键时刻,若是有私房活的真玩意儿时,金少山便让裴盛戎停下来,就把其绝活儿掰开揉碎,分解运作,亲自连讲带走指乎指令地来上几遍,叫他照样效法模仿。两个小伙子在一旁看得入迷,瞧得发呆,心想:"呵,先生如今已是年届半百的人了,怎么走起'小黑'的身段来,仍然是身轻如燕,唰唰带风,如同小娃娃似的优美漂亮!干净利索!"

最后,金少山语重心长地对裴盛戎和徐世光说:"咱们是京剧演员,说白了,就是吃开口饭的唱戏艺人,也就是人们看不起的'下九流'职业。要想自尊,就得在台上出彩,能够成'角儿'或成为受人尊敬的'大角儿'。当然成'角儿'的确不是件容易做到的事情,戏曲程式化,尤其是京剧对程式化的要求非常严格,唱念做打翻、手眼身法步的基本功扎得瓷实是京剧演员的基础，爹娘给的外形容貌与体质骨骼只是演员的基本条件，而天赋悟性加刻苦钻研才是演员成才立重的根本，对人物的认识和理解是演员艺术修养中的文化素质，四者缺一不可。俗话说：'台上一分钟，台下十年功'，'装傻像傻，扮疯像疯，演什么像什么'，不管是主角儿还是配角儿、来的头路活还是二、三路活，只要是好演员都能唱好演活，都会给观众留下美好的印象，这就是'好角儿'与一般演员的区别。我希望你们两个都能够刻苦练功，努力奋斗，诚实待人，勤奋敬业，将来成为一代真正具有实力的京剧'大角儿'啊！"金少山的一段肺腑，句句在理，字字含珠，讲出了希望，道出了心声，使两个小伙子甚是感动！

金少山口干舌燥地讲过之后，喝了一会儿茶，点上一袋烟，歇息了大约一刻钟的时间后，让徐世光到房间里取来了笔和纸张，又继续说道："我把这几十年来做演员的心得体会和舞台上的实践经验总结了十个字，算是'十字要领'吧，世光，我说的时候，你用笔把它记下来，回头再给大群子抄写一份，以后您哥儿俩或许用得着！这十个字是：'会、对、实、准、稳、帅、活、化、发、传'。概括起来就是'学艺、演艺、传艺'三个方面。"金少山一边讲解，徐世光一边认真地作着记录，金少山言道："这前三个字的'会、对、实'是'学艺'过程中的三点要求。'会'：初学时，学艺的态度要认真，从形式到本质由表及里都要敲骨吸髓地学会，也就是娴熟于心的'真会'，不是只知皮毛的'假会'；'对'：学会了，还要演真做定地走出来，而且要走准走对，要求动作规范工整，身段准确到位，工架连贯优美；'实'：学的玩意儿要实在、透彻，不但知其然，并且还要知其所以然。通过舞台实践彻底化之其身，舞台实践才是检验'真会'的唯一标准"。

金少山讲完之后问徐世光："世光，记好了没有？"徐世光回答："记好了，先生，要不您看看写的怎么样？若是有漏掉的地方我再补上。"金少山接过笔录，仔细地看过之后说："好，记得不错，比我讲得好！"他将笔录递给徐世光，接着又说："下面咱们讲中间的六个字，'准、稳、帅、活、化、发'这六个字的意思，是对自己在舞台上演出时的六条准则：表演须准确到位；上台要胸有成竹，神情须找准亮点，看着出眼，感人肺腑；载歌载舞中的扎架亮相要沉着稳健，庄重沉稳，以'沉'稳戏；所演出来的花脸人物，其形象不仅要美，而且要魅，还要帅气大雅，我这里所指得'帅'，不是其他行当的帅，是花脸行当特有的'帅气'，必须帅出净行的行性来,要帅出威猛,帅出粗野,帅出火爆,还要帅出庄重沉稳中的'沉气',反之,就成了武生的帅气了;就表演中的舞蹈、武打等动作须刚健娴熟,灵活自如,活灵活现,活中见稳,稳中见沉,沉而不呆,稳而不笨;学习、借鉴与本身的条件相结合,取长补短,融会贯通,把其真正的转化为自己的表演手段和风格,也就是说,将学到的好玩意儿和绝活儿绝技,细研探究,化为己有,有所发展地发扬光大。则不可笃守师承,亦步亦趋,墨守成规,而应是启迪后学,攻丑露精,扬优弃劣,努力创新,大胆突破,继往开来。最后一个字:'传',指的是要把自己一生所学到的好东西及实践出来的舞台经验、艺术心得、学术理论、私房绝技系统地加以总结,毫无保留地传给后人,使我们中华民族的文化瑰宝代代相传的传承下去。切记,我讲的这些对你们两个今后的艺术创造,至关重要。

另外,学戏时,切不可贪大求多,华而不实,学要学透,记要记牢,练要练熟,演要演好,拿出水平,亮出风采,唱出风格,须懂得业精于勤及欲速而不达的道理。在求知问艺方面,须做到嘴勤眼快,心灵手巧,也就是说眼里要有活儿,手脚要麻利的意思。唯有如此,才能在老一辈身上学到真东西和好玩意儿。不要贪图虚荣,要做有实力的好角儿,等你们真正的在舞台上立住足根后,遇到机会,自然也就功成名就了。"

金少山的至理名言和传戏育人的唇印心语,使两位小青年受益终身。徐世光后来走上了戏曲教育战线,成为了戏曲界的著名戏剧教育家。裘盛戎通过自己的艰苦奋斗,艺事日进,业见大成,成为了一代京剧艺术大师。成名后,他依然遵循先生(金少山)的教导,创作排演出了一批整理改编的传统戏、新编历史剧和现代戏,开创了流传于世的"裘派"花脸表演艺术。他与京剧"四小名旦"之一的张君秋先生合拍的京剧艺术片电影《秦香莲》(又名《铡美案》,裘盛戎饰包拯),家喻户晓,人皆尽知,就京剧界形成了"十净九裘"的美称,名冠九州!筑起了开宗立派的花脸门户,四海名尊。

金少山携裘盛戎的京剧《白良关》在上海公演之后,获得了申城观众的一致好评。上海报界撰文称赞道:"不但'老黑'唱得棒,'小黑'演得也挺好,这两个人物形象突出,技艺超凡,'老黑'庄重大雅,'小黑'忠勇活泼,可谓是老的就是老的,小的就是小的,真像个'父子会'的样子呀!"张竞寿总经理和后台经理陆文仪等人见到裘盛戎夸奖道:"小裘,这出戏你演得不错,让阿拉开眼了!

报纸上的评论我们都看到了,对你的评价很高,不愧是金老板的义子呀。以后你要好好干,我们'皇后'不会亏待你的。"从此,在金少山的栽培下,裘盛戎采风去俗,剑拔弩张,他的表演艺术就像是江河中的顺水舟船波浪式前进,出弓的利箭螺旋式上升。

有心的裘盛戎非常珍惜这难得的机会,他在前期的准备以及演出《白良关》的过程中十分投入,从扮相到表演,从念白到行腔,从工架到身段,的确给人一种眼前一亮、耳目一新的感觉,金少山见到裘盛戎台上的进步,发自内心地高兴,按捺不住地兴奋,难以控制地喜悦!随后又与裘盛戎合演了《草桥关》《真假李逵》《刺王僚》等戏,并非常欣慰地鼓励他说:"大群子,好好干,将来前途远大,一定能超过三叔。"

由于金少山的教诲与提携,大大激发出了裘盛戎在艺术道路上努力进取、奋发图强的雄心大志。每逢晚上打住戏后,他经常来到前台二楼的经理间,聆听三叔金少山的指教。有一次,金少山对裘盛戎说:"大群子,前些日子,我曾看过你和张少甫先生演出的《洪羊洞》,里面存在些问题需要改动。"裘盛戎不解地问:"三叔,是啥问题呀?"金少山说:"大群子,我问你,孟良在洪羊洞之前,你唱的那段唱词是什么?"裘盛戎熟练地脱口而出:"来此已是洪羊洞,只见洞门锁加封。板斧劈开双簧锁,只见里面黑洞洞。一进二进连三进……"金少山说:"过去我也是这么唱的,可是没有道理。你想啊,大群子,'只见里面黑洞洞',洞里面已经是黑咕隆咚地了,肯定是伸手不见五指,什么也看不见,还唱'一进二进连三进'干吗?大群子,你说孟良还进洞里去干什么呀?他进去已毫无意义了。过去的老艺人文化水平太低,忘了原词,又找不到剧本,大多又是口传,没有办法,就跟顺口溜似地随便胡乱编着唱了下来,结果原本准确的词句却失传了!后来,还是我师兄徐德增发现我唱得词不对,他帮我改了过来。大群子,你知道徐德增跟世光是什么关系吗?"裘盛戎答:"是世光师弟的父亲,我见过他老人家,对我可热情啦。"金少山说:"那你管他叫啥呀?""叫二叔。"裘盛戎顺口答出。金少山满意地点头说:"对,就是你二叔给我说的,'……只见洞门锁加封。板斧劈开双簧锁,洞内寒气往外冲。披起衣襟挨身进……'你听这后两句怎么样啊?是不是比你唱的词句合乎情理了!"裘盛戎回答:"好,这两句唱词准确合理!"金少山又接着说:"后面还有两句,'……不知是甚等样人,趁此月光我将他托出洞外观看(打击乐:匡匡匡)

哎呀!……'你接着唱的是什么词?"裘盛戎随口唱出:"一见贤弟丧了命,怎不叫人痛伤心。"金少山说:"这两句词也不对,后来还是你二叔给我改过来的,'谁叫你追我来此丧命,似这等黑夜里有影无灯。我哭哭一声焦贤弟,叫叫一声焦克明,贤弟呀!'完了上程宣,你听这样是不是更合情理了?以后再演别的戏时,遇到不合理或者是不太合理的地方,我们能纠正的尽量把它纠正过来,将来还要一代接一代地往下传呢!尤其是有些口传的传统戏,根本就没有剧本,要是我们唱错了或者是学错了,不把它改过来,那么,传给后人的戏和词句就会接着错下去。"裘盛戎答:"三叔,您老人家的敬业精神和您对我的教导,侄儿全记住了,我不会让三叔失望的,您就看我今后的表现吧。"

裘盛戎每次从金少山那里回来,大多已是深夜,可他依然坚持每天清晨五点钟起来练功,练过功之后,还请上海著名余(叔岩)派老生兼教师陈秀华先生的儿子陈志忠琴师为他操琴吊嗓儿。一天早上,金少山正准备上床休息时,偶然听见裘盛戎在吊嗓子,于是,他端起茶杯走出房门,躲在暗处静静地听了起来,待听过几段裘盛戎的唱腔后,心里琢磨了一会儿,便回房睡觉去了。等到夜戏演完,裘盛戎来时,便对他说:"大群子,你早上吊嗓子时的唱我听了,挺好!只要你能长期坚持下去,持之以恒,以后准会有收获。不过,三叔给你说的是,在行腔的唱法上不要死学我,因为你的嗓子音质和三叔我不太一样,尤其是在高腔上硬学我会把嗓子累坏的,应该根据你自己的嗓音条件,高低符合,找出一条适合你演唱的方法就好了。京剧是因人而异的艺术种类,非常讲究,其中的妙处很难说清道明,许多道理只能靠'悟'才能慢慢地明白其中,像身段功是死学活用,表演功是活学活用,而唱念功就要学实用活了。从前,我也曾经向我师爷何桂山和我父亲学戏,还向韩乐卿、钱宝丰、黄润甫等几位老先生学过,但光模仿他们的外形不成,那叫死学死用,生搬硬套,照本宣科,在艺术上永远不如他们。后来,我才懂得应该把前辈们的好东西、绝功夫学过来,掌握住,而后经过'吸收、消化、吃透、创新'这么几个过程,结合自身的优势,把其演变成自己的'玩意儿',展现出精进求新的艺术风格才对。大群子,你明白三叔的意思吗?"裘盛戎立刻回答:"三叔,我明白了,您老的意思就是在行腔的发音上面和唱段的高腔处不让我原封不动地死学您,一定要学准、悟透、记死,活学活用才成!对吗?"金少山满意地点了点头,表示没错,就是这个意思:"对,三叔讲的就是这个意思!过去有的老生演员嗓音很好，条件不错，本是唱谭（鑫培）派的材料，可非要学余（叔岩）派、言（菊朋）派的唱法，结果把嗓子唱坏了，毁了他的一生。大群子，我认为你就按照自己的嗓音条件练，动脑筋琢磨琢磨你金（秀山）爷爷的唱法，走你父亲的路子，找找鼻音共鸣，再加上有所创新地发展下去，准能成功！三叔早就晓得你小子有理想，有志气，有追求，而且还有你自己所向往的奋斗目标，只要你开窍，弄明白了这里面的道理，将来一定会有大出息、大发展的！""三叔您老讲得对，我一定按您说的做，决不辜负三叔对我的希望！"裘盛戎虽然这样讲，这样叫，但从他的内心深处多么希望能拜在三叔门下为徒，和世光一样称叫一声师傅或先生啊！

金少山的义子裘盛戎，原名裘振芳，小名大群子，1915年出生，北京人。其父裘桂仙乃是民国时期的京剧名净，拜金秀山为师后，行腔讲究，吐字饱满，发音浑厚，属享誉京城的铜锤花面，又是琴技尚佳的京胡能手，曾为谭鑫培父子操琴多年。裘盛戎的弟弟裘世戎，自幼受父、兄影响，入"富连成"科班后，在教师们的精心培育和其兄裘盛戎的帮助下，能唱铜锤还能演架子，是该社"世"字班的当家花脸。常上演的剧目有《锁五龙》《恶虎村》《大战宛城》《龙凤阁》《草桥关》等。裘世戎的唱、念、做、舞与扮相、风度具酷似其兄，只是嗓子音质略逊于裘盛戎，和其父、兄一起被世人称之为"裘门三杰"！

裘振芳八岁开始随家父学戏，在父亲的严格要求下，为他后来的艺术成长打下了扎实的基础，十二岁便学会了二十多出戏，进入"富连成"科班时，本该到"世"字班学戏，因他带艺入科，故晋升一级按"盛"字入班修业，并取科名盛戎，从此裘振芳正式改名裘盛戎。裘盛戎在科期间，经萧长华、侯喜瑞、王连平、孙盛文等人的教授，艺事更加精进，不久便受到了观众的喜爱，按当时"富"社上演剧目的出牌规矩，应是武戏大轴，生、旦倒二，然而裘盛戎的花脸戏，则常被破例放在压轴对外公演。

裘盛戎1933年出科后，曾搭过杨小楼等人的戏班唱戏，并与四大名旦、四大须生、四小名旦以及孟小冬、周信芳、盖叫天、叶盛兰、高盛麟、叶盛章、李少春、言慧珠、李玉茹、吴素秋等人同台演出。就此期间，父亲病逝，嗓子倒仓，使裘盛戎思想苦闷，一度低落，在上海黄金、天蟾、皇后等戏院充当底包，上演一些配角为名家傍戏。1941年2月上旬，裘盛戎的义父金少山率"松竹社"赴沪演出，二人就上海相遇，在金少山的帮带、提携、培养、鼓励下，使青年时期的裘盛戎从沉闷中解脱了出来，重新走上了奋发图强、长途跋涉的求艺征程。靠金少山的大力支持，爷俩很快合演了《白良关》《刺王僚》《草桥关》《真假李逵》。1946年10月份，裘盛戎从上海返回北京，投奔到金少山创办的"松竹社"门下为佐，就金少山、侯喜瑞传帮带的苦心培育下，他和金少山合演的《连环套》（裘盛戎前面"坐寨"、"盗马"，金少山后面"盗钩""拜山""比武"）中的窦尔墩，一炮打响，轰动九城！没过多久，裘盛戎又和金少山合录了《双李逵》的唱片。从此，为他的艺术天地奠定了坚实的根基。

裘盛戎十六岁时，就在杨小楼演出的看家戏《长坂坡》中扮演曹操。1947年，被裘盛戎尊为恩师的金少山病倒后，跟随金少山左右的裘盛戎创立了自己领戏的"戎社"戏班，首演于北京三庆戏院，打炮戏是金少山亲授的头二本《草桥关》，演出时效果极佳，彩声连连，圆满收官。此后，"戎社"经常在京、津一代巡回演出，常上演的剧目、人物有《大·探·二》中的徐延昭，《断太后·打龙袍》、《铡美案》、《探阴山》中的包拯，《连环套》中的窦尔墩，《牧虎关》的高旺，《李七长亭》的李七，《取洛阳》的马武，《打严嵩》的严嵩，《法门寺》的刘瑾，《取金陵》的赤福寿，《芦花荡》的张飞，《落马湖》的李佩等。

裘盛戎的嗓子恢复后，"四功"之首的"唱"，成为了裘氏艺术最重要的组成部分。他的声音高亢厚醇，演唱技巧精妙绝伦，行腔韵色如佳酿入喉，尤其是鼻、头共鸣更为突出；其表演风格继承传统，敢于创新，结合自身的条件扬长避短，容纳百川；由于裘盛戎自幼师法其父裘桂仙，八岁即开始跟随父亲练功、打戏，而裘桂仙又是金秀山的高徒，裘盛戎则是金少山的义子，金秀山创立了润腔细腻的鼻、头韵声，因此裘盛戎不仅传承了"金派"花脸庄重沉稳、勇猛火爆、大气雄浑的艺术特色，另开宗了自己古朴儒雅、刚中含柔、以绵显威的艺术风范，而鼻、头共鸣则是裘盛戎行腔中的一大特点。这个在金少山身上没能充分体现出来"老金派"的鼻、头声韵，却在裘盛戎的唱法上用进了行腔，继承了下来，形成了风格，世称"裘派"。裘派的形成，与金、裘两家千丝万缕的深厚情感和盘根错节的艺术流派是分不开的。显然，由于裘盛戎这个既有传发又含拓展的"铜锤大面架子功"花脸艺术流派的突起，再一次确立了净行的精英地位，就京剧史页中属又一个继金少山之后，以净行挑班的第二位领军人物。他在《雪花飘》中的［三黄三眼］、《赵氏孤儿》中的［汉调二黄原板］、《除三害》中的［二黄二六］、《赤桑镇》中的［二黄快三眼]、《林则徐》中的［二黄三眼］［反二黄］等剧目中的唱腔，都进行了大量的地版式创新，极大地丰富了花脸的声腔表现，对京剧的贡献有口皆碑。裘盛戎的唱念，无论是在字的四声调式走向处理上，还是在"松""空""通"的发声共鸣用腔上，及唱念技巧中的"提""挑""蹦""弹""滑"等的吐字方法，具是浑然天成，美不胜收。他从电影、话剧、曲艺、雕刻、绘画等艺术门类和鱼虫花鸟、飞禽走兽的形态中汲取养分，以生活为依据运用变化程序手段准确地把握花脸中的各种人物性格，创作出了许多栩栩如生的艺术形象。著名戏剧家翁偶虹先生评价他说："腔虽老因裘而新；旱香瓜——另一个味儿"。裘盛戎广收博纳金、郝、侯各派之长，又借鉴了老生、青衣的唱腔方法，最后创立了寓情于声、鼻腔挂味、独具匠心、影响深远的裘派艺术。他在《铡美案》中的精彩表演被誉为"活包公"！他在《赤桑镇》《赵氏孤儿》《除三害》等戏中所开创的新腔，至今仍让内外行家赞不绝口，被人们广为学唱，流传当世。

裘盛戎性格内向，为人憨厚，少言寡语，心地良善，常被人们戏称"傻子"，凡和他相处过的人，无不用两个字评价他是老实人中的"好人"。即便是曾经伤害过他的人，裘盛戎也是以德报怨宽厚包容。人们不但喜欢他的戏，更赞美裘盛戎的高尚人品！老舍、曹禺、赵丹、谢添、张俊秀、史万春、孙福成、牛维泗、庄则栋、邱钟惠，以及饭店服务员、出租车司机、黄包车夫、戏迷票友、厂矿劳工、一般干部、解放军战士、掏大粪工人等普通市民都是他的朋友。就同业之间他尊老爱幼，提携青年，从不保守。二十六岁时就开始收徒传艺，早期的弟子有：钳韵宏、方荣翔、夏韵龙、王正屏，随后又收了于鸣奎、李长春、吴钰璋、姬少成、郝庆海、张韵斌、李欣、杨博森、孟俊泉、李芝纲等，当代名净中的裘派再传弟子有：邓沐玮、康万生、杨燕毅、孟广禄、宋昌林等。裘盛戎在培养学生方面，不遗余力，爱徒如子，桃李满天下，他创立的"裘派"花脸不仅遍及全国，而且影响海外！

裘盛戎是本工铜锤、架子兼优的一代大家，他屈己从人，高风亮节。1949年之后为了强强联合，造就精品，他奔走于马连良、谭富英、张君秋、赵燕侠各位艺术家之间，积极促成了被誉为当时全国实力最强、最佳搭档的四大头牌"马、谭、张、裘"的北京京剧团（现北京京剧院），并担任副团长。演出期间，马连良、谭富英、张君秋、裘盛戎四位领军人物，相互轮流着唱开锣戏或上大轴。有一次裘盛戎唱大轴戏《坐寨盗马》，开锣戏是张君秋的《女起解》，第二出戏是谭富英的《碰碑》，倒数第二是马连良的《借赵云》，一时绝响，传为美谈！他们四位以极大的热情，共同创作、改编了大量的传世佳作：《海瑞罢官》《官渡之战》《将相和》《秦香莲》《赵氏孤儿》《赤桑镇》《除三害》《舍命全交》《林则徐》《姚期》等，为京剧艺术留下了宝贵的财富。

为了弥补体形矮与脸膛小的不足，裘盛戎在唱、念、做、表和脸谱及舞台调度上，都下了很大的功夫。他以唱念做的气势、加高靴底的厚度、蟒袍肩部绣花的美观、在台上表演时尽量比同场演员趋前一步的方法，等等，使其扮演的角色看上去依然风威雄壮！终成了一位艺术特色鲜明，表演风格新颖，文武昆乱不挡，门徒传人众多的花脸艺术流派——裘派。如今，活跃在京剧舞台上的花脸演员大多具是裘派弟子或再传弟子，"十净九裘"的队伍仍在不断的延伸扩大，应该说，这是裘盛戎先生道德人品和艺术魅力的真实写照。下面我们再回到上海接着说：

上海二马路上有一位开"天天饭店"的老板龚兆熊，是一名很棒的票界花脸，在京剧花脸名伶中，他最崇拜的人物就是"大净王侯"金少山金三爷，龚兆熊与金少山相识多年，关系很好，称兄道弟，来往密切。裘盛戎得知龚兆熊与金少山的关系后，为了实现他拜三叔为恩师的愿望，特意找到龚老板说出了心愿，请他帮忙。热心的龚兆熊老板立马来见金少山讲明此意，金少山却非常诚恳地对他说："六弟（金少山对龚兆熊的称呼），大群子的父亲是我们家老爷子的得意弟子，我又是大群子的义父，他是我看着长大的孩子，平时管我叫三叔，'金''裘'两家本属亲上加亲的两代世交，六弟你说，这亲如一家铁板一块的关系，还用得着拜师吗？大群子不拜师照样是我金少山的门徒和孩子，不会的我来教，想学什么戏我给他说，生活上有什么困难，我这个做长辈的一定会帮他解决，不见得非要拜师才好，你说对吗六弟？另外，请你转告大群子，叫他千万不要多心或有什么想法，我希望这孩子能够成材，我也相信他一定会尚于努力，声名鹊起的！六弟，咱们弟兄是多年的交情了，看在你三哥我的面子上，大群子年轻，又是一个人在上海闯荡，人地两疏，无依无靠，停一段时间我走后，拜托您多加关照，三哥我这厢有礼了！"金少山说着就要起身侍礼，被龚兆熊拦住说："一定，一定，请三哥您一百个放心！盛戎既然是您的义子，也就是小弟的贤侄，盛戎交给我了。至于他想拜您为师的想法，回头六弟我会给盛戎解释的。另外，小弟还有一件事情希望您能考虑。"金少山问："六弟不必客气，有事儿请讲，只要是三哥我能做到的，一定答应！"龚兆熊说："三哥，我有位要好的朋友，是上海的名票花脸，对三哥您特别崇拜，他三番五次地跟我讲，想拜到三哥门下为徒，可就是没有胆量也没有机会认识您，三哥您看是否能找个时间我把他领来，您先看看条件如何？若是可以的话，赏六弟个面子，就收之门下吧。"金少山问："是谁呀？他叫什么名字？"龚兆熊回答："他叫张哲生，大家都称赞他是上海滩上票友中的'金少山'，名气不小，嗓子不错，形象倒还可以，就是形体稍微偏胖了点儿。三哥，您看是不是哪天我把张哲生带来，您听听他唱？"金少山笑着自语道："呵，票界也有'金少山'了，这是我金少山的荣幸啊！"笑过之后，对龚兆熊说："好，可以，就定在三天以后吧。"

三天过去，龚兆熊和张哲生一同来到"皇后大戏院"前台二楼金少山的住处，金少山客气地把他二人让进房内，请他们坐下说话，而后金少山便带着开玩笑的口气言道："鼎鼎大名的'金少山'老板来了，有失远迎，赎罪赎罪！"一句话，把严肃的气氛扭转了过来，顷刻间，室内欢潮笑语，暖风阵阵。这时张哲生赶紧红着脸说："不敢当，不敢当，那都是哲生借您的威望，大伙儿的抬举，可是不敢这么讲。我来的时候，心里还一直犯嘀咕，金老板这么大的人物，肯定是寡言寡语，一脸正气的大家风范！没想到金老板这么大的身份，讲话却这么幽默，没有一点儿架子！"气氛缓过来后，金少山问张哲生："小张，你在哪里高就呀？"张哲生回答："我在海关当差，是个文书打字员。"金少山说："噢，海关挺好的，我听龚老板说你喜欢京剧的花脸艺术，还是上海的名票，誉有票界'金少山'的美称，不简单呀！我听了很高兴。"这时，张哲生兴奋地对金少山说："哎呀，金先生，我太喜欢您的表演和唱念了！几年前，你还在上海唱戏的时候我就迷上您的戏了，凡您演出，只要有时间我基本上都看，是天天效仿，昼夜研练，我不仅是金先生的崇拜者，还是您的忠实信徒，别人都说我是个'金少山迷'！我跟您说，金老板，有一次马立斯路有一个卖古玩旧货的货摊儿，老板姓董，他那儿有一双旧厚底儿靴子看着挺好，我问他这双厚底靴卖多少钱？董老板说二十块现大洋，我说他要得太贵了，就是一双尚好的新厚底也值不了这么多钱呀，您猜他怎么讲？"金少山颇感兴趣地问："怎么讲？"张哲生接着说："那位董老板把您的大名搬了出来，他说这双厚底靴是'十全大净'金少山穿过的靴子，你自己说我要二十块多不多？如今金少山已回北京了，除了我这儿仅此一双，要不然你别说买了，就是想看看只怕也见不到了。我一听大喜，二话不说，掏出钱来，就把那双厚底儿买走了。回到家后，我一试，呵！正合脚，高兴地看了又看，擦了再擦，掸了又掸，试了又试，穿上它在屋里走来走去，比去比来，那感觉就别提了，要多美有多美，比找洋妞儿还舒服，兴奋得不得了！心想，这回我可得到了宝贝了！除此之外，我还买了您灌录的许多唱片，平日里在家的时候，总是翻来覆去地听您唱戏，揣着学，跟着唱，一字一句、一腔一韵地照着模仿。自从这次先生您返沪演出以来，我场场不辍，夜夜必看，就因为看先生的戏，我省吃俭用，节约开支，算起来光买黑价票的洋钿就花了几百块之多，后来用完了我的全部积蓄。因为我挣的铜钿太少，还要养家糊口，正价票买不着，黑市票又买不起，没有办法，只好托人请戏院的副经理周禧如先生帮我订楼上三、四排的乙级或丙级票进场观摩，尤其是订不到戏票时，急得我直想翻墙而过，进场偷戏！总是怕先生演期结束无法再看。因此，每次看完戏回去后，都要琢磨大半宿，还不想睡觉。因为我不认识先生，有些害怕，不敢贸然惊扰大驾及向您提出拜师的要求，也只好恳求龚六爷帮忙，来实现我拜金先生为师的愿望！"听到这里，金少山插话道："我又不是老虎，你见我害怕什么呀？"张哲生笑着回答："先生，您虽然不是老虎，但您台上的表演看着比猛虎还威风呢！"一句话又把金少山给逗笑了。

笑过之后，金少山转身对徐世光说："世光，你去把赵（桂元）先生请来，就说有人吊嗓儿，让他拿着胡琴过来。"不大工夫，赵桂元提着胡琴匆匆走进房间，忙问："三叔，有事吗？是不是要吊嗓子呀？今儿个你先唱哪一段，咱这就开始。"金少山说："不是我找你吊嗓子，是他。"金少山用手指了指张哲生，而后又转脸接着对赵桂元和张哲生说："桂元，这位是上海名票张哲生先生，麻烦你给张先生操着琴，让他唱几段亮亮嗓子。哲生，你唱什么戏给赵先生讲。"张哲生还真会来事儿，他向赵桂元深深地鞠了一躬，示意兜着我点儿，而后对赵桂元说："赵先生，有劳您了，各位老板哲生献丑了。我先唱一段'皇恩浩荡'如何？唱得不好请大家担待。"赵桂元点头起弦操起琴来，金少山在弦弯中说："好，就唱这一段。"张哲生鼓足了勇气，提心吊胆地唱了四句[原板]，竟吓得满头大汗。金少山一听，呵！嗓子又宽又亮，震动力强，确实不错！就有一点儿，在行腔的时候后槽牙老张不开,紧了点儿,要再张开点儿那就更好了。于是便说:"唱得很好,真是不错,有些专业演员都唱不过你!不愧是票界'金少山'呐。我看出来你在大伙儿面前有些紧张,没有放开,要是放松了会更好的! 不过,往后凡唱戏时你要注意,逢是行腔'啊'口音,一定要张开后槽牙,否则会影响声音的洪亮度,给人的感觉听着发'闷',不太舒服。"张哲生赶快应声:"哎,先生,我记住了,谢谢先生的指教!以后我准遵照您老说的练。"

就这样,金少山答应了张哲生拜师的请求,把张哲生高兴得差一点儿蹦了起来,而后金少山以长辈的口气对他说:"哲生啊,你是一个普通的打字员,收入不高,还要养活家人,何况前时因为看我的戏又花了那么多的戏票钱,拜师的时候不要铺张,礼数走到就成了。"金少山的这番话把张哲生感动的不知道说什么好:"先生,我摆五桌吧?"就在张哲生还想对师傅金少山说心里话时,龚兆熊却兴奋地接荏道:"哲生,你听我的,这次的拜师仪式就在我的'天天饭店'举行,咱们干脆摆它十桌酒席。只收五桌的铜钿!那五桌算我的,也好多邀请几个亲朋好友来捧场助兴,好好地热闹一天,让我龚兆熊也沾沾喜气儿!金老板是满族,我再专门炒上几个清真大菜来伺候三爷。"

择选吉日,金少山的收徒仪式在上海的"天天饭店"正式举行。名票张哲生给金少山行了拜师礼,换了门生帖,敬了拜师茶,师徒二人又合了影,大家热热闹闹欢庆一堂。最后,金少山还送给了新弟子张哲生一张《草桥关》中姚期的剧照,并对他说:"哲生,师傅我不知道你身上怎么样,也没有时间去看你的戏,这样吧,如果在表演方面有什么不明白的地方,世光在这儿,可以多去问他,让世光告诉你。"张哲生如愿以偿,连连给金少山鞠躬行礼,声声不离师傅二字,"谢谢师傅,谢谢师傅!"地叫个不停。打这儿之后,张哲生又认识了裘盛戎,他还经常不断地把两个小师兄请到家里喝茶聊天,同桌吃饭,并学这问那,虚心求教,两位小师兄同样也是有问必答的热心帮助,从不厌烦。三个师兄弟只要见了面,总是有说有笑的非常开心,隔三岔五的略有小聚时,在一起研究师傅的表演艺术,有时候张哲生还到剧场去观看裘盛戎和徐世光演出。从此,裘盛戎和徐世光小哥儿俩,在这座闻名于世界的国际大都市上海滩,又多了一位关系甚好的帅兄弟。

第二十五题藏头诗

倾心助帮袁盛戎，
心血用尽为继承，
传授国粹花脸戏，
带给群子师徒情，
情深义厚记终身，
厚重礼物是真诚，
义不容辞传帮带，
深深印在袁心中。

二十六、智戏恶势　转险为安

2016年10月3日，笔者又从郑州专程赶往杭州市滨江区滨盛路彩虹城水云居再次拜见了一百零一岁高龄的杰出京剧表演艺术家宋宝罗先生，老人家非常热情的接待了我，并送给我了一盒由浙江出版联合集团及浙江电子音像出版社出版的《浙江地域文化名人大型纪录片·大师》录像光碟与一块中华五美文化工程推进工作委员会、上海创新文化艺术有限公司特制的"中国著名京剧表演艺术家、国画大师·宋宝罗先生百岁华诞纪念章"和一本由宋老口述、刘连伦、王军编著的《粉墨丹青一老翁·当代奇人宋宝罗》一书，他在书中说道：

在我第一次赴上海唱戏期间，正巧十全大净金少山在"皇后大戏院"演出，就我参加的由上海梨园界举办的为江苏六县赈灾义演、为麻风病医院义演、为普善山庄梨园舍棺材义演募捐活动中，得到了发起人金少山、周信芳、林树森等京剧名家的大力支持和提携。在我担任主演的《群英会·借东风·华容道》中，我（即宋宝罗）饰孔明，金少山饰曹操，俞振飞饰周瑜，周信芳饰鲁肃，李克昌饰黄盖，刘斌昆饰蒋干，林树森饰关羽，程少徐饰周仓；就《逍遥津》中，我（即宋宝罗）饰汉献帝，金少山饰曹操，周信芳饰穆顺，宋义增（宋宝罗的三哥）饰华歆，张淑娴饰伏后，新谷莺饰太子一，马秀蓉饰太子二。这些重量级的前辈大艺术家金少山、周信芳、林树森等能够屈尊于我这个初到上海的年轻后生，甘当配角的傍戏演出，使我深受感动！从此，轰动了上海，打开了局面，我为以一个青年演员的身份能跻身于顶级的名伶大演员之中，而感到荣幸。而我亲眼所见十全大净金少山临场装病的抗日精神，让人敬佩，如今想起仍触目惊心，难以忘怀。其孤胆侠肠之举，令人赞许！

那是我第三次到南京"明星大戏院"演出，该院的老板赵万和是个亲日派的流氓头子，他既是"明星大戏院"的老板又是"南京大戏院"的当家经理，身兼数职，财大气粗，颇有势力，仰仗他在宁城的社会地位及汪伪政府的人脉关系，此次演出效果极佳，收入丰厚，捧场者甚多，也让我赚了一笔。当时，南京有个大汉奸褚民谊爱好京剧，喜欢花脸，痴迷金（少山）派，非要和十全大净金少山捧香结拜不可。大名鼎鼎的金少山心里虽不愿意，可又怎能够拗过他呢，无奈之下，也只好很不情愿的与褚民谊拜了把子。后来，褚民谊仗着日伪的势力，出巨资在南京新街口盖了一座设有两千多个座位的"大会堂"，特意将金少山从上海请到宁城对他说："兄弟，这座戏园子我是专门为你盖的，从今往后就归你了。"本来就恼恨日本鬼子及汉奸恶霸的金少山，却口气果断地回答道："你的好意我心领了，但我一生就会唱戏，对其他职业一窍不通，也不感兴趣，这么大的剧场送给我没用，一来不会管理，二来不会经营，在我手里纯属浪费，金某不要。"金、褚二人你送我推的争执了半天，褚民谊看金少山坚决不肯接收，也只好改口道："若是贤弟真的不要，这次南京也不能白来，愚兄请你在这座新落成的'大会堂'唱几场戏，助助兴如何，这个面子总该给吧？"话到这里，无可奈何的金少山也只好勉强答应了下来。

按金少山的声望，十全大净登台，配戏的名角必须一流，方可挂牌演出。然而，当时南京到北京的铁路线上正闹铁道游击队，时常有战事爆发与火车停运的现象，主要的傍戏演员只能在宁城就地解决。于是，褚民谊找到了"明星大戏院"的当家经理赵万和帮忙，赵万和不假思虑地说："褚兄，依我看，请宋宝罗先生配金三爷唱一期，再合适不过！别看宋宝罗年轻，他十五岁时，就挂牌领班当起了老板，唱上了大轴。再者金少山的戏他大都能唱，《断密涧》宋能来王伯当；《断太后·打龙袍》宋能去老旦；《连环套》宋能上黄天霸；这些剧目都是宋老板的拿手戏，像《法门寺》等戏对宋宝罗来说，更是小菜一碟，不在话下。"就这样，他们找到了我，请我跟金少山合作，配演一把。其实，按当时我在南京"明星大戏院"的营业情况，原本不想陪这位江南呼声正高的花脸魁首金少山演出，因为跟他合作是傍他唱戏，虽然从名义上是挂双头牌对外公演，实际上是为金少山挎刀。况且，我在"明星大戏院"的演出效果,剧场反映,经济收入,都很不错。可是不答应又不行,因为褚民谊的势力太大,谁惹得起他这个手段毒辣的大汉奸呢,没有办法,也只好很不情愿地答应了此事。

从头一天唱《断太后·打龙袍》起,场内的观众就很少。这是怎么回事呢?因为这天南京汪伪政府的高官要员大都受褚民谊的邀请前来看戏。为了做好安全保卫工作,宁城的新街口一带全部戒严,大会堂的门口也由日伪军警及宪兵队把守,戏院四周明岗暗哨分班交替,气氛紧张,戒备森严,买过戏票的人们和欲想进会堂看戏的观众,见此阵势大都不敢靠近园子,更不敢步入剧场,所以园子里的听戏者最多不超过半堂。演出那天的第一出开锣戏是武生戏,第二出是旦角戏,最后的大轴戏是金少山和我的《断太后·打龙袍》。金少山演戏时有个好迟到的坏习惯,我扮演的李后快要上场了,可是扮演包拯的金少山还没有来到。当年唱戏时,园子里没有中间休息十分钟的规矩,前台绝对不能冷场空台,后台的管事急忙派人到金少山下榻的"中央饭店"去催,金少山说他马上就去。管事的觉得不能再等,只好让李后先上场再说,并焦急不安的言道:"宋老板慢点唱,能拖就拖,金三爷还没来呢!"我在场上的一段[慢板]唱完后,仍不见包拯的身影,检场的拿着泥沙壶让我喝点茶,润润嗓子,我说不渴,检场的小声对我说:"金老板还没有到呢,请您马后点。"没有办法,也只好在台上改加念白,将《狸猫换太子》的故事情节从头到尾的念了一遍,接着又唱了一段[原板],待[原板]唱完后再接着念白,就这样连唱带念,足足拖了二十多分钟左右。正当我在台上万分焦急的时候,只听后面有人对我说:"宋老板,金三爷来了,可以收住了!"这下我放心了,而后接唱了四句[摇板],在锣鼓经中慢慢下场。心想:"他要是再不来,我也就没有办法再拖了。"

金少山一到后台,二话不说,立即化妆扮戏,不到五分钟就化好了妆,又是不到五分钟就穿好了靠,总之,连勾脸、穿靠带扮戏还不到十分钟的时间就全部收实停当,后台的人们都看的目瞪口呆,感到惊奇,真是独门绝学,快得出奇!

他上场后的第一句台词是:"怪道哇怪道"。金少山的这一句台词,声震屋瓦,掌声雷动,满堂生辉!使等得不耐烦的观众大吃一惊,把台下的人们全都振住。可谁知,这一句霹山惊石的喉音过去之后,他就敷衍应酬的不好好唱了,直到《打龙袍》快要演完时,他唱了两句稀汤寡水的唱腔,弄得观众哭笑不得。大家心想:"金三爷今天是怎么了？"当晚打住戏后，心情沉闷的金少山，在南京"中央饭店"摆了几桌酒席请客，还叫来了几个妓女陪酒，一直闹到了天亮，闷闷不乐的金老板才带着醉意回房睡觉去了。

第二天的戏码是全本《法门寺》，从"拾玉镯"起、到"大审"止，金少山在这出戏中连前带后只有八句[散板]，可是他仍然没有好好唱。第三天，因为日本军界驻南京的头头要看金少山的拿手戏全本《连环套》，演出的地点放在了"梅熹大戏院"，这是个既能演电影又能唱戏的朝鲜影剧院。这天晚上，除了少数汪伪政府的头目之外，场内看戏的人员全是日本军官，应该说是一场十分重要的演出，气氛特别紧张。

褚民谊陪着金少山早早地走进了后台，金少山非常认真的勾好了脸谱，而且指乎指令的温起戏来。金少山这种反常的做法，使后台的管事感到十分奇怪，心想："平时他总是迟迟到场，不是赶三火四，就是慌里慌张，今儿个的举动在金三爷的演出中，可是从来没有过的事情啊！"可后来一想："可能是台下的观众大都是日本人和汪伪政府的高官大员，金老板深知这场演出的重要性，不敢懈怠，马虎不得吧。看来，这位性情傲慢的金三爷也惧怕日本人呐。"

他上场了，[点绛唇]"威镇山冈"声若雷鸣，满场彩声；落座以后，金少山的四句定场诗又是风雨同起，掌声满堂，醉倒一片！接下来他念道："姓窦名尔墩，人称铁罗汉……"就在观众发狂般的叫好时，突然，他身子一软，只听"扑通"一声，脆脆地摔到了桌子底下，原来是金少山的羊痫风病犯了。霎时间剧场沸腾，前台大乱，大家伙儿七手八脚赶紧将金少山抬到了后台，又是打针又是喂药的忙了好一阵子，口吐白沫的金少山才算是苏醒了过来。人们立刻把讲话支支吾吾、半清半迷的金少山送回了"中央饭店"休息。这天晚上的戏自然停演，台下的日本人与汪伪政府的官员们，也只好不乐而散，扫兴而去。

待金少山休息了几天后，日本人又催他补演全本《连环套》一剧。金少山为了让大伙儿相信他犯病的真实性，他又是早早地来到剧场，而且逢人便说："我的羊痫风病多年没犯了，不知道怎么回事儿，那天晚上却犯病了，实在抱歉，真是太对不住大伙儿了。"后台的演职员们听了他讲的话都信以为真，表示关怀。

金少山扮演的窦尔墩又上场了，顷刻间全场掌声雷动，台下的叫好声、喝彩声、如同暴雨接连不断。然而，当他唱到"将酒宴摆至在分金厅上"，还没唱完，就又忽然倒下，躺在了台上不省人事，口中还不断发出喃喃的痛苦之吟，不用说，金少山的羊痫风又犯病了。无奈之下，大伙儿只好又把他送回了"中央饭店"。搞得我心里很不高兴，因为不仅使我化好妆、扮好戏后，又白白的等了一个晚上，而且连着两天分文未挣。

由于金少山接二连三的犯病，使大汉奸褚民谊兴趣全无，也不好意思再让金少山返回他的"大会堂"唱戏，只好客客气气的把金老板送回到了上海。后来，事隔许久，我才知道金少山的两次羊痫风病全是装出来的。因为他不愿意给汪伪政府的官员们和日本人唱戏，但又不能硬顶，还不敢不唱，只有采取敷衍了事及故意装病的办法跟他们斗争！通过南京的合作演出，我才方知十全大净金少山先生不仅是一位艺贯南北的花脸宗师，同时还是一位具有爱国主义思想的京剧名家，他智勇双全的抗日精神在梨园境内传为佳话，久享盛名，天下颂扬，令人敬佩！

如今，和金少山同台唱过戏的儒伶，目前恐怕也只有这位一百零一岁的宋宝罗和九十多岁的王金璐先生了。(参考文献《粉墨丹青一老翁·当代奇人宋宝罗》)：宋宝罗先生原名保罗，1916年农历10月21日生于北京，是京剧界极为少见的表演、书法、绘画、篆刻一挑四的艺术大家，工老生。幼年聪明伶俐，深得父母宠爱。其父宋永珍祖籍河北省涞水县，由于信奉基督教，特请了一位洋牧师给他取了个基督教的名字——保罗，号季生。宋宝罗的父亲宋永珍是河北梆子旦角名伶，后改唱京剧，能文擅武，昆乱不挡，尚小云、于连泉具得到过他的亲授。其母宋凤云本是旗人，官宦人家的千金小姐，从艺后也是著名的河北梆子演员，工正旦青衣，后因塌仓，改唱了京剧丑角，后来成为了世所公认的"京剧坤伶第一名丑"。宋凤云先后生育了十个儿女，长子宋紫君乃是一位手音尚好的京剧琴师，次子宋遇春属本工武生和文武老生兼演红生的京剧名家，三子宋义增工文丑、彩旦，排行老五的三女儿宋紫萍是本工青衣的京剧名旦，排行第九的小女儿宋紫珊也是本工青衣兼工花旦的著名京剧演员，另有两女三子都不幸早年夭亡。

由于在男孩子中排行老四的宋宝罗全家俱是梨园中人，感觉他这个外国教会的名字和唱戏的家庭不太匹配，就将"保罗"二字改成了"宝罗"。宋宝罗六岁从艺，三个月就学会了《鱼藏剑》《黄金台》等戏。1924年，在冯玉祥将军把宣统皇帝溥仪等人赶出故宫的庆功大会上，七岁的宋宝罗登台献艺，轰动京师，世称"神童"！冯玉祥和他的夫人李德全看过戏后，高兴地把只有七岁的小宝罗叫到台下，坐在他们身旁又是抓花生又是给糖果的问长问短。特别喜欢宋宝罗的李德全，拍着他的脑袋说："小朋友，你的戏唱得很好，我们大家都很喜欢你！"当场奖给了他两块大洋。宋宝罗八岁时，便和他母亲的干女儿孟小冬同台演出。此时已有"冬皇"美誉的孟小冬名气很大，管他（即宋宝罗）叫老兄弟。宋宝罗跟她学过《上天台》和《击鼓骂曹》等戏，击鼓的鼓套子就宗法于她，后来孟小冬把自己用的鼓槌子送给了她的老兄弟宋宝罗。有很长一段时间，凡宋宝罗演出，均由早年曾给谭鑫培操琴的"胡琴圣手"孙老元（佐臣）担任伴奏，效果极佳。宋宝罗成名后，在军阀们举办的堂会戏上，曾为大军阀阎锡山、张作霖、程希贤、石友三、张宗昌等人演出，十五岁自组戏班，头牌领衔，巡演中原。就在宋宝罗少年得志、前程似锦之时，眼疾突至、倒仓声嘶，无奈只好异别舞台，离开了他所酷爱的京剧事业，走上了绘画、书法、篆刻一身三艺的奋斗路程。

在宋宝罗变声期间，他们家从（北京）施家胡同搬到了延寿寺街三眼井胡同二十号，这座院落很大，房间也多，离东琉璃厂不远。东琉璃厂是北京的文化精英荟萃之地，许多京剧红伶、书画名家、文人墨客、教授学者都住在附近。这样的地理环境对宋宝罗的成长影响很大。更幸运的是有一位（民国）故宫博物院的书画名家马谌汀先生，租住在宋家大院的三间南屋。六十多岁的马（谌汀）老先生除了上班以外，就是在家里写字、绘画、做学问。平时，宋宝罗常去他家讨教书画知识，有时马老画梅竹时，也让他跟着自己学画几笔，马谌汀发现他不仅相貌英俊，很懂礼节，而且在书画方面颇有天赋、大见潜质，若能走进画坛，将来必成气候！于是，马（谌汀）老在挥毫泼墨的过程中故意叫他着色，并给予严加指教。就这样，宋宝罗跟着马谌汀看看、学学、画画、涂涂、问问、改改，不知不觉地爱上了书画艺术。当年，齐白石、于非闇、李苦禅、王青芳、陈半丁等许多书画界的名流巨匠，常去宋宅大院内的马家拜访马老，商榷技艺，相互讨教润笔工法，如果宋宝罗在场，马（谌汀）先生就会给大伙儿介绍说："你们可别小看我这位小朋友，他当年还是一位有名气的小童伶呢！"以齐白石为首的著名书画家们大都痴迷京剧，于是便开口说道："知道，知道，我们还看过他的戏呢！"有时候，马谌汀上班时也时常带着宋宝罗到（民国）故宫博物院参观那里的书画珍藏，这样一来，使他对绘画艺术产生了更加浓烈的兴趣。后来，经这位古道热肠的马老介绍，宋宝罗拜在于非闇门下学练工笔花鸟画,受师傅于非闇及齐白石先生熏染,又开始学习捉刀刻章。除了每天必修的书画功课外,就篆刻方面,于(非闇)先生教他如何写反字,怎样用刀法;齐(白石)先生也将自己画虾、蟹等的独门看家绝技,传给了他。总之,宋宝罗在于非闇和齐白石那里,学到了许多绘画与篆刻的私房绝活。故而,应该说,马谌汀是他的启蒙老师,于非闇、齐白石是他的带道先生,宋宝罗的入门离不开马、于、齐三位画坛元老,至今他对三位著名、资深的启蒙画师仍然怀有深刻的敬意。每逢谈起他的绘画、书法、篆刻技艺时,宋宝罗总是念念不忘马谌汀、于非闇、齐白石三位先生对他的教导。

当年,北京中山公园内有一个水榭园林,是著名画社"湖社"的活动场所。社长金北楼,原名金绍城,字北楼,号藕湖,浙江人氏。他联合画界名流创办了"中国画学研究会",并被推荐为会长。"湖社"天天有笔会,经常办画展。宋宝罗在这里结识了徐悲鸿、张大千、徐燕荪等许多实力派书画名家。有一次,"湖社"在水榭举办笔会,几位大画家合作画一幅《春回大地》画卷,徐悲鸿先生在画纸上勾出了几只麻雀,题款时发现没带印章,感到十分遗憾。当时,水榭里备有文房四宝和石头、刻刀等供大家使用。年轻的宋宝罗见此情形,不动声色地拿起一方石头,操起一把刻刀,躲在角落里偷偷地刻了一枚上有"悲鸿"二字的图章,送给了徐先生。徐悲鸿意外地见到这方图章,惊喜万分。待他在画卷上盖过印章后,极为满意的夸奖宋宝罗的刀法好,刻功棒,将来大有前途。而后,又问其画工如何?宋宝罗回答:"跟我师傅于非闇学过。"徐悲鸿一听高兴得非让他在《春回大地》图上,再添笔墨。宋宝罗怎敢在这些文豪墨客、书画巨匠面前班门弄斧呢。后来,还是在大家的热情欢迎下,不好意思的宋宝罗,才在那幅多位画坛名流联手创作的画卷中,填上了几笔,留下了手迹。从此,在徐悲鸿的许多书画中,盖得都是由宋宝罗刻的这方印章。也使宋宝罗的名字跃进了画坛。

中华文化泱泱数千年,它孕育的书画与京剧根深蒂固,血脉相连,其水乳交融之和谐美妙,登峰造极,同被誉之为国粹。多年来,梨园行和书画界,彼此借鉴,相得益彰。文豪墨客学唱京昆,以升华舞文弄墨的美学意境;伶界名家研习翰墨,以提高舞台艺术的文化品位。这种同根而生的文化艺术,造就了一代代翰墨丹青、尽显风流的梨园儒伶。京昆界擅书画者众多,"通大教主"王瑶卿以绘梅、菊、荷花著称,尤精画鱼、虾和乌龟;"国剧宗师"杨小楼所作汉隶、颜楷功力深厚,梨园皆知;"四大名旦"梅兰芳、程砚秋、尚小云、荀慧生以及余淑岩、马连良、周信芳、言菊朋、姜妙香、侯喜瑞、时慧宝、裘盛戎、俞振飞等等红伶,尺幅之上,均有神韵飞扬、姹紫嫣红。自1931年,宋宝罗的嗓子变声倒仓后,便开始学练书画技艺,研习篆刻工法,曾得到了马湛汀、于非闇、齐白石、张大千、李苦禅、陈半丁、王青芳、徐悲鸿、徐燕荪、金锡侯、徐世昌、于右任、陈宝琛、华世奎、张伯苓、赵松声等书画巨匠的亲授和指教,并为他们篆刻过图章。二十世纪三十年代,宋宝罗除了为徐悲鸿制印之外,宋(宝罗)、徐(悲鸿)二人与几位名书画家联手合创了一副弥足珍贵的《春回大地》图,存留于世。还先后为梅兰芳、尚小云、周信芳、孔祥熙、程潜等人刻章制印。就梨园境内,像宋宝罗这样,获得过十多位书画名流教授过书画、篆刻的京剧演员,凤毛麟角,并不多见。然而,宋宝罗在京剧表演、书画艺术、刻章制印方面所取得的成就,无一不令人惊叹称绝!

五年的书画篆刻生涯,为宋宝罗的生活掀开了新的一页,可他毕竟生长在梨园家庭,从小学戏演戏,在舞台上还博得过内外行家的交口赞誉。所以,虽然有时候捉笔持刀地干着另一种职业,但内心深处,却对登台唱戏一直是默默留恋。每当看到那些名角唱戏或吊嗓子时,他就忍不住的嗓子发痒,跃跃欲试,盼望有一天自己的钢嗓铁喉能够恢复如初。时光飞逝,宋宝罗已有五年没跟胡琴"说话"了,于是在闲暇之时,他便开始找琴师试着吊吊嗓子。就这样尝试没过多久,宋宝罗的嗓音竟出人意料的好了起来,比小时候的声音还苍劲挺拔、豁亮高亢,难度大的段子,他唱起来居然也毫不费力,跟他熟悉的朋友,谁都不会想到画画、刻字的宋宝罗还有一条这么响亮的、耐人寻味的好嗓子。

宋宝罗的嗓子刚刚恢复过来时,恰巧程砚秋在天津演出,戏票已经售出,不料一位挂二牌的老生名伶因病不能登台,需要调换演员救场。紧急之下,跟宋宝罗很熟的姜妙香向领班的程砚秋老板推荐了正在天津的宋宝罗,说他是名生宋遇春的弟弟,嗓子、个头、扮相都不错,倒仓之前挑过梁,会戏不少,是个有名气的童伶。程先生对宋宝罗有所耳闻,就爽快地答应了让他在大轴戏前面唱《阳平关》开场。能跟前辈大角同台演戏是年轻时的宋宝罗求之不得,当晚他早早来到后台,化妆扮戏做好了准备,开演前程砚秋先生过来看他,见到宋宝罗的扮相后,频频点头表示满意。虽然,这是他复声后的第一次演出,但胸有成竹的宋宝罗仰仗其儿时的过硬功底,舞台经验,艺术素质等,他所扮演的老黄忠在《阳平关》中一出场,就赢得了观众的碰头好，来了个头炮响，满堂红！在这出戏的演出中，台下掌声不断，场内气氛热烈！于是给台上的宋宝罗增添了信心，强化了胆量，放开了手脚，使他的表演更加精彩。围在舞台两侧看戏的行家里手，也大呼好唱，赞不绝口！站在旁边的程老板激动地说："嗓音高低自如，行腔不次四生，身手势不可挡，表演规范洒脱，是个可造之才！"一出戏下来，他虽已汗透衣衫，心里却万分高兴，因为这是宋宝罗的嗓子康复后，打响的第一炮！也是他艺术生涯的人生转折。从此，年轻的宋宝罗又能够以独挑大梁的身份重返舞台。

　　复声后的宋宝罗二十多岁时，就先后和梅兰芳、金少山、程砚秋、周信芳、孟小冬、林树森、白玉昆等大牌名角同台公演，声名大振。很快又火了起来的宋宝罗，挂牌挑班，赴奉天，转新京，奔南京，巡演江浙，申城走红。就此期间，曾为时任国民党军事委员会委员长蒋介石、宋美龄、马歇尔（美国将军）、何应钦、陈诚与伪满皇帝溥仪专场演出并得到了接见，此举虽然代表着他的艺术水平，但在"文革"中却被关押批斗，受到了迫害，险些丧命（1970年冬至1978年冬在毛泽东主席、叶剑英元帅、苏振华上将等领导同志的关怀下，相继获得了解放和平反昭雪）。一位听过宋宝罗演《空城计》的"老戏骨"评价他说："宋先生演唱的'我正在城楼观山景'那段[二六]，行腔舒泰，气口充足，韵色优美，余音绕梁；接唱的一段[西皮慢板]，声声入耳，句句耐听，不觉其慢，大见其功！像宋宝罗这样的老生演员极为少见。"

　　宋宝罗领班唱戏时，为人谦恭，德艺双馨，在书画界虚心求教，尊师善友，奋发图强，刻章制印以诚相待，高风亮节。他有一枚图章，上刻"我的画不换钱"。说到做到，有人向他讨求字画时，没说的，一个字：给，不谈钱的事。即使是陌生人，只要登门，不让你空手而回。新中国成立后，宋宝罗在浙江京剧院工作，1953年冬，他受北京市京剧一团所邀，以领衔主演的身份带着二十多个演职员，乘专车开进了中南海为毛泽东、朱德、周恩来等中央领导演出《四进士》。戏演完后，毛主席第一个起身鼓掌，表示感谢！周总理来到后台看望大家，并握住宋宝罗的手说："你的戏唱得不错，既有马派，又像麒派，容纳百川，博采众长。'公堂''盗书'都很精彩，毛主席和朱老总看了非常高兴，我代表他们向大家问好，并表示感谢！"这是宋宝罗第一次见到毛主席、朱老总和周总理，他内心深处感到极为荣幸。

1960年的金秋时节，毛主席又来到杭州西湖。这次，宋宝罗在汪庄为主席演唱。凌晨两点左右，毛泽东对身边的宋宝罗说："是我特意点名请你来的，谢谢你秋风沉醉的精彩唱段！今天就唱到这里，你跟我去吃点宵夜吧！"宋宝罗跟着毛泽东走进了他的住处，眼前看到的是极其简朴的卧室、客厅和饭厅。待他与主席落座后，服务员端上来四只小碟。宋宝罗至今还记得很清楚，小碟里分别是雪里蕻、盐水花生米、青红辣椒、皮蛋泡菜与咸鸭蛋，主食则是大米稀饭和馒头。"这两年收成不好，老百姓吃苦了"毛泽东边用餐边对宋宝罗说。"这是暂时的，慢慢会好起来的"宋宝罗想了想说。听了宋宝罗的话，主席很高兴，他连连冲宋宝罗点头："对，一定会好起来的！"二人用餐时，毛泽东吃了一个馒头，而宋宝罗吃了两个。临别时，毛主席用温和的语气非常关心地对宋宝罗说："你把剩下的馒头都带走吧，回去让家里人尝尝，也可暂时解决一下困难。"由此可见，毛泽东对当时杭州乃至全国人民的生活状况颇为了解，甚为牵挂。那时没有食品袋，服务员拿来了几张报纸，将七八个馒头打了包。宋宝罗带着馒头同送到房门口的毛泽东主席告别。等他回到家时，天已差不多亮了。"孩子们快起床，吃毛主席送给我们的白面馒头！"宋宝罗一进家门，就含着眼泪大声叫了起来。孩子们一听说是很长时间都没有吃过的白面馒头，又是毛主席送的，立刻从床上跳下来，围着餐桌狼吞虎咽地抢着吃了起来。这是一顿多么有意义的早餐啊！

1962年12月26日这天，是毛泽东的生日。宋宝罗在杭州汪庄为他演唱了自编自导的《朱耷卖画》。就在宋宝罗表演边唱边画鸡身的时候，无意中碰到了已经悄悄登上舞台的毛主席，才知道主席站在他身后背着手正在仔细端详他在演唱中的舞文弄墨。极为激动的宋宝罗边画边唱，四句唱腔大显歌喉，彩笔挥动龙飞凤舞，行腔完工画笔收动，一只金鸡跃然纸上！毛主席在一旁夸奖说："唱得好，画得妙，用笔准确，行腔到位，技容万物，表演洒脱，真乃多才多艺也。"宋宝罗高兴地换上小楷毛笔，认认真真的写上了"敬献给毛主席"，毛主席见后对他说："你可以再写上一句'一唱雄鸡天下白'嘛？"宋宝罗立刻将这句诗词写在了上面作为画题。此时，场内响起了热烈的掌声。毛主席 离开杭州时，把这幅他非常喜欢的舞台画作《一唱雄鸡天下白》，带回了北京。

从1958年到1963年，只要毛泽东到杭州，上级领导总是派宋宝罗去为毛主席清唱。据不完全统计，他为毛主席演唱了大约有四十多次。次数去得多了，就觉得不能总是老一套，于是，有心的宋宝罗就不断地更换剧目或改唱段子，尽量让主席感到新颖，听得高兴。自杭州饭店有了小礼堂以后，有时他就演唱折子戏或小戏，在这期间，就宋宝罗为毛主席清唱、彩唱、小戏和折子戏剧目，且更换了二十多出。他多次为周恩来总理、叶剑英元帅和中外的多位领袖人物与开国将领、军政大员演出唱戏，暂且不讲，光宋宝罗为毛泽东主席演唱四十多次戏来说，如今看来，其场次之多恐怕是空前绝后，当世无双。

毛泽东喜欢京剧，更酷爱高庆奎的行腔风格。他曾经坦言："我是很喜欢听高派戏的，越听越爱听。"所谓高派，就是二十世纪二十年代末至三十年代初期，京剧"（前）四大须生"之一的高庆奎以刘鸿升唱腔为主体，吸收孙菊仙、谭鑫培、汪桂芳、王鸿寿等诸家红伶的演唱特点，又融汇贾洪林及老旦谢宝云、武生黄月山之长，再创新后而形成孤板绝调的老生流派，其中所表达的高亢激昂之情，正是毛泽东的最爱。宋宝罗非常敬佩高庆奎的艺术风格，虽没有正式拜在高（庆奎）先生的门下，却一直研习高派艺术。他的演唱既深具高派神韵，又富有个性特色，因而受到了毛泽东的青睐。毛泽东虽与宋宝罗相距千里，却始终是宋宝罗的知音，毛主席喜欢杭州，而他每去杭州又必邀宋宝罗到场，有时还留他在宾馆共进晚餐。

1976年的一天，浙江省人民政府的秘书吴魁根急匆匆的来到宋家对宋宝罗说："有位中央级的开国将军来电询问你的情况，他住在杭州饭店，想要见见你。"宋宝罗问："是哪位将军，他叫什么名字？"吴秘书说是陈再道司令员（注：陈再道1978年当选为中央委员）。就这样，宋宝罗跟着吴魁根来到杭州饭店拜见了陈再道将军。他个子不高，矮矮胖胖，七十多岁，和善可亲，一身正气，性格豪爽。陈将军见到宋宝罗后，一本正经地说道："宋宝罗同志，久闻大名！十多年前，我就听湖南省主席程潜同志说过你，你不但京剧唱得好，而且还能绘画、书法、篆刻图章，真是个一专多能、了不起的大艺术家呀！"他们从下午一直聊到晚饭十分，天南海北，声腔艺术，无话不谈。在畅谈中，宋宝罗得知就京剧净行艺术方面陈将军是"大净王侯"金少山的崇拜者，对"金霸王"的花脸演唱风格大有研究。于是，没有尽兴的陈再道很高兴地说："宝罗同志，请你唱一段京剧好吗？随便唱什么都行。"话毕，吴秘书当即打电话叫来了琴师，在琴师的伴奏下宋宝罗唱了两段《借东风》，陈再道也激动地唱了一出《捉放曹》中曹操唱的花脸段子"恨董卓专权乱朝纲"。没想到陈再道司令员的行腔，板眼瓷实，声如洪钟，还真有点儿花脸大王金少山当年的味道，就京剧声腔艺术而言，可称得上是一位高水平的花脸行家。晚饭和陈再道将军一起用餐，吴魁根作陪。陈将军酒量过人，杯杯见底，情绪高昂。他非常爽快的对宋宝罗说："我今天特别开心，今天晚上你就别回去了，住在我这儿吧，咱们可以多聊会儿！"宋宝罗赶紧插话说："不不，可不能打扰首长休息，只要首长高兴，我明天再来。"话到这里，陈再道不在挽留。不过临别时，特地嘱托宋宝罗明天来时，一定要带上笔砚，给他画张画儿。

第二天，当宋宝罗与吴魁根来到杭州饭店时，陈再道早已在那里等候了。谈话过后，宋宝罗当场给陈司令员画了一张《松树红梅》图，画笔刚要落下，将军又说："宝罗同志，你不是给毛主席画过一张大公鸡吗，今天也给我画一张好不好？"宋宝罗二话没说，随即就又画了一张签名落印的大公鸡连同那幅《松树红梅》图，一并送给了陈将军。

除了以上所谈之外，宋宝罗还给刘少奇、陈云、陈毅、李先念、苏振华、铁瑛和朝鲜元首金日成、越南的国家主席胡志明等人唱过戏，并得到了亲切接见。

耄耋之年的宋宝罗，双栖国粹，京剧为主，宝刀不老，书画为铺，美髯宋公，江浙一宝。他的书画艺术展不仅轰动了浙江等地，在美国办画展时还征服了美国费城，欲购画者甚多之，但宋宝罗唯求弘扬民族文化，所作回答始终是他图章上的六个字"我的画不换钱"。但凡赈灾解危，宋宝罗则积极捐赠，慷慨善举。宋宝罗先生是文艺界的一道奇观！在他九十四年的艺术生涯中演出了近三百多出戏；创作出了一千多幅画卷；篆刻出了一千五百多方图章；并且，自编、自导、自己担纲主演了《刘伯温辞朝》《神医华佗》《张良辞朝》《干将造剑》《抗婚辞朝》《朱耷卖画》《圯桥进履》《于谦》《宗泽》等戏。多少年来，他从杭州一直唱响到首都北京，长城内外。在中央电视台灯光璀璨的舞台上，他边唱边画，劲展双绝，一曲终罢，金鸡报晓，雄鹰飞舞。银屏上翰墨飘香，戏韵流芳，已臻化境。亿万观众由衷地爱上了这位皓首犹童颜、壮美如夕阳的老艺术家——宋宝罗。

四年前的 2012 年 10 月，笔者到杭州西湖南京军区医院拜望正在住院的宋老爷子时，97 岁高龄的宋老谦恭和善地对我说："如今我虽已年近百岁，但人老雄心在，只要身体允许，我希望把一生的所见所闻、所学所修、所表所唱、所画所刻、所写所创、用文字和音像记录下来，无私地传承下去，也算是为国家出一点儿绵薄之力吧。"待笔者 2016 年 10 月初再次到杭州看望 101 岁的宋宝罗老先生时，四年前他所讲出的话全都做到了。非常真诚的送予我了一套出版的"大型纪录片音像光碟";一部"粉墨丹青一老翁"自传;一块"百岁华诞金质纪念章"和一本"艺海春秋"画册(2009年题词寄赠)。不料,2017年9月2日,就在该书将要出版之际,这位"画笔纵横铁笔工,高歌一曲锦鸡雄;美髯飘拂神仙到,仰看菊坊不老松"的百年戏翁宋宝罗老先生无疾而终,安祥仙逝,享年102岁。好了,有关宋宝罗的故事就讲到这里,下面回到金少山。

  时间过得真快,转眼到了年根儿底下。一天深夜,金少山在房里翻看着自己在宣纸上勾画的二十八个脸谱。他为了凑个整数,就提着精神,挥动彩笔又画出了两个,等到这两个脸谱晾干之后,金少山又从头逐个的仔细欣赏了一遍,自我感觉还算满意,便将其卷好收了起来。

  过了年,"松竹社"来上海演出已有十一个月了,在这近十一个月的演出过程中,金少山的叫座率逢演必满,空前绝后。给"皇后大戏院"签订一年的合同,眼看着就要到期,戏院的总经理张竞寿先生为了挽留金少山,令前台负责业务的副经理杨显林来找"松竹社"的总管孙焕如商谈续约一事,经孙焕如先生和金少山社长商量后,答应了再续演一个月的要求。张竞寿见到金少山说:"三阿哥,够意思,兄弟代表'皇后'谢谢您了!回头我请老兄吃饭。"

  三月初,跟随金少山将近五年的徐世光,找了一个适当的机会,鼓足了勇气向先生袒露心声:"先生,我这几年跟您老学了不少东西,徒儿觉得也该消化消化了,我有个想法也不知道对不对?"金少山用关爱的口气问道:"孩子乖,啥想法?讲出来师傅听听。"徐世光说:"等咱在上海的演出彻底结束后,我不想跟您回京城了,打算留下来跟盛戎师兄一块在南方闯一闯,总是在您老人家的翅膀底下护着也不是个事儿,老是这样,啥时候才能自己找食儿啊!我想经经风雨,摔打摔打,独立拼搏一番,靠自己的实力,在舞台上好好的磨炼磨炼,创出一番事业来回报先生,先生您看成吗?"金少山听后非常高兴的说:"好孩子,有志气!你终于长大了,师傅我从心里感到特别高兴,我举双手赞成你的想法,是该自己闯一闯了,师傅支持你,同时也希望你和大群子都能闯出一片自己的天地来给师傅报喜!你们小哥儿俩就在上海闯荡吧,我等着你们的好消息。不过有一点你要记住,今后,无论是台上台下,待人处事,结交朋友,都要按照我以前给你们讲的话去做,千万不能胡来!另外,平时要和哲生多联系,他是当地人,你们师兄弟之间相互来往越多,感情就会越深，万一有个什么事情，哲生也会帮助你们的。哲生是票友，在基本功方面不如你和大群子，没事跟他多聊聊，该比的一定要耐住性子给他比准确，该说的一定要给他说到家，这样做不仅对哲生有好处，也是你们两个做小师兄的责任。再有个把月我就该走了，你再仔细想想还有什么事情没有？若是有事儿需要师傅替你办，就赶快讲，要不然等我走了可就帮不上你们了。"徐世光说："谢谢先生把我当亲儿子对待及多年来对我的教导和栽培，世光的确还有一件事情需要向先生提出。"金少山问："啥事？赶快讲。"徐世光说："以后徒儿我不在您老身边了，先生总得送给世光个纪念品吧！"金少山言道："对，师傅咋把这事儿给忘了，你说想要啥纪念品吧孩子乖，只要是上海有卖的，不管花多少钱，我去给你买！"徐世光着急的说："先生，我要的纪念品不是物件，是戏上的东西。"金少山不解的说："戏上的东西？世光，这些年我教给你戏上的东西还少吗？师傅常上演的戏可全都教给你了呀！"徐世光看金少山不解，就笑着对金少山言道："先生，徒弟说的既不是东西也不是戏，是您老勾画的那三十个花脸脸谱能不能送给我做个纪念？"这时，金少山才弄明白徐世光的意思："噢，你小子要的是那三十个脸谱呀，好，既然你喜欢，师傅就将它送给你做个念想，我这就让你师娘给你拿去！"徐世光双手接过脸谱画卷，毕恭毕敬的又说："先生，请把您的名字写上，再盖上您的印章成吗？"金少山边回答边打开了砚台："好好，没有问题，过来给我拿支笔，我这就签字盖章，包你满意！"

金少山打开画卷，又仔细的看了一遍他勾画的脸谱，而后用毛笔在左下方写上了"金少山"三个字，并加盖了自己的印章，说道："得，上款和年月日我也不写了，因为师傅的毛笔字写的不好，实在是拿不出门儿。这是我在纸上画的第一张脸谱，整三十个，恐怕也是最后一张了，往后我估计也不会有时间再画了，这张勾有三十个脸谱的画卷，就留给你小子做个念想吧，回头你到装裱行再把它装裱一下就更好了。你留着它要好好保存，可不要叫别人偷走了，万一有难处的时候，可以把画卷拿出来卖掉换点儿钱，解决一下燃眉之急！师傅我也没有什么奇珍异宝送给你，只能把我身上的技艺和戏上的东西传授给你，孩子，师傅说得对吗？"徐世光接过来金少山签字盖章的脸谱画卷，高兴地对师傅说："先生，您老讲得太对了！"说着，跪在地上含着眼泪给他的恩师磕起头来。

这张勾画有三十个各种不同花脸人物的彩绘脸谱，是金少山一年来，在百忙中抽空精心创作而成的点睛之笔，也是他留给后人唯一的一张京剧脸谱画卷，金少山的爱徒徐世光将它视若珍宝，一直带在身边，无论再苦再难也没有舍得将它卖掉，珍藏了大半个世纪。于1993年9月份，徐世光把恩师金少山送给他的唯一纪念品"脸谱画卷"捐赠给了天津戏剧博物馆。

徐世光，汉族，1920年（农历庚申年）生于北京，出身梨园，京剧名净、著名戏曲教育家。1938年出科于"富连成"科班，1939年正式拜金少山为师，随"松竹社"跟师演出、学戏五年之久。1942年后，在上海、南京、杭州等地唱戏、授艺，曾于徐碧云、唐韵笙、裘盛戎、许翰英及袁灵云、袁美云、袁汉云三姐妹等人合作演出《铁笼山》《下河东》《华容道》《霸王别姬》《盗御马》《真假李逵》等剧目，有"小金少山"之称。20世纪60年代后，开始转入教学工作，先后在北京、大连、福建、营口等地的戏曲院校教授"金派"花脸剧目。直到晚年还在尽心研究传承"金派"艺术，2004年八十二岁高龄的徐世光与卢子明合著出版了《十全大净金少山》一书。2007年因病抢救无效，于同年8月21日（农历丁亥年七月初九）在北京去世，享年八十六岁。2007年8月27日上午10点在八宝山举行了徐世光先生的遗体告别仪式。

金少山阔别上海四年后，又旧地重游的情景别有一番风光，沪人情绪高涨，演出盛况空前，排队抢购戏票的观众绕过了几条马路的热闹景象，十个多月来天天如此，日夜照旧。他和著名坤旦李砚秀连唱的四十六场《霸王别姬》，场场爆满，甚是轰动。即便是散了戏，去金少山的住所看望、拜访的新知旧友也应接不暇。正当大上海的演出接近期满时，谁知，在沪的演出盛况传到了南京，南京一霸的地头蛇常玉清又差人赴沪找金少山好声洽谈到宁演出的事宜，被金少山一口回绝，由于常玉清搞不清楚金少山与蒋介石、何应钦等人的微妙关系，再不敢用强硬的办法逼他赴宁，只好托黄金荣从中说和，金少山无奈勉强答应了下来。

就"松竹社"受南京邀请，准备赴宁演出的前一周，金少山亲自到黄金荣、杜月笙、顾竹轩三家府上登门辞行，道谢关照。黄、杜、顾三位老大与申城的许多著名演员、文豪墨客、名流绅士等具纷纷为金少山饯行。每天晚上打住戏后，都有早已为金少山备好的盛大宴会，并送来了许多礼物，尤其是名贵的花卉最多。皇后大戏院的副经理杨显林送给了金少山一箱高等鹿茸，还有每箱内装着五十盒的两箱尚好的极品西洋参等。黄金荣与杜月笙为了弥补几年前禁止金少山在上海滩演出的经济损失，杜月笙一月前就在苏州特地订做了一堂全本《连环套》和一堂《霸王别姬》的舞台行头，送给了金少山以表歉意。而黄金荣开了一张二十万块光洋的银票送给金少山说："少山，你这次在上海的演出，我几乎是场场都去看戏，真不愧为是雄霸南北的花脸大王，听你的戏实在过瘾！我也不送你别的了，这点儿钱你自己拿着用吧，虽然不多，是我这个老头子对你的一片真情，以后别把我这个老东家给忘了就行了。"因为大家送的礼物太多，顾竹轩还专程派了两辆拉货的大型卡车，一路飞奔的把东西一样不少送到了北京金府。七天后，"松竹社"在上海的演出圆满结束，便被常玉清浩浩荡荡的接往了南京，安排在宋德珠刚刚离开的南京"国际剧场"对外公演，营业状况亚赛上海。有一天，常玉清突然提出了让金少山陪一位不知名的京剧票友唱全本《连环套》，这可气坏了金三爷，他本不愿赴宁演出的情绪一下子又涌上了脑门，更何况，他平生最恨的就是那些向自己发号施令的土豪恶绅及财大气粗、仗势欺人的地头蛇，真想一口回绝，待静下心来后，转念一想：对待常玉清这样的大汉奸，不能硬顶，得用软办法来应付姓常的方为上策，给他来个台上见，否则将会给"松竹社"带来麻烦。

当晚，金少山认认真真的扮戏，规规矩矩的上台，"窦尔墩"的〔点绛唇〕照样是盖住海笛（唢呐）唱，定场诗、报家门一丝不苟，他唱的那段拿手名段子"将酒宴摆至在分金厅上"同样唱得是神完气足、满宫满调，特别是把那句观众最爱听的"饮罢了杯中酒换衣前往"唱足后，正当人们发狂般的叫好时，"窦尔墩"离开堂桌，在锣鼓声中顺势用了个京剧毯子功的"僵尸"，扑通一声，硬邦邦的仰面朝天摔在了台上，此时台下台上一片大乱，不知这位鼎鼎大名的金少山老板患了什么急病，大家立即将带脸挂妆的金老板送往医院抢救。那位有来头的、扮好黄天霸的南京京剧票友也无可奈何，只好丧气的卸戏静候抢救的消息。可谁知，苏醒过来的金少山就是不出院，一直在医院住到票戏的票友兴趣索然，声称我不票了，装病的金少山才从医院出院回来，直到南京的签约期满也没有让他票成。

其实，金少山与恶势力的斗争从未断过。早在1935年秋，正逢梅兰芳在上海演出，湖北汉口的一位国民党大员，借此次的重要会议为由，点名叫梅兰芳和金少山赶到汉口合演《霸王别姬》这出戏，办事人用命令的口气通知"梅""金"二人第二天乘飞机前往，并说：时间很紧，所有的人员下了飞机就得赶到剧场扮戏演出。金少山听后，心里很不情愿，再加上办事人那强硬的态度，感到更不舒服，心想：凭他一个当官的势力，就耀武扬威的喝三呼六，拿我们唱戏的艺人当尤物玩弄！我姓金的不吃这一套，不能让他们这些狗官顺顺当当的听戏，得想办法找点儿别扭给他们看看。于是乎，金少山就向来人提出了他最怕坐飞机的要求，得乘船或坐车而去，若其不然，请他们另约别人。办事人非常生气的威胁他说："不行，必须坐飞机前往，这是上峰的命令，你一个唱戏的还敢提这提那的，耽误了时间谁来负责，难道你就不怕掉脑袋吗？我怎么向上峰交待……"任凭他怎么威胁，金少山主意已定，就是不坐飞机，非乘江船不可，否则不去汉口，看你们能把我金大爷怎么样。

　　第二天，金少山牵着他的大"傻黄"抱着他的小"黑炭儿"来到了集合地点，赶赴汉口的演员一个接一个的早已登上了开往机场的专车，金少山就是不上，说是自己有晕机的毛病，害怕从飞机上掉下来摔死。办事的一听，火冒三丈，想把他硬拉上专车了事，可不料，他们刚一靠近金少山身边，那只名唤"傻黄"的大黄狗看见他们对主人不恭，便气势汹汹的"噌"的一声扑上去就咬，小"黑炭儿"也仗着"傻黄"的威风汪汪直叫，吓得那些人再也不敢动金少山了，只好很不情愿的答应了金少山乘船而行的要求。金少山硬是把这次的政治演出，往后推迟了两天，扫了扫那些当官做老爷的兴头。从此，金少山对通灵孝主、非同凡犬的"傻黄"和"黑炭儿"视如家珍，更加宠爱。

　　对于金少山的这些做法，梨园行的同仁们无不向他伸出拇指赞扬有加！后来，这件事情越传越神，也不知出自谁口，最后竟演绎成了一桩惊心动魄的故事，相传：这年的农历九月十八日，是上海警察局局长杨虎母亲的七十大寿，这杨虎虽然霸道成性、欺压善良，但对其寡母却十分孝顺，准备为老母亲的寿诞大办一番，也好让她老人家高兴高兴。上海的帮会大亨杜月笙是杨虎的把兄弟，自然要尽尽孝心，他晓得干娘最喜欢听戏，所以除了备一份厚礼为老太太祝寿以外，还送上了一晚京剧堂会，特请"梨园大王"梅兰芳出演《霸王别姬》。梅老板接到请柬后，提出了必须是金少山先生来演霸王项羽，否则更换剧目或另请他人。而此时金少山不在上海，杜月笙得知后，就赶快差人向金少山的结义兄弟白玉昆打听，才方知金少山在湖北汉口，杜月笙连忙对梅兰芳说："梅先生，你马上给金老板发报，请他火速乘飞机返沪，一切损失和开销由我承担，让他越快越好，就说我杜月笙有要事请他，并很想与金老板交个朋友。"

二十六、智戏恶势 转险为安

自1928年11月初,梅兰芳应邀率"社"到上海演出。观众一再要求上演《霸王别姬》。梅兰芳原是和威望显赫的杨小楼演这出戏。经国剧宗师杨小楼创造出那气吞山河的楚霸王形象之后,梅兰芳想要再找到一位水平相称的演员来合演该戏,确是一件非常困难的事情。后经梨园名宿王瑶卿和邀戏方的大佬黄金荣举荐,这次终于在上海找到了这名"位低艺高"的金少山。12月10日(农历乙寅年十一月初六),梅兰芳与金少山首次在上海"黄记大舞台"合演了《霸王别姬》,其演出盛况,大获成功。金少山把铜锤、架子、武二花的表演方法与开打技巧,巧妙的融为一体用进剧中,并借鉴"杨派"武生一些口白上的唇齿霸气,再配上他那雄伟魁梧的功架造型,非常出色地创造出了花脸行当霸王项羽的艺术形象,在广大观众中博得了"金霸王"的称号,从而声名鹊起,威震中华。从此,金少山即成为了楚霸王的最佳扮演者。在一些重要的大型演出中,"梅""金"二人合作的《霸王别姬》被认定为是一出极有分量的大轴戏,并多次受邀安排公演。因此,梅兰芳特向杜月笙提出《霸王别姬》这出戏中的项羽,非金少山莫属方可演出该戏。否则,另请高明。

金少山收到了梅(兰芳)大爷发给他的电报后,立即结束了在汉口的演出,携跟包的金贵连夜乘机披星戴月飞回了上海。

是日,杨府寿堂上红烛高照,香烟缭绕,五光十色,鞭炮齐鸣,正中央还悬挂着一幅用一百个京剧脸谱图案绘制而成的特大"寿"字,看上去特别鲜艳醒目,贺寿的宾客们向老寿星行过拜寿礼后,三五成群的走向舞台观看演出,唱大戏的舞台设落在厅堂的西侧,武场面(打击乐)的乐师们打过"开台通"的锣鼓后,演出正式开始,前面跳完"加官""财神",先上演几出讨吉利的开锣戏,什么《麻姑上寿》《天官赐福》等,下来是李多奎的《太君辞朝》,麒麟童的《追韩信》,后面的大轴压台戏就是梅兰芳和金少山联手合演的《霸王别姬》了。

杨虎有个叫丁丽珠的八姨太,平时特爱票戏,看着这张灯结彩、锣鼓喧天的热闹场面,心里直痒痒,想票上一出过过戏瘾,于是,便撒娇的闹着向杨虎提出了第二天非要跟金少山合演一出《连环套》不可,自己反串来演武生黄天霸,也好趁此出出风头,露上一把。杨虎跟金少山本不熟悉,实难张口,只好通过杜月笙将八姨太的想法转告给了金少山,金少山听后,气得浑身打颤,手脚冰凉,本想横心回绝,一走了之,但又怕让梅先生为难,便假惺惺地冲杜月笙说:"好,看您杜老板的面子,这个活儿金某接了!"杜月笙一抱拳说道:"承请、承请,咱们是打过交道的老朋友了吗！"

第二天全本《连环套》开演，金少山心中有数，从"坐寨"到"盗马"他格外卖力。身为杨虎八姨太的丁丽珠内心特别高兴，以为是这个鼎鼎大名的金三爷在有意捧她，及至"拜山"，"窦尔墩"与丁丽珠扮演的"黄天霸"见面：

窦尔墩：原来是镖客。

黄天霸：寨主。

窦尔墩：幸会了哇！（笑）哈哈哈哈…

黄天霸：（笑）哈哈哈哈…

窦尔墩：镖客请！

黄天霸：不敢，寨主请！

窦尔墩：如此你我挽手而行。

戏到这里，"窦尔墩"与"黄天霸"抓腕儿校力。但就在这时，金少山左右摇晃仰后便倒。由于他紧抓住丁丽珠的手就是不放，连诡心浪眼的丁丽珠一起，四脚拉叉的摔倒在台上。众人不知发生了何事，台上台下乱作一团，议论纷纷，哄堂大笑。杨虎一见，从座位上蹦跳起来大嚷大叫："这是怎么回事儿？"勤务兵们不知所措，如临大敌，飞身跃上舞台。台上的杂乱声惊动了后台的梅兰芳，他深知金少山的脾气、禀性，早预感到要出事儿的结果，心想果然不出我之所料！他怕金少山吃亏，立马到台下拉着杜月笙，走到了躺在地上的金少山身边。这时，连哭带叫的丁丽珠从舞台上爬起来，被人搀扶着往里走，嘴里还不干不净的大声骂道："好你个不知好歹的金少山，敢跟老娘过不去，给我来这一套，今天非杀了你姓金的不可！"金少山听见假装没听见，依然是直挺挺的躺在地上，一动不动的闭着眼睛，憋住呼吸，咬着牙关，装出一副不省人事的昏迷样子。心中有数的梅兰芳，早就听说过金少山小时候跟王福山的父亲王长林学过"尸厥"的功夫，现在真的用上了。他见杨虎的勤务兵要架走金少山，就急忙奔杨虎走去，可谁知还未开口，铁青着脸的杨虎把手一挥，愤怒的说道："梅老板不必替姓金的混蛋讲情了，杨某今天决不会饶他。"梅兰芳无奈的恳求道："杨局长，常言说得好，'天有不测风云、人有旦夕祸福'，吃我们这碗饭的艺人，谁也保不住在台上有个闪失。再说，我知道金少山从年轻时就坐不惯飞机，他一登机就害怕，这次为了给老太太祝寿，一接到杜老板让我给他发去的电报,就马不停蹄的乘机往这儿赶,一路上连怕带累风尘仆仆的赶到这里,顾不上休息就勾脸扮戏、登台上场。今儿个早上我就看着金老板的脸色不好,感觉不对,他这种情况按我们梨园界的行话来讲叫做'晕场'……"还没等梅兰芳把话说完,杨虎却不耐烦地说:"好了,梅先生,不要为了那个姓金的混蛋伤了咱们之间的和气,我教训教训这个金少山,要不了他的命。"正在这个节骨眼儿上,鬼精的杜月笙搬来了杨老太太,老太太冲着她的孝顺儿子杨虎说道:"好了好了,都是为了我,寿也做了,戏也唱了,今天的事儿我这个老太婆担待了。也是的,儿子,不是惹娘说老八的坏话,你说你这个妇道人家不安安生生当你的姨太太,非要上台唱什么戏呀,搞得大家不愉快,让人家金先生也受了连累。虎子,赶紧把那个唱花脸的金少山给我放了,不能啥事儿都听丽珠的!"这时,杜月笙趁机对杨虎笑着说:"虎哥,您老兄是上海滩上出了名的大孝子,老人家既然发了话,大家图个吉利!再说了,人是我请来的,不看僧面看佛面,不念兄弟念老娘,总不能为了八姨太把我们的面子都给拨了吧?"杨虎抖动着嘴上的横肉,冲着他的勤务兵大声吼道:"滚!都给我滚!"而后没有好气的又冲着他的八姨太丁丽珠嚷道:"你还站这儿干什么?还嫌丢人丢得不够呀?你也给我滚回屋里去,都是你这个臭婆娘给我惹得祸!"这时,金少山掀起的这场寿堂闹剧才算暂时结束,众人在紧张的气氛中慢慢散去。

金少山与跟包的金贵回到下榻的旅馆,二人打开房门,电灯没开突然自亮,金少山定神一看,只见椅子上坐着一位满脸凶气的彪形恶汉。金贵急忙上前一步用身体护住金三爷,大声问道:"你是什么人,怎么擅自闯进了我们的房内,快快报上名来?"金少山推开金贵,理直气壮的向那人拱拱手说:"朋友,我就是唱花脸的艺人金少山,要是来找我的话,有什么事情冲我来,不要伤害别人。"来人上下打量了一眼金少山,冷冷的说道:"噢,原来是'铁罗汉窦寨主'啊,刚才的《连环套》演得不错,听说你一路辛苦劳累病了,晕倒在台上,为了让你好好的休息休息,我受人之托给你'铁罗汉'送药来了。"那人讲完,从兜里掏出了一个小小的纸包儿,打开之后把一撮白色的粉面放进了茶杯,毫不客气的提起暖水瓶,将茶杯里面倒上了开水晃了晃,而后把茶杯推到金少山面前言道:"废话少说,无需饶舌,金三爷只要将这杯水喝下去,我马上就走,决不伤害你们一根汗毛。"金少山大喝一声,那人吓了一跳:"狗奴才,青天白日,朗朗乾坤之下,你竟敢害我性命,难道你就不怕王法了吗？""王法，王法是为你金少山定的，我他妈的就是你们的王法，叫你今天死，你姓金的就活不到明天。我拿人钱财替人消灾，快喝！"那人气势汹汹的边说边将放进毒药的茶杯端到了金少山的嘴边，金贵气得冲上去喊道："我跟你拼了！"被那人一掌击出去好远。"不要伤他！"金少山大吼一声去扶金贵。那人冷冷的笑道："金老板，对不起，我是专干杀人越货的杀手，识相些，赶快喝下去吧，免得受皮肉之苦。"

就在这紧要关头，只见屋内一道白光划过，"乓"的一声，那人手中有毒的茶杯被击得粉碎，一位威风凛凛的壮汉，手里揉着颗明晃晃的钢球，一声冷笑地夺门而进："来得早不如赶得巧，好买卖大家都有份，总不能一个人独吞吧？"那人一见，顿时慌了手脚，讷讷地说："原来是赛李五赛五爷？"不错，此人正是江湖上有名的神弹子"赛李五"，人称"赛五爷"。赛李五是上海滩上专门为穷苦工人撑腰做主的"斧头帮"帮主王亚樵的手下，在帮内威信颇高，名列第二。斧头帮老大王亚樵精通射击，枪法极好，江湖绰号"暗杀大王"，威风沪上，他刺杀过消极抗日的蒋介石，并多次暗杀过侵华日军的高级将领（注：1945年日本战败后，就日方代表在一艘军舰上签署投降书时，有一位一瘸一拐的日本瘸腿军官，就是被王亚樵炸伤的）和汪伪政府内的大小汉奸。毛泽东曾评说王亚樵"锄奸无罪，抗日有功！"斧头帮的老二赛李五有两颗百发百中的钢弹滚珠，则令人闻风丧胆！申城的码头工人及五行八作的穷苦商贩等大都是"斧头帮"的外围人员，其实力之大，鬼神难挡。凡杀人灭善之徒，只要犯在"斧头帮"手里，不管是谁必死无疑。赛李五自幼父母双亡，穷苦出身，从小跟僧人习武，爱打抱不平，辛亥革命时期与追随孙中山的王亚樵结为生死兄弟，几经周折有钱后，二人在上海滩举起了替天行道、除暴安良的大旗，成立了威震上海的"斧头帮"。他好朋好友，义字当先，性情好爽，脾气火爆，经常帮助穷苦人家解愁去灾。这位行侠仗义，个头高大，身材魁梧，出手敏捷，体形健壮的赛五爷，板着脸，瞪着眼，非常严肃的冲那人言道："银毛苟，你小子也不打听打听，就敢接这桩买卖，这笔生意你赛五爷我早就兜下了。金少山老板出大钱雇我保护他的安全，难道你吃了豹子胆了，敢给我做对吗？若是想死，赛某现在就取了你的狗命！""前辈饶命！后生不敢，后生不敢。"银毛苟深知赛李五的厉害，战战兢兢地跪。赛李五又接着训道："那你这个狗奴才还不赶快给金三爷赔罪。"银毛苟被吓得哆哆嗦嗦的跪在地上，冲着金少山直磕头求饶："金老板，您老大人大量,别跟小的一般见识,小的也是受人之托,混口饭吃,我这儿给您老赔罪了。"说着给金少山一个劲儿的叩起了响头,还没等金少山发话,赛李五就忍不住的说:"滚!"银毛苟听见"滚"字,便拔腿跑出门外,悻悻地离开了旅馆。银毛苟走后,金少山向赛李五抱拳问道:"敢问好汉,咱们本不相识,为何救我?"赛李五说:"银毛苟回去后,肯定要向丁丽珠那个心狠手辣的狐狸精汇报失手的败局,这里不是说话的地方,你们先随我离开此地,有话我们路上讲。"

金少山让跟包的金贵和旅馆很快结完了账,随赛李五来到了盘汤弄桥旁,登上了一条早已准备好的小舢板。金少山刚要答谢,赛李五却问:"金老板,您还记得去年在淮海路您救过的一个被日本'黑隆会'八龙铁卫武士打伤的年轻人吗?""有这么档子事儿,当时那位小伙子与几个日本浪人发生了冲突,动起手来,那位年轻人寡不敌众,被日本人打的不轻,后被三爷救下疗伤,临走时我们金三爷还送给了他一些盘缠,让那位受伤的小伙子路上吃饭用。"金贵抢着回答。金少山问赛李五:"怎么,您认识他?"赛李五回答:"他是我最喜欢的徒弟阿根,是一位爱打抱不平的好弟子!阿根最痛恨的就是侵占我国土的日本人。回去后,他把金老板救他的事情都给我讲了,金老板,我赛李五应该好好的谢谢您的大德大恩才对呀!"此时,两位硬汉的大手紧紧地握在了一起!一弯残月,数点寒星,小舢板启路辟航,摇着摇着,不知不觉地到了黄浦江口,二人握手告别,欢散而去。从此,金少山记住了赛李五的大名。

原来,赛李五两天前已在这家旅馆入住,房间就在金少山的房号隔壁。这天晚上赛李五吃宵夜回来,突然看见一人鬼鬼祟祟地打开了金少山的房门,贼头贼脑的闪了进去,赛李五料到此人肯定不干好事。于是,他便在自己的房内细观动静,不大工夫,听到银毛苟和金少山在隔壁的对话后,方知是江湖人称"银毛苟"的歹徒在此行凶作怪,要替恶妇丁丽珠取金老板的性命。此时,这位行侠仗义的赛李五便悄无声息的躲在了金少山的门口,就在银毛苟威逼金少山饮下毒茶的关键时刻,赛李五猛然夺门而入,将他手中的钢球甩了出去,这时只听"砰"的一声,瞬间打中了银毛苟的手骨,带毒的茶杯掉在地上摔得粉碎,方使金少山又躲过了一劫。

"松竹社"在南京就演演停停、停停演演地硬磨软斗中,两个多月的演出,总算结束了,金少山赶紧让孙焕如安排大家乘火车回京。主要演员中,林树森家在上海、李砚秀有事儿需回到上海多待几日,他们两个先后告辞返回了申城。只剩下金少山和孙焕如等人留在南京善后。不料，第二天孙焕如接到电报，告知"松竹社"全体成员乘坐的火车达至廊坊附近突遭车祸，车厢里的戏班人员有几位因翻车受伤。最让人心痛的是，武净杨春龙、老生扎金奎二位名伶不幸遇难。金少山听到噩耗，如晴天霹雳，十分震惊，他心如火焚的连夜动身赶回了京城。回到北京后，金少山带着大管事孙焕如等人，先到死难及受伤人员的家中慰问，又找来义女吴素秋，爷俩商定在"新新大戏院"义演两场《霸王别姬》，所得款项全部用来救济抚恤遇难者和受伤人员的家属，尽最大的力量做好善后工作。此后，一向以义气为重的金少山，因心情极度悲痛，闷闷不乐的待在家中。

可谁知，祸不单行，车祸刚出不久，就在金少山极度悲伤的时候，何桂山老爷子的孙子小小何九，哭着来找金少山说："爷爷不行了，临咽气时还一直叫着三义的名字。"与师爷何桂山情深义厚的金少山听了，闻风色变，如雷轰顶，这当头一棒的打击使金少山难以置信，拔腿就往何家跑去。等金少山一口气跑到师爷家后，九十六岁的何桂山已经仙逝西归。金少山扑到师爷身上哭得死去活来，让人心痛。孝顺的金少山披麻戴孝，守灵七日，出资出人把何桂山的遗体安葬后，心情更加不好，待在家中闭门谢客，谁也不见。

一个月后，金少山的"松竹社"又恢复了正常演出，一般情况下，每周二、四、六出演三场。若遇到"大义务戏"和"窝头戏"、"合作戏"时，金少山依然是有约必到，毫不含乎。回京后的这几年，金少山也经常应邀赴外地演出，尤其是上海、天津、烟台、重庆、武汉、杭州、西安，他每年都要去上一两次。

1942年下旬，金少山由上海返京后两次搬家，先从潘家河沿搬到琉璃厂83号院，后来又从琉璃厂搬到了椿树下二条，两次搬家都不是买房，而是租房居住。金少山说："我之所以这样做，并不是买不起房子，也不是舍不得买。按我这些年的收入，别说是买上一套上好的四合院，就是买上它十进八进的大四合院、几十间高级套房都不成问题。关键是我不想给儿女们留下过多的房产和钱财，想让他们靠自己的能力和劳动创造财富，这样儿女们才能学会奋发图强及独立自主的生活，不会因为分老辈人留下的家产而反目成仇，互相争斗的手足相残！"

1946年10月，裘盛戎离开上海回到北京，为的是能搭上"松竹社"和三叔金少山在一起唱戏。于是，他首先找到了孙焕如先生，见面后，裘盛戎说明了他回京的目的和愿望，孙焕如拍着裘盛戎的肩膀说："盛戎，你能回来太好了，我听了你的想法特别高兴，同时非常赞成你能加入到咱们的松竹社来，我相信你三叔听了也会很高兴的！走，咱这就去见见金社长去。"

裘盛戎跟随孙焕如快步走到金家院内，高声叫道："先生，先生！"此时的裘盛戎对金少山也改称"先生"，已不叫"三叔"了。金少山在房内听见了裘盛戎的喊声，就应声答道："是大群子吗？你回来了，快进屋里来叫三叔看看你。"裘盛戎在院里边答应："嗳，我回来了"边往屋里进，他一迈进门槛儿就赶快跪下给金少山叩头作揖，金少山忙说："快起来，快起来，啥时候回来的呀大群子？"裘盛戎回答："先生，我是昨天回来的，今儿个来给您老请安来了！"说着又向金少山鞠了个躬，金少山笑着冲裘盛戎说："好啦，不必多礼了，快坐下说话。来，大群子先喝杯三叔泡的茶，我刚沏好的。"裘盛戎双手接过来金少山给他倒的茶水说："先生，很久没有喝过您泡的茶了，今儿个终于又喝上了！"金少山热情的开着玩笑插话道："好角喝的多，赖戏吃得多吗！来，再喝一杯，慢慢儿品，咱爷俩好好聊聊。怎么样大群子，这几年你和世光在上海还成吧？"裘盛戎回答："先生，这些年我一直牢记您的教诲，每天都坚持练功、吊嗓儿、多学戏，一刻也没敢放松过，世光也和我一样，非常努力，有时我们哥儿俩还在一起探讨艺术，从您老身上受到了很大的启发！"金少山听裘盛戎这么一讲，内心特别高兴的说："好哇，如果真是像你讲的这样，那我就放心了，大群子，你啥时候回去呀？走的时候从我这拿点儿钱，回到上海你们两个用。另外，再给世光带点儿东西回去，也有你的，恁弟儿俩一人一份！"裘盛戎说："先生，我这次回来，就不准备走啦。"金少山吃惊地问："噢，那你今后有什么打算呀？"裘盛戎回答："先生，我在上海的最后两年，就一直想回来参加到'松竹社'里面跟着您边学边看边实践，让先生您好好地带带我，叫我来什么'活儿'都行，先生，您看成吗？"叔侄二人你一言、我一语交心换命的谈起心来。

金少山听了裘盛戎的这些话，心有所动的说："大群子，既然你想跟着我，那就留在'松竹社'吧，明天请孙先生领你到梨园公益会去登记、注册、备个案，正式加入到咱们'松竹社'来，往后你头里想唱什么戏就唱什么，好好的磨炼磨炼，大有好处！"裘盛戎一听金少山答应了他参加"松竹社"的要求，高兴得就像七八岁的小孩子一样，欢蹦乱跳的冲金少山说："先生，您对我太好了，我终于又可以跟着先生学戏了！"他一边说"谢谢先生！"一边给金少山鞠躬，一边再鞠躬，一边再说"谢谢先生！"

　　从前的戏班子除了军队的以外，基本上全是私营的艺术团体，都是班主说了算，金少山一句话，到梨园公会注册登记后，裘盛戎就进了"松竹社"。不久前，唱花脸的马连昆因患重病，不能参加演出，裘盛戎这次回来，正好可以接他的戏，顶他的"坑儿"。需要说明的是，那个年代，演员搭班唱戏，每次演出所得到的报酬叫"戏份"或"包银"，演员中分有头、二、三路和领衔主演各不相同，另有头牌、二牌、三牌的区别，还有坐包、底包的划分等，武戏演员中的说法也不一样。演出一场结算一场，不演出自然也就没有工钱了，当然这里面也有高低之分、多少之别。做为"松竹社"社长的班主金少山，自幼就为人仗义，重讲友情，坐包演员马连昆先生虽然身患重病、不能登台演出，但他的"戏份"照发不误，跟从前一样按一周三场，每场八块现大洋，请账房先生每月如数送到绒线胡同十九号马连昆家中。并留下话说：家里如果还有什么困难需要解决，不必客气，只管张嘴，这是金老板讲的！金少山这些深情大义的做法，使一向傲慢的马连昆与全家人等甚是感动！

　　裘盛戎进到"松竹社"以后，对艺术的追求更加奋发，对自身的要求更加严格，练功吊嗓儿废寝忘食从未间断，晚上演戏、看戏或跟先生学戏特别认真。金少山看在眼里，喜在心中，对裘盛戎的成才更有希望，对裘盛戎的艺术成长更加关心，大大增加了金少山奋力培养裘盛戎的信念！每逢裘盛戎在前面演出，金少山基本上都是提前到剧场看戏。这天晚上，金少山坐在台下聚精会神的观看裘盛戎与宋继亭合演的《打严嵩》《黄金台》，不由得暗自赞叹道："这孩子有出息，几年的功夫没有白下，身上、嗓子、行腔、工架和表演都比以前见长了许多，看着非常舒服！成才有望也。"

　　没过多久，裘盛戎再次来找金少山问戏、求教，金少山兴奋的对他言道："大群子，前时我看了你唱的几出戏，不错，比在上海时强得太多了！现在是时候了，我想咱爷俩合演出全本《连环套》，你头里来'坐寨''盗马'，我后面接'拜山'给你兜着，怎么样？"裘盛戎听了是既紧张又兴奋，低声说道："先生，谢谢您老的良苦用心，我听了非常激动，只是我现在的功底和嗓子，哪敢和先生您一块演窦尔墩呀。"金少山鼓励他说："我说成就成，目前正是火候，首先你自己要有信心，只要你肯下苦功，就一定会演出彩来。这样吧，一会儿你去花市大街口里头的丰帕胡同找侯喜瑞先生，就说我请他给你好好拉拉《连环套》这出戏中的'坐寨'与

'盗马'两折，等拉好了，咱爷俩就出牌上演。"裘盛戎激动的不知该说什么才好，金少山微笑着冲裘盛戎言道："傻孩子，别愣着了，你赶快去吧，还傻乎乎的待在这干什么？"这时，裘盛戎才反应过来，笑眯眯的跑出了院儿外，直奔侯家找侯喜瑞先生请教去了。

北京的十一月份已进入了寒冷的冬季，侯喜瑞先生每天清晨准时到"松伯庵"处给裘盛戎说戏、拉场、抠身上，讲解表演、立工架，总之非常详细的教授起来。功夫不负有心人，裘盛戎整整练了"冬三月"，侯（喜瑞）先生教了"一季度"。1947年初，侯喜瑞怀着喜悦的心情来见金少山说："师哥，您交给我的任务完成了，您得空儿看看盛戎的'坐寨'和'盗马'这两折戏路小弟我给他拉的怎么样，若是火候还不到家，我再接着抠！"金少山非常客气的说道："师弟，您亲授的戏，准错不了，我还看什么，只要您能看过眼，我看着准成，让焕如这几天就将牌子挂出去，准备开台、上演。唱他个满城风雨，一名惊人！"

就侯喜瑞给裘盛戎说戏的日子里，金少山考虑到自己穿戴的"窦尔墩"服装尺码太大，按大群子的个头肯定撑不起来。为了保证裘盛戎的"坐寨""盗马"在京城打响，有心的金少山特意赶到苏州按照裘盛戎的身材给他从头到脚订做了一整套非常漂亮、考究的"窦尔墩"舞台行头，准备着让大群子演出时穿戴。由此可见，金少山对裘盛戎这次在京登台的高度重视和他在培养裘盛戎方面的良苦用心。

待金少山与裘盛戎合演《连环套》那天，轰动了北京整个梨园界的同行们，尤其是"富连成"的社长叶龙章和总教习萧长华，听说他们的科生裘盛戎要跟"大净王侯"金少山合演全本《连环套》，感到非常荣耀，当晚带着"富社"的许多科生前来观摩捧场。侯喜瑞高兴得亲自在后台上场门的出将口为裘盛戎把场，裘盛戎更不负众望，台上的表演大见光彩！金少山传授给他的虎声龙韵、相麒麟，钢骨暴性铁罗汉窦尔墩的艺术形象均有展现。台下的观众拍手称快，一致赞扬："这位裘盛戎可是个'净坛'中不易多得的后起之秀啊！"金、侯二人看了之后特别满意，金少山高兴的对侯喜瑞说："师弟，大群子这孩子的心胸我早就看出来了，肯吃苦，有犟劲，将来一定前途无量，必成大'器'！"紧接着，再借其上海之余威，金少山又专门安排了他与裘盛戎在申城合演过的《白良关》，自然是行家赞誉，观众好评，肥彩满堂，轰动九门。从此，年轻的裘盛戎在皇城脚下站住了足根，为他后来的丰功伟业打下了开宗立派的百年江山！

这年初春,百代唱片公司的刘经理邀请金少山再次灌制唱片,除了他自己演唱的段子以外,金少山还特意叫来裘盛戎对他说:"我以前曾给松岩合录过一段《白良关》,这次咱爷俩再合录一段《双李逵》留个纪念。"就这样,他爷俩为世人留下了唯一一张弥足珍贵的《真假李逵》老唱片,流传至今,万古于世!

金少山的精心培育传授,为裘盛戎的扬名奠定了良好的基础。从此,裘盛戎便更加尊崇、认定金少山就是他终身的艺术导师,做人的指南,成才的恩公,孝道的典范!后来,在他为先生的题词中这样写道:"尊敬的金老恩师,您是当代的花面宗师,剧坛的净雄!传我艺术者是您,教我美德者是您!(落款)您的学生裘盛戎(印章),民国四八年春写于北平。"

第二十六题藏头诗

智取恶势众家赞,
戏耍四方阎罗殿,
恶人必有恶运来,
势如天降斩妖剑,
转险为安金霸王,
险情之中战鬼缠,
为男要作血性儿,
安然无恙志顶天。

二十七、赶下包车　轰出茶楼

过去，京剧花脸演员主要是为"生""旦"傍戏，充当配角，即便是在以净行人物为主人公的单出剧目中担任主演，整班的领戏者仍然属于"生"、"旦"伶人，唱花脸的演员在戏班里只处于三、四牌的位置。自郝寿臣先生成名提位后，他凭借自己的艺术实力，挂过几场与"生""旦"名角势力抗衡、并名列前茅的头牌之外，到金少山起才算是真正开创了"净"行演员挑班领军的先河！至于这一点，也正是他师爷何桂山与其先父金秀山当年没能达到的遗愿。

金少山那神奇般的嗓筒能作洪钟大吕之声，音量绝鼎，喉域极宽，而且音色饱满，前无古人。每一放歌，有巨流出峡、飞瀑悬崖之概！他嗓音的响亮程度是京剧史上的空前，他的嗓子，既有堂音又有立音，既有高音又有低音，既有炸音又有沉音，音色的厚度共鸣，宽亮雄浑、洪旷无比。若按声乐家的理论学说而言：金少山的发音方法是科学的，总体共鸣好得很，尤其是头腔、胸腔共鸣结合得非常到位，他用气通畅，声音雄壮而又赋予自然。在花脸的声腔造型中，一直被认定为是一个正格。他"高""中""低"音俱佳，尤其是高音更见功力。金少山改变了花脸前人一些粗声大气的笨拙唱法，改造了那种接近喊叫的声音，甩掉了累赘的尾音，他的新唱法具有工稳、流畅、大方、雅气的特点，代表着20世纪30年代至40年代花脸艺术的最高水平。即便是如今，只怕也无人相比。

金少山独挑大梁"松竹社"和领衔头牌唱大轴，充分展现了他丰功伟业的卓越。梅兰芳、杨小楼、马连良、周信芳、尚和玉、高庆奎、杨宝森、尚小云、孟小冬、谭小培、程砚秋、李洪春、林树森、奚啸伯、谭富英、周瑞安、盖叫天、萧长华、李多奎、贯大元、李砚秀、刘宗扬、叶盛兰、杨瑞亭、荀慧生、李世芳、张君秋、吴素秋、王虎臣、姜妙香、李桂春、白玉昆、马连昆等上百位京剧名伶与他联手合作或配戏以及众星捧月南北轰动的盛况，使花脸行当登上了前所未有的至尊。诚然，有一些并不起眼的"净"行小戏、垫戏、开锣戏，或是不以花脸人物为主人公的剧目，只要经金少山一唱，便大放异彩，即刻变成了备受人们欢迎的花脸大轴代表精品。更值得一提的是，还有一些演臭了的传统戏，经金少山略为一改，那么一唱，便可以化腐朽为神奇的叫起好来。真可谓是点石成金，画龙点睛，占尽风流也！另外，每逢金少山演出，他在台上具能调动感染满台的傍戏演员，精神抖擞，鼎力相配，文武场面上的全体伴奏乐师，伺候的浑身大汗，痛快之极，让人兴奋。

由于金少山大悲大喜、大难大盛、大起大落的传奇经历和他在表演艺术上的高深造诣，已构筑成了神话般的故事，就全国的戏曲界内形成了独步古今的花脸之最。当时的观众就像是着了魔似的，耳必听金少山，眼必看金霸王，话必谈金老板，净必道金三义，文必论铁罗汉，凡花脸戏非他莫属不能过瘾。黉门雅士以"金"为题挥毫泼墨；亲朋好友以"金"为荣奔走相告；评书艺人把金少山的粉墨春秋搬上词案，成为奇谈；相声大师侯宝林把金少山当年在张家口卖西瓜的故事，编成名段佳作流传至今；金少山成为了从事花脸专业中青年演员的崇拜偶像；当年的市民们把金少山的酸辣苦甜传来传去，变为奇谈。总之，在街头巷尾、茶馆酒楼、洋房别墅、贫民窟内等，到处都能够听到金少山悲欢离合及评戏论角的热门话题，若谈到花脸戏时，人们便会以金少山为准，唇枪舌剑地热闹一番。三五成群的职业艺人、京剧票友和戏迷们聚在一起，非金先生无话，无金三爷不言，把金少山的奇闻轶事传得神乎其神，尤其是北京城内燃起了一片"金霸王热"的唇风舌雨。

曾有一次，金少山在天津卫演出时，这天没戏，他到天津"三不管"的地方去闲逛，走到一个说相声的棚子旁边，听见里面好像正在说他，就进去坐了下来。此时，著名相声演员马三立正在说他的拿手段子《卖挂票》，其内容讲的是讽刺一个本不会唱京剧的小市民想装高雅，吹牛说他不仅会唱，而且还和许多京剧名角同台演过戏，就连声名显赫的"大净王侯"金少山都给自己当过配角。待马三立刚把这段拿金少山逗哏的《卖挂票》说完，回到后台，有人招呼说："马爷，有客人来访。"马三立赶紧迎了过去，还没等他问话，来者却自报家门的言道："马先生，刚才的《卖挂票》说得不错呀，在下金少山承蒙夸奖了！"马三立一听，脑袋"嗡"的一声，汗可下来了！心想："坏了，刚才我拿人家金少山抓了半天'哏'，没想到这位惹不起的金三爷就在下面听着呢！"马三立连忙一抱拳，向金少山赔着笑脸不好意思地道歉说："金老板，实在是对不起！刚才那个段子您千万不要生气，我这儿给您赔礼了……"可谁知，这位被天津人追捧的金少山不但没有恼怒，反而非常客气地抱拳答礼，哈哈大笑道："马先生，往后在您的相声段子中若有需要我金少山的地方，尽管大胆地说，放开的'抖'好了，我不在乎。京剧是戏曲的一种，而戏曲又是由说唱形式演变而成，相声本身就是曲艺说唱的艺术门类，论起来，咱们吃开口饭的艺人本属一家，就得是鱼帮水、水帮鱼的鱼水关系，相互帮衬才有饭吃，您说对吗？"金少山讲的这番话，使马三立非常敬佩！从此，二人成了特别要好的忘年之交。每逢金少山赴天津演出，都会请马三立到剧场看戏，而马三立总会尽地主之谊，以东道主的身份热情款待这位德艺双馨的金少山先生。

这位拿金少山"逗哏"的马三立不可小觑，他在天津曲艺界有着极高的地位，是一位德高望重的相声演员。马三立1914年农历8月6日出生于曲艺世家，祖父马诚方是著名的评书艺人，回族，甘肃省永昌县人，父亲马德禄是"相声八德"之一的著名相声演员，又是前辈相声名家恩绪的宠徒和门婿，母亲恩萃卿曾学唱京韵大鼓，兄长马桂元师承"相声八德"之一的李德钖，以擅说"文哏"段子的相声著称。家庭环境的耳濡目染，使马三立从小对相声艺术就十分熟悉。在父、兄的熏陶下，打下了"说""学""逗""唱"的基本功底。他十二岁跟随家父马德禄学艺，后拜著名相声艺人"相声八德"之一、绰号"周蛤蟆"的周德山（周德山与马三立的父亲是同门师兄弟）为师，学艺进步很快，视野日渐开阔。曾先后与耿宝林、张庆森、侯一尘、刘奎珍等搭档演出，后来马三立登上了被全国的说唱艺人视为大台口的天津卫"大观园剧场"与侯一尘搭档出演，一炮打响，赞声不断，轰动津门；翌年，他第三次来到北京，在京城"华声电台"和"茶社戏园"子演出时，以他那风格独特的马家相声的艺术魅力，引起了曲艺迷们的追捧，台下掌声不断，赢得了行家的好评，就像天降"炸雷"一样的震惊了皇城。从此，马三立声名鹊起，轰动京、津，在北京站稳了足根。数年后，受天津"新声戏院"所邀，马三立重返天津卫登台演出时，终于在同业和观众的心目中，确立了自己的艺术地位。

马三立先生的相声艺术风格，主要表现为台风亲切、题材平实、语言风趣、口词随和、结构简洁却隽永幽默。众所周知,他相貌清瘦,表演朴素,说逗的言语较为粘连及显得有些嘴碎零嗦,有些个别的相声段子,在轻声絮语的表说中不时还会出现口头表述所常见的语病,可听着却使人感觉如聊家常,如遇故知,就亲切随便中会突然迸发出机趣与幽默的快感。他的相声表演,其风格是自然散淡的,犹如传统的太极推手,"包袱"轻易不会放出,而一旦出手必能力拨千钧,一语一词使人久难忘怀。其《逗你玩》《家传秘方》《开粥厂》《白事会》《大保镖》《夸住宅》《文章会》《卖挂票》《似曾相识的人》《黄鹤楼》《十点钟开始》《买猴儿》《学说瞎话》等代表性节目中,无不从各个侧面体现着他的艺术风格。马三立的相声,从文学的脚本上来看,主要是以第一人称"我"的口吻来叙述故事情节,并在刻画人物的同时抖出"包袱",亮出"俏头",撒出"味道"。情节的巧妙匹配和人物的语言塑造,是马三立相声文学的两大支柱。"我"这个第一人称的叙事方式,又使他表现的内容更加细腻,更加可信,也更具有艺术上的感染力与之便利的讽刺手段和审美张力的展现。马先生的相声说表,因含有第一人称叙述方式的具体延展,在思维上则属于归纳式的升华与浸染,从而引导出了它们各自不同的幽默姿态,就讽刺手法的艺术运用上,是"自嘲"式的;就展示手段艺术上,体现着"人情练达的文容"深刻;在思想表现的类型方面,他通俗而质朴;在艺术风格的价值回归上,马三立又以相声的传统精神演绎着无处不在的平民心理与生活风情的所在取向。

马三立早年表演的传统相声,主要是最见相声演员功力的"贯口"活儿和"文哏"段子中的《吃元宵》《地理图》《夸住宅》《文章会》等,其表演活儿宽、路子正,哪段儿都有新玩意儿。到了马三立的中年时期,在表演对口相声的同时,马先生仍擅说单口相声,并且常能使所演节目给观众带来"余声绕梁"的美感。听过马氏相声之后,当时乐了还不算,什么时候想起来什么时候依然还会笑口颜开地乐个没完,真正做到了使自己的艺术风格脍炙人口、隽永流芳。在艺术趣味上,他在舞台表演方面的"口风"追求现场运用,马三立说:"我不喜欢拿好架势才出场,也不喜欢用大喊大叫和超刺激的怪声怪气或怪相找噱头。喜欢用语言与形体动作把观众引入我为他们提供的特定气氛中来,让观众如见其人,如闻其声,如遇其事,如临其境。我用甩'包袱'将观众逗乐,又要使人们在感觉上不认为我是在有意识地挑逗他们发出笑声。"正如古人诗句中所谓的"随风潜入夜,润物细无声"。这即是马三立在相声表演艺术上的"大音希声,大象无形"的大成境界。在漫长的舞台生涯中，他饱经风霜，历尽坎坷，矢志不移的以相声为武器，讽刺假恶丑，歌颂真善美，勤勤恳恳、兢兢业业地为民众服务，为社会颂德，受到了人们的爱戴，享有颇高的声誉。他家学渊博，容纳百川，承前启后，形成了马氏相声的艺术风格，说表个性，推动了相声艺术的发展，不愧为当代的相声泰斗，幽默大师。

马三立的相声，可称得上是行云游风，娓娓道来，天机自露，水到渠成，自始至终带着赏心悦目的松弛感，让人陶醉。至于马三立那变幻莫测、出奇制胜的想象力，更是令人叹为观止。通过长期的舞台磨炼，打下了艺术风采的百年江山。他喜欢用第一人称的表演方式，"我"即是他作品中的主人翁，又是其嘲讽的人物对象。曾有人这样评论："我就是被讽刺的对象，有时虽然捧哏的指出他的漏洞，但，并没有公开的评论。他尽力把被讽刺的对象演活，而把评论工作交给了观众。演员与观众配合默契，达到集体抒情。"这就是他追求艺术境地的欣然快感。

马三立这位德艺双馨的相声表演艺术家为世人留下了众多脍炙人口的经典名篇，早已是天津独有的文化符号！作为中国曲艺界里程碑式的人物，马三立为相声艺术的发展和传承立下了业绩卓著的汗马功劳，并奠定了马氏相声这一中国相声重要流派的艺术根基。他将自己的一生都奉献给了相声事业和观众，马氏相声更是以贴近百姓、贴近生活著称。他将笑声传遍了千家万户，深受社会各界及广大观众的热爱和尊敬。马三立的主要作品有《法语的误会》《大上寿》《买猴》《讲卫生》《迎春曲》《练气功》《白事会》《八大改行》《吃元宵》《扒马褂》《买挂票》《开粥厂》《摇煤球》《学外语》《家传秘方》《大保镖》《天王庙》《病从口入》《文章会》《秘方》《学说瞎话》《相声的魅力》《老头醉酒》《追》《汽车喇叭声》《吃饺子》《马虎人》《查卫生》《八十一层楼》《写对子》《开会迷》《相面》《情绪与健康》《西江月》《夸住宅》《黄鹤楼》《偏方》《大乐特乐》《逗你玩（儿）》《对对子》《拉洋片》《算卦》《找糖》《三字经》《美容院》《开会》《地理图》《起名的艺术》《钓鱼》《卖黄土》《让座》《苏三不要哭》《十点钟开始》《似曾相识的人》等。好了，有关马三立先生的事迹，就到此为止，接下来咱们再接着聊金少山的故事。

下半夜了，按金少山的习惯他仍无睡意，他让艳芳先回房休息，一个人在外屋静静地坐着，还偷偷地微笑，而且笑得津津有味，特别开心。那么，到底是什么事情使金少山长夜难眠、独伴孤灯、乐乐沉思呢？其原因是，因为被人们认为现如今招惹不得的金三爷，今儿个下午在外面被人家大骂了一顿，而后又险些挨打，并让众人毫不客气地轰出了天桥茶楼。故而,金少山才颇为兴奋的难以入眠。

原来,金少山这天没戏,想出去逛逛,休闲休闲,找点乐趣,解除一下连日来演出的疲惫。于是,便乘着黄包车直奔天桥附近的茶楼而去,待车夫拉着金少山正跑的有劲儿时,身边却又追来了一辆黄包车,两位车夫驾车并行,边走边聊,论起戏来,另一位车夫兴致勃勃地说:"喂,伙计,昨儿个晚上金少山演的《铡美案》看了没有?唱得真棒!他演的包公戏听着确实过瘾!咬字清楚,声震厅堂,两耳贯风,行腔美妙,扮相魁伟,动人心弦。比郝寿臣唱得还好呢!"拉着金少山的车夫回答:"票价太贵,昨儿晚上的戏我没看,不过前两天我看了一场金少山的全本《连环套》,好家伙!无论是从做派到唱腔,从念白到表演,浑身是戏无与伦比,绝妙透顶!远远超过他老子金秀山了。在咱们北京城就花脸而论,看来是首屈一指的人物啊!"就在二位说得正有兴头时,金少山在车上故意插了一句:"你们二位讲得也有点儿太玄乎了吧?说他唱得这也好那也好,比他家老爷子唱得还好,叫我看别说是跟他老子比,金少山的戏不一定能唱得过人家郝寿臣和侯喜瑞先生。他不就是嗓门稍大些,个头略高点儿吗?从戏功到做派比人家郝老板、侯老板差远了。"车夫一听顿时一愣,颇为反感的问金少山:"你是哪儿的,是北京人吗?你会看戏不会,懂不懂戏?你看没看过金老板的戏,啊?要是不懂戏就好好地坐你的车,别乱插嘴。如今京城内谁不知道金少山的戏好!你却说他唱得不成,我看你这个人有点儿'二',压根儿就不会听戏。"两位车夫很不满意地跟金少山争吵了起来,金少山强忍住笑容,假装着不服,仍然在说着金少山唱得不行的坏话。而且比他们嚷得还凶,车夫顿时上了火气,不耐烦地把车子一停,生气地冲金少山说:"下来,"金少山问:"为什么让我下来?"车夫用生硬的语气回答:"不为什么,我不想拉了。"金少山又问:"还没有到地方呢,怎么不拉了?我又不是不付车钱,总不能半路就叫我下车吧?"车夫毫不客气地说道:"半路让你下车怎么啦,老子不想伺候你这号人,车钱我不要啦,请你赶快下车,另找车子好了,要不你就自己走着去。"金少山一边欲想下车,一边听拉他的黄包车夫嘴里嘟嘟噜噜的小声说:"真是的,敢说金老板的坏话,车钱不挣,也不能拉你这号'货',赶快下车,别耽误我做生意,我还得去拉别的客人呢。"金少山看无法缓解,也只好下车步行朝天桥走去。

金少山来到天桥后,他在附近找了一家较上档次的茶楼,要了一壶尚好的茉莉花茶,独自一人品起茶来。刚刚品出茶香的浓味儿,转脸看见从楼下走上来几个穿着考究的茶客，坐在了金少山的对面，他们一边让茶房"小二"（上茶送水的伙计）送点心沏茶，一边用地道的北京土话相互让座，一边热热闹闹地聊起话来，看穿戴举止及言谈话语的风度，像是前清大臣们的后裔。这几个人就类似戏剧评论家一样，边品茶，边七嘴八舌地开始评戏论角，有的摇头晃脑高谈阔论，有的评头论足振振有词，总之，海阔天空各表高见，这个说：某某老生演员唱得不错，但身上不成；那个讲：某某名伶的表演虽然很好，但嗓子一般，韵味儿较差；还有人说：某某短打武生的跟斗翻的很棒，但手把太拙，工架不行；又有人讲：某某坤旦的扮相确实漂亮，但在做戏方面缺乏魅力，不太感人；有一年龄稍大些的人说："当年我在宫里看程长庚、杨月楼、余三胜、谭鑫培、金秀山、刘赶三、杨小楼、梅巧玲等人唱戏时，那没的说，真叫一个棒！个个有绝活儿，出出是好戏。如今大清朝完啦，咱们再也不会有这种进宫听戏的待遇了，像当年'十三绝'的戏，恐怕我这后半辈子再也看不成了……"当谈到金少山时，这帮品戏论角的茶客，个个来了精神，句句闻之口彩，其中有一位郑王府的白髯长者，手捋着胡须，美美地呷了一口香喷喷的酽茶说："金少山是当年清宫'升平署'内吃内廷供奉的花脸名伶金秀山的三公子，他父亲的戏我也看过，当年常进宫为老佛爷和圣上演出，称得上是一位颇有名气的大角。金少山的戏比他老爷子金秀山的戏更见彩头！我从他回到北京的头一场演出，就场场不铆地连看了几出，那真是好啦去了！一场比一场来劲，唱得好，演得棒，京城内没得比！无论从行腔到念白，从工架到身段，从台步到劲头，从做派到气质，还是从表演到戏功，具无可挑剔。金（少山）老板的演唱，强时如风驰电掣，弱时如柔风细雨，快时如骏马奔腾，慢时如闲庭信步，大时如猛撞洪钟，悲时如少女泣诉，怒时如排山倒海，静时如蚕虫抽丝，一招一式引人入胜，一神一韵感人至深，动人心弦！我在台下听得入迷，看得发呆，直嫌戏短。"金少山暗想：看来这位白发长者确属行家，讲得头头是道，句句风雅，品得条条在理，字字含珠，把洒家从头到足评了个透底儿"红"！这时候，茶桌对面另有一位年轻人冲老者说："老爷子，您讲得我心里直痒痒，真可惜，前些时候，我忙着在外地出差办事儿，一直到现在都没能看上金少山的戏，听说这个礼拜六也就是明儿个晚上金少山要和吴素秋合演《霸王别姬》。"年轻人刚说到《霸王别姬》的时节，却被那位满头银发的长者截住话题言道："《霸王别姬》这出戏，原本是'旦角'领衔，尚小云和梅兰芳都演，可后来经金少山这么一唱，竟成了他的头牌！凡海报贴出，观众看戏大多具是冲着'金霸王'而来，那抢购戏票的人多的就甭提了，跟打仗似地人山人海挤拥不动！有一次因为排队购买戏票，差一点儿把老朽杠翻挤倒在地上要了我的老命，后来，有好几场戏我全都是买的黑票，即便是黑市的高价戏票，有时候也不太好买。据我所知，金少山在上海就是跟梅（兰芳）先生合演《霸王别姬》唱响的。"年轻人接话："老爷子，那按您这么说，我明天一大早还得赶快到戏园子门口排队买票呢！"年长者说："可不是嘛，你去晚了只怕就买不上了，我建议你最好今儿个夜里就去，很可能今儿晚上就排上队啦。"另一个小伙子接茬道："嗳，伙计，这次说啥你也不能再错过机会了，要不然你就白住在京城了，你没听人家说'卖了家传的二亩地，也要看金少山的花脸戏'！"此时又有一位中年男士开腔说："我看现如今咱北京城不管是谁挑班唱《霸王别姬》，非得请金少山上霸王不可，若其不然，那这出戏就没有看头了，肯定掉座，即便是梅兰芳先生也不例外。凡梅老板唱这出戏，非金老板来霸王莫属。"年龄稍大的茶客说："一点儿不假，这话没错儿……"

就在这几位茶客谈得正有劲儿的火候上，金少山在对面风趣地放开喉咙，大声地咳嗽了两声，傲慢地说道："我看金少山的戏唱的不怎么样，把他吹成一朵花儿似的夸来夸去，赞个不停，拍马屁拍到茶楼来了，恐怕是有点儿太过分了吧！嗨嗨，也不知道姓金的这小子给了他们多少钱，值得用这么大的劲儿吹捧他吗，我真看不出来金少山的戏到底好到哪里？只不过是浪得虚名罢了。"总之，金少山故意给这帮人唱反调，把自己说得又脏又臭，连个一般的票友都不如。

金少山的几句话，把这几个品茶的茶客气得咬牙切齿，头脑膨胀，不晓得说什么才好，除了那位老人之外，个个摩拳擦掌直想打人，心想：怎么遇到一个狗屁不通的憨旦二子，在这里胡乱插嘴。然而，他们越说金少山唱得如何好，金少山就在对面讲金少山唱得如何差，搅惹得这几个人心里非常反感，在忍无可忍的情况下，憋不住的动起火来，冲着金少山嘈气地说："喂，大个儿二子，你这个人如此无理，怎么故意给我们斗气，胡乱接腔插话？马上给我滚出茶楼，否则，我们对你可就不客气了！"另一个身强力壮的年轻人骂道："对，让这个憨旦二子屎壳郎搬家滚它的臭蛋！"把金少山骂的一愣，接腔道："你这个年轻人怎么屎壳郎打喷嚏满嘴喷粪那？我在这里吃茶，又没有招惹你们，我有我的见解，你们有你们的看法，你们聊你们的，我说我的，管你们屁事儿，与你们有什么关系，凭什么骂人？"这帮人见眼前的憨旦二子胡搅蛮缠，不讲道理，还不服气的争辩起来，于是乎，嘴里不干不净地想要动武。此时围观的人们本欲劝解，后因对金少山无理取闹说"金霸王"

的坏话都不满意，也就只看不管了。后来，因为金少山并非真气，只不过是想借此机会，探听一下人们对他在北京唱戏的反映到底如何，就假装示弱地赶紧走出了天桥茶楼。

金少山离开茶楼之后，正赶上下午的就餐时间，于是，他便走进了一家满族饭庄，准备用餐。待金少山点过酒菜，边吃边喝津津自饮的时候，突然听见旁边有几个穿戴好像是清朝败落大臣扮相的老人，在议论自己，只见一位留着长须白髯一身古气的老者开腔道："喂，诸位大人，看见海报了吗？明儿个晚上'华乐戏院'上演由金少山和他的义女吴素秋联手的《霸王别姬》，这出戏可是金老板的拿手好戏呀！有位朋友送给我了几张戏票，明儿个晚上携从家人到'华乐戏院'听戏去，你们去吗？这可是机会难得呀。"旁边另一位年届六十多岁、身着清末老式行头、留着小八字胡的人，放下酒杯笑眯眯地说道："纪大人，听金少山的戏，可要提前做好准备呀！"这位八十多岁高龄的白髯公纪大人，不解地问："听戏就是听戏，怎么还得做好准备呢？"留八字胡的扯着官腔，醋文酸意地言道："看，这您就不懂了吧，听金少山老板的戏，进园子前必须得先到厕所方便一下，放过腰水后，再入席落座。否则到时候就来不及了，因为到了关键时刻，等您内急需要解手的时候，正遇好戏，您舍不得错过良机，等您憋得受不了、听得正有味儿的时候，他来上一声山崩地裂的大嗓门，纪大人，就您老这把年纪，准得被金老板这一嗓子吓尿裤！"另几个饭客插话说："麦大人，您说得有点儿太夸张了罢？"纪大人捋着自己的胡须接腔道："就是，讲得也太玄乎了，我不信，金少山的嗓门再大，也不可能把人吓尿裤？"姓麦的八字胡风趣地笑着说："纪大人，您可别不信，这可都是我亲自体验过的事儿。"旁边有一位头上扣着顶一把抓的瓜皮帽、身穿一件深蓝色的绸缎长袍、戴一副水晶石眼镜的同伴插话说："看来，您麦大人被金少山吓得尿过裤子喽？"麦大人面带笑容，用非常幽默的口气回答："非也，我倒没有尿裤，我领着夫人和孙子去看金少山的戏，正听得带劲儿时，不料他冷不防亮了一腔，这一腔好像是天塌地陷一样，夫人和我的小孙子连震带吓得尿了一裤兜儿！"话音刚落，纪大人突然醒悟，用手指着姓麦的八字胡，哭笑不得地说道："好你个麦大人，你拐弯儿抹角儿的来占老夫的便宜，回头我饶不了你。"说着说着，满桌儿的人们都捧腹大笑起来。把正在饮酒的金少山逗得将口中的酒菜，喷了一桌子，也忍不住的笑出了声音。等这帮人认出来刚才跟着他们一块笑的大个子，就是他们谈论了半天的金老板时，金少山已经结账离开了饭庄。

心情舒畅，步行而回的金少山，刚走进离椿树下二条不远的街口，听见有几个老北京说："李大爷，我听说上次金少山从上海演出回来时，光别人送给他的礼物和名贵花草，就拉回来了两卡车，您听说了吗？"李大爷回答："我何止听说，还亲眼看见了呢，有一次我往他家送煤球，到金少山家里去过一趟，金家院内简直像个小花园儿，南方的、北方的、热带的、冷带的，还有外国进口的，各种名贵花卉样样俱全！当时我还给金老板聊了几句，据金少山说，他原有的花木不算，就上海带回来的那些花草，就价值好几千现大洋呢！"这时，又有一位街坊说："你们知道不，上海大亨杜月笙跟金少山关系很好，他因为喜欢看金老板的戏，送给了金少山一堂《连环套》和一堂《霸王别姬》的行头，这两戏两堂的行头可值不少钱哪！"另一位邻居开腔道："我还听说，杜月笙的师傅黄金荣与金老板的关系更不一般，曾经是金少山在上海时戏班里的东家，他也是个'金霸王'迷，最爱听金少山的戏，金老板在申城过生日时，黄金荣送去了一个比桌面还大的洋式蛋糕，有几十斤重！"李大爷插话说："几十斤重的洋蛋糕只是其一，还有其二呢，金少山离开上海时，黄金荣为他送行的一张银票，就开出了二十万大洋。"金少山听着走着，转身而过绕道而行，颇为兴奋地回到了家中，因此方深夜长思地待到了天亮。

事后，那几个在天桥茶楼的谈戏者，听说被他们轰走的大个子竟是金少山时，后悔莫及，托人说和，并且还特意拎着礼物登门向他们崇敬的金老板赔礼道歉。金少山自然不会计较，而且非常热情地接待了这帮品戏评戏的戏迷，并爽快地对他们为自己打抱不平、摇旗呐喊的情义，表示非常感谢，还结成了很好的朋友。不久，金少山费了很大的周折，又寻找到了把他赶下车的黄包车夫，将其请到家中设宴款待，结为至交，使这位黄包车夫甚是感动！临别时，金少山又送些礼品表明谢意。后来，这段金少山因说金少山的坏话，被当作"憨旦二子"轰出茶楼的趣闻，竟成为了天桥书场及相声艺人们颂扬金少山的幽默段子，流传于世。

就北京的几年中，由于金少山的威望不断提高，"松竹社"的影响不断扩大，兵强马壮的"松竹社"在金三爷的带领下，经常受邀往返于天津、上海两大都市之间参加演出，有时甚至相隔半月就要往返一次。非常值得提到的是，若到了演戏的黄金季节和邀角请伶的高峰时期，金少山本人会忙得不可开交，疲惫不堪，即可达到今天还在北京的戏园子里登台演出，明日就有电报或长途电话催他速乘飞机赶往上海唱戏，在高报酬的引诱下，金少山就是这样，今天北京明天上海，明日上海今日天津，在空中飞来飞去，来回飞行着赶场演出长达三个多月。可以说，邀角请戏的经励科老板们，像如此这般接送演员赶场演出的高昂代价，除了金少山之外，在全国的梨园境内，恐怕还是前所未有的首例。可见，金少山当年的声望和出场的上座效率，已达到了何等的高度。不难想象，此时的金三爷或多或少的已染上了豪门霸气的习性！由于金少山过度疲劳，长期透支，对他的身心健康也埋下了无法弥补的隐患。

自1937年起，金少山成为了响遍大江南北、名震长城内外，被人们尊称为"十全大净"的花脸宗匠后，这位艺高盖世，昆乱不挡，八门强精，六路通透，全能全智的"花脸大王"金少山，被京、沪、津三地的戏院经理、文化商客的管爷们，捧来捧去，邀去请来，把金少山捧成了高贵的身份，名流的架子，大角的脾气，招惹不得。若稍不顺心，他便会大发雷霆，罢戏停演，给你来一个措手不及。与此同时，金少山也认识到了，为什么自己会被那些视钱如命的组戏商们，机来车去、空走陆来、高档招待、来回接送的经济价值。的确，金少山如今的出牌戏价比当时的全国一流顶级名角，还要高出五分之一的价码。由此可见，金少山为那些经励科的老爷们，也确实创造了无法估量的财富，显然，这就是那些组戏邀角商们为什么要争先恐后、如此看重金少山的道理所在。

金少山亲眼所见，那些文化商客们通过自己和一些名角们的演出，一锭锭的金条，白花花的银元，一捆捆的钞票，一箱箱的珠宝，像大风似地刮来，飘进了他们的腰包，个个肥得流油。这些人，花园别墅洋太太，豪华轿车珠宝玉器应有尽有，终日迷醉于吃喝嫖赌之中，灯红酒绿、肉山酒海享用不尽。就此，金少山渐渐产生了不平衡的心理和错综复杂的难言之隐……

此后，金少山在北京、上海、香港、天津、南京、武汉、西安、杭州、长沙、石家庄、张家口、青岛、烟台与东北三省等地，确立的声望，被人们传之全国达至海外，就如同高楼大厦的筑起和大雄宝殿的坐落，成为了全国戏曲重镇的人们在茶余饭后舆论的中心主题。因金少山多年来所从事其艺术专业的缘故，长期出入上流社会，他接触的人物俱是些名流绅士、文豪大家，故而，惯养成了穿着考究、衣帽整洁、形象突出、气质大派，风度高雅、非同一般。无论是平时在家，还是逛街散步，或乘船坐车，或外出办事与参加各种场合的公益性活动时，人们总会把他当作身着便装的军政要员和腰缠万贯的上流人士高看一筹,从不会猜到他唱戏的身份。如果有人真的认出了他就是艺贯南北的"金霸王"时,人们就会像碰到多年不遇的亲人那样围上来,非常亲切敬慕地搭话问好,攀谈关系,或者是问一些有关金少山的传闻:您当年为什么要顶撞黄金荣?大家都说你和杜月笙是把兄弟,你们的关系非同他人,您在上海救过杜月笙的干娘?听说您养的有老虎和别的动物?金老板您的嗓门怎么这么大?是如何练出来的,我们听说是一位老道士用仙丹妙药帮您治好的嗓子,恢复了声音,有这回事儿吗?金先生能不能和您交个朋友?请金老板赏个脸,到寒舍吃顿便饭如何?我和家父特别喜欢京剧,尤其是对您"金霸王"的演唱更加崇拜,给您合个影留个纪念可以吗?等等的问题和要求,使金少山久久不能脱身。跟着金少山的二夫人程艳芳也学着穿金戴银、珠光宝气的阔了起来。

第二十七题藏头诗

赶下乘车一巨星,
下车独步天桥行,
包车车夫气冲天,
车内金爷斗嘴能,
轰出茶楼犯众怒,
出手要打少山公,
茶客赔礼金老板,
楼阁趣闻动京城。

二十八、新戏未出　终身遗憾

京剧名票翁偶虹先生，是一位学富五车、满腹经纶的著名戏剧学者，同时又是一位博古通今、古道热肠的戏曲剧作家和文笔隽秀、识唱断语、听风辨向的戏剧理论家。他与金少山相识后，二人结成了无话不谈的知己，金少山有什么心里话或遇到解不开的事情时，总爱找翁偶虹倾泻心声。

翁偶虹先生在他的《知音喜遇知音在》文章中说：

自1937年金少山回京挑班，我被这位"十全大净"金少山的艺术魅力所征服，无戏不听，每场必到。金少山与高庆奎在上海合作《三十六友》时，曾结为盟兄弟，我经庆奎兄介绍，得识少山，每作长夜之谈，辄恨相见之晚。少山时常炫耀他在上海排演新戏的经验，有意无意地流露出请我给他编戏的希望。我认为此时的金少山，正如偏师突出，所向披靡，多少年沦落为开场的铜锤戏、架子戏、摔打戏，够演一辈子了，何必双眉斗画，再做新娘？仪其诚意，诺之而已。他的"松竹社"管事、同时兼管吴素秋戏班事务的孙焕如先生，曾请金少山观看了我为吴素秋编排的《比翼舌》一剧。观后相晤，颇多建议，他特别关心高德松饰演的葛嵘，他认为剧本赋予这个花脸角色有许多发挥的余地，可惜演员不能为剧本"学舌"（"学舌"是戏班的术语，即准确地把剧本中的意境演出来），他不是空泛地吹毛求疵，而是颇有见地的即兴表演出来。由于金少山对《比翼舌》的高论，我又进一步了解了少山确是个排演新戏的里手。从新剧之排演，谈到老戏之升华，他都说得头头是道，有物见理，证之舞台演出，无不若合符节。谈来论去，谈到了昆戏问题，少山说他学过《嫁妹》《火判》《芦花荡》，还学过《山门》《功宴》等等。他很自负《嫁妹》的师承，是他的师爷爷何桂山一招一式传授给他的，可惜在上海、北京都没有唱过。他在张家口、哈尔滨曾演过此戏于开场，乃配角也滥竽充数，唱来毫无兴趣。我借机敦促少山在北京一露，他理由十足地说："昆戏本来就'皮儿厚'（'皮儿厚'，即不易理解之意），这出戏又是孤零零的一个折头，看戏的观众不明白钟馗为什么要把妹妹嫁给杜平，钟馗又是怎么样由人变鬼，而鬼又多事。光看那些架子身段，还不如看《青石山斩狐》，光听那套［粉蝶儿］，还不如听《单刀会》的［新水令］，费力不讨好，犯不上劳人动马的说戏拉场。要演，就演出个名堂来！"我觉得少山讲得很有道理，便兴致勃勃地给他讲述了《嫁妹》本原于《天下乐》传奇，是明代张大复的名曲，全本剧情曲折，是一出神话味道的人情戏，虽有浓厚的迷信色彩，却又有破除迷信的含义。钟馗由人变鬼，是因为他得到他未结缡的妹夫杜平的资助，赴京应试，偶宿佛寺，看到众僧诵经为死者超度亡魂，他认为人死何需超度，完全是惑众骗人。由于他秉性刚直，捣毁了道场，殴打了和尚。主持夜疏于地藏王，地藏王为了惩罚钟馗，引他误入鬼窟，受到十鬼纠缠，身患疟疾，容貌变丑，谓之"五厉鬼夺其福。""五厉鬼夺其福"，也就是民间传说中"五鬼闹判"的来源。钟馗应试得魁，高中状元，不想金殿面君，因貌丑而被黜。他愤愤不平，碰死于后宰门前，诉冤于昊天玉帝。玉帝念他为人正直，又是被鬼纠缠而遭遇不幸，怜其冤苦，封他为除邪斩祟将军，统管天下恶鬼。曾经资助过钟馗的杜平，精于货殖，富国裕民，这时已得到皇帝的封赠；杜平便将钟馗容貌变丑的冤情申明于朝，皇帝又追封钟馗为终南进士，状元及第。钟馗深感杜平之义，履行生前诺言，排列了笙箫鼓乐，把未结缡的小妹，送嫁到杜平府中。后来杜平晋爵为五路财帛都总管，和他另外一盟的四位弟兄，同被玉帝封为五路财神，钟馗又前往祝贺，舞笏戏蝠，意味着福自天来。所以南昆演此，又名为《财神记》，是一出神话意味的人情兼吉祥的灯彩戏。

金少山凝神听了我讲的钟馗原委，拍手称快，频呼好戏，他索性直率地说："这么好的郝本素材，您咋不编一本全部《钟馗传》呀？也叫我多置二亩地（这是旧时代艺人们的戏言，意为多排出一本新戏，等于多置二亩田产）！"我也率直地说："金先生，只要您演，我就编写！"少山边从鼻烟壶里给我添了些鼻烟，边说：

"咱哥儿俩一言为定！是不是立个军令状？"我即兴地回答他："仁兄，言重了。"

知音喜遇知音，其乐何如！我出于一时兴奋，只用了一周的时间，便把《钟馗传》的剧本写好，润色之后，复写了两份。少山见到本子，顾不得抽烟，顾不上和我寒暄，盘着腿坐在床上看得入神。忽然又放下剧本，在床上乱找，找着了两只丝袜子，向我笑了笑，急忙穿上了丝袜。原来，他有个赤脚的习惯，在家起居总是赤脚，我以为他是怕脚心受凉，坏了嗓子，便随口说声："穿上点儿好。"他含笑点了点头，又低头看剧本。看了两页，又似乎想起了什么，慌忙下床洗手，而后走到五斗橱前，将他那只心爱的元瓷烟碟搁在了我跟前，然后把几朵刚摘下来的新鲜茉莉花轻轻地放在一个宋瓷罐里，用象牙勺儿搅弄了半晌，毕恭毕敬地捧到我面前，往烟碟里倾倒少许，庄重地向我抱拳说："翁先生，您真是言而有信。我只顾看剧本，忘了向您道谢。"说着，低头看了看穿着整齐的袜子开腔道："得！袜子穿上了，鼻烟也熏透了。我们唱戏的艺人没有别的，诚心诚意地请受我一礼。"说着抱起双拳，一躬到地。我也急忙长揖回谢，他挽住我的手说："咱哥俩交情长着哩！甭客气（此字他用阳平声念出）！从今儿个起，我就开始钻研本子，还得请您帮助把把关。我每礼拜接您来家里三天，吊完嗓子，人清静了，咱们研究剧本。"我当时答应少山每周一、三、五夜间十一点钟到他家来。原因是他的生活习惯以夜为昼，每晚九点起床，十一点钟才吃"早饭"。

金少山的生活习惯，并不像外间传说的那样离奇古怪。当然，一个艺术家有他自己的特性，无可非议，特性支配行动，自然就会表现出许多异乎寻常的现象。但是，在我与金少山频繁的来往中，发觉他那疏散放荡的作风，都有其自己正确的见解和超越的理智。例如，我每次到他家来，金少山总是正在床上抽烟，看到我后，立刻放下烟枪，找着袜子穿好，下地洗手，摆烟碟，熏鼻烟，再恭敬地道一声："翁先生，您得着（这是清朝旗人的方言，让你享受着的意思）！"然后再脱掉袜子，仍然接着抽烟，照例如此，习以为常。这时我才恍然大悟，原来少山是以穿袜子来表示尊敬，表示过后仍归本色。再例如，他的早饭（晚间十一点钟左右）并非像外面传说的那样四盆八碗，珍馐美味，大吃二喝，铺张浪费，而是简单得似乎比我还要简单，吃红焖羊肉只吃一碗，外加寸蝶儿小菜即可，别无它味。不过，他吃的红焖羊肉是带骨头的，吃的时候，一个人独坐在迎门处的八仙桌旁，面前卧着他那只心爱的西藏狗"傻黄"，他吃一口肉，喂"傻黄"一块带肉的骨头，憨厚忠诚的"傻黄"用驯服的大眼睛望着主人，金少山的眼睛也慈祥地看着它。奇怪的是，他的另一只蒙古种的哈巴狗"黑炭儿"看见"傻黄"吃骨头，从不馋涎欲滴地向"傻黄"吠索，仿佛是各安其事，各守其则，看来它们二位的关系很好，相互礼让，这正是狗犬之间友好相处的情感表现。早饭吃过，在厨役收拾碗箸之顷，端上来一盘子白煮羊肝儿，聪明的小"黑炭儿"成竹在胸，嗅到肝儿香并不吠索，知道这是它的特殊待遇，仍然是一动不动地静观主人。这时，金少山漱完了口，又躺在床上抽烟，抽一口烟，喂小"黑炭儿"一块羊肝儿，顷刻，少山烟足而爱犬果腹。此时，他似乎非常得意地对我说："翁先生，您瞧，这多经济，一斤肉半斤肝儿，我吃饱了，它两个（指'傻黄'与'黑炭儿'）也吃好了，还不耽误工夫。翁先生，走，咱们到院里遛遛弯儿去。"于是乎，我陪他走出了房门，我们一边在庭院散步，少山一边如数家珍似的向我炫耀他所养的花木盆景：那几株是从南洋买回来的，这几盆是在香港买的，远处那些全是由云南、贵州、四川、广州、福建带回来的……院子里电灯通明，俨如白昼，灯火辉煌，恰似王府。整个院内香气扑鼻，一片春色，夜间赏花别有逸致，这逸致并不是花翻异彩，争奇斗妍，而是感到夜晚空气特别新鲜，有一种格外心爽神怡的快乐。

散步时，我百思不得其解地问金少山："金老板，有件事我不太明白，想问知一二？"金少山说："啥事儿，请讲。"我说："为什么您的徒弟进门学艺时，您总叫他们在院子里直挺挺地站两三个钟头，也不让他们坐下歇歇呢？"金少山含笑道："翁公，您不会不懂得咱们梨园行的规矩？这是老辈儿人传下来的，大有其妙的道理"我问他："道理何在？"金少山解释说："先生家里常会有客人或同业闲谈，徒弟们耳馋，贪听趣闻会心不专一，耽误学艺，必须得给弟子们一点营生，既可练功、耗腰、扎膀子，又不会分心走神卖野眼，一举两得，大有其妙。所以唱武旦、花旦的徒弟，一进师门，就得绑上跷练台步；唱文、武丑角的弟子，一进师门，就得先耗矮子；而咱们唱花脸的徒弟，一进师傅门，就得直溜溜的站桩墩和练腿、耗腰、扎膀子。天热的时候，拿把蝇帚拍苍蝇蚊虫是为了练眼，净行人物的面部油彩太厚，脸下方又有髯口遮面，面部表情全凭眼神传出，方可有效；天冷了拿对儿双刀耍刀花儿，为的是耗膀子的力度沉稳；花脸的工（功）架全在腰上和膀子上、脖子上曲，这二处的功夫个到家、个过硬，抬手动足走身段，蹲站、亮相、跑圆场时，不是端肩膀，就是软腰眼儿，不就成了棉花团子的娘们花脸了吗？您说难看不难看！唱戏的艺人，不把工夫花在日常生活里，禁不住磕碰，就得露馅儿。您看那些老辈儿的好花旦，好武旦，绑上'跷'（'跷'是早期旦角演员专用的一种仿造封建社会女性裹的小脚儿道具，表演时必须绑在脚上，非常吃功），就像长上去一样！您的学生宋德珠，不就是这样的好功夫吗？好文丑、好武丑（开口跳）走起矮子来，前不拱膝，后不露臀，就像天生的三寸丁一样！这都是他们的师傅平时严格训练，自己刻苦练功练出来的结果呀！"

回到房间，琴师赵桂元看了看表，取出胡琴，定了定弦。金少山从抽屉里取出一块檀木板，架在手上，缓步踱着说："明儿个是《长亭》，咱们绷两句。"他吊了两三段唱腔，放下手板，呷了口茶，似有感慨地言道："我师爷何桂山的'二十四式'门神架子和他的'十八罗汉'像，哪一样不是功夫！您再听杨（小楼）老板的口白，余（叔岩）三爷的唱工，无论多少段，全是'流水音'，就仿佛说家常话一样，这都是把功夫化入了生活，将舞台上的玩意儿融进了自身，达到了自由王国的高度。这些好功夫，都是他们的先生鞭抽、棍锤、用刀胚打出来的结果，至此梨园行有了'打戏'的术语，学戏不叫学戏，而称'打戏'即来源于此。吃不得大苦，受不了大罪，是干不好这一行的。"话刚打住，赵桂元又响起了琴声，这时金少山却说："今儿个聊得高兴，我还想和翁先生再聊会儿。桂元，要不，就唱到这儿，收喽吧。"赵桂元收起京胡，向少山和我招呼告辞，逡巡而去，金少山说声："慢走阿，桂元。"目送赵桂元出门，而后眼光迅速地扫向了烟盘子旁边放着的《钟馗传》剧本，又接着对我说："翁先生，当年我学这出《嫁妹》时，可是不容易呀，我们家老爷子请我师爷爷何九先生给我传授这出戏，师爷爷点了头，可就是不给我开曲子拉场，却让我先学了一出《斩五毒》，这也是一出'判儿戏'（'判儿'即指钟馗），净是身段、工架，不张嘴。师爷爷每年五月初一到初五，准演五天开场。该剧中的钟馗，就是《嫁妹》的扮相，手里还拿着剑，分斩五毒。五毒不穿'形儿'（即鸟兽套子），由武行分扮小妖，勾五毒脸谱，也分五行，蝎虎归武生，蛇精归武旦，蜈蚣归武净，蝎子归武丑，蛤蟆归跟斗武行。钟馗每斩一毒，其身段剑法各不相同。只用［走马锣鼓］加［抽头］，没有一句曲子。后来我才明白，师爷爷先教我这出《斩五毒》的良苦用心，为的就是借这出戏的工架，让我练好身上，扎好膀子，把钟馗的特形身段表演动作先练瓷实。"钟馗的"扎膀子"是花脸行当中一个非常特殊的扮相，膀子要扎，胸脯要楦，屁股要垫，浑身上下，从头到脚都要变形,抬手投足,另走一门,别开一路。金少山深有所感地道:"不只是没有功夫不行,功夫不化在身上存入脑中也不行。学会了这出《斩五毒》,再学《嫁妹》,身上化了,才能顾得上嘴里的曲子。那年月,听《嫁妹》不仅要看身段,还要听你唱的曲子如何,是不是满宫满调,北曲正音。除此之外,懂戏者还要看你的穿戴扮相是否归路,做派工架是否到家,舞台气势是否够劲儿。据我师爷说,他当年跟我太师爷学《嫁妹》的时候,就是先学的《斩五毒》,后学的《嫁妹》。所以现在我还保存着一张何师爷演《斩五毒》时,钟馗一手握剑,一脚登椅的照片。不知情者,看到这张照片时,都说这是《嫁妹》的剧照,其实不然,《嫁妹》中钟馗的扮相和表演风格,虽然与《斩五毒》一样,但《嫁妹》的钟馗是不挎剑的,所以根本不会有持剑亮相的架势。师爷爷的晚年已不再演出该戏,我学了也只是练功,从未唱过,绝迹已久,也难怪没人认识这张剧照是《斩五毒》了!"说着,他在箱子里翻出了几张剧照,其中有一张是何桂山先生《斩五毒》的钟馗握剑登椅,另一幅是五鬼一馗的《嫁妹》合影。金少山说:"这张《嫁妹》剧照是我师爷爷中年时期留下来的合影,眼睛上不戴核桃壳子,单凭气功就能努出眼珠子来,多么威武!不过这一绝活如今已经失传,实在可惜。五鬼只识其二,扮大鬼的是扫边花脸郝大个子,驴夫鬼是当时的第一武丑麻德子。"金少山兴高采烈地谈起没完,原来他自从看了《钟馗传》的本子,兴趣即倾注于钟馗,不但找出了这一箱子剧照,还特地跑到古玩铺及旧货店,选买了许多有关钟馗的瓷玩、画卷作为研究排练该剧的参考。

华乐戏院毁火重建,开幕仪式的第一天特请李少春改组后的"起社"露脸演出《定军山》,侯喜瑞饰演夏侯渊,前面有李少春的《跳加官》,侯喜瑞的《跳财神》。金少山来了兴趣,约我同看,座位早满,一票难求,华乐戏院的经理万子和在下场门处搬来了三把椅子,我们列坐而视。突然,后面拥挤的人群里,有人高呼:"三弟!"少山似乎没有听见,那人又高声喊叫:"少山三弟,是我呀!"我们同时回头望去,原来是老资格的剧评家汪君,挤在人群里向少山招手,意欲分坐一席。汪君在日本人主编的《顺天时报》时代就写剧评,自诩听过谭鑫培、陈德霖、金秀山、黄润甫等老前辈的戏,所以他称金少山为"三弟"以示亲近。谁想,金少山看过他写的评论性文章,认为其文一无是处,纯属外行。此时,汪君想在众目睽睽之下,少山能给他个面子,定会分椅敬之来显身份。哪知,金少山给他来了个唯唯两声,淡淡地回了句"噢,汪先生啊"就又掉过头来看起了《跳财神》,万子和抽身欲让，少山反而伸手拦住，低声对我和万经理说："甭理他，没墨水儿，一派老腔的胡吹八写。"子和与我相视一笑，接着看戏。

由于金少山对汪君带理不理的冷淡态度，触及我思想上的波动。我想，汪君的剧评，虽因兜揽戏曲广告得载于各报，人云亦云，老生常谈，但毕竟他还是个懂戏能写与我半同行的文人。文人在演员的心目中落到如此下场，不能不使我反躬自省，何况我结交的这位又是一位红极一时、天之骄子的"花脸大王"金三爷。从此，我注意观察少山的言行，是否与国士待我。从小节上，他的话都是兑现的。我每到金家时，墙上总是悬挂着一两张新买的钟馗画像。名作也有，行货也见，甚至还有些木刻的朱砂判儿，也不加选择地囊括而收。另外，桌上还陈列着几种他新买的钟馗瓷玩，上自道咸五彩，下至石湾开片，姿态高古，所费不赀。有一次，刘宗杨的父亲刘砚芳先生先我而来，刘砚芳是杨小楼的乘龙快婿，我的六舅父和杨小楼是相处多年的老朋友，我的表兄又与刘砚芳交好，在我的青年时代，曾陪侍舅父到过笤帚胡同杨府；也与表兄一道去过茶时胡同刘家，对于杨小楼先生的名剧，我不但看过许多，而且在他们的闲谈之中，还听到过杨（小楼）老板讲解过一些个表演经验，此时见到砚芳，如温旧梦，絮话不已。谈到杨（小楼）大爷的绝技，金少山也想起了他在上海与杨小楼同台演出《连环套》时的花絮，时有补充。我不经意地说道："可惜京剧'三大贤'之一的武生泰斗杨老板已经仙逝，杨（小楼）派的东西都落在了（刘）宗杨身上（刘宗杨为杨小楼的外孙子，亲得真传实教），金先生，有机会您和宗杨来一场《连环套》。"我觉得此言未尝失慎，哪料到，"金"、"刘"二公听到此处，始而瞠目相对，继而遑顾左右而言他。我看出这里面大有文章，解铃还需系铃人，便连忙指着桌子上陈列的钟馗瓷玩说："您买的这些钟馗资料，我看还是石湾的有神气！够味儿。"金少山灵机一动，捉到了话头，把腿一拍说："还有好的呢！可惜没买成！今天我一改常规的起了个大早，在海王村看见一只五彩的'钟馗嫁妹'烟壶，画得那叫一个好，色头棒美，雕工细琢，晶莹剔透，款识康熙，索价五百。我还了三百，问不动，一直添到四百，他还是不卖。非要四百八不可，这还是看我金少山的面子，才可出手，若换成别人一个子儿都不降。可气又复可惜，叫某好不扫兴也！"刘砚芳听后，似乎也找到了接腔的话茬，便详细地问明了烟壶的尺寸，画片的构图，瓷质的身份，五彩的色气，默然不语，移时即去。过了一天，我到金少山家里，刘砚芳又是先我一步来到金府，寒暄过后，刘砚芳从怀里掏出来一个绸子袱果，打开了里面的几层绵纸，露出一只五彩绚丽的"钟馗嫁妹"烟壶，送到金少山面前说道："三哥，您看这只烟壶咋样？"金少山把玩久之，本属行家，顿时眼界大开，喜形于色地讲："哎呀！海王村那只就是这个形状，可又比不上这只的色头好、瓷质高！翁先生，您看！"我接过来一膇，壶高六寸，扁圆琵琶形儿，在洁白如玉的质地上，呈现出几朵彩云，云头是两鬼提灯前驱，后面两鬼，一擎破伞，一捧宝瓶，左右两鬼，一担琴剑书箱，一挽蹇驴执策，中间簇拥着一只白耳尖的乌黑驴儿，上面乘坐着朱袍判帽、簪花撒扇的钟馗，再后面是一鬼推车，车落帷而不露钟妹，工笔重彩，绚丽之中，格调高雅。翻过来再看款识，确是康熙。我郑重地把烟壶交与少山，金少山抚摸展玩，爱不释手。这时，刘砚芳才微笑着说道："三哥，幸亏您没花四百八买了那一只烟壶，那只是假的！这只才是真的呐！"少山愕然，问其所以。刘砚芳接着说："这只康熙五彩'钟馗嫁妹'壶，是麻花胡同继家老三爷在道光年间得自上赏的，传到少继三爷，已然三辈了。光绪末年，老爷（"爷"字重读，指杨小楼）在继府唱堂会，少继三爷烦老爷演了《晋阳宫》《八大锤》双出，心里过意不去，把这只壶送予了老爷。老爷去世那天，我本想用其殉葬，老太太（指杨小楼之妻）告诉我，老爷生前特意提到这只烟壶，给砚芳留着，作为'念心儿'（即指纪念品）。我总是害怕在外面把它给碰坏了，所以从不带出来。前天听您说起海王村那只四百八十元的烟壶，心想定是仿造的假货，故而，我才将这只地道的真'钟馗嫁妹'烟壶，拿过来证实一下那只赝品。三哥，您既然为排偶虹兄为您量身编写的《钟馗传》而寻找此物，那么宝剑送英雄，这只宝壶正应归您！"金少山肃然站起身来，高高抱拳，连声称道："如此，多谢了！"而后转身对我说："翁公，好兆头！您的《钟馗传》贴出去准能'火'得暴红！这真是想什么来什么呀。"杨小楼的门婿刘砚芳1893年出生，是当年京城内的著名老生演员。膝下有四子一女，除长子刘宗杨外，另有刘宗年（后过继杨姓，即杨宗年）、刘宗华、刘宗绪均业从梨园，独女刘蕙芬嫁于了著名武生兼红生的高盛麟为妻，在尚小云的"荣春社"科班任教。

不只是从这些细节上，能够看出金少山排演《钟馗传》的诚意和决心，就是在我们研究商榷剧本的过程中，就解决剧本中存在的问题上，也能深深地体会到他忠于艺术的匠心。第一个问题是钟馗的脸谱和扮相。在这出戏里，钟馗因改变容貌而变形，脸谱图案就不能始终如一地用《嫁妹》中的谱式。"五鬼闹判"以前，钟馗不扎膀子,不楦胸脯,也不垫屁股,伟岸端正,文皮武骨,还要略带些书卷气。"五鬼闹判"之后,钟馗因患疟疾而身体变形,面目变丑,才可扎膀子、楦胸脯、垫臀部,脸谱更当随之而异也。前后连贯演来,还必须在剧本中另外加写两场,为钟馗改画脸谱而准备时间,但是又要顾及剧情的连贯性,不可瘟散。金少山颇有把握地讲:"脸谱不是问题,我早就想好了,有两场戏二十分钟的垫头,足够我改画脸谱赶场用啦。"他说:"'五鬼闹判'之前,我用干红揉脸搓面,画细眼窝,细眉子和窄鼻窝。'五鬼闹判'之后,在干红上面画白填黑,勾出皱纹,再用油红填实了脑门儿,不就是《嫁妹》的谱式了吗?"没想到少山对《钟馗传》如此动心细究,不由得暗自佩服,从扮相到赶妆的微微细节,都在他安排的股掌之中。我非常赞许他那敏捷的艺术构思,他却哈哈大笑说:"这不是能耐!是我赶场赶出来的见识与经验。在上海的时候,有一天我陪(高)庆奎大哥唱《斩子》,我进门晚了,台上为我垫了个杨宗保的小吊场,后台的同行们围住我,看我如何'赶脸'扮戏,我先勒头,穿胖袄,换彩裤,蹬厚底儿,紧接着就是扎靠、挎刀、戴扎巾盔头,挂髯口,这一套下来尽管'麻利'("麻利"即速度快的意思),可时间仍然不够。"眼看着就该焦赞'站门儿'了,脸却没勾,后台管事的说:"'三爷,难道您这个焦克明能净脸上场吗?'我顾不上理他,一声不响,叫跟包的拿过来烟子(画脸谱使用的黑色锅烟子)来,抓了一把,往脸上一揉,将眼窝、眉子、鼻窝的部位重重地抹了几下,对着镜子把脸色搓匀后,迎着锣鼓经,提着精神头上场'站门儿',虽然我虚张声势,但台底下还给我来了个连轴响的碰头好。等到把老太君搀上来,[四击头]掩门儿,学念'不晓'都交代过去,六郎、太君对唱,没焦赞的事了,我才掉过头去,跟包的给我举着镜子,我用白笔、黑笔在揉黑的脸膛上把焦赞的脸谱勾画完整,找个节骨眼儿,不搅老生、老旦的戏,再转过脸来,台底下的观众见我变了相,搞不清缘由,又给我喊了声满堂好:'人家金老板就是不一样,脸谱上也有绝活儿!'弄得演员们哭笑不得,大伙儿都说:'金三爷的毛病,也成绝活儿啦!'你想,《斩子》的老生、老旦对唱不过几分钟,我就把焦赞的脸谱画齐了,何况在后台改画钟馗,两场的时间绰绰有余。"第二个是钟馗的扮相问题,《嫁妹》这出戏大都均宗老例,毋庸置疑。"五鬼闹判"以前,我在编写剧本时,已然设计钟馗为红脸,黑满,内衬软青褶子,外穿宝蓝色褶子,戴素蓝学士巾。这个不太成熟的想法,我曾与当时擅画钟馗的首席人物画家徐燕荪交换过意见,那是在北京各报刊上登载了我为金少山编写《钟馗传》的消息之后，有一天，在长安戏院看戏，遇到了徐燕荪，他热诚地期待这出戏早日面世，并且非常关心前半部钟馗的扮相。我谈出了设计的刍议，他表示同意红脸蓝衫，这样既表现了钟馗的性格，又突出了襕衫士子的身份，只是对于蓝色学士巾，认为略高了些，但他也不赞同金少山的斗大头颅循例地戴一顶高方巾。我将徐燕荪提出的这个问题说与了少山，他认为，如果我们按徐（燕荪）先生的建议去做，并不难解决。金少山说："上海有一个专做新头盔的徐大个，心灵手巧，是行家里手的头盔世家！与我相识，关系不错。我打个电话把他请来，这顶巾子如何出新，怎样变样，他有办法。等他来了之后，再叫徐大个给我制作一顶镶纱的缨盔，'嫁妹'头场戴，免得沉重；另外，再做一顶判儿帽，'嫁妹'后场戴，换换形式，改改样子。"

第三个是剧本问题，金少山看了全剧，提出了一个要求，一个疑问。要求是：加上钟馗的母亲，请李多奎扮演，可以在"别家"那场，对唱上两段大口大腔；"五鬼闹判"之后，再加写一场"钟母望子"，请多爷（指李多奎）唱段过瘾的"二黄导、碰、原"，为钟馗改脸谱垫场。他的要求很有见地，我完全同意。疑问是：钟馗碰死后，有一场见阎王的戏，阎王这个人物属净行角色，二花同场，有些像《铡判官》，不新鲜了。我就给他解疑说："这出戏里的阎王，我是按小花脸儿写的丑扮阎王，还得是能张嘴唱上几句的名丑才能胜任，我想，最好请马富禄马三爷来演。"金少山听了似乎出乎意料，连挑拇指地言道："翁先生，真有您的！亏您想得出来！丑扮阎王，马三爷演，完全胜任，不但新鲜，而且有'菜'（即有'戏'能逗'哏'的意思）！"继而他又皱着眉头说："丑扮阎王虽然有'戏'，恐怕人家会说咱们是外造天魔吧？"我又向少山解释道："不仅不是外造天魔，而且有根有据，有戏可查。（河北）梆子戏的《胡迪骂阎》，传统就是丑扮阎王的小花脸之角色，可是归花脸演。早年元元红唱胡迪，冯黑灯配阎王。近年，果子红唱胡迪，狮子黑配演阎王。其扮相都是勾半截水白脸，笑眼笑眉，不挂髯口，在嘴巴上画出向上翘起的小胡子，白蓬头，倒戴乌纱帽，穿妃色女蟒，肩头斜背玉带，手拿牙笏，光脚穿靴子。最后胡迪把他骂急了，跺三脚，抬腿扔靴，露出赤脚板，扛靴单腿儿走碾步，既幽默又滑稽，既诙谐又好笑，为全剧生色不少。我想，马（富禄）三爷来阎王这个活儿，有像儿能使，有嗓儿能唱，有戏可逗，有彩儿可耍，让观众换换胃口，再好不过。但就怕马三爷不愿走这个路子，因为我毕竟是个玩票的外行啊。"

少山笑道："您这话可就又客气了，翁先生。您是外行？那谁是内行呀？当年我们家老爷子（金秀山）是'翠峰庵'的票友出身，能说他老人家是外行吗？吃这碗唱戏饭的职业演员，在艺术上不如您翁偶虹的多着呢！咱们这一行，无论老少，不管是谁，也不管专业与否，向理不向人，只要您讲得对，别说是他马三爷，就是我金三爷也得听您翁大爷的！"于是，我从马富禄的三花脸儿阎王派起，派定了《钟馗传》全剧的角色：李多奎演钟母，姜妙香来杜平，马富禄饰阎王，张蝶芬扮钟妹，扎金奎去老和尚，杨春龙演大鬼，高德仲来驴夫鬼。这天正好孙焕如在座，金少山令孙焕如记下笔录，并通知剧务韩金福（韩二刁之子）、李德奎（娄振奎、于金奎之师）约期撒"单头"（即各配角的"单页、单词"），写出提纲，准备排戏。

我将《钟馗传》的本子带回，增写钟母这个人物，改写了两三场戏，下笔如此凤构。欣快之余，想到少山极欲排演《钟》剧的热情，促使我拿出了四十块钱，封了个红包，到永康胡同某某某家，借苞苴打通关节，办理上演新戏《钟馗传》的准演证。钱能通神，行之效矣！不到三天，准演证拿下送之我手，真乃快哉！我连同修改好的剧本，交与了少山。金少山接过本子，如饥似渴地看了一遍，在满意于剧本改好的愉快中，也透露出了满意自己所建议的自得之快色。孙焕如先生却拿着准演证凝视许久，若有所思。正当金少山还要与我商量其他问题时，孙焕如却在一旁插言道："三哥，翁先生把这出戏的准演证都办下来了。"少山下意识地说了句："够朋友！"仍是看着剧本。孙焕如又接着讲："准演证的费用，可是翁先生垫出来的！"我连忙摇手称否，示意他不要对金公讲出。金少山这才放下剧本，一本正经地说道："这年头，愈是公事愈得用钱，根本不能公事公办。您甭客气，哪有编戏还带垫银子之道理的？"焕如问道："翁先生，您垫了多少钱？明天我叫华乐戏院从'卡子'上给您支出一笔。"我坚决缄口不谈，金少山非常爽快地说："不谈这个了，我和翁先生还要商量别的事儿呢。"说着，便向焕如眨了眨眼睛，递了个眼色，孙焕如释然领首，心领神会。

这一天，金少山又向我提到了末场戏的技巧问题，他说："末场杜平等人封为五路财神，钟馗祝贺，是个很好的'团场'吉祥扣子，我得有点儿绝的才能压住阵脚，否则前紧后松，有些平淡，美中不足，观众扫兴，不尽理想，总感觉在技巧上缺点儿火候。"我指着剧本说："剧本上安排了满台彩灯，五路财神车子，钟馗耍牙笏，天井子里下蝠儿，这不全是既热闹又欢快的技巧吗？"金少山却说："您讲的这些都很好！不过，我在这场戏里的牙笏耍得不能太多，一来压不过前场的'嫁妹'，二来末场也不宜太絮烦，再者，舞台上最讲究一技不能二用，否则就属于'烫剩饭'了。我想，在这场戏里的灯彩，要分出'赤''黄''青''白''黑'五种色调，代表五路财神车子，须做得显花火爆，什么珊瑚、翡翠、金银、珠宝等，要应有尽有。推车的童儿，不能按老路子戴回回帽子，得做五顶，'金角翅'扣小额子，五副小号的财神脸儿，上场先走'四合如意'加'十字靠'，引上五路财神，登高台，唱上板〔点绛唇〕，借用'财源辐辏'的路子。我上来，舞几招牙笏，来个'朝天镫'，若能要下来好就齐了。可是还不能算完，我还要做个彩牙笏，牙笏得是空的，将里面装上绷簧，藏着五根钢丝，每根上有一只朱红蝠儿。等我搬完'朝天镫'，场面上换高调门儿的'奉锣'，起快〔抽头〕，我走'四门斗'，翻一个身，按一下绷簧，出一个蝠儿；再翻一个身，按一下绷簧，再出一个蝠儿；'四门斗'四个犄角四翻身，出四个蝠儿。最后起〔四击头〕，当中一亮，按绷簧，出最大的那个蝠儿，钢丝颤着，蝠儿动着，趁势开大〔撕边〕，我耍动出齐了蝠儿的牙笏，让台底下看着是满台飞舞的飞蝠儿时，趁这个当口儿上，捡场的师傅卖一把'过桥''月亮门儿'的火彩儿，钟馗在火彩中登上椅子，高举牙笏，把最为出眼的那只大蝠儿单出头地亮出来。您看成不成？"金少山这一整套奇思妙想的技巧结构，比我设想的又升华了一大步，我控制不住内心的喜悦，不由得心花怒放，高兴得拍手称赞，就地高呼："仁兄，您真有一套，实在是太妙了！"

我被金少山这股子艺术创作的热情所感动，时时刻刻，都想着《钟馗传》的排演问题。偏巧这时，宋德珠的"颖光社"受东北邀请，旅行演出，按说我这个做先生的须随社前往。而黄玉华的母亲又催请我为玉华继续编写新戏，赴了两次推辞不掉又必须到场的黄家之宴，约定一个月之后，剧本写出，定名为《北观音》，其内容取材于元代野史，是一出宫闱悲剧。我既恋恋于《钟馗传》的排演，又眷眷于《北观音》之写作，还无法推辞德珠的北上。诚然，我乃凡体，分身无术，也只得用了两天的时间，商之德珠，讲明情况，要求留京，请周和桐带队前往东北，费尽唇舌，德珠终勉强首肯。两事延宕，逾一周未去金宅，金少山遣人来请者再，他以为有什么失礼之处。经我表明原因，少山歉然言道："翁先生，您为我，叫德珠不痛快了。可是德珠这次去东北，不排什么新戏，您不跟去也成。我开排《钟馗传》，可离不开您哪！您要是走喽，我这儿的戏怎么办呀。"说罢，他拿出两封电报底子，一封是请上海做头盔的技师徐大个来北京商谈钟馗巾样式和彩牙笏的尺寸，一封是请上海漆器店的老板阿六也来北京，按照金少山的身材做一套扎膀子、楦胸脯用的藤瓢子。少山说他很久不演扎膀子的戏了，没置办这套东西。一般情况，"扎膀子"大都用后台官中的胖袄，既不卫生，又显褴褛。这次，他想用藤子做一套好的，穿在身上既轻便，又新爽，走动作时身上舒服。金少山的这些想法，我特别赞同。

照例，早晨五点，金少山准时让他的仆人喜来雇车，送我回家。这一天，可能是金少山的精神爽快，他留我一同去遛个早弯儿，听听鸟把式，他养的"红子"如今能叫几个音儿。我们在六点多钟用过早点，离开了家门，去窑台走了一遭，他那只"红子"鸟，果然不负众望，方可叫出七八种清脆悦耳的声音。在返回的路上，畅谈养鸟之兴趣。大约七点钟左右，孙焕如来到金府，仆人喜来已给我雇好了车子，在我匆匆告辞时，焕如突然递给我一个带金边的红包，礼貌地向我说道："翁先生，这是金社长的一点儿小意思，请翁公赏脸笑纳。"我愕然地摸了摸，包里约有三四百元，心里顿时明白——我一周爽约，他们错想及此。我将红包放在桌上，郑重地言道："少山，您这是要送我润笔之费呀！按例，我给程（砚秋）四爷写戏，不辞笔润；给学生们编戏，另取包银；即便是给戏曲科班或戏班写戏，照拿酬金……"金少山插话道："对嘛！您为我们唱戏的艺人多置二亩地，这点儿润笔之费还是应该拿的吗？"我接着说："可是这次为您金三爷编戏，我不收报酬。说句掏心窝子的话，我喜欢净行，也票过花脸，金老板的花脸艺术，使偶虹五体投地，敬佩在心！三爷若不嫌弃，我愿和您结为肝胆相照的金兰之交，义坚磐石，也不需山盟海誓，更不必烧香换贴，彼此真诚相待，方是目的。只希望今后我写您演，共谋大业即是！"金少山爽直地说："好，你我弟兄一言为定！不过，这次您可得赏脸收下。"我把脸一沉，正儿八经地说："咱们既然兄弟相交，自古至今哪有弟兄们之间还过这个的？仁兄一定要偶虹收下，就是不愿认我这个愚弟了！"说着，我匆匆一揖，拔腿就往外走，焕如拿起红包儿抢步追送，远远听见少山对孙焕如说："翁先生实意与我相交，咱们就别再俗而再俗了。"

从此以后，我和少山之间，彼此又是一派心情。他时常和我谈心，述说他的身世，吐露他的心声，外界虽有传闻，却没有少山自己讲得真实可信。金少山的父亲金秀山原本是厨行手艺的高手名厨，由票友下海，一举成名。他排行在三，大号三义，少山是他学戏后的艺名，幼年时期，就跟随他的师爷何桂山苦练"净"功，学唱铜锤兼架子花脸，跟摔打名净韩乐卿（即韩二刁）学架子兼武二花面，艺成之后，随其家父搭班唱戏，登台磨炼。当时，北京剧坛的名净云集，人才荟萃，每个戏班、剧社都有几个花脸名家。十六七岁的金少山，因初出茅庐，资历太浅，羽毛正嫩，能上演的角色，不过是《铡美案》中的马汉，《审刺客》里的史龙，《失街亭》中的张郃。等演到了《穆柯寨》里的焦赞，《双沙河》中的张天龙，《贪欢报》里的张顺，《岳家庄》中的牛皋时，已属高峰，再想轮上大活儿几乎是不太可能。但是，随班"熏"戏，获益良多，受效不浅，除了他的太恩师何桂山、他父亲金秀山和韩乐卿先生的名剧亲炙而饱饫之外，黄润甫、李连仲的架子戏，朗德山、刘永春、刘寿峰、刘鸿声的铜锤戏，也无不从表及里，探其三味，娴熟于心。十八岁倒仓之后，不能唱戏，承父之荫，养成了游手好闲的习惯，形成了放荡不羁的生活，养鸟、驯狗、熬鹰、摔跤，以致赌博、比粗、耍大牌，五毒俱全。父亲忿其不才，时加训斥，屡教不改，断绝了他的经济来源。终于激怒起了金少山出外创业的雄心大志，二十一岁时，他身上只带了几十块钱的盘缠，到张家口寻友搭班，嗓音未复，失业者屡。为了生存，在万般无奈的情况下，不得不摆摔跤场子，卖"大力丸"，以及假扮成蒙古族人贩卖皮袄筒子等。在那些鬼蜮的社会里，怎能容他这样的涸辙之鲋，奢望江湖？闯来滚去，金少山只得返本归元，重整旧业。从此刻苦自励，锤炼嗓音，但仍无结果，迁地为宜；经过同业介绍，又远走关东、天津、青岛、烟台等地，混之几年，略见起色。最后转道上海，头运稍见！恰巧上海"天蟾舞台"正缺"盯活儿"的铜锤及架子花面，少山凭他那恢复过来的金门喉音，方挣得以每月八百元的包银长期驻班。因为金少山身材魁梧，脑像鬼峨，台风大气，形似天神，嗓音宽亮，一唱而红。自他与杨瑞亭合演过《连环套》后，申城的许多名角都喜欢用他配戏，不到两年，金少山的薪水由包银八百增长到了一千元整。后来，黄金荣竟将金少山在"黄记大舞台"的长期驻班包银长到了高达两千元的戏份。他先后陪着林树森演过《华容道》的曹操，《太行山》的姚刚，《龙虎斗》的呼延赞，《打龙袍》的包拯（林树森的反串老旦，饰李后）；陪着李桂春（小达子）唱过《打金砖》的姚期；陪着麒麟童（周信芳）演过《开山府》的严嵩，《四进士》的顾读等戏；陪着高庆奎唱过《三十六友》的单雄信，《失街亭》的马谡，《斩黄袍》的郑子明，《辕门斩子》的焦赞等戏。金少山的这些大小配角，虽属傍戏，却博得了内外行家、豪门寓公、买办大贾的赞许；就连那些小姐太太、舞女交际花们也喜欢上了这位"大花脸"人物的艺术魅力；被人们视为一般的白相人、包打听、跑马场的下差马夫、拉黄包车的阿三、阿四、小商、小贩……也要挤上戏院的三楼，听金少山那洪钟般的大喉嗓筒。只要他稍卖气力，使个高音，放个虎声，来个大调门的托腔，整个剧场里的掌声、彩声、欢呼声、夹杂着口哨声，就会轰然而起、沸腾不止。从此，以演配角成名的"金少山"三个大字飘扬在了上海滩的上空，红遍了申城！就当时从北京赴沪演出的名角，也都请他配戏。金少山说："杨（小楼）老板在上海演《连环套》，总是我的窦尔墩；梅（兰芳）先生在上海唱《霸王别姬》，非我来项羽不可。报刊上捧某为'铁罗汉''金霸王'！可我也得罪了不少同行。别的不讲，就拿和我齐名自成一派的那二位（指郝寿臣、侯喜瑞）来说，每次出演上海都不太得意，自然心情不快，肯定产生隔阂，造成了貌合神离的心态，使我左右为难。"话讲到这里，金少山一转神态，却又微笑着言道："也许是大上海的人们，听惯了愚弟那有滋没味儿、闹个热乎劲儿的大嗓门儿，对他们二位的声音和行腔感到耳生吧？不过，自我回到京城后，经过沟通，我们之间的关系大有好转，真诚相待。"

在倾诉他的身世之余，金少山又进一步地向我讲出了他的难言之隐。对于外面传说他的"人性不稳""玩忽职守""误场怠工""挥金如土""耍派无度"等之舆论，金少山似乎承认而又否认，不想辩白而又辩白，这种心情非常复杂，里面的苦衷他无法道清。有时，他苦着脸对我讲："仁兄，咱哥俩一见如故。我一个唱戏的艺人，高攀了您这位文采风流、一肚子墨水的老夫子，您又是如此地真诚待我，我把您当作知音兄弟藏在心里，少山有一肚子的话，就想跟您倒出来。"

是啊，在那暗无天日的旧社会，国弱民穷，百姓难顾温饱，艺人被钱玩弄，世态炎凉，人性扭曲，金少山说不清道不明，有意无意地做出了一些连他自己都搞不明白的过激抗争行为，不足为奇，也并不为错。金少山说："我从小在戏班里滚爬长大，称得上是菜里虫，戏中烂，舞台上那点儿玩意儿，我是滚瓜烂熟，透心于道。可就是恨透了那些黑了心的经励科（邀角组戏的戏蠹），他们手里拿把剃须刀，嘴里没有准头话，对我们唱戏的大耍花心，什么'戴帽儿'（借演员的声名向资方多索包银，自入私囊），'剜肚子'（克扣艺人的戏份儿钱），连六七十岁的老艺人都不放过。手段既高明又黑狠，花招既多样又多种，卖满堂报八成，票价高戏份儿稍，扣除的钱私下分肥。他们这些人，喝演员的血，吃艺人的肉！我们又离不开他们。然而,这些人也属于'四执交场'的'交作行'。我之所以向他们胡说乱要,故意猛抬出场价码,也就是为了治治他们,出出憋住的这口气!我之所以经常误场,草草了事,就是为了故意耍耍这帮一肚子坏水儿的黑心人,让这些经励科的大爷们着急出汗,慌神乱脚,措手不及。有时候,愈是满堂,我愈泡汤,越有大人物和官员看戏,我越误场、了事,不指乎指令,叫他们知道知道我金少山的血不是好喝的,汗也不是白榨的!另外,还有上海、南京等地的那些日本人和汪伪政府里的汉奸走狗,拿我们唱戏的坤角不当人看,当作尤物任意玩弄,更为可恶!我斗不过这些东洋鬼子和汉奸,只有用一些傻办法与他们周旋!"

接着,含着眼泪的金少山又讲述了他在东北哈尔滨地区,一个偏僻的小山村搭班唱戏时,因为没有嗓子,来不上大活,只可睡在冰冷的野台子上过夜,零下四十多度的冬季,金少山被衣单薄,白天去澡堂子里泡澡来躲避风寒,到了晚上,冻得实在受不了时,就在地铺周围挂上演戏用的汽灯取暖。遭人冷眼相对的金少山,由于唱戏心切,在一次接角补戏的演出中,又是因为没有嗓子,被观众用砖头瓦块和倒掌轰下了舞台。有一天早晨,他到山上喊嗓子时,迎面碰到了几只寻食的狼群,这次若不是有猎户相救,恐怕他已经成了狼群口中的一剂早餐了;他流落到青岛时,替一位拉黄包车的老车夫抱打不平,与一群白俄水手单打独斗,险些丧命。由于还不上被白俄暴徒焚烧的黄包车钱,为了还债,他坐过烧红的铁鳌子,给人家当过孝子,到码头上干过苦力,在搬运行扛过大包,去医院抬过尸体,住过桥洞,睡过街头,天为被地为床的苦熬着天日;初到青岛时还登'大轮儿'偷搬卸过火车上的货物;因为搭不上戏班,在烟台走投无路,身体又严重受损,干不成重活,出不了苦力,再加上旅馆催要店钱,吃饭都是问题,没有办法,准备葬身大海一死了之时,被崂山仙道救下,并赐予神丹妙药,使他的嗓子起死回生的好了起来。从此,在烟台街"福禄寿戏园子"坐班唱戏,才娶了夫人杨淑英。

接下来,金少山又向我说出了他在上海时,如何刁难大汉奸张啸林;怎样拒绝杜月笙;如何顶撞黄金荣;怎样戏弄常玉清;又如何从日本人手中,救出程艳芳和宋小春等等一些险例。我听了金少山这些披肝沥胆、行侠仗义、感人肺腑的内幕后,敬佩他具有这样的胆识而潸然泪下,不由得热泪盈眶地说了一声:"原来如此!"哪知道,他是个个满于黑暗社会现实并具有强烈爱国主义思想的低能反抗者。因此,在我敬佩金少山那精湛花脸艺术的同时,更加钦佩他除暴安良的爱国主义精神。

与此同时，金少山正催人抄写《钟馗传》的单词，并请来笛师霍文元调了几次《嫁妹》的曲子。他那龙虎风雷平衡发展的特大喉音，不但唱西皮、二黄好听，唱起来昆曲更加悦耳。每次调唱[粉蝶儿]那句"摆列着破伞孤灯"的"破伞"二字，"俺这里一桩桩写上丹青"的"写上"二字，都是尖刀尖尺，一般演者视为畏途，而出诸其口，就像纸鸢巧借东风力一样，顺顺溜溜的直上青云。当年，被公认为唱功尚好的何桂山先生唱此，虽然力充气沛，但以"炸音"出之，叱咤有余，而圆润不足。少山唱来，不仅满宫满调，还能渊厚透亮。由此联想，金少山演《连环套》，唱的那句[点绛唇]的"膂力魁元"，自然可以轻松地盖住唢呐音通海底，气冲云霄。

金少山的表演艺术是全面发展的，单就花脸而论，"十全大净"的美誉即来源于此，而给人们印象最深的还是唱工。他的唱工之所以卓越，与他那大气量的气法功力，和他那副"十字音"兼备的好嗓筒是分不开的。"十字音"对戏曲演员而言，在每个行当的唱工中都是应该具备的行腔条件，但各有其行性的唱工特点。其花脸的"十字音"，是由"龙""虎""风""雷"四音组成。"龙音"就是立度，"虎音"就是厚度，"风音"是横回之韵，"雷音"是平拔之声。如此高、下、拔、沉，各占一角，均匀发展，平衡运用，才能构成最佳完美的"十字音"法和其"龙""虎""风""雷"四种音律的形成。我们不仅从金少山的代表剧《连环套》中，"窦尔墩"唱的那段"将酒宴摆至在分金厅上"可以听出一二，从金少山演唱的另一个代表剧《御果园》中那段[二黄原板]内，照样也能够明显的听出"龙""虎""风""雷"的四音所在。这段唱的第一句"提起了当年投太原"中"提起了"的"了"字，从高而起，京剧行语叫"提溜起来"唱；第二句"建成、元吉怒发冲冠"的"建"字，是从行腔的立度上向高冲刺，这种提溜起来向高冲刺的穿透力就是"龙音"。所谓"九霄龙啸"，其高可知。但是，净行的这种"龙音"，又必须含有宽厚的音色，才能和"虎音"的沉重共鸣对称平匀之浑然。第一句"投太原"的"原"字，第二句"怒发冲冠"的"冠"字，第四句"多亏了乔公山救某的命还"的"还"字，第十四句"活活地冻坏了将魁元"的"元"字，其音色听起来是何等的渊厚，何等的洪亮，何等的刚劲，何等的沉重！这就是"虎音"。所谓"猛虎一吼，谷应山鸣"，嗡嗡回响也。下面咱们再论第一句中"提起了当年"

的"年"字，第十句"某在美良川前铜对过鞭"的"美良"二字，都是从平处峭然拔起，有雷霆万钧之力度，无疑，这就是"雷音"。最后谈一谈"风音"，第十一句"到如今说什么三跳涧"的"三"字，在平音的行腔声韵发展上拉板；第十四句"活活冻坏了将魁元"的"冻"字，在平音的发展上行腔，刻画出尉迟敬德对于重演御果园的怀疑与考虑。而在音色韵调方面的唱法上，却明显突出了迂回荡漾的味道，恰如轻风习习，袅娜飘扬，这就是我所讲到的"风音"。

这四种音色，必须根据人物性格和思想情感，正确地运用发挥，才能构成内容充实、行腔优美的效果。金少山的演唱充分体现了这四种音色，而且运用得恰到好处。所以，他的唱工技巧或说是功力，俱达到了出神入化的境界。

根据金少山的艺术功力，和我对金少山更加深刻的了解，虽然对《钟馗传》的问世胸有成竹，却又产生了另一种想法，心想：假若暂时不上全部《钟馗传》，单凭少山的水平先唱折子《嫁妹》，又何尝不能使观众耳目一新，连续满堂呢！

《钟馗传》的单词抄好，正要定期排戏，偏巧天津"中国大戏院"邀请金少山与奚啸伯、吴素秋合演一期，为了营业，焉能回绝。我亦正好借此机会，来完成黄玉华的那本新戏《北观音》的写作。半月之后，《北观音》剧本写妥，交给玉华。天津传来消息："金""奚""吴"合作，营业鼎盛，又续演一期。直到一个月后，少山才姗姗而归，怀捷而来。

少山兴高采烈地向我介绍了他在天津卫演出的盛况，当谈到《八蜡庙》中的金大力时，更是心花怒放，扬扬自得。金少山毫无掩饰地对我讲："说实话，我并没有看上金大力这个'活儿'。没料到，天津卫的观众真捧场！再者，我们家本属满族，非常熟悉旗下人的生活语言，穿着'汗德汗'的马褂儿，在台上用'阴平'韵念着金大力的道白，脚蹬刀螂肚的靴子，抹着鼻烟，架着鹰上场，晃动着膀子走'十三太保蹓场子'的架势，台底下见不得，叫好如雷，喊声一片！可惜金大力这个人物没有正戏。"我见他讲得高兴，就顺口说出："怎么没有！"他连忙问道："有吗？够一卖（京剧戏班术语，一出整戏为'一卖'）？"我答："太够了。评书《五女七贞》里有一段'金大力小出身'，又叫'金大力出世'，虽然比不了'五女擒兰''七贞群莲'，但也是蛮有意思的一段故事。金大力这个人物，原本是个摔跤的'扑户'，好打不平，在明月楼——就是如今的'广和楼'，伤了人命，定罪发配边疆，路经大红门时，遇见黄三太，黄三太爱他是条汉子，认为义子。后来金大力得到恩赦，赶走了对影山上的草鸡大王，自立门寨，收了一百个门徒，教弟子们摔跤打架。号称'百贯金大力'，所向无敌，就这样，他自立鼎尊的声望，震动了江湖……"我刚讲到这里，不但金少山连呼"有意思"在座的几位朋友也都颇感兴趣，有一位情不自禁地脱口而出："三爷，这个情节太好啦，正对您的戏路子，快请翁先生给您编写这出戏吧，台上准红！"金少山含笑望着我说："翁先生，您能再给我置二亩地吗？"我坚定地回答："还是那句老话，只要您金老板演，我就编，您就等着赡好吧！"金少山把腿一拍说道："翁公，痛快！一言为定！还要立个军令状吗？"我说："金兄，这次该我给您'大净王侯'立了。"众人哈哈一笑，皆大欢喜，快心在怀。

可以说，我与金少山别有夙缘，他的请求，我无不衷心接受，从不推辞。几句话引起了我的兴趣，一周左右，即把本子写好，剧名《金大力》。在我的青年时代，就对旗下人的一整套生活习惯，耳濡目染，并不陌生，闻鼻烟、喝酽茶、提笼驾鸟、踢球打嘎、摔私跤、熬鹰、驯狗等等，虽未一一实践尝试，也略知个其中的门道。而创作金大力这个旗下人的典型人物，必须从这种特别的生活细节中，撷取素材，体现性格，才有看头。遣词应取白描，不能过多地舞文弄墨，炫耀文采。所以，这个剧本对我而言，写起来比较便捷。少山接到本子，比看《钟馗传》更感兴趣，两个晚上通稿看完。从此，金少山逢人便讲，他得到了一个非常好的"绝本"《金大力》。消息传出，报刊上登出了"金少山排演《金大力》"的剧讯，闹得满城风雨，轰动剧坛，有些人居然登门访问何时露演该剧。事实证明，此时不但喜欢听金少山唱戏的观众把对《钟馗传》的期望，转到了《金大力》的戏上，就是金少山本人也把全部心神精力集中在《金大力》了。这却引起了我的懊恼，暗悔不该一时冲动、图快多口，讲出了金大力这个题材，更不该一时冲动，在短短的时间内就写了出了这个剧本。众意如此，独木难树，无力回天，没有办法，看来钟馗有被金大力赶下舞台的可能。亡羊补牢，我只得釜底抽薪，暗催孙焕如先生尽量提前定期赶排《钟馗传》了。

就在这一时期，北京剧坛，合作戏逐渐实现，金少山是个炙手可热的大家，自然大伙儿都想在他身上打主意。而金少山又不是容易受人驱使、任人摆布的演员。有些与我相识的举办者，知道我和金少山的关系，又有与他编写新剧的交情，便纷纷求助于我请金公出马合作。我先后帮助他们组织了几场合作演出，一场是金少山与谭富英、李洪春合演的全部《捉放曹》带《温酒斩华雄》，金少山饰曹操。两场是金少山与李玉芝、白玉薇、张玉英、秦玉梅、孙毓堃等人合演的《四五花洞》，金少山来包拯，前面金少山还分别加演二本《草桥关》与二本《忠孝全》两出。而最使金少山满意的一次是由于他担任主演闻太师，把早先的开场戏《大回朝》列为了大轴压台，前面蝉联着马德成、李洪春等人的《反五关》。一次是尚和玉唱的《金沙滩》，金少山来的杨七郎，奚啸伯前面的《碰碑》，金少山后面饰《五台山》中的杨五郎，大轴戏又合作了一出由金少山扮演金大力的《八蜡庙》。金少山这两次大轴两个角色，两个人物两种性格，在北京都是首演初唱，观众耳目一新，梨园交口赞誉，欢迎之狂，不下津门。此后，合作戏蔚为风气，争奇斗艳，竞态极盛。有几位朋友也怂恿我翻翻花样，创立新景，再举办两场，癖戏如予，自然是见猎心喜。于是，左牵黄而右擎苍，加入了搜狐之场。我举扮合作戏，有一个标准：必须是以戏为中心，视戏所需而邀请演员。不以演员为中心，免致搭桌之非议。

由于一次合作戏不甚圆满，发生争执，使我意兴索然，趣味全无，便拒绝了所有敦请我举办合作戏的朋友，因而金少山演合作戏的兴趣和局面也逐渐阒寂。我正好趁此时机督促他排练《钟馗传》。但是，少山始终举棋不定，一再延宕。究其原因，自他在津、京两地演出了《八蜡庙》的金大力之后，观众一致认为他塑造的金大力这个人物，谐趣盎然、活灵活现，别致可喜、见魂带骨、有血有肉，欢迎的程度超过了他那些成名的代表作《连环套》《御果园》《草桥关》《铡美案》《断密涧》《打龙袍》《霸王别姬》等剧目，可我认为金大力终归是一个傍戏的配角，怎能当作代表，承担正宗？一时，围绕在少山身旁的帮闲清客，卖弄聪明，都怂恿他先排全本《金大力》，而后再虑《钟馗传》，毕竟《金大力》事半功倍，唱来轻松。与《钟馗传》相比，金少山也觉得一曲《嫁妹》的唱工已够繁重待力，何况全本《钟馗传》的前后还有许多颇为费劲的新场次，非常吃功！此时此际，捷径的侥幸心理与创业的攻坚心态，使金少山思想上产生了极大的矛盾碰撞。我识破了天机，猜透了少山的心事，于是乎，便从创业的角度开导、鼓励他坚持先排《钟馗传》，继往开来，垂功后世！《金大力》再好，只不过是谐意小品，出以余绪，咄嗟立办，以后再说。他对我是十分信任和尊重的，因而毅然决然力排众议，定期开排《钟馗传》。可哪知一波才平，一波又起，偏偏在这个时候，上海皇后大戏院的张竞寿、周禧如、董兆斌又来邀请金少山的"松竹社"赴沪公演，行期迫切，价码优厚。就"紫竹林"饭庄的一席素宴上，张、董二人赞我给少山安排的那两场合作戏《大回朝》与《五台山》，并晓得我给少山写了两个新剧本《钟馗传》和《金大力》。而且，即席邀请我随"松竹社"同赴上海，擘画金老板的出演戏码，希望能再出现像《五台山》《大回朝》那样事半功倍的大局面，同时还可以为少山连续排出《钟》《金》两剧，在申城首演，卖他三个月到一百天的满场，可操胜券。金少山自然是力敲边鼓，满口赞同。我料到这肯定是他（即金少山）的提议，为了尽快排出《钟馗传》这出大戏，只得不加思索地初步应允，答应了下来。

事物的变化，有时往往是不以个人的主观意志而转移的。在我刚刚答应与少山同赴申城的第三天，上海更新舞台又来邀请宋德珠的"颖光社"莅沪演出。鉴于数月前我未参加东北之行，此番再不同往，师生之谊岂不焕然而无？何况更新之局，成于萧何，于公于私，怎能袖手？所喜的是，少山所演于"皇后"，而德珠唱于"更新"，两班同在上海一隅，我可以随德珠同行，到沪后还能够为少山出谋划策兼排两剧。我把道理及方法讲于少山后，他也认为德珠是我最疼爱的徒弟，上海之行，不同于东北短期，理应监护他的生活起居，燮理他的业务事项。德珠知我宁屏"皇后"的大包银钿而终始于师生之情，讷于言而喜于心田，感激得流下了热泪。

笔者言："翁门弟子宋德珠，原名宋宝禄，号颖之，祖籍天津，1918年12月3日（农历十一月三日）出生在北京崇文门外河泊厂一个渔行家庭。1930年时，焦菊隐在北京创办了一所'中华戏曲专科学校'，十二岁的宋宝禄同年考入该校第一班'德'字科学戏，科名宋德珠。这所戏校的原名为'中华戏曲音乐院戏曲分校'，当年'中华戏曲音乐院南京分院'也在北京。中华戏曲专科学校的原址在北京崇文门外木厂胡同，金仲荪出任校长后，由张公权出资、留法勤工俭学的发起人李石曾出面，将该校校址迁移到了北京当时称北平的沙滩椅子胡同。中华戏曲专科学校（即简称'中华戏校'）与以往的科班，就办校方面的宗旨大不相同。焦菊隐一方面吸取其他科班的教学经验，聘请实力派的梨园名宿传授技艺，一方面对戏校的体制、宗旨、教学方法、修艺内容进行革新。时间定为八年制，重视文化教育，所开课目齐全。当年，与该校并存的著名大科班'富连成'的科生，其穿戴的行头具是长袍、帽头，老气横秋，而中华戏校中的男生冬天穿得是一律黑色中山装，外披斗篷；女生穿得是浅蓝色上衣，月白色裤子；夏季男学生穿戴的则是一套白色中山服，铜扣子，大檐帽，而且不准留头发；女学生一律是月白色上衣、黑裙子，留短发，一看就知道是新型学堂的女生打扮。不仅如此，宿舍内也非常卫生，不像有些科班内的科生那样，大伙儿睡在一个大炕上滚；凡戏校的学生每人一张单人床，被褥外照白套单，看上去既干净又整齐。社会上对这所新型专科戏校，大有称道！常有不少的外国人到此参观。宋德珠说：'注重文化教育是中华戏校的一大特点，它改变了戏曲艺人没有文化的局面，我在校时，外语、数学、戏曲知识、表演理论全学，我能说英语、法语，就是在戏校学会的。'中华戏曲专科学戏拥有一大批艺术资历和造诣深厚的老师王瑶卿、高庆奎、冯蕙琳、张善亭、朱玉康、王荣山、丁永利、包丹亭等；文化课教师有著名学者华粹深、吴晓玲、著名剧作家翁偶虹等。宋德珠常说：'学戏是个苦差事，既然干了这一行，就要舍得吃苦，不怕受罪。在校修艺期间，就像苦行僧一样，每天早上五点钟起床，十六七个小时的课程，排得满满的，光换老师不换学生，一直练到深夜十二点钟才能下课收功，回房休息，天天如此，年年照旧。'"

宋德珠进入中华戏校时，给他分的行当是老生兼小生工路，后来有先生见他长得眉清目秀，两眼有神，身段动作干净敏捷，而且他的把子功、毯子功都很出色，是个学武旦的好材料，就让宋德珠转行改工了武旦。改学武旦后，校方特地安排张善亭、朱玉康等教师为其传授跷功、武打、出手、枪刀把子等等难度极大的表演特技；出高薪聘请朱桂芳、郭际湘、阎岚秋、余玉琴、诸如香等名家教授《泗州城》《夺太仓》《扈家庄》《打青龙》《金山寺》《丑荣归》《贵妃醉酒》《青石山》等戏，威望显赫的王瑶卿、梅兰芳、程砚秋、尚小云、荀慧生、筱翠花（于连泉）等京剧巨星对他也另眼相待，宠爱倍至。王瑶卿亲自传授给了宋德珠《贺后骂殿》《雁门关》《四郎探母》《三娘教子》《法门寺》《女起解·玉堂春》《王宝钏》等戏；梅兰芳多次为其指导《凤还巢》《霸王别姬》等戏；尚小云授予了宋德珠《金山寺》等；程砚秋教授他《游园惊梦》《玉狮坠》；荀慧生授其《花田八错》；于连泉授予了宋德珠《辛安驿》等戏。

早年，'跷功'是旦角艺人的必备一功，专工武旦的宋德珠自然更不例外，那时候学戏最讲究苦练，天越热、越冷，练得越狠，比得越汹，无论是徒弟、名伶、大角全都一样的玩命练功；在苦练技艺方面，大家具是相互攀比谁能吃苦，以苦为荣，狠下私功。就苦练'跷功'而言，宋德珠从早到晚把'踩跷足'绑在脚上，直到夜间入睡时才将其卸下来，使他练出了踩上'跷'就和平时走路一样的跷功，其'跷功'台步行云流水，快而轻松，令人称道！他在练打出手功时，专门在大风天苦练，这种练习方式虽然难度较大，不好掌握，但练成之后功底瓷实，其演出条件无论如何，舞台大小具能适应。戏校一年只放七天假，平时学生不准回家，宋德珠的一身功夫就是这样跟泡咸菜一样"泡"出来的。在校期间，他先从阎岚秋、朱桂芳、张善亭等学习刀马旦、武旦戏，继而又从王瑶卿、余玉琴、郭际湘、诸如香学青衣、花旦戏，并常向尚小云、程砚秋、于连泉、荀慧生问艺，在傍程砚秋演出的《断桥》剧中，程砚秋扮白素贞、俞振飞去许仙、此时还是学生的宋德珠来小青的盛况，成为了被世人公认为珠联璧合的梨园佳话。在戏校修业时，宋德珠已是全校出类拔萃的一位高才生，引起了各方的关注好评。据他的同窗王金璐先生说：'德珠扮相媚美，花容月貌，体条腰身比女同学还苗秀好看，老师和同学们都很喜欢他。就艺术来讲，他的跷功最好，若论打出手更是一绝，既稳又帅，动作规范，身手机敏，美观漂亮，入校三年就上演了许多戏。'而且，经常与王金璐合演《翠屏山》《取金陵》《夺太仓》《刺巴杰》《宏碧缘》《平阳公主》等戏。1932年9月16日，中华戏曲专科学校在北京东安市场内的吉祥戏院举行了第一次对外公演，这天的戏码是《南天门》《泗州城》《游六殿》《长坂坡》。此次演出以大班的'德'字科为主，宋德珠主演《泗州城》中的水母娘娘一角，十四岁的宋德珠就剧中的开打场面，其稳、准、狠、轻、帅、漂、美的特技表演引起轰动，四方叫绝，梨园首肯！

自1927年，确立了梅、程、尚、荀京剧四大名旦之后，青年旦角不断涌现。为了选拔优秀人才，有识之士和广大的戏迷观众遂发出倡议，当即评选京剧'四小名旦'的呼声。之后，经过一番热心明士们的详细筹划，于1936年秋由《立言报》馆主持，专门负责接待各界投票事宜，票数选举结果，前四名是：李世芳得票5800张，毛世来得票5000张，张君秋得票4800张，宋德珠得票3600张，成为当年轰动一时的京剧'四小名旦'。四小名旦虽然演艺超群，但风格各异，李世芳唱做俱佳，酷似梅派，有'小梅兰芳'的美称；毛世来深得'花旦大王'筱翠花真传，他演出的《十三妹》被世人称赞；张君秋博采众长，独树一帜，创立了'张派'风格；宋德珠的武旦、刀马旦，其功夫了得世称'宋派'。

皇天不负有心人，宋德珠怀揣着刻苦练就的一身本事，经过诸多名师的谆谆教诲和解囊相赠的精心传授，再加上他在演艺征途上的多学、巧练、钻研、求教，终于抽丝破茧脱颖而出，经广大民众的投票选举，他与李世芳、毛世来、张君秋共称京剧'四小名旦'的美誉。出科后，又开创了以武旦挑班挂头牌唱大轴的先例。1939年，宋德珠组建了自己的'颖光社'戏班，在京、津、沪等地巡回演出。由于他的戏路宽广，表演精湛，身手了得，武功超凡，尤以武旦及刀马旦备受赞誉而轰动剧坛。《立言报》馆继1936年秋评选出'四小名旦'之后，于同年底又发起了一次'童伶选举'活动。当年的'童伶选举'条件，必须是正在坐科的科生才能参加，投票日期截止到1936年12月31日。1937年1月10日公布选举结果：李世芳的票数最多，以得票18414张当选为童伶主席。下面分'生''旦''净''丑'四个行当的冠、亚军：王金璐以得票10922张当选为武生冠军；小生叶盛兰当选为亚军；第三名是黄元庆；第四名是傅德威。旦角毛世来以12560张的票数，当选为旦行中的冠军；武旦宋德珠当选为亚军；第三名是侯玉兰；第四名是白玉薇。净行中的冠军是裘世戎；亚军是赵德钰；第三名是洪德佑；第四名是沈世启。丑行冠军是詹世辅；亚军为殷金振；第三名是艾世菊；第四名为赵德普。1937年元月17日举行了颁奖大会，予以表彰，轰动京城。宋德珠的童子功、跷功、出手功、毯子功等的基本功，在戏校时就打得非常扎实。通过向老一代艺术家们的虚心求教，博采众之，融会贯通，结合武术及中外舞蹈的肢体造型加以创新，融入了自己的武旦之中。他对各种书籍、传说、故事中女英雄的胆略、武艺之描绘，精心研究，化入己身，搬上舞台，用进武打。甚至将翱翔的鸟儿、遨游的鱼儿、鏖战的蟋蟀、风吹的杨柳等的自然动态，倶加以细致入微的观察，怀有目的地借鉴吸收，用进所演人物的表演中来，尽量以此来弥补男性旦角女魅不足的欠缺。他把孔雀开屏时的优美姿势，化进了出场亮相时的动作；将鹰击长空时的矫健敏捷，化到了开打的出手之内；把鸟儿展翅起飞或落地时那一瞬间的美态，变做了舞台上的工架身段。总之，宋德珠在不断琢磨、探索、革新和长期的舞台实践中，形成了身段优美、起霸边式、工架规范、轻盈翩跹、刚健婀娜的美、媚、脆、帅的艺术风格，流传至今，歌颂于世。

"宋德珠从中华戏曲专科学校毕业后，旋即组建了自己的'颖光社'戏班，领衔在北京、天津、上海、武汉、长沙、南京等各地演出。旧时，京剧界有个传统，凡挂头牌挑班的名伶，大都由青衣、闺门旦或老生、武生为最，净行中则从金少山起,才开创了花脸领班、单挑、挂头牌唱戏的先河,其他行当或行路的演员极为少见,而以武旦挑班领衔的更是没有。因而,宋德珠以武旦挑班的开宗创始,被世人赞誉'红珠'之美!在京剧史册上,占据了光辉的一页。1939年,他应上海'黄金大戏院'所邀,率他的'颖光社'赴沪演出。同班的二牌老生,是新(后)四大须生之一的'杨派'老生创始人杨宝森;铜锤花脸是开宗'裘派'艺术的裘盛戎;架子花脸是自创'袁派'副净的袁世海。头天打炮,在'杨''裘''袁'合演的《失·空·斩》后面,宋德珠上演《金山寺》大轴戏,其曲子霞飞,出手雷动,只一个'刀下场',台上亮相五分钟,台下喝彩也是五分钟,被观众及行家誉为'钉在台上纹丝不动的白娘子'。在一次义务戏中,仍由宋德珠的《金山寺》大轴,周信芳、林树森、袁世海合演的《战长沙》,列于《金山寺》之前的倒第二压轴。从此,众望所归,独领风潮,'领袖武旦'风靡一时,南北轰动,自成绝响。宋德珠就是这样,以他天资横溢的艺术才华,在他先生翁偶虹的倾力帮助、打造下,就继承传统的基础上,根据自己的美学审视观,使'宋派'武旦横空直出,在京剧舞台上塑造出了一系列的艺术形象。他所演出的剧目有《美人鱼》《百鸟朝凤》《扈家庄》《金山寺》《杨排风》《蝶恋花》《泗州城》《锯大缸》《打青龙》《夺太仓》《雁门关》《翠屏山》《取金陵》《平阳公主》《青石山》等。"

翁偶虹《知音喜遇知音在》:然而,事情的变化总是有矛盾地出人意料,当你解决了一个矛盾,新的矛盾又会从人世的不断变化中涌现出来。我满以为这次莅沪,安排了德珠的业务之后,既可促使少山开排《钟馗传》一事。哪知,赴沪后我到少山的住处去了几次,都是满坑满谷的新风旧雨,天南地北,彻夜杂谈,容不得人说上几句正题,排戏之议,根本无缝提起。最初我很是气愤,继而又原谅金公,他已有四五个年头没回上海,今夕何夕,共此烛光,雨窗话旧,人生一乐。想来思去,既不能埋怨少山,更不可迁怒众友。光阴似箭,转眼到期,在"金""宋"两方的业务均呈鼎盛的进展中,演期已接近尾声。金少山此次的旅沪公演,刘宗杨同行,他们终于联手合演了《连环套》,我恍然开悟,顿时想起:在京时节,刘砚芳慷慨赠送康熙五彩的"钟馗嫁妹"烟壶与金少山,不光是支持他排演《钟馗传》,有意思讨金少山的欢心,借其"铁罗汉"之声威,望子成龙也。演出结束,金少山余勇可贾,又续一期。德珠转受南京国际剧场之邀,顺道赴宁。演期满后,金公又继德珠在宁出演。南京恶霸兼戏霸的青帮头目常玉清,又暴露出了他地头蛇的狰狞面目,百般刁难金少山。少山是久闯江湖的里手行家,怎能屈就,与常玉清的恶势力展开了软拼硬磨的斗争,演而又停,停而又演,演而再续,续而再停,短短的十五天演期,竟纠缠了两个半月之久,好不容易得返北京,不想,金少山的"松竹社"在回京的廊坊地界突遭车祸,炸毁了两节客车的车厢,随"松竹社"同行的老生演员扎金奎、武净演员杨春龙均遇难身亡。金少山平生素重义气,回京之后,风尘未卸,便忙于抚恤死者家属。可谁知,事过不久,金少山的恩师爷何桂山年老多病,又驾鹤西行,亲如天伦的金少山闻讯,如雷轰顶,撕心裂肺,披麻戴孝的连忙几日,待安葬了何桂山老先生的遗体后,他心灰意冷,闭门谢客。从此,再也没有提过排练《钟馗传》和《金大力》的事情。

我先期回到京城后,应"富连成"社长叶龙章、叶萌章的邀请,整顿该社的业务,每天早上到"富"社给科生排戏,晚间去"大光明戏院"监督演出。不久,又受梅(兰芳)先生所邀赴上海协助梅老板拍摄京剧彩色电影《生死恨》去了。

翁偶虹先生的童年学过花脸,青年时期大唱花脸,壮年专业写戏,晚年研究文史,是一位大学者型的花脸名票。他虽然对"生""旦""净""丑"都感兴趣,而由于个性的偏爱,总是特别喜欢花脸之艺风。自1931年起,翁先生编剧之苗茁于心田,便很想写两部以净行角色为主人公的剧本,服务于民。但事与愿违,十年之中,他不仅为金少山编写出了《钟馗传》和《金大力》两部赫本,同时还给程砚秋、李玉茹、宋德珠、吴素秋、黄玉华、黄桂秋、喜彩莲(评剧)等十多位名家成功地编写出了人们所喜闻乐见的大戏,上演后具产生了良好的社会效果。应该说,翁偶虹先生为中国的京剧艺术,写下了浓墨重彩的一笔,做出了华彩乐章的重大贡献!

翁偶虹1908年生于北京,原名麟声,笔名藕红,后改为偶虹。其父在清朝政府的银库任职,嗜好京剧。因耳濡目染,少年时代的翁偶虹就对京剧产生了浓厚的兴趣,常跟随著名花脸的姨父梁惠亭与京剧名票胡子钧学唱花脸戏,偶尔还粉墨登台唱上一出。1926年,翁偶虹从郎家胡同第一中学考入京兆高级中学(河北师大的前身顺天高等学堂,进入民国后改建为京兆公立第一中学,1925年更名京兆高级中学)。在进校头一年的游艺会上,翁偶虹就以饰演《托兆》中的杨七郎及《卖马》中的单雄信，博得了头彩，名噪之校园。第二年，翁偶虹上演了《连环套》里的窦尔墩和《捉放曹》里的曹孟德。第三年唱的是《定军山》中的夏侯渊，《失街亭》戏里的马谡，《草桥关》中的姚期。在翁偶虹和一帮师生票友的带动下，京兆高中游艺会的京剧彩唱，成为了极受欢迎的保留节目，即在北京城内的校园中开风气之先，引得其他学校具纷纷效仿。他们有时候还受邀到别的学府演出，并深得好评。除上述的剧目之外，翁偶虹还演出了《闹江州》的李逵，《法门寺》的刘瑾等花脸人物，深受戏迷们的喜爱。后来，京兆高中的京剧演出名声越来越大，翁偶虹也经常与几位票友相约，走上了社会，不断到外面的戏园子演出。当时，因为父母的愿望是学而优则仕，希望偶虹能够读书做官，光宗耀祖，不希望儿子走进梨园，当一个被人瞧不起的倡优戏子，给祖宗丢人。显然，翁偶虹的社会演出活动，都是背着家人唱的。可是到外面演出时，戏园子须张贴海报，翁偶虹原名翁麟声，于是，"翁麟声君"演出《群英会》《连环套》《黄鹤楼》《李七长亭》《法门寺》等等的海报贴满了京城的大街小巷，当然也就瞒不过家里人了。有一次，翁偶虹与名票纪文屏在北京地安门大街"同声戏院"演出《连环套》时，突然发现他父亲在台下看戏，扮演"窦尔墩"的翁偶虹心里顿时一惊，心想这回恐怕要遭到严父的责骂了。不料回家见到父亲后，不但没有受到训斥，反而大受称赞！父亲高兴的表态说："孩子，咱们家从你这一代起，就弃仕而优吧！"从此，翁偶虹对京剧更加酷爱痴迷，走上了一条听戏、学戏、练戏、排戏、唱戏、探戏、写戏、导戏、评戏、画戏（勾画戏剧脸谱）、研戏、论戏、教戏的艺术道路，把自己的居室也命名为了"六戏斋"。

　　翁偶虹自幼聪明好学，天资灵透，五岁开始读书，十岁就向报刊投稿，并且给予采用。在校期间，则经常在报纸、刊物上发表诗歌、小说和戏剧评论性文章。1929年，翁偶虹从京兆高中毕业，受聘在京兆第二小学任庶务，工作还算清闲，于是他就上午写小说，下午去唱戏。1930年，中华戏曲专科学校成立，他被聘为该校的兼职教习，1934年，他正式到中华戏曲专科学校任编剧和导演。1935年被聘为中华戏曲专科学校戏曲改良委员会主任委员。除以上所述翁偶虹给十多位名角写过戏外，他还先后为李少春、叶盛兰、袁世海、童芷苓、严月秋（即绿染香）、王金璐、徐东明、徐东霞、陈永玲、高玉倩、刘迎秋、南铁生、李世芳、唐韵笙、梅兰芳、叶盛章、裘盛戎、谭富英、张云溪、李和曾、王继珠等人及中华戏曲专科学校、富连成科班、戏班等编写剧本（包括移植、整理、改编、合编）一百多出。其代表作有《白虹贯日》《花猫戏翠屏》《玉壶冰》《骂绵袍》《比翼舌》《百鸟朝凤》《英雄春秋》《蝶恋花》《小行者力跳十二埕》《钟离春》《碧血桃花》《蔷薇刺》《火烧红莲寺》《凤双飞》《美人鱼》《鸳鸯泪》《女人心》《锁麟囊》《翁头春》《三妇艳》《宏碧缘》《孤忠传》《温酒斩华雄》《姑嫂英雄》《穆桂英》《同命鸟》《水晶帘》《楚宫秋》《杜鹃红》《一字香》《北观音》《全部周瑜》《天国女儿》《通灵笔》《明末三奇女》《十二金钱镖》《生死鸳鸯》《英雄走国记》《洛神》《投笔从戎》《裴云裳》《五人义》《新蝴蝶梦》《血泪城》《小鳌山》《香妃》《响马传》《将相和》《大闹天宫》《李逵探母》《白面郎君》等。

翁偶虹写戏十分重视人物的塑造，他把是否能写出生动的戏剧人物，视为一剧成败之关键。翁先生说："高尔基把文学称之'人学'，那么戏剧也可以视为'人剧'"。他在塑造人物的走峰中，很少使用那种平铺直叙的方式，而是着力于在不同的事件和戏剧矛盾中去揭示人物内在的心理状态。京剧艺术有其自己的表演程式和自身的行性定位。因此，一个京剧本子的写出，是否精彩，在一定的条件下，决定于作者对京剧艺术的熟悉程度。名票出身的翁偶虹不仅谙熟于舞台，而且精通表演，深解戏道，他写起戏来，唱念做打等安排得十分恰到。特别是在他编著的剧本中，讲究和演员的默契，根据演员的优长，展现其才的进行艺术上的再度发挥。由于翁偶虹具备深厚的文化底蕴，又精于戏曲表演，其文笔中的作品妙手生花，达到了文学及表演性兼优的高度，排练起来特别流畅。通观翁偶虹的大作，立意深刻，结构严谨，唱词精当，念白通达，情节感人，非常宜于舞台演出。除此之外，翁偶虹还是一位著名的脸谱学者型艺术大师，他认为脸谱艺术的"五性"，是从创造中国文字的"六书"而来之。画戏的范畴是从搜集、摹画、绘制开始，进而研究戏曲脸谱的艺术规律。翁先生对京剧脸谱的爱好，基于他对花脸表演的酷爱，童年时代，他便从姨父梁惠亭和名票胡子钧学唱花脸戏，苦练净行功，遇有粉墨登场时，常烦请盟兄帮忙勾画脸谱。由于不甘旁人彩画人头之消，遂尝试着拿起了画笔，揽镜濡染从初勾开画。稍长，则激起了探讨脸谱的谱式来源、衍变及艺术个性的兴趣。为便于保存，发展成了纸上临摹，分门别类，装贴成册；有特殊扮相的净角人物，还加画上盔头、髯口、服饰，以准确地记其舞台风貌。

从那时起，翁偶虹的"六戏斋"俨然变成了一间画室，彩笔鳞列，翰墨藻陈。

他常常午夜在茶楼戏园用心观赏杨小楼、尚和玉、钱金福、金少山、郝寿臣、侯喜瑞等诸多京剧名伶的五彩脸谱，优美扮相，精湛表演，并默记在胸。不等散戏，便一溜儿烟地转回家门，挑灯拈毫，仔细摹画，仿效学习……除京剧以外，翁偶虹还临摹搜集昆曲、汉剧、秦腔、川剧、河北梆子、山西梆子、绍兴大班等剧种的名家脸谱，并与昆曲的侯益隆、郝振基、侯玉山，晋剧的乔国瑞、彦章黑、张玉玺、金铃黑、马武黑，绍兴大班的小恒珊、汪小奎等净行巨擘契交忘年，盘桓切磋。另有昆曲《棋盘山》里的钟无盐、山西梆子《美人图》中的丑姑姑等的旦角脸谱，亦收珊于铁网，展珠玑于陋室。

钩奇之欲促发了探古之心，翁偶虹创办"辛未社"，邀请北京四九城的京剧票友、戏迷弦管乐手试声期间，辗转托人，数经周折，在他们中间终于搞到了一部出自于清宫"升平署"供奉之手的《钟球斋脸谱集》，共七十二帧。鉴其谱式古朴简洁，知为同光故物，于是理其破碎之迹，施碧研朱，珍重摹画……从20世纪20年代至30年代起，翁先生陆续在当时的《剧学月刊》《北平晨报》《戏剧月刊》《新民报》上，撰写介绍、阐述脸谱产生、地位、性能、分类及勾画的文章，影响甚广。就著述的论文中，他第一次提出了戏曲脸谱的十六种分类，阐明了脸谱勾图应是主、副、实、界、衬五色的论解及验证出了花脸艺术的"六书"、"五性"。而且，匠心独运地探讨出了张飞、焦赞等戏曲人物，以主色"通天黑"代表黑脸的立体结构，成为梨园界推崇模仿的标杆。随着脸谱研究的渐次深入，绘制技法日臻精到，内外行家均以拱璧视之。当时的书画名店"荣宝斋"，曾以每帧银元二十块的润笔费，请其绘制"十二生肖"及"四大金刚"扇面两帧。并由吴幻荪建议，又烦请翁公绘制屏条四幅，特邀请四位翰林为翁偶虹绘画的四幅条屏分别题字，陈列在"荣宝斋"书画之林，观者如织。此外，先生所绘精品曾在巴拿马博览会上展出。就翁偶虹六十余年的"画戏"生涯中，曾为马连良的《春秋笔》设计了檀道济的脸谱，为李万春的《十八罗汉收大鹏》设计了大鹏鸟的脸谱，为吴钰璋的《强项令》设计了董宣的脸谱，为李玉茹、王金璐的《美人鱼》设计了周浔的脸谱等，构图新颖，创作意深，令人赞叹。

翁偶虹不仅是一位著名的戏剧家，而且还是一位少见的散文大家，其作品以优美醇厚的散文笔法，描述了民国时期的北平市井和梨园行境内一派令人流连忘返的文字魅力，让人深思。同时，也为读者提供了许多非常翔实的戏剧史料和艺坛的趣闻轶事，以及当年北平、上海、天津、南京等地的社会风情。翁偶虹在他的《自志铭》中，非常经典地写道：自己"是读书的种子，也是江湖伶人，曾粉墨涂面，也曾朱墨为文。甘做花虱子与菊囮，不厌蠹鱼与书林，书破万卷，只青一衿；路行万里，未薄层云。宁俯首于花鸟，不折腰于缙绅。步汗卿而无珠帘之影，仪笠翁而无玉堂之心。看破石未做，作几番闲中忙叟；未归反有归，为一代人之古人。"他总结其一生的创作实践，编写的《翁偶虹编剧生涯》与《翁偶虹戏曲论文集》，是两部厚重难得的、原汁原味儿的平民戏剧家的自述，更是两部弥足珍贵的学术专著。除此之外，另著配有二百多幅名伶史照的《翁偶虹看戏六十年》《翁偶虹剧作选》，是先生六十多年来观戏经历的感受记录，创作精选，其内容涉及京、昆、梆、戈等剧种中的百余位知名演员，分为"菊囮掇英""歌坛忆旧""菊海拾趣"等章节，又是两部品戏评戏俱不见凡的重要史料的生动注解。

第二十八题藏头诗

新剧赫本预出台，
戏中玄妙巧安排，
未曾上演出车祸，
出人意料损人才，
终归没唱钟馗传，
身心灰冷羞中怀，
遗憾终生一大事，
憾然不能再回来。

二十九、摆谱耍派　不祥预兆

金少山红了，红得必然，红得迅猛，红得发紫！这来之不易的卓越，让人心服口服，不容置疑。但红变紫后的结果将是熟透，若稍不谨慎，将会导致霉烂的伤疤。随之金少山艺术事业的辉煌发达，以及他显赫声望的不断升高、蒸蒸日上之时，无论如何也不会想到，在他七岁害病那年，其父金秀山在北京天桥为他算命时，所抽出的那支"竹签"上的隐含，五十年后，在金少山身上却又若有若无地开始露头。这种使人难以置信的奇特现象，或许是大自然的客观规律，或许是出于人们常讲的"盛极必衰"的自然轮回。此时，金少山不平衡的心态，有意无意地慢慢转向了扭曲，逐渐流露出来，他摆谱耍派、挥金如土、贪图享乐的玩性欲望，也紧跟着他身份的变化，相应地萌生见长，难以控制。

由于家境的富足，自幼不服管教、从小就是玩家的金少山，养成了争强好胜、独来独往，为人处事天马行空、义字当先的称雄个性。若有人敲打，他即可控制，可如今又有谁敢管教这位性格多变、招惹不得的金三爷呢？他的好友翁偶虹和"松竹社"的摔打花脸张荣山聊天儿时，对金少山有过一段形象恰当的比喻，翁偶虹对张荣山说："少山的性格既不像憨厚鲁莽的李逵，也不像狡诈多疑的曹操；说他像三国的张飞而放荡过之，说像牛皋又刚直不及，金少山似乎以敝屣人生的态度，游戏世间。他对待朋友，有时一诺千金，有时却讲了不算。达心里敬重的人，金少山可两肋插刀，执礼唯恐不恭；从眼里看不起的人，他交谈不顾失言，单就这方面而论，倒有些像舞台上的焦赞焦克明。"

1939年3月4日（民国二十六年），是久住北京的老资格余（叔岩）派名票张伯驹四十寿辰的生日，值天地之中的河南去岁发生旱灾，乃以唱戏募捐来赈灾救荒。演出地址设在京城隆福寿街的"福全馆"内。安排的戏码和名家很硬：开场为郭春山的《回营打围》，第二出是程继先的《临江会》，第三出是魏莲芳的《女起解》，第四出是王凤卿的《鱼肠剑》，接下来是杨小楼、钱宝森的《群英会》，压轴戏是筱翠花（于连泉）、王福山的《丑荣归》，大轴为张伯驹的《失·空·斩》，王凤卿饰赵云、程继先扮马岱、余叔岩来王平、杨小楼演马谡、钱宝森去张郃、金少山上司马懿、慈瑞泉和王福山的二老军带报子。消息见报后，许多外地的戏迷、票友为看这出艺坛绝响的《失·空·斩》，从四面八方蜂拥而来赶至龙都为张伯驹捧场。当日演出盛况空前，人誉之以杜诗句"此曲只应天上有，人间能得几回闻"。相传，该剧曾拍摄成了纪录片电影，原版已流入美国，不知确否。

待张伯驹先生差人去找金少山商谈出演司马懿的事宜时，也是办事人不会讲话，他先去找"松竹社"的大管事孙焕如，孙家人说焕如在金社长府上。来人赶到金宅，在外屋的客厅处见到了孙焕如先生，也不问问金老板在不在家里，不管青红皂白，就粗声大气地冲孙焕如说道："今儿个是我们张爷过四十大寿的生日，请金少山傍他出演《失·空·斩》中的司马懿，要多少钱给多少钱，就是不能耽误那天演出，明白了吗？"金少山在里屋听到此人提名道姓，很是不恭，非常反感，心里很不舒服。还没等孙焕如搭腔，就不客气地嚷道："焕如啊，他们不是用大价钱雇我金少山去傍张伯驹大爷唱戏吗？告诉来人，无论出钱多少三爷我都不唱！到那天，三爷我出份子钱拜寿听戏去，送客！"金少山这几句话的分量，讲得办事者难以下台，一时不知道怎样答对，无奈，只得沉着脸皮尴尬而回。结果演出时，司马懿的扮演者只好改为票友陈香雪代演。那天晚上，金少山特意打扮一番，穿戴格外阔气，身后还跟着几个随从，抱着"黑炭儿"牵着"傻黄"带着戏份儿钱，浩浩荡荡地走进了剧场。最后，宣读拜寿人送的份子钱时，金三爷名列第一。

京剧"余派"老生名票张伯驹先生，1898年3月14日出生，字家骐，号丛碧，别号游春主人、好好先生，河南省项城县人，生于官宦世家，系张锦芳之子，过继给了他伯父张镇芳。当年，张伯驹和清朝末代皇帝溥仪的族兄溥侗、袁世凯的次子袁克文、奉系军阀张作霖之子张学良，并称"民国四公子"。张伯驹的父亲（伯父）张镇芳，字馨庵，河南省项城县人，他是清光绪三十年进士，袁世凯哥哥的内弟，历任天津卫道长芦盐运使、直隶按察使、河南提法使等职，是晚清民初非常活跃的大人物。张伯驹自幼天性聪慧，七岁便苦读私塾，九岁能写诗词，享有"神童"之誉。他从小就接受中国传统文化的熏陶，其读书多之难以胜数，扎实的文学功底，造就了他多才多艺的文化底蕴。由于他天资超逸，写下了大量的古体诗词、戏曲论著、音韵辑要等，张伯驹的主要著作有《甤甀纪梦诗注》《素月楼联语》《丛碧词》《雾中词》《洪宪纪事诗注》《春游词》《丛碧书画录》《秦游词》《续断词》《无名词》《甤甀纪梦诗》《京剧音韵》《张伯驹词集》和其编辑的《春游社琐谈》以及与余叔岩合著的《乱弹音韵辑要》等。

青年时期的张伯驹，曾与袁世凯的几个儿子同在英国人办的一所学院读书。毕业后，进入袁世凯的陆军混成模范团骑兵科受训，由此步入军界。后曾在吴佩孚、曹锟、张作霖部任提调参议等职。因不满军阀混战，1927年起，投身金融界。就这一时期，历任盐业银行总管理处稽核，南京盐业银行经理兼常务董事，秦陇实业银行经理等职。1937年抗日战争爆发后，一度去西安致力于写诗填词，埋头苦作。除此之外，张伯驹对中国的书法艺术研究，造诣颇深，著有《中国书法》一书，他本人擅长书法，其书法源学王羲之《十七帖》，融真、草、隶、篆于一炉，形成了自己的独特风格，用笔飘逸，如春蚕吐丝，被世人称为"鸟羽体"。抗战胜利后，曾任华北文法学院国文系教授，（民国）故宫博物院专门委员，北平美术分会理事长等职。1947年6月，在北京加入中国民主同盟会，并出任民盟北平临时委员会委员，参加了北大学生会发起的反迫害、反饥饿、抗议枪杀东北学生的爱国民主运动。

张伯驹自幼便爱好京剧，他曾自言之，八岁时在天津卫"下天仙戏院"，就看过杨小楼、九阵风（阎岚秋）的戏。在他的青年达中年时期，即迷上了余叔岩的老生戏，并向余先生的琴师李佩卿学戏，一年内，便登台彩唱，深得好评！并从钱宝森、王福山苦习身段、武功，跟余叔岩学唱、吊嗓、练表演。总之，张伯驹在学习京剧方面，严守传统的要求，下过大工，吃过大苦，唱念做打舞、手眼身法步、文武昆乱无所不学，后来他的老生艺术竟达到了和专业名家相提并论的高度，被誉为"龙都京剧名票之最"！并与田桂凤、梅兰芳等人同台演出，声名大振！杨小楼、余叔岩、程继先、王凤卿等梨园大家为其傍演《失·空·斩》（张伯驹饰孔明）一剧。1930年又与李石曾、齐如山、余叔岩、梅兰芳、冯耿光等人，在北京共同创建了"国剧学会"。

被世人公认,成为"余派"老生造诣颇深和声望尚高的张伯驹,对余叔岩的表演艺术,其熏陶、领悟之处却比直接学得要多。在他撰写的《氍毹纪梦诗》著作中,记载有他向余叔岩学戏的情况,"归来已是晓钟鼓,似负香衾事早朝。文武昆乱皆不挡,未传犹有太平桥。"为什么"未传犹有太平桥"呢?余叔岩曾对张伯驹说过:"如今,张公已是四十来岁的人了,'过桥'一场,要一足登椅,一足踩桌,敌将一枪刺之前胸,须两手持枪硬僵尸摔下。饰敌将者与检场者皆须在行,方可行之,否则易出危险。"所以这场有危险的戏未传于他。可见余叔岩对其倾尽心力倍极爱护。张伯驹常上演的剧目有《别母乱箭》《借东风》《失·空·斩》《清风亭》《乌盆记》《问樵闹府·打棍出箱》《坐楼杀惜》等。

张伯驹一生醉心于文物研究,致力于收藏字画名迹,他从三十岁开始收藏中国古代书画。初时出于爱好,而后即以保存重要文物不流入海外为己任,他不惜一掷千金,倾卖家产和借贷巨款亦不改其志。例如,曾买下了中国传世最古墨迹西晋陆机《平复帖》,及传世最古画迹隋展子虔《游春图》等。经他手珍藏的书画宗匠之真迹,见诸其《丛碧书画录》者,就有118件之多,被称为"天下第一藏"!自云:使他从豪门巨富变成了债台高筑,一贫如洗,甚至被匪徒绑架、生命堪虞,犹称"宁死魔窟,决不许家人变卖所藏",其传奇般的际遇,成为久赞不衰的佳话。不惜代价,甚至达到了置性命而不顾来保藏文物珍品,既是出于爱国至诚,也是基于对民族文化遗产的深刻认识与由衷的酷爱。由于张伯驹先生那慧眼识宝的高才大略,所藏书画件件堪称艺术史上的璀璨明珠。在他的藏品中,晋陆机《平复帖》是中国传统书法作品中年代最早历史悠久的一件名人手迹,隋展子虔《游春图》卷则是传世最早的卷轴古画,也是历史悠久年代最早的独立山水画卷,合为双璧。此外,还有唐杜牧的《张好好诗》卷,宋黄庭坚的《诸上座帖》和赵佶的《雪江归棹图》卷,元钱选的《山居图》卷等等,具是在国史上占有独特艺术地位及重要研究、考证价值的国宝级书画文物。值得称道的是,对于斥巨资购藏并用毕生心血保护书法名画之珍品,张伯驹先生和夫人潘素女士(金碧青山绿水画家)并不将其视为己物,而是看作是全民族的文化遗产。自20世纪50年代起,张、潘夫妇陆续将倾其所有,收藏达三十多年之久的书画名迹捐献给了国家,使这些古老的书画极品成为了国家博物院、馆的国宝重器,表现了他们夫妻二人的爱国情操及无私奉献的精神。1965 年，张伯驹将《百花图》以及所剩的一些其他古书画卷，共计 30 多件藏品无偿捐献给吉林省博物馆（即当今吉林省博物院）时，当时吉林省有一位名叫宋振庭的领导同志，握住张伯驹的手激动地说："张先生一下子使我们博物馆成了大大的富翁了！"而陆机的《平复帖》、展子虔的《游春图》、杜牧的《张好好诗》卷等古代书画极品，都属于新中国首都故宫博物院内的镇院之宝。

电视纪录片《故宫》的策划人之一、紫禁城出版社社长章宏伟由衷地感慨，他当着众人的面说道："张伯驹先生捐献的每一件东西，用什么样的词句来形容它的价值都不为过。为故宫做出顶级贡献的捐赠者仅有两位，一位是捐献瓷器的孙瀛洲，另一位则是无偿捐出价值连城的国宝中之国宝、包括西晋大文豪陆机的手书真迹《平复帖》；隋代大画家展子虔的所绘真迹《游春图》；唐朝大诗人杜牧的《张好好诗》卷真书；宋代黄庭坚的《草书》；范仲淹的《道服赞》等八幅字画的张伯驹，件件极品，卷卷重器！"《平复帖》，是当今传世墨迹中的"开山鼻祖"。虽然长不足一尺，字仅九行，却盖满了历代名家的收藏章记，朱印累累，跃纸生辉，被收藏界尊为"中华第一帖"；《游春图》，距今一千四百多年，被确认为是中国现存最早的一幅国宝级画作。张伯驹与潘素夫妇唯一的爱女、已七十三岁的张传彩老人笑眯眯地说："他们捐出的这些东西，父母亲随便留给我们一件，就够我们一家几代享尽不完的荣华富贵，那可是百万富翁、千万富翁啊！"这天，张传彩和老伴楼宁栋一大早，走出父亲在北京后海留下的唯一一所年久失修的旧宅内，冒雨搭上公共汽车前往事先约定的地点接受记者采访。待上车掏月票时，不小心露出了挂着月票的破衣处的红绳，让人很难想象眼前这位衣着朴素的七旬老人，竟然是当年在北京城内拥有数处高宅大院、声名显赫、被尊称为民国"四公子"张伯驹的千金大小姐。

张伯驹第一次见到《平复帖》，是在湖北一次赈灾书画拍卖会上看到的，当时归溥儒（溥心畬）所有。溥儒是道光皇帝的曾孙，恭亲王的孙子。1936 年，溥儒将他所藏唐代韩干的《照夜白图》卖与他人，后流入海外。这件事情让张伯驹久久不能释怀。据王世襄回忆，张伯驹深恐《平复帖》蹈此覆辙，因此委托北京琉璃厂一家古玩店的老板向溥儒请求出售，溥儒却索要 20 万现大洋的天价才可出手，因张伯驹力不能胜而未果。不死心的张伯驹，第二年又请他的故交好友、具有传奇般的国画大师张大千再向溥儒求购，同样在 20 万元的售价前止步。一直对此念念不忘的张伯驹后来偶然得知溥儒丧母，急需钱财为家母发丧，经傅沅叔斡旋，终以四万元购得。张伯驹后来听说，有一位姓白的古董商晓得此事后，也想拿到该帖翻价倒卖给日本人，愿出二十万购买。庆幸的是，此时这幅国宝级的《平复帖》已到了张伯驹手里。张先生后来写了篇小文，只淡淡地提及此事，"在昔欲阻《照夜白图》出国而未能，此则终了夙愿，亦吾生之一大事。"在先生眼里，这些蕴含了中国文化的字画价值，甚至超过了自己的生命。

1941年，上海发生了一桩轰动申城的绑架案，被绑架者正是张伯驹。那时，身为南京盐业银行经理的张伯驹每个月都要到上海分行去开会，或处理一些业务上的事情。这天一早，他走下飞机，和往常一样，坐上来接他的小卧车开出了机场。谁知，刚拐进胡同口，就被一辆黑色轿车上下来的几个人，将他连推带拉的架进车中飞快地远奔而去。盐业银行的经理张伯驹先生被绑架一案见报后，绑架者的身份和底细很快成为了上海滩上公开的秘密，原来是汪伪特工总部的"76号"所为，他们向张伯驹的夫人放出消息，让潘素交出300万伪币的赎金，才可放人，否则"撕票"。显然，"76号"的特务们是冲着张伯驹的钱财而来，但张家的钱大部分都变成了字画纸张，根本拿不出这笔赎人的巨款。无奈，夫人潘素只好忍痛割爱，想用变卖字画的办法救出先生。于是，在一次探望丈夫的偷言细语中，讲出了她救夫心切的想法和无奈。张伯驹听后，却一脸严肃地对夫人说："家里的那些字画卷轴千万可不能动，尤其是那幅《平复帖》！它是我的命，我死了不要紧，这些字画古文必须得保护好，留下来，万万不能有用卖字画换钱来救我的想法，如若这样，我宁愿死在这里也不出去。"张伯驹宁可冒着随时被"撕票"的危险，始终不肯答应夫人潘素变卖一件藏品来解救自己。如此僵持了八个月的时间，直到"76号"的特务绑匪们妥协，将赎金从300万落到了40万时，潘素和先生的叔父等人多方筹借，才将张伯驹搭救了出来。

逃出魔掌的张伯驹很快离开了上海，取道南京绕至河南来到西安，不久，潘素将年幼的女儿张传彩托付给西安的一位友人照顾，自己一人先回北京，后来的几年里，张、潘夫妇一次次往返于北京和西安之间，为了不让珍藏在此时已是沦陷区的北京城家中那些国宝级的古文字画出任何问题，防备落到日本人手里，潘素把它们偷偷地缝在棉被里，一路担惊受怕、提心吊胆地带出了北京。张伯驹与《游春图》的渊源，却有着另一段值得被铭记在心的佳话，需要写出：在20世纪30年代初，溥仪到东北老家当伪满洲国皇帝时，带走了故宫内的1200多件珍贵文物，1945年随着日本的战败，一些宫中字画、珠宝重器等开始大批的流入社会。心情焦急的张伯驹向当局建议两项办法：一、所有赏溥杰单内者，无论真赝，统由（民国）故宫博物院作价收回；二、选精品经过审查按价回购。时任（民国）故宫博物院专门委员的张伯驹认为，那批文物中，高价值的精品大约有四五百件，按当时的价格，不需太多的经费，便可大部收回。1946年，北京（当时称北平）古玩界传出消息，琉璃厂一位叫马霁川的古董老板正为一幅古画寻找买主，这幅画作正是稀世珍宝《游春图》。张伯驹原本建议（民国）故宫博物院出面买下，并真诚的表示如果经费不够，自己情愿代为周转，但院方许久未有回应，催问几次仍无答复，无奈之下，张伯驹决心倾家荡产，个人出面，用一百七十两黄金将其买了下来，秘藏府中。

张伯驹儿时酷爱读书，他看的书多得难以胜数，三千多卷的《二十四史》，他二十岁时便已读完了两遍。三百五十四卷的《资治通鉴》他可以从头讲到末尾。一部《古文观止》能够倒背如流。两千多首的唐诗宋词，一字不差的脱口而出。张伯驹在《丛碧书画录序》中自述："予生逢离乱，恨少读书，三十以后嗜书画成癖，见名迹巨制虽节用举债犹事收蓄，人或有訾笑焉，不悔。"他似乎是注定为收藏而生。显然，收藏者有两大缘故或说有两种人：一为财，二为才，前者自不必提，至于后者，应拿张伯驹先生为题大论一番，天性聪明的张伯驹有着令人惊叹、过目不忘的本领，他自己曾回忆，在友人家中偶翻一书，过若干天后，还能将其中的诗句背诵下来，而持有该书并通读过的友人却毫无印象。北京人说他是国宝！还有人认为他是比国宝还要珍贵的文化奇才！曾经有人描写他所见到的张伯驹，面庞白皙，身材颀长，肃立在那里，平静似水，清淡如云，举手投足间，浑身书卷气，不沾一丝一毫的俗人烟火。张伯驹是一个视勋名如糟粕，看势力如尘埃的超凡者，所作之词按周汝昌先生的话讲，"则李后主、晏小山、柳三变、秦少游，以及清代之成容若，庶乎近之（《张伯驹先生词集序》）"，多写人生感受、自然之景，感情细腻，自然超逸。长调则哀感顽艳，婉丽凄清。从小则格高韵远，极尽缠绵秀隽之致。用自然之眼观物，用自然之舌言情，真真切切，为现代词家之楷模。张伯驹那时所经历的生活，被人们形容为中国现代最后的名士生活圈，而对世俗生活相当淡漠的张先生，好像一直悠然自得地游离在自己的精神世界里。据张伯驹的老友孙曜东回忆，虽然拥有偌大的家业，但他的生活却朴素得令人难以置信，不抽烟、不喝酒、不打牌、不着丝绸衣服,从来不穿西装革履,长年一袭长衫布褂,而且饮食也非常简单,有个大葱炒鸡蛋就认为是美味佳肴了。他对自己所乘坐的汽车更为随便,只要有四个能转的车轮子即可,在生活上从不与别人争比高下,<u>丝毫不摆谱耍派讲阔气</u>,但对看中的古文字画,却是一掷千金,毫不在乎。就古玩界,有很多字画商人都喜欢跟他打交道,只要是张伯驹看上的货,无论价码多少,他从不还价当即通收。关于先生那散淡爽直的个性,著名红学家周汝昌曾有过很传神的描绘:"我在张先生府上熟了之后,我不理他,他也不理我,我要回学校了,走的时候不用告辞,出门就走,双方之间没有客套,不用寒暄,摆脱俗念,去掉虚伪,这种友情无人理解。"1945年时,王世襄参与了清理战时的文物损失工作,得以和张伯驹相交。据王世襄后来回忆,他一直想研究研究《平复帖》,但由于东西的贵重,便小心翼翼地向张伯驹先生提出能否在府上看上一两次,"没想到我一说,他就说'你拿回家看去',这下倒给我增添了负担了,到家之后,腾空了一个樟木小箱子,放在卧室的床头,而后用白棉布铺垫平整,再拿高丽纸把已有锦袱的《平复帖》包好,放入箱内。每次不得已而出门时,回来后都要先开锁启箱,见它安然无恙才放心做事。观看时,要等天气晴朗,把桌子搬到靠近南窗,光线好而无日晒处,铺好白毡子和高丽纸,洗净手,戴上白手套,才静心屏息地打开手卷。"王世襄回忆自己拿到这幅"稀世珍宝"时的心情:"《平复帖》在我家放了一个多月才毕恭毕敬地捧还给了伯驹先生,一时顿觉轻松愉快,如释重负。"

张伯驹的女儿张传彩曾回忆说:"我记得一天晚上睡觉前听见父亲和母亲讲,最后这批古文字画怎么办?我们那时候年轻,从来不过问父亲的事情。但知道他的眼睛很厉害,可称之法眼,家里收藏的东西全是精品中的精品。新中国成立后,老人家对这个新生的政权产生了信赖与热忱,父亲给我们说:'这个政府不像国民党,我们全家应该拥护。'"一向游离于政治之外的张伯驹与夫人商量后,将其一生所收藏的八件字画精品捐献给了国家,成为(新中国)故宫博物院的镇院重器。国家为此奖励的二十万元(人民币),被张伯驹先生婉言谢绝,他说:"我见过的古玩和收藏的东西相当多,跟过眼云烟一样,数不胜数,但<u>这些东西不一定非要我来保存,我把它捐出来的目的,是让这些国宝永久留在中国的国土上,归人民所有。故而,二十万银实不能收。</u>"张伯驹的门婿楼宁栋回忆:"很多人不理解我岳父,把好大一座院落带房屋卖掉,换了一张帖子,再把这个帖子捐出去,这到底是为的什么?

但我能理解，我真的能够理解，我们全家都能够理解他老人家。"张伯驹的女儿张传彩很平静地言道："父亲就是这样一个人，他是一个热爱祖国的藏宝者，老爷子认为这些文物首先是属于一个国家，一个民族的，只要国家能留住它们，他付出多大的代价也在所不惜。"不仅如此，1956 年张伯驹先生还把自己珍藏许久的李白真迹《上阳台帖》赠予了喜欢书法的开国领袖毛泽东。该作为唐代大诗人李白所书自咏四言诗，也是其唯一传世的书法真迹；纸本，纵 28.5cm，横 38.1cm。草书 5 行共 25 字；款署"太白"二字；引首清高宗弘历楷书题"青莲逸翰"四字，正文右上宋徽宗赵佶瘦金书题签："唐李太白上阳台"七字。后纸有宋徽宗赵佶，元张晏、杜本、欧阳玄、王馀庆、危素、骆鲁，清乾隆皇帝题跋和观款。卷前后钤有宋赵孟坚"子固""彝斋"、贾似道"秋壑图书"，元"张晏私印""欧阳玄印"以及明项元汴，清梁清标、安岐、清内府，近代张伯驹先生等鉴藏印章；实乃旷世绝品，价值千金！到了两年后的 1958 年，中华人民共和国的第一任国家主席毛泽东，又将这幅世称绝品的《上阳台帖》转交给了故宫收藏。

1956 年 7 月，时任文化部部长的沈雁冰（茅盾）亲笔、亲自为捐献国宝的张伯驹颁发了一纸褒奖令，这张薄薄的纸片，被张家一直非常认真、仔仔细细、甚为宝贵的珍藏到当今，它见证了一个深爱着中华艺术的人，为保护民族文化遗产所做出的伟大贡献！据当代资深的著名山水画家、国画理论家关瑞之先生回忆：1980 年夏季，他陪同张伯驹、启功、关松房、魏龙骧等威望显赫的老人游览"颐和园"时，有位河南籍的领导同志问关松房、张伯驹两位元老："如今有很多名流大家都在考虑建博物馆、灌唱片，把自己的艺术成就或文艺作品流传百世，您二位是不是也有考虑？"张公回答："我的东西都在故宫里，不用操心了。"张老的回答令在场的所有人等，无不对其肃然起敬！这是张伯驹先生 1982 年过世前，对自己收藏的一次公共感言。国画大师刘海粟说："他（指张伯驹）是当代文化高原上的一座峻峰！从他那广袤的心胸涌出了四条河流，便是书画鉴藏、诗词、戏曲和书法。四种姊妹艺术互相沟通，又各具性格，堪称京华老名士，艺苑真学人。"1995 年 5 月，著名画家黄永玉先生出版画册，其中有一幅"大家张伯驹先生之印象"——1982 年初，黄永玉携妻儿在莫斯科餐厅吃饭，"忽见伯驹先生蹒跚而来，孤寂索漠，坐于小偏桌旁。餐至，红菜汤一盆，面包果酱、小碟黄油两小块，先生缓慢从容，品味红菜汤毕，小心自口袋取出小毛巾一方，将抹上果酱及黄油之四片面包细心裹就，提小包自人丛缓缓隐去……"王世襄感慨：实在使人难以想象，曾用现大洋四万块购买《平复帖》、黄金一百七十两获得《游春图》，并于1955年将八件国之重宝和三十多件精品字画古文，捐赠给国家的张伯驹全家竟一贫如洗到如此地步。他十分赞赏黄永玉为张伯驹下的论断——"富不骄，贫能安，临危不惧，见辱不惊……真大忍人也！"

张伯驹语录："予所收蓄，不必终予身，为予有，但使永存吾土，世传有绪，则是予所愿也！今还珠于民，乃终吾夙愿！""不知情者，谓我搜罗唐宋精品，不惜一掷千金，魄力过人。其实，我是历尽辛苦，也不能尽如人意。因为黄金易得，国宝无二。我买它们不是卖钱，是怕它们流入外国。"张伯驹一生捐献的国宝，按当时的价码估计已高达亿元现大洋之巨，但随着人类文明的进步及物价高抬上长的经济浪潮，就当今而言又何止这个数字呢，他的大儒景行、高道善行、菩萨慈行，乃是中国文化艺术史上一座无法逾越的丰碑！为继承和发展中国古典艺术，建国初期，张伯驹创办了北京古琴研究会、京剧基本艺术研究社、诗词研究社，直至临终前，还对正在组建的中国韵文学会的筹备事宜，念念不忘，常挂嘴边，实乃可敬。

解放北京后，张伯驹曾任燕京大学国文系中国艺术史名誉导师、北京中国书法研究社副社长、北京京剧艺术研究社副主任理事、国家文化部文物局文物鉴定委员会委员、公私合营银行联合会董事、北京古琴研究会理事、北京中国画研究会理事、中国民主同盟总部财务委员会委员及文教委员会与联络委员会委员、第一届北京市政协委员等，1956年加入中国国民党革命委员会。1958年划为"右派"分子，被劳动改造，受尽屈辱。"文化大革命"中遭到迫害和诬陷，1972年周恩来总理得悉后，指示聘他为中央文史研究馆馆员。到二十二年后的1980年，张伯驹被划为"右派"分子的身份，终于得到了平反昭雪。晚年的张伯驹还担任过中国书法家协会名誉理事；京华艺术学会名誉会长；北京中山书画社社长；北京中国画研究会名誉会长；民盟中央文教委员等职。

1982年正月，参加重要盛大宴会归来的张伯驹老先生突患重感冒，被家人送到北大医院治疗，因为所谓"级别不够"的原因，不能住进单人或双人病房，八十多岁高龄的张伯驹老先生和七八位病号挤在一个房间内，不时有重病号背进来，死的人抬出去，精神不安的张公便要求回家，2月26日，等到女儿终于拿到同意调换医院、并住进高干病房的"批令"时，张伯驹老人家却不幸离开了人世，享年八十四岁。谁都不会想到，就是这样一个为国家做出巨大贡献的张伯驹老人，在他的晚年，除了遭受了重重迫害以外。就病重期间，竟会又因为"级别低"的问题，落了个不够资格住单人或双人病房的下场，怎不让人心寒。

诚然，有人说张伯驹是当代文化高原上一座寂寞的孤峰，这样的人以后只怕再也不会有了。周汝昌说："我平生见到的文化高人很多，这样的人（指张伯驹）少而甚少。"史树青说："我们近代没出过这样的高人，有学问的人，有涵养的人（均指张伯驹）。""穷通不改大家风，一任云天化碧空。地裂天青心似水，襟怀落落对苍穹。"一代名士张伯驹的传奇故事，浓缩着现代中国的风云变幻。张伯驹这个名字，以及他独特的价值，因为那段特定的历史风云而在很长一段时间内，被无情地遮蔽起来使人们忘记。显然，在当今改革开放、以法治国的年代里，我们有责任将这位经历过风云变幻的传奇人物张伯驹那些并不算老的往事撰写、挖掘出来，告知社会，即便只是流年碎影，但它折射出来的那种文化人格的力量，足以穿越历史的尘烟，绽放出一种耀眼的光芒，温暖起一代文化人的文化记忆，因此我们应为类似张老这样的文化奉献者，说一句往日不敢讲的公道话，写一篇以前不敢写的公道文，唱一首发自肺腑的公道歌。好了，有关张伯驹先生的事迹就讲到这里，下面再论金少山。

孙焕如曾经对他的儿子孙桂元说过："我跟着你金（少山）大伯没少赚钱。十年的风风雨雨，坎坎坷坷，享了很多'傍'大角的福，不过也确实没少操心，没少着急。总之，我跟你金大伯的友谊是深厚的，就感情而言，已超越了义兄义弟的关系。"听有的老先生说："金少山当年挣的钱海了去啦，连他自己都弄不清楚有多少！不过金老板花得也厉害。"此话不假。金三爷花钱势如流水，诏天下之珍品，进奇石之花卉，从不算账。待客送礼，出手阔绰，梨园统晓，妇孺皆知。

有一次，金少山在天津"中国大戏院"演出，一群浓妆艳抹、花枝招展的漂亮小姐进出金大爷的房间，不为别事，只要能叫金少山一声干爸或干爹，就可得赏钱一百，若是能叫上一句亲爸爸，就可得赏钱二百。于是乎，她们之间相互转告消息，结果一连几天来了几十个花花枝枝、凤凤娟娟，美美乐乐、莺莺燕燕，柔风蜜语，叫罢后拿钱便走，金少山却哈哈一笑了之。有人告诉他首饰店有一颗尚好的镇店之宝——金刚钻，标价三千大洋，看着确实漂亮！金三爷一张嘴："买！"某人向他献殷勤地报告，有一辆小轿车不贵，三百块大洋方可将汽车买回，金老板还是一个字："买"，结果三百块现大洋买了一辆不能开的汽车，搞的经办人很是尴尬，下不了台，金少山又是哈哈一笑地说道："没有关系，不能开不要紧，你再去给三爷我买上两匹高头大马拉着走，不就可以了吗！"显然，马拉汽车周游津门的奇特现象，轰动海城，又是一闻！

金少山凡是看上的新奇玩物，珠宝玉器，西洋摆设，名贵字画，旧货古董等之类以及能够显耀自己身份的金银首饰，他从不问价格高低和有用与否，毫不思虑地买回家去，光国外进口的望远镜和新型袖珍手枪，就买了好几把当作赏玩之物，并且在他高兴时会毫不犹豫的随便送人，一掷千金！然而，伴随金少山的二太太程艳芳也跟着能挣钱的丈夫学会了享受，穿金戴银，坐上了"西宫大院"。金少山的派场，真可谓是"运来如山崩海啸，财去如大河决堤"，来得猛走得快，进得多流得急。

人们都知金三爷喜爱稀罕物件，而且出手阔绰，从不还价。有两个从清宫"升平署"出来的落魄太监，一位姓刘，一位姓陈，这"陈""刘"二太监摸透了金少山的脾气，只要手头一紧，就到金老板那里卖这卖那的换些银两来维持生计。因金少山小时候见过"陈"、"刘"二人，称其老爷，碰面后相互之间请安问好，道个吉祥，对他们二人多有照顾。当时，北京一瓶二两重的洋鼻烟，在古董铺最多也不过卖七八块钱，而这两位送来的鼻烟那就不一样了，张嘴就要几十块，并振振有词地说，他的鼻烟可不一般，是北京城里最好的极品，当年老佛爷和皇上闻得就是这个，又是什么酸味儿的，糊味儿的等一整套说法。这个月姓刘的太监来了讲："金老板，我给您拿来了一张当年宫里的字画，价值连城！"下个月姓陈的太监来了说："三爷，我这次给您送来一份鸟食儿、水罐儿，这可都是地道的上等玩意儿，京城第一，绝对精品！"两个太监就这样轮流着来送古董等物品什么的，还接二连三地不断加倍要钱，而金少山从不还价，要多少给多少。有朋友说："三哥，您这是何苦哇，这么做不是让人家捉大头吗？"金少山却从容地笑着回答："这些人，当初都是清朝南府的童伶（给进宫演出的名角穿把子、跑龙套的小太监），当年我们家老爷子进宫唱戏时，他们跑前跑后、沏茶倒水的伺候过。我金少山现在比他们二位稍强点儿，咱们不能忘了人家的好处，得懂得能为人时且为人的道理，'滴水之恩，当涌泉相报'吗，给他们几个钱又算得了什么，不就是多唱两场戏嘛，而对他们两个来说，用这些钱就能够生活几个月。别说是他们来我这儿卖东西，就是伸手管我要，或者是开口跟我借，我能说不给的话吗？再说啦，这些老爷们都脸皮儿薄，爱面子，是决不会向我伸手要钱的。"

前几年，金少山出钱买松柏庵"王博茶馆"那块地练功时，就有人对他讲，松柏庵周围的旷地原本就是个没人管的地方。王博只不过是托人办了个注册手续，在那儿开了个茶馆挣些茶水钱罢了，在那里练功、拉戏根本就用不着给他出钱。金少山却说："人家既然办了手续，就证明茶馆附近那一亩三分地归王博使用，何况人家开茶馆在先，又在四周圈上了篱笆墙围，虽然王博没有所有权，总有使用权吧？我出钱买地，他自然高兴，对我们也会行个方便，若是用他个桌椅板凳什么的，茶馆老板会非常高兴地借给我们。收了功，还可以把咱们的东西放在茶馆里由他看管，多方便啊！你没注意吗？咱们每次来这儿练功的时候，人家王博总是把地方打扫得干干净净，这就是我出钱买地的作用。"

平心而论，那年月北京、上海、天津、南京加之武汉、广州、福州、厦门、西安、济南、青岛等全国的各大城市，烟馆娼寮欲火纵横，霓虹灯下野花遍地，蝶蜂成群，舞榭赌场魔障重重，政局混乱。已挣上大钱的金少山，日进斗金，挥霍无度，他抵御不住这花花世界及美女洋妓和大烟瘾具的诱惑，终日纵情于吃喝摆阔、红尘迷乱的享受之中，不能保持艺术家的洁身自爱与自我节制，导致了他唱戏时精神不佳，思想抛锚，力不从心，忽好忽坏地难以控制。有时，金少山只好偷工减料地戏弄观众，忙中偷闲、苦心钻艺的优良作风，也渐渐地离他而去。此时的金三爷忘记了捧他养他的观众，在唱戏时误场错词、泡汤怠工已成为了他随时可见的"家常便饭"。

后来，这位金三爷"耍大牌"及"摆谱"的架子，竟然大的发展到了不可收拾的地步。每逢演出大多俱不按时到场不说，前面的开锣戏"马后再马后"（戏班里的行话术语，无限度的往后拖时间），却仍不见金少山的身影，急得戏院后台的管事，像热锅上的蚂蚁团团转。管事的没有办法，只好再临时垫戏，眼看着正剧已不能再拖，然而，我们这位金三爷却还在府上安坐高屋，逗虎取乐，细观神韵，故意摆出大角的派头，闻着鼻烟，耍着"大牌"，摆着"大谱"！逼得戏院的经理几次派人到金府催促，他居然纹丝不动地躺在床上，毫不甩乎。无奈之下，经理只好派出大队人马，再到金宅去请这位了不起、摸不得的大人物金三爷。来者还不敢搅惹闭目养神的"霸王"金爷，生怕一不小心激怒了金老板的大角脾气，耍起了"大牌",来一个使他们吃罪不起的罢戏怄场,回去无法交代,更为麻烦。只有恭恭敬敬、好声好气地央求他赶快到园子扮戏:"三爷,大戏开演的时间已往后推迟多时啦,大家可都等着看金老板的好戏呢!您老人家若再不出场,恐怕观众就要闹事儿了!我们都是经理手下的当差人,请三爷不要为难小的,不然我们一家老小可就没饭吃了。"这时,金少山才很不耐烦地懒洋洋地起床,慢腾腾地洗刷,差人焦急万分,却还要笑脸相迎,好生伺候。后来,戏院的经理绞尽脑汁,想出个采取原本清朝皇宫内圣请老佛爷慈禧太后等人的口传办法,来应付剧场救急。从金少山府上开始,排成百步一人至戏园子后台的人队长龙,如同接力赛一样的传来传去,向后台管事的汇报:金爷起床了;金老板开始穿衣服了;三爷正在洗脸;金先生用过点心就去;现在他准备动身了的情况,等等,一一传之剧场后台。管事的好根据他来到的时间,安排垫戏的长短,演员的出场,戏码的出台。

半个多世纪前的北京城内,到了夜晚的八九点钟,大街小巷就车马停蹄,人稀路静了。这时,从金家门洞口内传出的一声声吆喝,却显得格外清晰,喊话人并没有敢放开喉咙,语气中还夹带着殷勤与小心,那声音便传得很远,给人有一种清明呼魂的凄凉,飘荡在漆黑的夜空。站在胡同口处,灰蒙蒙的暗淡路灯下面的身影听到了,就赶快转过头来,向马路边儿前段的站人处重复着再喊,远处大约相隔着同样距离的差人听见喊声后,便立刻再次重复着话中的意思,就这样,一个接一个一声连一声的依次呼应,相互用口舌传递着消息,一直把金少山在家里的事情传之到戏院后台。这种深秋夜寒,风中卷音的苍凉气氛,把附近预睡的人们吓得闭住呼吸,不敢出门,忠实主人的家犬也汪汪地叫个不停。正当夜色中的呼喊声,在北京城的上空被一站接一站的传送时,后台的管事心急如焚,时而又恼又恨,捶胸跺脚,时而摇头叹气,强装镇静。随着金府消息的陆续到来,他便硬着头皮走上舞台,朝着台底下各个方向的观众,鞠躬作揖,鼓足了勇气大赔笑脸地喊道:"诸位女士,诸位先生,诸位老爷、太太,少爷、小姐们,不好意思,金少山老板今儿个晚上确实遇上了急事儿,他马上就到,让大家久等了,实在是对不住。下面的大轴戏咱这就开演,我给各位行礼了!"说着又给台下的观众鞠了个一百八十度的弯腰大躬。待金少山那魁梧的身躯姗姗来迟地出现在后台时,这位满头大汗、提心吊胆的管事爷,那躁动不安、心惊肉跳和其紧张过度的情绪,仿佛是神经质似地才算是稍有缓和的平静了下来。而这时,早已等得不耐烦的人们,在戏园子里狂呼大叫的喝起了倒彩……

大概谁也不会想到，这种远古时代在皇宫大院内依靠人队用嘴喉传差的方式，竟然用到了艺人的身上，此类现象的复活，恐怕是从金少山起唯一开创的梨园景观，直到今天仍然是独一无二，绝无旁人。可想而知，作为演员如此这般的傲慢，在当年的名伶群内开天辟地！从清朝末年算起，就京剧的奠基人程长庚、杨月楼和粉墨大王谭鑫培，戏曲领袖梅兰芳，武生泰斗杨小楼，老生魁首余叔岩等人，也没有享受过如此派场的待遇和摆过如此过分的派头。看来，这种极其过分"耍大牌"的做法，从过去到当今，从北京到全国，除了被世人誉为"梨园始祖"的盛唐皇帝李隆基之外，显然也只有金三爷一人罢了！

金少山成名后，对待艺术的态度，除了笔者前文所讲述的之外，他还有一个新添上的毛病，就是后来在舞台上摆大演员的架子和故意不肯卖力的泡戏，有时甚至达到了玩忽职守的程度。嗓子虽好，却吊着观众的胃口唱，往往一出戏的多数场次敷衍应付，稀汤寡水，草草了事。指不定在什么地方及某段唱腔或什么时候，他在台上的表演来了精神有了兴趣，就铆足了气力唱上几句带劲的，才让台底下的观众过过戏瘾。常看戏的金少山迷，大都知道他后来新添的这个毛病，眼看着金少山老板在台上偷懒，故意卖不着地耍大演员的派头，虽然很不满意也不敢发作，生怕惹恼了金老板，他给你来一个一泡到底，一句精彩的唱腔也不给你听，一招漂亮的工架也不给你亮，一声带劲儿的道白也不给你念，那么，你这一个晚上的戏票钱就算是白花了。

随着观众对他的放纵和推崇，金少山的懒散台风渐渐发展到了偷工减料的地步。曾有一回他在北京"新新戏院"演《二进宫》，照例老生唱到［二黄慢板］"千岁爷进寒宫学生不往"处，金少山所扮演的铜锤花面徐延昭，应该插问："怕者何来？"，这句台词乃是一般观众都很熟悉的道白，可是那天金少山硬是不念，在舞台上当众摆起了大角的架子，耍起了大演员的派头，竟然没有张嘴。这位唱老生的演员犹豫了一下，眼看着不能再等，无奈只得干巴巴地接着往下唱，这时台底下有一位爱看戏的年轻戏迷朋友忍不住地站起身来，大声替金少山补喊了一句："怕者何来"，逗得全场观众哄堂大笑，议论纷纷，成为新闻！搞得失职的金少山在台上很是尴尬。

1947年3月，在一个春寒料峭的夜晚，位于北京西单的"长安大戏院"门前，张贴着由金少山与著名老生演员奚啸伯和青年旦角演员杨荣环合演《法门寺（带大审）》的海报。大约在演出当晚的十一点钟左右，金少山才在黑冷的夜色中走下黄包车，急匆匆奔向后台，连忙化妆扮戏。然而，这时他所扮演的"大太监刘瑾"已经迟到了近一个钟头了，大伙儿焦急地拥上来赶快帮他更衣宽带，准备靴帽服装，金少山二话不说抄起化妆的大笔，在很短的时间内，三下五除二就草草勾出了大致的脸谱模样，此时"刘瑾"所需要穿戴的服饰，已有箱倌帮他穿戴齐整，金少山慌忙应声登台出场，还是老办法旧习惯，等这一场的戏演下来，再仔细加工刘瑾的脸谱，如果时间仍来不及、不够用的话，就等下一场完事儿后再次增补润色，往往到他的脸谱真正全部画好时，就像笔者前面提到的那样，大戏基本上也就快该结束了。可想而知，这样的化妆方式，扮戏态度，又怎能保证脸谱及扮戏的质量呢？以往金少山所扮演的勾红脸黑纹、腮下无须、撇着两片儿被夸张描绘出的厚嘴唇，身穿绣金红蟒，腰围盘龙紧腰玉带、恃宠娇纵的大太监九千岁刘瑾，看之威风凛凛，趾高气扬，每次出场亮相都能够赢得个碰头满堂大彩，十拿九稳。然而，今天晚上台下传来的声音似乎与往日不同，喧哗的气氛也不太对劲儿，当金少山饰演的刘瑾在表演中，走到台口该念"引子"（京剧的口白名词）时，场内乱哄哄的声音越发嘈杂的大了起来，有人拍椅子喊叫，有人噢噢的乱嚷，还有人往舞台上砸东西骂人，霎时间台底下的观众鼓起了起哄的倒掌。金少山当年在哈尔滨附近的乡野山村接演《刺巴杰》时，被人们用砖头瓦块连喊带骂轰下舞台的旧景，又出现在了他的眼前。慌了神的金少山几次试图想张嘴道白，却都被潮水般卷来的噪音闷了回去，此时这位平日里盛气凌人、久闯江湖的"金霸王"也乱了方寸，慌了手脚，不禁回头求援似地朝后台瞟眼，而迎接他的却是一双双一对对惊悸不安的目光。这时，起哄的嘈杂声在整个剧场大厅越来越响，戏园子里的喧嚷声就像是地震前的狂风暴雨越喊越大，他没有办法，只得退回了后台。前台换成了金少山的得力助手、金氏"松竹社"的大管事孙焕如先生来处理事端，经过孙焕如管事的一番苦苦央告，好不容易才算把观众的抗议声平息了下来，演出方才重新开始。处境难堪和极不自然的金三爷只好二次出场，不敢再掉以轻心，很想卖卖力气挽回面子，不巧的是，今晚的嗓子偏偏又不争气，该要好的地方没有动静，该出彩的戏工不见叫好，有反应的表演却冷冷淡淡，此时已无力回天的金少山，江郎才尽，心急如焚，只好硬着脖子郁告神惊地撑了下来。就这样，这场演出，观众很不满意地看到了剧终，骂骂咧咧地离开了剧场，给金少山的声望，造成了极其不好的影响。此后，由于社会舆论的种种压力，使他在思想上产生了更加扭曲的、极不应该的和观众对抗的抵触情绪。

如果把金少山当年在上海时，到杭州去给张啸林之母做寿助兴演出的反抗，作为他智勇双全的美德而论，那么这时他已养成长期怠工误场的做法，和不问对象、不分场合、不讲台风的耍派习性，如今看来已酿成了很不好的消极因素，从性质上起了根本的变化，已经成为了演员最为忌讳的艺德问题。因为演员的特殊职业终归是为纮大民众服务的，在任何时候观众都是无辜者，他们才是演员的衣食父母，所以作为演员决不能忽视玩弄和伤害观众的情感，再大的表演艺术家也是如此，自然金三爷也不例外。一般来讲，人们对演艺界的名流大家，是颇为爱戴推崇和宽厚尊重的，甚至可以达到不分是非地将名角的一切好坏习性或毛病，具当作不凡之处加以夸耀传播。然而，这种宽容和盲目崇拜的拥戴现象，是有限度的，如果演员在舞台上经常失误或故意不肯卖力的误场泡戏，日子长了无论是谁，知名度再高，威望再大，观众也会产生反感，造成对崇拜者的失望，那么他们的热情和耐性就会消失。要是观众一旦发现自己被耍，显然，就会毫不留情面地做出反击。

若是我们从金少山先生在上海与梅兰芳先生联合演出《霸王别姬》算起，金少山的艺术生涯大获成功的盛况，作为他真正誉满全国举世瞩目和他走红之路里程碑的话，那么，再往前看，金少山如火如荼的辉煌大道，并没有延伸多远，最长只不过有十多年的光景。可惜的是，正当他纵情驰骋艺坛所向披靡的时候，由于错综复杂的种种因素，已经隐约露出了头脑膨胀的不祥预兆。这颗京剧艺坛顶峰上的重量级明珠，渐渐消失了他往日的光泽，开始急转日下，黯然褪色。

自程艳芳跟金少山成亲后，多少年来，料理家事勤勤恳恳，任劳任怨，他们之间一直是相爱如初，情深义重。程艳芳虽然有贪图享乐的思想，但对金少山却柔情似水，对杨淑英也尊敬有加，况且还给金家生下了一男两女三个孩子，继后香灯。作为女人喜欢打扮，爱好漂亮，无可非议，更何况，根据金少山目前丰厚的经济收入，也算不了什么。然而，由于近两年金少山经常夜不归宿，有时候一连几天不在家中，使年轻的程艳芳对金少山的不规行为，渐渐产生了不满的情绪。1947年，刚满三十九岁的程艳芳，因忍受不了独守空房的凄凉，熬不住一个人长期在家中的孤单,逐渐萌发出了另寻新欢的邪念。

一天,程艳芳打扮得雍容华贵到街上散心,待路过一家"香香鲜花店"时,她走下黄包车,推开了店门,老板见进来的这位阔太太一身香气,体形丰满,成熟貌美,娇艳迷人。就非常热情地上前打招呼说:"请问夫人要买什么名贵品种的鲜花?尽管吩咐,我这就给您挑货!"程艳芳见此人有四十出头的岁数,瘦高身材,彬彬有礼,便开口说道:"我想买几束白玉兰花放在客厅,不知您这店里是否有这种鲜花?"花店老板听她讲出了一口带有江南味道的上海普通话,叽叽喳喳声似灵鸟,口音甜润清脆悦耳,格外好听,再加之她那漂亮迷人的芳容和高贵的气质,顿时来了精神,连忙故献殷勤,笑眯眯地回答:"有,有,是今天早上刚送来的极品白玉兰!请夫人稍候,我这就给您拿。"待这位"香香鲜花店"的老板将白玉兰包装好,又非常礼貌地向程艳芳贱声浪气地说:"鄙人姓曹,小名利江,乃曹利江也,通县人氏,四十有三,孤身一人在京城开了这个小花店,混口饭吃。今后您需要什么鲜花,尽管吩咐。"说着,双手递给了程艳芳一张名片:"来个电话,打个招呼,就可以了,我亲自把夫人需要的鲜花,按最低的价钱送到府上,保您满意!"而后,又恭恭敬敬地把程艳芳送出了店门。

此后,程艳芳经常去"香香鲜花店"买花,花店的老板曹利江也不断到金宅给程艳芳送花,有时还不要花钱。趁金少山和杨淑英不在家时,程艳芳就主动打电话约曹利江到家里来玩,花店的老板本不正派,故意向程艳芳讲一些酸溜溜的话题,用试探的口气来挑逗美人,程艳芳听了不但不反对,反而很有兴趣地感到开心,于是乎,花店的曹利江就更加放荡地动起手来。就这样,男的有心,女的有意,一来二去,在曹利江甜言蜜语的引诱下,程艳芳半推半就地做出了不守妇道的行为,虽无男女之事,却有过分之嫌。

程艳芳这种反常的举动,引起了大夫人杨淑英的怀疑:家中原本花草遍地,满院春色,怎么妹妹艳芳非要到外面买花回来?更何况,花店老板还隔三岔五地送花上门,通过观察,杨淑英总感觉事情不对。一次,因杨淑英思念年迈的父母,趁大儿子与两个女儿的学校放假之际,想和保姆带着四个孩子(另一个男孩儿是刚会走路的小洪群)回娘家小住几日,也好让孩子们见见他们的姥爷、姥娘。临行前,她悄悄地对丈夫金少山说:"这些天,我感觉艳芳的举动和情绪有点儿不太对劲儿,你不在家时,她总是老往外面跑,还不断有一个鲜花店的老板来家里给她送花儿,在艳芳屋里一待就是个把钟头，而且柔风细雨、有说有笑，偷偷摸摸、不太正常。我走后，你要留神看看是怎么回事儿，他们两个到底是什么关系。"

一天晚上，金少山因打牌回家拿钱，他刚迈进大门，只听那只忠实主人的"虎娃"和"傻黄""黑炭儿"，对着他吼吼汪汪地叫个不停，熟悉它们的金少山心中明白，家中一定是留有生人，他走近窗前听到屋内偷声细语，一阵慌乱，于是乎，猛地一脚踢开了房门，高大的身躯突然间出现在了屋内，曹利江在慌乱之中匆忙越窗而逃，火冒三丈的金少山迟上一步，没能抓住色胆包天的淫贼。顿时，急火攻心的金三爷气得浑身发抖，暴跳如雷，无奈之下把程艳芳痛打了一顿，并怒气冲天地要赶她出门。程艳芳晓得自己犯下了不守妇道的滔天大罪，丈夫少山定不会饶她，便连忙跪在地上打着冷颤、哭哭啼啼地对金少山说：她与姓曹的虽有不规之举，却无出轨之事，苦苦哀求先生看在夫妻的情分上，饶她一次，今后愿做牛做马侍奉家人，永不再犯并向金少山诅下了毒咒……

金少山见此情景虽然生气，但他却为人良善，吃硬怕软，深重旧情。何况，按旧时的封建思想而言，他所看到的现实只不过是男女之间的不当行为，并没有实质性的奸情。再者，念平日里伺候他多年的爱妻艳芳又颇为诚恳地向自己诅咒认错的讲出了实话，心里很是难受，更何况，她又是三个孩子的亲娘，顿时气消了一半。心想："若是今晚真的将她轰出家门，岂不是又一次把艳芳逼上了绝路，等孩子们跟淑英从烟台回来给我要娘，我如何回答？他们的母亲做出的丑事，我又怎样诉说？"想来思去，便改口把程艳芳留了下来。从此，金少山也只好将二夫人的这笔风流债闷在了心里，显然这桩两个人都负有责任的夫妻关系，名存实亡，受到了伤害。夫妻之间的恩爱之情也慢慢地开始疏远，产生了离心离德的隔阂，在各自的心目中打上了难以出口和无法弥补的烙印。

第二天一早，金少山按照程艳芳说出的地址，找到了那家"香香鲜花店"时，老板曹利江因害怕大名鼎鼎的"金霸王"来找他的麻烦，就连夜锁上店门，匆忙逃回通县老家去了。从此，曹立江的"香香鲜花店"和倒闭一样，再也没敢开张营业。

程艳芳不守妇道的丑事，虽然只属于偷吃禁果的边沿，没有跨越男女之事的最后防线，但在金少山的心中却埋下了难以忍受和很难忘怀的苦闷阴影。他吃醉酒后，便故意找茬儿，在家里大发脾气，动不动就拳打脚踢，乱摔东西，性格变得特别暴躁。有时候在外面赌博输了钱，或者是遇到了不顺心的事情时，就拿艳芳出气。程艳芳因为理亏，自然不敢声张，更不敢与丈夫争辩，只好背地里默默地掉泪，终日吞咽着自己所种下的苦果。然而，内心却对曾经救过她两次的恩公、同时又是自己以身相许并深深相爱的先生金少山，渐渐产生了爱恨交织的矛盾心理，不可自拔。

第二十九题藏头诗

摆阔耍派挥金钱，
谱式花脸场场添，
耍弄恶人本属优，
派场恰到应收敛，
不可忘了大观众，
祥吉祸福自己担，
预兆天机来得猛，
兆之吉凶势如山。

三十、病间授艺　传承后人

1948年开春，金少山感到自己的身体有些不适，孙焕如得知后，就赶快把北京的权威名医施今墨先生接到家里为金社长就诊号脉，详细检查。经过了一段长时间的精心调养，金少山的病情稍有好转，偶尔还能坚持三、五场的演出，只是由于他的情绪不好，气力不足，精神不振，戏的质量有所下降。就这期间，同业同行，亲朋好友，盟兄义弟，还有北京的徒弟们俱来探望病中的金少山。特别是裘盛戎、吴松岩和义女吴素秋等，隔三岔五必到金府问候先生的病情状况，若遇到金少山的精神好时，先生还给他们说戏、聊天、走身段。

这天，李洪春、周瑞安、尚小云、侯喜瑞、马连良、李多奎、萧长华等到金府与少山小聚，大伙儿借此机会来安慰金公，话中提到了前时誉有"民国四公子"称谓的京剧名票张伯驹四十寿辰时，特邀金少山出演《空城计》中的司马懿一事，他回绝参演，送了祝寿的份子钱，仍到剧场看戏的事情。此时，萧长华用温和的口语，对金少山说："三弟，这件事情我听说了，弄得伯驹不太高兴，在这方面您要跟喜瑞学，他有一件也是拜寿的事情办得比你妥当。"大家问啥事儿？萧长华笑了笑，又接着讲："有一年，王瑶卿王大爷过生日，众家弟子准备合演其代表作《儿女英雄传》，以此来祝寿庆贺，邓九公一角非喜瑞莫属，自然，管事的要去跟喜瑞商量，请他担任邓九公。喜瑞却对来者说：'这事儿好办，王（瑶卿）大爷过寿我不能不去更不能不演，不过得出一百块的戏份儿钱。'管事的赶快回去报告王（瑶卿）大爷，王瑶卿听后，立马让管事如数送去，待王瑶卿的管事将一百块钱的戏份儿送来后,喜瑞自己又添上一百元说:'王大爷过生日,我这个做晚辈的后生出二百块祝寿的份子请您带回,并代我转告王大爷,喜瑞祝他老人家福如东海,寿与天齐!'同样都是演戏、出份子祝寿,看这件事儿,喜瑞办得多漂亮!"萧长华的这番话,说得侯喜瑞在旁边有点儿不好意思起来,涨红着脸蛋对众人说:"见笑,见笑,让诸位见笑了!"金少山却冲侯喜瑞夸奖道:"这事儿比我办得好,做得对!往后我还真得跟喜瑞师弟好好学着点儿呢。"一句话,把大伙儿都逗笑了。笑过之后,萧长华又接着说:"诸位,萧某说句掏心窝子的话,你们在座的都是咱们京剧界的栋梁之材!大伙儿要相互学习,取长补短才是。尤其是少山,你是用特殊材料做成的特殊人才!到目前为止,在全国的京剧花脸中艺术了得,无人相比,这是大家公认的美誉!你如果还认我这个二哥的话,三弟,就应该解放思想,消除苦恼,抓紧时间把身体养好,尽快地将那些不好的坏毛病彻底甩掉,争取早日康复,再把嗓子恢复到从前,在台上来它几十个满堂才对!咱们的接班人,可还眼巴巴地等着您这个'大净王侯'给他们传经送宝呢,少山贤弟你说对吗?"萧长华一席话语重心长,感人肺腑,金少山感到十分亲切!他为了表达对萧二哥的真诚敬意,就多饮了几杯酒,没有料到因为金少山的身体不支而昏倒在地。在场的孙焕如特地请来了与金少山相识多年的好友、时任北京协和医院的高院长,这位享誉中外的著名西医大夫高院长看过金公的病后,焦虑地对孙焕如说:"我这位老朋友一定是经受了他承受不了的打击,或者是比较大的精神刺激,使他的身心健康严重受损,才不胜酒量,故而昏倒。少山兄的身体目前非常虚弱,必须住院治疗,我可以为他免费提供最好的病房。"从小就害怕打针的金少山听到后,却有气无力地低声言道:"住院、打针我坚决不去,就是死我也要死在自己的家里。"

前页既然多次谈到了萧长华先生,那么,作者就借此机会将他的事迹,较为简单的介绍给读者:萧长华,又名宝铭,号和庄,原籍江西省新建县,祖辈客籍江苏省扬州城。1878年12月1日(清末光绪四年)出生于北京一个梨园世家。其父萧永康,艺名镇奎,是与程长庚、杨月楼、卢胜奎同时、并同台奏艺的丑角名伶,他的伯父萧永寿,艺名小兰,乃是咸、同年间的著名昆曲旦角。萧长华从小受到家庭的艺术熏陶,使他对戏曲产生了浓厚的兴趣,九岁时进入北京琉璃厂东门百花园青云书屋读书,得到了良好的文化启蒙教育;十一岁投入于菊坛名宿徐文波(著名戏曲音乐家、梅兰芳早期的琴师徐兰沅的祖父)门下从艺,入门后,取名宝铭，师从裕云鹏（裕五）、曹文奎、周长顺学文丑和老旦；十二岁即出台演出了娃娃生；随后又在"四喜班"工演老生；十五岁后专工文丑；十八岁拜名丑艺人宋万泰为师，宋万泰曾与"同光十三绝"中的苏丑杨鸣玉搭档三十余年，艺湛功深，能戏甚多，凡是丑角戏他基本上都会。而萧长华则是无戏不学，无学不精，为他踏上艺术之路打下了全面坚实的基础。二十五岁时，与田际云（响九霄）、侯俊山（十三旦）、郭际湘（水仙花）、李吉瑞、金秀山、王楞仙，杨小朵等同台唱戏，深受"活周瑜"王楞仙的赞赏，提携他为其配戏《群英会》中的蒋干，得到了内外行家的一致称赞。萧长华搭"同庆班"时极受谭鑫培器重，为谭配演《审头刺汤》之汤勤，《清风亭》之贺氏，《秦琼卖马》之王老好等角色，自此声名日显，享誉京师。

1904年1月5日，光绪二十九年（癸卯）冬月十八日"喜连成"科班成立，该班社长叶春善聘请萧长华出任总教习。1908年，光绪三十四年（戊申）梅兰芳、周信芳、林树森、贯大元等南北名角在"喜连成"社搭班进修、唱戏时，萧长华（饰张义）与周信芳（反串老旦）合演了《钓金龟》。1918年，农历戊午年，"富连成"社排演由萧长华导演、马连良来诸葛亮、谭富英饰鲁肃、茹富兰去周瑜的全本《取南郡》。1920年9月13日，农历庚申年八月初二，北京梨园公益会发起的"十六省水灾急赈义务戏"在京城正阳门外西珠市口第一舞台上演，萧长华与筱翠花、朱琴心、王又荃、罗文奎、赵春锦联合演出《双摇会》。1939年2月14日农历戊寅年腊月二十六日，北京"同义会"组织的济贫义务戏中，萧长华与马连良、姜妙香、袁世海、李洪福、马春樵合演《群英会》。1939年11月农历戊寅年，萧长华参加赵炳啸拜金少山为师仪式。1942年1月20日，农历辛巳年腊月初四，萧长华与金少山、李多奎等受胜利唱片公司所邀录制《打龙袍》唱片，金少山饰包拯，李多奎去李后，姜妙香来宋仁宗，马富禄饰陈林，萧长华来灯官、郭槐，关德咸去王延龄。1946年3月30日，农历丙戌年二月二十七日，北京"市立剧院"为北京伊斯兰教工业学校等筹款义演，萧长华与张君秋、陈少霖、杨宝森、萧盛萱（萧长华之子）、叶盛兰、李多奎、张春彦、田玉林等合演《四郎探母》。1946年6月5至11日，农历丙戌年五月初六至十二日，在天津中国大戏院举办的救济桂灾义务戏中，萧长华与金少山、谭富英、王金璐、王吟秋合演《晋楚交兵》又名（《摘缨会》）。1947年1月13日，农历丙戌年腊月二十二日，萧长华与梅兰芳、杨宝森、姜妙香、芙蓉草等在上海天蟾舞台义演《御碑亭》。

就长年的舞台磨炼中,萧长华锐意求进,严谨不苟,为人配戏从不喧宾夺主,起到了极好的烘托作用,颇得前辈名家之器重。诚然,他借助于这个长期傍角的大好良机,潜心体察大师们的高深技艺,从中领悟戏剧的妙谛来充实自己。1922年萧长华应梅兰芳邀请,始搭"承华社"与梅老板结为长期的舞台伙伴。就《贵妃醉酒》《霸王别姬》《女起解》《太真外传》《春秋配》《凤还巢》《审头刺汤》等剧中的主要丑角人物全由萧长华扮演。在和梅兰芳断续合作长达三十年之久的演出中,使梅、萧二人培养出了高度的舞台默契。在与梅兰芳的合作期间,萧长华并没有间断他的教学授戏工作,就演出的百忙之中又给"富连成"科班编排出了《三国志》《五彩舆》等的大本头戏和《胭脂判》《得意缘》等等许多非常适合教材的折子戏。"萧""梅"二人的合作不仅在艺术上,更在抗日救国上。抗战时期,梅兰芳与萧长华同到江西演出。当时,江西省政府设在泰和县,梅兰芳、萧长华等班社成员赴泰和县举行义演,所得款项全部捐出用于抗战和救济穷苦百姓。1930年初,梅兰芳率承华社赴美国六大城市进行访问演出。在洛杉矶与卓别林相见,他们在一起畅谈戏剧时,卓别林先生特意询问京剧中表演喜剧的丑角演员之艺术,梅兰芳非常亲切地对卓别林说:"在中国的戏曲喜剧艺术中,京戏中的丑角是很重要的行当,他的喜剧艺术含量颇高,在我的前辈搭档中就有一位德高望重、造诣很深的丑角宗师萧长华先生,我在这位古道热肠的萧先生身上学到了很多东西,明白了许多道理。"

萧长华的嗓音清脆洪亮,念白爽利明快,吐字流畅清晰,传情达意于轻重疾徐、抑扬顿挫之中,富有极强的音乐性和韵味美。尤工韵白,方言白中又以苏白见称。偶尔见一大段唱腔,可兼程长庚、汪桂芬、孙菊仙各派之长。他出去的行腔,既有程、汪所优擅的徽韵,又含孙的排荡有力、余音袅袅。丑角的道白比唱更为重要,萧长华在"念工"方面下足了功夫,他的念白不但清亮圆润,流利爽口,并且兼有激锐之音。由于萧长华平时喜欢研究历史及古典文学,听他的念白就像是看古籍经典一样,能够品味出文理的书香之气。他的丑角(即文丑)身段特别讲究,极富美感,其做工灵活大方,细腻简洁,具含丑中见美、活为丑韵之玄妙。就表演上善于体察生活,揣摩人物性情,研求角色心理,呈现行性神态,着力以形传神,在创造喜剧氛围的基础上,注意把握分寸、收放得当、恰到好处,不以浅薄粗俗的"逗笑"手段哗众取宠,而能运用其既诙谐又含蓄,既风趣又脱俗的艺术手法,以冷峻幽默的表演技巧来感染观众。萧长华对京剧的各路丑角大都通晓，但他最尤擅"方巾丑"之类的人物，在京剧舞台上成功的塑造出了一大批文丑角色的艺术形象，《蒋干盗书》中的蒋干、《审头刺汤》中的汤勤、《乌龙院》的张文远等等，都是他的代表作。萧长华扮演的蒋干是一个迂而不呆，酸而不谄，举止温文，一身儒气的谋士，心地无邪却尽做蠢事，虽然可笑而又可爱；他演的汤勤是一个狐假虎威、忘恩负义的势利小人，虽有风雅之态却又狡黠轻狂，可鄙又可憎。著名国画大师刘海粟在评述萧长华的艺术风格时说道："谑而不虐，夸张而不失真，诙谐出于严肃。"当年，著名作家田汉看过萧长华演出的《蒋干盗书》和《审头刺汤》后，兴奋地挥毫泼墨，当即写下了"盗柬争疑真蒋干，审头都说活汤勤"的诗评。1939年，北京京剧振兴会在京举办了一次"丑角大会"，当晚共有五出丑戏登台亮相，前四出戏中的主演由曹二庚、叶盛章、贾世珍等文武丑角名家献艺，而第五出的大轴戏，则是由已六十二岁的萧长华压台出演《荡湖船》，并获得了"文丑宗匠"的美誉！可见他在丑行中的首席位置和其自身的艺术分量之重要。

萧长华的演唱，行腔讲究字韵，味厚口甜；念白吐字喷口流畅，简练准确，唇齿爽利；其做工插科打诨，文雅大气，诙谐自然；表演不俗不谑，神情洗练，格调高雅；刻画人物入骨而不露骨，细腻而不琐碎，一人千面、面面各异，有血有肉、有声有色，风趣幽默、清新老辣，"萧派"冷峭、幽默、醇厚、文雅的文丑领军艺术风格传播在中华大地。由于他造诣深厚，艺术广博，其声望饮誉大江南北，故与慈瑞金、郭春山并称为"丑行三大士"。就几十年的艺术生涯中，萧长华刻意求功，勇于变革，在京剧舞台上成功地塑造了许多人们喜闻乐见的喜剧人物。其代表剧《探亲家》《打杠子》《小过年》《十八扯》《连升店》《打造王》《荷珠配》《小上坟》《绒花记》《打刀》《荡湖船》《请医》等，以及配角戏《卖马》中的王老好、《失印救火》中的金祥瑞、《盘关》中的皂隶、《四郎探母》中的国舅、《群英会》中的蒋干、《乌龙院》的张文远、《法门寺》的贾桂、《女起解》的崇公道、《贵妃醉酒》的高力士、《审头刺汤》的汤勤、《选元戎》《取帅印》的程咬金等等一大批人物都是萧长华的艺术杰作。这些忠奸善恶、嬉笑怒骂、面目各异、逸趣纷呈的丑角形象，充分展现了他洁净脱俗、灵隽高雅的兼派特色。除此之外，萧长华所刻画的周幽王、吴赖、柳敬亭、胡来、朱焕然、杨国忠、吴士公、孙秀等艺术人物也给观众留下了极为深刻的美好印象。萧长华灌制的唱片有《审头刺汤》《连升店》《选元戎》

《法门寺》《黄金台》《打龙袍》《甘露寺·美人计·回荆州》等。

　　除了认真演戏以外,萧长华将很大的精力放在了培养人才方面。他自二十七岁被"喜连成"(后改名为"富连成")科班聘任为总教习之后,就任职的三十六年中除主教文丑外,其生、旦、净诸行各戏也遍及教授。曾有一度他为了全力以赴于教学传艺,竟舍弃了丰厚的戏份收入辍演八年,他这一舍财承担教学重任的举动,对一般正是唱戏的好年龄演员来讲,是很难做到或不愿意去干的。在"富"社期间,从第一科到第七科止,经萧长华开蒙教授、传艺指导的科生不下千人,不计其数。京剧界的杰出人才雷喜福、马连良、李盛藻、筱翠花(于连泉)、李世芳、侯喜瑞、刘连荣、裘盛戎、谭富英、胡盛岩、何盛清、孙盛武、贯盛习、茹富蕙、高盛麟、叶盛兰、叶盛章、毛世来、班世超、萧盛萱、茹富兰、贾世珍、马连昆、马富禄、袁世海、张世麟、艾世菊、詹世辅、曹世才、裘世戎、黄元庆、谭元寿等数百位名伶都出自于他的门下。萧长华的毕生以"传道、授业、解惑"视为己任,善于识拔爱惜艺术人才,尤重品德教育,以身作则,既传戏又教人,他不仅是一位继清末名丑黄三雄、杨鸣玉、刘赶三之后,在京剧界突起的又一位德高望重的丑角大师,还是一位成就卓越的戏曲教育大家。教学中,萧长华主持编剧、整理、排演出了大量的新编和传统剧目计约有四百多出。总而言之,萧长华不单属高风高节及丑戏万派之源的文丑宗师,又是一位能演、能教、能导和技艺广博的全面人才。

　　这位被金少山尊称为二哥、同时在京剧史上位居三朝元老的重要人物萧长华,不但是一位能戏甚多、技艺精到,戏路宽广、学识渊博的杰出喜剧(京剧文丑)表演艺术大家,而且还尚属为桃李满天下、受人尊敬、助人为乐、一生热心于公益事宜、深得内外行家赞誉的为人师表。他一生唱戏传戏体验颇丰,对人谦恭,律己甚严,自奉勤俭。虽然戏份较多,收入丰厚,但他的生活却非常简朴,平时的穿戴都是以布衣布鞋,烟酒不动,饮食家常,粗茶淡饭。演戏不带跟包,家里不雇佣人,但梨园同业发生急难,却能倾囊相助,宅心仁厚,义不容辞,甚至在疫情流行时期,自己配制丹药治病救人。世誉"布衣百姓中的'大家'老人"!新中国成立后,萧长华在中国戏曲学校(现中国戏曲学院)任校长期间,仍然坚持传艺、课徒、教学工作,为新中国培养出了大批的戏曲人才,其中有许多人成为了我国的杰出京剧表演艺术家、教育家、著名京剧演员。

　　在"富连成"科班,萧长华生、旦、净、丑各行全教。凭借他丰富的教学经验与明睿的眼力，在科生中识出了许多可造之才。于是，他根据科班的修业情况，劝叶盛兰扬其所长，避其所短，换行别路，弃旦习生，派叶盛兰去学《岳家庄》的生角岳云，从此叶盛兰从旦行改工为小生，名满京城。另一位后来成为花脸名家的袁世海在"富"社时学的是老生行路，萧长华根据他的天赋条件，精神气质，认为袁世海改工净行中的架子花脸更为合适，后来由萧长华做主，将袁世海转到了净行组练起了花脸。事实证明，叶、袁二位学成出科后，都成为著名的京剧艺术大师享誉梨园，名满中华。

由于萧长华有着为万世惜人才的巨眼英豪和为天下求公正的人生美德，他德艺双馨的高风亮节博得了梨园界的特别尊崇！前时的一席话，引起了金少山的重视和深思。于是，第二天一早，病床上的金少山从枕头下面拿出来一张他事先写好的名单、地址，对守候在床前的裘盛戎说："大群子，你按照这上面写的地址、姓名，往上海、东北、汉口、南昌、烟台等地，以我的名誉给世光、哲生、里明、少奎、炳啸、（杨）月笙等发电报，让他们火速来京，就说师傅我有要事相托。"说完，递给了裘盛戎一张信纸。

几日后，金少山的弟子们从全国各地相继赶到了北京。他望着眼前的吴松岩、徐世光、裘盛戎、张哲生、蒋少奎、赵炳啸、杨月笙、万里明和义女吴素秋等人，颇为慈祥地笑着对众家弟子们言道："师傅非常抱歉，大老远的把你们召集到北京来，一是想见见大伙儿，二是趁我养病期间，没有别的事情可做，给大家聊聊艺术，谈点心得，传些经验，也算是尽一点儿我这个做师傅的责任吧。"

徒弟们到齐后的第二天早上，金少山叫人搬出椅子，抬出堂桌，拿出家中所有的条凳、马扎，让佣人沏上茶水，拉开场子，他与众家弟子面对面的各座一方，孙焕如和金府的仆人两厢伺候着，金少山就像说评书一样，强打精神，开始第一天正式给徒弟们上课。金少山放下手中的烟袋，呷了口酽茶，好像在舞台上演戏似地，用手一拍惊堂木说道："众所周知，中国的戏曲艺术乃是我中华民族古老传统文化中的瑰宝！而在戏曲领域中的龙头剧种——京剧艺术，被世人誉之为中国的'国剧'。以京剧艺术为代表的戏曲演员行当的分工有'生''旦''净''末'、'丑'五种行性类型的细目划分。后来，在不断的演变进化过程中，根据梨园名宿提议：就早期的戏曲舞台上，凡'末'者必挂髯口。'末'既然属于挂髯的男性角色，那么在平时的日常生活中，自古至今，人们通常又有把成年男性尊称为'先生'（威望颇高和俱有特殊身份的女性例外）；将老翁尊称为'老先生'；将年轻小伙儿称之为'后生'的叫法，因此，'末'（早期挂髯的正面男性人物，后面有较为具体的阐述）行应属于生角行当的一种行路范畴，理应归'生'。故而，梨园界的理论家们就把'末'归属到了'生'行的'老生'工路（支），从此改称为了'生''旦''净''丑'四种行当。就这四种行当内俗有'文生''武生'，'文旦''武旦'，'文净''武净'，'文丑''武丑'两大支系及四梁四柱的说法。而在各个行当中又有其自己的分支工（功）路，也可称作'行路'。比如，'生行'体内就分有老生、小生、武生、娃娃生的工路，而在'老生'行路中又分有唱功老生、做派老生、文老生、武老生、文武老生的分支工路，'小生'行路内分有文小生、武小生、文武小生等的分支工路，'武生'行路中分有长靠武生（也可称靠把武生）、短打武生、箭衣武生等的分支工路，'娃娃生'行路中分有文娃娃生、武娃娃生、童生等的分支工路；'旦行'体内分有青衣旦（也可称正旦）、花旦（也可称花衫和玩笑旦）、刀马旦（也可称武旦）、老旦、闺门旦、帅旦、彩旦、婆子旦（婆子旦也可称婆旦和丑旦，她是脚登两只船的行路，也可以划入丑行中的女丑）等的分支工路；而'丑行'体内除分有文、武丑类的武丑（又称开口跳）之外，光'文丑'行路中就分有袍带丑（袍带丑又有大官丑与小官丑之说）、方巾丑、公子丑、茶衣丑、褶子丑、神怪丑、老丑、苏丑、俊丑、民丑（又称小丑）、娃娃丑、女丑等等的数门分支工路。

接下来我主要谈一谈咱们的'净行'。大家都知道，我们唱花脸的演员应归属于'净行'，而'净行'中又分有铜锤、架子和摔打等行路的区别划分。那么，铜锤、架子、摔打花为什么要称'净行'，它们的名字、名号、名目与别名等是因何而来？下面听师傅给你们做出一一的解答和较为浅略的阐述。先讲解第一个问题，'净'字的出现：铜锤花脸、架子花脸、摔打花脸包括丑角在内的小花脸等等名号，在早期的戏曲演员分工体制内，并不存在。但'净'字的单辟，早在元朝的元杂剧中就已出现了，不过，从当时的戏曲行当分工而论，并不细目规范，就角色的套行和演员的工种来讲，与现在的戏曲'净'角行当含义相比，却有着很大距离的差别。'净'为净脸而混之，乃与'生'行'末'路近似混淆，粗而浅淡为之也。

然而，在当今的京剧舞台上，就大不一样了，'净'字的意思作为行当隐涵，恰为'花脸'，纯之'净'角，'净'而不净之'花'也，而精美绝伦之细，与之净扮的净脸生行毫无关系。花脸行当之所以称'净'，是因为花脸人物的脸上涂有五彩六色的颜色，本不干净，花里胡哨的色彩挡住了干净的面目，本应归'脏'，人的脸膛不净，自然称之为脏！例如：煤矿工人从矿井下出来后，人们会说，看你脸上脏得跟大花脸似地，赶快去洗干净吧。再例如：小孩子玩耍时，把脸弄脏了，大人见到后会说，瞧你把小脸儿恫得跟花老猫似的，看着吓人，所以人的面部'不净'称之脸花，那么，若是把'脸花'倒过来念，不就成了'花脸'了吗？但舞台上的花脸恰巧应勾画得干净有序、大方美观，干干净净，不能脏乱，要显示出花脸人物的艺术魅力方称'花脸'，故而，'花脸'归'净'。还有，凡是剧中的勾脸者，除了丑角与之开脸的生角外，不管年龄大小、身份高低，文武官员、布衣百姓，绿林豪杰、帝王将相，无论是善恶好坏、穷富贫贵，山野贼寇、乡村草民，英雄好汉、忠奸与否等，均属'净'行之角色。在人物塑造和性格的刻画方面，则具是一些长相雄健、脾气暴躁、性情豪爽、心胸傲慢，粗鲁莽撞、目无长空，或刚正不阿、憨厚忠诚，或狡霸凶险、心态奸诈，或心狠手辣、猛恶横野，或为人耿直、除暴安良的角色。

而在元朝的元杂剧中，单就'净'字而言，即反差很大。不管是哪一种男性人物，哪一类行性角色，凡是剧中所树立的正面人物，从不分门别类，通通按挂髯的'末'行来演，自然'净'行也不例外，均不勾脸，即便是如今不需挂髯的花脸角色，就化妆扮戏方面也不用'净'形的照'末'而来，必须挂髯。只有丑陋刁诈、心狠手辣、凶险狡猾的恶势坏人或被讽刺鞭挞的剧中反面角色，才勾脸涂面按'净'行扮演。虽然如此，就开脸者的表演，仍然彰显不出花脸行性规范工整的艺术特征和其唱念方面的声腔风韵。例如：《李逵负荆》元杂剧中的黑旋风李逵，是众所周知与历代人们非常熟悉的梁山好汉，自然应是被歌颂的正角，树立的正面英雄人物，就以'末'为正，认'末'为理，按'末'而扮，用'末'出台；《鲁斋郎》一剧中的角色鲁斋郎，属元杂剧中所树立的正面人物，也是照'末'而行，就'末'而出，用'末'而饰，按'末'来演。然而，这两个角色在当今的京剧舞台上，均属于我们净行演员所扮演的花脸角色。而且，类似目前常出现在舞台上的净行人物鲁智深、焦赞、孟良、杨五郎、杨七郎等，在元杂剧中具是用'末'行的艺术形象及'末'行的排练手法、表现形式、歌颂对象、演出效果活跃在元代戏楼，被古人赞扬。在《赵氏孤儿》杂剧中，因赵朔、韩厥等是该剧中被树立的正面人物，所以屠岸贾将采用了'净'角的演出方式，以花脸的面目出现在了元人舞台。

总而言之，在元朝的元杂剧戏码里，则以'净'来扮演的大小人物，上下配角，恶坏奸诈者为多。并且，当时的'净'行不分工路，没有分支，也没有上下等次的排列和较为完善的名号称呼，更没有规范工整的程式套路，只有一个'净'字而显。

因早年的古代艺人，从唐朝算起，在舞台上的做作表演，略为粗糙，含义浅薄，思想简单，艺术水平较低，演唱中的嗓音腔调彼此区别不大，常可通用套之。身段台步和舞蹈动作，工架做派，行当不分，风格无别，不见行性，没有特点，更谈不上丰富细目的'唱''念''做''打''武'（舞）、'翻'和扎实规整的'手''眼''身''法''步'的基本功法。不但'净'可来'末'，'末'能演'净'，就是剧中的各类'旦'角人物，从事'净''末'两行的元杂剧艺人，照样可以饰扮演之。需要给大家说明的是，这与咱们如今的反串是不一样的，具有着性质上的区别。同时，台上'净'角人物的表演，也经常与'丑'行相混，在人物性格刻画方面模糊不清，千面一人，'丑''净'不分，相互串演，具无工路（支），不显行性。这种古戏曲的早期现象，目前看来虽不成理，与现在相比无话可言，然而，我们应该看到他们却为戏曲和京剧后来的繁荣，辟出了先河，开出了山道，打下了基础。

后来，元杂剧进展，从事'净'行专业艺人的嗓音腔调，身段动作，口白声韵，做派气度，举手投足，表演情感，乃至舞蹈造型中的工架亮相找出了较有特征的准点，随着边演边改的不断进展，从整体艺术上起到了突飞猛进的变化，与之'丑''末''生'行慢慢剥离。并且，有了形体工架和程式套路的差别，初见了'净'角本工方面的艺术风格。

到了明代时期，戏曲便逐渐形成了'生''末''净'三行较为明显的分立，'净'行中有了'净''中净''副净''小净'的名目，且在舞台男性'行当'中隐约显露出了各自的艺术风韵，在演员专业工种的分工方面，向前跨出了可喜的一步。但此时仍没有分出'旦'行，也没有'丑'行的单列，'丑'依然挂靠在'净'行体内，称之'小净（面）'或'小花脸儿'的名号，更没有'铜锤花脸''架子花脸''摔打花脸'等名目的行路划分。即是行当'清''混'见之，'分''立'有别的初期阶段。这种粗而显之的'清''混'现象的铺垫，为后来的戏曲进步和京剧的崛起，起到了净化、博大、绝美、积累了丰富的经验，筑下了良好的根基。"

讲到这里，告一段落。病中的金少山稍喘了口气，抽了几袋烟，休息了一会儿，品了口茶说：下面我们讲第二个问题，京剧的主要唱腔板式[二黄][西皮]的渊源由来：到了清朝同治、光绪年间，京剧兴起，在吸取古老徽剧即徽班的调门版式[西皮]、汉调即汉剧的调门板式[二黄]及昆曲、梆子（河北梆子）、秦腔和其他剧种营养的同时，基本成形的京剧艺术得到了飞跃的发展，其行当的行性风格，无论从唱腔到念白，从表演到做派，从身段到工架，从文戏到武戏，从台步到手式等，都区别明显地初见规模。富有创造天才的京剧表演艺术家们，通过长期艰苦的舞台实践和精琢的艺术探讨，在演艺员的'行当'分工方面，将其工种的分门别类，进行了精确的梳理研究，做出了重大的改革与分列，就此，同步规范了各个行当分门别类的分支工（功）路。'末'行既然是挂髯的净（注：这里的"净"不是净行的"净"，是不勾脸谱的意思）脸生角，'生'乃男性也，那么'末'路中的人物无论是谁和其所挂的胡须黑白与否，理应归'生'，由于男人中的老者必长胡须，自然就将其排进'生行'划为了'老生'工路。从此，'末'字在京剧的行当中成为历史，永不再提。诚然，在古戏艺术粗而浅淡的基础上，开始了大跨步的阔进，踏上了前所未有的途径，就行当的系列性划分而言，筑起了愈为规范的行性根基。讲到这里打个岔头，前面所提到的徽剧其含意并不是正宗的徽剧，若是更准确地说，应该论其为徽班。据我考证，当年晋京演出的四大徽班演唱的腔调板式，主要以[二黄][西皮]昆腔为多，其唱法虽然悦耳，但已经不含徽剧的味道，徽班的名称之所以带了个'徽'字，乃是指徽商们出资组建的戏班而已。实际上真正的徽剧剧种早在清朝乾隆年间，就已灭绝，不复存在。被人们认定为携带徽剧曲调风格的'高拨子'及'四平调'唱法的调门，就当时安徽境内的地方戏中早已听不到了，只有在后来的皮黄班（早期的京剧戏班）与长江以北的其他少数地方剧种内，才能够听之一二。其实，如果再往[西皮]和[二黄]板式的源头深处追究，据我了解，[西皮]源于陕西省的大剧种秦腔，而陕西关中地区的古老'道情'戏却是[二黄]的始祖。

　　有史料告诉我们，[二黄]中的'黄'字，来源古早，它（即'黄'）初指'雏鸟'，因为幼鸟出生后，嘴有黄色嫩肉，而且只会叽叽喳喳地小声鸣叫，不会像成鸟那样有声有色、有腔有调地歌唱，所以称之'黄嘴（口）'。譬如唐朝诗人陈陶诗：'近村红粟香压枝，嗷嗷黄口诉朝饥'。这里把雏鸟嘴角的'黄'色和其有声无调的叽叽喳喳之声旁及引申成为'黄口（嘴）'。另有文献考证：又有'黄'指幼儿之说。更有记载言道：'古之伐国，不杀黄口'。这些'黄口'均指'幼儿'。我国隋代，以三岁以下的娃娃为'黄'。唐朝亦以初生的婴儿为'黄'。总之具是将婴儿只会咿咿呀呀有声无字的空喊，进一步旁及引申为'黄'或'黄口'的例证。另外，就古时的体能劳作中，大伙儿齐心合力，为了解除繁重的体力负荷，人们会不约而同地发出一种'一人喊、众人和'的夯歌号子。此等有声无字的'黄口'帮腔形式，在我国各地的民歌、曲艺、戏曲中，被衍化运用得非常广泛。陕西省的诸多道情、老腔影子等剧种，更是离不开这种艺术形式。而关中道情中的'嘛黄'，正是上述那种有声无字、一人唱、众人和的音腔帮唱形式的典型。此类样式的歌唱方法，使该剧种的地方特色更加浓郁。'嘛黄'的'嘛'是语尾助词，在声腔中亦常被称之为'帮'或'放'（注）。须知，语言是表达思想的符号，而'嘛黄'拖腔萌发于语言的尽头，它是一种音腔艺术，可以烘托气氛，渲染环境，推进戏剧情节的发展，更可以直接作用于人的中枢神经而震撼人的心灵。它远比作为语言的唱词细腻而丰富，它可以体现人们情感的深度和广度，它表达的正是人们复杂微妙的内心情绪，从而将情感表现到极致。这种以表达形象思维构成的拖腔艺术，在演出时，时常被观众叫好，并不断引起热烈的掌声，其他剧种和我们京剧也是如此。因为它能使观众的遐思臆想，得到圆满尽情地释放而回味无穷，它悦耳动听的光彩艺术，有着引起听众共鸣的无限魅力。

'道情'原出于'道教'，'道教'是大汉民族自己的宗教，更是中国国学的主流。其主张的道德、法规、因果报应等教义，深受广大民众的迷信和尊崇。其道歌也就是'道情'的雏形、散乐、百戏等，常常巡村演出，遍及乡野。有《唐金仙公主墓碑》为证：'馆台北阙笙歌于洛滨，珠阁西聆曲于秦野'。史书曾载：'唐宪宗元和年间（公元806年至820年），乐棚在民间十分兴旺。大曲、法曲盛行，华山道女招来听众唱道情'，历代以来，三秦大地的群众更是通过方言用道情来演唱自己所喜爱的内容。它风格悠扬清亮，纯朴自然，属于板腔体与联曲体相结合的戏曲剧种。就陕西农村有坐班清唱，有广场表演。常常是数班社搭台对唱，众人参与捧场，气氛热烈，彻夜不眠。明、清时期与皮影戏结合成为'皮影道情'。无论是地摊演唱，还是舞台表演，抑或群众自娱自乐，此类颇具特色的'道情'嘛黄，遍地开花，越唱越响，满城盛气。'嘛黄'在传统剧目的唱词中有两句一黄、四名二黄的'二黄'；有苦音（阴坡）、花音（阳坡）黄的'二黄'；有长句一黄、短句一黄的'二黄'；有单句一黄、双句一黄的'二黄'。唱腔中的这种艺术结构，正是历代民众有时也将道情称之'二黄'的根本原因。

道情属横贯八百里秦川的古老小剧种，陕南、陕北几乎各县、各镇都有。陕西的道情戏虽然分支具多，但都发展于关中。大约在明代万历年间，秦腔戏传入汉中地区，到了清朝乾隆年间演变为'汉调桄桄'。那么，'二黄'声腔是明末关中老道情在汉水流域的变化形式，则更是历史上的客观现实。流行于陕西汉剧的汉调'二黄'，后来又称'黄腔'。这种'黄腔'正是原来带有'嘛黄'的关中道情腔调演变而来之。再者，秦腔流传到汉江流域的汉中地区，可以衍变成为'汉调桄桄'，而关中道情流传到汉江流域的安康地区，就变成了具被人们称之为'黄腔'的'汉调二黄'，亦属历史必然。由此可知，其发展轨迹是陕西关中老道情的'二黄'和被称之为古秦腔的'西皮'，与安康一带的语言音韵长期结合，并受到当地民间音乐艺术的滋养，逐渐形成了具有地域风貌的'汉调二黄'。这种'汉调二黄'的声腔又不断向其他省份延伸、传播，终于衍变成了我国早期的'皮黄'声腔剧种和后来的国剧亦即现在的京剧。因此，从前的老百姓把早期的京剧戏班有称之为'二黄'班的说法，将唱京戏的伶人叫作唱'二黄'的艺人。好啦，关于徽剧、徽班和[二黄][西皮]的问题，就讲到这里。大伙儿也休息一下，放松放松，起来走动走动，方便一下，二十分钟后，咱们接着上课。

二十分钟过去，众家弟子原位坐好，精通戏道的金少山开始教授："第三个问题，我们讲净行中'铜锤'名号的来历与'脸谱'艺术的进化。就清朝同治、光绪年间，在皮黄班，老百姓把其称为二黄戏班，也就是前面我所谈到的早期京剧戏班，戏班里有一出常上演的剧目叫《二进宫》，这出戏在座的各位都很熟悉，有的还经常演出，我也不断演唱，大伙儿都知道剧中的花脸人物徐延昭怀里抱有一把先帝爷赐予他的铜锤，就此，梨园明士们便给其取了个行内的艺名为'铜锤花脸'。'脸'乃'面'也，从此净行中便有了'铜锤花脸'及'铜锤花面'的称呼不胫而走，传播在各大小皮黄戏班，一直延续到如今。"

《二进宫》这出戏中的徐延昭，则是以'唱''做'并重的净行角色，久而久之，凡属花脸戏中和徐延昭同归'唱工'及'做派'为主的净行人物，或者是以其他行当为领戏剧目的大小文戏（京剧界把以唱工为主的剧目称之为文戏，以唱工见长的演员称之为文戏演员）花脸配角，便随其跟称'铜锤'。本工文戏的净行艺人，即随之称做唱'铜锤'者。例如：包括全国各大小地方剧种在内的曹操、包拯戏和类似《草桥关》剧目中的姚期，《打严嵩》剧中的严嵩，《白良关》剧中的尉迟恭，

《鱼肠剑》中的王僚，《渭水河》中的姜子牙以及三国戏中的董卓等人物，大多均属'铜锤'花脸行路内的本工角色而名之。

就清朝慈禧年间前后，京剧最为兴盛时期，不可阻挡的京剧艺术开始逐步地往博大精深靠近，艺人们经过争奇斗艳地激烈竞争，各行中的人才辈出，工路齐全，名伶崛起，响震京巢，誉满神州。凭借皇城东风地理的优势，把京剧推向了独占艺坛鳌头的高峰。就慈禧迷恋京剧的影响下，在皇宫内外形成了无人不尊京戏的高度（注：这种"高度"是一种不正常的扭曲现象）。此时，在古都北京菊圃出现了有京剧开山人之一程长庚之称的花脸名伶何桂山，也就是我刚去世不久的师爷，同时被梨园行颂之为包括我师爷爷和我父亲在内的何桂山（何九）、金秀山、穆凤山'大净三山'美誉与钱金福、黄润甫（人称黄三）、李连仲、朗德山、刘永春、庆春圃（庆四）、韩乐卿（韩刁）、李寿山（即李七）、刘寿峰、刘鸿声等的清末民初京剧花脸一代宗师。待到了这些京剧花脸艺术的奠基人晚年后，就京剧各种流派层出不尽，滚滚而起，达到了最为红火的高潮之极，又涌现出了包括我在内的郝寿臣、侯喜瑞、李永利、董俊峰、于云鹏、苏连汉、石青山、德子文、刘连荣、讷少先、裘桂仙、马连昆等一大批在全国各地产生了强大影响的花脸名家，坚实地确立了净行艺人在梨园领域的精英地位，树立了我们花脸行当的至尊。这种在京剧史上从未出现过的可喜局势，不但促进了京剧整体艺术的进化，而且大大提高了花脸演员的威信，同时也扩大了净戏的影响。显然，对你们今后的艺术成长和深造是大有益处的。这些先后两代花脸英杰人物，大多具是以'架子'为主'铜锤'兼工或'铜锤'为主'架子'兼工或以'架子'为主'摔打'兼工，闻名于世的'抱两门'演员。无疑，他们为京剧'净'行艺术的提高发展，输进了新的血液，创造了不可估量的财富，开辟了前所未有的景观。

随着京剧博大精深的扩展，使之'净'行艺术之花在戏曲百花园内的沃土上，又一次得到了精妙绝伦的升华，有些花脸名伶还形成了各自独树一帜的艺术流派，为'净'角行当中的唱念做打、文武工架、基舞身把等，创造出了更加完美细腻的模式工路，筑起了一座金碧辉煌的花脸门府，对京剧艺术起到了巨大的推动性作用。回忆从前，若从戏曲行当的排名到早年京剧挂牌出演的海报说起，'净'字虽名列第二，化脸虽位居四排（指清末光绪时期戏园子唱戏时，贴出的海报），然而，聪慧的京剧花脸表演艺术家们，用智慧和汗水在脸谱扮相上大做文章，巧补天衣，创造出来了五颜六色、精彩优美的花脸谱式，成为了中国戏曲艺术风格极强的代表图案。这种在世界艺林无与伦比、独一无二、并带有漫画式夸张性写意手法的花脸脸谱，被美术家们论之为具有中华民族活生生典型特色的国画杰作，而轰动全球。

既然讲到了'脸谱'，那么，今儿个我就再接着谈谈'脸谱'的由来与含义：戏曲净行脸上的花脸图案，俗称'脸谱'。'脸谱'是经过戏曲艺人数千年的舞台实践、创造和不断发展而来的。我作为一名从事京剧花脸演员的梨园后人，对'脸谱'的来历略知小题，并有一些自己的认识。'脸谱'是花脸演员包括小净（丑行）面部的一种特殊化妆方式，它采用写实与象形结合的艺术手法，通过'脸谱'图案来体现人物的内在个性与外表特征。我们从'净'行的行性而论，对其所刻画的舞台人物来讲，无论忠奸善恶与否，不管角色大小和文武身份如何，凡勾脸者均称'花脸'。花脸不一定全是'净'角，例如俗称'小花脸儿'的文武丑角和生行中的李元霸、孙悟空、关云长、赵匡胤等人物在京剧舞台上皆开脸谱，但'净'行必称'花脸'。花脸脸谱包括小花脸儿又称三花脸儿在内的文武丑角，以及生行的开脸者，都要勾画得干净简洁，线条明晰，神韵具在。像大净、副净、武二净的脸谱谱式，无论是各种人物或是奇兽猛禽还是寺庙佛神，在笔法上均须开出人物的骨肉血魂，体现出肃穆凝重的艺术美感，突显出各类花脸本色艺术的美学魅力。戏曲脸谱艺术的图案特色，从直观的视觉美学上讲，主要表现在变形、寓意、传神三个方面。'变形'是指戏曲特有的夸张；'寓意'则在于帮助观众鉴别善恶；'传神'乃是更加的性格化。'脸谱'的历史起源于面具，其渊源可追溯到公元550年左右，据唐代段安节所撰的《乐府杂录》书中记载：'北齐兰陵王高长恭面美似妙龄少女，而武艺却勇猛高强，且感自己的外貌长相不能使敌人畏惧，故常戴面具出战，勇冠三军'。古时候制作的面具，开始是木制而成，硌面压脸，笨拙简单，戴在脸上既不方便又不好受，后来进化到了使用纸浆制作假面，先用泡好的纸浆起胎、做模儿，待晾干成形后，再用水墨丹青彩绘涂抹其上，就算是所需的假面完成，这种面具比木制而成的假面轻便好使，用着方便。直到宋朝、元代的古剧时期，艺人们还是效仿兰陵王戴面拒敌的方法，在舞台上戴着用水墨丹青彩绘而成的假面表演剧目，而此时，剧中的念白与歌唱则由后台的艺人担当。到了清朝末叶，舞台上的神鬼戏，仍然可以见到脸戴面具只舞不唱的陈规，最明显的当属大家都熟知的《跳加官》。随着戏曲艺术的不断发展，在京剧兴起的带动下，逐渐规范了'唱''念''做''打'等各种表演门类，要求演员在舞台上必须是载歌载舞，吐故纳新。假面具自然影响了表演，落后于形式。艺人们为了吃饭，于是乎，智慧的京剧表演艺术家先辈们，根据经常出现在舞台上的净角人物特征，参照各自的面目骨骼，研制、创造、描绘出了五颜六色的花脸脸谱图案。因为这些图案不能随心所欲地在脸上胡乱涂抹，一定要有严格的谱式规律，所以称之'脸谱'。

戏曲'脸谱'是一门颇为讲究的绘画艺术，它大致可以分为勾脸、揉脸、抹脸和破脸四种类型。'勾脸'是用大笔（即毛笔）在面部直接勾开五彩花脸，例如：单雄信、金钱豹、张飞、焦赞和一些英雄豪杰、江湖好汉、妖魔鬼怪等都是用勾脸的画法而行笔；揉脸是用手指蘸色揉上脸膛，加重眉目面纹，使用'揉'的方法帮助增添神采，把演员的真实面目作某些地方的夸张改变，比如'净''生'两行具可兼扮出演关羽的脸谱，便属于揉脸的开法；'抹脸'则是在脸上涂抹白粉或白色油彩的白脸，即称粉白脸及大白脸的谱式，这种画法大多用于文官中的白脸奸臣（也有个别的正面人物），此类抹脸画法的'粉白脸'，是依据民间所认可的惯例创造而成，像严嵩、曹操、郭槐、董卓和某些剧中的净（即净行花脸）扮太师之类的戏剧人物，皆属抹脸谱式；'破脸'的开法多用于嘴歪眼斜、心术不正、丑陋凶暴的角色，类似《法门寺》剧中的杀人犯刘彪，就属于破脸的画法。总之，无论是画哪一种脸谱，包括丑角的小花脸儿和勾脸生角，如同书法艺术那样，全都离不开笔锋的走动，所不同的地方，只不过是用笔的主次多少而已。戏曲的脸谱图案，样式繁多，各剧种之间都有其自己的开脸特征，在图案谱式的风格运笔画法上又有所不同。据我了解，至今还没有人能够将脸谱的准确数字，略为详细地统计出来。但从'勾''揉''抹''破'脸的四种归位类型画法而论，用京剧的'脸谱'举例，概括地讲，就常用的近二百幅脸谱谱式的开法上，其图样基本上可分为白沫脸、象形脸、大分脸、僧道脸、阴阳脸、元宝脸、十字脸、神怪脸、小花脸（丑角，也可称三花脸）、碎脸、整脸、搓脸以及三块瓦脸等等。

勾开出一幅形神兼备的脸谱图案，离不开对结构的掌握和用色，所谓用色是指颜色的匹配调理，不同脸谱采用的颜色各不相同，其中常用的主色有黑、白、红、黄、绿、蓝、紫七种色料，其他配色有淡青、粉红、金、银、赭、褐、棕、灰等等。中国的戏曲剧目，多如牛毛，无法考证，但许多是把小说中的故事搬上舞台，所以大多数人物的脸谱用色，大都是依据小说中的描述而来。要是小说中没有面部长相和色彩特点的叙述，那么，只好凭借人物性格的想象进行附会。譬如：三国中的关羽面如重枣之色，就勾红脸，关泰和关羽同姓，那么就照关公的红脸来勾。焦玉、孟强是焦赞、孟良的后人，也勾出一黑一红。孟良之所以用'红'，是因为他会使火葫芦，故而在孟良的额头处画上了一个火红的葫芦图样；焦赞之所以'黑'，是因为他的姓是黑色焦炭的'焦'字；李逵之所以开出了黑色脸谱，是因为他在水浒传中的绰号叫'黑旋风'；徐世英的绰号'青面虎'，所以脸膛子上的底色为青绿；盖苏文乃属'青龙星'转世之身，故勾青脸；郝世宏、曹洪之所以画出了红色脸谱，是因为'宏''洪'二字与'红'字同音。至于佛家、道人、老神仙面部的点'金'开法，大都来源于寺院、庙宇中的金身泥塑神像及供奉的木雕、铜铸的佛容面颊，研探而成。比如，某出戏里的八大将、四靠把或诸家英雄的对阵场面，为了避免重复套色的人物面容，脸谱的调配格式必须得各具特色，才不会层见叠出。就脸谱的主色而言：性格刚正不阿、庄重沉稳者用黑色；威望显赫、血气方刚的朝政老臣者用老红色；阴险狡诈、心狠手辣的奸臣高官用白色；天兵天将、神仙活佛用金色；憨厚老成、忠实野粗者用紫色；草莽英雄、绿林豪杰用绿色或蓝色……

'脸谱'的美观结构主要是指面额的花样纹理，包括眼窝、鼻窝、嘴岔、脸膛、脑门等部位。仅眉的样式，就有葫芦眉、卧蚕眉、狼牙眉、一字眉、柳叶眉、棒槌眉及本眉、平眉等多种动笔之分。就脸谱的结构而论，有时为了把人物的身份、个性、神态、特征更加鲜活的表现出来，往往要在印堂与脑门处勾绘出一些具有象征含义的特殊图案，来强化人物的形象特征。例如：归属于副净（后言对副净的来历，另有论解）本工的花脸人物姜维脑门上的'太极图'也可称'八卦图'，是表明诸葛亮向姜维传授兵法的标志。而另一位花脸人物，宋朝杨家将孟良脑门处勾画的倒葫芦形图案，象征他善用法宝火葫芦。奸雄曹操的脸谱谱式长眉细眼奸白脸，鼻子两侧还绘画出了三把尖刀，寓意此人虽具雄才大略，然而却笑里藏刀，为人奸诈。曹操及严嵩二奸雄的脸谱之所以摊白，是因为他们两个人的长相俊秀、面容细白，再结合百姓中有'小白脸儿没有好心眼儿'的说法，故将曹、严二人的脸谱均开出了俗称'白脸奸臣'的白脸谱式。《刺僚王》一剧中的专诸用鱼肠剑刺杀王僚，因此在他的脑门上勾出了匕首形的皱纹。相传：宋朝的包拯脑门处有一马蹄印迹的伤疤,因此戏曲舞台上的包拯,脑门上均勾画出了马蹄形的月牙。另外,就其他地方的剧种内,包文正的脸谱还有一种开脸的说法:黑面包拯的额头处竟画出了太阳,在太阳里面又勾出了月亮牙,用这种日月阴阳脸来表明北宋包公为官清正廉洁,以及他'日审阳间事,夜断阴曹鬼'和不畏强权为百姓之铁面无私的品质。至于包文正为什么要勾画棕黑色脸谱来表示特征,我不用多讲,大伙儿都明白,自然是与包龙图的'铁面无私'有关,因为'铁'的颜色是'棕黑'的。

中国的戏曲艺术是我中华民族的瑰宝,而脸谱是瑰宝的象征,它与净行演员所扮演的花脸形象直接相关。故而,我们作为从事花脸专业的演员与酷爱花脸艺术的票友,无论是职业还是业余喜票,只要是敬业和爱好,都必须得研究、了解、熟读、认识、精通其道,才能塑造出人们所喜闻乐见的花脸人物来。在这一点上,我们都应该向戏经渊博的翁偶虹先生很好地学习!我在翁公身上学到了许多花脸方面的知识。好啦,关于'脸谱'的论解到此为止。有哪些不清楚的地方,下来后还可以问我。等明天上课时,我接着给大家讲述'净'行的排位、分支及'抱两门'的含义等等。下课,吃饭。

由孙焕如给大伙儿安排好的饭菜,早已送到。十多位金门弟子在吃午饭时,你一言我一语,滔滔不绝地说个不停:"哎,师兄,没想到咱们先生不但戏唱得好!他还是一位通晓京剧史的大理论家和教育家,实在是了不得呀!"此时的裘盛戎、徐世光师兄弟,边吃饭边对吴松岩说:"我们哥儿俩在'富连成'坐科八年,从来没有一个教师给科生们讲解过如此深奥的戏剧理论和这么详细的史学知识,今儿个在先生的课堂上,不仅大开了眼界,同时学到了从未听过的精辟细论!"吴松岩说:"不用慌,慢慢听,先生要讲的东西还多着呢,这才是刚刚开始。"

这天,病中的金少山从早上七点多钟开始给徒弟们授课,一直讲解了四个半小时,才停了下来。待简单的吃过午饭后,回到房间,躺在床上边休息边思考起了明天需要给徒弟们讲述的课程。

第二天一早,仍然是七点多钟,金少山就像出席什么重要会议那样衣帽整齐的从室内走出,等听课的弟子们迅速就位后,金少山对徒弟们说:"今儿个是第二次开课,下面我给你们讲述'净'行的分支、排位和'抱两门'的含义等问题。据有关史料记载,在明代戏曲中尚有'净''中净''副净''小净'之辟的说法。那么,既然有'中'有'副'和有'小',则必然或者说则必须有'上'有'正'有'大'才尚为完善,将方属常理之辟的学问。随着时空的延续,诚然,就京剧的'净'行内,以'铜锤'为重头戏码的剧目愈来愈多,越演越精,而且人才辈出,分量颇重,具受欢迎得红了起来!不仅从技艺方面给世人们留下了喜闻乐见的千古绝唱,并在诸多花脸行家的共同努力下,从剧场的演出效果到经济效益的收入,具掀起了突飞猛进的浪潮,营造出了一派多姿多彩、高门阔宅的艺术氛围。再加之该工路的花脸艺人成名者的威望显赫、地位颇高、影响面广、叫座力强、号召性大与其人才荟萃、有目共睹的缘故,梨园界的权威明士们在尊重'铜锤'工路自然形成'净首'的前提下,便把'铜锤'花脸公认为了'正净'。'正'乃'大'也,属'净'行'上''首'方称'大净'。又因'净'角本属'花脸','脸'乃'面'也,故又称之为'大花脸'及'大花面'。那么,'铜锤'既然属于'花脸'首位,自然应该称作'铜锤大面'与'铜锤花脸'或'铜锤花面'。再因'铜锤花脸'以唱工(功)为主和梨园界有把唱工戏叫作'文戏'的说法,故而'铜锤'又称'文净'。而后,在经过梨园名宿、文豪墨客、京剧前辈们,多年来的慎重考究、商榷验证、细目规范后,在名曰'铜锤花脸'工路(支)的基础上,正式确认了包括有同样含义,同归一类,同属一种的'正净''大净''文净''大花面''大花脸''铜锤花面''铜锤花脸''铜锤大面'成理行文载入了史册,得到了广泛的赞同,成为了藏书宝库中的行名经典,流传在世。自京剧有了'铜锤大面'等一连串的名号叫法开始,便得到了梨园同业的首肯。由于京剧'铜锤'影响范围的不断扩大推广,就全国的大多地方戏,尤其是大剧种且把以唱做为主,文架为重的'净'行艺人和戏里的文净人物或扮演的文净角色也跟着京剧名曰'铜锤',在菊苑境内普及认可。因此,'铜锤花面'很快被融入戏曲体制,列为'净'行中分支工路的一种,成为了全国戏曲种类通用的行路艺名。当然,某些个别剧种另有它名的称呼,譬如,河南梆子戏就把归属于'铜锤'本工的艺人称之为唱'黑头'者,还有人把从事净行的演员称做唱'脸子'的。

　　在阐述'铜锤花脸'的同时,前面我提到了'中净''副净'和'小净',昨天也提到过'架子花脸''摔打花脸'及'抱两门'的名词,好,接下来咱们就讲解这几个问题。前言我已经谈过,明代时期分有'净''中净''副净''小净'的说法。'大净'已经表过,'小净'随后再谈,这里我们单解'中''副'二字。因

'中''副'的含义，在京剧行当内的术语解读，其定义基本相等或者说含义基本相同。就此，京剧先驱在其'中''副'的基础上，留'副'删'中'合二为一，抹去了'中净'，那么，再根据'正''副'相比较的排列和'副'乃二位的道理，且添上了'二花'和'武二花'的名字。由于'副净''二花'及'武二花'与架子花脸、摔打花脸的连带关系，需要把净行中的'架子花脸'和'摔打花脸'作一下略为简单的试解：众所周知，'架子花脸'的戏码与其剧目的多少和其分量轻重的程度，仅次于'正净'的影响范围。故而，排名在'正净'之后，名曰'副净'；又因'副净'的表演以工架为主，方称'架子花脸'。再者，正净既属大花脸的大净，那么'大'乃'一'也，自然应属'一'位。显然，俗称于'架子花脸'的'副净'随在正净名后，被辟为'二花脸'及'二花面'，就是顺理成章的事了。由于早期的文、武丑角归属于副净尾后的小净，后来又有小面、小花脸儿、三花脸儿的俗称，况且小净又排在净行的末位（尾），所以，净行中以出演武戏为重的另一工路和副净并列，被称作'武二花脸'即在情理之中，因为'武二花脸（面）'擅演武戏，摔打见长，故而又叫'武净'，惯称于'摔打花脸'。

原本归属于'净'行的丑角，在明代时期就被辟进了'净'行的'小净'或'小面'工路。后来，代表花脸的'净'行行性规范后，以幽默表演为多的'小净'与之花脸行性的距离相差甚远，于是便从'净'行中脱离了出来，形成了另立门户的单辟一行，别具一工（功），取字为'丑'。从此'丑'行便有了自己的'丑'姓。其实，若按戏曲行当的程式工性区别而论，丑角并不能定其为正式的花脸范围，因为'丑'有'丑'的行性和自己的艺术特征。那么，为什么丑角又被称为'小花脸儿'和'三花脸儿'呢？应该说还是与'脸谱'及'二花脸'行路的名号有关。'脸谱'是戏曲舞台人物造型中，面部化妆的脸谱化与图案化的特殊手段。无论是净行还是丑行，按照中国传统美学判断的定式（谱式）对角色的脸谱勾画而论，是人物心灵的外化，又是表达'离形得似''遗貌取神'美学思想的传神、象征、变形之艺术。丑角'脸谱'的谱式极为生动别致，'脸谱'的勾法与净行中的花脸人物不大一样，即是在鼻梁与两眼之间画出一小白粉块儿，最大不得超过脸膛的额骨，左右两边不能超出外眼角，上不得超越眉毛，下不许越过鼻头，甚至还可以画得再小（个别丑扮的角色例外）。因为丑角开出的脸谱图案特别灵巧较小，脸不大勾，又有小净及小面的说法，故而称之'小花脸儿'。再因，净行中辟有大花脸、二花脸、武二花脸的名字，故而，以脸谱命名称之为'小花脸儿'的丑角，便随在二花脸的名后又叫'三花脸儿'。因此，文、武丑行便有了三个名字的称呼。只不过就武丑行路的叫法上，前面再加上一个'武'字就可以了。好啦，有关'小净'变'丑行'的问题，就讲到这里。下面我们接着再论'架子花脸'和'抱两门'的话题。

'架子花脸'在身段动作方面，文武（舞）工架的表演非常讲究，就净行中，虽然有些本工铜锤的演员，唱工戏演得很好，但由于自身所具备的武（舞）工架势基础欠佳，因此只能来铜锤活儿，却演不了架子戏。一般来讲，'架子花脸'的唱腔在正常情况下，虽然稍于铜锤大面，然而在念白功法上的力度，要求却非常严格，有着和正净角色的胸鼻喉仓金钟大吕、重棒猛锤一喷而出的同等要求。虽然如此，但在花脸名家内既可上架子戏，又能来铜锤活儿的演员，层出不尽。就此，在京剧的术语中辟出了'抱两门'又称'两门抱'的名词，凡本工铜锤应工架子，或本工架子铜锤兼工的双挑演员，均称为'抱两门'或'两门抱'者。当然，'两门抱'并不是京剧和净行的专利，其他剧种及其他行当的演员也同样如此。

'两门抱'本身有两种含义，一种是我刚才讲过的一个演员在自己本工的行当中，抱两个行路；另一种是一角两行的特殊戏曲人物，也就是说，一个戏剧人物可抱两个行当。例如：京剧《霸王别姬》中的西楚霸王项羽的演法，就有两种路子，一种是由长靠武生的演员来演，二是由架子花脸的演员来扮，两种戏路各具特色，都演出了楚霸王的英雄气概和其勇猛的威帅之度，同时彰显出了'生''净'两行各自的独具风采，在京剧舞台上形成了较为少见的两个行当、两个行路、两种行性的花脸角色，以及跨行别路的特殊'抱两门'的人物形象；京剧中的关公戏也是由两个行当来演的角色，如果是生行的演员饰演关羽，就称'红生'；若是由净行的演员来扮关公，就称'红净'。由于楚霸王和关云长等戏曲行当与戏剧人物的双重性，所以类似由两个行当共同串演的一个舞台人物也称其'两门抱'的角色。当然，还有些极为罕见的既擅长来铜锤又能去架子还可上摔打的三花不挡，六路通透，八门强精，无所不抱的全能净行领军人物，就属我讲的题外之言了。"金少山讲到这里，听课的徒弟中，有位弟子说道："师傅，您讲的花脸领军人物，我看除了先生您以外，在全国的净行演员中，只怕再也找不出第二个人了！"金少山赶紧接着说："哎，话可不能这么讲，山外有山，人外有人嘛，可不敢胡说。"稍候，金少山又开始授课："在理清了'两门抱'的两种涵义后，接下来再给大伙儿讲第六个课题，花脸的表演、唱腔、道白、做工、扮相等功法学理方面的要领和见解。不管是京剧还是别的地方剧种，凡属净行中的花脸人物，无论善恶好坏、身份高低、残暴凶顽，其行性特点，切记必须彰显出庄重沉稳，气度雄浑，刚柔相济，虎势勇猛，做派洗练，豪然魁伟，威武健壮的人物气质。另外，还要显透出彪形大汉雷霆万钧的稳健、敦实、厚重的花脸风威。

在其唱腔和念白功法上，须注重声似虎狮同吼之威，气如霹雳之大，童声铜音之韵；行腔时，要给人有一种出口猛重闭嘴响沉，其唱念功力具有金鼎砸夯之声，犹如银锤出击之实；所发出的嗓音透声通气，满宫满调，重棒猛锤，冲刺立足，穿透力强，响震炸耳，高亢洪亮之翻肠滚肚的感觉为尚。

其身段做工（功），则善讲风范大派，工架优美，文雅火爆，沉重敦实，遒劲沉雄，蹲坐站立百无禁忌；台上应显出磅礴浑然，旷纵豪迈之魂。随身步法、包括圆场步，应讲究稳重快捷，足跟沉柔，跟胫见力，立地鼎天之功；尤其是跑圆场时，切不可流露出碎而贼之的步法，应给其他行当及武生、武丑的圆场快如行风的步法区别开来，采用其以'沉'求'稳''稳'中见'快'的稳健内力，才可透射出大派雄壮的花脸气度。

脸谱扮相，要勾画得干净练洁，虎虎有生，神采魁威，精气具在，图案彩条层次鲜明。无论是奇兽怪面，百鸟猛禽，龙狮之相，历史人物，还是千变万化的蝶虫身影，虎豹之态或寺庙佛神之容貌等，须开出肃穆凝重的艺术魅力和人物个性的骨肉血魂，应装扮出净行行性中各类花脸艺术本色的神韵美感为快。

在其表演方面，除了以上我所谈论的要领之外，还要善讲威帅阳刚、豪迈激情、伟岸柔烈，洒脱粗犷、雄狮猛龙之气，和其憨厚莽撞之正的人物性格与体态。有些剧目中的个别花脸角色，在戏里的'逗哏'表演和唱念，还要略带花旦或玩笑旦、彩旦行路中女性俏皮嬉闹之魅的'俏头'，或温言柔语、幽默刁乖、酸情醋意的脂粉味道。关于这一点，在《钉焦赞》《钉孟良》《清风寨》等剧目的花脸人物中，或多或少的均有显示。因此，我们唱花脸的演员，还要练一些旦角的东西，才能塑造出更加完美的舞台人物来。当然，就学旦角的表演和唱念的行腔动作时，不一定走得规范到位，意思到了就可以了。好啦，今儿个的课程全部讲完。不知不觉又到中午了，大伙儿抓紧时间方便一下，喝口茶水，伸伸腰腿，放松放松，准备吃饭。"

第三十题藏头诗

病魔缠身教净技，
间间抢时课徒弟，
授艺即在染恙中，
艺德双馨承下去，
传授花脸抱两门，
承前继后为国剧，
后生颂扬金少山，
人皆共识金三义。

三十一、弘法布教　赐经送宝

　　第三天清早,徐世光来到金府对金少山说:"先生,我有个师兄弟,也是富连成'世'字科出科的科生,唱花脸的袁世海。他特别崇拜您老的花脸艺术!听说您这几天在给我们讲授艺术方面的理论知识,很想来听先生讲课,您看成吗?"金少山爽快的言道:"噢,是小袁呀,我见过他,以前他常到你家里去找你练功,我还晓得小袁刚进入'富连成'时,学的是生角,后来因他演生角的条件较差,况且他本人特喜欢花脸,萧长华就让他改学了净行,工练了架子。小袁这孩子虽然头大、个矮,自然条件不算太好,但很是努力,戏也不错,我喜欢有追求的年轻人,想学东西总是好事儿!你给小袁讲,让他来吧。"徐世光高兴地答道:"他就在大门外面等着呢,我这就去叫他进来。"说完,徐世光跑出去把袁世海领到了金少山面前。袁世海见到金少山后,赶紧跪下给金三爷磕头作揖,并带着激动的腔调说:"晚辈世海给金大爷请安,先生吉祥!后生非常崇拜金大爷的花脸艺术和您捐助穷苦艺人的高风亮节!我听师弟世光说您老这些天在给他们传经送宝,教授花脸理论,世海特别羡慕这难遇的良机,您老人家既然是世光的师傅,学生和世光是同科的师兄弟,您老也就是我的先生。晚辈世海想来听您老讲课,请先生赐教!"金少山爽快地冲袁世海说道:"好,小伙子你来得正是时候,今天是最关键的一堂。等会儿让世光给你搬把椅子,你和他坐在一起听讲好啦。"

　　片刻,弟子们到齐,金少山就位,授课开始。病情略见好转的金少山对眼前的徒弟们说:"昨天,在阐述花脸的表演艺术中,我提到了深沉力重、力大气沉、庄重沉稳、遒劲沉雄、沉重敦实的言辞，就随身步法的试解也有其足跟沉柔的明示，其原因主要与'沉'字有关。'沉'为重之，'沉'者为大，'沉'者必稳，'沉'风见派！只有'沉'方见'重'，只有'重'才见'实'，我在这里讲的'实'，是指身段动作中的敦实与边实的实意，只有'实'才见'稳'，只有'稳'方见'沉'。无论是单打一的正、副净角还是抱两门的花脸演员，在表演时的行腰走腿、举手投足、或一招一式、一神一韵等动作中的身段技巧，切都与'沉'功'沉'气有着不解之缘的联系。脊背双肩不宜大动，须有一种气重与沉、敦实沉重、沉稳大气之美的感觉为尚。就水袖功中的抖袖、甩袖、卷袖、抓袖、掂袖、撣袖、撩袖、扔袖、挡袖、绞袖、转袖、遮袖等的习惯性映衬动作，与髯口功中的推髯、撣髯、撩髯、托髯、抖髯、甩髯、转髯、捧髯、撒髯、挵髯、扔髯等也离不开混（浑）搭巧配的'沉'字功能。因此，凡从事花脸行当的演员，无论是什么工路，就千形万状的表演中，对'沉'功、'沉'技的探索研究、化入其身至关重要。"

讲到这里，金少山稍息片刻，口气非常严肃地对大家说："我今天所讲的内容非常重要，与前两天讲的知识性课题大不一样，前者属于戏曲史料中的学问，而今儿个要讲的'沉'功和'悟'性之'灵'气，纯属舞台运用的理论指导，必须得长期的磨炼，需要滴水穿石之功才能融会贯通的为己所用，不是听一两次课就能够烂熟于心和轻易掌握的东西，所以我提醒大家，能够动笔的最好把我所讲的内容记录下来，将来你们是大有用处的。"其实，从头一天上课起，就有不少人在默默地做着笔记，后经金少山这么一讲，又有些徒弟动起笔来。个别没有钢笔的弟子正在左顾右看的犯愁时，孙焕如将早已提前准备好的钢笔和本子顺手递给了他们。事后，金少山又接着对众弟子说道：用净行扮演的文臣武将举例，文官的深沉气重、庄重沉稳、风范大气之度，具彰显出了'沉'中见'重'，'重'必'稳'之，'稳'乃'大'派的'沉'功内力；武将的势大力沉、虎势勇猛、雄浑沉郁、照样也不例外，具充分体现出了'沉'为'重'之，'重'击则'猛'，'猛'者'勇'也，'勇'涵'雄'风的'沉'字功法。虽然剧中花脸人物的性格塑造，在刻画方面各不相同，对'沉'功'沉'技，'沉'风'沉'气，'沉'质'沉'艺的掌握，或多或少，或大或小的较有差别。但从花脸行性势态的特征要求而论，在程式艺术规律的基础上，就净行演员所必备基本功中的行性套路风格来讲，对'沉'功'沉'技的运用要求，在花脸舞台人物表演艺术的总体修炼气度含义上，则是必须具备的道理。如果能把这一字之秘诀的'沉',挥控在股掌之中,将可使花脸的内力展现,对外产生出不可估量的强大功效。戏曲中的各类花脸英雄人物,之所以和武生行路的英勇不大一样,有所区别。究其原因,除了花脸粗鲁莽撞、英勇善战的特性之外,就舞台上的花脸角色而言,其中的绝妙之处,主要是由于他传承悠久在'沉',多年修炼是'道',而绝妙的'沉道'之秘诀,则方属花脸行性根基的骨架体魂。梨园界的人们常说:"'净'威、'生'亮、'丑'幽默,唱'旦'角的佳丽多;'长靠'帅气、'短打'僄、挂髯'老生'需洒脱;'武丑'机敏、'婆旦'逗,'文武小生'英俊多;'老旦'庄严、'青衣'稳,气重与沉'花脸'多。'沉'字的含义,对较为成熟的花脸演员来说,并不复杂难解,只要肯动脑筋,功夫下到,属练者即知的功法秘诀。这一'沉'字秘诀,在一些真正具有略高艺术水平的名净表演中,即可清楚地看到,若稍有留意,便能够从中领悟出'沉'字的存在。用心揣摩一下其中的惟妙,下苦功将'沉'技'沉'功的功能内忧挖掘出来,就会发现里面藏有可取之处的兴趣。而后,将练就的'沉'功技能化之其身,习惯性的用进表演,把'沉'质'沉'气的内在潜力,融化进花脸人物应撒开的舞台演唱和身段工架的气度中去,即能够大大的感受到'沉'字的强大威力和在表演方面所起到的重要作用。表演、唱念、身段、工架、做派等舞台风威气质欠力的净行演员,通过漫长的刻苦研练,精心探讨,细致琢磨,一旦熟练地掌握了'沉'字功法后,就会从内心深处幡然一悟地觉察到花脸总体戏功中的态势强化秘诀原来就在这里!但师傅我需要提醒的是,'沉'不等于'僵','重'不等于'硬','稳'不等于'死','猛'不等于'毛'。初练时,在感觉上一定要把三者成竹在胸的分清理准,皆是我向你们阐述花脸表演大派沉风的重要含义。

待'沉'功的应用学理,在表演中迎刃而解后,就净行的台步而论,无论是方字步、八字步、蹉步、跨步、圆场步等,凡属花脸的舞台用步即会做到,有气沉与重、肩背石盘之稳的感觉,见足跟快捷、沉柔大雅的风范,会给人一种沉甸甸的大派之美感。哪怕是表演中一个细微的眼神或动作,从中也能透视出'沉'功'沉'技、'沉'风'沉'气、'沉'法'沉'艺的花脸行性,以及'沉'字在花脸表演艺术中,所应有的研究价值,运用价值,和其万变不离其功(指'沉')的必备一玄。凡本工净行者,如果真正有了这部'沉'字真经,那么台上的'唱''念''做''打''舞'及'手''眼''身'、(后面单讲'法'字)'步'等等的表演艺术，包括人物形象的塑造在内，就京剧所善讲的'经道'修炼中，无论是从内在到外形、从骨架到神态，从勇猛到威武、从雄健到刚柔，从形象到体貌、从庄重到沉稳、从火爆到文雅，还是从唱念到表演，从做工到身段，从风韵到气派等，具会非常清楚地体会到花脸'沉'字功效的审美价值。好了，关于花脸'沉'功技能的作用，就先讲到这里，等会儿讲别的课程时，若是遇到了'沉'功，我再接着讲解。

下面我给大家讲述、论解'悟'性、'灵'气与四功五法中的'法'字对演员的重要性。戏曲演员的表演，其过硬的基本功力固然重要，但基本功力中的'功力'二字却又与演员软件功中的'悟'性相关。'悟'的含义较为复杂，颇具深奥玄妙之解，皆有灵气、感觉为尚之述。若从艺术专业的角度上讲，应该说先天和后天两者都有，但有人的'悟'性略差，有人的'悟'性较好。就先天'悟'性尚好的演员，在其表演、唱念、身段、工架等方面想要达到超凡，也需要有一个再造'功力'的深化过程。再者，'悟'的准性容量甚广，它（悟）是文化知识、艺术阅历、舞台经验积累在脑海里的能量储存，更是对外展示其表演实力的综合智商。我们用后天的'悟'性来讲，在先天'悟'性略好的基础上，通过艰苦的历练及多方面的汲取营养后，等自己的表演'功力'达到了尚为深老的高度时，'悟性'较好的演员，其领悟能力皆会随之艺术水平的不断深化，而不断提高。一些原先本来感悟不出、理解不了、或者说认识不到、揣摩不透的东西，就会心领神会的恍然开悟：'哦！原来其中的诀窍及玄妙，竟藏在这里！'但，如果自己的艺术修养和表演功力没有达到高层次的境界，那么即便是先天悟性尚好，有些个深奥的超凡妙道也是无法理解的。因为'悟'为先天，'好'为基础，后'添'才方为大'聪'也！唱、念、做、打等艺术功力的高低差别，意味着塑造戏曲人物的成败，它包含着演员技艺中的'软''硬'功件有机结合后，所产生出来的能量张力。'硬件'乃指戏曲演员所必备的'四功五法'中的过硬功底，但不包括'法'字。'四功五法'硬件的过硬在'法'字的通力引导下，经过方法得当的刻苦练习，却能够达到尚为理想的目的。而'软件'就不一样了，单靠吃苦拙练的精神是很难尽意的，它的后天（添）能量主要来自于演员丰厚的文化底蕴，渊博的理论知识，尚高的艺术修养，老辣的表演内力和准确无误的审美素质及超凡的悟性。

舞台上的表演，除了练，'悟'却占很大的成分。在刻画人物的技巧衬托方面，

'悟'又起着不容轻视的主导因素。有些非常重要的表演窍门，是靠'悟'凭'法'用心琢磨出来的。总之，'四功五法'的'法'字体内的'悟性'，是提高演员修炼功力的最好帮手。因而，等'四功五法'中的硬件技能洗练之后，若想使表演或者是演唱达到功夫老辣的再度深化，则必须提高自己的领悟能力。比如，凡戴髯口又称资口的净行角色，尤其是从武身份的净角花脸人物，表演一些亮相架式的神态或动作中的情感时，即可运用张嘴、瞪眼、立耳朵的技巧来助神出戏。因净角人物的面部勾有脸谱，脸谱图案虽然起到了美化人物的审美作用，然而五颜六色的油彩，却把演员的面部肌肉涂盖得严严实实，直接影响了脸堂气色的透出。若要把丰富的内在情感通过面目表现出来，用一般的表演方法，给人的直观是很难到位的。但，运用反常的立耳、瞪眼、张嘴巴的艺术技巧，方能够夸张性的迎合戏曲之规律，来加强面部的神态表现力，发挥其大幅度夸张精气神的作用，即可使丰富的内心情感，通过面目强化力度，得到充分的夸张，显然观众看着就感到有戏了。

除了瞪眼、张嘴、立耳朵的小技之外，就其花脸表演艺术方面，还有一项凭'悟'借'法'的软件招数，师傅今儿个也需要给你们讲解出来：凡净行演员，在表现其花脸人物的威猛、敌视、凶暴、愤怒、急躁和其上下打量（看）对手、寻视对方等等的情感运行神态中，尤其是在扮演舞台上的架子花及摔打花脸的角色时，有时则需要加上运用撑鼻（即将鼻孔撑大）、绷嘴、上下来回挑动眉峰的技巧，来充实面部的神态情感。文净角色在个别时候，虽然也用撑鼻绷嘴的'动眉'之术，但用得相对较稍。这种归属于花脸'软件'功中撑鼻绷嘴的'动眉'之技，如果运用得当、表达力准、掌握巧妙、功法到位、表现力强、尚为出彩的话，那么再搭配上其它方面的表演功力，不仅能够大幅度的增强花脸人物面部细节神情的活跃成分，还可以通过该'法'（即撑鼻、绷嘴、动眉）彰显出来演员通达练洁的表演技能，与其老辣圆熟的艺术分量。相比之下，某些名净的高明之处和其大、小演员表演浓淡、高低之分的差别，恰恰就在这里。因而，这些看上去小，起作用大的零技碎术，却属于不可忽视的灵丹妙药！但，需要强调的一点是，除了所开出的花脸人物脸谱中脸堂套脸额头勾嘴的特殊谱式图案，演员可以根据剧情和人物需要，酌情处理的多用'动眉'之外，其它花脸门类的角色，切记不宜乱用或过多的运用'动眉'之技，否则将适得其反的丢掉'沉'气而显出轻风。

当然，张嘴、立耳、瞪眼睛与其撑鼻、绷嘴走动眉峰的方法，只是一种促使花脸面部神态和加大表现张力的经验探索，在做戏时不可处处见之，稍用为妙，应根据人物所需用心劲揉进戏功，方是目的。像这样以'悟'为主以'练'为次的表演技能，如果先生不传，或没人点化，自己再没有较深的文化素质与繁实的舞台经验及略高的艺术修养，光凭傻练、拙练是无法解决和识破天机的！只有靠悟性、学识熟读'五法'中的'法'性，才能找出类似瞪眼、张嘴、立耳朵和其撑鼻、绷嘴、动眉之技的助神小艺，悟出其中的运作窍门。

以上所述针头线脑的琐碎小艺，虽然不属于大惊大显的硬功绝技，但在花脸的表演艺术中，却可以起到强化面部气色的提神功效。这个老辈人传授给我的'私房货'及师傅我的一些零触碎感，兴许能对你们大家在'法'字的理念上，提供一些抛砖引玉的探讨。即便是从事其他行当的演员，若是能够细细地品出道理，可能也会略有小用的受到启发，找出门道。因为艺术是有共性的嘛！

'软'（软件功）乃'悟'（感悟性）也，'悟'乃'法'之！也有人把'悟'称之为'灵感''灵性'和'灵气'。演员的'悟性'与'灵性'或说是'灵气'和'灵感'达到一定的境界时，再配合上扎实的基本功底，也就是过硬的'硬'件功。通过长期的演出实践，即可产生出丰富的舞台经验，也就是'软'件的一项。待'软''硬'二者（功）美妙地有机结合后，在刻画人物时，方见功力能量的存在，用其鬼使神差、变化莫测的功力机能，让观众忘掉演员自身天生不足的欠缺而看到优长，使表演张力发挥到骨貌不凡的极致，以及最佳兴奋的审美高度，显然演员的艺术功力也就体现出来了。"

讲到这里，金少山喝了几口家人刚给他续上的新茶，解开了衣扣冲弟子们说："今儿个我感觉精神不错，心情也好！大伙儿听的也特别认真，趁今儿个高兴，不能光说不做的卖嘴头子，纸上谈兵。我给大伙儿也来点儿真玩意儿比划比划，松松筋骨！走一段《盗御马》中的'走边'让你们看看咋样？"话音刚落，霎时间，金家院内的弟子们连呼带喊地鼓起掌来！此时，只见金少山换上孙焕如给他拿来的一套练功时的服装、靴子，系上大带，挂上髯口，准备走"盗御马"二场的"走边"。说话间，弟子们撤掉了桌椅板凳，拉开场子，围在一旁静静地等候着先生给他们比戏。开始比戏前，金少山特意对弟子们言道："这趟'走边'里的东西非常吃功，难度较大，是被我师爷打出来的功夫！我希望大家要仔细看来，尤其是大群子、松岩、世光、少奎和来听课的世海等几位靠唱戏吃饭的孩子，一定要认真学，用心记，有不明白的地方，下来可以问我，千万可不敢不懂装懂的糊弄自己。"裘盛戎、吴松岩、蒋少奎、徐世光再加上来求艺的袁世海等人，具齐口同声地回答："请先生放心，我等记下了。"紧接着金少山站起身来，一边念着锣鼓经，一边非常认真地走起了窦尔墩"盗马"二场中的身段。只见金少山手提大带，左手执箭衣巾上场，嘴里还念着锣鼓（嘟……巴答仓）而后金鸡独立亮相，双眼左右一看，转眼珠，念（仓七！）扔大带、箭衣巾，双手后背，转身回望，跟着一个小云手，右手推髯口，左手掠住，右手再抄大带，这时，他把中指巧妙地塞进了两层大带的缝间，而后反转身，把髯口扔在右肩上，顺势双手将两片大带分开，向前一个垫步、趋步，双转双大带穗子，至台口亮相。接下来小声唱四句［二黄散板］："来至在御营中用目观望，我找不着那御马圈今在何方？耳边厢又听得梆声儿响亮，（白：此乃是天助某成功也！）要成功跟随他暗地里埋藏。"金少山唱第一句"……用目观望"朝前看，念锣鼓经（扎扎扎！）吸气，（白：啊？）念：（打击乐起［凤点头］），小声接唱："我找不着那御马圈（念打击乐：仓！）今在何方？"金少山代念敲更声："梆梆梆……"更声过后，只见金少山双手把髯口往下一捋，再撕扎，念锣鼓经［丝边］：（嘟……）仔细辨别更夫来的方向，接唱"耳边厢又听得梆声儿响亮"然后迅速隐蔽起来。金少山对大家说："待二更夫下场后，窦尔墩跟着上场，原来是不晓得御马圈的地方，三更时分，恰好来了引路的更夫！此时，窦尔墩异常兴奋，脱口念出一句：'此乃是天助某成功也！'在打击乐［凤点头］声中，"话刚到这里，金少山跟在舞台上演出一样，又继续拉山膀、推髯口、右手掏大带、骑马蹲裆式亮相，而后又小声接着唱最后一句："要成功跟随他暗地里埋藏！"随后，念锣鼓经［四击头］，接着走了一套颇见功力的舞蹈动作：反云手、跨腿、踢腿、右手掌出去、把髯口带过来、右手扣住扎、右腿往左肩上踢大带、左手用掌把大带打回、右手往左边扔髯口、跟着起云手、跨腿、转身、垫步、向下场门伸掌亮相。《盗御马》二场中窦尔墩的"走边"，金少山连舞带念，连说带唱，指乎指令，非常认真地将这一整套动作迅猛连贯、颇具功夫的身段舞蹈一口气连着走了两遍（为了能使弟子们看清楚，先走了一遍即规范又连贯的'走边'，之后又把舞蹈动作分解开来，连说带解地走了一遍）。完后，弟子们见病中的金少山累得满头大汗，上气不接下气地浑身打颤，一个个心疼地流下了眼泪，急忙把脸色苍白的先生搀扶到了太师椅上，落座休息，孙焕如赶紧从屋里拿来了急救药品，让先生服下。

金少山吃过药后却说:"焕如,不要紧,大伙儿别害怕,我是累的,休息一会儿就好了。"半个小时后,金少山的精神稍有好转就对大家说:"来,大伙儿就位入席,我把今儿个要讲的课程接着讲完。"众家弟子感激万分地就位后,金少山强打精神,少气无力地说:前面我既然提到了京剧'四功五法'的'法'字中囊括了'悟'与'灵'的因子,那么,为了使大伙儿更好的明解'法'字的含义,下节我就再谈谈用'悟'解'法'显'灵'气的连带关系和作用。实际上,从演员的表演法度和基本功法上而论,概括地讲,'法'字为统领艺术得当的操作方法,也就是我们平时所俗称的'法儿'(范儿);'悟'当属聪慧的艺术天赋,或者说是演员本身所具备的艺术细胞,当然含先天与后天(添);'灵'乃是指敏锐的表现力度或说是准确度。'悟'和'灵'既然属于各具功能、各自为政的独立单位。那么,为什么会含在'法'字体内、它们(即指灵、悟)与四功五法中的'法'字,又有什么关系及充当着什么角色呢?因为'法'字中另有一片广阔的蓝天绿洲等待着表演者去滋补空白。'灵''悟'二字乃是演员练习或表现唱念做打和基舞身把等用'法'准确到位的最佳导航员及走进滋补'法'字空白的最好引领者!'不断填补不断失传,不断净化不断演变,这便是大自然的发展规律,当然艺术也不例外。'如果没有它们(即灵与悟)的存在,无论是台下的基本功练习,还是台上的表演功效,都会迷失方向而错乱阵脚或方位不准而降低力度!无从谈'法'。演员的表演技能,尤其是'软件'功效的深度体现,不仅要方法得当,而且还要具备颇高的感悟能力及尚好的表现灵性,才能够欣然达到体验深刻、功法到位的略高境界。如果到位方属得当,既然得到肯定准确。那么,从得当、准确的表演中透射出非常敏锐的'灵气',再求出'度'的极致来就较为容易了。然而,这个恰到好处的极致'法度'的出现是有条件的,必须将凭'悟'解'法'靠'灵'性的用'法'之妙,有机结合的融会贯通后方可取之,才可显'法'。

一个演员的悟性如果较差,或灵性略低,或根本没有,纯属悟盲,显然他的用'法'之度是很难达到准确的。即便是在某些硬件功中的技巧,按一般的水平要求还基本可以,或者说略有过硬,但从他身上体现出来的'法'度也缺乏活力,仍然属于人们所讲:'台上的棋子,乃棒槌一个',永远成不了好演员。因为戏曲之'法'的法性是需要用'悟'解读才可透之,它(法)既有控制性又有变化性,既含规律性又含活力性,既带发挥性又带制约性,既具感悟性又具归属性,既包功力性又包引领性,既存程式性又存灵活性,既带夸张性又带真实性,既含独立性又含综合性等,若是糊里糊涂,没有'灵''悟'感觉的将'法'用之表演,定然不见活力也。没有活力及缺乏灵气的表演法度,就成了僵而不活的错中之'法'了。这种错中之'法'的出现,若用文人的笔语来评:即属歪功笨艺的斜道之'法'!'法'对京剧演员须掌握的'四功五法'而言,总的来讲,起着尤为重要的领导作用。无论是表演中的面目情感、艺术功力、还是舞台上的人物风貌,都离不开'法'的能量挥洒;不管是'四功'中的唱法、念法、做法、打法,凡属硬件技艺的用'法',除了应按正确的常规法道或者说是方法来练之外,还必须有一个长期苦练的过程,才可以挥控股掌的见到成效,反之'法'将不起任何作用。待所练之的功效成功之后,方可显出'法'来,若是看不到'功效'的存在,就难以表明'法'正(正确)的道理了。所以'硬功(件)'之'法'虽然是依'法'助练的常理,但详细地分析起来,却属于以'练'为'重'、以'苦'寻'功',以'功'求'成'、以'成'见'法'为理的表现规则。虽然'四功'中也含有'软件'技能,但由于硬件在四功内的比例较大、略为明显及'硬(件)'多'软(件)'少的缘故,因此,梨园先驱方把'唱''念''做''打'称之'四功'。然而,'法'字的作用在'五法'内的分量与'四功'相比,若从其显'法'性质的角度而论,就有些不大一样了。注意,我所指得不大一样,是用'五法'中的软件与'四功'内的硬件相比较,不包括'四功'中的软件和'五法'内的硬件。就'五法'中的'手'、'眼'、'身'、(法)'步'的个别特殊技巧内,纵然也携带着'硬件'的因素,但大体上应归属于'软件'修炼的功法之类,故而被梨园界的前辈们列其为'五法'。从某种探究分析的含义上讲,'四功五法'中的'五法'既含有其熟练工种的成分又属于习惯性类型,它之所以被称之'五法',究其原因,则是以'法'为'重','悟'字当'首'(先)方为上策的缘故而来。因为'五法'中的大多数技巧,不动脑筋,只靠苦练、死练、拙练、硬练的劲头儿,却是很难达到目的的。必须通过'法'的正确引导悟出其美,采取欲'动'则先'悟',首'法'而后'行'的历练'功法'才具美形。类似'五法'内的美形操作在苦练方面,从表面上看起来虽然低于'四功'硬件的了手功夫,但对某些人来讲,却属于难上加难的难解之谜。当然,这个难上加难的难解之谜的谜团,对悟性强、灵感好、闪刀棒、素质高、修养深的演员来说,却比较容易,或者说就是另一回事儿了。例如,和我齐名的侯喜瑞先生在《群英会》中，扮演曹操斥责蒋干后的一个拂袖（提前用手先抓住蟒袍袖内的袍袖甩出）而去的甩水袖动作，看着不仅优美含蓄，而且还富有骨力恰到的深具思想。这种从外形上看起来略为简单的小小技巧，小而细小的再小不过，然而却在戏剧人物身上起到了大的作用！并且成为了许多净行演员效法、仿照的典范。而这个小而再小的艺术典范，正是侯喜瑞先生在刻画人物方面凭'悟'借'法'潜心琢磨出来的舞台效果。因此，京剧中类似这些归属于'软件'的熟练性技巧或窍门，应是我们演员凭'法'靠'悟'生'灵'性的作用，动脑子揣摩出来的隐悟'法'理。至于有许多必须用'悟'来解决的'软件'功法和在一些名伶的表演技巧中，显示出来的窍门如何学到或怎样才能掌握在自己手中，就要靠自己所潜在的领悟能力了，这里师傅我不需做更多的试解。诚然，'法'需要'悟'来理解；'悟'需要'灵'来体现；而'灵''悟'之力又必须通过'法'的能量挥控，才能将演技中的人物风采充分的透射出来。另外，'灵''悟'之度又替代不了功法内的过硬功夫的当极作用！前面我已经讲过，演员的硬功绝技不单是凭'悟'借'灵'来解决法术的，还需要经过一段大下苦功的历练过程，才能够达到运用自如的高度。但硬件内的过硬功夫，却能够显示出来演员用'法'高、低差别的力度含量。因此，有'法'不证明备'悟'；备'悟'不见得含'灵'；含'灵'不代表见'功'；见'功'不一定懂'法'；懂'法'不等于有'功'；四者（即法、悟、灵、功）缺一将不成'法'也，便是京剧辉煌别样的用'法'独尊。譬如，某位演员纵然可以从'法'字中悟出其妙，讲出道理，论出艺学，评出戏经，但由于他自身所具备的'灵'性欠佳，性格内向，外表力弱，其表演中的力度却显得笨拙无光，平平淡淡，不太起眼；还有些演员的基本功看来很好，恰恰就是因为'悟'性较差，则表演一般，风采黯淡，窝功埋技，实在可惜。再如，某些仗凭着自己的悟性及灵感略高于他人的长处、逃避吃苦、华而不实、不具硬功的演员，就表演中的软件固然不错，然而一旦遇到了硬功绝技的时候，其技巧中的'度'却劳而无果的大减色彩，好的地方即被否认，切照样体现不出'法'的功效。如果我们换个口气来讲，若是按一般文、武本工的验'法'常理而论，武戏演员的用'法'规则主要是以'功'立'法'的验证方式，而文戏演员的用'法'原理则应是以'法'见'力'的法学体现，因为文戏演员的表演功力如何，大都体现于软件内涵的深浅法度上，也就是化之在文戏演员体内的储存力度；而武戏演员水平的高低，主要看其硬件功底的过硬程度和演员的身外功夫。这种文'暗'武'明'、武'外'文'内'的显'法'对比，经过演员的舞台实践，或亲身体验，或观察他人，从外形表现上来看，自然将可发现或感觉到'法'在软、硬功中一'明'一'暗'双重含义的能量张力。如果我们懂得了这个道理，相辩证的去理解'法'意（义），无论文、武本工都会从'法'字的背后，感悟领会出一点如何准确运用及怎样辩证掌握硬中含软、软中藏硬与武必采文、文须纳武、渐入佳境的用'法'尺度。总之，'四功'是'功'与'悟'的连带关系，'五法'是'悟'与'练'的连带关系。故而，作为演员既要熟读'法性'又要提高'悟力'，既要强化'灵感'还要具备'硬功'，才尚属全面高明的用'法'之道。其实，不管是软件也好，还是硬件也罢，艺术水平的提高和升华，都离不开尚好的悟性基础和不怕吃苦的勤奋精神，也就是说演员的表演功力，无论是谁，只要是具备了'勤奋'与'悟性'四字，其内功外化的用'法'法度或说是表演功力，十有八九皆能够达到重量级高标准的艺术境地。

诚然，就先天悟性较好的基础而论，演员的后天（添）悟性一旦再度深化之后，其综合艺术素质的提高从思维能力的含量上，就会出现'智'的飞跃。不论是内心情感的外化表现，还是其他方面的内在功力，均可超越出一般水平的艺术界限，使自身所储备的'灵''悟'感觉，就颇为准确的艺术展现方面在其含金量的纯度上，接近达到'悟性'超群、'灵气'不凡、精妙绝伦的高深境界，无疑就能够看到希望了。因此，净行中的花脸演员和其他行当的伶人，如何认识读'法'、识'法'、解'法'、探'法'、练'法'、懂'法'、通'法'、知'法'、辨'法'、学'法'、研'法'、创'法'、论'法'、究'法'、理'法'、验'法'、证'法'、修'法'和用'法'的深奥历练，应属表达'四功五法'之力度及全面展现其演员的综合功力和艺术才华总体素质的重要一节。唯有如此，才能够在'净'土的'法'字田野间，点上一滴光彩夺目、亮丽鲜艳的浓香'花'汁。

侯喜瑞先生被戏剧评论家们誉之为'活曹操'！然而，又有谁真正见过三国时期的曹孟德呢？由此看来，大家之所以送（颂）誉了侯（喜瑞）爷一个'活'字，其原因还是他做戏棒，道行深，用自己所储备的艺术实力和其绝顶超凡的'灵''悟'智慧，演活了人物丰满的骨肉血魂，达到了出神入化的境界！才使观众确认三国时期的曹操，就是侯喜瑞先生演出来的样子。因此，才颂誉了老侯爷一个'活曹操'的美称。好了，今儿个的课就讲到这里，不知不觉又到中午了，下课吃饭，大家共进午餐，我到屋里躺会儿去。话毕，众弟子你搀我扶地把先生送进了房内。

第三十一题藏头诗

弘法布教花脸经，
法宝送给众后生，
布下传承课徒阵，
教授大净技艺功，
赐传铜锤架子戏，
经道贯进徒脑中，
送徒一字赛千金，
宝剑赠予净英雄。

三十二、培育弟子　论解行腔

第四天清晨，孙焕如早早来到金宅问候金少山的身体状况："三哥，您要是撑不住，今儿个就休息吧，先停两天，等您的身体稍好些再接着给弟子们授课咋样？"病中的金少山却少气无力地说："不行啊焕如，大伙儿来一趟北京不容易，我得提着劲儿给他们讲完，要是一泄劲儿恐怕就讲不成了。"说着，裘盛戎、吴松岩、徐世光等人进来把金少山搀到了院里，大伙儿落座后，病中的金少山说："今儿个给大家讲第十个问题，净行的发声探讨和行腔中的用气。我们唱花脸的净行演员，在声腔艺术方面与它行不同，里面存在着很大的难度！一般而言，其他行当的演员，所扮演的角色无论男女老少，不管是真声假嗓，在台上的演唱及道白中的用腔，只要是唱得好听，韵味儿优美，念白清楚，口齿伶俐一般而言基本就算可以了。而花脸的唱、念，在嗓音的需求上就大不一样了，应该有一套自己的特殊美声方式，才符合花脸行性的声腔。除了京剧所讲究的常规声学美的伦理之外，另要显出'胸腔''额顶''鼻韵'三处回肠荡气、横贯鼎耳的老到瓮音，所产生出两腮双耳齐进出的宽厚共鸣，才基本可以。身为以唱工为重的文净演员，还要天生一条硬气透声的浑响嗓筒，在其高腔处则必须做到冲刺力度直升而上，声贯满园（剧场、戏园子）的洪亮高度，才尚属铜锤的喉音之美，仓术之学，行性之理，花脸之声，净腔之道，功法之经，韵色之俱，大面之风也。铜锤大面的文净演员，在唱工技巧上的要求非常严格，颇为规范，应具备胸鼻喉腔浑响一团，三鸣共佳五音俱全；后脑生声天灵生韵，底气十足气猛声洪；瓮声瓮气横荡炸响，墩厚夯实轻松而出；

口腮额顶韵律同在，音带拉力运用自如；冲刺力度高低见功，吐字喷口嘎嘣酥脆之伦理也！"

若从声乐理论的角度上来讲：声'高'则音'细'，音'宽'则声'低'。既'高'又'宽'，既'厚'又'亮'的两全其美，按读过洋学堂的音乐家们的常规论点，是不可能达到的学说，更何况我们净行唱、念的多全齐美了。这样一来，给铜锤花及架子花的净行演员，在其唱、念中的行腔技巧，增加了巨大的难度。唯一的解决办法，就是需要演员在气法的修炼上深下功夫，加强音带的拉力，找出运气的准位，攻练出大气量的超凡发声气功力度，来适应花脸的道白和行腔。

若单从嗓子的'功夫好'而论，概括地讲，说其'功夫好''耐力棒''力度强''功力到'是无可厚非的。但如果用声学的观念从理论上详细分解的话，如果再往深处探究，应该说'功夫'中的'耐力'和'力度'是有所区别的。那么，下面我就专门给你们谈谈喉腔中的'功夫'二字内，所存在的两面性及两种功能的作用。简言之，就具备'耐力'的嗓子而论，却不一定具备'力度'；所具备'力度'的仓喉，却不一定具备'耐力'；而既有'耐力'又有'力度'还有'韵色'的喉腔，才方属具有真正'功夫'的过硬喉功。比如：某些担负着上百句唱腔和近千句道白角色的花脸演员，无论是从行腔到念白，嗓子的耐力都不成问题，但某句需要见彩的托腔处或甩腔时，却显得黯淡无光，略欠力度，使人感觉腔不过瘾。这种情况的出现，并不是顶不上去及甩腔托得不好，而是听起来不太带劲，总感到少了一点儿说不清、道不明的劲头，好像是嗓子温和不见亮点。此类现象一般而言，虽然在唱腔的大体上，观众挑不出来什么毛病，也不会说嗓子不好、功力欠佳，更不会说没有功夫，但就是不愿意鼓掌称赞。平心而论，如果嗓子的功夫不好，上百句的唱腔和近千句的道白是无法应付下来的，但严格分析其行腔中的嗓音，就缺乏一方浑响的爆发'力度'了，观众不情愿叫好称赞的原因也即在于此。然而，这种缺乏浑响'力度'的行腔现象，并不难解决，只要多动脑筋，找准用气的窍门，下些苦功，再加之巧用，即可达到尚为理想的程度，究其原因是他所具备的嗓音基本功夫存在。再譬如：有些花脸演员，若是让他扮演有上百十句唱腔与较多道白的领戏人物时，其嗓子的'耐力'就不行了，或者说不太够用，如果是声嘶力竭地硬撑下去，必然献丑，肯定失败。但在其唱腔不多、念白较稍的花脸人物中，却能够大显身手，展尽其才，博得掌声，把所需要见彩的唱段唱出了亮点，获得了满堂，观众定会赞扬他的嗓子漂亮，声腔见功，听着过瘾。是何原因呢？他的嗓子既然不能多唱，自然属于'功夫'不到，'耐力'欠佳，那么，为什么还会达到如此好的剧场效果呢？这种良好的剧场效果，应该论之为除了演员本人特别会唱戏和他找准了用气的闪光要点之外，在行腔的冲刺'力度'和托腔及甩腔的长度上，见到了一方浑然爆发的强大功力！故而，获得了好评，赢得了赞誉，取得了成功。此类花脸演员的嗓子'耐力'固然较差，并需要长期加强'耐力'的功夫训练，但如果在气法上再深下一番苦功的话，通过一段行腔吊嗓的过程，基本上是可以承担重任和挑起净角大梁的。大伙儿非常熟悉的马连昆先生，就是其例。这位马连昆先生做科于'富连成'，生性聪灵，功底瓷实，悟性尚高，台上见火候！是一位很好的花脸演员。可就是因为嗓子缺乏'耐力'，不敢多唱，因此只能来唱少的架子而演不了唱多的铜锤。前些年演《刺王僚》这出戏时，我的姬僚，马连昆的专诸，他在台上的表演不仅规中见矩，而且有一段词句不多的［快板］唱腔"姬千岁待我的恩情有……"，赢得了轩然大波的满堂肥彩。在《白良关》一剧中，我演归属于唱工为重的铜锤尉迟恭，马连昆饰唱念较稍的架子花尉迟宝林，大伙儿都晓得两个演员必须功力相当才能胜任。自我和马先生有病以后，京城内已有许久不见此戏了。我要讲的是，在这出戏中'父子对阵'一场，有几小段尉迟恭和尉迟宝林［二黄散板］的对唱，马连昆那副没有'耐力'的嗓子，却充分显示出了'力度'的作用！尉迟宝林唱：'番营又来小豪家，乌油盔来乌油甲，皂罗袍上绣团花，问声老将名和姓'，这么一句，马先生铆足了劲头，用上了'力度'，又赢得了一个满堂大彩！紧接着我叫了一句'娃娃'如同炸雷，观众齐声喊'好'！在我与马连昆对唱时，他唱一个'好'，我来一个'菜'（戏曲术语'菜'就是观众叫好的掌声）连着翻了几次。像这样你一句我一声对着'啃'的场面，让观众过足了戏瘾，大饱了耳福。

　　以上在京剧花脸群内，常见的两种各备一方功力的行腔举例，具可说明就嗓子的'耐力'和'力度'功力的差别及两种功能的作用，即在于此。故而，本工文净的花脸演员，不但要在嗓子的'耐力'上见到功夫，就行腔的'力度'上还要练出深厚老到的过硬本领，在唱工方面才能够真正地达到过关。否则，即便是角色再大，唱念再多，耐力再好，该要劲儿的时候平平淡淡，冲不上去，那么就成了出力不见好的一般演员了。反过来讲，行腔的'力度'不错，但缺乏韧性中的'耐力'和不能多唱的花脸演员，在其嗓子的'耐力'锤炼方面，也是同样如此。'气足'则'声洪'、'腔弱'则'气短'。掌握好自如运气的功法，将是每一个攻练唱念艺术的演员，练声习韵和解决行腔'耐力'与'力度'的必经之路，也是净行声腔艺术魅力所需的重中之重。唯有如此，在遇到较大的念白及颇吃功夫的唱段时，方可消除底气不足、横串无力，避免其招前顾后、离腔走板、跑调凉弦的现象，使其练就的'气功'作保，犹如百年大树老根盘结，达到运用自如的不败之地。

把吸进肺叶两处的清风热气，垂沉在五脏六腑，收腹提臀荡气回肠，而后将丹田腑部内欲涌涌而出、滚滚而起的存气，用内力沿肋骨两侧，把气体压入胸腔气道顺喉筒发声而出，使足够的气流在控制技巧的过程中达到最佳。用'抑'（即指控制、调解的意思）气的方法自由冲击喉仓的音带区，方得心应手地震动咽喉等的连接部位（连接部位指双腮、额顶、耳根、鼻腔、后脑），促使腑内的饱满气群，发挥其搅腑闹膛、洋洋欲动的强大作用。切贴撞击'胸''鼻''额''耳''首'部，类似其混合音厢一样，有力而出地靠近'净'腔高宽圆亮瓮、墩厚响炸猛等的需要特征。根据唱、念歌调的情感所需，融会贯通，强弱发出，把其所运用的花脸音质声韵，达到其最为理想和最佳满意的自由王国之地，将能够发挥其'浑''厚''响''宽''醇''瓮''高''墩''实''亮'神完气足的'十字腔法'！使之净腔的喉根嗓音之气源，形成根粗茎茂韵叶旺盛之势态。

花脸的'哇呀呀'是一种较好的试'气'方法，我当年变声时，就是这样练的气法。初练时，若想验证一下自己练'气'的方法是否正确、对路或有否成效？即可运用花脸人物在表演'急''恼''怒''凶''暴''气''躁''狂'时的口舌技巧，打'哇呀呀'腔一试。这种办法虽然较为简单，却很便捷，声音抖来颤去，没有调门腔弯儿，但比喊单腔直调见效明显，皆能够体验到练'气'的进展怎样，功效如何，以及运气行声的过程是否见效。在打'哇呀呀'时，只需把下腑丹田的气流提上胸部，用气压震动口腔两腮及软、硬腭的上膛处，与之舌尖前后快速灵活抽动颤抖，发出'哇呀呀'的声音，其声音结'抑'气由低到高、再由高转低，来回返复，尽量拉长，最好用钟表计时，如果一次比一次底气充足或感觉良好，时间明显的延长后腑内的气息还仍有余力，那么，就表明较好地掌握了用气的基本功法。而后，在结合练习唱、念中的运气调节，吊嗓子行腔时或许就胸有成竹了。

花脸演员气法力度的深厚,将意味着嗓喉声腔的成功!当然,这里我所指得'成功',应因人而异,就嗓而论,以腔而别。因为每个人的声带条件各不相同,喉仓音质的差别也大不一样,所以,我今儿个给你们讲授的'声'与'气'的关系,只可相对而言,切无绝对之理,决不能硬套生搬地埋头傻练。就认识'气法'而论,也需要一个漫长艰苦的修炼过程和超出常规的韧性毅力,探索出一条适合自己攻练嗓音的用气方法,方为真经好道!才可达到气助腔全、声气并举的预期目的。在历练'气法'方面,若是嗓子的基本条件较好,一般只要方法得当,肯下功夫,用气巧妙,功力到位,牢牢把握住修'气'行'声'的玄奥,终日坚持不断地长期苦练,以其来增加嗓子大力量的硬实耐力和冲刺力度,那么,将可练出一条粗壮含力深老,胸鼻喉腔具在,首额双腮见功,音韵气足声洪,刚柔猛重相济的花脸嗓门。其实,花脸在'唱'和'念'的猛重之声中,其用气照样与'沉'字相关。'沉'为'重','重'则'猛','猛'乃生'威'也;相反,'虚'为'飘','飘'则'轻','轻'乃无'猛重'之声。因而,花脸唱、念中的行腔吐字要重重出口和闭嘴(收音)响沉,方可产生其音量的威猛之韵,雷劈之声。这种气'沉'字'重'的唱念功技,我不用多讲,即可充分体现出'沉'在净行综合表演艺术中的重要性能。若能掌握住这一点,就能大大提高行腔的'沉'度。

　　上节,我们谈过了净行练声的运气功法,接下来再论其'韵'的重要一环:就京剧的声腔艺术方面,每个行当之间与行性一样,都有其各自的声性特点,这大概就是京剧声性与歌曲演唱艺术的差别。而京剧花脸的演唱特色或说是风格,与其他行当、行性的发声特点又牵扯到'韵'味儿的调理搭配。每一个行当内的每一代演员中,总会有那么几个唱工见力的优秀演员,其悦耳动听的唱腔能够代表本行本派的艺术风格外,又唱出了含有自己的艺术个性及人们尤为赞赏的'浓韵'色彩,无论是行家里手还是广大观众及票界戏迷,听到他们的唱腔时,总会说韵色醇正、味道浓烈、清脆悦耳、听着过瘾。这个来之不易的'韵色醇正、味道浓烈、清脆悦耳、听着过瘾'的评价赞美,绝不是一般的好听,它(即'韵')的背后隐藏着谁也无法用口语或文字来表明说清的特殊味道和其极具代表性的行'韵'风格。因为唱得好听的演员,在梨园界多之甚多并不为奇,难得的是其行腔内的'韵风',既带特色又含佳音,既含浓郁又显个性,既有继承又有创造,既含深度又见老辣,既感过瘾又挥风韵的'韵'中之'老'。至于什么是'韵'中之'老'的微妙准度,

'韵'的'老'到之深度究竟又在哪里？是一个看上去好像是一语就能够道出，若详细地说起来，似乎又有些模糊不清与之隐藏略深以及不太容易谈透的清、混大题，和一桩在某些演员心里仿佛非常明白却又讲不清楚的'韵'理现象。因而我只能说，你们可以从一些实力派花脸演员的唱腔中，去听、去学、去想、去找、去扒、去问、去品、去悟、去解、去议、去揣摩、去探讨、去领会、去仿照、去感觉、去验证、去效法、去实践、去体会、去捕捉，甚至还可以在此基础上强化浓度、充实活力、增加其妙或再次丰富韵色特性，进行发挥的展开研究，但对唱中老辣之'韵'的标准尺度，若是再往深处追究的话，恐怕就很难说清道明了。我也只能按照太恩师何桂山所传，和我一生的所学、所问、所寻、所闻、所练、所思、所品、所演、所究、所探、所解、所悟、所获与之所体会到的一些感受，针对其花脸行腔的'韵'理作一下大致、简单的阐述。由于净行的唱腔特点，善讲出口猛重闭嘴响沉的洪壮之喉声，稍不留神将会出现'直''僵''硬''粗'（即韵味不细腻的意思）'野''毛''笨''拙'的不良现象。所以，凡属花脸行腔中的'韵'色'韵'味的调理就要特别注意了。众所周知，'韵'是调理搭配声腔味道美中见魅的必备一功，而花脸演员的发声方式，由于行性的制约，往往很容易产生'柔韵'不足、'刚劲'有余的侧重效果。因此，待花脸行性中所讲究的'沉'字功法掌握之后，就要在唱腔的'柔韵'美度上多动脑筋大下功夫了，想办法促使花脸行当的演员声腔，不仅具有其古刹撞钟、黄钟大吕之瓮的威猛气势，同时又能充分显示出喉韵柔美的庄重优雅。然而，演员行'韵'有高有低，有文有野、有浓有淡，有粗有细，有优有劣，有深有浅，有厚有薄，有老有嫩，有丰有欠，有润有干，有上有下，有强有弱，有对有错，有富有贫，有多有稍，有足有乏，有正有斜，有柔有硬，有饱有缺，有巧有笨，有活有拙，等等。'韵'不是一成不变的艺术产物，它（韵）既能生长又会衰退，'韵'的最佳孕育生长过程则依赖着演员的尚好悟性，及演员本人脑海中自然生存的艺术因子和其天赋的音乐审美细胞。故而，这种靠'悟'生'韵'的奥妙之学问，在累练、累悟、累唱、累进、累探的行腔过程中，凭借着演员所储备的艺术能力，再经过多方面的汲取营养后，就原具较好的发声基础上，其唱腔中的韵味儿还会产生出新的灵感及新的韵色，使之嗓音中的音调、音质、音收、音放、音头、音腹、音尾、音风、音润、音力、音量、音色、音醇、音域、音吕、音律、音节、音准、音性等音学中的美'韵'魅力，再度提高，以此类推，类似这样不断进化的丰'韵'方式，会使其行腔之'韵'的韵色含量，愈来愈浓、越加醇正的响堂挂味儿，味道鲜活，颇具奇妙，自然可将达到行腔生韵的不凡境界和其行云流水的自由王国。

'人活一口气，佛争一炷香；墨宝靠挥毫，戏凭一道腔！'然而，好腔好调的声体内，则永久离不开'韵'的因子，'韵'乃'腔'中之魅也！演员的行腔好坏主要看韵色的浓淡、高低，观众的审美评价主要听唱中的韵调如何，'一道腔喉声无韵，嗓子再好也没劲'，'韵'是丰满唱腔血肉羽毛的主架骨魂，没有'韵'的存在，就没有'腔'的存活，若是离开了'韵'的活力相助，腔将不成腔，调将不成调也。故而，一些在唱工方面做出创举的京剧名伶们，大凡都懂得如何巧妙地从众家艺术流派的演唱风格中，尤其在独特的行腔韵色中偷之音容韵貌，汲取营养，广采博收，融会贯通，领悟其中的丰韵之术。因此，演员在继承流派的同时及练腔修韵的过程中，就丰富自身的演唱素质而论，博采众长、兼容并包、广纳群流，则也是一条非常重要的学习佳径。用这种类似蜜蜂采蜜式的学习途径、勤奋精神，把广采博收来的独到'韵'源，长年累月地汇集在脑海、存之在体内，一旦结合自身的舞台阅历逐渐融化进自己的演唱风格后，再通过悟的演变过程，就会突然发现有许多可取的地方等待着你去尝试。这个能使唱腔得到提高的尝试结果，经过实践，如果能够见到成效，那么，将会使演员再次对'韵'的深解萌发出极大的、含有持久性的练声兴趣。好啦，有关'韵'的课题今儿个就先讲到这里，不知不觉又到了开午饭的时候了。下面大伙儿稍休息片刻，准备开饭。而后，金少山又转身对袁世海说："小袁也不要走了，和世光一块在我这儿吃过饭再回去休息。"袁世海连忙彬彬有礼地答道："金爷，听您一席话，胜读十年书！您老今天所讲的花脸课程，真是字字千金，句句是宝！我在'富连成'坐科八年，从未听到过您老人家讲过的这些精妙绝伦的理论知识，明天我还想来听您课徒授艺，传经送宝，金大爷您老同意吗？"袁世海的一番话，使金少山心花怒放地大笑了起来，精神也好了许多。笑声过后，金少山爽快地答道："只要你们这些年轻人喜欢学，我就欢迎，明儿个你小子照来不误也就是了。"话毕，拍了拍袁世海的肩膀表示赞同，袁世海向金少山施过礼后，高兴得一蹦三跳，跟徐世光一块儿吃午饭去了。

特别崇拜金少山的袁世海，本名袁瑞，1916年2月11日出生。幼年从艺，八岁拜许德义为师练功、打戏，又向吴彦衡工学老生。1927年入"富连成"科班"盛"字科学戏，科名袁盛钟，初学老生。后因他天赋的长相、具备的条件、自身的爱好被萧长华发现，把其调到了"世"字科改工了净行，更名世海，随裘桂仙、叶福海、王连平及师兄孙盛文工学花脸，始易今名。就袁世海坐科八年的从艺期间，勤学苦练，潜心拜学前辈名流的精湛表演，学业突出，技艺超群。由于他聪颖勤奋，求艺刻苦，很快便学得了《群英会》中的曹操、黄盖，《法门寺》中的刘瑾，《失街亭》的马谡等角色，而且演出效果极好，观众反应热烈，行家多方赞誉。1935年袁世海学业期满出科后，先搭尚小云的"重庆社"戏班唱戏，在尚小云领衔的《玉虎坠》《九曲黄河阵》等剧中扮演配角，巡演于北京、上海、武汉、长沙等地。1937年又与李盛藻合作，先后排演出了《马跳檀溪》《胭粉计》《除三害》《青梅煮酒论英雄》《三顾茅庐》等不少的生、净合作剧目。

袁世海在梅兰芳的"承华社"和马连良的"扶风社"戏班，与马连良、李世芳、李盛藻合作多年。他和李世芳合演的《霸王别姬》，与马连良合演的《四进士》，与李盛藻合演的《青梅煮酒论英雄》，成一时绝响，世赞名剧！为了花脸艺术的再度深造，1940年袁世海拜与金少山并称花脸三鼎甲的前辈名净郝寿臣为师，此后他的表演技艺更加精进，成为"郝派"架子花脸铜锤唱的最佳继承人。就十几年的演艺生涯中，袁世海曾与梅兰芳、程砚秋、尚小云、荀慧生、徐碧云、马连良、高庆奎、周信芳、谭富英、盖叫天、奚啸伯、张君秋、李世芳、宋德珠、毛世来、新艳秋、李少春、张春华、李万春等一流京剧名家合作演出剧目三百多出。在与诸多顶级流派的相互合作中，极大地丰富了自己的表演，成功地塑造出了各种不同性格的花脸人物。尤其是在他出任主演的十几部剧中饰扮的曹操，其艺术形象赢得了京剧主流社会的认可和广大观众的喜爱，形成了袁氏艺术风格的表演体系。其代表剧有《李逵探母》《黑旋风》《将相和》《九江口》《连环套》《论英雄》《野猪林》《响马传》《桃花村》《除三害》《赠绨袍》《西门豹》《霸王别姬》《芦花荡》等。

袁世海先生的艺术悟性天赋超群，加上他不断进取的敬业精神，广博众长，全面学习、继承了老一代艺术家们的舞台风范，基本功底深厚扎实，传统基础洗练老辣，为他的花脸创新建立了独树一帜的艺术天地。他在舞台上树立的各类不同性格的人物形象，刚劲豪放，质朴大雅，以情带神，撼人心魄；其表演、放歌声宽音厚，工架规范，做派老到，发戏压台；并以"架子花脸铜锤唱"的独特手法，大幅度提高了架子花脸在舞台上的艺术风采，开创了以副净领衔大型剧目的先河！颇为成功地刻画出了曹操、鲁智深、李逵、廉颇、张定边、张飞、牛皋、项羽、窦尔墩等一大批可称为精品而传之于世的艺术人物。获得了被观众颂之为"活鲁智深"、"活李逵"、"活曹操"、"活张飞"的美誉！

袁世海的唱、念，除嗓喉音域浑厚敦实之外，他将自己特有的"炸音"与圆润之声浑搭巧配，调和运用，听来不仅刚劲有力，而且响堂清透。并擅用节奏鲜明、爽朗上口的[流水板][快板]一类的行腔功法，来表达人物丰富的内心变化。"做工"是架子花脸的首备之功。四功中的"做"，包括演员的身段工架，也包含着塑造人物时的形体神态，袁世海两者具兼而有之，除了个头略低之外，他体形魁梧，动作边式，工架稳练，身段漂亮，台风傲气，造型完美，一招一式虎虎生风。一段看似很平常的戏，他却能抓住角色的内心活动，揭示出人物的性格特征，且刻画得细致入微，楚楚动人。袁世海在《黑旋风》剧中，表现李逵观赏梁山泊景色时，有一段表演是一个人的戏，剧本并没有给演员提供突出的戏剧矛盾。"但他却挖掘出了李逵性格、思想、情感的内涵。从桃花的落英缤纷，鱼鸟的潜翔高唱，想到吴用的诗句，想背又背诵不出，同时又想到有人讥讽梁山没有美景，立刻就想把他暴打一顿"（翁偶虹《谈京剧花脸流派》）的表演，形象而生动地揭示了李逵纯朴直爽，爱憎分明的性格特征。除了以袁世海为头牌主演的《九江口》《桃花村》《黑旋风》《盗御马》《李逵探母》等戏都是久演不衰、轰动艺坛的保留剧目之外，他与李少春合作排演了《野猪林》（已拍成戏曲艺术片电影）、《响马传》《将相和》；与李合曾合作排演了《除三害》《赠绨袍》。并参加拍摄了戏曲艺术片电影《群英会·借东风》《平原作战》《红灯记》和古装电视剧《侠女除暴》。

多年来，袁世海十分关注对青年演员的培养。台下教，台上带；言传身教，诲人不倦，一丝不苟；先后收徒二十余人，尽心、尽责、尽义务，不图名利，无私奉献，硕果累累。他的徒弟不仅有京剧的，而且还包括汉剧、评剧、晋剧、河北梆子等地方戏的学生。1961年，中国京剧院到鹤壁市演出时，在与鹤壁市豫剧团的交流演出中，他结识了当时的青年豫剧名丑牛得草，待看过牛得草的戏后，袁世海感到这位丑角演员是块很好的小花脸材料，回京后把他举荐给了德高望重的萧长华门下收为弟子，传授了《三不愿意》《请名医》等戏，并在牛得草演出的代表剧《唐知县审诰命》中给予了关键性的指导，加进了归属于连中白的"念状"，不仅使这出戏经久不衰，成为名剧，更使牛得草脱俗见雅，艺事大进，待 1979 年《唐知县审诰命》由谢添导演并更名为《七品芝麻官》拍成戏曲艺术片电影后，一时绝响，誉满全国！1981 年 5 月，这部《七品芝麻官》获得了第四届电影"百花奖"最佳戏曲故事片奖，也使牛得草成为了家喻户晓的大演员。1992 年 11 月（农历壬申年），袁世海先生与牛得草二人同时获得了"第二届金唱片奖"的殊荣！袁世海的架子花脸弟子有：杨赤、范成玉、李嘉林、杨光、吴钰璋、刘永贵、李广仁、马永安、罗长德、苏盛义、舒建础、刘文光、沈革新、刘琢瑜、何国栋、刘金泉、黑永宽等，除此之外，杜近芳、冯志孝、张学津、杨春霞、高牧坤、李宝春、于魁智、刁丽等的优秀表演艺术家都曾受到过他多年的培育和教导。

就袁世海过八十周岁生日时，大家都来给他祝寿，弟子们送来了寿桃盆景，其一是寓意袁老的学生满天下，其二是祝他老人家健康长寿，岁与天齐。袁世海兴奋地对大伙说："今年院部准备让我参加文化部组织的庆祝建党八十周年演出活动，"大伙儿听后，一窝蜂地言道：老爷子，这回您可要大显身手地卖卖老了！袁世海却笑着回答："如今台上的'打'是不行了，唱两句的功底虽然谈不上不减当年，但满足于观众的要求，还不是问题。"话虽如此，然而在他将近八十岁那年，却上演了一出由架子花脸担当的《芦花荡》剧中的张飞（注：袁老表演的《芦花荡》是哪一年？是为什么活动演出？笔者记不清了，只记得当时由中央电视台实况转播时，张飞出场的第一个亮相，把草帽圈甩掉了，在场看戏的时任国家主席江泽民见到后，还微笑了起来），其台上的表演，念白雄壮，工架规范，圆场如风，做派稳练。然而，谁也不会猜到舞台上扮演张飞的演员，竟是一位年近八旬的老者——袁世海。

众所周知，20 世纪 60 年代，袁世海在现代戏《红灯记》中扮演鸠山，并借鉴传统的表演技能，成功地塑造了这一京剧舞台上从未有过的鸠山形象。三十八年后，《红灯记》的原班人马居然又恢复了这出戏，并且演出效果极佳，再次引起轰动！据八十六岁高龄的袁老先生讲，这次复排，他们还创建了一个可喜可贺的世界之最:"戏剧舞台原剧组重演剧目跨时之最"。当设在上海的吉尼斯世界之最的办事机构给剧组邮寄来荣誉证书时,袁世海老先生却风趣地说道:"没想到,老了老了,居然还创了这么大的一个记录,"并非常高兴地把它摆在了客厅内最显眼的地方。2002年12月7日(农历壬午年十一月初四)当晚,时年八十七岁的袁世海末次演出,剧目仍是《红灯记》。同台演出的钱浩梁也已六十八岁,孙洪勋六十五岁。此外,钱浩梁的夫人屈素英饰演李铁梅,李奶奶由赵葆秀扮演。在沈阳南湖剧场演出了六场,观众欢迎,剧场沸腾,座无空席,掌声四起!此次演出,是袁世海先生最后一次和喜爱他的观众见面。回京后不久,于2002年12月11日袁世海老先生因病抢救无效离开了人世,告别了他所酷爱的京剧事业,终年八十八岁。好啦,有关袁世海的生平就讲到这里,下面我们再说金少山。

第五天早上,金少山照样是带病起床,弘法布教,顷其所有!等弟子们到齐后,金少山强打精神地言道:"昨天的'韵'没能讲完,今儿个咱们仍然讲述'韵'的作用及'韵'的科考。众所周知的老子,把'柔'论为'刚'强(即强大、强硬的意思)、'柔'能克'刚'之,凡备'柔'者大成也。由此可见,我国伟大的思想家、哲学家、同时被中华民族自古至今尊称为圣人的老子曰'柔弱'的生命力长于和胜于'刚强'的玄妙伦理,是非常值得演唱者结合声乐学,世代深刻研究的高端哲学科考项目。如果我们单从花脸表演艺术中的声腔着手而言,'柔'的另一种含义在歌唱中则又为之其生'韵'之妙也!因而'韵'的'柔软'胜过'强硬'的理念,即在于此。显然,凡唱工演员的行腔技巧,要特别注意读'柔'、懂'柔'、悟'柔'、守'柔'、知'柔'、识'柔'、明'柔'、贵'柔'、显'柔'和用'柔'的柔法论理。常言说:'弱女以柔为美、猛男以强显刚,阴阳浑然搭配后,产生出来的柔和阳刚喉音方是男人的第二形象'。因此,以柔丰刚、刚中含柔的'柔美'之'韵',才属花脸演员行腔声韵的猛重佳音。

醇正的装饰浓韵乃是细腻香甜的行腔调料,只要操作得当,火候恰到,既不影响花脸的行当个性,又唱出了刚中闻柔的'韵'色之美,皆属净行修炼行腔课题的一技软功。这个刚中见柔的腔韵'软功',当属花脸挥唱歌喉的佳音榜首!诚然,在唱腔'韵'味儿的特色方面,每个文戏演员都有其自己追求的奋斗目标,即可充分说明,'行腔必显风韵'的重要。例如,有些嗓子很好的演员,就是不注重'韵'

色力度的美化，行腔中的味道缺乏'韵'律，唱起戏来给人感觉嗓音直硬，韵色干枯，不太好听；有些演员的嗓子条件虽然较差，但唱出来的声音委婉动听，特别入耳，使人陶醉，究其二者的原因，无非是会行'韵'及不会行'韵'的结果。总而言之，从事花脸的演员，尤其是正、副两净都需要找到一个适合自己嗓音条件的行'韵'特色来调节唱腔的味道，使之花脸行腔的腔韵既不跑猛重敦实的沉风，又含带刚柔相济的艳丽华彩，才尚属净行运腔美中藏魅的艺术风韵。如果我们把花脸演唱声腔腹内'沉雄爽健'的猛重刚喉之火势，论其为'体貌筋骨'之风威的话，那么，其'柔软灵韵'的鲜活调理作用，在正、副净行的胸腔立体声共鸣匹配中，则应该归属于必不可缺的'血肉身躯'之妙美。

只要我们真正读懂、明白、通透、认识了老子这个子曰诗云的'柔'中含'刚'、'刚'中显'魅'、'魅'中闻'强'的哲学理念，在追求花脸行腔的韵律、韵味儿方面，无论是咽喉的韧力功夫，还是其声音的审美展现，听起来将能够让人品尝到有一种不失其美味佳肴的微妙净韵，摸索到一条独家秘制的行腔妙方。因此，在攻练花脸行腔的初期阶段过后，一旦彻底熟练地掌握了发声猛重响沉的喉音之道，就要把精力迅速转移到历练'柔韵'的方法上来，既要避讳阴柔之气又要用以'柔'克'刚'、'刚'中含'柔'之相互交汇的办法来化解'硬''直'的偏重，突显出其灵韵内功鲜活之魅的难点，待把难点铺开解剖吃透后，化之行腔，方属开阔花脸发声的用腔之地及滋补花脸演唱的丰收园田。但在寻找、琢磨、研究、探索或练习唱腔'韵'色的同时，千万不要忘了'气'的配用，因为'气功'内的存气、甩气、抑气、收气、曲气、偷气、缓气、抖气、绕气、小气、柔气、贴气、托气、喷气等等的用气方法，依然是调理行腔生'韵'强'声'和美化唱功韵色饱满的有力助手。若要探索或掌握住出声有根、嗓喉见力，音韵绕梁、甩腔有劲的喉音之美，行腔之道，声法之理，仓术之学，练出一条尚为理想的'十字音韵'兼备的花脸嗓门，则必须娴熟地掌握气法。'气'乃万法之'宝'万物之'源'也。人和动物离不开'气'；植物花草离不开'气'。武术以'气'为根；太极以'气'为魂；中医以'气'治源；杂技以'气'为本。歌唱艺人离不开'气'，吹管乐手离不开'气'，万物中的各种生存技能，都与'气'的存在有着密不可分的难解之谜。因此说，练声习韵重要不如说是练'气'更为重要，故而，演员在研练'声'、

'韵'的过程中,首先得学会用气,只有掌握好了行腔中的气法运用,才能够更好的练好花脸声腔'韵绕檩梁'的多项技巧。"

第三十二题藏头诗

培养门徒用心良,
育才说净婆肚肠,
弟子学艺悟戏妙,
子弟感恩众赞扬,
论经谈道尽师义,
解述花脸技优长,
行腔运气练沉功,
腔大声洪韵绕梁。

三十三、旷世奇才　巨星坠落

　　身染重病的金少山,从第一天给徒弟们授课开始,每天最少要讲解四个多小时,才算结束。若是讲到兴头时,还比出来走到家,反复着给弟子们做示范动作。就这样,一连讲述了一周的时间,他还嫌教得不够倾心尽力,说得不够透彻到位。待众弟子具恋恋不舍地与恩师金少山一一告别返回原地后,金少山让吴松岩、裘盛戎、徐世光和大管家孙焕如陪同,二次赴崂山寻仙问道去了。等金少山一行五人登上崂山山顶一座金光灿烂的千年古庙"道观"时,才方知当年赐予他良药的仙道恩公几年前已坐化升天,魂归西里,登云而去,一百零三岁时告别了凡间。无奈,金少山等人只好顶礼膜拜恩公灵位,离开了崂山的仙区神道,无功而归,非常扫兴地返回了北京。

　　半个月过去,病中的金少山感觉自己的身体不如以前,由每个月演出三、五场戏减到了一至两场,后来就彻底不能上台了。那时节,凡是靠唱戏吃饭的艺人,无论是谁,不能登台演出就断绝了收入,金家的生活极转直下地垮了下来,只有靠两位夫人的私房钱和典当东西来维持生计。没有办法,只好辞退了佣人,卖掉了爱虎,压缩了开支为金少山求医治病。偏偏在这时候,金少山的二哥金松林因为生意难做,年年亏损月月赔钱,只有携带家人重返南方,碰碰运气。临行时,来探望病中的三弟少山与两位弟媳,兄弟二人抱头痛哭,洒泪而别。从此,金少山的身体一天不如一天,精神状态非常不好,由于病情的加重,使金少山的脾气也越发烦躁地大了起来。

这天，北京中山公园刚把买走金少山那只娇生惯养了十几年的"虎娃"（老虎）钱送来，可谁知，有一位与金少山相交多年的朋友马光甫，领着他的好友来到了金家，原因是因为高堂老母身患重病需住院治疗，因交不起一百元的押金费被拒之门外，只有等死。马光甫见此惨景有心相助，却无力交纳，于是便想起了向重情重义、扶危济困的好友金三爷讨借。其不知本来就靠典当为生的金少山二话没说，把刚刚收到的卖虎钱，让大夫人淑英拿出了一百元交给了此人。并对马光甫说："甫弟，救老人家的性命要紧，如果不够，你再来找我好了。"结果搞得全家人很不高兴，这就是金少山助人为乐的个性，侠肝义胆的为人。

这年8月初，侯喜瑞再次来到金家探望病情，金、侯二人见面后，侯喜瑞首先劝慰师兄少山要安心养病，不要急躁，争取早日康复，重返舞台。接着老哥俩又倾心长谈地聊了起来，最后侯喜瑞郑重地对金少山说："师兄，愚弟这次登门，一来是拜望师兄，愿您的大驾早日康健！二来是有件事情对您讲。"金少山问："啥事儿啊？还这么神神秘秘的，有什么事情你尽管吩咐，只要是师哥我能做到的，我一定照办。"侯喜瑞说："只要师哥您想办，就一定能够办到。"金少山着急地问道："哎呀，师弟不必兜圈子了，到底是啥事？你赶快讲吧。"侯喜瑞说："那我可说啦？"金少山说："师弟请讲。"侯喜瑞道："师哥，我要是讲出来您可不能拨我的面子，得一定答应我呀？"金少山答道："好，我答应你就是了，你赶快说吧。"侯喜瑞接着向金少山言道："师哥，盛戎这孩子一直想拜您为师，归宗金门，曾几次求我出面帮他向您表达心声。师兄，我看盛戎这后生不错，既勤奋又刻苦，悟性和灵感都挺棒，是咱们净行中的一块好材料！前些时我给他说'坐寨'和'盗马'时，从身上到工架还真有点您的样子，从那时起我就知道这出戏没有白教，他将来肯定能出来，长成一棵树高冠大的参天大树！待若干年后前程锦绣，事业辉煌，保证是一个了不得的花脸演员。结果咋样，《连环套》上演后，在您的带领下剧场火爆，掌声热烈，效果极佳！果然不出你我所料地轰动了京城。您又挺喜欢他，等师哥的病情好转后，就将盛戎正式收为您的徒弟吧，赏我个面子，算师弟我求您了！"侯喜瑞说完，金少山想了想，而后点头答应道："好吧！等我的身体痊愈了，咱们把京城的亲朋好友、梨园名流、五邻四舍，还有"富连成"的社长叶龙章、叶荫章、萧（长华）二哥等人都请来，热热闹闹地举行个拜师仪式，正式收义子大群子为徒，了却了孩子的一桩心愿。"

可谁知，此后，金少山的病情一天比一天重了起来，有时还支持不住，突然昏倒，茶饭难进，昼夜不眠。经过不少医院的多方治疗，也是忽好忽坏，突轻突重，很不稳定。一天深夜，奄奄一息的金少山，在病中昏昏沉沉地回忆起了他坎坷不平的人生：父亲的百般训斥；母亲的娇惯疼爱；张家口的流浪生涯；关东戏班的重重磨难；天津卫的兄弟情义；青岛的人间地狱；烟台的投海自尽；崂山道人的恩赐良药；江湖朋友的相互关照；帮会大佬们的欺压交往；名角们的傍戏合作；事业上的灿烂辉煌；老板们的评头论足；观众们的捧场赞誉；花天酒地的上流生活；同业们的抬举帮衬；戏院内的热烈掌声；大上海的霓虹灯下；南京装病的反抗举动；人虎情感的难解难分；两只爱犬的日夜守候；聪明猴三儿的可爱情景；师爷传戏的等等场面，就像在眼前一样，桩桩幕幕出现在了他昏迷的脑海。

金少山似乎想起了什么，他将右手颤悠悠地伸到了枕头下面，拿出了当年崂山道长赠予他的那块黄绫诗书。正当金少山用颤抖的双手打开欲去看的时候，奇怪的事情出现了，阴暗平静的屋内，不知从何处突然刮来了一股旋风，将他手中的那块黄绫软缎诗书，顺势卷到了床前的地上，整整齐齐地倒铺在了那里。或许是人在临终前的回光返照，也许是别的原因，霎时间，金少山只觉得头脑清醒，瞳孔放光，两只眼睛顿时亮了起来！无意中抖动着嘴唇将那副软缎黄绫上书写的墨宝诗文，从每一句的头一个字连着竖念了一遍后，惊出了一身冷汗，瞬间，明碎豆大的汗珠迎面而下的滚落在床上，恍然大悟地识破了天机，解开了那首赞扬他的诗文含义，原来是一首需应竖行倒念、含义颇深的藏头诗——**"狂傲不得"**！看来，那位赠诗的崂山仙道，早已作古归西的阴魂此时仍在帮他！然而，已经太迟了。类似道家赠药相助的好事，不会再有，永不再来。金少山瘫软的、无法自控地流下了悔过恨晚的眼泪，自己很不严谨的舞台作风，没有规律和不正常的生活方式，销蚀着他那巨大的声誉，危害着他那尊雄健魁梧的体魄，由于对社会的不满，世道的不平，他不知不觉地走上了下滑的途径。仗凭着自己丰厚的经济收入，不健康的兴趣越发广泛的大了起来，而斗志全无。由于金少山长期的迷玩无度，逢不演出，即整日泡进烟花红楼粉香扑鼻及娱乐夜总会那淫声浪气的环境之中，吃喝玩乐，消耗了他大量的精力和非常宝贵的时光，磐石般坚硬的身躯也逐渐地消瘦虚弱起来，铁打钢铸般的金嗓子与虎吼龙啸般的气韵也不再听他使唤。当然，像金少山这样生活放纵，迷贪酒色，吸赌过量，气血严重亏损，又怎么能保证嗓子在"家"（即声音的质量下降）、底气充足呢？这时，金少山的高消费已远远超过了他的高收入，他耍阔摆谱及挥霍形成了债台高筑的局面，已无法挽回。自己大把大把的挥霍现象，从表面上看，是用金钱来纵情享尽人间美景，不如说是在大把大把地抛扔自己的艺术资本和慢慢地毁灭自己。1947年中旬，正当上海某家影业公司，准备筹划将金少山演出的代表作《连环套》，拍成电影搬上银幕的时候，他却因为自己的身体虚弱、精神不振、嗓子欠佳而未能实现，造成了他终身遗憾，实在可惜。

由于金少山当年和如今在社会与梨园界的影响，以及他首创出的"龙""虎""风""雷"四音组成的花脸"十字音"法和其表演方面的成就与业绩，使许多从事净行的演员，具很想继承或弘扬金氏花脸派别的艺术风格。然而，遗憾的是，却寻找不到能够学习金少山的表演模式和仿照他的研练方法。因为除了金少山先生早年灌制过十几张不太理想的老唱片之外，并没有给我们留下多少可供后人学习、效法、模仿、继承的资料。如果当年给他拍摄京剧艺术片《连环套》电影的计划能够实现的话，那么，就不会是如今的局面了。由于政局的不稳，国家的灾难，社会的熏染，使之一代盖世无双的净雄奇才的金派艺术，没能真正的流传下来，应该说是京剧艺术的一大损失。

著名学者马少波先生，在一篇评论金少山的文章中这样说道："人之一生，各有所长，往往由于天赋、勤奋和机遇不同，而成就有所差别。凡事能够做到胜不骄、败不馁，处逆境中不灰心丧气，不遇难而退，而厚积广采。试数古往今来的有志之士是常见的。京剧界众多名家也不乏其例，名净金少山先生是其中杰出者之一。

金少山是清末京剧名净金秀山之子，乃翁曾师事名净何桂山。故而，金少山幼学铜锤花脸，继承家传，又得何九神韵。同时又从韩乐卿习练武功，兼学架子。在随父演出于北京各戏园期间，常与名净黄润甫接触，做功表演受其熏陶。后因嗓子倒仓，在京难以自立，无奈外出闯荡，受尽艰辛，后来辗转烟台搭上了戏班，在著名琴师孙佐臣等人的帮助下，坚持吊嗓练功，研究艺事，达六年之久，终于练出了一副声如洪钟的好嗓子，高、中、低、宽、厚、亮，面面具备，虎音、膛音、立音、炸音也一应俱全，头腔、胸腔与鼻腔共鸣的方法运用巧妙自如。金少山三十三岁又赴上海，曾与周信芳、林树森、白玉昆等诸多名家合作，深得好评，特别是他后来一度同梅兰芳合演《霸王别姬》、一度与杨小楼合演《连环套》，珠联璧合，获

'金霸王''铁罗汉''十全大净''花脸大王'的美誉,声名大振。十六年后,回到北京,自组'松竹社',开净行挑班的先例,受到京剧观众的热烈欢迎。1941年再次赴沪演出,上海皇后大戏院门前的'客满'牌,竟挂了半年之久,盛况可见一斑。其实,京剧名净中金少山、郝寿臣、侯喜瑞鼎足而立,各具千秋,但'郝''侯'二位以架子见长,金少山则抱铜锤、架子、武二花兼工于一身,故位其首。

我1935年,在济南'进德会'戏园子欣赏过金少山和谭富英合演的《黄金台》与《二进宫》。他饰伊立的工架、太监京韵白,非同凡响;饰徐延昭的唱功以情带腔,抑扬宛转而又保持其节奏铿锵、雄伟浑厚的特色。声如铜钟,震绕檩梁,给我留下了极深的印象。1949年我来北京工作,很想识荆为快,谁料金少山先生已于1948年不到花甲,便与世长辞。"

纵观金少山先生的一生,堪称挚爱京剧艺术,刻苦奋斗,拨云见日,转弱为强,他扶贫救难抗争黑暗以及对青年演员的培养爱护有加,凡是好苗子,他都帮带提携,陪着唱傍着演的甘作人梯,解囊相助。裘盛戎拜师的愿望,虽然只能永远铭记在这对师生情的心中,但金少山在裘盛戎的艺术成长方面,确费尽了心血。苍天赐予他和他自己通过艰辛努力、呕心沥血争取来的财富本来很多,尤为丰厚,取之不完,用之不尽,令他的同行们望尘莫及,羡慕不已。然而,由于自己后来的任性放荡,不予节制的狂傲无度,到了1947年的下半年,曾一度日进斗金的"大净王侯"金少山,因长期病魔缠身久治不愈,停止了演出,家中竟然连给金少山看病的医药费都难以支付,只好靠变卖财物来勉强维持生计。就连上海皇后大戏院总经理张竞寿当年送给金少山的一枚五克拉大的钻石白金戒指,也为解决燃眉之急,换取了粮米。

1948年8月12日(农历戊子年七月初八),金少山先生的病情突然加重,"松竹社"的大管家孙焕如马不停蹄地请来了京城内最好的医生进行抢救。8月13日的下午3点,金少山的大夫人杨淑英还收到了上海皇后大戏院张竞寿总经理汇来为金少山治病的七亿法币,然而这位京剧花脸之领袖、净行之灵魂的领军人物,一位唱戏如虎、爱徒如母、在京剧舞台上呼风唤雨的"十全大净"金少山金三爷,于下午六点十五分便匆匆与世长辞,离开了他终生热爱的京剧事业,永别了他的家人和亲友,离开了喜爱他的广大观众,终年才五十九岁。

在金少山有病期间,侠肝义胆的宋小春每个月都要从天津卫赶到北京几次,来探望她金大叔的病情。并且到处花钱请名医为金少山治病，有时还亲自带医生过来，每次临走时总是偷偷地洒泪而别。待宋小春最后一次到北京看望金少山时，正赶上骨瘦如柴的金少山在奄奄一息中，气绝身亡，驾鹤西去。等宋小春手捧着从天津卫带来的中药进屋时，见到了她金大叔的遗体后，惊呆了！手中的中草药撒了一地，发疯似地猛然间扑到金少山身上哭得死去活来，不省人事，初爱、报恩的复杂心情，一下子涌上了心头。出殡那天，她和金家的儿女们一样，披麻戴孝，浑身素白，随在金少山的遗像后面，冒着老天突降的暴雨，蹚着雨水，踏着泥泞，一直把恩公的遗体棺木送到了墓地。宋小春回到天津后，在自己并不宽敞的家里，还单为她的救命恩人金大叔在室内设立了灵堂牌位，特守灵百日。而且，从此年年烧纸岁岁上香，念念不忘金少山对她们父女的大恩大德。

1948年8月15日上午，北京梨园公益会会长尚小云、副会长萧长华以及马连良、周信芳、周瑞安、杨瑞亭、李洪春、时慧宝、郝寿臣、侯喜瑞、程砚秋、翁偶虹、尚和玉、杨宝森、盖叫天、王虎臣、郑法祥、张少甫、李一车、万子和、于连泉、刘连荣、荀慧生、谭富英、奚啸伯、陈富瑞、叶龙章、马富禄、白玉昆、李多奎、李永利、董俊峰、宋富亭、茹富兰、李少春、袁世海、高盛麟、李桂春、贯大元、姜妙香、陶默厂、陶默庵、叶盛兰、范宝亭、李春林、李万春、张荣山、王金璐、宋德珠、福小田、王奎笙、杨遇楼、石荣芳、袁小楼、亚永禄、赵桂元、韩金福、李玉安、孙毓堃、郭元汾等一百多位金少山的生前好友和同仁，以及从外地赶到与在京的二十几个徒弟、义子、义女，来到椿树下二条金家大院悼祭金少山。萧长华第一个代表大家沉痛地说道："金少山先生是我们京剧界难得的花脸大才！为京剧事业创下了奇功！他的离去是京剧艺术的重大损失，我代表到场的全体同仁为失去京剧舞台上的一颗巨星，表示沉痛的悼念！"时慧宝当众挥泪题词："金少山是一代花脸宗师，乾坤第一净，古今伟人也！"裘盛戎悲咽地表示："答报恩师教导，永世铭记心中。"

一代花脸宗师金少山走了，走得是那样的仓促，那样的急切。他并没有给家人留下多少金钱和财物，可他的两位夫人和几个儿女，往后的日子该怎么办呢？金少山一共有两男两女四个孩子，大儿子金洪超，就是金少山1942年从上海领回来的毛毛。二女儿金淑琴，三女儿金淑琪，最小的儿子金洪群当时还不到四岁，他们三个都是金少山的二夫人程艳芳所生，杨淑英所养。虽然大夫人杨淑英不会生育，但四个孩子都是由她含辛茹苦地带大成人，所以孩子们都管他们的大妈杨淑英称呼"亲妈"。

艺人仗义梨园齐心，再加之金少山生前的人缘关系甚好。李砚秀的母亲跑前跑后串联演员，找梨园公益会的会长尚小云先生出面唱"搭桌戏"来救济金家的孤儿寡母，当时正在上海的梅兰芳闻讯后，也及时汇款资助表示慰问。在北京梨园公益会会长尚小云、副会长萧长华及华乐戏院的当家经理万子和等人的号召倡导下，很快组织起了唱"搭桌"和众多同业的集资募捐活动，不仅把金少山先生的遗体风光地安葬在了松柏庵的墓地长眠，又对金少山的家属做了妥善的安排和照顾。

说来也巧，1948年8月15日那天上午，北京梨园公益会在为已故的金少山开追悼会时，太阳还像火球一样的暴晒炎热，天空晴朗。而赶到下午出殡时，却突然天降暴雨，地掀狂风，闷热的气流急转而下的凉了下来。顷刻间，北京城内松柏摇摆，马路泥泞，黑厚的乌云笼罩着皇城大地，哗哗的暴风骤雨从天而降，下个不停。大街上自愿冒雨前来为"金霸王"送行的人群，就像是往日在看金老板演戏那样成千上万！霎时间，北京上空天昏地暗，风雨交结，电闪雷鸣，势如苍天痛哭，大地呼喊："金三爷一路走好！"的凄惨悲声，如同众生同哀，感天动地！

而更为奇怪的是，自8月13号下午6点15分，金少山告别人世起，他卖给北京中山公园那只温顺的爱虎，突然间在笼内狂扑猛跳，显出来野性，发起了虎威！不吃不喝，眼含热泪，一连三天上蹿下跳，昼夜狂吼，扛撞铁笼，发疯似的为主人送行！后来，这桩老虎为它的主人金少山含泪送行的奇闻，被人们知道后，无不为其深受感动，落泪而赞，夸夸其谈！有的人还特意掂着新鲜的肉食赶到中山公园，去看望那只与金少山有着十几年情感的猛虎。此时，这只金门爱虎名气大涨，身价倍增，成为了北京中山公园内具有特殊待遇的名虎。而且，在它所居住的虎笼子外面，挂上了"'大净王侯'金少山之爱虎（香港虎）"的招牌，供游人观赏。若有贵宾到来或问其传闻时，还特设专人给予讲解。

一天，杨淑英突然发现"傻黄"和"黑炭"不见了，全家人等在院里、屋内连喊带叫地找了个遍，也不见两只爱犬的影子。急得家里人到街上去找，到周围的四邻五舍去打听，询问大伙儿有没有人看见它们两个，然而，问来寻去，也没能问出个下落，这下可把金家人给愁坏了。正当全家人为丢失金少山的两只爱犬，着急上火的时候，有人找到孙焕如说：两天前他们在松柏庵练功、喊嗓子时，发现在埋葬金（少山）老板的墓碑前卧着一大一小、一黄一黑两只野狗，不知是否金家丢失的那两只爱犬？孙焕如没等那人把话讲完，撒腿就往松柏庵梨园墓地跑去。

懂事儿的大"傻黄"不知从哪里衔来了一块连肉带泥到鸡骨头，放在了"黑炭儿"嘴边，好像在说："黑炭哥，吃一口吧，我们已经有好几天没有吃东西了，若再不吃点儿东西，恐怕会被饿死的。"小黑炭儿看了看放在地上的鸡骨头，又瞅了傻黄一眼，闻都没闻就又闭上了眼睛，意思是："'傻黄'弟弟，谢谢你给我找东西吃，我心里难受，实在是吃不进去，你也几天滴水未进了，赶快把它吃了吧。"傻黄见黑炭儿不吃，没有办法，也只好卧在黑炭儿哥哥的身边，静静地守候在主人金少山的墓前。这种极为罕见的、虽属烧香作揖拜把子的金兰之交，胜似一母同胞的动物亲情，人狗情感，实在是感人至深！让人敬佩！世间奇迹！此事此闻感天动地，谁不悲伤。

待孙焕如上气不接下气地跑到墓地后，眼前的一幕让他惊呆了！傻黄和黑炭儿那两双含着眼泪的大眼睛望着孙焕如，它们一动不动地卧在主人金少山的坟前，生怕外人靠近，打扰了主人安息。孙焕如见此惨景，哇的一声，忍不住地放声大哭了起来，他赶紧跑过去抱起有五六天没有进食、已经饿得不会走路的小黑炭儿，领着可怜的大傻黄颤颤悠悠地朝金家走去。此景此情凄风悲雨，让人心痛，令人伤感，孰不落泪。半年之后，跟随了金少山十七八年的两只爱犬，由于过度思念主人，身体一天天地垮了下来，也先后终老在了金家，孙焕如等人怀着悲痛的心情，将它们两个埋在了松柏庵梨园墓地的金少山墓旁，陪伴着主人长眠于地府。

第三十三题藏头诗

旷世大净建奇功，

世人颂他界乌龙，

奇才霸王铁罗汉,
才艺无双净坛雄,
巨头黄杜奈何金,
星落天降风雨行,
坠下星身震京师,
落泪躬腰万物疼。

三十四、尾声

到了1950年秋，为了迎接帮助建设新中国的苏联专家，在首都举办了几场为外宾演出的文艺活动，其中有两场京剧节目非常重要。当时，刚刚建国不久的北京城内，还没有组建国立京剧院、团，北京大多的民办戏班里的服装道具较为陈旧，头盔靴帽也残缺不齐，总之无法代表国家艺术标准用于舞台对外公演。然而，演期将近，定做新的京剧行头已是远水难解近渴，就在这时间紧、任务重的紧要关头，参加这次演出的裘盛戎，突然想起了先生（即金少山）"松竹社"里自己不仅亲眼见过，而且在台上穿过、包括《连环套》和《霸王别姬》在内的几堂基本上属于全新的舞台行头，心想："若能建议文化部将其买下来归国家所有，用于这次对苏联专家的重要演出，岂不是一举两得的好事。"于是，由万子和、尚小云、萧长华、裘盛戎引荐，原"松竹社"的大管家孙焕如经办，将金少山先生的八个装有演出行头的服装箱及八个头盔箱等，卖给了国家文化部艺术局（即艺术司），金家总算是暂时得到了若干元的生活费用。就此期间，上海的大武生杨瑞亭来北京出差，事情办完后，他先去椿树下二条看望了金少山的夫人和儿女们，而后找到了孙焕如先生，一本正经地商谈如何帮助金家解决困难的事宜。孙焕如听后，非常欣慰，交谈中，他含着热泪将金家这两年的生活如何艰难；基本上是靠典当材物和大伙儿救济度日；前时经他周旋，刚把金少山生前留下来的戏装行头全部卖给了文化部艺术局（司），才算是暂时解决了他们的吃饭问题，否则只怕金家的孤儿寡母就要中断粮米、炊烟气绝的情况，较为详实地讲述了一遍。杨瑞亭听罢，怀着非常沉痛的心情对孙焕如说:"孙先生,您能领我到文化部去一趟吗?"孙焕如问:"到文化部去干什么?"杨瑞亭答:"自然是向文化部反映三哥少山的家庭情况呀。"孙焕如唉声叹气地说道:"唉,金家目前的处境,京城内谁不知晓,咱们到文化部走一趟没有问题,关键是我们到了文化部能讲些什么?见到文化部的领导,总得有个替金家说话的由头吧?"杨瑞亭语气略重地言道:"我能让您带我去文化部,自然就有讲话的由头,三哥生前是为抗日出过大力、做过贡献的有功之臣!我杨瑞亭就是最好的证人。"说着从兜里掏出了当年八路军开具的收条和一封表扬金少山为抗日捐资的电报文稿。孙焕如见到收据和电文一愣,急忙吃惊地问道:"啥,金社长是为抗战做出过贡献的功臣,我怎么不知道啊?"杨瑞亭接着对孙焕如说:"孙先生,我虽然是一名京剧演员,但早在1927年4月就加入了中国共产党,除了以唱戏的身份做掩护之外,同年参加了革命。上海沦陷后,我在申城作地下工作,主要负责传送情报及组织爱国人士的抗日活动。1941年的2月至1942年3月,你们'松竹社'在上海期间,参加的几次为抗日前线捐资义演的活动,我除了参加演出以外,还是中共方面的组织者之一。'松竹社'在皇后大戏院演出圆满结束后,准备赴南京时的前一天,临行前,时为'金霸王'迷的青帮大佬黄金荣送给了三哥少山一张开有二十万光洋的银票,孙先生您还记得吗?"孙焕如不加思索地回答:"当然记得,不仅记得,当时金三爷还让我保管过呢。不过到南京的第二天,不知道什么原因,社长又给我要过去了。当时我想,三爷花钱手大,肯定有用吧,就没敢再多嘴。"杨瑞亭一拍大腿,激动地冲孙焕如言道:"对,也就是你们'松竹社'的全班人马到达宁城的第二天,我到南京去了一趟,不知孙先生还有没有印象?"孙焕如起身回答:"怎么会没有印象呢,我记得非常清楚,当时还是我到车站接的您呢……"没等孙焕如把话讲完,杨瑞亭就迫不及待地插话道:"当年,你们'松竹社'到达宁城后,三哥少山就给我往上海发了一封加急电报,催我速赴南京,有要事面议,让我火速来宁。我收到电报后,就及时赶往了南京。原来,我这位善于察言观色的三哥'金霸王',早就猜出了我在为抗战做事的举动,只不过是为了我的人身全安,心照不宣,没有直言向我讲出罢了。密谈过后,三哥少山将那张二十万元的银票交给了我,并且非常爽快对我说:'瑞亭贤弟,我金少山虽然是一位唱戏的艺人,无德无能,但我最恨的是侵我国土,杀我同胞的日本鬼子。抗日不能光挂在嘴上,作为一个中国人,在我中华民族的危难时机要出把力才能算数。瑞亭贤弟的真实身份,三哥我心中有数,已能猜出八九,您是在为我中华民族的生死存亡效劳出力,这二十万元的银票,请您收下买枪支弹药支援抗战,也算是我金少山为抗击日军尽得一点儿绵薄之力吧。'后来,在上海中共地下党组织的帮助下,把三哥捐出的那二十万的巨款全部买成了武器和药品,安全地运往了八路军的抗日根据地。当年,八路军负责登记军用物资部门的首长还给打了个收据,不久上级党组织又发来了一封表彰上海地下党与金少山等人为全民抗战,所作出重大贡献的加密电报!"这下可把终日为金家发愁上火的孙焕如给高兴坏了,他直挺挺地看着杨瑞亭,兴奋地说道:"杨先生,您真是我们金社长的好兄弟,三爷的妻儿老小有救了!走,我们现在就去文化部,将当年八路军打得收条和电报拿给他们看。"话毕,孙、杨二人乘车赶往了国家文化部。

事后,文化部负责人向中央汇报了详情,国家领导得知对抗日战争和对京剧事业做出了重大贡献的已故名净金少山的家人生活无靠,非常困难,竟然靠变卖戏箱来养家糊口,维持生计,非常重视。后来,通过详细了解,查阅档案,证据确凿,情况属实。经研究决定,除文化部派专人给金家送去了慰问金及国家领导亲笔写的慰问信和礼品之外,金门大小人等,每个月可以到政府有关单位领取相应的生活补贴金。这项由中共中央国家领导特别提名批示的最高补贴金额,一直发放到了金少山的儿女们全部有了工作和夫人金杨氏(即杨淑英)1985年谢世后为止。使金少山的全家人等,由衷地体会到了中国共产党的伟大,新中国成立后的关怀,社会主义大家庭的温暖。笔者深信,就在天之灵的"十全大净"金少山先生得知后,也会非常感激,含笑九泉!

需要提到的是,为金少山出巨资给八路军购买枪炮做证明人的杨瑞亭,原名杨凤亭,别名杨胜,1893年农历4月13日出生在一个较为富裕的梨园世家。自幼养成了忠厚耿直、好打抱不平的性格。祖籍河南省虞城县房寺镇季李胡店村。1927年加入中国共产党,在上海时利用其京剧武生名伶的身份做地下工作。曾任季李胡店中共党支部委员;中共虞城特支负责人;虞城县安仁镇鲁西北游击第七大队政治部主任;一二九师武装工作团政治部主任;1951年因工作需要,经上级领导批准,调往北京市民政局任职。

在杨瑞亭的京剧艺术生涯中,自1910年(宣统二年〈庚戌〉)起,就常与尚小云、周信芳、王瑶卿、马连良、冯子和、朱素云、金少山、张桂林、白玉昆、言菊朋、新艳秋、胡菊琴、李克昌、言少朋、王又荃、袁美云、李永利、王兰芳等合作演出于上海、北京、天津、南京、武汉、济南、烟台、青岛、开封等地。至于杨瑞亭先生的艺术水平如何，前言已经谈过，这里笔者就不再多说了。

　　文章写到这里，金少山的故事已基本讲完。这位笑傲江湖、业绩卓著、大名鼎鼎的国粹巨星金少山先生，只活到五十九岁，就虎威大泄、星身坠落、离开了世间，他的离去应该说是京剧艺坛的重大损失。可惜，一代跨古绝今百年不遇一个的旷世奇才，一位声震八方，艺贯南北，体如钢骨的"铁罗汉"，威似雄狮的"金霸王"，就这样匆匆地告别了人世，走完了他沧桑辉煌的五十九年。多少观众为之痛惜，南北青山为之折腰，京、沪海河为之落泪。在他短暂的人生道路上及轰轰烈烈的艺术征途中，给人们留下了许多坎坷不平、风雨交加、催人泪下的传奇回忆。父母给予了他生命，上帝赐予了他所有，然而，苍天却又收回了他所拥有的一切。可真是"赤裸裸的来，四大皆空去"的万物轮回。这场出人意料的人生悲剧，与金少山不会珍惜所获，以及后来他那高傲自大的扭曲个性，是否有着不可分割的联系？他虽然红及天下，但红得仍欠不足，过于短暂。透过他艺术顶峰时期的轰轰烈烈，惊天动地，再回顾他一生的辉煌成就，我们就会从中意外地发现金少山先生在开拓创新方面，并没有展尽其才和留下多少属于自己首演创新的剧目。除了翁偶虹先生给他量身编写的《钟馗传》与《金大力》两剧，因为错综复杂的种种原因没能开排的遗憾之外，自1937年下旬金少山从沪返京的露脸演出以后，就剧目的创新方面而言，他只上演过一出饰扮张飞的新戏《芒砀山》，还没能真正地立住留传下来。相比之下，论天赋和机遇都不如他、并排列在他后面的郝寿臣、侯喜瑞以及经过金少山苦心培养教授出来的后起之秀裘盛戎，和另外一位曾经听过金少山弘法布教的袁世海，我们若用长远的目光来看，在某些地方表演精到细致的造诣及可供后来者借鉴的东西，却远远地超过了他。而且，所树起的代表剧目和艺术生命力一直延续到了当今还仍在相传。倘若金少山在自己的艺术道路上，能够洁身自爱，懂得珍惜，再活上十几年的话，那么，仰仗他滚滚而来的财源和实力，我相信一定会大展宏图，充满艺术光环的再创辉煌。

　　1944年，郝寿臣与张春彦、马富禄等拍摄了《李七长亭》京剧艺术片电影（郝寿臣饰李七）；保存下来的实况录音有《群英会》《黄金台》《法门寺》等；被百代、长城、高亭、蓓开、胜利、开明等唱片公司灌制了唱片《牛皋下书》《伐齐东》《荆轲传》《洪羊洞》《白良关》《上天台》《忠孝全》《夜审潘洪》《阳平关》《桃花村》《鸿门宴》《连环套》《野猪林》等二十多出戏中的选段,而且其中有和杨小楼、甄洪奎、裘桂仙、茹富蕙等人合灌的唱盘。并著有《郝寿臣表演艺术》《郝寿臣脸谱集》《郝寿臣唱腔选》《郝寿臣传》《郝寿臣演出剧本选集》等,他创演的新戏及加工整理出来的失传老戏有《荆轲传》《桃花村》《飞虎梦》《打曹豹》《瓦口关》《红逼宫》《打龙棚》等,郝寿臣这些保存下来的影片、实况录音、唱片、艺术专著以及他创演的新编和已几乎失传的老戏整理等,都为后人留下了极其珍贵的学习资料。

另一位花脸三魁之一的侯喜瑞先生,留有由他口述、张胤德整理编著的《学戏和演戏》一书;灌制的唱片有《长坂坡》中的曹操,《九龙杯》中的黄三太,《红拂传》中的虬髯客,《盗御马》中的窦尔墩,《阳平关》中的曹孟德;并有他与程砚秋合拍的京剧艺术片彩色电影《荒山泪》(侯喜瑞饰杨德胜);保存的录音有他与雷喜福等人的《群英会》(侯喜瑞的黄盖)和《打严嵩》(侯喜瑞的严嵩)。这些专著、影片、录音、唱片,都是侯喜瑞为我们留下来的弥足珍贵的传世之宝。以上举例均可说明"郝"、"侯"二人,在为世间留下可供效法参阅的艺术资料方面,所做出的贡献已大于了金少山。

1996年11月初,笔者受中国戏曲表演学会邀请,晋京出席"第二届中国戏曲表演体系专题研讨会"时,在开幕式上又见到了袁(世海)老先生。散会后,中午大家共进午餐,欢聚一堂,我有幸和袁老同桌就席对面落座,在与会的各路专家举杯同庆、把酒言欢、畅谈艺术之时,我的一句话,引起了袁世海的极大兴趣,老人家兴致勃勃地又谈起了他特别崇拜的金少山金三爷。此时,已八十二岁高龄的袁老先生非常兴奋地对我说:"我当年看过金少山老板的戏后,就迷上了他的花脸艺术,凡有金三爷演出,我是千方百计地想办法进剧场看戏,哪怕是不吃不喝,不穿不用,也得学'金'!虽然在'净坛'三杰中,他与我恩师郝寿臣和侯喜瑞二位大家的艺术风格,各具千秋,皆有独到。但,我总感觉还是金三爷的戏看着提劲,听着过瘾!该威武的时候能威风起来,该奸诈的时候使人可恨,该庄重的时候感到沉稳,该要力的时候看着带劲,不论是表演中的唱腔念白,还是身段中的工架动作,力度伸得非常到位,无可挑剔。

我每次看完金老板的戏回去后,总是憋不住地琢磨劲头,效法动作,仿照工架,学唱行腔和练念道白。可练来仿去老是轻飘飘的摸不着窍门,找不到力度,有时还斜腰掉胯、端肩膀净用拙劲，凉手乱足地闹出了笑话儿。有心想请金大爷指点弥经，却有些胆怯，一来他是京剧前辈，二来又是众人堪称的当世净雄，还听说金大爷敢顶撞上海青帮大亨黄金荣、杜月笙、张啸林及南京的常玉清等人，沪上的帮会老大们都让他三分。没有办法，也只好一个人在房内苦思闷想，胡乱揣摩。一天晚上，我突然碰到了我'富连成'的同科师弟徐世光，就向他说明了我想找金老板求教的心事，世光告诉我，这几天他先生正在给金门的弟子们传艺，讲得全是京剧花脸方面的知识和绝活儿，净是好玩意儿！明天是第三天开讲，问我愿不愿意跟他一块去听？我高兴得不得了，赶紧对徐世光说：'师弟，你要是能把这件事儿办成，让我去听金大爷讲授艺术，回头师兄我请你下馆子吃大餐。'徐世光用手拍着胸脯回答：'听课的事儿包在我身上，师兄您就等着赚好吧！'于是乎，第二天清早我打扮了一番，穿着我最好的一件长袍，跟随着世光去了金府。

这天，我来得正是时候，金老板讲述的全是花脸行当最重要的东西。从那天起，我天天都去听课，堂堂不铆的一连听了五个上午后，即恍然开悟，领会出了其中的奥秘，明白了许多道理。悟出了净行在必备'沉'功的基础上，其行性的侧重点，应是'铜锤'庄重沉稳，儒雅大派；'架子'虎势雄壮，威猛傲慢；'摔打'英勇火爆，敦实稳健的台风；等等。从此，我找到了花脸的劲头，净行的决窍！金大爷讲解的内容，真是一字千金，句句是宝，弥足珍贵！别的不说，就一个'沉'字，竟然指导了我的一生，帮我走上了花脸行性光明大道的艺术殿堂。看来，凡属唱花脸者，无论是谁，都离不开金老板所讲的'沉'功'沉'技、'沉'风'沉'气之法。按我如今的理解，'沉'的性能，不仅是净行的舞台骨魂，即便是大身份的老旦与红生的表演也照有其用。"

话到这里，作者斗胆、秉笔直书，袁（世海）老先生说的没错，按花脸演员的要求，他的外形条件并不算太好，看上去只不过有一米六八左右的个头。但，就是有了"沉"，无论是他在任何剧目中所扮演的花脸人物，不管是铜锤还是架子，在其角色的行性把握还是人物的塑造上，总会给人一种钢身铁背，有韵有魂；骨架坚实，形体透沉；有血有肉，做工超群的感觉。笔者曾看过袁老演出的《九江口》《将相和》《李逵下山》《野猪林》《芦花荡》《群英会》等戏，总有一种特别发戏压台的感觉，就下场多时，还仍存余威。凭借自己驾轻就熟的"沉"技功法和其深厚的表演功力，把《野猪林》（注：以李少春、袁世海、杜近芳为领衔主演的《野猪林》已拍成戏曲艺术片电影）中的鲁智深刻画得活灵活现，栩栩如生，生龙活虎，一身英气。在其做派及口白的念功上，充分显示出了架子花脸虎势勇猛，气派雄浑，工架规范，文雅火爆及"沉"功"沉"韵气沉与重的优长张力。把一尊虎背熊腰、钢浇铁灌、豹头龙眼的活佛式花和尚鲁达的艺术形象，活生生地呈现在了观众面前。经过几十年的实践验证，袁世海老先生成为了统领近代名净魁首的花脸巨头。

众所周知，金少山的义子裘盛戎，是一位体形干瘦、面部狭窄的花脸演员。按说，他的身材和脸堂子的自然条件，拿其从事净行的形象要求来说也不太理想。然而，在金少山长期的亲授、培养、帮带下，裘盛戎成为了杰出的京剧表演艺术大家。他在《秦香莲》及《断太后·打龙袍》和《探阴山》剧中所饰演的包拯，不仅形象优美、体态生动，唱功独到、雄浑沉郁，喉根野老、音韵柔和，而且胸鼻腭腔气重与沉，色味浓烈，神情感人。就表演和道白方面，用他在义父金少山那里学到的猛气重声之"沉"功，深深地体现出了包拯庄重沉稳，风范大派，刚柔相济，忠正凛然，美妙绝伦的铜锤本色！唱响了花脸的古韵新曲，在其净行群内开宗立派，自成一体，首创出了雄居天下的"裘派"花脸艺术风格，被世人颂扬，梨园讴歌。

不仅统领京剧"正净"和"副净"抱两门的裘盛戎与袁世海二位名家在金少山那里受益匪浅，就他们后来闻名遐迩的第二代及第三代的领军继承人中，无论是从唱念到表演，还是从身上到工架等，或多或少的照样能够看出"沉""灵""柔"字的存在。

宴会结束，酒足饭饱，论文谈艺，人生一快！笔者从袁老的高谈阔论中又学到了不少东西，心想："这次北京没有白来。"我把袁老先生送出了宾馆餐厅，绕过马路好远，他却余性未退，在马路边的人行道上，又给我讲述了金少山的一些故事，俺爷俩才相互握手、拥抱而别。临别时，老人家转过身来对我说："笑神，跟您聊天，我非常高兴！"

作为演员，"认认真真的演戏，规规矩矩的做人"，确属两句颇有道理的警语格言。因为当年的京剧名伶们，终归不是都和金少山先生有着同样的艰辛，同样的灿烂，同样的坎坷，同样的传奇，同样的灾难，同样的辉煌，同样的风险，同样的结局。若不是金少山那有悟有功的基础、有拼有搏的事业、有善有弱的为人、有智有谋的胸怀、有谦有傲的处事、有胆有义的气概、有狂有德的心境、无拘无束的个性给他带来的大气磅礴、八面威风的荣耀，又有谁曾会想到后来又因为他性格失调的缘故，导致演出了一曲酷暑之夜的悲剧尾声呢？看来，只有更贴近事物本身及更全面地审视自己，才能够引发出对后人更有启迪意义的思考。只要是"人"，都不例外！

诚然，关于金少山的事迹，众说纷纭，滔滔不绝，无疑从许多文章中，显然可以表明这位中年早逝、大器晚成的传奇人物金少山，为京剧花脸艺术的声腔探索，留下了非常值得后人研究的课题。使之金氏花脸的卓越功绩，在京剧史页中写上了一笔浓墨重彩的篇章。同时，我们也应该看到金少山先生确属一颗闪光短暂的稀世珍宝，更是一位最具传奇色彩的、伟大的京剧艺术宗师！

以上有关金少山的故事，笔者写的不一定准确，错漏之处在所难免，某些地方的内容还进行了传奇文学的手笔。虽然如此，但文中所涉及的事件、名角、典故、地名、剧目等之类的情节，除了京剧界一些熟悉金少山的老先生口头认同之外，大都有文献书籍可查。至于书中的人物对白、内心活动、锣鼓板式、戏院经理、城市街道、班社名号、剧场效果、年度日期、演出状况等等的详细描述或许有所出入，作品里面也饱含着文学性质的润色成分，但有些至关重要的行文，则也是参照权威人士的口述及外出采访的素材而来，虽没有照本宣科，也绝不敢凭空杜撰。这部拙著的写作，除依照参考资料为据之外，其部分内容均由笔者的叔父苏国华（四川省著名京剧鼓师兼琴师）、启蒙恩师张荣山（原金少山"松竹社"的著名武净）、京剧前辈李三星（原梅兰芳"承华社"的著名武生，河南豫剧院一团艺术指导）与京剧艺术大师袁世海、宋宝罗等人的言谈口授印证。但，既然是传奇文学，就存在一个史料及素材侧重的选择问题，这本书的选材原则，其目的是为了突出金少山豪爽的性格与他坎坷多难的传奇人生，颂扬金少山的艺术功德、培养人才、学术理论和他的爱国主义精神等。在旧中国的那个特殊环境年代里，在金少山身上，虽然存在着许多这样与那样的缺点，或说是毛病和错误，先生有些非常过分的做法，的确令人不可理解，难以信服。不可否认，由于金少山心理的失衡，性格的扭曲，使他后来的人生变化与事业的走向，陷入了难以控制的极端。然而，我们也应该承认，除了他回京之前所遭受的重重磨难之外，其原因的背后，是否存在着他与程艳芳感情的破裂；义兄徐德增的离他而去；师爷何桂山的突然作古；松竹社途遭车祸的灾难噩耗；官僚恶霸盘剥欺压的等等因素有着错综复杂、堵心闹肺的关联。再平心而论，人非圣贤，孰能无过！他毕竟是人，而不是神仙。总之，金少山先生所创下的伟大业绩，皆属梨园后人学习的标榜！同时也给我们留下了许多值得深思熟虑的问题，有待探讨。

千百年来，在中国的文化演艺领域中，人们的娱乐主题，历来是戏曲领先独占风流。如今是影视普及、歌曲盛行，百花齐放、万紫千红。那么，就目前的经济浪潮中，演艺界财大气粗的名家、大腕们，是否有人重新走上了金少山先生当年摆谱、抖派"耍大牌"的老路呢？笔者就不多言了。我想，读过这部浅文拙著的朋友们，可能会联想起周围的事情……

2016 年 12 月 28 日（星期三）

完稿于郑州

主要参考文献

1. 翁偶虹：《我与金少山》，北京市政协文史资料委员会编：《京剧谈往录》，北京出版社，1985年。

2. 潘侠风：《京剧艺术问答》，文化艺术出版社，1987年。

3. 梅臻、韶菩：《海上闻人杜月笙》，河南人民出版社，1987年。

4. 刘连群：《金少山——奇才的崛起与沉沦》，《名人传记》，1996年第4期，第59页。

5. 陈祖基、杨根相：《金少山绝艺戏杨虎》，上海人民美术出版社，1997年。

6. 马少波：《序》，徐世光、卢子明：《十全大净金少山》，中国广播电视出版社，2004年，第1页。

7. 翁偶虹：《知音喜遇知音在》，徐世光、卢子明：《十全大净金少山》，中国广播电视出版社，2004年，第182页。

8. 金洪群：《我的父亲金少山》，徐世光、卢子明：《十全大净金少山》，中国广播电视出版社，2004年，第177页。

9. 孙桂元：《"管事"父亲的一点人生启示》，徐世光、卢子明：《十全大净金少山》，中国广播电视出版社，2004年，第179页。

10. 徐世光、卢子明：《十全大净金少山》，中国广播电视出版社，2004年。

11. 北海翁：《梨园豪杰"金霸王"》（1—9连载），《中国京剧》，2008年第5期。

12．张森奉：《京剧名伶金少山的怪行》，《名人传记》，2010年第6期，第90页。

13．丁秉鐩：《国剧名伶轶事》，山东人民出版社，2010年。

14．刘连伦、王军：《粉墨丹青一老翁——当代奇人宋宝罗》（宋宝罗口述），商务印书馆，2014年。

15．河北省群众艺术馆主办：《大众文艺》（半月刊）。

16．中国戏曲表演学会主办：《中国演员》（内刊）。

17．河北省艺术研究所主办：《大舞台》。

注：前文曾提到，除京剧界的老前辈给笔者讲述了许多金少山和梅兰芳、杨小楼、余叔岩、尚小云、孟小冬等人的故事之外，为了更为完善地写好该书，笔者在收集整理史料和撰写的同时，还参阅了大量的文献资料、杂志等，但由于有些参考资料时隔太久且当时没有留心记下文章标题、出版单位、作者姓名、年限日期，以致无法在书中详细注明，实感遗憾，深表歉意！笔者在此敬请各位老师们予以宽谅海涵。您们的大作给予了笔者很大的帮助。笔者由衷地向诸位尊敬的老师们道一声诚挚的感谢！

场上演丑角大美·案头著戏曲宏论
——记一代中国戏曲文丑学科开山笔苏笑神先生

刘威利

"小喜鹊它喳喳叫,有本县我哈哈笑。今天的买卖好,财星要高照……"欢畅优美、风趣幽默、声情并茂的唱腔,伴随着摇摇摆摆、晃晃悠悠、东倒西歪的台步,一个醉生梦死、贪赃枉法的县令臧必正的艺术形象出现在舞台上。随之,座无虚席的北京大学百年纪念讲堂里的掌声雷动,笑声潮涌。这是2008年河南省豫剧一团的名丑苏笑神在《赃官断》中的精彩表演,他一出场便赢得了北大师生的"碰头好",征服了在场的所有观众。演出结束,北大学子又把他围得水泄不通,纷纷向他索要签名,扯东拉西,问这问那,与他合影,以及向先生请教一些有关戏曲史方面的知识。

我虽然早就在北京学术界听到和在报纸上见到过苏笑神的大名及拜读过先生的多篇作品,但亲眼看先生在台上演唱和见到本人,却还是第一次。他的唱腔让我倾倒,他的表演使人陶醉。数月后,我们中国艺术研究院的几个师生聚在一起时,还时常谈论那位河南省豫剧一团的丑角演员:他那地方特色浓郁的优美腔调和幽默滑稽的表演技巧,真乃是百看不厌、回味无穷也……其实,这次河南省豫剧一团在北大百年纪念讲堂里的《综艺晚会》上,苏笑神先生的精湛彩唱仅用了短短10几分钟左右的时间,便赢得了观众称快,剧场沸腾,行家赞誉,其表演深度与艺术功力让人深思。于是,使我这位还没走出校门的愚生非常激动地产生了要了解、查询先生艺术生涯背后的故事和欲写这篇拙文的想法。

通过与一些名家交谈和认真阅读了包括河南省豫剧一团李道畅团长在内的几篇文章后得知:苏笑神先生是一位德艺双馨、有思想、有追求的学者型全才艺术大家。他戏路十分宽广,生旦丑咸宜,并且能扮演同一行当中的不同类型的角色。生角中,他既能演武生,如《七品芝麻官》中的杜士卿;也能演老生,如《杨八姐游春》中的宋仁宗,《唐知县审诰命》中的林友安,《跑汴京》中的杨世英等;还能演小生,如《三不愿意》中的展鸿才、展鸿文等。有时也反串彩旦。同时,他还在现代戏中刻画了一批光彩照人的艺术形象,如《沙家浜》中的郭建光(戏校毕业演出),《奇袭白虎团》中("奇袭"一折,戏校演出)的严伟才,《杜鹃山》中的李石坚,《青砖歌》中的李长水,《扒瓜园》中的铁柱等等。人到中年,苏笑神改行别路,专工文丑,塑造了一系列栩栩如生、性格迥异的新型丑角艺术形象。如《赃官断》中的臧必正和《借妻》中的胡抓钱(小官丑),《拾女婿》中的姜老哏(老丑),《卷席筒》中的曹张苍(俊丑和公子丑),《七品芝麻官》中的唐成(袍带丑),等等。在长期的实践中,他取诸家之精华,大胆突破,标新立异,形成了自己独特的表、念、做、唱、笑、舞以及"丑中见美、美中含怪、怪中闻俏、俏中藏丑、'活'为丑韵"的丑角表演艺术风格,为戏曲丑行开辟了一个崭新的天地。

苏笑神不仅表演功力深厚,而且能编能导、能写善画,常常集导演、唱腔设计、舞美设计、演员造型、领衔主演于一身。在《赃官断》中,他结合当代观众的审美需求,融入了大量的讽刺喜闹剧成分,丰富了剧情,完善了故事,取得了极好的演出效果。在《拾女婿》中,他巧妙地将歌曲与黄梅戏的唱腔融进豫剧,并借鉴相声、小品等的表演手段,突破了河南地方戏的界限,使该剧新颖别致,受到了广大观众特别是青年观众的热烈欢迎。尤其是剧中"报戏名"的大段连中白,他分别用山东话、北京腔、中州语三种方言,在两分半钟内把近千字的130多个戏名流利背出,一气呵成,被行家称为"梨园一奇"。

然而,取得如此高深造诣的苏笑神,在他渐入佳境之时却转向了长达13年的戏曲理论研究。这是令人匪夷所思,也是令现在的演员望而却步的。事情还得从1995年说起。那年,苏笑神参加了在北京举行的全国首届中老年戏曲汇演,并获得了本届大赛的专业组最高表演艺术奖"牡丹奖"。当时的记者纷纷找他采访、交谈。特别是大赛顾问兼评委的袁世海老师觉得苏笑神的表演有京剧大师萧长华的神韵，于是就让他谈一些关于丑角理论层面的问题。正兴奋不已的苏笑神此时却无言对答，不知如何是好。事后，他反复回味，萌生了要下功夫研究戏曲丑角理论的念头。转眼到了1996年11月初，中国戏曲表演学会邀请苏笑神赴京参加"第二届中国戏曲表演体系专题研讨会"。对他来说，这是莫大的荣幸，但又让他忐忑不安，彻夜难眠。毕竟，与会的都是著名的专家学者，这让没有任何理论基础的他有点底气不足。不料，苏先生的演讲却博得了阵阵掌声，赢得了与会人员的一致好评，获得了极大成功。并且，在别人的帮助下，将他演讲的内容一长一短整理出来分别发表在《中国演员报》《戏曲艺术》（中国戏曲学院《学报》）、《上海艺术家》《当代戏剧》上。

从此，苏笑神进一步冷静地分析了自己的从艺之路，反思自己在艺术道路上的缺憾，下决心猛拼一把，补上理论学习、研究这一课。从那时起，他每天挑灯夜战，一字一句，蘸着心血，带着使命，踏上了枯燥而又漫长的戏曲理论研究之路。不管是严寒酷暑冷热难耐，不管是排练结束腰酸腿疼，不管是基层演出深夜归来，也不管是身体好坏有病与否，都没有阻挡住他从事戏曲理论研究的脚步。

对于一个小学还没毕业就进入戏校的人来说，走上学术研究的道路谈何容易，其中的辛苦也只有苏笑神自己才体会得最为深刻。至今，先生依然清晰地记得撰写第一篇论文时的那段难忘的岁月。白天，埋头苦作；夜晚8点，为了生计还要到戏曲茶楼唱戏；凌晨1点左右回家，面对冷室孤灯又继续伏案写作。周而复始，天天如此。九十多天没脱衣睡过一次囫囵觉，没洗过一次脚，没更换过一次包括内衣内裤在内的衣服。他说："实在是没有时间，有时一写就收不住了，直到眼睛不开了，手写不动了，才倒在床上睡下，此时天也基本上亮了。"还有几次因过度疲劳和严重缺乏营养而虚脱，待一万八千多字的论文完稿时，身高一米七六的他已瘦得不成人样（一百零四斤）。但他的付出没有白费，这篇论文以八千字的内容顺利发表在《戏剧春秋》，后被中国人民大学书报资料中心《戏剧戏曲研究》全文转载。

众所周知，剧团的演职员工资很低，尤其是河南省戏剧界的工资更是低得可怜，有的甚至难以养家糊口。苏笑神当时每月的实领工资还不到一千元，可他为了专心写作，推掉了很多演出活动，失去了许多次增加收入的机会，并且每月还要拿出收入的三分之一用于打印稿件、邮寄论文和购买资料等。论文发表后，有的没有稿费，有的要用稿酬购买刊发论文的杂志。算下来，他的劳动真是"入不敷出"，可他却乐此不疲。人们常常看到先生一手拿着烙馍卷菜和夹着豆酱的烧饼，一手拿着飘着墨香的书稿，兴致勃勃地走向打印社。也常常看到他拿着发表论文的刊物爱不释手地翻阅或送与同事同窗及亲朋好友，还有脸上流露出的那份得意、满足和欣慰。如今，先生已在近20个省区的报刊上发表作品200余篇达100多万字，有的论文被《新华文摘》予以转摘，其13篇论文被中国人民大学书报资料中心《戏剧戏曲研究》《舞台艺术》全文转载和收进索引，并选入《世界学术文库》《国际优秀论文选要大全》《中国改革发展与创新研究文选》《中国和平崛起·中国社会发展理论与探索文集》《当代国学家传略辞典》《中国当代戏剧通典·论文卷》等200多部学术典籍。他荣获的国际性大奖暂且不说，单中国戏剧文学奖就连获了第二、三、四、五届论文奖，此外还有30多项海内外学术理论、文化科技、表演艺术奖项。取得如此大的成就，就连某些大学的教授都感到汗颜，更何况他还是一位文化水平不高的戏曲演员。

然而，苏笑神并没有满足于此，也没有因此而止步，他一如既往，仍然笔耕不辍，不断攀升学术高峰。2007年他出版了第一部学术专著《中国戏曲文丑喜剧论》，并被专家誉为戏曲文丑开山之作，填补了我国戏曲文丑喜剧理论研究的空白，2008年这位文丑学科的开山手苏笑神荣获了河南省委2007年度河南省社会科学优秀成果奖，该奖项是河南省含金量极大的最高奖。若要在层层把关严格审查的800多个科研项目达1000多位高等院校与各类科研单位的教授级和研究员以上的参评人员中榜上有名，可不是件容易的事情，作为演员要想在申报人员中以省委书记徐光春和省级领导人袁祖亮、陈义初等为代表的大批高级知识分子精英群内考验实力，其难度之大和竞争力之强的程度，笔者就不多言了。更何况在这些申报人当中，大多数具是一些资历高深、实力雄厚、威望显赫、成绩斐然的专业类对路的著名学者和权威人士。然而，一位小学还没有毕业就进入戏曲学校从艺的苏笑神先生却属于127名获奖者中的一员，同时也是河南省设该奖以来，在表演艺术院团内，唯一获取该项殊荣的演员。显然，对于一名以表演艺术为职业的豫剧老演员来说，他付出的心血与巨大的劳动和其艺术水平的修养深度，可见一斑。由此可见，这位文丑学科开山笔苏笑神的求学、勤奋、拼搏敬业精神，我们就可想而知了。平心而论，他的这种从来不讲回报、丝毫不知疲倦的奉献精神，让人敬佩，不仅值得演员们很好的去学,更给我们这些在大学里攻读戏剧艺术理学研究的学子们,树立了学习的榜样。因为,从先生的身上使我懂得了如何去熟读戏剧、明晰舞台、透解演员、深究艺术。就艺术理论的价值观来讲,教会了我们什么东西才是最有价值的学问等待着后来人去探索究竟。拜读过先生的大作《中国戏曲文丑喜剧论》一书后,使我惊叹不已。于是,我院的部分校友把书借去传阅了起来,看过之后,对先生独到的学术见解及他那玄妙的写作手法,赞不绝口。期间,凡见到过先生的舞台风采和阅读过他作品的人们称道:"这位以表演为本工的'小丑'不愧为大家之才也!他妙笔生花的文风魅力和其作品的实用价值,在吃研究饭的专业学者文章里是很少见的。"该书立足于戏曲文丑行当表演艺术的需要,无论从丑角的源头到喜剧的成熟,从文丑分支到形象创造,从文丑"六功"的辟论到对文丑"五法"的解析,以及传统喜剧与当代审美的关系等都进行了层次鲜明的阐述,其繁多的丑角学科独到创见,具理述的非常透彻,可谓亮点颇多,篇章精彩。故而,在该书出版的短短一个月内,新华社以及《中国文化报》《中国艺术报》《文艺报》《中国新闻出版报》《河南日报》《河南工人日报》《文化艺术报》《大河报》《宝安日报》等 20 多家新闻媒体和 1000 多家官方网站给予了评论报道,引起了梨园界、艺术教育界与学术理论界的高度关注和社会的强烈反响。中国戏剧家协会主席尚长荣先生为该书题词:"谐之真趣,寓于慧心!"中国戏曲学院前副院长钮骠先生为该书题词:"笑神说丑,言之凿凿!"中国戏曲表演学会会长胡芝凤女士为该书题词:"丑而不丑是艺术!"北京戏曲艺术职业学院名誉院长孙毓敏女士为该书题词:"美而不丑,丑中寓美!"中国戏曲表演学会副会长荆桦先生为该书题词:"文丑理论,弥足珍贵;著书传世,不可多得。"河南省戏剧家协会、河南省文化艺术研究院、河南省豫剧一团还专门为此书召开了专家研讨会。可谓价值之高,影响之大,让人赞叹。

苏笑神先生是在全国唱丑角的演员中自己写出丑角学科论著的第一人,该书是中国戏曲文丑史页中喜剧理论研究的第一部,在我国文化艺术界能够看到这样一部既可教学又具指导演员的著作也是第一次,专家们给身为演员的苏笑神先生开高规格学术研讨会的更是第一回。这四个"第一"使先生感受到了无上的荣耀,可他并没有沾沾自喜。手捧着洋洋 18 万多字的新书,浮现在他眼前的是 1000 多个日日夜夜里伏案劳作的一幕幕场景:思路不畅,难以顺利进展时,而苦思冥想,上下求索；资料匮乏，难以弄明白原委时，则到处奔波，四处查证；把握不准，难以继续下笔时，即登门拜访，询问请教。凌晨时分，突然灵感闪现，便拖着疲惫的身躯，起床奋笔疾书；演出途中，忽然想到书稿的某些细节尚不完善，需要补充，就随即写下，以防忘记；正吃饭时，猛然想起校对的书稿有遗漏之处，便立刻停碗投箸，认真修改；排练结束，骤然想到某个论点的准确性有待验证，于是他像着了魔似的又继续连唱带念手舞足蹈地表演起来……

"文革"时，苏公因连气带饿（欲自杀绝食五天），引起下肢神经脱节导致了双腿瘫痪两年之久，险些残废。为了恢复武功，重登舞台，他拖着还没有完全康复仍旧不听使唤的两条残腿，苦练五年，成为了团里的武戏骨干。为了事业，为了追求，为了做一点对戏曲有益的事情，他忘记了亲情，对不起父母，顾不上儿孙，疏远了朋友，亏待着自己，多少年来撕心裂肺的内疚伤痛一直深深地折磨着他那颗既"硬"又"软"的心灵。为了深究学问，发表作品，为了著书立说，传世后人，他不知劳苦呕心沥血地熬过了5600多天的热茶凉饭、冷室孤灯。近期有位与先生同事多年70多岁高龄的著名作曲家赵毅老师看了他的专著后说："建新（苏笑神的原名）太不容易了，别说是书中几十万言的理论学说，单就一些戏剧史资料的查寻，只怕也是大多数演员连想都不敢想的难以做到。"的确，苏笑神先生为了做一个对社会有用的艺人，终日以方便面为食，靠着他那瘦弱的身体，做着常人难以承受的脑、体力劳动，凭着他那严重超负荷的坚强毅力，忍受着委屈，吞咽着苦水，写伤了手背，坐坏了腰腿，深藏着眼泪，仍然以务实中求知、认真的演戏、本分的做人、虚心的讨教、勤奋的作文、低调的心态、孤独的奋斗。如今，他做出了成就，创下了功德，建立了业绩，得到了认可，做出了贡献，受到了尊敬，这便是对苏公人生价值的最大肯定和褒奖与对尊重知识、尊重人才的回答。

含辛茹苦精疲力竭的苏笑神该歇歇了，可他没有停止前进的步伐。第一部专著问世才一年，正当好评如潮时，先生的第二部大作《苏笑神品戏评戏集》又隆重出版了。该书共22万余言，是他从近百篇发表过的作品中挑选出来的10篇文章汇集而成，大多收进了中国人民大学书报资料中心和《新华文摘》并获过大奖。主要包括表演、声腔方法的探讨，实练操作与实际应用法学说，幽默品味的社会价值观，艺术教育今昔对比性研究，人品与艺德的评判，行当、流派解析，生活体验与舞台体现，菊坛轶闻趣事及有关戏曲史方面的一些杂论、偶拾等。《中国文化报》《中国新闻出版报》《中国艺术报》《国际商报》《河南工人日报》《文化艺术报》《大河报》《青年导报》《东方今报》《郑州晚报》等多家媒体予以报道，再次引起了社会各界的强烈关注。尚长荣、钮骠、胡芝凤等京剧名家纷纷再次挥毫泼墨，为作者题词。被毛泽东主席誉为多才多艺、年近百岁的著名京剧表演艺术家宋宝罗老先生在为该书的题词中这样写道："梨园学子一笑神，品戏评戏集成文；伏案伴灯十秋整，不为名利为后人。"其影响又掀起了新一轮高潮。是的，多少年来这位老黄牛似的苏笑神，无论遇到多大的困难，他咬紧牙关硬着头皮，撑着摇摆的小舟，震撼着人心，怀着远大的志向，感动着社会，实现着自己人生的奋斗目标。他是河南省的人才，也是戏曲界的标榜，更是一颗闪耀在戏曲理论界的"丑"学巨星。所以我们必须尊重像苏公这样的敬业者，因为在他们这些极少数人的意志中，包含着一种巨大的潜在能量等待着上级领导者的发现与支持，使精英们的聪明才智得到开发，才有所用。

目前据笔者获悉，2009年4月23日由河南省文联主办，河南省文化厅艺术处、河南省文化艺术研究院、河南省剧协、河南省豫剧一团承办，又以座谈会的形式为先生的新作《苏笑神品戏评戏集》的出版召开了会议。《苏笑神品戏评戏集》这部书"生""旦""净""丑"四大行当均有涉猎，并且言之有物，鞭辟入里，论述精当。可见作者知识面的广博和宽泛，以及经过艰难跋涉后显示出来的艺术功力和深厚的理论学养。这与当今的演员形成了鲜明的对比，有些演员连演出的心得体会都无从下笔，甚至连个人小传都要请人捉刀，更不要说文化素养的高低了。加强文化修养和提高理论水平，是一个演员往纵深艺术境界跨越的关键，文化才是艺术魅力的最佳基础。愿广大演员以苏笑神先生为榜样，增强文化底蕴，提高综合表演素质，不断完善自己的艺术追求。我想，此次会议除了对先生德才兼优的成就和奉献给予充分的肯定与弘扬他的奋斗精神外，加强演员的综合素质，提高演员的求学理念，深化演员的艺术境界，倡导演员的敬业精神，或许是诸多单位联合举行"座谈会"的目的。

由于苏笑神对戏曲事业所做出的贡献和学识，2007年新华社发布了以"《中国戏曲文丑喜剧论》填补我国戏曲文丑理论研究空白"为题的专电，同年他被国家教育部中国国学研究会授予"国学家"荣誉称号，全国近2000多家新闻单位、报刊、网络与大型史诗性文献对苏笑神的艺术成就予以评论报道，生平载入近千部人物志史学辞书。更值得一提的是，2009年10月中国社会科学院新闻传播研究所为他颁发了"中国戏曲文丑学科开山人"荣誉座盘，多家报刊以开山作、开山笔、开山手、开山人四个"开山"为标题和"填补梨园、前无古人"及被誉为"中国戏曲文丑学科开山祖"等为内容进行了评介。在喜迎国庆六十周年华诞之际，国家以对中国建设做出突出贡献的杰出人物出版了"共和国建设者——苏笑神"专题邮票，核发了"中国六十周年建设者成就邮票人物"荣誉牌匾与钛金勋章，并会同1000名入选者受邀嘉宾赴京出席在首都隆重举行的六十周年大型系列庆典活动。2009年9月30日，河南省人民政府在中国政府网（省政府门户网站）发布了"著名豫剧艺术家苏笑神荣登国庆专题邮票"的消息，多家新闻媒体予以转载、报道，该殊荣在网上获得了86700多条查询结果。同年12月，中央电视台大型戏曲文化专题片《中国豫剧》制作组，对其进行了著作、资料拍摄和人物专访。2010年3月，他被中国艺术家交流协会聘请为终身名誉主席。

自中原地区有河南梆子戏开始，或者说自中国有戏曲以来，在千百年的历史长河中，造就出了唯一一个填补空白、做出成就的学者型演员苏笑神，应该说是梨园的光荣，河南的骄傲。他的成功和贡献，更是河南省豫剧一团对外炫耀人才资本的自豪。完成了两部大作、如今已年满61周岁的苏笑神先生仍然不敢松懈，他又迈向了新的征程。他说，如今我虽已退休，但要把自己的几个代表剧目的部分唱腔重新整理加工，录制一下，为后人再留下一些影像资料。而后，待累伤的手背略为好转，等攒足了出书的银两，破上几年的时间认认真真地将他的第三部约60万言的著作《论大净王侯风云路——群星荟萃中的金少山》撰写出来、再把他收集珍藏的一百多幅小净脸谱勾画出版献予梨园，如身体允许，再将《中国戏曲文丑喜剧论》重新修改、丰富内容的中英文对照版二次面世后，就算是没有白活，也算是对得起社会所给自己的荣誉，对得起父母的养育之恩，对得起国家发给自己的退休金了。我们这朵开放在戏曲百花园中既案头又场上的两栖"丑花"苏笑神钟爱丑角艺术，痴迷理论研究，几十年如一日，兢兢业业，孜孜矻矻，为中国戏曲丑角艺术不停地无私奉献、默默耕耘。学是他的本，戏是他的命，"丑"是他的魂，这辈子他注定与"丑"结缘一生。下面这首先生自己作的诗，可以看作是对他一生极好的写照和诠释：

四行丑最后,意思是压轴。

伶者不恳学,笑神愿承受。

明皇为始祖,观众看不够。

要为丑著文,誓言丑攻透。

将丑化为美,笑倒五大洲。

喜在阴阳界,江河乐开口。

生为梨园人,学伴终身走。

(作者原名刘慰东,中国艺术研究院硕士研究生。2010年修改稿)

"丑学之父" 苏笑神

余波 李志学

（一）梨园世家子 艰难求学路

苏笑神，原名苏建新，1949年农历五月生于郑州，国家一级著作家、中国著名丑学大师，任职于河南豫剧院一团。有人说他出身梨园世家，其实这种说法不太妥帖，因为他祖上世居林州，其祖父苏承现（熊如）为清末秀才，在县衙做师爷。岂料倭祸横生，生灵涂炭，国将不国，遑论有家？家道中落后，苏承现先生不得已挈妇将孺，逃难至郑州寻求生计。苏建新的父亲苏汉卿人称"铁嗓子"，是闻名遐迩的豫剧老生演员，系梨园名宿周海水先生的徒弟；其叔父苏国华是四川乐山京剧团的著名鼓师、琴师，蜚声巴蜀，盛名远播。

苏建新的童年是在剧团度过的，年幼的他跟随父母走南闯北巡回演出，吃住都在戏班。置身这样一个浓郁的艺术氛围，所闻是宛转悠扬、韵味醇美的曲调，所见是生旦净丑粉墨登场的表演。由此，苏建新从小就对豫剧有着浓厚的兴趣和惊人的颖悟能力。剧团演出他场场必看，演员们练功，他跟着拿顶踢腿、下腰劈叉。每到晚场住戏后，他的母亲还得经常跑下舞台，寻找因为看戏入迷而睡在椅子上的儿子。苏建新六岁时就登台出演了《秦香莲》中的小冬哥与《火烧雷音寺》里的小和尚。有时为了赶场，他要紧跟着父亲步行十几里去外乡演出，他非但不觉得苦，反而感觉很是受用。

1957年苏建新8岁时，苏汉卿调入国家水利部黄河水利委员会豫剧团（现鹤壁市豫剧团）。在这里，苏汉卿结识了牛得草先生，而这也随之改变了苏建新的一生。苏汉卿、牛得草相互配戏，同台演出，合作多年，在这期间，牛得草对苏建新影响很大。苏建新最爱看得草叔的戏，经年累月，耳濡目染，对丑角的表演精髓感悟颇深。他12岁那年，中国京剧院一团到鹤壁市巡回演出，为了看李少春、袁世海、杜近芳、张春华等名家的表演，没钱买票，他就从厕所的排污洞口钻进了剧场，弄得满身全是污秽。而艺术家们精彩绝伦的演唱令他深深折服，就在此时，他立下了当一名戏曲演员的宏愿。

1963年，正在郑州演出的苏汉卿得知河南省戏曲学校招生的消息，他第一时间把这个喜讯告诉了正在上小学的儿子。苏建新自是欣喜万分，可是母亲却不同意儿子继承衣钵，她深知这一行不但辛苦，而且不被人看得起。但苏建新还是瞒着疼爱他的母亲，以去郑州看望爷爷奶奶为名赶到了考场，并最终以优异的成绩考入了河南省戏曲学校。

苏建新非常珍惜这来之不易的学艺机会，不分昼夜地勤学苦练，进步很快，成为戏校品学兼优的苗子。然而，彼时国家初创、百废待兴，人民的生活水平很低。三年自然灾害刚刚过去，虽然不用再靠吃树皮草根过日子，但戏校的饭菜也满足不了身体正在发育的苏建新。一天到晚高强度的唱念做打翻等专业课程，尤其是武功课的训练，常使他感到头昏眼花、饥饿难耐。于是他早饭只吃咸菜、稀饭，把馍留下来，等上武功课时再聊作果腹。在戏曲学校的五年半中，苏建新半点也不敢懈怠，他早就立下大志，出科后要做一名文武兼优的好演员。因而，他加倍用工，除了在课堂上尽心受教外，他还充分利用课余时间，向大班的师兄们学习唱腔，跟随他们一起练功并寻求帮助。夜深人静时，同学们常常见到他独自一人在练功房苦练武功的孤寂身影，因此给他起了一个"冷血戏痴"的雅号。正是这种苦心孤诣的学习态度，令他学业精进。"文革"期间，学校停课闹革命，同学们有的"长征串联"，有的写标语游行，有的回家赋闲，可苏建新仍然留在学校，并恳求关心他学业的张荣山、周德友等老师为他加班加点单开"小灶"，传授私房绝技！

1968年底，苏建新从戏曲学校毕业，进入河南豫剧院一团，开始了职业演员的生涯。在剧团老一辈艺术家的帮助下，苏建新冬练三九、夏练三伏，为提高自己的表演艺术，始终不懈地探索、追求着。在随剧团巡回演出时，就武戏中高难度的翻打特技，苏建新十分卖力，常常汗流浃背，赢得台下阵阵掌声。观众越是喜欢，他越是有劲儿，也因此常常受伤，最严重的一次因为苦练"串虎跳前扑"，抱腿抱得两腿化脓、右臂摔折。然而，个人在时代的洪流面前显得是那样的渺小，"文化大革命"很快殃及到了年纪轻轻的苏建新，刚刚参加工作不久的苏建新也受到牵连被审查、批斗，双腿一度瘫痪，可他仍强撑病体与邪恶势力斗争，甚至以绝食进行抗争，险些送了性命。由此，可见其个性之倔强，胆量之了得，骨气之傲硬。正是这倔强耿直的性格，贯穿了他打抱不平的一生。

青年时代，苏建新本工武生和小生。他也确实在这两个领域大下过苦功，为以后的发展打下了良好的基础。随着年龄的增长，苏建新想在更多的领域有所建树，因为优秀的演员必须得能唱擅舞、文武兼备，其戏路一定要宽而见长，不应把自己局限于特定的行当、一类的角色，这一点，无论是影视演员和戏曲演员都是如此。所以，他开始涉猎老生。

当然，这一切探索不能只局限于理论，演员要在舞台上磨砺自己的演技、提高自己的唱功、实现自己的价值。苏建新在不断变幻的舞台上，曾先后扮演了《沙家浜》中智勇双全的新四军郭建光（武生，戏校毕业演出）、《奇袭白虎团》"奇袭"一折中勇敢果断的严伟才（武生，戏校演出）、《青砖歌》中的李长水（小生）、《杜鹃山》里的李石坚（武生）、《李双双》中的二春（小生）和《扒瓜园》里的铁柱（小生）。改革开放以后，苏建新不断尝试新的行当，他陆续饰演了《杨八姐游春》中的宋仁宗（老生），《跑汴京》里的杨世英（老生），《三不愿意》里的展鸿才、和展鸿文（小生），《七品芝麻官》中的杜士卿（武生）及林友安（老生）等角色。

（二）法宗牛得草 苦练文丑功

人到中年，苏建新发现文丑这一行当出现了断代危机。古往今来，世人都将丑角列为下等，就连戏曲行话"生旦净丑"，丑行也排列最后，可见戏曲演员自身都不大认可丑角。学戏的孩子们，只有自身条件较差的才被迫学习丑角。戏曲行当里，教授丑行的师傅不多，演员也少之甚少，导致有些戏曲团体的丑角人物往往是其他行当的演员兼代；许多青年演员也因丑角扮相太丑，而不愿出演丑角。然而在苏建新先生来看，丑行当属别论，它正是戏曲行当的综合艺术，有着强大的感染力与无穷的魅力，更能磨炼演员的演技，为观众带来更多的欢笑，因而他全身心投入到了文丑中去。并根据丑角"创笑重神"的含义，正式改名——苏笑神。

苏笑神成功转行丑角，不得不归功于牛得草先生对他的教益。他对丑角的喜爱始于牛老师的深刻影响。牛得草演了几十年，他断断续续看了几十年，学了几十年，他虽然没有正式拜在牛先生的门下，却一直在不断地研习牛派艺术。后来，他又和牛老师多次同台演出，如在《七品芝麻官》中，牛得草演唐成，他演杜士卿、林友安、东司大人；在《三不愿意》中，牛得草演县官，他演展鸿才、展鸿文。经过几百场的演出实践，再加上牛得草先生的言传身教，坚定了他演丑角的信心，中年时期，他正式转行别路、改工小净（又称"小面"），唱起了丑角。

苏笑神刻苦钻研，精心琢磨，在丑角表演上狠下了一番工夫，并在表、念、作、唱、笑、舞上深得牛派精华。他总结的牛派丑角表演艺术三绝，即"快唱、快念、快笑"的理论经验皆在报刊上发表。他还注意观察学习京剧、评剧、川剧、粤剧、昆曲、越剧、黄梅戏、曲剧、越调等唱法与兄弟剧种的丑角表演手法，吸收相声、喜剧小品、数来宝、山东快书、评书、快板、曲艺说唱、民间小调、幽默笑话中的喜剧因素，博采众长，融会贯通；并从日常生活、群众谚语、民间故事中汲取营养，同时观察研究当代城乡观众的审美心理与审"丑"情趣，在继承的基础上有突破性的发展和创新，在丑角艺术表演技巧方面形成了自己独特的表演风格。

在他看来，无论是演文丑中的官丑、老丑、公子丑、俊丑、小丑、方巾丑等，万法归一，应落在十二个字"丑中见美，美中闻怪、怪中含俏"上。怎样臻于"美""怪""俏"的境界呢？苏笑神指出，文丑行应在表、念、做、唱、笑、舞及手、眼、身、法、步上下功夫。"表"，即丑角演员的表演，在文丑中当属首位。以生活为基础，以夸张为起点，演员饰演的角色，脸上只要勾画上"豆腐块"（丑角脸谱），无论忠奸善恶、老人、少年，演员所塑造的剧中人物，皆应突出风趣幽默滑稽之感（首先是"机智"、"幽默"）。一定要从人物性格和剧情需要出发，绝不能凭空造作，直接有意挑逗观众，哗众取宠，捞取表面或廉价的剧场效果。若造作强为，势必"丑"行之丑也。"念"，即丑角演员的口白功，有韵白、生活白、干板白、说白、自然白、连中白（也称贯口）、说板白、暗板连中白、令子（大念、小说）等用法，是丑角演员非常吃功的重头技巧。一个丑角演员必须具备口齿伶俐、吐字清脆有力的基本功，不然就无法演戏了。而"唱"是指丑角演员的唱腔与唱功。在丑角唱法技巧上，讲究舌尖灵活、唇功过硬，声音洪亮；快唱过瘾，悲唱动情，乐唱寻味，慢唱耐听。以大本嗓音为主（真声）、也可以适当用些假声（二本腔），但切不可高喊直叫，一定要依情带声，唱出装饰韵味。"笑"，主要指丑角演员在表演中的多种笑法与笑功。丑角笑功有快笑、大笑、喜笑、悲笑、冷笑、偷笑、狂笑、苦笑、浪笑、贱笑、喷笑、无声笑、唱中笑、喜转悲笑、悲转喜笑等一百多种笑功技巧，是丑行中不可缺少的一项。一个丑角演员的笑功如不过硬，就会使剧中人物大减色彩，影响整场戏的演出效果。而"做"呢？当然不是指通常之做，而是强调丑角演员的台步、身段、手势动作、丰富的面目表情等所涉及的人物个性、舞台艺术风度与人体形象等等。丑行中的"舞"系舞蹈之"舞"，主要有扇子功、官衣道袍功、毯子功、坐轿功、帽翅和水袖功等等。以此来衬托剧中人物潇洒动人之美，让观众在欢快的节奏气氛里获得轻松与和谐的享受，与演员产生共鸣。

苏笑神除不断探索与总结丑行的表演技法外，还尝试编剧、导演与唱腔设计并进。他在自己整理改编、导演并兼唱腔及演员艺术造型设计和领衔主演的代表剧目《赃官断》中，饰具有多面性格的臧必正；在《拾女婿》里，饰风趣幽默的姜老哏；在《卷席筒》里，饰侠肝义胆的曹张苍；在《七品芝麻官》中，饰演忧国忧民的唐成，以及在《借妻》里，饰演见钱眼开的胡抓钱等角色。官丑、老丑、公子丑、俊丑等同一行当不同类型的角色逐一演来。苏笑神演一种丑，就下功夫琢磨研究，直到吃透。苏笑神的嗓音颇似他的父亲，不过他的演唱也有其独到的韵味，以大本嗓音为主，真假声结合，声随情出，情带声扬。他所刻画的一系列新型"三花脸"丑角人物，性格、形象与技艺异彩纷呈，形成了自己独特的"丑中见美"、"美中含怪"、"怪中闻俏"的艺术风格。在《赃官断》中，他结合当代观众的审美需求，融入了大量的讽刺喜闹剧成分，丰富了剧情，取得了极好的演出效果。在《拾女婿》中，他巧妙地将歌曲和黄梅戏的唱腔融进豫剧，并借鉴相声、小品等表演手段，使该剧新颖别致，受到广大观众特别是青年人的热烈欢迎。他把"十八扯"的唱腔，由原来的15句增加到30句，唱词阴差阳错、风趣幽默："张果老骑牛忙追赶，追来个吕布与貂蝉；罗成上前来解劝，铁拐李一旁把脸翻；樊梨花急忙抿嘴笑，秦琼赶快开了言；西门庆在府内摆酒宴，他要与佘老太君结良缘；白骨精恼怒哇哇叫，她要吃刘备人肉餐……"把历史人物和民间故事胡乱纠缠在一起，矛盾百出，荒诞可笑，四方观众肥彩雷动、笑声如潮。尤其是剧中"报戏名"的大段贯口念白（即"连中白"），他分别用山东话、北京腔、中州语三种方言，把近千字的130多个戏名流利背出，一气呵成，被称为"梨园一奇"。苏笑神还有一个外号"戏迷瞪"。说他迷瞪，其实是指苏先生在舞台上的丑角形象，摇摇摆摆、轻轻松松、晃晃悠悠、迷迷瞪瞪，观众说他一举手、一投足、一眨眼、一张口都有戏。他虽其貌不扬，但观其表演无不让人觉得，他丑得有水平、有风度、有彩头、有魅力。

苏笑神整理改编的《拾女婿》《卷席筒》《赃官断》等剧目各具特色。不论在城市还是农村，演出效果颇佳。他创造刻画的官丑、老丑、公子丑、俊丑等一系列新型三花脸人物，性格形象和演技各有各的难度与绝招，受到了广大观众的好评，得到了专家的肯定和同仁的赞扬。

1995年，国家文化部、全国老龄委、中国剧协在北京联合举办"95全国首届中老年戏曲汇演"，苏笑神自费和全国各地的30多个剧种、1000多名参赛选手（其中600多名专业演员）一起参赛。面对来自五湖四海、各门各派的强手，苏笑神沉着冷静，始终保持一颗平静的心态。赛场上，他把《七品芝麻官》中的唐成刻画得入木三分、有血有肉：出场时的躬身鹅步左右摇摆，表演时的面部表情丰富多彩，剧情变化时的两眼转动灵活欢快，抽烟看状时的别出心裁，烟袋锅烧到脸的窘状，以及生气时小胡子吹动与腮颊颤抖的技艺，引来满堂喝彩。尤其是剧中唐成念诉状的口白功，三百多字的状文，在不到半分钟的时间内，由慢转快，由弱到强，由低到高，由闷到响，一泄千里，荡气回肠。在参赛的20分钟时间里，苏笑神把义愤填膺、风趣幽默的唐成与贪婪无度的贪官臧必正（臧必正的演唱不在参赛之内，为了回报台下的热烈掌声，临时加了一段《赃官断》中臧必正唱的"小喜鹊喳喳叫"）刻画得骨肉丰满、栩栩如生，一举夺得本届中老年戏曲汇演（专业组）最高表演艺术奖——牡丹奖。著名粤剧表演艺术家红线女称他为"东方艺术一大笑星"；八十一岁高龄的著名京剧艺术大师袁世海老先生称他为"戏曲一大名丑"，并为其赠言曰："笑神真乃神笑也"；著名京剧表演艺术家刘秀荣女士赞誉他说："不但继承得好，而且有大的突破与超越的发展和创新"；豫剧艺术大师常香玉和马金凤也夸他："给师傅争了气，为豫剧事业争了光！"苏笑神由此声名大噪，成为美国海外艺术家协会理事，世界文化艺术研究中心研究员，国家人事部艺术家学部委员会学部委员，以及中国戏剧家协会、中国戏剧文学学会、中国戏曲表演学会会员等。

（三）著书立说 盛名远播

虽然苏笑神取得了如此傲人的成就，但他却依然那么淡泊朴素。他征服过顶级戏曲大赛的评委，折服过北京大学的师生及驻京部队的解放军官兵，但为他欢呼喝彩更多的还是普通百姓，在他看来，老百姓是他的衣食父母。他常说，金杯银杯都不如老百姓的口碑。在他身上，没有大艺术家的气势，多了勤奋质朴的真挚；少了当下名人的架子，依然坚守着自己的本分；缺了腕儿们光鲜亮丽的时装，和蔼可亲的笑容总是挂在他的脸上。虽然在别人看来，他取得的成就是那么的巨大，可在他眼里，这些只不过是大家的抬爱，社会的鞭策。他曾经在诗中这样写道："登台比演戏，下台比品行。"他觉得演员和其他职业一样，都是为民众服务的；得到荣誉固然是好事儿，但不能因此而得意忘形，要用这些荣誉来鞭策自己，奉献更多更精彩的作品，而不是在名利场里沉迷。他是这样说的，更是这样做的。

也许在别人看来，成名后的苏笑神应该享受衣食无忧、舒心安逸的生活，其实不然。苏笑神始终记得祖父对他的谆谆教导，那就是要戒骄戒躁，低调做人。所以，他的工作生活一如往常。每天参加演出，演出后和大家一起抬箱叠景，永远一身素衣旧帽，脚步匆匆，忙里忙外。而且，每逢团里集合排练、下乡、卸台或演出时，他总是面带微笑先人一步，从不摆谱儿，也从不讲待遇高低。别人可能是要上面分派任务，并且催着赶着，才勉强完成；而苏笑神则是常常主动请缨，抢着活儿干。也正是因为他这么多年兢兢业业、一丝不苟的工作态度和奉献精神，剧团的同事们常常对他赞不绝口，希望自己的团队涌现出更多苏笑神这样的人。

1995年，苏笑神获得了全国首届中老年戏曲汇演专业组最高奖"牡丹奖"，一时之间，成了焦点。著名京剧艺术大师袁世海先生问苏笑神："在你的表演中有我们京剧萧长华大师的东西啊，你是从哪里学来的？"欣赏之余，并邀其在袁宅攀谈了五个多小时。其间，袁世海老师让苏笑神谈一些丑角理论层面的问题，当时正在兴头上的苏笑神不禁在一些问题上由于涉猎不深而卡壳拙嘴、无言答对。事后，苏笑神反复回味自己的肤浅与知识的匮乏，开始有了要研究丑角理论的志向。

转眼到了1996年11月，中国戏曲表演学会给苏笑神来了一封邀请函，请他到北京出席"第二届中国戏曲表演体系专题研讨会。"这对苏笑神来说，既是莫大的荣誉，又是一场没有做好准备的考试，它逼得苏笑神彻夜难眠、坐卧不安。由此，苏笑神深入冷静地分析了自己的从艺之路，反思自己在艺术道路上的不足。他清醒地认识到，自己虽然在舞台上磨炼了三十多年，可毕竟小学都没毕业。在戏校所学的多是"唱念做打翻和基舞身把步"等专业技巧层面的东西，文艺理论却是一片空白，略知皮毛。当然，这是很多因素共同造成的。早期的戏曲艺人大多文化水平不高，但凡上得起学，一般家人也不会让自己的孩子学唱戏。所以，师傅都是言传身教，并没有什么理论性的东西可供参考。而这也无疑束缚了自己的手脚，难有进一步的突破。于是，他开始研究文艺理论。也就从那时起，他每天挑灯夜战，一撇一捺、一字一句，蘸着心血、带着使命，认认真真开始了戏曲文丑理论的探讨和钻研。至今，他依然清晰地记得撰写第一篇论文时那段难忘的岁月。白天忍受寂寞埋头苦作，晚上为生计到茶楼唱戏，凌晨回家面对冷室孤灯又继续伏案写作。周而复始，年复一年。他曾一度90多天没脱衣睡过一次囫囵觉，没洗过一次澡，没换过一次衣服，还有几次，因过度疲劳和严重缺乏营养而虚脱。为此他感慨地说："实在是没有时间，有时一写就收不住了，直到眼睛睁不开了，才倒在床上睡下，此时天也差不多亮了。"待一万八千多字的论文《浅谈戏曲文丑演唱艺术与基本功》完稿时，他已瘦得不成人样（一百零四斤）。但他的付出没有白费，这篇他呕心沥血著成的论文以八千字的内容顺利发表在《戏剧春秋》上，后来被中国人民大学书报资料中心《戏剧·戏曲研究》全文转载。有人说，苏笑神先生是一位德艺双馨、有思想、有追求的艺术家。可见，他的艰辛付出获得了行家里手的一致认同。

如今，苏笑神已在学术研究道路上历经二十余载寒暑，走过了7200多个日夜。他将心态调整成一个初学者，求知若渴，不断前行，从未因为任何奖项和赞誉而停住探索的脚步。学海无涯，他要活到老学到老。因此，不管是酷暑盛夏，也不管是三九严冬，不论是深夜演出归来，也不论是排练结束腰酸腿疼，都没有阻挡住苏笑神从事戏曲文丑理论研究的决心。他克服困难，虚心求教，查阅资料，坚持不懈地著书立说，每天平均书写1000字左右，终于为戏曲艺术的发展做出了不可磨灭的贡献，被誉为河南省才高八斗、学富五车的"演员学者"。

近几年，戏曲演出市场出现前所未有的困境。作为表演艺术团体的河南豫剧院一团，前些年由于资金的严重短缺，生存和发展都遭遇了空前的考验。剧团排剧目缺钱，演职员发工资也缺钱。退休前苏笑神每月的实领工资只相当于档案工资的

50%多一点，不超过一千元。就在这样的条件下，苏笑神却每月要拿出200元左右的钱，用于打印稿件。同事们经常碰到笑神先生一手拿着烙馍卷菜，一手拿着墨迹未干的书稿，兴致勃勃地走向打字店。于是，他们打趣道："'苏老夫子'又要'挣稿费'了？"然而，有谁知道这其中的辛酸呢？据笑神先生说，一篇近万字的文章，他要历经一个月的挑灯夜战，反复修改，之后还要支付打字店近二百元的打印费（含邮资、长话、图片费）；倘若某一杂志或报刊录用发表，稿费（有的刊物没有稿费）除了必须购买30本刊物作资料外，也就所剩无几了。这样算来，笑神先生的劳动真的是入不敷出。就在这样清贫的书斋生活中，苏笑神笔耕不辍、精心求证。而今，在全国近20个省区的文艺刊物、大学学报，都可以看到先生独特而精到的著述。据不完全统计，苏笑神13年间发表各类文章200多篇100余万字，其中13篇学术论文被《新华文摘》与中国人民大学书报资料中心《戏剧·戏曲研究》《舞台艺术》全文转载、转摘和收录索引。并选入《世界学术文库》《世界艺术通史》《世界华人重大学术科研成果公报》《中国发展研究文库》《中国百科成果全书》《中国当代戏剧通典·论文卷》等500多部学术典籍。其间，他撰写的理论性文章《论述喜剧的雏形与丑角的发展流变》《戏曲文丑艺术之我见》《戏曲丑角"过"之论解》《丑术表做论纲》《论解戏曲文丑笑法与笑功》《戏曲丑角艺术的源流》《气法笑功表——再论戏曲丑笑纲要》《漫谈戏曲丑角脸谱与扮相艺术》《关于戏曲文丑之分路》《浅谈戏曲文丑演唱艺术与基本功》等100余篇80多万字学术论文在省级以上多家刊物发表，其中《论丑谈笑道怪言俏》荣获第二届"世界华人艺术大奖"；他的5万字论文《论梆子老腔的特性功力用气法和嗓音响亮分析解》获得国家文化部第四届中国戏剧文学奖论文二等奖；4万字论文《净行两门抱表演·沉功·声腔气法论》获得第五届中国戏剧文学奖论文二等奖，并被《新华文摘》《舞台艺术》《国学辞典》《蒲剧艺术》等杂志、书刊收录转载。由此，笑神先生成为唯一一位连续6次获中国戏剧文学奖（现更名为"全国戏剧文化奖"）的河南省戏剧表演艺术家。2007年，苏笑神撰写的《中国戏曲文丑喜剧论》一书由中国戏剧出版社出版。2007年10月3日，河南省戏剧家协会、河南省文化艺术研究院、河南豫剧院一团在郑州联合举办了苏笑神《中国戏曲文丑喜剧论》专家研讨会。全国及河南省文艺界20多位戏剧理论家、评论家、剧作家、文史学家、美术家和表演艺术家、导演艺术家与会，并对《中国戏曲文丑喜剧论》的出版给予了充分肯定，将其誉为文丑学科开山之作。新华社发布了以"《中国戏曲文丑喜剧论》填补了我国戏曲文丑理论研究空白"为题的专电。中国戏曲学会理事、著名文史学家和戏剧家马紫晨称赞:"此书的出版填补了一个空白,笑神同志是唱丑角而自己写书的第一人。笑神同志在工作之余,克服了许多困难,写出如此高水平的理论专著,确实为广大演员树立了一个榜样。"同年,该著作获得了河南省社科成果奖,中国戏曲学院和上海戏剧学院将该书作为教材读本在该院图书馆珍藏,中国社科院新闻传播研究所为其颁发了"中国戏曲文丑学科开山人"荣誉座盘。2007年10月16至17日,河南广播电台10点零5分在《粉墨人生》栏目中对苏笑神先生进行了两期艺术访谈,10月18日至11月6日在该栏目中以"笑神说丑"为题连续播放了20天的理论演讲(苏先生亲自讲《中国戏曲文丑喜剧论》内容摘要)。《中国文化报》《中国艺术报》《文艺报》《中国新闻出版报》《国际商报》《河南日报》《大河报》《文化艺术报》《文化时报》《河南工人日报》《东方今报》《宝安日报》等多家新闻媒体以"开山作、开山笔、开山手、开山人"四个"开山"为题和"第一人、第一次、第一本"三个"第一"与"填补梨园、跨古绝今"等为关键词给予了评论报道,引起梨园界、艺术教育界与学术理论界的关注及社会的强烈反响。"我们这个时代有许多可歌可泣的英雄,但像苏笑神先生这样似涓涓细流润物无声的人物,同样值得尊重、钦佩。作为豫剧院一团德艺双馨的老艺术家,他给同事、后生书写了一个大写的'人'字。在团里,他总是主动工作,在最艰苦的地方,同事们总能看到他的身影。'只要团里满意,我就高兴,只要团里需要,我就去演。'笑神这句最朴实的话已经成为豫剧院一团宝贵的精神财富"(时任河南省豫剧一团团长的李道畅在研讨会上如是说)。

苏笑神先生的专著《中国戏曲文丑喜剧论》获得"2007年度河南省社会科学优秀成果奖"(河南省最高奖,与部级奖平级)的殊荣后,由中国戏剧出版社出版的《苏笑神品戏评戏集》再度问世,又被上海戏剧学院作为教材读本在该院图书馆珍藏。就省文联主办,省文化厅艺术处、省剧协、省艺术研究院和豫剧院一团承办的该书座谈会上,与会专家对苏笑神本人和他的专著给予了很高的评价。著名文史学家和戏剧学家马紫晨先生在会上说:"笑神是一位极少见的既案头、又场上的两栖丑角演员,或者说是颇见艺术才华的两栖学者。在全国的丑行中出了才华横溢的余笑予、魏明伦、赵本山、钮骠等人,苏笑神跃进了他们行列,算上一名。"

2010年3月，苏笑神被中国艺术家交流协会聘请为终身名誉主席。苏笑神在艺术上那种滴水穿石的精神，在当今文艺界已不多见了。国家一级导演、河南文化艺术研究院院长李利宏这样评价他："笑神同志的敬业精神是令人敬佩的，他立足于自己的艺术实践，从一点一滴做起，他的人格和学风都是我们学习的榜样。从实践中所产生出来的理论是最有价值的。笑神的著作和文章史料翔实、逻辑严密、富有创造，'六功五法'不仅适合于文丑，也适合于所有的喜剧表演艺术，这是一种拓展、细化和丰富，是一个具体的贡献。笑神先生把丑和美的关系论述得非常透彻，从审丑到审美，使丑达到了最高境界，这对整个表演艺术都是一个巨大的理论贡献。"

苏笑神获得的荣誉可以说是等身了。除以上所述外，他还被誉为"丑学之父"、世界非物质文化遗产杰出传承人；他是香港科学院荣誉博士，并获颁99.99纯金博士勋章。他在30多家大学、研究院（所）、学部、协会、学会任院士、主席、教授、研究员、学部委员、理事、顾问等职。2009年4月24日，河南省政府门户网站以"河南'名丑'苏笑神著书戏剧理论"为题，对《苏笑神品戏评戏集》的学术价值及实用价值给予特别报道。中央电视台《中国豫剧》专题片制作组于2009年12月对其进行著作、资料拍摄和人物专访报道。苏笑神曾荣获国家文化部第2、3、4、5、7、8届全国戏剧文化奖，国家文化传承贡献奖，国家非物质文化艺术传承奖，首届国家艺术奖·金奖，世界文化名人成就奖，世界人类非物质文化遗产杰出成就奖，世界学术贡献奖·双项论文金奖等50多种奖项，并被授予建国文艺大师、世界华人文艺领袖人物等多种称号。其生平载入《世界艺术巨匠》《世界华人艺术领袖》《世界艺术家人才纪录大全》《世界人类非物质文化遗产传承人目录》《中国国艺大师》《人民艺术功臣》《中国戏剧家大辞典》《当代国学家传略辞典》等1000多部人物志史学辞书；《中国戏剧》《中华儿女》（海外版）、《中国演员报》《中国电视戏曲》《戏曲艺术》《上海戏剧》《上海艺术家》《喜剧世界》《河南戏剧》《中州今古》《当代戏剧》等百余家报刊和9000多家官方网站对苏笑神的丑角表演艺术成就及理论进行了评论与报道，称赞他是一位能编、能导、能演和不可多得的丑角表演艺术家与戏剧理论家。2009年，中国邮政为苏笑神的突出贡献发行了"共和国建设者——苏笑神"专题邮票，颁发"共和国六十周年建设者成就邮票人物"荣誉匾牌与钛金勋章。同年9月30日，河南省政府门户网站发布"著名豫剧艺术家苏笑神荣登国庆专题邮票"消息，多家新闻媒体予以转载、报道，该殊荣在网上获得

86700多条查询结果。2013年,苏笑神入选全国100位最著名艺术家宣传工程,出版中英文对照版《国家艺术人物苏笑神专刊》。2014年,被选入文化艺术界最具代表性的十人合刊《百年中国·国宝级艺术大师》及联合国世界文化艺术发展基金会赞助、世界文化出版局出版的《世界艺术代表人物·世界文化奖金奖艺术家苏笑神专刊》。同年,成为美国《国际文艺月刊》封面人物。

(四)关注民生 奉献社会

作为民革党员,多年来,苏笑神先生不仅以戏曲工作为己任,对于民革的各项工作也是尽心竭力。他通过一系列社会公益活动,在精神文明建设和建言献策方面做出了应有的贡献。

苏笑神是人民艺术家,几十年来坚持为广大群众演戏,在他演出到过的工厂、农村、军营、学校、矿山、科研单位等,戏迷们纷纷称赞:中原戏坛出现了一位为民亲民、风趣幽默的丑星,他叫"苏笑神"。有时,笑神先生精彩的表演,吸引众多观众追着剧团十几里去看戏。在单位,经常可以听到同事们传扬他的趣闻逸事。仅举两例:1994年春天,豫剧院一团在河北省邢台地区巡回演出时,有不少戏迷从邢台市追到邢台县,对苏笑神说:"苏老师,我们又来了,是专程来看你演戏的。今天晚上你要多唱几段啊!"不负众望的苏笑神,当晚演唱的一段由他自己作词、设计的老旦唱腔"卖兰衫",赢得了三次潮水般的满堂喝彩!1996年开春,剧团在安徽演出,苏笑神演唱《七品芝麻官》"唐成下乡"一段戏(带念状)时,他的唱功和他那响彻云霄的笑功与"念状"的口白功,赢得了全场六次雷鸣般的掌声。苏笑神带着《七品芝麻官》的唱段,连演数月,场场爆满。在安徽演出期间,只要老苏出场,很多观众场场必看。凤台《硖石晚报》记者连夜采访他,并以《笑神谈丑角艺术》为题在该报给予了专访性的评论报道。

作为生活于人民群众中间的老艺人,笑神先生对于民生疾苦甚为关注。为了履行好民革党员建言献策的职责,他付出了很多,翻开他撰写的社情民意,你就会看出调研之深入、论证之周密及建议之合理。他关注人民群众急需解决的难点问题、他关注政府急于解决的重点工作,他的建议关乎民生、合情入理,令人叹服。成绩的背后是超出常人的付出。为了解国家方针政策以及各种信息资料,苏笑神订阅了

10多份报纸杂志。在他一天的时间表上,用于掌握信息、参与社会调研的时间超过了三分之一。他说,作为一名民革党员,就要负责任地开展批评,郑重地提出建议,热情地撰写社情民意。

没有调查研究就没有发言权。广泛的社会调研、大量的资料查询和信息浏览,使苏笑神能够洞察社会脉搏,切中肯綮。十余年来,他撰写的关于社区养老问题、民间调解制度、扶持贫困艺术家、文化旅游等建议,被推荐给多位政协委员作为提案素材,并得到了有关部门积极的回应。苏笑神曾经深情地讲过:"我是一位戏曲演员,就应该扎根民众,关注民生。我是一位民革党员,就应当不辞劳苦,为政府分忧。"——诚哉斯言!

苏笑神是一位刻苦奋进、永不懈怠的戏曲艺术工作者,更是一名优秀的民革党员。他的诚挚、可亲以及对艺术执着的追求是同行与后生的楷模,他不但是豫剧院一团的骄傲,也是河南民革的骄傲。

在我们看来,苏笑神先生取得的成就是非凡的;而在苏笑神本人看来,这些褒奖只不过是一种鼓励,是鞭策他继续前行的动力。在他眼里,学术研究的道路上,横亘着一座座高峰,他只是一个负笈求学的苦行僧,他要活到老、学到老。正如先生在诗中所说:"一棵小草终成木,加油提劲要明天!"

苏笑神先生历经五十多年的舞台生涯,给后人留下了叹为观止的诸多艺术形象,也留下了一个视戏曲为天命的向道者的高贵形象。近闻先生六年心血之作《论大净王侯风云路——群星荟萃中的金少山》即将完稿,该书除讲述了京剧花脸泰斗金少山先生的传奇人生之外,就六十万言的文稿中,涵盖了大量的花脸学科和其生、旦、净、丑的人物介绍,以及可供参阅的理论性评说内容,近期付印问世。于是,祝贺先生的这部大作能够再次轰动学界,为我国非物质文化艺术的传承起到更大的作用,为中华民族的戏曲事业做出更大的贡献!

(该文原载团结出版社2016年出版的民革中央《亲历者赞》丛书第四辑)

鸣 谢

上海京剧院艺术指导、中国戏剧家协会名誉主席、上海市戏剧家协会名誉主席、著名杰出京剧（花脸）表演艺术家尚长荣先生。

著名杰出京剧（老生）表演艺术家、书画篆刻艺术家、为毛泽东主席演唱过四十多次戏、一百零二岁的宋宝罗老先生。

中国戏曲学院原副院长、教授、著名戏剧理论家、教育家、京剧（文丑）表演艺术家钮骠先生。

中国戏曲学会理事、中国俗文学学会理事、《中国戏曲文化》主编、著名戏剧文史学家马紫晨先生。

著名书法家王德忠先生，《郑州档案》杂志主编、著名评论家余波先生与阮享云先生。

已故杰出京剧表演艺术家、戏曲教育家李三星（武生）先生、袁世海（花脸）先生、徐世光（花脸）先生和笔者的武功教师周德友（花脸）先生等。

苏笑神
2017 年 8 月 20 日